Tormenta oscura

Christine Feehan

Tormenta oscura

Titania Editores

ARGENTINA - CHILE - COLOMBIA - ESPAÑA
ESTADOS UNIDOS - MÉXICO - PERÚ - URUGUAY - VENEZUELA

Título original: *Dark Storm*
Editor original: Berkley Books, The Berkley Publishing Group, Penguin Group (USA) Inc., New York
Traducción: Diego Castillo Morales

1.ª edición Junio 2013

ISBN: 978-84-92916-45-0
E-ISBN: 978-84-9944-580-9
Depósito legal: B-10.550-2013

Fotocomposición: Montserrat Gómez Lao
Impreso por: Romanyà-Valls, S.A. - Verdaguer, 1 - 08786 Capellades (Barcelona)

Impreso en España - *Printed in Spain*

*Para tres personas increíbles que aparecieron en mi vida
cuando más las necesitaba: Brian Feehan, Domini Stottsberry
y Cheryl Wilson... muchas gracias con todo mi amor.*

Para los lectores de Christine

Os sugiero visitar el sitio http://www.christinefeehan.com/members para apuntarse a mi lista PRIVADA de anuncios de nuevas publicaciones y para descargar GRATIS el e-book de *Dark Desserts*. Uníos a mi comunidad y podréis recibir noticias de primera mano, entrar en los *chats* sobre los libros, formular preguntas y conversar conmigo. También podéis escribirme a Christine@christinefeehan.com. Estaré encantada de tener noticias vuestras.

Agradecimientos

Tormenta oscura no hubiera existido sin Brian Feehan, Cheryl Wilson o Domini Stottsberry. Trabajaron largas horas ayudándome con todo, desde hacer tormentas de ideas para encontrar temas y escenarios, a llevar a cabo diversas investigaciones y revisiones. No tengo palabras para describir la gratitud y el aprecio que les tengo. Mi hermana Anita Toste siempre respondió a mis llamadas solicitándole ayuda para describir rituales extraños. También tengo que incluir al doctor Christopher Tong, quien siempre encuentra tiempo en su enloquecida y ocupada agenda para prestarme su ayuda cuando se lo pido. Y un agradecimiento especial al doctor Newell por todo su apoyo. ¡Muchas gracias a todos!

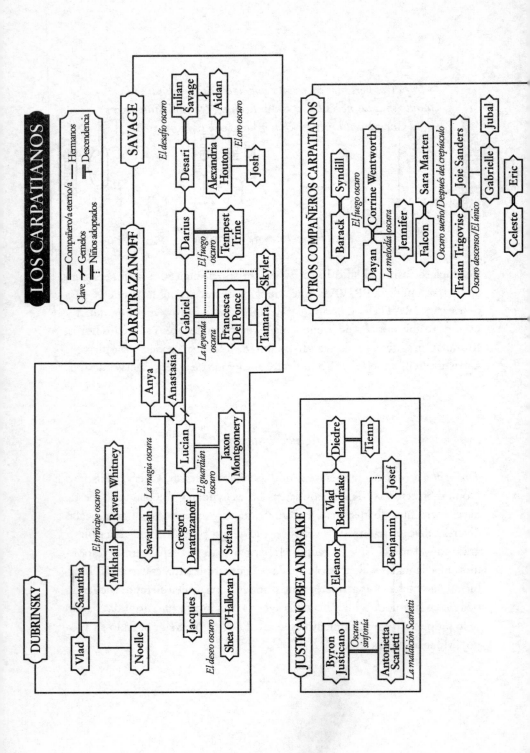

LOS CARPATIANOS

Clave

$=$ Compañero/a eterno/a

$\succ$ Gemelos

δ Trillizos

$\curlyvee$ Primos

$-$ Hermanos

$\vee$ Padres no compañeros eternos

CAZADORES DE DRAGONES

Solange Sangria — *Peligro oscuro* — Dominic — Rhiannon — Soren — Tatijana — Branislava

VON SHRIEDER

Vikirnoff — Natalya Shonski

Nicolae — Destiny — *Destino oscuro*

Ivory Malinov — Razvan — *Cazadora oscura*

Virginia Jansen — Gary Jansen

Razvan — Lara Calladine — *El demonio oscuro* / *Maldición oscura*

Colby Jansen — Paul — Ginny

Rafael — *Secreto oscuro*

Riordan — Juliette Sangria — *Hambre oscura* / *Hot blooded*

Jasmine — Solange

DE LA CRUZ

Nicolas

Manolito — MaryAnn Delaney — *Posesión oscura*

Zacarias

Capítulo 1

Puedo soportar tener que vivir en un barco pequeño sin privacidad durante siete largos días, que el sol me convierta en una chica langosta y que los mosquitos se den un festín conmigo, de verdad que puedo —informó Riley Parker a su madre—, pero te juro que si me entero de otra queja o insinuación sexual desagradable del señor Soy-tan-caliente-que-toda-mujer-debería-caer-a-mis-pies, voy a tirar a ese idiota por la borda. Me produce escalofríos que constantemente se relama los labios diciendo que le gusta la idea de estar con una madre y su hija.

Riley lanzó una mirada de asco a Don Weston, el molesto idiota en cuestión. Había conocido a un montón de cerdos narcisistas cuando estudiaba su doctorado en lingüística, y a unos cuantos más entre el profesorado de la Universidad de California, Berkeley, donde enseñaba ahora, pero este se llevaba la palma. Era un hombre grande y tosco, de hombros anchos, pecho en forma de barril y una actitud de superioridad que la irritaba. Aunque no hubiera estado con los nervios de punta, la sola presencia de ese hombre espantoso se los hubiera puesto. Lo peor era que su madre estaba muy frágil en ese momento, y Riley era extremadamente protectora con ella. Sus constantes insinuaciones sexuales y chistes sucios cuando su madre estaba cerca, simplemente hacía que le dieran ganas de empujarlo al agua.

Annabel Parker, una renombrada horticultora famosa por su trabajo en la recuperación de miles de hectáreas de selva tropical brasileña perdidas por la deforestación, miró a su hija moviendo muy nerviosa sus ojos marrones oscuros y su boca, evidentemente, deseando sonreír.

—Desgraciadamente, cariño, estamos en zona de pirañas.

—De eso se trata, mamá.

Riley lanzó otra mirada mordaz a Weston.

El único beneficio que traía la presencia de ese hombre horrible era que planear su muerte le daba algo en qué concentrarse que no fueran los escalofríos que lentamente atravesaban su cuerpo y le levantaban el vello de la nuca.

Su madre y ella hacían este mismo viaje por el Amazonas una vez cada cinco años, pero esta vez Riley sentía como si una nube negra se hubiera cernido sobre el viaje desde el momento en que llegaron a la aldea para buscar a su guía habitual. Incluso ahora, una extraña pesadez y un aura de peligro parecían estar siguiéndolos mientras avanzaban por el río. Se había esforzado por no darle importancia, pero el sentimiento de mal agüero se había apoderado de ella, le hacía sentir escalofríos en la espalda y le suscitaba desagradables sospechas que la mantenían despierta por la noche.

—Tal vez si pudiera cortarle accidentalmente una mano mientras cae por la borda... —continuó con una sonrisa oscura.

Los alumnos de Riley podrían haber advertido a ese hombre que tuviera cuidado cuando ella sonreía así. Nunca era un buen presagio. Sin embargo, la sonrisa se desvaneció un poco cuando miró hacia el agua turbia y vio un pez plateado nadando alrededor del barco. ¿La estaban engañando sus ojos? Casi parecía como si las pirañas estuvieran siguiendo al barco. Pero las pirañas no solían seguir a los barcos. Siempre van a lo suyo.

Echó un vistazo al guía que estaba murmurando algo a los dos porteadores, Raúl y Capa, ignorando a las personas que estaban a su cargo. No tenían nada que ver con los aldeanos que conocían que normalmente las llevaban río arriba. Los tres estudiaban continuamente el agua y parecían muy incómodos. Ellos también se mostraban un poco más alarmados de lo habitual por verse rodeados de un cardumen de peces carnívoros. Estaba comportándose como una tonta. Había hecho ese mismo viaje muchas veces como para estar tan sorprendida con la fauna local. Su imaginación estaba demasiado activa. Aun así... las pirañas parecían estar alrededor del barco, pero no pudo ver ni un destello de plata en las aguas de alrededor avanzando delante de ellos.

—Qué niña tan cruel —la regañó Annabel sonriendo e hizo que su atención volviera a la molesta presencia de Don Weston.

—Es la forma en que nos mira —se quejó Riley. Había tanta humedad que todas las camisas que Riley se ponía se pegaban a ella como una segunda piel. Tenía un montón de curvas y no las ocultaba. No se atrevía a alzar las manos para levantarse su espesa cabellera trenzada en la nuca, pues Weston iba a pensar que lo estaba seduciendo a conciencia—. Yo lo que realmente, *realmente*, quiero es abofetear a ese patán. Me mira los pechos como si nunca hubiera visto otros, lo cual es muy desagradable, pero cuando se queda mirando los tuyos...

—Tal vez nunca ha visto unos pechos, querida —dijo Annabel suavemente.

Riley intentó contener la risa. Su madre podía chafar a cualquiera que estuviera muy enfadado con su sentido del humor.

—Pues si no lo ha hecho, hay una buena razón. Es asqueroso.

Detrás de ellas, Don Weston se dio una palmada en el cuello y muy enfadado fue soltando lentamente el aliento con un silbido.

—Malditos insectos. ¿Mack, dónde diablos está el repelente?

Riley evitó poner los ojos en blanco. Lo que le preocupaba es que Don Weston y los otros dos ingenieros que estaban con él eran unos mentirosos... bueno, por lo menos dos de los tres que iban con él. Decían que sabían lo que estaban haciendo en la selva, pero era evidente que ni Weston ni Mack Shelton, su continuo acompañante, tenían claro lo que había que hacer. Ella y su madre habían intentado decirle a Weston y a sus amigos que su preciado repelente de insectos no les iba a hacer ningún bien. Los hombres sudaban profusamente y el repelente de insectos se diluía más rápido de lo que podían aplicarlo. Lo único que conseguían era quedar pegajosos y llenos de picores. Rascarse solo agravaba la picazón y propiciaba las infecciones, pues en la selva tropical la más pequeña herida podía infectarse rápidamente.

Shelton, un hombre compacto con piel bronceada de color caoba y los músculos tensos, se dio un manotazo en el cuello y otro en el pecho murmurando obscenidades.

—Lo tiraste por la borda, desgraciado. Después de usar el último.

Shelton era un poco más amigable que los otros dos ingenieros y no tan repulsivo como Weston, pero en vez de hacer que Riley se sintiera más segura, su proximidad realmente la irritaba. Tal vez era porque su sonrisa nunca se reflejaba en sus ojos. Y porque siempre estaba observando todo, y a todos los que iban a bordo. Riley tenía la impresión de que Weston subestimaba al otro hombre. Era evidente que se creía el jefe de su expedición minera, aunque nadie daba órdenes a Shelton.

—Nunca debimos haber viajado con ellos —murmuró Riley a su madre en voz baja.

Normalmente, Riley y su madre hacían el viaje al volcán solas, pero cuando llegaron a la aldea se encontraron con que su guía habitual estaba demasiado enfermo para viajar. Y como se encontraron solas en medio del Amazonas sin un guía que las acompañara a su destino, su madre y ella decidieron unirse a otros tres grupos que viajaban río arriba.

Weston y sus dos compañeros ingenieros de minas estaban en la aldea preparando un viaje hasta los Andes peruanos en busca de posibles nuevos yacimientos para la empresa en la que trabajaban. Otros dos hombres que investigaban una planta supuestamente extinta habían llegado de Europa en busca de un guía para también subir a una montaña de los Andes. Por otro lado, un arqueólogo y sus dos alumnos de posgrado se dirigían a los Andes en busca de la rumoreada ciudad perdida del pueblo de las nubes, los chachapoyas. De este modo decidieron poner en común sus recursos y viajar juntos río arriba. La idea parecía lógica en su momento, pero ahora, tras una semana de viaje, Riley estaba muy arrepentida de haber tomado esa decisión.

Dos de los guías, el arqueólogo, sus alumnos y tres porteadores estaban en la embarcación que iba adelante con una buena parte de los suministros. Annabel, Riley, los investigadores y los tres ingenieros de minas se encontraban en la segunda embarcación con uno de los guías, Pedro, y dos porteadores, Capa y Raúl.

Riley no se sentía segura atrapada en el barco con ocho extraños. Deseaba estar ya a medio camino de la montaña, donde habían planeado seguir por caminos separados, cada uno con su propio guía.

Annabel se encogió de hombros.

—Es un poco tarde para pensarlo de nuevo. Hemos tomado la decisión de viajar juntos y tenemos que estar con esta gente. Vamos a sacarle el mejor partido posible.

Esa era su madre, siempre con el rostro tranquilo cuando se estaba formando una tormenta. Riley no era vidente, pero no le costaba mucho predecir que se avecinaban problemas. Ese sentimiento aumentaba cada hora que pasaba. Miró a su madre. Como de costumbre, parecía serena. A Riley le pareció que era un poco tonto decirle que estaba preocupada cuando sabía que tenía tantas otras cosas en la cabeza.

Todavía discutiendo sobre el repelente de insectos desechado, Weston apuntó a Shelton con el dedo.

—El envase estaba vacío. Debe haber otros.

—No estaba vacío —lo corrigió Shelton con la voz enfadada—. Solo querías tirarle algo al caimán.

—Y tu objetivo era tan malo como tu boca —intervino el tercer ingeniero, Ben Charger.

Ben era el más tranquilo del grupo. Nunca dejaba de mirar a su alrededor con los ojos inquietos. Riley todavía no tenía una opinión sobre él. De los tres ingenieros era el que tenía aspecto más normal. Su estatura y su peso eran corrientes, y tenía un rostro en el que nadie se fijaría. Se integraba, y tal vez eso la hacía sentir incómoda. Nada en él era destacable. Se movía silenciosamente y parecía surgir simplemente de la nada observando todo y a todos, como si estuviera esperando a que se produjeran problemas. Ella no creía que fuera socio de Weston y Shelton, que estaban muy unidos y evidentemente se conocían desde hacía bastante tiempo. Charger parecía ser un solitario. De hecho, creía que ni siquiera le gustaban los otros dos hombres.

A lo lejos, en la orilla izquierda, su ojo divisó unas nubes blancas que se movían rápidamente. A veces eran iridiscentes, y otras adquirían un tono nacarado cuando se entremezclaban hasta formar un verdadero manto de insectos vivos.

—Vete al infierno, Charger —replicó Weston.

—Cuida tú lo que dices —le aconsejó Charger en voz muy baja.

Weston finalmente dio un paso hacia atrás y su rostro empalideció un poco. Echó un vistazo alrededor del barco y su mirada se dirigió a Riley, a quien descubrió mirándolo.

—¿Por qué no vienes aquí, o mejor aún, que venga tu mami y me lama el sudor? Tal vez eso ayude.

Sacó la lengua mientras la observaba, probablemente pensando que se veía sexi, pero se tragó un montón de bichos y acabó tosiendo y maldiciendo.

Durante un momento terrible, cuando llamó a su madre «mami» y soltó su grosera sugerencia, Riley pensó que se iba a lanzar sobre él y de verdad lo iba a empujar por la borda. Pero entonces su madre se rió disimuladamente, lo que disipó su ira y dio una patada a su desafortunado sentido del humor. Ella también se rió.

—¿En serio? ¿Eres realmente tan arrogante que no sabes que prefiero lamer el sudor de un mono? Eres tan vulgar.

Vio por el rabillo del ojo que la nube nacarada de insectos estaba cada vez más cerca, y que se ampliaba a medida que avanzaba en formación sobre el agua. Su estómago sufrió un pequeño estertor de miedo. Se obligó a respirar hondo. Ella no era de las que se asustaban fácilmente, ni siquiera cuando era una niña.

Weston la miró con lascivia.

—Puedo ver cuando una mujer me desea, y nena, no me quitas los ojos de encima. ¡Mira tu ropa! Estás pavoneándote para mí.

Movió su lengua hacia ella otra vez mirando igual que una serpiente.

—Déjala en paz de una maldita vez, Weston —soltó Jubal Sanders con un toque de impaciencia en la voz—. ¿Nunca te cansas del sonido de tu propia voz?

Jubal, uno de los dos hombres que se dedicaban a la botánica, no parecía ser un científico que pasara mucho tiempo en un laboratorio. Se veía muy en forma y era evidente que estaba acostumbrado a la dura vida al aire libre. Se comportaba con absoluta seguridad, y se movía como un hombre que se las arreglaba perfectamente en la selva.

Su compañero de viaje, Gary Jansen, por lo que Riley había observado, se parecía más a una rata de laboratorio y era más bajo y delgado, aunque muy musculoso. Era muy fuerte. Llevaba gafas de lectura de montura negra, pero parecía tan aficionado al aire libre como Jubal. Los dos se habían mantenido estrictamente aparte al inicio del viaje, pero en algún momento del cuarto día, Jubal decidió proteger un poco a las mujeres, y se mantenía cerca de ellas cada vez que los ingenieros estaban por los alrededores. Hablaba poco, pero no se perdía nada.

Aunque alguna otra mujer podría sentirse halagada por su protección, Riley no estaba dispuesta a confiar en un hombre que supuestamente hacía su vida en un laboratorio, pero se movía con la gracia y fluidez de un luchador. Tanto él como Gary, evidentemente, llevaban armas. Estaban tramando algo, pero fuera lo que fuera, ella y su madre tenían suficientes problemas y no les hacía falta implicarse en los de nadie más.

—No te hagas el héroe —le espetó Weston a Jubal—, así no conseguirás a la chica. —Hizo un guiño a Riley—. Busca a un hombre de verdad.

Riley sintió que otra oleada de ira se apoderaba de ella y se volvió para mirar a Weston, pero su madre puso suavemente una mano restrictiva en su muñeca e inclinó la cabeza para susurrarle algo.

—No te preocupes, cariño. Aquí se siente como un pez fuera del agua.

Riley tomó aliento. A estas alturas, no iba a recurrir a la violencia para defenderse de su acoso sexual por muy imbécil que fuera ese hombre. Podía ignorar a Don Weston hasta que sus caminos se separaran.

—Pensaba que se suponía que era más experimentado —respondió Riley a su madre con la voz igual de suave—. Dicen que son ingenieros de minas que han viajado a los Andes innumerables veces, pero apuesto a que simplemente han volado sobre las cumbres y que por eso han dicho que ya han estado en la selva. Es probable que no tengan nada que ver con la minería.

Su madre asintió rápidamente y sus cálidos ojos se encendieron.

—Si piensan que esto es malo, espera a que nos metamos en la selva. Van a caerse de las hamacas y se van a olvidar de comprobar cada mañana si hay insectos venenosos metidos en sus botas.

Riley no pudo evitar sonreír ante la idea. Los tres ingenieros supuestamente pertenecían a una empresa privada que buscaba posibles minas en los Andes, muy ricas en minerales. Era evidente que ninguno de ellos estaba muy versado en la vida en la selva, y que no respetaban demasiado a sus guías. Los tres se quejaban, pero Weston era el peor y el más ofensivo con sus constantes insinuaciones sexuales. Pasaba mucho tiempo regañando a los guías y a los porteadores como si fueran sus sirvientes, cuando no se estaba quejando o mirando de manera lasciva a su madre y a ella.

—Te crié lejos de aquí, Riley. Los hombres en algunos países tienen una filosofía diferente con las mujeres. No las consideran iguales. Evidentemente, ha crecido creyendo que las mujeres son objetos, y como hemos venido aquí solas, sin estar acompañadas por una docena de miembros de la familia, piensa que somos presas fáciles. —Annabel se encogió de hombros, pero su buen humor desapareció y sus ojos oscuros se volvieron muy sombríos—. Mantén el cuchillo cerca, cariño, solo para estar más seguras. Sabes arreglártelas.

Riley se estremeció. Era la primera vez que su madre daba indicios de que también creía que algo no encajaba. Eso sacó las ideas fantasiosas de Riley del ridículo y volvieron al reino de la realidad. Su madre estaba siempre tranquila y no dejaba de ser práctica. Pero si pensaba que algo iba mal es que era así.

Un pájaro cantó en la selva a la orilla del río, y el sonido viajó claramente a través del agua. Para aliviar a su madre de su estado de ánimo repentinamente turbado, Riley se puso las manos en la boca y repitió la llamada. No obtuvo la risa encantada que esperaba, pero ésta sonrió y le dio una palmadita en una mano.

—Es completamente alucinante que puedas hacer eso. —Don Weston había dejado de dar palmadas a los bichos y ahora la miraba fijamente como si fuera una atracción de carnaval—. ¿Puedes imitar cualquier cosa?

A pesar de que el hombre le desagradaba, Riley se encogió de hombros.

—La mayoría de las cosas. Algunas personas tienen memoria fotográfica y pueden recordar cualquier cosa que vean o lean. Yo llamo a lo que tengo memoria «fonográfica». Puedo recordar y repetir prácticamente cualquier sonido que oiga. Esa es una de las razones por las que me hice lingüista.

—Es un gran talento —comentó Gary Jansen.

—¿Verdad? —Annabel pasó un brazo alrededor de la cintura de Riley—. Cuando era pequeña solía imitar a los grillos dentro de la casa para ver cómo me volvía loca intentando encontrarlos. Y que el cielo ayudara a su padre si alguna vez se equivocaba y usaba un lenguaje que no debía delante de ella. Podía repetirlo perfectamente, hasta el tono de su voz.

El corazón de Riley se emocionó por la melancolía y el amor con que hablaba su madre. Se obligó a reír.

—También era buena imitando a mis profesores, especialmente los que no me gustaban. —Les ofreció una pequeña sonrisa traviesa—. Podía llamar del colegio y decirle a mi madre lo maravillosa estudiante que era.

Esta vez su madre se rió y oírla fue un gran alivio para ella.

Riley consideraba que Annabel era hermosa. Su madre era de mediana estatura, delgada, tenía el cabello oscuro y ondulado, los ojos oscuros, la piel perfecta de los españoles y una sonrisa que hacía que todo el mundo a su alrededor sintiera ganas de sonreír. Ella era mucho más alta y tenía una cabellera lisa de color negro azulado que crecía casi todas las noches, no importaba cuántas veces se la cortara. Tenía muchas curvas, pómulos altos y la piel pálida, casi traslúcida. Sus ojos eran grandes y de un color casi imposible de definir… verde, marrón u oro viejo. Su madre siempre decía que ella era como un salto genético hacia atrás, y que se parecía a una antepasada muerta hacía mucho tiempo. Hasta donde sabía, su madre no había estado enferma ni un solo día en su vida. No tenía arrugas, y Riley nunca le había visto una cana en la cabeza. Pero ahora, por primera vez, observaba cierta vulnerabilidad sus ojos, lo que era tan perturbador como el estruendo que indicaba que se avecinaba una tormenta. Su padre había muerto hacía solo dos semanas, y en su familia los maridos y sus esposas rara vez vivían mucho tiempo después de que faltara uno de los dos. Riley estaba decidida a permanecer cerca de su madre. Ya comenzaba a sentir que ésta se alejaba de ella y que estaba más triste cada día, pero ella se había prometido a sí misma no perderla. Ni por la tristeza, ni por lo que fuera que las estuviera persiguiendo en este viaje.

Temprano por la mañana había visto el último tramo del río principal; los dos barcos ahora tenían que avanzar por un afluente hasta su destino. En las aguas atestadas de juncos, los insectos siempre presentes aumentaban en número por momentos. Continuamente los asaltaban nubes de ellos. Muchos iban hacia el barco como si olieran sangre fresca. Weston y Shelton entraron en un frenesí maldiciendo y golpeándose la piel expuesta, aunque después de comerse un puñado de bichos ambos recordaron que lo mejor era mantener la boca firmemente cerrada. Ben Charger y los dos investigadores soportaban estoicamente los insectos siguiendo el ejemplo de su guía y los porteadores.

La gente local no se molestaba siquiera en golpearlos cuando la nube nacarada descendía en masa. Riley observaba el barco que iba delante y estaba incluso más cerca de la orilla, aunque por lo que había visto, los insectos no habían atacado a nadie a bordo. Detrás de ella, Annabel dejó escapar un pequeño grito sobresaltada. Riley se dio la vuelta y vio a su madre completamente rodeada de una nube de insectos. No atacaban a los demás, y sin embargo cada centímetro del cuerpo de Annabel estaba cubierto con lo que parecían ser pequeños copos de nieve en movimiento.

La «manta blanca». Pequeños jejenes. Algunos los llamaban mini mosquitos. Riley nunca los había investigado, pero sin duda había sentido sus picaduras. Provocaban un ardor como si fueran fuego, y después la picazón era enloquecedora. Sus picaduras una vez abiertas propiciaban que se produjeran infecciones. Riley cogió una manta de la silla de tablas planas, la arrojó sobre su madre intentando aplastar a los pequeños insectos y enseguida la tiró al suelo de la embarcación para hacerla rodar como si estuviera apagando un incendio.

—Apártate de ella —dijo Gary Jansen—. No vas a quitárselos de esa manera.

Se agachó junto a Annabel y tiró de la manta. Ésta rodó hacia atrás y adelante mientras se cubría el rostro con las manos, con los insectos pegados a cada trozo de piel desnuda y aferrados a su pelo y a su ropa. Muchos estaban aplastados por las maniobras de Riley, quien seguía dándoles manotazos para intentar salvarla de nuevas picaduras.

Jubal agarró un cubo de agua, lo arrojó sobre Annabel y comenzó a arrancarle los insectos con las manos. Los mozos aportaron inmediatamente más cubos de agua y se los lanzaron una y otra vez, mientras Gary, Jubal y Riley raspaban los insectos empapados con la manta. Ben, finalmente, también se agachó junto a ella para ayudarla a eliminar los bichos de su piel.

Annabel se estremeció violentamente pero no emitió ningún sonido. Su piel adquirió un color rojo brillante cuando sus miles de diminutas picaduras se inflamaron hasta convertirse en ampollas ardientes. Gary rebuscó en el bolso que llevaba, sacó un pequeño frasco y se dispuso a echar un líquido transparente sobre las picaduras. Eran tantas que no era un trabajo menor. Jubal sujetó las manos de Annabel de manera que no pudiera rascarse la picazón desesperante que se extendía a oleadas por todo su cuerpo.

Riley agarró la mano de su madre con fuerza y murmuró algunas tonterías. Sus sospechas anteriores recobraron fuerza. Los diminutos jejenes habían ido directamente a ella. No había nadie más en armonía con la selva tropical que Annabel. Las plantas crecían fuertes y frondosas a su alrededor. Les susurraba y ellas parecían responderle aceptándola como si fuera la Madre Tierra. Cuando su madre caminaba por el patio trasero de su casa en California, Riley estaba casi segura de que podía ver que las plantas crecían delante de ella. Pero si la selva comenzaba a atacarla, es que algo iba terriblemente mal.

Annabel cogió la mano de Riley con fuerza mientras los dos investigadores la ponían en pie y la ayudaban a dirigirse hacia su zona de dormir, que habían hecho un poco más privada colgando hojas y redes de unas pequeñas cuerdas.

—Gracias —dijo Riley a los dos hombres.

Era muy consciente del silencio y la estupefacción que se había producido en cubierta. No fue la única en advertir que el enjambre de bichos blancos solo había atacado a su madre y a nadie más. Incluso los que habían chocado contra su cuerpo habían luchado por ponerse de pie para poder arrastrarse hacia ella como si estuvieran programados para hacerlo.

—Utiliza esto para las picaduras —dijo Gary Jansen—. Puedo hacer un poco más una vez que estemos en la selva si lo agotas. Los mantendrá alejados de ella.

Riley cogió el frasco. Los dos hombres intercambiaron una mirada por encima de su cabeza y su corazón se aceleró. Sabían algo. Fue una mirada significativa. Intensa. Saboreó el miedo en la boca y rápidamente apartó la suya asintiendo con la cabeza.

Annabel intentó sonreír con poco entusiasmo y les dio las gracias con un murmullo cuando los dos hombres se volvieron para marcharse y permitir que las mujeres tuvieran privacidad para buscar picaduras debajo de la ropa.

—Mamá, ¿estás bien? —preguntó Riley cuando se quedaron solas.

Annabel le apretó la mano con fuerza.

—Escúchame, Riley. No hagas preguntas. No importa lo que pase, incluso si me sucede algo debes ir a la montaña y llevar a cabo el ritual. Conoces cada palabra, cada movimiento. Haz el ritual exactamente como te he enseñado. Sentirás a la Tierra moverse a través de ti y...

—No va a pasarte nada, mamá —protestó Riley.

El miedo estaba dando paso a un gran terror. Los ojos de su madre reflejaban cierto nerviosismo interior, y mostraban un conocimiento innato de un peligro que estaba percibiendo, pero que Riley se estaba perdiendo... y una terrible vulnerabilidad que nunca había tenido antes. Ninguna de las parejas casadas de su familia había sobrevivido a la pérdida de un cónyuge, pero Riley estaba decidida a que su madre fuera la excepción. Había estado observándola como un halcón desde que su padre, Daniel Parker, falleciera en el hospital después de un ataque cardíaco. Annabel estaba afligida, pero hasta ahora no le había parecido desesperanzada o fatalista.

—Deja de hablar así, me estás asustando.

Annabel hizo un gran esfuerzo para sentarse.

—Te voy a dar la información necesaria, Riley. Igual que mi madre me la dio a mí. Y su madre se la dio antes a ella. Si no puedo ir a la montaña, la responsabilidad recae sobre ti. Eres parte de un antiguo linaje al que se nos ha encomendado una tarea que ha pasado de madre a hija durante siglos. Mi madre me trajo a esta montaña, igual que su madre la llevó a ella. Te lo explicaré. Tú eres hija de la selva nubosa, Riley, has nacido allí igual que yo. Diste tu primer aliento en esa montaña. Metiste el aire en tus pulmones y al hacerlo también lo hizo la selva y toda la vida que crece en ella.

Annabel se volvió a estremecer y cogió el frasco que Riley sujetaba. Con las manos temblorosas se sacó la camisa, aparecieron unos pequeños jejenes que se aferraban a su estómago y se los quitó con sus dedos nerviosos. Riley cogió el frasco y se dispuso a untar el gel calmante sobre las picaduras.

—Cuando mi madre me contaba estas cosas, yo pensaba que estaba siendo dramática y me burlaba de ella —continuó Annabel—. Oh, no a la cara, por supuesto, pero pensaba que era vieja y supersticiosa. Había escuchado las historias de las montañas. Vivíamos en Perú y algunas de las personas mayores de nuestro pueblo todavía comentaban cosas sobre el gran mal que vino antes de que llegaran los incas y que no pudo ser ahuyentado, ni siquiera por sus más feroces guerreros. Historias. Espantosas y aterradoras leyendas transmitidas de generación en generación. Pensaba que esos cuentos se habían transmitido principalmente para asustar a los niños y evitar que se alejaran de la protección de la aldea, pero lo entendí mejor después de que falleciera mi madre. Hay algo ahí, Riley, en la montaña. Algo malo, y nuestra misión es contenerlo.

Riley quería creer que su madre estaba delirando por el dolor, pero sus ojos estaban muy firmes y asustados. Su madre creía en cada palabra de lo que estaba diciendo, y no era dada a dejar volar la fantasía. Riley asintió más por tranquilizarla que porque se creyera realmente la tontería de que había algún mal atrapado dentro de una montaña.

—Vas a ponerte bien —aseguró—. Ya hemos sido atacadas por la «manta blanca» en otros viajes. Estos bichos no son venenosos. No te va a pasar nada, mamá. —Tenía que decir esas palabras en voz alta, pues necesitaba que fueran verdaderas—. Esto fue solo un acontecimiento extraño. Sabemos que en la selva puede suceder cualquier cosa...

—No, Riley. —Annabel cogió la mano de su hija y la sostuvo fuertemente—. Todos los retrasos..., todos los problemas que hemos tenido desde que llegamos... Algo está pasando. El mal de la montaña está intentando deliberadamente que me retrase. Se encuentra cerca de la superficie y está orquestando accidentes y enfermedades. Tenemos que ser realistas, Riley.

Su cuerpo se estremeció de nuevo.

Riley alcanzó su mochila y sacó un paquete de pastillas.

—Antihistamínicos, mamá, tómate dos. Probablemente vas a dormirte, pero por lo menos la picazón parará un rato.

Annabel asintió y se tragó las píldoras con un poco de agua.

—No confíes en nadie, Riley. Cualquiera de estas personas puede ser nuestro enemigo. Tenemos que seguir por nuestra cuenta tan pronto como sea posible.

Riley se mordió un labio y evitó decir nada en absoluto. Necesitaba tiempo para pensar. Tenía veinticinco años y había estado en los Andes cuatro veces, sin incluir cuando nació en la selva nubosa. Este era el quinto viaje que ella recordaba. Caminar por la selva era extenuante, pero nunca se había sentido tan aterrorizada como estaba ahora. Ya era demasiado tarde para darse la vuelta y, por lo que había dicho su madre, no era una opción posible. Tenía que dejar que descansara, y después hablarían. Tenía que aprender mucho más sobre la razón de su viaje a los Andes.

Puso la sábana en su lugar tan pronto como su madre pareció estar completamente dormida, y salió a la cubierta. Raúl, el porteador, la miró y apartó rápidamente la mirada claramente incómodo con la presencia de ambas mujeres. Se le erizó el vello de los brazos. Se los frotó y volvió a caminar junto a la barandilla para intentar poner distancia entre ella y el resto de los pasajeros. Simplemente necesitaba un poco de espacio.

No había suficientes lugares a bordo del barco como para encontrar un rincón tranquilo. Jubal y Gary, los dos investigadores, estaban sentados juntos en uno de los pocos lugares aislados y, a juzgar por la expresión de sus caras, no parecían muy contentos. Ella se mantuvo alejada, pero para hacerlo terminó al lado de Ben Charger, el tercer ingeniero, del que todavía no tenía opinión. Siempre era amable con las dos mujeres, e igual que Jubal y Gary parecía estar tomando una actitud protectora hacia ellas.

Ben le hizo un gesto con la cabeza.

—¿Tu madre está bien?

Riley le ofreció una breve sonrisa vacilante.

—Creo que sí. Le di un antihistamínico. Esperemos que entre eso y el gel que nos dio Gary, no se vuelva loca por los picores. Son unos bichitos muy desagradables.

—Debía haber estado usando algo que los atrajera —aventuró Ben, medio afirmando, medio preguntando—. ¿Tal vez algún perfume?

Riley sabía que su madre nunca usaba perfume, pero era una buena explicación. Asintió lentamente.

—No había pensado en eso. El ataque fue tan extraño.

Ben estudió su cara atentamente con los ojos vigilantes hasta que se encontraron con la mirada preocupada de Riley.

—He oído decir que tú y tu madre habéis venido aquí otras veces. ¿Nada de esto os había pasado antes?

Riley negó con la cabeza, agradecida de poder decir la verdad.

—Nunca.

—¿Por qué tú y tu madre habéis venido a un lugar tan peligroso? —preguntó Ben con curiosidad. Una vez más no parpadeó ni apartó los ojos de su cara. La miraba como si fuera un interrogador—. Según tengo entendido ni siquiera los guías han viajado antes a esta montaña. Tuvieron que conseguir la información de otras dos personas de la aldea. Parece un destino muy extraño para dos mujeres. No hay ningún pueblo en la montaña, de modo que no estáis aquí por la lingüística.

Riley sonrió ligeramente.

—El trabajo de mi madre como horticultora y defensora de la protección de la selva tropical nos lleva a muchos lugares. Pero también venimos aquí porque somos descendientes del pueblo de las nubes y mi madre quiere que aprendamos todo lo posible para que su gente no se olvide. —Apretó los labios y se puso una mano a la defensiva en la garganta—. Esa es la razón. Me encanta la selva y disfruto de los viajes con mi madre. Yo en realidad nací en la selva nubosa, así que creo que ella pensó que era una buena costumbre venir cada pocos años. —Miró al guía y bajó la voz—. No estábamos seguras de que estos hombres conocieran realmente el camino, por eso pensamos que era más seguro viajar con todos vosotros.

—Yo nunca había estado aquí —admitió Ben—. He viajado por muchas selvas tropicales, pero no por esta montaña en particular. No sé por qué Don dijo que todos habíamos estado aquí antes. Le gusta pensar que lo sabe todo sobre todo. ¿Es tan peligrosa la selva como dice todo el mundo?

Riley asintió.

—Muy pocas personas han viajado a esa cumbre. Es un volcán y aunque no ha entrado en erupción desde hace más de quinientos años, a veces sospecho que está despertando, aunque sobre todo por la forma en que los nativos hablan de ello. Hay una historia que ha sido transmitida por las diversas tribus locales sobre esa montaña, así que la mayoría la evita. Es realmente difícil encontrar a un guía dispuesto a viajar hasta ella. —Frunció el ceño—. En verdad provoca una sensación desagradable. Te sientes cada vez más inquieta cuanto más alto subes.

Ben se pasó ambas manos por el pelo, casi como si estuviera nervioso.

—Todo este lado de la selva parece plagado de leyendas y mitos. Nadie quiere contárselos a los extranjeros, y todos parecen explicar que hay una criatura que se alimenta de las vidas y la sangre de los vivos.

Riley se encogió de hombros.

—Eso es comprensible. Prácticamente todo en la selva tiene que ver con la sangre. He escuchado los rumores, por supuesto, y nuestro guía nos dijo que no fueron los incas los que destruyeron al pueblo de las nubes, ni los españoles. Los lugareños y sus descendientes hablan de un gran mal que los asesinaba por la noche, les chupaba la vida y volvía a unas familias contra otras. Los guerreros de las nubes eran feroces en las batallas y cariñosos en su vida hogareña, pero supuestamente la gente fue muriendo poco a poco o tuvo que huir de la aldea por culpa de los incas. Cuando los incas llegaron para conquistar a los pueblos de la selva, al parecer la mayoría de los guerreros ya estaban muertos. Se rumorea que los incas sufrieron la misma suerte que los que se tuvieron que enfrentar al terrible depredador. Sus más bravos guerreros murieron los primeros.

—Eso no aparece en los libros de historia —dijo Ben. Sin embargo, ella tuvo la sensación de que no estaba sorprendido, de que ya había escuchado la versión que comentaban. Había muchas historias más, por supuesto, cada una más aterradora que la anterior. Cuentos de víctimas desangradas, y de las torturas y horrores que habían soportado antes de ser asesinados—. ¿Estás hablando de vampiros?

Ella parpadeó. El hombre había deslizado la pregunta de forma casual. Demasiado casualmente. Ben Charger tenía otra agenda además de la minera para viajar a esta región apenas explorada. ¿Viejas leyendas? ¿Quería escribir sobre ellas? Cualesquiera que fueran sus razones, Riley estaba segura de que no tenían nada que ver con la minería. Frunció el ceño pensando en ello.

¿Podría ser un vampiro la entidad maligna de la que murmuraban? El mito del vampiro parecía existir en todas las culturas antiguas.

—Honestamente no tengo ni idea. Nunca he oído hablar de que a la entidad se la llamara vampiro, pero los idiomas han cambiado tanto a lo largo de los años que se pierde bastante en la traducción. Supongo que es posible. Los murciélagos vampiro desempeñan un papel importante en la cultura inca y entre los chachapoyas también. Por lo menos basándome en lo poco que me contó mi madre y en lo que he conseguido averiguar por mi cuenta, no hay demasiado más que investigar.

—Fascinante —dijo Ben—. Si tenemos la oportunidad me gustaría escuchar más historias. Me parecen culturas interesantes, y aquí, en esta parte de la selva, las tribus y sus historias parecen estar rodeadas de misterio, lo que me intriga aún más. Tengo un poco de escritor aficionado y cuando estoy explorando una nueva región aprovecho cualquier oportunidad para aprender lo que pueda sobre los mitos antiguos. Me parece que en cualquier lugar donde vaya, ciertas criaturas legendarias siempre aparecen en las culturas de todo el mundo. Es intrigante.

Riley se volvió al oír un suave sonido y vio que su madre estaba cerca. Annabel le pareció muy indefensa, tenía el rostro hinchado por las picaduras y observaba a Ben con mucha atención y suspicacia. Ella la miró sorprendida. Su madre era la mujer más abierta y afable que había conocido. No tenía un gramo de suspicacia en el cuerpo. Siempre compartía la información, estaba a gusto con todo el mundo y la mayor parte de la gente se sentía atraída por ella. Riley siempre sentía que tenía que proteger a su madre pues, al contrario que ella, era muy confiada.

Annabel parpadeó y su mirada de sospecha desapareció. Entonces simplemente se quedó mirando a Ben. A Riley le parecía que su mundo estaba del revés. Nada ni nadie, ni siquiera su madre, le resultaba familiar.

—Deberías descansar, mamá. Tantas picaduras pueden hacer que te enfermes.

Annabel negó con la cabeza.

—Estoy bien. El gel que me dio Gary es muy reconfortante. Me quitó la picazón, y ya sabes que las picaduras no son venenosas. Gary y su amigo deben saber mucho sobre las propiedades de las plantas. El gel funciona de verdad.

Ben miró a los dos hombres. Aunque ambos eran claramente norteamericanos, Gary y Jubal habían viajado desde algún lugar de Europa para buscar una planta mítica con extraordinarias propiedades curativas que supuestamente crecía en lo alto de los Andes. Por la expresión de su cara, Ben pensaba que ambos hombres estaban un poco locos.

Annabel agarró de la mano a Riley, hizo un gesto con la cabeza a Ben y la acercó al centro la barandilla del barco donde podían estar solas.

El río se estrechaba y había zonas en que las grandes raíces de los árboles que había a lo largo de la orilla casi arañaban el casco. Filas de murciélagos se balanceaban en lo alto de los árboles dando lugar a una visión escalofriante. Eran grandes y colgaban boca abajo entre el espeso follaje. Riley ya había visto lo mismo antes, incluso cuando era niña, pero por alguna extraña razón esta vez era perturbador, como si los murciélagos estuvieran inmóviles esperando la oscuridad para comenzar su cacería… esta vez de una presa humana. Sintió un pequeño escalofrío provocado por su propia fantasía dramática.

Estaba permitiendo que el nerviosismo que le producía estar confinada se apoderara de ella. Tenía que ser sensata. Los murciélagos eran grandes y sin duda eran vampiros que se alimentaban de sangre caliente…, pero dudaba de que su hambre fuera personal y ciertamente no estaban simplemente esperando que apareciera un barco desprevenido lleno de humanos.

Sintió que unos ojos la miraban, se volvió y vio que Don Weston la observaba fijamente. Sonrió y fingió disparar un rifle imaginario a las criaturas inmóviles. Riley se dio la vuelta. Le molestaba la necesidad de Weston de ser siempre el centro de atención. Pero su reacción ante los murciélagos era muy parecida a lo que sentía ella… y para nada quería tener algo que ver con ese hombre.

Volvió su atención de nuevo a su madre, cogió su mano y la sujetó con fuerza. Esa mañana habían dejado el río principal y comenzado a viajar por el afluente hacia una de las regiones más remotas del Perú. La jungla se cerraba a su alrededor, a veces casi arañando los lados de los dos barcos que navegaban dificultosamente río arriba. La selva estaba en movimiento continuo, casi parecía como si los animales los estuvieran siguiendo. Los monos los observaban con sus grandes ojos redondos. Los coloridos guacamayos revoloteaban sobre sus cabezas, y entraban y salían a toda prisa por el follaje.

Sin duda se estaban adentrando en el mundo de la selva profunda, la jungla exuberante de misterio que cada segundo que pasaba se hacía más remota y peligrosa. El río se estrechó y el aire se llenó de los misteriosos olores acres de la selva. Reconocía las señales. Pronto sería imposible navegar por él. Se verían obligados a abandonar los barcos y a avanzar penosamente a pie a través de la jungla. A diferencia de muchos lugares de la selva donde era fácil caminar porque muy pocas plantas podían vivir en su suelo por no haber demasiada luz, esta zona era muy frondosa. Había viajado mucho, pero los olores y la quietud de este lugar era algo que nunca había encontrado en ningún otro lugar de la tierra. A diferencia de cualquiera de sus visitas anteriores, esta vez Riley sentía un poco de claustrofobia.

—Eh, Mack —llamó Don al otro ingeniero— ¿qué diablos está pasando ahora? Juraría que la selva está viva.

Soltó una risa nerviosa cuando señaló la extraña forma en que las ramas caían hacia abajo y se dirigían hacia ellos a medida que pasaba el barco.

Todos se volvieron a mirar la orilla más cercana mientras una gran ola verde los seguía. Cada rama temblaba y las hojas se desplegaban y extendían sobre el agua como si quisieran impedir que avanzaran río arriba. El primer barco había salido ileso, pero en el momento en que el segundo barco se acercó a la orilla, las hojas los alcanzaron. La excitación era escalofriante, como si la selva realmente tuviera vida como decía Don.

El corazón de Riley se aceleró. Había visto el fenómeno muchas veces antes. Su madre atraía a las plantas allá por donde iba. No lo podía ignorar. La fuerza magnética que tenía nunca había sido tan fuerte, pero el espeso follaje a lo largo de ambas orillas le daba la bienvenida con los brazos abiertos, incluso creciendo unos centímetros para intentar tocarla. Nunca era bueno atraer demasiada atención sobre uno mismo cuando estaban cerca los supersticiosos guías y porteadores. Riley sintió una profunda necesidad de proteger a su madre. Se interpuso entre ella y la orilla, agarró la barandilla con ambas manos y, sorprendida, miró fijamente con los ojos muy abiertos a las plantas que se desplegaban.

—Guau —añadió al repentino murmullo—, esto es increíble.

—Es espeluznante —dijo Mack apartándose de la barandilla.

Los porteadores y el guía miraron fijamente las plantas y árboles que se estiraban, y enseguida volvieron la vista directamente a Annabel. Cuchichearon entre ellos. Riley sintió otras miradas sobre ellas. Gary y Jubal también estaban observando a su madre. Solo los tres ingenieros miraban exclusivamente a la selva que se cerraba en torno a ellos.

Los dos barcos continuaron río arriba acercándose a la montaña. Unos caimanes negros, dinosaurios gigantes del pasado, se estaban asoleando en las orillas observando con un ojo hambriento las pequeñas embarcaciones que invadían su espacio. Unas grandes nubes de insectos negros les picaban cada centímetro de piel que estuviera expuesta y se quedaban atrapados en el pelo, e incluso entre los dientes. Esta vez eran mosquitos y otros insectos que chupaban sangre. No había nada que hacer más que soportarlo. Debajo de ellos, las oscuras aguas eran poco profundas, lo que les hacía avanzar más lentamente. Dos veces el barco se tuvo que detener para que lo liberaran de los juncos que se levantaban ávidamente y se enredaban en la parte inferior del motor y la hélice. Cada vez que eso ocurría, el barco se tambaleaba inesperadamente haciendo que todos se cayeran en la cubierta.

Weston se levantó maldiciendo, se tambaleó hacia un lado y escupió en el agua.

—Esto es ridículo. ¿No podrías haber encontrado otro camino? —preguntó a su guía, Pedro.

El guía le lanzó una mirada tensa.

—No hay una manera más fácil de llegar a ese lugar donde quiere ir.

Weston apoyó su trasero en la barandilla mientras apuntaba al guía con un dedo.

—Creo que solo estás intentando conseguir más dinero, y eso no va a suceder, amigo.

Pedro murmuró algo en su lengua a los dos porteadores.

«A este se lo puede comer la selva». Entendió Riley. Y no lo culpó.

El guía y los porteadores se rieron.

Weston encendió un cigarrillo y miró hacia el agua oscura. El barco se tambaleó de nuevo y de pronto, cuando todos estaban intentando levantarse desesperados, dio un vuelco enorme. Weston se cayó hacia adelante y se quedó colgando de la barandilla. Todo el mundo saltó a ayudarlo mientras colgaba precariamente con los brazos hacia abajo muy cerca del agua.

Riley lo agarró por la hebilla del cinturón, y Annabel se puso a un lado para sujetar sus brazos. En el momento en que Annabel se inclinó para sujetar los brazos de Weston, el agua cobró vida como un caldero hirviendo y se volvió plateada con áreas de lodo rojo.

—¡Mamá! —gritó Riley poniéndose junto a su madre, todavía al lado de Weston.

Su peso tiraba de todos hacia adelante.

Los demás se apresuraron a ayudar mientras Annabel se deslizaba más hacia la oscuridad, hacia el agua llena de juncos, ahora hirviendo por el frenesí de las pirañas. No había sangre en el agua, por lo que la confusión no tenía sentido. Para horror de Riley, los peces comenzaron a saltar fuera del agua, cientos de ellos. Sus cuerpos estrechos y sus cabezas planas salían del río como cohetes mostrando sus mandíbulas triangulares con afilados dientes que se abrían y cerraban haciendo un terrible repiqueteo.

Aunque las historias de pirañas histéricas abundaban, Riley sabía que eran muy raros los ataques contra personas. Había nadado con ellas en varias ocasiones. Este raro comportamiento era extraordinario, tan antinatural e inquietante como el ataque de la «manta blanca». E igual que había ocurrido con aquella especie de plaga, parecía que las pirañas estaban decididas a llegar hasta su madre, y no les importaba Don Weston.

Fue Jubal quien cogió a Annabel, tiró de ella lejos de la barandilla, y prácticamente la lanzó hacia Gary. Después agarró a Weston y también lo arrastró de nuevo a cubierta. En vez de estar agradecido, el ingeniero dio una palmada en las manos de Jubal, maldijo y se deslizó hacia al suelo para sentarse en la cubierta muy jadeante. Miraba a Pedro y a los dos porteadores como si los tres hombres hubieran intentado asesinarlo deliberadamente.

El guía y los dos porteadores observaban a Annabel de una manera que hizo que Riley hubiera deseado haber tenido escondida una pistola cerca. Antes de que nadie pudiera hablar, el barco casi se quedó encallado, y los dos nativos volvieron a su trabajo. Una rama baja que estaba sobre ellos se hundió, y una serpiente se dejó caer en cubierta con un golpe seco a la derecha de las botas de Don Weston.

—Que nadie se mueva —siseó Jubal cuando la serpiente se quedó mirando fijamente al ingeniero—. Esta víbora es muy venenosa.

Pedro, el guía, se dio la vuelta y cogió el machete que tenía siempre cerca. Antes de que pudiera dar un paso, la víbora hizo un giro brusco y se lanzó hacia Riley, que se tropezó con su madre. Pero la serpiente brilló entre sus piernas y se dirigió directamente hacia Annabel. Gary Jansen la levantó y se dio la vuelta sosteniéndola en el aire mientras Jubal empujaba a Riley a un lado, y gritaba al guía con las manos levantadas.

Pedro le lanzó el machete y con un movimiento suave, Jubal golpeó con la hoja afilada el cuello de la víbora y le cortó la cabeza. Hubo un momento de silencio mientras Gary bajaba a Annabel a cubierta sosteniéndola con fuerza para que no se cayera.

—Gracias —susurró Riley en voz baja a los dos investigadores sin intentar ocultar que estaba muy nerviosa.

Su madre la miró con los ojos tristes. El mundo de Riley se desmoronaba. Capa, Raúl y Pedro miraron a su madre con la misma expresión que tenían cuando vieron a la víbora por primera vez. Se podrían ver en un verdadero problema si los guías y porteadores se volvían hostiles hacia ellas. Riley cogió la mano de su madre y la sujetó con fuerza.

Capítulo 2

Las noches en la jungla eran un infierno. El zumbido empezaba justo al atardecer. No era que antes los insectos estuvieran en silencio, pues producían un sonido constante, pero Riley podía olvidarse de él. Lo de ahora era algo completamente diferente... un ruido suave, persistente y de baja frecuencia que hacía tintinear cada nervio de su cuerpo a cada instante. Se había despertado con ese extraño zumbido la primera noche en que entraron en la selva.

Curiosamente, Riley no podía identificar el zumbido bajo e irritante, ni podía decir si estaba fuera o dentro de su cabeza. Había observado que muchos otros, incluida su madre, se frotaban las sienes como si les doliera la cabeza, y temía que esa misma frecuencia baja que parecía un murmullo fuera una insidiosa invasión que incrementaba la peligrosidad de su viaje. Durante el día los murmullos desaparecían, pero quedaban los efectos.

Desde que habían entrado en la selva parecía que sus sentidos ardían de vida y trabajaban horas extras. Advertía las miradas de sospecha hacia su madre. Jubal Sanders y Gary Jansen estaban armados hasta los dientes y sentía envidia de sus armas. Los dos se movían en silencio, se mantenían juntos y observaban a todo el mundo. Llegó a la conclusión de que sabían mucho más acerca de lo que estaba pasando de lo que parecía.

Don Weston y su amigo Mack Shelton, hasta donde podía ver, eran un par de idiotas. Además, nunca habían hecho una caminata por la selva tropical y, evidentemente, tenían miedo de todo. Fanfarroneaban, se quejaban y trataban mal a los porteadores y guías, cuando no la estaban mirando de manera lasciva a ella, o alimentando la creciente desconfianza que había entre los viajeros.

Ben Charger parecía mucho más experto en la selva y las tribus que la habitaban. Había realizado una amplia investigación y había venido preparado. Tampoco le gustaban Weston y Shelton, pero tenía que trabajar con ellos y claramente no estaba contento con eso. Pasaba mucho tiempo hablando con los guías y porteadores, haciendo preguntas e intentando aprender de ellos. No podía realmente culparlo de nada. Tal vez ella estaba igual de nerviosa que todo el mundo en este momento.

El arqueólogo y sus alumnos estaban muy entusiasmados y parecían completamente ajenos a la tensión que había en el campamento, aunque se dio cuenta de que estaban inquietos por la noche y se sentaban cerca del fuego. Parecían controlados, amigables y estaban muy concentrados en su misión. El doctor Henry Patton y sus dos alumnos, Todd Dillon y Pastor Marty, estaban mucho más emocionados por las ruinas sobre las que habían escuchado hablar que interesados en si una de las mujeres que los acompañaban traía mala suerte a los viajeros. Parecían jóvenes e ingenuos, incluso el profesor, que estaba al final de la cincuentena. Todo su mundo giraba en torno a lo académico.

Riley sentía un poco de lástima por los tres arqueólogos que parecían tan despistados, y estaba más agradecida que nunca de haber decidido concentrar sus estudios en las lenguas modernas en vez de en las muertas. Disfrutaba demasiado viajando, hablando con la gente y viviendo la vida como para estar encerrada en una torre de marfil enfrascada en unos libros polvorientos. Evidentemente, también había estudiado lenguas antiguas, pero sobre todo como una ventana para aprender su evolución y su impacto en diversas culturas.

Riley miró a Raúl y Capa, los dos porteadores con quienes había compartido el barco mientras subían el río. No le gustaba la forma en que cuchicheaban y lanzaban miradas furtivas hacia la hamaca donde dormía Annabel. Tal vez ese terrible zumbido en su cabeza la estaba volviendo tan paranoica como a todos los demás, pero en cualquier caso, no había dormido. No solo tenía que preocuparse de los hombres del campamento; los insectos, los murciélagos y todas las otras criaturas de la noche parecían acechar a su madre también.

Había pasado cuatro noches sin dormir, vigilando a Annabel y se le estaban empezando a romper los nervios hasta el punto de que le resultaba casi imposible tolerar la presencia sarcástica y lujuriosa de Weston. No quería generar más problemas siendo desagradable con él, pero sin duda estaba al borde de hacerlo. El fuego ardía brillante. Justo fuera del anillo de fuego rugió un jaguar. Parecía que los seguía, aunque cuando los guías fueron a comprobarlo por la mañana no pudieron encontrar sus huellas. Era imposible no sentirse afectado por su estridente gruñido.

Oyó un lento aleteo por encima de la cabeza de Annabel. Los murciélagos vampiro estaban aterrizando en los árboles, se rozaban con sus hojas y llenaban sus ramas hasta que estas crujían por el esfuerzo de tener que soportar el peso de tantos animales. Riley tragó con fuerza y lentamente volvió la cabeza hacia el fuego saltarín. Los porteadores y los guías miraron hacia el árbol cargado de murciélagos que colgaban de sus ramas. Era la cuarta noche consecutiva que esas criaturas habían pasado de ser interesantes a convertirse en siniestras en cosa de segundos.

Pedro, el guía, y Raúl y Capa, los dos porteadores de su barco, se movieron un poco entre las sombras. Los tres llevaban machetes. La expresión de sus caras iluminadas por las llamas parpadeantes la asustó. Durante un aterrador momento parecieron casi tan amenazantes como los murciélagos. Riley se levantó lentamente. Se había dejado las botas puestas, consciente de que tenía que proteger a su madre.

Annabel dormía inquieta y a veces gemía. Su madre siempre había tenido un oído muy agudo, incluso mientras dormía. Un gato caminando por el suelo la podía despertar, pero desde que había entrado en la selva parecía agotada y muy débil. Por la noche se retorcía y daba vueltas en su hamaca, a veces llorando suavemente apretándose la cabeza con las manos. Incluso cuando los murciélagos comenzaron a caer al suelo y a rodearla usando sus alas para impulsarse a través de la espesa vegetación, no abrió los ojos.

Riley había preparado sus defensas cuidadosamente. Había puesto antorchas que podía encender fácilmente, e incluso había ido más lejos y levantado un pequeño muro de fuego alrededor de la zona donde dormía su madre. Cuando se dispuso a desenganchar las mallas vio a Raúl avanzando a hurtadillas hacia ella. Se mantenía agachado y entre las sombras, pero alcanzaba a distinguirlo mientras se deslizaba de un lado a otro, acechando a su presa. Entonces miró a su madre dormida. Temía que fuera la presa que pretendía cazar el porteador.

Riley salió de su hamaca y sacó su cuchillo con el corazón palpitante. Tenía sabor a miedo en la boca. Enfrentarse a un machete, especialmente en manos de un hombre que lo usaba habitualmente, era una locura, pero tendría que pasar por encima de ella para llegar a su madre, igual que los murciélagos vampiro. Si venía por su madre, no solo se encontraría con su cuchillo, así que levantó una antorcha del fuego que había preparado antes para defenderse de los murciélagos.

Mataría si tenía que hacerlo. La idea le desagradaba, pero se endureció y repasó cada movimiento en su cabeza para ensayar. Se llenó de bilis, pero estaba decidida. Nadie… ni nada haría daño a su madre. Estaba convencida y nada la detendría, ni siquiera la idea de que lo que estaba a punto de hacer podría considerarse un asesinato premeditado.

Raúl se acercó más. Riley alcanzaba a oler su sudor. Su aroma era «malo» para ella. Respiró hondo, soltó el aire y se movió con cuidado hacia la hamaca de su madre pisando atentamente. Sentía que el suelo bajo sus pies casi se levantaba para recibir cada pisada. Nunca había sido tan consciente de los latidos de la Tierra. No hizo crujir ni una hoja. No rompió ni una ramita. Sus pies parecían saber exactamente dónde pisar para evitar hacer ruido, torcerse un tobillo o adaptarse a un suelo irregular.

Se situó frente a la hamaca de su madre, en un lugar donde fácilmente se podría mover para intentar evitar un ataque. Un movimiento cercano hizo que su pulso latiera con fuerza. La luz de las llamas de la hoguera que de pronto saltaban hacia el cielo proyectó la sombra de un hombre que se cernió sobre la hamaca. De otra manera no lo habría visto nunca. Jubal Sanders era así de silencioso. Se volvió rápidamente hacia él, pero había ido más allá de donde estaba ella y se había puesto en la cabecera de la hamaca de Annabel. Si hubiera querido matar a su madre, ya estaría muerta… Se había acercado demasiado sin que ella se diera cuenta.

Sin embargo supo, casi sin confirmarlo, girando la cabeza, que Gary Jansen estaba a los pies de la hamaca de su madre. Había pasado los últimos cuatro días caminando a través de la jungla más dura posible y sabía cómo se movía: silencioso y tranquilo a pesar del duro terreno. Pero aun así la sorprendió. Creyó que estaría más cómodo con una bata de laboratorio y comportándose como un profesor distraído. Estaba claro que era genial. No podías hablar con él y no darte cuenta de que era muy inteligente, y además se movía tan fácilmente por la selva como Jubal. También estaba muy bien armado y probablemente era igual de competente con las armas. Se alegró de que hubieran decidido ayudarla a proteger a Annabel.

El terrible zumbido que sentía aumentó tanto que por un momento le pareció que su cabeza iba a explotar. Se apretó los dedos con fuerza contra las sienes. Estaba mirando directamente a Gary cuando un enorme dolor explotó a través de su cráneo y sacudió sus dientes. Él se agarró la cabeza al mismo tiempo y la sacudió. Movió los labios pero no emitió ningún sonido. Miró a Jubal. También tenía dolor de cabeza.

Sonaron unas palabras extrañas. Se mezclaban casi como un cántico, pero definitivamente eran palabras. Aunque había destacado en el estudio de las lenguas antiguas y muertas, además de las modernas, no reconocía el ritmo de las frases, y sin embargo Jubal y Gary claramente sí lo hacían. Vio la expresión de sus rostros, y que se miraban inquietos.

Ben Charger se tambaleó al otro lado de la hamaca de Annabel, y se apretó las manos contra sus oídos.

—Algo va mal —susurró—. Esto tiene que ver con ella. Un ser malvado la quiere muerta.

Jubal y Gary asintieron. Los murciélagos se movieron por encima de sus cabezas. El corazón de Riley latía tan fuerte que temía que los otros pudieran oírlo. Agarró mejor su cuchillo y la linterna y esperó en la oscuridad. Annabel gemía y se retorcía como si soñara que estaba escapando de algo terrible que la perseguía y atormentaba.

Raúl salió de las sombras con el machete en la mano susurrando la misma frase una y otra vez.

—*Hän kalma, emni hän ku köd alte. Tappatak ŋaman. Tappatak ŋaman.*

Riley oyó claramente las palabras que el porteador repetía una y otra vez. Conocía la mayoría de los dialectos que hablaban las tribus de esa parte de la selva. Sabía español, portugués y las demás lenguas europeas, e incluso las de Rusia y Latinoamérica, pero esto no era nada que hubiera escuchado antes. No procedía del latín. Tampoco de ninguna de las lenguas muertas que conocía, pero esas palabras significaban algo para el porteador y, miró a Jubal y a Gary, para los dos investigadores.

Raúl entonaba la frase una y otra vez con una voz gutural e hipnótica. Tenía los ojos vidriosos. Riley había visto ceremonias donde los participantes se ponían en trance, y el porteador parecía estar sin duda en uno, lo que lo hacía doblemente peligroso. Su cuerpo chorreaba sudor y salpicaba misteriosamente las hojas por las que ahora trepaban miles de hormigas. Continuamente negaba con la cabeza, como si luchara contra el ruido que sentía en la cabeza, se tambaleaba hacia atrás unos metros y enseguida volvía a avanzar implacablemente.

A Riley se le secó la boca cuando los murciélagos comenzaron a descender. Se lanzaban al suelo como amenazantes aves de rapiña y después se arrastraban a través de la vegetación. Sus ojos redondos miraban a Annabel mientras usaban sus alas como patas para impulsarse hacia su presa. Raúl se acercó arrastrando los pies torpemente, moviéndose de manera muy diferente a la agilidad que tenía normalmente. El cántico que susurraba sonaba más fuerte e intenso con cada paso que daba. El jaguar que ahora estaba más cerca dio otro gruñido mientras acechaba. Riley no podía creer lo que estaba sucediendo. Era como si todo lo más hostil de la selva hubiera salido para matar a su madre.

Riley encendió su antorcha, la alejó de su cuerpo y rápidamente comenzó a encender las que había colocado alrededor de la hamaca. Las antorchas resplandecieron formando un muro bajo de luz y fuego alrededor de Annabel.

Raúl seguía acercándose a pesar de que intentaba desesperadamente no hacerlo. Cada vez que conseguía moverse hacia atrás y alejarse de Annabel, su cuerpo de nuevo empezaba a avanzar. No era rápido. Tampoco lento. Era un robot programado que cantaba cada vez más fuerte la misma frase de forma monótona. Ahora era como una orden. Una petición.

—*Hän kalma, emni hän ku köd alte. Tappatak ŋamaŋ. Tappatak ŋamaŋ.*

El porteador parecía no ver los macabros murciélagos con su inquietante batir de alas. Mientras se acercaba sujetando el machete con las dos manos, sus ojos vidriosos permanecían fijos en Annabel.

—Riley —dijo Jubal—. Entra en el círculo de luz y mantén a los murciélagos fuera con tu antorcha. Yo me encargo de Raúl.

Intentó no parecer aliviada. Su deber era proteger a su madre, pero la diabólica máscara del porteador mostraba un fervoroso fanatismo y un propósito insano, que era verdaderamente horrible. Se metió de nuevo en el círculo de fuego y se situó junto a su madre.

Jubal Sanders levantó una pistola y habló en voz alta.

—Pedro, Miguel, Alejandro —llamó a los tres guías—. Detenedlo antes de que le dispare. Y voy a disparar. Si no queréis que Raúl muera, lo mejor es que lo detengáis. Tiene unos siete segundos y después apretaré el gatillo.

No había duda de que Jubal estaba completamente dispuesto a disparar al porteador. Su voz sonaba autoritaria, aunque su tono era bajo y firme. El tiempo se ralentizó. Como en un túnel. Riley lo veía todo como en un sueño lejano. El giro inevitable de las cabezas de sus compañeros y sus expresiones de miedo y estupefacción. El avance nervioso de los murciélagos. El porteador dio un paso más. Jubal permanecía tranquilo con la pistola en mano.

Miguel, Pedro y Alejandro, todos hermanos, se precipitaron hacia Raúl, mientras los otros continuaron indecisos, aparentemente conmocionados por la intención clara del porteador de asesinar a una mujer. El doctor Patton y sus dos alumnos parecieron advertir por primera vez que algo iba mal. Los tres se pusieron de pie rápidamente y contemplaron con horror la escena que se desarrollaba ante ellos. Las llamas se elevaron misteriosamente en la hoguera principal y se dirigieron a las antorchas colocadas en el suelo como si de pronto se hubiera levantado un viento, pero el aire estaba en calma.

—*Hän kalma, emni hän ku köd alte. Tappatak ŋamaŋ. Tappatak ŋamaŋ.*

Raúl continuaba cantando la frase extraña una y otra vez.

Riley ahora podía oír claramente las palabras. Reconoció la cadencia extraña que le zumbaba en el oído, como si ese estribillo, aunque ajeno a ella, se le estuviera clavando en la mente… y en las de todos. Había docenas de alucinógenos en la selva que los guías y porteadores, y probablemente los investigadores, y cualquier persona del grupo, podía conocer. Cualquiera podía ser responsable de esos ataques a su madre. A Weston le encantaban las supersticiones, aunque tanto él como Shelton parecían estar durmiendo inquietos en sus hamacas, inconscientes del drama que se estaba desarrollando a su alrededor.

El tiempo avanzaba lentamente. Raúl continuaba empecinado en seguir avanzando. Jubal ni se inmutaba. Podría haber estado esculpido en piedra. Los murciélagos seguían arrastrándose hacia Riley, acercándose a las antorchas y al círculo de luz que rodeaba a Annabel.

—*Hän kalma, emni hän ku köd alte. Tappatak ŋamaŋ. Tappatak ŋamaŋ.*

A Riley el corazón le palpitaba con fuerza, latido tras latido, siguiendo el mismo ritmo amenazante del diabólico cántico del porteador. Inmediatamente se dio cuenta de que incluso los murciélagos que se arrastraban hacia Annabel mantenían exactamente el mismo ritmo. Todo a su alrededor, desde el extraño vaivén de los árboles hasta la danza de las llamas, a pesar de la quietud del viento, seguía el cántico del porteador que parecía surgir de sus propias cabezas. Alguien del campamento tenía que tener como objetivo a Annabel, y usaba alucinógenos y arrojaba sospechas sobre ella. El hecho de que las plantas y los árboles le respondieran alimentaba sus supersticiones. No tenía ningún sentido.

Miguel y Pedro estaban flanqueando a Raúl. Su hermano Alejandro llegó rápidamente desde el otro lado. Los tres fruncían el ceño muy concentrados y sacudían la cabeza para mantener el canto malvado fuera de sus mentes mientras intentaban salvar al porteador de la pistola de Jubal. Raúl estaba emparentado con ellos de alguna manera, recordó Riley, pero la mayoría de los aldeanos eran familia. Su afecto hacia él afortunadamente superaba la terrible alucinación en la que Raúl parecía estar atrapado.

Cuando lo rodearon le agarraron la mano para mantener el machete fuera de juego, pero el porteador continuaba intentando avanzar ignorando a los tres guías que se aferraban a él. Y seguía con su cántico macabro. Riley pasó la antorcha por el suelo cuando la primera línea de murciélagos se acercó demasiado a su madre. Intentaba descifrar el significado de esos extraños sonidos guturales que surgían de la boca de Raúl.

El aire se impregnó de olor a carne quemada. Los murciélagos se apartaron precipitadamente cuando volvió a agitar su antorcha formando un círculo cerca del suelo para hacer que las criaturas se retiraran y se alejaran de la hamaca de su madre. Cuando dos de ellos ya se disponían a subir por el tronco del árbol, ella los apuntó con el extremo de la antorcha, y enseguida quedaron atrapados en el fuego y cayeron de golpe contra el suelo. Entonces dio varias patadas a las bolas de fuego para alejarlas de Annabel.

Riley oyó un aleteo que atravesó la vegetación detrás de ella, y al darse la vuelta se encontró con que los murciélagos se habían desplazado al otro lado de la hamaca. Ben Charger cogió una antorcha y las llamas mostraron su cara con mucho relieve. Los ángulos profundos que cortaban su rostro le hacían parecer un maníaco. Sus ojos brillaban con una especie de furia. Por un momento, Riley temió por su madre, pero el hombre cogió la antorcha, la movió hacia los murciélagos vampiro que se acercaban e hizo que retrocedieran. A los que insistían en avanzar los quemó.

Gary luchaba en su lado de la hamaca. Riley corrió por detrás de Jubal y pasó su antorcha por la línea de los murciélagos que se abrían camino a hurtadillas por debajo de la hamaca desde ese lado. El olor era horrible y no podía dejar de toser por el humo negro que se levantaba a su alrededor. Annabel no se despertaba, pero se retorcía y luchaba en su hamaca mientras los tres hombres ayudaban a Riley a protegerla.

Miguel y Pedro arrastraron a Raúl por la espesa vegetación para alejarlo de allí, pero se negaba a detenerse, no quería retroceder e intentaba desesperadamente seguir adelante a pesar de la amenaza de la pistola. El porteador seguía repitiendo la misma frase una y otra vez. Los otros le gritaban órdenes, pero no escuchaba, pues estaba demasiado perdido en su alucinación. Alejandro recuperó el machete y lo apartó de las manos de Raúl, que lo seguía buscando.

Al final lo arrastraron hasta el otro lado del campo y lo mantuvieron prisionero allí. El arqueólogo y sus alumnos atravesaron el campamento vacilantes para observar el lío de murciélagos muertos o moribundos, y cómo los otros se alejaban de las llamas que rodeaban la hamaca.

—¿Estáis bien? —preguntó el doctor Patton—. Esto es muy raro. ¿De verdad que ese hombre estaba intentando asesinar a uno de vosotros con un machete?

Parecía como si estuviera despertando de un sueño. Se mostraba tan sorprendido que Riley tuvo una inesperada necesidad de reírse. Había estado avanzando penosamente a través de la selva con ellos durante cuatro largos días. Había escuchado historias de ataques de serpientes y pirañas una y otra vez gracias a Weston, que no parecía ser capaz de hablar de nada más, y sin embargo, por primera vez el arqueólogo parecía darse cuenta de que algo iba mal.

El doctor parpadeó al darse cuenta de que Jubal todavía tenía la pistola en la mano.

—Algo está pasando aquí.

Un sonido escapó de su garganta antes de que pudiera detenerlo. Tal vez una risa histérica.

—¿Fue el machete lo que te puso sobre aviso, el canto diabólico del infierno o la horda de murciélagos vampiros arrastrándose por el suelo?

Riley se llevó la mano a la boca. Sin duda estaba histérica y por eso le había contestado de esa manera. Pero ¿en serio? ¿Algo estaba pasando? ¿Era esa su primera sospecha? Estaba llevando demasiado lejos el comportamiento distraído de los profesores.

—Tranquila —susurró Jubal—. Ella ahora está a salvo. Creo que ha terminado por esta noche.

Riley se mordió el labio para no replicar. La selva estaba llena de depredadores de todo tipo y tamaño, y aparentemente todos ellos intentaban atacar a Annabel. ¿Cómo iba a estar su madre segura de algo así? La sensación de sentirse bienvenida, de estar regresando a casa que siempre había experimentado en sus visitas anteriores no existía en absoluto. Esta vez, la selva parecía salvaje y peligrosa, incluso malévola.

Se obligó a concentrar su atención en los murciélagos que quedaban. Felizmente al fin se apartaban de la luz y del hedor de sus compañeros abrasados. Se le alivió un poco el nudo de su estómago mientras inspeccionaba el tronco y las ramas que pasaban por encima de su madre. También se estaban retirando los insectos.

—Debería haberos ayudado —dijo el doctor Henry Patton—. No sé por qué no lo hice.

Sus dos alumnos lo habían seguido a un ritmo mucho más lento, y parecían tan aturdidos y confundidos como su profesor.

Riley se contuvo de regañarlos a pesar de su enfado. Nada de esto era culpa del arqueólogo. Tal vez tenía los medios y los conocimientos para comprender las propiedades de una planta alucinógena y de toda la expedición, pero ¿cuáles eran sus motivos? ¿Qué motivo podría tener?

Riley se pasó una mano temblorosa por el cabello completamente agotada. No se había atrevido a dormir las últimas cuatro noches desde que habían entrado en la selva. Desde que había comenzado ese terrible murmullo. El zumbido interminable era suficiente para volver loco a cualquier persona cuerda, y evidentemente ella era la menos afectada de su grupo.

Los tres guías y el resto de porteadores rodeaban a Raúl y lo tenían sujeto con algún tipo de cuerda. Seguía con su cántico en esa lengua gutural y extraña, a veces susurrando, a veces gritando, y continuaba intentando ir hacia la hamaca de Annabel. Sus primos se vieron obligados a atarle a un árbol para evitar que la atacara de nuevo. Apretaba el puño como si todavía estuviera agarrando el mango del machete, y movía el brazo hacia atrás y hacia adelante en el aire representando una inquietante pantomima.

—¿Qué dice? —preguntó Riley a Jubal una vez que la emoción se calmó y todos volvieron a sus hamacas. Ella hizo un gesto con la cabeza hacia el porteador atado al árbol y observó la expresión de Gary—. Observé que vosotros dos habéis reconocido el idioma. —Jubal la miró directamente a los ojos—. No lo niegues. Vi cómo os mirabais el uno al otro. Sin duda sabéis lo que está diciendo.

Jubal y Gary se volvieron casi simultáneamente para mirar por encima del hombro a Ben Charger. Era evidente que no querían hablar delante de los demás.

—Déjame echarte una mano retirando estos murciélagos —dijo Gary.

Riley comenzó a barrer los murciélagos muertos o moribundos que rodeaban a su madre. Era un trabajo asqueroso y repugnante. Tanto Jubal como Gary la ayudaron, lo que le venía bien, pues no tendría que ir a sus hamacas para que le dieran una explicación.

Ben los ayudó durante unos minutos dando patadas a los cuerpos abrasados para alejarlos de la hamaca de Annabel, pero cuando Gary comenzó a cavar en la vegetación para eliminarlos a todos en una fosa común, el ingeniero se marchó.

—No creo que me necesitéis más esta noche. Las cosas parecen estar calmándose.

Solo entonces Riley se dio cuenta del que el terrible zumbido de su cabeza había desaparecido. Aunque ya no lo oía, por los ojos rojos y los ceños fruncidos de las caras de los demás se dio cuenta de que no había parado por completo.

—Muchas gracias por tu ayuda. No lo habríamos conseguido sin ti. Actuaste muy rápido.

Ben se encogió de hombros.

—Iban directo a ella. No iba a quedarme parado y dejar que le hicieran daño. Tengo el sueño ligero. Si ocurre algo de nuevo, pega un grito y vendré corriendo.

Riley se obligó a ofrecerle una breve sonrisa.

—Gracias otra vez.

Ben se frotó las sienes y frunció el ceño mientras se alejaba de ella. Riley ayudó a empujar los restos de los murciélagos en el agujero que Gary había cavado, a la espera de que Ben se alejara antes de volverse hacia Jubal.

—Está bien —dijo ella—, se ha ido. Ahora dime lo que Raúl estaba cantando. ¿Y en qué lengua hablaba? Desde luego no es nativa de este país ni de ninguna tribu del Amazonas.

Jubal metió la pistola en una especie de arnés que llevaba debajo de la chaqueta suelta. A Riley le pareció interesante que no la hubiera guardado hasta que Ben se marchó.

—El idioma es muy antiguo —dijo Jubal—. Tiene su origen en las montañas de los Cárpatos, pero son muy pocos los que lo hablan o lo entienden hoy en día.

Ella frunció el ceño.

—¿Las montañas de los Cárpatos? ¿Cómo diablos puede un porteador apenas educado de una aldea remota del Amazonas conocer y hablar una antigua lengua europea de la que ni siquiera yo sabía que existiera? No importa. Podemos hablar de eso más tarde. Por ahora quiero saber lo que estaba diciendo.

Jubal miró a Gary por encima de su cabeza.

—No hagas eso. Mírame a mí, no a él. Sé que entendiste lo que dijo —insistió Riley—. Ese hombre estaba intentando matar a mi madre. Y todo el tiempo decía: «*Hän kalma, emni hän ku köd alte. Tappatak ŋamaŋ. Tappatak ŋamaŋ*». —Repitió la frase con un tono y una entonación perfecta, y sonaba exactamente como la pronunciaba Raúl—. Quiero saber qué significa.

Jubal negó con la cabeza.

—No sé responderte. De verdad que no, Riley. No soy tan bueno con los idiomas como Gary, y no quiero cometer un error. Creo que entiendo lo esencial de lo que estaba intentando decir, pero puedo traducirlo mal y alarmarte...

—El hombre vino por mi madre con un machete. No creo que vaya a ser más alarmante que eso —replicó Riley e inmediatamente se avergonzó de sí misma. Necesitaba la ayuda de ese hombre. Gary, Ben y Jubal no habían actuado solo para salvar la vida de su madre, sino probablemente la suya también—. Lo siento. Ayudaste a defender a mi madre, y lo aprecio. Pero estoy asustada por ella y necesito saber a qué me estoy enfrentando.

Gary rodeó la hamaca de Annabel y se detuvo frente a Riley.

—Siento que os esté sucediendo esto a las dos. Debes estar muy asustada. Me parece, y esta es una traducción libre, que estaba cantando: «Muerte a la mujer maldita. Mátala. Mátala». Esto es todo lo que pude entender. —Miró a Jubal—. ¿Entendiste lo mismo?

Riley sabía que había cambiado su atención a Jubal para darle tiempo para recuperarse. Sospechaba que la traducción podía ser amenazante..., pero, aun así, sintió como si alguien le hubiera dado un golpe en el estómago y la hubiera dejado sin aliento. Se obligó a respirar mientras miraba hacia el cielo nocturno a través del follaje, que para ella era una capa de hojas borrosas. ¿Quién perseguía a su madre? Era una mujer increíble y amable. Todos los que la conocían la querían. El ataque no tenía ningún sentido.

—Raúl sin duda ha pasado toda su vida aquí en la selva. Realmente no ha tenido muchos contactos con el exterior, ni ninguno de los aldeanos tampoco. ¿Cómo iba a haber aprendido un idioma casi extinguido y claramente extranjero? —dijo Riley esforzándose para no sonar desafiante.

Sin duda este hombre le había salvado la vida, *pero* Jubal Sanders y Gary Jansen investigaban plantas. Ambos habían admitido que habían venido a los Andes a buscar una planta que se suponía que se había extinguido en todas partes, y que la planta era originaria de los montes Cárpatos en Europa. Si ese idioma se había originado en la misma zona, ¿qué estaban haciendo la planta y el idioma en Sudamérica? ¿Y qué casualidad que todos los del grupo de viajeros hubieran experimentado la misma alucinación, y todo relacionado con ese antiguo idioma que ambos hombres entendían?

Jubal negó con la cabeza.

—No tengo ninguna explicación.

Estaba mintiendo. La miró directamente a los ojos. Su expresión no cambió, mantuvo impasible su hermoso rostro serio y preocupado, con la mandíbula y la boca firmes, pero mentía.

—Oh, sí, claro que la tienes —replicó ella—. Y me vas a decir cuál es ahora mismo.

Gary suspiró.

—Díselo, Jubal. En el peor de los casos pensará que estás tan loco como el porteador.

—Honestamente, no sabemos con seguridad lo que está pasando, pero tenemos nuestras sospechas. Hemos visto cosas como estas en otras partes del mundo. —Jubal vaciló—. ¿Crees en la existencia del mal?

—¿Te refieres a algo como Satanás, el diablo?

—Más o menos, pero no estoy hablando de Dios y de los ángeles.

Riley aplacó su primera reacción. En el Amazonas ocurrían cosas extrañas. Y su madre ciertamente tenía dones que no eran explicables. Estaba el viaje a los Andes cada cinco años, y el ritual que llevaban a cabo en la montaña. También los rumores, las leyendas y los mitos transmitidos que explicaban que un gran mal había destruido al pueblo de las nubes y después a los incas. Por supuesto, nadie se lo creía, pero ¿y si era verdad?

—Sí —admitió—, creo en el mal.

Jubal vaciló de nuevo.

—Yo... nosotros... sospechamos que aquí hay algo antiguo, un ser malvado que tiene el poder de dar órdenes a los insectos y de apoderarse de nuestras mentes y engañarnos para hacernos creer cosas que no son verdad.

Riley en ese instante recordó a su madre nerviosa divagando sobre el mal atrapado en la montaña. Ambas la iban a subir para volverla a sellar y evitar que el volcán entrara en erupción, y Annabel estaba preocupada de llegar tarde. Riley sabía que generaciones de mujeres habían ido a esa montaña, y que en el pasado el viaje era incluso más riguroso y peligroso. Sin embargo, seguían yendo al mismo lugar para repetir el ritual.

¿Así que podría ser verdad? ¿Había realmente algo malvado atrapado en esa montaña? ¿Algo que las mujeres de su familia habían estado conteniendo durante cientos, probablemente incluso miles de años?

Riley se estremeció y se puso una mano sobre su estómago apretado.

—¿Por qué esta cosa maligna busca a mi madre?

—Es evidente que considera que tu madre de alguna manera es una amenaza —dijo Gary.

«Algo está pasando. El mal de la montaña está intentando deliberadamente que me retrase. Se encuentra cerca de la superficie y está orquestando accidentes y enfermedades.» Riley se estremeció al recordar las terribles advertencias de su madre. Las había desechado pensando que eran divagaciones inducidas por la conmoción, pero ahora Riley no estaba tan segura. ¿Podría ser cierto?

Jubal se acercó a la hamaca de su madre. Riley casi salta sobre él, pero su lenguaje corporal irradiaba protección. Se enfrentaba a la selva con el cuerpo siempre en alerta. Entonces se dio cuenta del silencio. El zumbido constante e interminable de los insectos había desaparecido y todo había quedado en un extraño vacío.

Instintivamente se acercó a su madre. Annabel se retorcía. Gemía. Su cuerpo estaba perlado de sudor. Levantó las manos y comenzó a hacer con ellas una complicada serie de movimientos. Giraba hipnóticamente los dedos y las manos, como si dirigiera una sinfonía, y cada movimiento fluía de manera precisa y hermosa. Ella había visto esos movimientos muchas veces. Sus propias manos automáticamente los siguieron, como si en lugar de su mente hubiera sido su memoria la que activaba sus huesos. Hizo un esfuerzo por mantener los brazos hacia abajo, pero no podía evitar que sus dedos y muñecas giraran al ritmo de los de su madre, y bailaran con un movimiento elegante.

El cuerpo de su madre se volvió hacia el este y Riley descubrió que también miraba en esa misma dirección. Podía sentir el flujo de la Tierra subiendo por las plantas de sus pies, y avanzando a través de ella como la savia de los árboles. Un corazón palpitaba en lo más profundo de la Tierra. Sintió que su propio pulso se sincronizó con el ritmo de ese tamborileo constante. Sentía que estaba anclada a la Tierra, y que por debajo de ella bajaban unas raíces que buscaban la fuerza de vida que nacía muy profundamente.

Sentía las planta individualmente, cada una de ellas con su propio carácter y personalidad. Algunas venenosas, otras antídotos. Las reconocía como hermanas y hermanos. Sentía que enraizaban dentro de ella, que se desplegaban por sus venas, por sus órganos internos y rodeaban sus huesos hasta que su sangre comenzó a cantar con el alma de la selva.

Tomó conciencia de una manera muy profunda de cada árbol, arbusto y planta con vida que había cerca. Su corazón y su alma se abrieron a la vegetación que, a su vez, le respondía alimentando su valor y resistencia. La Tierra era su madre y estaba dispuesta a ayudarla en cualquier momento. Sintió una mancha maligna extendiéndose a través del propio suelo, en busca de un objetivo. Pero había algo más allí también, algo fuerte y valiente. Depredador. Protector. *De ella.* Bruscamente se obligó a volver.

Al parecer, al fin y al cabo, Jubal y Gary no estaban demasiado alejados en su evaluación de la situación. Eso no era una alucinación en masa, sino un complot minuciosamente orquestado para atacar a su madre, y así retrasar su viaje a la montaña e impedir que llevara a cabo el ritual de siglos de antigüedad. Riley no sabía la razón, ni lo que había en la montaña. Solo podía entender que algo estaba desesperado por salir, por sobrevivir, y que usaría cualquier medio disponible para hacerlo... e incluso mataría a su madre.

De modo que esto era lo que hacía que su madre estuviera tan en armonía con las plantas. Las sentía y estaba intensamente conectada con ellas. Ella nunca había sentido esa conexión antes, y pensó que le estaban transfiriendo alguna forma de conciencia y de poder. Esa posibilidad la alarmó aún más. ¿Estaba su madre involuntariamente haciendo algo en su sueño para traspasar sus conocimientos a su hija, como decía que había hecho cada generación de sus antepasadas justo antes de su muerte?

—¿Qué está haciendo? —preguntó Jubal con voz curiosa.

Curiosidad y algo más. ¿Tal vez reconocimiento?

Riley finalmente se sobresaltó. Estaba tan atrapada y absorbida por las miles de plantas que había a su alrededor, por la sensación de estar casi siendo transformada, hipnotizada por la existencia de la vida tan intensa que la rodeaba, que casi se olvida de que había testigos que estaban observando los movimientos rituales que su madre realizaba en la montaña. Tanto Jubal como Gary la miraron como si supieran demasiado.

Riley se encogió de hombros. Se negaba a explicar a nadie lo de su madre, aunque sentía que los dos hombres se habían ganado una respuesta. Pero simplemente no tenía una que fuera apropiada.

—¿Has visto esos movimientos antes? —preguntó Jubal—. La forma en que está moviendo sus manos es casi ritual.

—Sí.

Ella había sido lo más honesta posible y creía que ellos lo habían sido también. Ambos daban vueltas uno alrededor del otro, reacios a decir algo de lo que no pudieran retractarse.

—He visto gestos parecidos en los montes Cárpatos —admitió Jubal—. Cuando trabajamos en las partes más remotas de las montañas. ¿Ha estado tu madre allí alguna vez? ¿Tiene lazos con Rumanía o con cualquiera de los países que cruzan esa cordillera?

Riley negó con la cabeza rotundamente.

—Hemos viajado a Europa una vez, pero a ninguna parte próxima a los Cárpatos. Sobre todo hemos estado en Sudamérica. Mi madre ha venido aquí muchas veces. La mayoría de las mujeres de mi familia han nacido aquí, incluida mi madre. Somos descendientes del pueblo de las nubes, así como de los incas, y por eso mi familia siempre ha tenido un gran interés en esta parte del mundo. Mi madre se crió en este lugar y no fue a Estados Unidos hasta que conoció y se casó con mi padre. Él era de allí.

—¿Eres adoptada? —preguntó Jubal—. No te pareces nada a tu madre.

Riley apretó los labios. Había oído decir eso toda su vida. Era alta y curvilínea, tenía la piel translúcida y unos grandes ojos ovalados muy diferentes a los de su madre. Tenía el pelo tan liso como una tabla y tan negro como la noche. Su madre era delgada, de mediana estatura, con una maravillosa piel olivácea y el cabello rizado.

—No soy adoptada. Me parezco a una de mis antepasadas. Era más alta y tenía el pelo oscuro, por lo menos si los dibujos que le hicieron son fiables.

Mi madre me los enseñó una vez que estaba enfadada porque era más alta que todo el mundo en mi instituto de secundaria.

Estaba hablando demasiado rápido como solía hacer cuando no se sentía mal. Estaban haciendo un montón de preguntas personales. ¿Qué importaba si no se parecía a su madre? ¿Por qué estaban tan interesados? Solo quería agarrar a su madre y marcharse de allí. Si no hubiera sido por el hecho de que la propia selva parecía decidida a atacarlas, hubiera hecho exactamente eso. Su madre tenía un sorprendente sentido de la orientación cuando estaba en la montaña. Dos veces que habían hecho el viaje y los guías se habían perdido, su madre había encontrado el camino.

Pero ahora, con Annabel enferma y los ataques hacia ella cada vez más violentos, Riley no se atrevía a separarse del grupo. Jubal y Gary ofrecían un nivel de protección que no podía permitirse descartar.

—Gracias a los dos por vuestra ayuda. Tengo que conseguir dormir esta noche. No sé por qué la selva se ha quedado en silencio, pero no siento ninguna amenaza inmediata. No quiero que mi madre se entere de esto ahora. Quiero contárselo yo misma y ver si tiene alguna idea de la razón de estos ataques contra ella.

Necesitaba tiempo a solas con su madre, lo que era casi imposible, pues estaban rodeadas de los demás viajeros. Los guías y porteadores las miraban ahora con sospecha, y hacían aún más difícil tener privacidad.

—Intenta dormir —dijo Gary—. Nosotros vigilaremos.

Capítulo 3

Mucho más abajo de la superficie, enterrado profundamente en el caliente y rico suelo volcánico de los Andes, Danutdaxton despertó con un martilleo constante en la cabeza rodeado de un calor cada vez mayor. Sus ojos se abrieron en la conocida oscuridad, sintió un aguijonazo de azufre en la nariz y una punzante sed de sangre que lo golpeaba con puños de piedra.

Dax flexionó las manos mientras comprobaba sus defensas en la cámara. No estaba solo. Otra oleada de latidos golpeó sus sentidos. A pesar del dolor, el ataque le hizo sonreír con sombría admiración.

—Qué modales, viejo amigo —murmuró.

Había que decir en favor de Mitro Daratrazanoff que era un enemigo tan implacable como él lo era como cazador. Se habían perseguido durante innumerables siglos antes de ser atrapados en ese volcán, y desde su enterramiento habían seguido su lucha sin darse nunca por vencidos, y constantemente habían esperado los momentos de debilidad del otro para sacarles provecho. La lucha se había convertido en toda su existencia. Cazador y cazado, depredador y presa: sus papeles cambiaban continuamente, pero estaban tan igualados que ninguno de los dos mantenía el control durante mucho tiempo.

Dax tomó aire y dejó que el calor, el dolor y la oscuridad se apoderaran de él. Su cuerpo se calmó. El hambre voraz disminuyó cuando el calor y el poder del volcán se hundieron en su carne y lo alimentaron con su energía y su fuerza. Conseguía su sustento de la tierra, igual que en los Cárpatos se alimentaba de las venas de sus presas humanas.

Antes solo la sangre podía aplacar su hambre y darle fuerzas. Pero los últimos quinientos años que llevaba encerrado rodeado del calor y la presión que había en el corazón de un volcán lo habían cambiado. Ya no era «solo» un carpatiano. Se había convertido en algo diferente, algo... más.

Su carne y sus huesos se habían hecho más densos, más fuertes y menos susceptibles a las heridas. Tenía una tolerancia mucho mayor al calor y al fuego. Probablemente podía estar en el centro de una hoguera sin que le saliera ni una ampolla. Su cabello, antes largo y tupido, igual que el de la mayoría de los carpatianos, se había chamuscado y su piel se le había vuelto muy gruesa. Sus ojos podían amplificar la más mínima luz, lo que le permitía ver con claridad en condiciones de oscuridad casi total. Y en cavernas donde no había el menor atisbo de luz, había desarrollado la habilidad de ver a través de otros medios. Las huellas que dejaba el calor eran claramente visibles para él, e incluso en las cuevas y túneles más fríos y oscuros, podía distinguir las vibraciones de la energía de las rocas y el aire, y por lo tanto «ver» su entorno.

Esas vibraciones le susurraron a través de la piel cuando despertó por completo de su sueño curativo. Su cuerpo se movió y estiró rodeado de tierra caliente. Abrió su lugar de descanso con un gesto de la mano y se levantó en la cámara vacía que había encima del magma. Las grietas de la endurecida roca negra dejaban ver la lava naranja brillante que burbujeaba sin descanso en los pozos de abajo e iluminaban la cámara con una tenue luz rojiza.

La tierra retumbó bajo sus pies, el suelo de pronto se tambaleó y casi pierde el equilibrio. Entre las grietas brillantes del suelo de la cámara salía un vapor naranja que traía el conocido hedor descompuesto del mal.

Los músculos de Dax estaban tensos. Se había acostumbrado a los estruendos y movimientos del volcán a lo largo de los años, pero esto era diferente. El volcán se estaba despertando. Y quien lo estaba provocando era Mitro.

Otra ola de presión chocó contra él y lo lanzó de rodillas. El suelo se movió y cayó rodando. Dax se estabilizó y clavó unas antenas en el suelo intentando localizar a su antiguo enemigo. Sin embargo, el miasma aceitoso y pegajoso de las descomposiciones del vampiro lo había saturado todo dentro del volcán, por lo que le era imposible rastrear al mal hasta su origen. Mitro también estaba allí luchado para liberarse de sus ataduras y poder usar la fuerza explosiva del volcán para lograrlo.

Desde hacía muchísimos años Mitro Daratrazanoff intentaba escapar de su prisión. Dax lo había perseguido para darle caza a través de las cavernas y túneles del volcán, le había seguido el rastro y había luchado para acabar con él. Y durante la misma cantidad de años, Mitro primero había rechazado a su compañera Arabejila y luego a sus descendientes que venían al volcán cada cinco años para fortalecer los cierres de su prisión y mantenerlo retenido hasta que él finalmente pudiera matarlo. Si Dax no hubiera estado constantemente cazándolo y luchando contra él, y si Arabejila y sus descendientes no hubieran renovando continuamente la fuerza de los cierres de su prisión, el vampiro hubiera escapado hacía mucho tiempo y hubiera infligido un mal inimaginable al mundo.

Desgraciadamente, a lo largo de las últimas décadas, la energía tejida por las descendientes de Arabejila era cada vez más débil. Sus rituales de renovación ya no tenían la misma fuerza de los cierres que antes. Y con los cierres debilitados, los intentos por escapar de Mitro habían estado cada vez más cerca de tener éxito. Las últimas tres veces, las descendientes de Arabejila habían llegado en el último momento, y habían renovado los cierres solo escasos días, incluso horas, antes de que Mitro los rompiera.

Dax, muy preocupado, sintió un escalofrío. A juzgar por la turbulencia creciente del volcán, Mitro ya había encontrado una gran abertura en las paredes de su prisión, y eso le permitía influir en el mundo exterior. No era un buen augurio. Mitro debía haberse despertado mucho antes que él esta vez. Se había hecho más fuerte…, demasiado fuerte.

Dax estaba muy afectado y agudizó sus sentidos para buscar en el exterior el pequeño temblor de vida que lo alertaba de la presencia de otro carpatiano. Había sido capaz de utilizar ese método a lo largo de los años para seguir el progreso de Arabejila y sus descendientes cuando llegaban a la montaña. Sus sentidos se dispararon hacia afuera, atravesaron la roca y la tierra hasta el cielo por encima del volcán, y enseguida cruzaron a través de la densa jungla.

Después de varios minutos de búsqueda, la encontró. La descendiente de Arabejila. Se acercaba a la montaña igual que habían hecho cada cinco años durante los últimos... quién sabía cuántos siglos, pero seguía estando a horas de camino. No iba a llegar a tiempo. La mujer estaba demasiado lejos y Mitro se había hecho demasiado fuerte.

Dax había sido considerado el mejor cazador de toda la raza carpatiana, y aun así, pelea tras pelea, Mitro lo había conseguido esquivar. Permanecer encerrado en la tierra durante tanto tiempo sin sangre para mantenerlos debía haberlos debilitado, posiblemente incluso podía haber acabado con ellos. Pero igual que Dax, Mitro había encontrado una manera de sobrevivir y hacerse fuerte. La intensa presión, el calor y el duro entorno del volcán los había transformado. Si Mitro escapaba ahora, no habría nada ni nadie lo suficientemente fuerte como para detenerlo.

Dax no podía dejarlo escapar.

Los susurros se hicieron más fuertes, exigentes e incesantes. Desde hacía meses, incluso mientras dormía, unas voces susurraban en sus oídos como un coro interminable. Lo instaban a visitar la caverna que había junto al corazón del volcán. El calor y la presión allí eran tan intensos al estar tan cerca de la cámara principal de magma del volcán, que Dax nunca había sido capaz de aguantar allí más de unos pocos segundos. Pero había algo. Algo poderoso y feroz. Algo a lo que normalmente no le gustaba ser molestado.

Algo que la tierra creía que Dax necesitaba, pues lo había estado llevando de vuelta a aquella cámara una y otra vez a lo largo de los siglos.

La presión era ahora más fuerte que nunca. Cada parte de su cuerpo se sentía impulsado y atraído hacia esa caverna en el corazón del volcán. Lo que hubiera allí lo esperaba, y ya no podía retrasarlo durante más tiempo. La fuerza que necesitaba estaba allí, y solo se le ofrecía si tenía la voluntad para reclamarla.

Quitó las protecciones que rodeaban su lugar de reposo y se movió entre una niebla clara. Avanzó rápidamente a lo largo de los tubos de lava y las fisuras de las rocas para descender profundamente por la tierra hasta llegar a la cámara sobrecalentada. Una pequeña sección de la planta, al otro lado de esa estancia se había roto, y la roca fundida de la cámara de magma naranja adyacente se derramaba espesa y brillante por el lugar. El pozo estaba subiendo rápidamente y no iba a pasar mucho tiempo antes de que la cámara se llenara por completo.

En el centro del lugar yacían los restos petrificados de un dragón apoyado en sus cuartos traseros medio sumergido en el magma profundo. La inmensa e imponente criatura estaba acurrucada, tenía las alas plegadas en la espalda, la cola enrollada alrededor de su cuerpo y la cabeza apoyada en sus patas delanteras donde mostraba unas enormes garras de diamante. Todo el dragón estaba cristalizado, y su cuerpo se había convertido en rubíes y diamantes debido al intenso calor y la presión del volcán. El pecho del animal estaba destruido, aplastado. Había enormes pedazos de cristal facetado desparramados alrededor de los restos petrificados.

El calor que emitía el magma hacía que el aire alrededor del dragón ondulara, lo que distorsionaba la visión de Dax y hacía que el cadáver cristalizado pareciera temblar y moverse.

Tómalo. Toma lo que queda. Toma lo que se te ofrece.

Los susurros llenaron la cabeza de Dax y lo marearon. Ante él, las olas de calor que se elevan desde el pozo de magma parecían brillar y adquirir un tono translúcido de color rojo fuego, pero el brillo era... ¿en forma de dragón?

Dax negó con la cabeza, se restregó los ojos y volvió a mirar. La imagen todavía estaba allí... etérea y translúcida, una niebla roja sin sustancia con forma de dragón. Agudizó sus sentidos, pero no pudo detectar el hedor concentrado del mal.

Antiguo te ofrece su fuerza. Antes no estabas preparado, pero hemos hecho que lo estés. Toma lo que te ofrece. Sin él no podrás derrotar a tu enemigo. Tómalo. Rápido, antes de que se pierda en el volcán.

La Tierra le siguió susurrando y presionándolo para que corriera un riesgo que podría terminar matándolo.

Dax se acercó más. El calor del magma era tan intenso que casi esperaba estallar en llamas en cualquier momento, sin embargo ni siquiera se le formó una ampolla en su curtida piel. Otro paso lo llevó junto a la cabeza del dragón, tan solo a cinco metros del amplio pozo de magma. Sentía la energía que irradiaba del dragón cristalizado. ¿De dónde había salido? Había estado en esta cámara antes y se había encontrado con el dragón cristalizado, medio aplastado, y había sido un descubrimiento impresionante, pero nunca había sentido esa energía palpitante. Casi parecía algo vivo.

Dio un paso todavía más cerca y llegó hasta el velo brillante de energía. En el instante en que lo tocó, una fuerza salvaje y primaria rugió en respuesta. La energía chocó contra él como un puño de hierro, y lo empujó con suficiente fuerza como para derribarlo. Aterrizó duramente y sintió un fuerte dolor en la espalda y la mandíbula, que se habían llevado la peor parte del golpe.

Toma el poder. Toma lo que se te ofrece.

—¿Es un ofrecimiento? —Dax se levantó, se sacudió el polvo y se frotó la mandíbula dolorida—. No te quiero ofender, querido amigo, pero lo que sea es evidente que no quiere ser tomado.

Sin la fuerza de Antiguo, no puedes ganar. Debes tomarla. Pero primero debes demostrar que eres digno.

—Fantástico. —Dax movió la cabeza, estiró los tendones e hizo crujir las vértebras de su cuello. Contempló la imagen translúcida del dragón que brillaba en el aire caliente—. Que así sea, Antiguo. Probemos suerte.

Esta vez, cuando se acercó al cadáver del dragón cristalizado y al velo de energía que se cernía sobre él, se concentró en la embestida. El golpe, cuando llegó, fue el doble de duro que el anterior. La energía se lanzó contra él con sus garras duras como diamantes. Su gran intensidad amenazó con hacerlo añicos, pero apretó la mandíbula, se inclinó y le lanzó una explosión que hizo que se encontraran energía contra energía y fuerza contra fuerza. El dragón rugió brillante y flexionó sus alas.

Y se inició la lucha.

Unas olas de energía se arremolinaron alrededor de la caverna y una fuerza poderosa se desplegó por debajo, y alrededor, de Dax. Las paredes de la cámara empezaron a temblar. Diminutas partículas de roca y arena cayeron desde el techo. Dax lanzó energía calmante por el suelo que detuvo la ruptura de la tierra.

El flujo de magma en la cámara aumentó y obligó a Dax a dar un paso hacia atrás. Los gases burbujeaban y escupían en el pozo de magma. El calor aumentaba. El aire chisporroteaba. Los gases se encendieron formando una llamarada naranja. Dax cerró los ojos y levantó un escudo. El calor cayó sobre él como una ola del océano.

Una voz atronadora que sonaba como un gruñido retumbó en su cerebro.

Solo el más fuerte puede aspirar a tener el alma de un dragón. ¿Cuán fuerte eres, Danutdaxton de los Cárpatos?

El dragón habló en la antigua lengua carpatiana para que Dax entendiera.

Cada palabra retumbaba quemándole la mente como si un martillo de plomo ardiente le golpeara el cráneo. Dax controló el impulso de taparse los oídos, pues sabía que era inútil.

—Tan fuerte como tengo que ser para derrotar a mi enemigo —replicó Dax. Un alma de dragón. ¿Contra eso luchaba ahora? ¿O al final Mitro había encontrado una manera de engañarlo?—. ¿Crees que soy tu enemigo?

¿Llama un león a la pulga su enemigo?

—¿Soy una pulga?

Dax se sintió un poco insultado con esa idea. Alargó la mano hacia el calor que emanaba del magma, lo atrajo hacia él, le dio forma con las manos y lo convirtió en una bola de fuego que lanzó contra el centro de la criatura sin materia. Pero en lugar de hacer un agujero en la niebla roja brillante, la bola de fuego explotó contra la superficie y se extendió en lenguas de fuego que fueron rápidamente absorbidas. El dragón formado por una neblina roja pareció agrandarse, como si las llamas simplemente lo hicieran más fuerte.

El enemigo del calor era el frío. Dax intentó drenar el calor de alrededor del velo de neblina, pero era demasiado intenso y solo consiguió enfriarlo unos pocos grados.

—Si quieres ayudarme, Antiguo, entonces hazlo —dijo Dax—. Hay un gran mal encerrado en este volcán. Y mientras estoy luchando contigo está intentando escapar.

¿Por qué debo preocuparme de ese ser maligno? Me has despertado de mi lugar de reposo y no me importan tus problemas.

Dax se sintió confundido durante un momento. El dragón no tenía de qué preocuparse. Su tiempo había pasado hacía mucho tiempo. Todo lo que había conocido y amado había desaparecido de la Tierra. Incluso había desaparecido su cuerpo.

Quizás no hay más razón que eres un dragón y un gran guerrero, o eso me han hecho creer.

Se produjo un momento de silencio.

El alma de un dragón tiene una poderosa energía. Solo los cuerpos más fuertes podrían aspirar a contenerla. Todos los demás se destruyen.

La energía volvió a golpear a Dax, pero esta vez intentó contrarrestarla con una táctica diferente. En sus años de formación con los ancianos de su raza había aprendido cuándo permanecer firme y cuándo doblarse como un árbol contra el viento. Se agachó cuando el dragón provocó una gran explosión, rodó hacia adelante por debajo y se acercó a la brillante presencia de la bestia.

Sus pies se hundieron en el borde de la piscina de magma. Un dolor ardiente subió por sus piernas mientras su carne se quemaba y chamuscaba. Dax cerró su mente para no sentir el dolor e intentó absorber y usar el calor, igual que antes el alma del dragón había absorbido y usado su bola de fuego.

Sus manos se dispararon para moverse por el aire para hacer girar la energía y las moléculas de la cámara hasta formar una red brillante que rápidamente lanzó en torno a la niebla sin sustancia del alma del dragón. Un arco iris de luz se reflejó en la caverna al tiempo que la energía se arremolinaba alrededor de su oponente.

Mientras la red caía sobre el dragón, Dax estaba muy decidido y tranquilo, pero sintió que el espíritu se recomponía, como cualquier criatura que está a punto de atacar. Dax extendió sus dedos lo más que pudo y los mantuvo con las palmas hacia fuera, entre él y el dragón. Suavemente juntó pulgar con pulgar, después índice con índice, hasta completar un círculo de energía, y a través de él atrajo su red de energía concentrada.

La bestia se revolvió y rugió indignada, pero las uniones de su red se mantuvieron firmes. Poco a poco y sin descanso, Dax tiró de la red y la fue estrechando cada vez más. Enseguida retrocedió arrastrando al dragón que protestaba.

Salían chorros de calor como de un géiser que se derramaban sobre él, le quemaban la piel y chamuscaban su pelo. Pero no soltaba la red. Siguió tirando de ella a través de su círculo de energía. Aplastó el alma del dragón, la dobló sobre sí misma y la sacó del pozo de magma que sospechaba era de donde se cargaba de energía.

Mientras tiraba, iba tejiendo nuevos hilos fríos de energía reforzando los demás. Y con cada hilo tejido con precisión, aumentaba su conexión con el espíritu del dragón. Sentía que su conciencia se apretaba contra la suya. Su intensa lucha y sus explosiones de calor y energía eran tanto por instinto de autoprotección como para probar su propia fuerza. Cuando el último trozo de la red de Dax pasó por su círculo de poder, se liberó una gran energía, pero esta vez no lo golpeó; corrió por los flujos que la contenían, y volvió a él.

—No.

Al darse cuenta de sus intenciones, Dax se enderezó bruscamente e intentó tejer barreras de protección. Pero sus esfuerzos llegaron demasiado tarde. Había dejado una abertura, un segundo círculo de energía, pero este conducía a sí mismo. El alma se precipitó hacia él, como una energía ardiente de luz y calor que se disparó por su boca y su garganta, y lo inundó y quemó por dentro. Se tambaleó hacia atrás y soltó su red ahora vacía.

El alma del dragón había entrado en él y lo estaba abrasando. Una inmensa y feroz presencia que amenazaba con hacer estallar su cuerpo en pedazos. Dax tejió una nueva red, solo que esta vez alrededor de sí mismo. Apretó los hilos en torno a su propio cuerpo y añadió aún más fuerza a su piel y sus huesos densificados durante los siglos que llevaba encerrado en el interior del volcán.

Su piel se oscureció y empezó a temblar. Una costra roja recubrió sus brazos. Levantó las manos sorprendido, pues sus uñas se volvieron cristalinas y alargadas como garras de..., como las propias garras de diamante del dragón. El cambio no parecía una transformación carpatiana normal. Lo sentía como algo muy elemental, como si esa transmutación de forma estuviera ocurriendo a nivel celular.

Dax se defendió, no estaba dispuesto a renunciar a su propio cuerpo por culpa del alma que se había metido en él. Quería que sus manos cambiaran de nuevo, que se le suavizaran y se le acortaran las uñas. Centímetro a centímetro, se defendió contra esa transformación que se apoderaba de su cuerpo, luchando por mantener su propia forma.

Dentro de su cuerpo se libraba una segunda batalla parecida, solo que no era una lucha de la carne, sino de las mentes. El alma del dragón rodeaba la suya e intentaba absorberla. Intentaba dominarlo. Pero los carpatianos eran depredadores, no presas, y Dax era un cazador de gran habilidad, fuerza y determinación. No se rendía. No lo había hecho cuando había luchado contra el vampiro más poderoso y atroz que el mundo había visto nunca, y tampoco lo iba a hacer cuando una poderosa alma antigua intentaba conseguir el control de su propio cuerpo.

El dragón saqueaba los recuerdos de Dax, los arrancaba de su cerebro, más allá de sus barreras internas sustanciales, y atravesaba el cuerpo del cazador para llegar a las profundidades de su alma. La vida aislada. Los amigos y compañeros cazadores que se habían entregado al mal. Los otros cazadores que le habían temido y evitado en cuanto se daban cuenta de que podía decir quiénes estaban a punto de convertirse en vampiros. Lo sabía antes que ellos mismos. Lo sabía y los esperaba cerca para matarlos antes de que pudieran hacer daño a los demás.

Antiguo encontró sus recuerdos de los amigos queridos y perdidos por la maldad de Mitro Daratrazanoff. La familia que lo había acogido después de que sus propios padres fueran asesinados por otro amigo que se había convertido en vampiro. El deseo, largo tiempo olvidado ahora, de tener una compañera propia. La hermosa Arabejila, compañera y amiga durante más años de vida de los que hubiera soportado cualquier guerrero carpatiano sin pareja. Pero cuando había estado con ella todo había sido más soportable. No le habían pesado tanto los años. Las emociones que iba perdiendo a medida que envejecía siempre le habían parecido a su alcance cuando ella estaba cerca. Siempre la había admirado. Honraba su ternura. Respetaba su fuerza tranquila. Y ella había sido fuerte. Tan fuerte como él a su propia manera. Había tenido que serlo para soportar que Mitro le destrozara la vida.

Dax no la había escuchado quejarse ni una sola vez. Pero había visto sus ojos oscurecerse de dolor. La oyó llorar en voz baja el día en que pensó que estaba dormido. Sin embargo, nunca se había quejado. Y tampoco lo había culpado nunca por no haber matado a Mitro cuando tuvo la oportunidad.

Dax siempre había sabido que Mitro no estaba bien. Siempre había estado muy cerca de él a la espera de que la creciente oscuridad de su alma se desbordara. Pero cuando el alma de Mitro reconoció a Arabejila como su compañera, pensó que estarían a salvo, que la energía de esa relación lo mantendría lejos del abismo, que se curaría lo que tenía roto en su interior.

En cambio, se desató el monstruo. Y él, que había sido engañado por una falsa sensación de seguridad, no había vigilado como tuvo que haber hecho..., como hubiera hecho si no hubiera sido porque Arabejila era la compañera de Mitro. Había creído que ella era lo suficientemente fuerte como para sanarlo, igual que sin ningún esfuerzo sanaba todas las cosas y a todas las personas con solo su presencia.

Ella era de la tierra.

La voz del dragón volvió a retumbar en la cabeza de Dax golpeando su cráneo.

—Sí —confirmó este—. La que tenía los dones más fuertes que haya conocido nunca.

Ella te ha enviado ante mí.

—No, Antiguo. Está muerta. Murió hace mucho tiempo.

Ella es de la Tierra. Ella y sus hijas. Ella te ha enviado ante mí. Ahora te ha enviado a una hija.

Le sorprendió que el dragón supiera que se estaba acercando la descendiente de Arabejila, pero tal vez no debería hacerlo. El dragón, al fin y al cabo, había estado enterrado en esa montaña mucho más tiempo que él. Se había convertido en la montaña; su carne se había convertido en la piedra de la montaña; su fuego se había convertido en el fuego de la montaña.

—Esa hija no va a llegar a tiempo. Por eso, si tienes más fuerzas para dar, te pido que me las entregues ahora. Si no puedo detener al vampiro, destruirá este mundo. Así que dime, Antiguo, ¿me ayudarás o me pondrás trabas? Ya no queda tiempo. Decide ahora.

Dax suspiró y bajó sus defensas para desnudar su mente a la conciencia del dragón para que pudiera saber todo lo que él y Arabejila habían luchado durante tantos años, todo lo que había amado y perdido, todo en lo que había creído, todo por lo que se había esforzado.

Mientras la mente del dragón se apoderaba de la suya, su energía ponía a prueba su propia energía, su fuerza a su fuerza. Su alma estaba invadiendo la suya, desnudándola hasta su esencia más elemental para examinarla implacablemente.

Dax sintió como si se estuviera ahogando en los fuegos del infierno. Antes, cuando la lava le había quemado, había compartimentado el dolor, sacándolo del primer plano de su mente para ignorarlo, pero ahora no había ningún lugar que no estuviera completamente abierto, en carne viva y palpitando de angustia. Su cuerpo chorreaba sudor que enseguida se convertía en vapor al sobrecalentarse con su piel. Dax apenas lo percibía. Un infierno rugía en su interior.

Deseando escapar de esa agonía indescriptible, se transformó en energía pura, una habilidad que normalmente usaba para sanar a otras personas, pero incluso con su cuerpo convertido en un resplandor de luz blanca, no podía escaparse. La enorme y feroz rojez del alma del dragón estaba abrasándolo. Su cuerpo, su mente y su alma estaban siendo invadidos por ese calor y esa energía ardiente. Un entramado de magia y energía avanzaba conectando cada partícula de su ser. Ese entramado se estrechó y fue acercando cada vez más hasta que la forma luminosa de Dax y el alma roja y resplandeciente del dragón se llegaron a tocar.

En ese instante, durante un breve intervalo de tiempo que pareció extenderse hasta la eternidad, los recuerdos del dragón entraron a toda prisa en la mente de Dax. Eones de existencia. Vuelos elevados. Luchas feroces entre bestias aladas que dominaban los cielos. Densas junglas salvajemente hermosas, un mundo que había existido mucho antes que los primeros pasos del hombre. Una compañera pulcra y hermosa con anchas alas abiertas al viento y afiladas garras en curva. Entonces apareció el hombre con sus lanzas de acero cazando a las criaturas que más temía. La hermosa compañera caída por las lanzas de los hombres. Rabia. Fuego. Sangre y destrucción cayendo desde el cielo. Y, finalmente, la edad y el cansancio... una herida que acabó con su antigua fuerza. La opción de dormir en el corazón del volcán hasta que el mundo desapareciera.

Antiguo era viejo de verdad. Una energía enorme y primordial. Una inteligencia antigua nacida cuando el mundo aún era joven. Dragón rojo. Dragón de fuego. No era raro que hubiera elegido el corazón de un volcán para su descanso eterno. Lo sorprendente era que siquiera considerara compartir cualquier parte de sí mismo con él.

Pero iba a compartirse. Su larga vida de dragón, cada momento pensado o sentido, sus instintos y deseos iban a convertirse en los recuerdos de Dax, a ser una parte de él. Los dos se hicieron uno. No eran dos seres fusionados, sino dos almas conectadas por un único cuerpo. Se podían sentir el uno al otro y moverse el uno con el otro.

El pozo de magma subió hasta llenar la cámara, y los restos cristalizados del dragón se volvieron a fundir en la sangre líquida de la tierra que lo había engendrado.

Los siglos de vivir en este profundo laberinto de cuevas habían permitido que Dax pudiera explorar cada centímetro posible del lugar. Conocía el río de lava que fluía bajo la tierra, la larga cinta de magma de color naranja rojizo brillante que recorría los largos tubos que formaban un túnel subterráneo. Conocía cada cámara, algunas con paredes de belleza cristalina y otras inundadas de vapor de agua. Piscinas de fango que burbujeaban mientras los pozos de agua mineral caliente lanzaban un vapor que se levantaba como una niebla que atravesaba las cavernas.

El problema era que Mitro había tenido el mismo tiempo para explorar su entorno. Dax ya no podía separar el olor a maldad de ese abominable ser vivo; el hedor del no muerto lo impregnaba todo, por lo que era imposible rastrearlo... a menos que fuera un dragón.

Dax sintió que Antiguo se estiraba y ponía a prueba sus sentidos. De pronto su cuerpo se dio la vuelta torpemente como una marioneta y comenzó a avanzar hacia el tubo de lava a su izquierda. Se tambaleó, pues no podía controlar su cuerpo imposible y se cayó hacia un lado contra la pared. Los bordes afilados de roca le arañaron y desgarraron la piel. Gracias al resplandor del pozo de magma, vio que su brazo curtido estaba cubierto de una serie de óvalos de color oro rojo superpuestos. Parpadeó mirando el extraño diseño y enseguida lo tocó. Los óvalos parecían duros, como si fueran una armadura. Los tocó vacilante con sus extrañas uñas duras como diamantes.

¿Escamas? ¿Como un lagarto?

Por lo menos evitaba que sangrara. Eso le vendría bien en la batalla. Se había transformado en el volcán, y claramente ahora habría más cambios. Los seductores susurros de la tierra no le habían explicado que su cuerpo también se alteraría a nivel elemental si permitía que el alma de Antiguo compartiera su forma física.

Antes de que pudiera hacer un movimiento, su cuerpo se sacudió de nuevo y se golpeó contra el tubo de lava, un gran túnel redondo que sabía que recorría kilómetros por debajo de las cumbres. Se sentía como una marioneta que estaba siendo guiada por un titiritero borracho. Percibía la impaciencia del dragón y se dio cuenta de que estar sin emociones era un arma de doble filo. Los varones carpatianos vivían tanto tiempo que no sentir era una terrible carga, aunque de ese modo tenían una ventaja cuando estaban de caza.

El dragón estaba ansioso por ir de caza, pues creía que lo que pasaba con Mitro no era más que un enfado. Quería dormir, no quería permanecer despierto, y una vez que se libraran del no muerto, pensaba hacer exactamente eso. El cuerpo de Dax se sacudió otra vez, levantó un pie torpemente y después al intentar dar un paso demasiado largo estuvo a punto de desequilibrarse.

Exasperado, frunció el ceño.

Solo dame la dirección. No intentes controlar los movimientos de mi cuerpo.

¿Cómo iba a luchar contra Mitro cuando apenas podía dar un paso sin caerse? El dragón no había tenido cuerpo desde hacía siglos y el de Dax era demasiado pequeño como para que comprendiera cómo moverlo.

El dragón soltó un bufido de burla.

No es de extrañar que este gran mal haya vencido. Eres muy enclenque, carpatiano.

Quizás sea así. Dax lo tranquilizó. Al fin y al cabo, en relación a su tamaño, era verdad. *Pero puedo maniobrar este cuerpo mucho más fácilmente que tú. Si peleamos entre nosotros ¿cómo vamos a conseguir tener éxito en nuestra misión?*

Si complacer el ego del dragón le llevaba a destruir a Mitro, Dax podría manejarlo sin ningún problema.

La energía latía muy profundamente forzando los límites de su cuerpo físico. Todo su cuerpo vibraba y su cerebro se chocaba con fuerza contra el cráneo. Su cuerpo se golpeó contra un lado del duro túnel y esta vez cayó al suelo. No podía imaginar lo frustrante que tenía que ser para un enorme dragón verse confinado en un cuerpo humano, pero Dax dejó el razonamiento.

Y me dijeron que tu especie era muy inteligente.

Empujó hacia atrás ferozmente y lanzó una ola de fuerza masiva directamente al alma de Antiguo. La explosión interna hizo que su cuerpo se tambaleara. Por un momento su cabeza sintió como si se le hubieran roto todos los huesos del cuerpo. Apretó la mandíbula y aceptó el dolor.

Podemos hacer esto toda la noche, o trabajar juntos para destruir al vampiro.

Su mente se divirtió. El dragón tenía un sentido del humor oxidado.

Para ser un lagarto enclenque, golpeas muy duro. ¿Cómo lo podemos hacer? No puedo controlar este cuerpo extraño.

Si puedes encontrarlo, indícame en qué dirección está. Soy un carpatiano. Sé que eres consciente de las cosas que podemos hacer. Cambiaré lo que sea necesario para cazarlo. Si necesitamos tu forma, tú asumes el control, de lo contrario trabajamos como una unidad, me indicas hacia dónde vamos y yo hago que lleguemos allí. ¿Es posible hacerlo así?

Hubo un largo momento de silencio.

Que así sea.

Dax no dio a Antiguo tiempo de cambiar de idea. Se movió por el tubo de lava a instancias del dragón. Cuando Dax se transformó en niebla y se alejó a toda velocidad a través de los conductos y fisuras de la negra roca volcánica, el dragón estaba con él, era parte de él, como un alma separada y consciente que compartía su cuerpo y sus dones. Estaban unidos, y sin embargo separados. Eran más fuertes juntos de lo que era cualquiera de los dos por separado. Ninguno volvería a estar solo nunca más. Atravesaron el volcán a toda velocidad con un propósito principal en sus mentes: detener a Mitro Daratrazanoff o morir en el intento.

El tubo tenía kilómetros de largo, un antiguo flujo subterráneo que hacía tiempo que se había formado y había dejado un ancho túnel bajo la montaña. Dax había estado allí muchas veces, siguiendo a Mitro, sabiendo que el vampiro estaba tramando algo dentro del tubo, pero nunca había logrado atraparlo. Convertido en niebla podía moverse sin delatar su presencia si Mitro le tendiera una trampa, lo que hacía habitualmente.

Espera. Aquí. No ha ido más allá de este punto.

Dax dejó de moverse al instante, la niebla se expandió junto a sus sentidos, intentando razonar adónde podría haberse marchado Mitro. El hedor de los muertos vivientes impregnaba todo el túnel, y no podía sentir ni oler la diferencia, pero confiaba en los instintos del dragón. La criatura era un feroz cazador muy bien adaptado para los asedios en cuevas.

El túnel no tenía ningún desvío que Dax pudiera ver o que hubiera descubierto alguna vez, sin embargo el dragón tenía la sensación de que el vampiro no había seguido por el túnel, lo que significaba que había encontrado otra forma de atravesar la montaña... o se había disfrazado y estaba a la espera de su enemigo.

Dax se quedó quieto para conectar con los sentidos dragón. Para Antiguo el no muerto era un ser repulsivo que dejaba un hedor repugnante en su casa. La mítica y legendaria criatura encontraba que la presencia de un ser tan contra natura era detestable. El hecho de que Mitro estuviera en su casa lo indignaba.

El hedor era más fuerte a su derecha. Dax estudió el afloramiento de la roca. La pared tenía varios colores; rojo oscuro, amarillo y marrón oscuro. No podía detectar ningún indicio de que Mitro hubiera alterado la propia pared. Experimentó moviéndose lentamente, centímetro a centímetro, pero su paciencia no concordaba con las emociones de hostilidad crecientes del dragón hacia el molesto ser abominable que estaba en su casa.

La cacería conllevaba tener paciencia, algo que realmente el dragón nunca había tenido que desarrollar. Dax fue rozando la pared de roca permitiendo que la niebla tocara los varios colores y se instalara en las grietas. Las examinaba para ver si había una abertura demasiado pequeña como para verla. Nada. Se movió más abajo y recorrió cada centímetro de la pared. El túnel descendía y llegaba al suelo sin apenas solaparse. Una vez más no había señales de Mitro, pero comenzaba a sentir una gran sensación de urgencia.

Dax sabía, después de siglos de experiencia, que cuando un cazador sentía ese impulso repentino, significaba que su presa estaba cerca preparando algo malo. Esperó unos segundos, se volvió a quedar quieto para obtener sensaciones del tubo y cualquiera cosa que pudiera estar fuera de lugar. El techo tenía vetas grises, azules y de color óxido oscuro. El suelo era amarillo y marrón, y por todas partes había trozos de rocas esparcidos. Pequeñas salpicaduras de color gris, azul y óxido espolvoreaban la parte superior de las tres rocas que tenía directamente debajo de él.

Dax volvió su atención hacia el techo y la niebla se acercó para tocar la roca veteada. La superficie era mucho más suave allí, y las pequeñas grietas y hendiduras eran difíciles de detectar. Como niebla, podría filtrarse en los espacios pequeños, ir tan profundo como fuera posible antes de convertirse en un callejón sin salida, y al mismo tiempo examinar gran parte del techo.

Muy, muy listo, Mitro. Había un agujero del tamaño de un alfiler, un orificio en el que solo un diminuto gusano taladrador sería capaz de meterse, pero en el momento en que la niebla lo tocó, Dax sintió el conocido tirón que le dijo que ya estaba sobre la pista, y que estaba muy cerca. Se metió profundamente dentro de esa pequeña abertura que casi de inmediato se abrió en forma de circunferencia. El gusano había crecido hasta alcanzar proporciones enormes; había excavado en la roca y después había dejado los restos a un lado. Algunos habían caído por ese pequeño agujero de alfiler hasta las rocas.

Muchas veces a lo largo de los siglos, Mitro había trabajado en la búsqueda de una salida excavando cerca del escudo colocado por Arabejila muchos años antes. El vampiro en ocasiones había logrado debilitar la barrera cuando las mujeres se habían vuelto menos poderosas, pero en cuanto el ritual se llevaba a cabo, se recuperaba la protección. Evidentemente, ahora que el volcán estaba a punto de explotar y la mujer se estaba retrasando, Mitro estaba intentándolo de nuevo.

Con gran sigilo, Dax se deslizó por el hueco cada vez más amplio. Y cuando el agujero del gusano se hizo más grande, pudo avanzar por la roca de manera más eficiente y rápida. Mitro había ampliado el agujero del gusano cuando pensó que era seguro hacerlo. Era un plan brillante e ingenioso. Dax nunca habría descubierto aquel diminuto agujero por su cuenta. El hedor del vampiro era demasiado fuerte en todas partes, especialmente en el tubo de lava. Mitro se había asegurado que hubiera huellas de su presencia en cada rincón y cada cámara subterránea. Sabía que era su mejor defensa.

Dax no estaba en absoluto sorprendido de que Mitro hubiera taladrado un gran trecho, hasta la misma barrera. Le iba a ser difícil avanzar una vez que topara con el escudo. Aunque se podía haber debilitado al no recibir el refuerzo necesario que le proporcionaban las descendientes de Arabejila, sus defensas aún seguían siendo poderosas.

Dax se deslizó detrás del gran gusano. La criatura se giró rápidamente y dio vueltas y vueltas como un taladro vivo, pues su cabeza estaba equipada con una especie de broca dura como el diamante, y su cola actuaba como un timón. Dax programó su momento, estiró una mano fuera de la niebla, agarró la cola del gusano, y lo aprisionó con fuerza sujetándolo de manera que no pudiera escaparse. Inmediatamente cambió de dirección y volvió hacia atrás llevándose al gusano con él.

Mitro golpeaba y luchaba, pero el espacio que lo retenía era pequeño, lo que le impedía girar y hundir sus dientes en Dax. Intentó transformarse, pero Dax se negaba a aflojar. Mitro no podía avanzar ni transformarse en una niebla sin sustancia. A medida que el agujero iba empequeñeciéndose, Dax se transformó lo justo como para usar las uñas de sus pies, duras como diamantes, como si fueran las garras de un dragón, que atravesaban la roca como si no existiera. Dax amplió el agujero y mantuvo agarrada la cola del gusano mientras retrocedía hasta el túnel de lava.

En el momento en que sintió el aire que se deslizaba sobre él, volvió a cambiar, recuperó su forma humana y cayó al suelo del túnel de lava arrastrando a Mitro con él. El gusano giró la cabeza y su enorme broca se dirigió al cuerpo de Dax. Sin soltar la cola, este apartó su pecho de esa punta de diamante que giraba a gran velocidad.

Pero la tierra tembló y lo lanzó despatarrado contra el túnel. El gusano se volvió loco y se golpeó contra la pared intentando atravesar las rocas para llegar a Dax. El dragón se despertó en su interior y una sacudida de advertencia reverberó por el cráneo de Dax. La temperatura subió en el túnel de lava, y salió vapor desde varios puntos del suelo. El volcán volvió a temblar una segunda vez y apareció roca fundida por las aberturas. El suelo se derrumbó y fundió, y cayó sobre la lava que fluía por debajo del túnel.

Dax agarró con las dos manos la cola del gusano que se revolvía, decidido a que ambos fueran destruidos por el magma que se dispersaba por el túnel. Más y más géiseres lanzaron rocas fundidas en el aire que golpearon contra el techo y se desperdigaron por todas partes. Desesperado, Mitro cambió de dirección, hizo una herida en la muñeca de Dax y atravesó su carne. La tierra dio otra sacudida y Dax volvió a caerse.

Entonces el suelo se abrió y se disparó el magma. Oyó su propio grito cuando se le quemó la carne de las piernas. Dejó de agarrar a Mitro. Por un momento pareció como si la roca fundida se hubiera tragado al vampiro, pero encima de la corriente naranja y roja de magma se levantó un vapor sospechoso. Unos chillidos de dolor y rabia llenaron el túnel.

A Dax no le quedaba otra opción más que sobrevivir. Cortar el dolor insoportable era imposible, pero se transformó sabiendo que las escamas del dragón lo salvarían. Su carne estaba quemada y necesitaba que la tierra lo curara inmediatamente. Una vez más, la suerte había favorecido a Mitro. La explosión del suelo del túnel no había sido obra del vampiro, sino del volcán que se preparaba para una gran erupción. El cuerpo del gusano había salvado a Mitro, pero también iba a tener que hacer que la tierra lo curara. Tampoco tenía mucho tiempo, el volcán no los iba a esperar.

Capítulo 4

Maldita sea, me lo perdí todo —susurró Don Weston muy fuerte al doctor Henry Patton—. Todos esos murciélagos en llamas y Raúl enloquecido deseando dar un machetazo a alguien. Estaba durmiendo mientras pasaba todo eso. ¡La próxima vez, despertadme!

Miró deliberadamente a Annabel y a Riley por encima del hombro, e hizo como si disimulara. Su resonante voz no había sido lo bastante baja cuando supuestamente susurraba para que no lo pudieran oír, o supieran que estaban hablando de ellas mientras caminaban en fila india a través de un paso de animales pequeños donde se había formado un estrecho sendero entre la maleza.

Annabel, que iba delante de ella, se puso rígida, pero no se dio la vuelta.

Riley apretó los labios con fuerza. Weston empeoraba las cosas. Quería crear problemas porque ni Riley ni su madre le iban a hacer caso y tenía el ego estaba maltrecho. Riley suspiró y se limpió el sudor de la frente. Estaba deseando llegar a la base de la montaña y separarse de los ingenieros, a pesar de que Ben Charger era fiel a su palabra, y junto a Jubal Sanders y Gary Jansen mantenían una estrecha vigilancia.

Annabel le cogió una mano y le acarició un brazo. La caricia fue muy suave, pero Riley sintió que temblaba. Su madre seguía muy tranquila, rara vez hablaba, tenía la cara pálida y, por primera vez, marcada por la edad. Riley intentó no sentir pánico, pero sinceramente sentía como si su madre se estuviera alejando de ella y la abandonara poco a poco. Todo el mundo había hablado sin parar de los incidentes de la noche.

La mitad del campamento miraba a Raúl como si de pronto lo considerara un asesino en serie. No parecía recordar mucho, solo repetía que lo había atrapado una pesadilla y que lo sentía mucho. Siendo estrictamente honestos, Riley se sentía muy mal por él. Todavía le tenía miedo, pero no podía dejar de ver la tristeza en sus ojos... y que había intentado resistir esa enorme presión y controlar su mente. Había visto que dos o tres veces había intentado volver al fuego para dejar de acercarse a la hamaca de su madre.

Annabel no había hecho ni un solo comentario, ni siquiera cuando Riley le explicó que había sido objeto de un ataque. Simplemente había mirado a su hija con los ojos desesperanzados, casi con la misma mirada de derrota que tenía Raúl, y había negado con la cabeza. Apenas había comido nada antes de que volvieran a salir. Los guías esperaban llegar a la base de la montaña al caer la noche. A partir de ahí, cada grupo tomaría su propio camino. Riley tenía que admitir que no estaba tan deseosa de separarse de Gary y Jubal como había pensado que sucedería. Había algo muy tranquilizador en ellos.

—Me gustaría que dejara de hablar —dijo Annabel de pronto y se restregó las sienes como si tuviera dolor de cabeza.

Riley se dio cuenta de que Weston todavía estaba dando vueltas al ataque de la serpiente de días atrás en el barco y cómo le gustaba hacer barbacoas de murciélagos vampiro. Su voz sonaba monótonamente todo el tiempo, casi tan interminable como el zumbido de los insectos.

—Es un imbécil, mamá —dijo Riley intentando mantener cierto humor en la voz—. Le gusta escucharse a sí mismo.

—Tiene miedo —replicó Annabel en voz baja—. Y debe tenerlo.

Su voz era grave y siniestra. Hizo que Riley sintiera un escalofrío en la espalda. Caminar por la jungla no era fácil. Ya no estaban en la zona donde los árboles eran tan altos que no dejaban filtrar la luz e impedían la cobertura del suelo. Era difícil avanzar a través de kilómetros de una vegetación tan espesa y densa que cubría cada sendero posible casi tan rápido como lo iban abriendo. Era un tipo de terreno extremadamente peligroso. Un giro equivocado, o dejar de ver a la persona que iba adelante, podían hacer que cualquiera se perdiera por completo.

Riley sabía que tenía que vigilar sus manos y sus pies para intentar no rozar las plantas ni los árboles. La mayoría eran benignos, pero los hostiles eran extremadamente peligrosos. Le resultaba difícil identificar los árboles que era seguro tocar de los venenosos que podrían provocarle una reacción cutánea inmediata. La mayoría le parecían iguales, pero su madre los conocía casi instintivamente.

Para Riley las plantas eran igualmente difíciles de distinguir, por más veces que se las señalara el guía. Sabía qué ranas y lagartijas eran peligrosas para su salud por sus colores brillantes, y era evidente que lo eran las tarántulas del tamaño de un plato, y todas las serpientes que se encontraba; pero los insectos eran demasiado abundantes como para que recordara cuáles eran extremadamente venenosos.

Su madre tropezó y Riley la agarró para evitar que se cayera. Su madre normalmente nunca se tropezaba con las raíces cuando estaba en la selva. Siempre se movía muy ágil y segura entre las plantas y la vegetación.

Annabel apretó su mano alrededor del brazo de Riley y miró por encima del hombro al porteador, el hermano de Raúl, Capa, que las seguía de cerca.

—En cuanto lleguemos a la base de la montaña, aunque ya sea de noche, tendremos que seguir avanzando con nuestro guía y un par de porteadores. No importa que protesten, tenemos que llegar esta noche a la montaña —insistió Annabel con la voz tan baja que Riley apenas podía escucharla—. Algo va realmente mal, y me temo que llegamos demasiado tarde. Es por mi culpa, cariño. Debería haber preparado este viaje antes.

—Papá tuvo un ataque al corazón, mamá —defendió Riley, pero su corazón hundido sabía que su madre tenía razón. Algo iba mal, pero subir la montaña corriendo por la noche no iba a resolver el problema—. ¿Qué se suponía que tenías que hacer? ¿Salir pitando y dejarlo solo en el hospital? Hemos venido en el momento en que hemos podido.

Annabel tragó con fuerza y parpadeó para contener las lágrimas. Había estado durmiendo en la cama del hospital con su esposo y lo había sostenido en sus brazos cuando murió. Su marido había sobrevivido dos semanas antes de que su corazón sucumbiera a la enfermedad contra la que había luchado la mayor parte de su vida. Riley sabía que sus padres eran inseparables y que su madre sentía el duelo por su esposo todo el tiempo cada día. Annabel siempre había sido vital y dinámica, pero desde la muerte de su marido parecía mucho más apagada y distante. La verdad era que ella se mantenía pegada a su lado, temerosa de perder a su madre de tristeza.

Vestidas con botas y pantalones vaqueros remetidos para evitar las picaduras de insectos y los arañazos del follaje hostil, las dos mujeres sabían qué llevar para un viaje prolongado a través de la selva, pero el camino era difícil.

Por regla general, Annabel parecía tener un sentido innato de la orientación, pero Riley ya estaba completamente confundida a los pocos minutos de bajar del barco para entrar en la selva con poca luz.

Su madre siempre había tenido mucha afinidad con la Tierra, sobre todo aquí en la selva, y casi parecía como si tuviera una brújula incorporada. Pero ahora mostraba señales de distracción y ansiedad, tan raros en ella que hizo que Riley estuviera cada vez más preocupada. Eso, junto a sus tropiezos ocasionales, le indicaba que su madre estaba perdiendo fuerzas.

Dejó escapar el aliento lentamente y se volvió a situar cerca de ella. Había aprendido, incluso siendo una niña pequeña, que el lugar más seguro de la jungla estaba directamente detrás de su madre. Las plantas la protegían más que la atacaban. En cualquier parte en que su madre daba un paso las plantas crecían por el estrecho sendero. Las frondas se desplegaban y se desenredaban las enredaderas. A veces caían flores a su alrededor. Mientras fuera tras sus pasos, ninguna espina o planta con pinchos le haría daño.

Caminaron durante lo que parecieron horas. El calor oprimía la quietud que se producía bajo el espeso follaje. A veces, el suelo estaba despejado y se hacía fácil avanzar, pero enseguida volvían a estar rodeados de una espesa vegetación casi imposible de penetrar. Riley se mantenía muy atenta a su madre mientras caminaban, pues había advertido que comenzaba a rezagarse cada vez más.

Tanto Jubal como Gary disminuyeron el ritmo, evidentemente preocupados por Annabel. Riley se puso su mochila. Fue significativo que Annabel no protestara cuando ella se la colgó junto a la suya. Después de media hora, Ben Charger retrocedió, cogió la mochila, y los tres hombres se fueron turnando para llevarla. Annabel nunca levantaba la vista. Sus hombros estaban cada vez más caídos, como si llevara lastre, cuanto más cerca estaban de la base de la montaña. Arrastraba los pies como si se abriese paso entre arenas movedizas y cada paso fuera un esfuerzo terrible. Incluso respiraba dificultosamente.

Estaba claro que los guías iban a paso rápido para aprovechar la luz del sol, intentando llegar a la base de la montaña antes de que cayera la noche, a lo que Riley podía adaptarse, pero su madre no lo iba a hacer. Permanecía en silencio mirando la espalda de Jubal para mantenerse en la fila, pero se tambaleaba por el cansancio, y su ropa y el pelo estaban empapados de sudor. Tenían que parar y descansar.

Afortunadamente, Weston se quejó con amargura.

—¿Estamos haciendo una especie de carrera? —exigió elevando la voz con cada paso.

—Miguel. —Jubal habló al guía en su idioma natal con autoridad—. Tenemos que parar y descansar. Media hora. Nada más y reemprendemos el camino. Déjalos que descansen y beban algo. Avanzarán más rápido.

Miguel levantó la vista hacia el cielo, parecía muy preocupado, pero asintió bruscamente y encontró un pequeño claro con algunas piedras para que se sentaran. Riley hizo un gesto de agradecimiento a Jubal mientras recogía la mochila de su madre que llevaba él en ese momento. Se acercó al borde de los árboles para dar a su madre un poco de intimidad. Estaba agradecida de no haber atraído más atención hacia ella.

—No podemos parar —susurró Annabel en el momento en que se quedaron solas—. Tenemos que darnos prisa.

—Tienes que descansar, mamá —protestó Riley—. Toma, bebe esto —le dijo y le pasó su cantimplora.

Annabel negó con la cabeza.

—Vas a tener que dejarme si no lo consigo.

—Mamá. —Riley se obligó a ser firme. Annabel parecía tan agotada y pálida que solo quería rodearla con sus brazos y abrazarla protectoramente—. Tienes que decirme lo que está pasando. ¿A qué nos estamos enfrentando en esa montaña? No nos puedes dejar sin saber nada por más tiempo.

Annabel miró a su alrededor buscando un lugar para sentarse, encontró una pequeña roca entre dos árboles y se sentó en ella. Sus manos temblaban y las apoyó cuidadosamente sobre su regazo.

—Todas esas leyendas que te contaban cuando eras una niña sobre la montaña y los guerreros de las nubes no eran historias de miedo, Riley, eran ciertas. Era la historia de nuestro pueblo.

Riley tragó saliva. Esas «historias» eran como pesadillas. Un terrible mal había acabado con los más grandes guerreros, había abierto sus gargantas, bebido su sangre, y les había exigido sacrificios humanos de niños, mujeres y jóvenes. Sin embargo, nada había conseguido aplacar a ese demonio.

—Mamá, los incas conquistaron al pueblo de las nubes...

—Pudieron hacerlo porque... —interrumpió Annabel— sus mejores guerreros ya habían sido asesinados. La gente vivía muerta de miedo. —Sus ojos se encontraron con Riley—. Los incas eran fuertes y también tenían feroces guerreros. Se llevaron a algunas de las mujeres del pueblo como esposas. Incluyendo a tu antepasada, una mujer llamada Arabejila. Ella fue la que transmitió la verdad, así como sus dones, a su hija. El mal continuó durante años y años, y mató a los guerreros incas igual como lo había hecho con los nubes. Nadie parecía capaz de derrotar a un demonio tan sediento de sangre.

Riley quería burlarse de una tradición tan ridícula. Había escuchado esos cuentos, pero también había leído la historia y todo lo que se había recopilado sobre los nubes y los incas. Había algunas referencias oscuras a sacrificios humanos y a guerreros que morían, pero muy poco, desde luego no lo suficiente como para suscribir la historia que su madre le contaba... Pero el sentimiento de que había algo malo bajo sus pies aumentaba a medida que se acercaban a la montaña. Sentía la tierra temblar de vez en cuando, y con todas las cosas extrañas que habían ocurrido y los ataques a su madre, ¿cómo iba a descartar sin más lo que esta le estaba diciendo?

—Continúa.

Riley quería taparse los oídos con las manos. Su corazón latía demasiado rápido acompasado con el latido del corazón de la Tierra. Sintió un temblor bajo sus pies, como si la Tierra misma estuviese escuchando e intentando advertirle que fuese lo que fuese ese mal, estaba a punto de escapar.

—Había un hombre que había venido con tu antepasada de una tierra extraña. El hombre luchó una batalla tras otra, pero no pudo derrotar a ese mal. Al final, Arabejila atrajo al mal al volcán junto al guerrero e hizo un tremendo sacrificio. Los dejó a los dos encerrados, pero cada cierta cantidad de años, para evitar que el volcán entrase en erupción, lo que le permitiría liberarse...

—Nadie podría vivir en un volcán durante cientos de años, mamá, y todavía estar vivo —declaró Riley firmemente.

Eso era cierto... ¿verdad? Pero el miedo que sentía en la boca le decía algo completamente diferente.

—Sé que están encerrados ahí dentro, por lo menos esa criatura maligna sigue allí. Lo he sentido y, en este momento, todo el mundo aquí lo está sintiendo. Estoy llegando tarde, y si se escapa seré culpable de que mate a mucha gente, y de que siga asesinando una y otra vez.

Riley frunció el ceño mirando a su madre.

—Eso es ridículo. No tenías más elección que quedarte con papá. Y aquí nos han retrasado una y otra vez... —Dejó de hablar. Si esa entidad maligna podía influir de alguna manera en las personas que viajaban con ellas, ¿era demasiado extraño pensar que podía ser lo que los estaba retrasando?—. ¿Cómo podría estar viva esa cosa después de todo este tiempo? Estás hablando de unos quinientos años más o menos.

—Lo está. Yo lo siento. Tú lo sientes. El mal tiene vida y camina sobre esta Tierra, Riley, y tu cometido, y el mío, es ayudar a detenerlo. Ese es el legado que nos dieron y no tenemos otra opción. Si esa cosa sale al mundo y vuelve a asesinar, habremos fracasado.

—¿Qué haremos cuando subamos a la montaña, mamá?

Riley se había convencido. No importaba la razón, Annabel estaba decidida a subir a la montaña y llevar a cabo el ritual que le enseñó su madre, y a ella la suya. No podría detenerla, no importaba lo extenuada que pareciese, por lo que ella iba a hacer que subiera a esa montaña para terminar el trabajo lo más rápido posible. Su madre no estaba viviendo una fantasía. Creía cada palabra que decía; percibía en su voz el sonido de la verdad.

—Sabes lo que hay que hacer —dijo Annabel—. Te lo he enseñado desde que eras una niña. Si tenemos éxito, tienes que venir a esta montaña cuando estés embarazada para tener a tu hija aquí. Debe de ser parte de la Tierra. Los dones son fuertes en ti, mucho más fuertes de lo que nunca han sido en mí, ni siquiera en mi madre. Sentí cómo la Tierra te aceptó como su hija en cuanto te puse en la cuna de la grieta. —Se limpió el sudor de la cara—. El sol se pondrá pronto. Es el momento más peligroso, Riley. Está tranquilo durante el día, pero por la noche puede tomar el mando. Nunca lo subestimes. Por lo que me dijeron, puede mostrarse bello y encantador, pero es totalmente maligno. Si algo me pasa a mí...

—Mamá —protestó Riley—. No digas eso. No lo pienses. No voy a dejar que te pase nada. No lo permitiré.

Annabel levantó la mano.

—No podemos fingir. Todo es posible. Y luego irá por ti. Somos una amenaza para él y hará todo lo que esté en su poder para eliminarnos.

Riley se restregó la mano por la cara, como si eso pudiera quitarle el miedo que la desgarraba. La energía que corría bajo sus pies palpitaba por la urgencia. Era muy consciente de la selva que la rodeaba, de la vegetación que pisaba, y ahora, la propia Tierra le traía un montón de información, y le gritaba en silencio que se diese prisa, mucha prisa.

Riley se obligó a asentir. Su madre necesitaba el consuelo de que podía manejar lo que fuera que se lanzara contra ellas.

—Creo que los dos investigadores, Gary y Jubal, conocen estas historias. Les pregunté qué estaba sucediendo anoche y ambos usaron la palabra *mal*, como si se estuviese extendiendo por la Tierra e influyendo en todos nosotros. Han estado vigilándonos y no creo que hubiera podido salvarte anoche sin su ayuda. Ben Charger también ha estado cerca ayudando a protegernos. También parece darse cuenta de que algo que no es normal está influyendo en todo el mundo, pero no he hablado con él de ello.

Annabel negó con la cabeza.

—No puedes confiar en nadie, Riley. Esa cosa, esa criatura maligna, es capaz de volver a cualquiera en contra nuestra.

—Todavía necesitamos aliados, mamá —dijo Riley—. Esos hombres nos han ayudado hasta ahora, y están armados hasta los dientes. Ambos llevan todo tipo de armas, algunas que nunca he visto antes. No parecía importarles, cuando las guardaron frente a todos esta mañana, que los guías y porteadores las vieran. De hecho, querían que las vieran…, creo que para protegernos.

Annabel frunció el ceño y se restregó el sudor de la frente. Se echó hacia atrás los rizos húmedos en forma de tirabuzón y se los apartó de la cara.

—¿Cómo consiguieron pasar las armas por la aduana? ¿Por el aeropuerto? ¿No crees que es extraño que las trajesen? ¿Como si ya supiesen que algo iba a ir mal y vinieran preparados?

Riley se inclinó hacia su madre.

—Honestamente, no me importa cómo lo hicieron, o por qué las traen. Te salvaron la vida ayer por la noche y los necesitamos. Algo malo va a ocurrir pronto. Las dos lo sabemos. Necesitamos a estos hombres y sus armas. De hecho, voy a ver si me prestan una.

Había infundido determinación en su voz, y se había atrevido a discrepar con su madre. Evidentemente, Annabel no estaba pensando con claridad, no era consciente de que no podían cumplir con su tarea solas.

Annabel simplemente se encogió de hombros, se volvió a limpiar la cara, inclinó la cabeza y dejó sus hombros caídos. Riley se mordió con fuerza el labio. Su madre evidentemente se estaba rindiendo y no podía permitirlo. Tenía que encontrar una manera de hacer que sintiese que era lo suficientemente poderosa… y de que fuera lo que fuese esa entidad maligna, tenía posibilidades de derrotarla.

—Mamá, si esa tal Arabejila, nuestra antepasada, fue capaz de atraer a esta malvada máquina de matar a un volcán, retenerlo allí, hacer que el volcán pasara años sin tener erupciones, y después lo habéis seguido haciendo todas sus descendientes, entonces podemos hacerlo juntas también. —Infundió confianza a su voz—. No somos menos que ellas. Tenemos la misma sangre. La selva reacciona contigo, y ahora conmigo. Siento los latidos del corazón de la Tierra...

Annabel se balanceó suavemente y negó con la cabeza.

—No puedo. Yo no puedo más. Antes su corazón latía con el mío. Mi sangre corría con la misma fuerza que tiene la savia de los árboles y los ríos subterráneos. Pero me ha perdido. Sentí que desaparecía después de la muerte de tu padre.

Riley se acercó a su madre.

—Basta, mamá. Lo digo en serio. Cálmate. Estás rindiéndote porque papá está muerto. Vi a la abuela hacer lo mismo. No me puedes dejar en Perú rodeada de peligros. Necesito que seas fuerte. Tú eres la que se está apartando de los dones que tienes, y se está alejando de mí. Soy tu hija. Tu única hija. ¿Qué haré si te rindes? —Puso una mano sobre la rodilla de su madre y suavizó su voz—. Me enseñaste a ser una luchadora, a no rendirme nunca. Ahora bien, por más mala que sea esa cosa, dices que tenemos que conseguirlo, pues hay vidas inocentes dependiendo de nosotras. Así que vamos a hacer el ritual, no importa lo que nos cueste. Cumpliremos con esto hasta el final, y lo conseguiremos.

Annabel levantó la mirada y sus ojos se encontraron con los de Riley. Por un momento se produjo esa chispa de absoluta determinación que ella reconocía en su madre. Y entonces parpadeó para contener las lágrimas.

—Sé que no he sido yo misma, cariño. Es que tu padre y yo estábamos tan unidos. No puedo respirar bien sin él. Encajábamos como si fuéramos una sola persona, y sin él voy a tener que pasar por momentos muy duros para volver a funcionar.

—Mamá. —Riley se acercó a ella—. Por supuesto que te sientes mal. Papá se ha marchado hace muy poco. No has tenido tiempo de acostumbrarte a su muerte. Yo tampoco. Lo acabamos de perder y se supondría que tendríamos que estar en casa pasando el duelo, y no aquí en la selva, subiendo una montaña, rodeadas de extraños y tratando con algo profundamente malo.

Annabel tragó saliva y se recogió los húmedos rizos que se le escapaban alrededor de la cara. La humedad y el calor habían convertido su pelo en un frenesí de rizos y tirabuzones marrones.

Entonces levantó su mano para tocar el espeso cabello largo de Riley, liso como un hueso y sin ni un rizo a la vista a pesar de la humedad. Lo llevaba recogido en una larga trenza para mantenerlo apartado del cuello y de la cara.

—Eres tan hermosa, Riley, y tan diferente. Tú perteneces a este lugar. Tu alma está aquí lo sepas o no, y la Tierra te está llamando. Lo siento. Estoy segura de que tú también puedes. Escucha lo que te dice. Confía en tus instintos.

A Riley se le apretó el corazón. Parecía como si su madre estuviera despidiéndose para siempre de nuevo. Sus manos temblaban mientras le alisaba el pelo. Se veía tan frágil que a ella le dolía el corazón. Evidentemente, Annabel quería ayudarla, pero estaba tan desanimada que se sentía incapaz. Esa pequeña muestra de determinación se desvaneció demasiado pronto.

Riley soltó el aliento lentamente.

—Tienes que beber más agua, mamá —la aconsejó dejando de intentar recuperar las defensas de Annabel.

Lo mejor que podía hacer era conseguir que su madre subiera la montaña y evitar que nadie la matara. Y eso requería un arma mejor de la que tenía.

Jubal estaba a su izquierda, no muy lejos de ellas. Gary al otro lado, a una cierta distancia, y Ben había encontrado un lugar de descanso frente a ellas, como si las estuvieran protegiendo de los demás. Riley no podía contar con su madre y necesitaba a esos hombres para que la ayudaran a mantenerla a salvo. Tenía que planear cada paso cuidadosamente y prepararse para cualquier emergencia. Eso incluía su mochila, así como las provisiones adicionales que su madre necesitaba.

Siempre llevaba víveres y su propio sistema de filtración de agua. Llevaba cargando con una mochila desde hacía años y sabía cómo sobrevivir, pero necesitaba tener un arma.

—Mamá, descansa aquí. Quiero que comas esto. —Dio a su madre una barrita de proteínas—. Hay que mantener las fuerzas. Voy a estar ahí —señaló a Jubal— para hablar con él un minuto.

—No puedes confiar en ellos —susurró Annabel frunciendo el ceño—. De verdad que no puedes. El mal aparenta ser hermoso, y el bien puede parecer muy duro y terrible. No puedes saber quién está de nuestro lado.

—Tal vez no, mamá —dijo Riley obligándola a coger la barra de proteínas—. Pero en este momento necesito un arma, y él tiene una. Cómete esto y simplemente espera a que vuelva. No te muevas.

Los ojos de Annabel miraban con sospecha. Su mano se cerró alrededor de la barra de proteínas con cautela, como si su propia hija pudiera estar intentando envenenarla.

A Riley le dolió el corazón cuando su madre se dio la vuelta encorvando la espalda y agachando los hombros. Realmente sentía que estaba alejándose de ella y distanciándose de sí misma. La expresión de sus ojos era de derrota y acusadora.

Riley negó con la cabeza y enderezó los hombros. Su madre evidentemente estaba enferma y abatida por su tristeza. Ella apretó los dientes y fue hacia Jubal. No podía dejar de mirar por encima del hombro a menudo para asegurarse de que nadie se atrevía a acercarse a su madre mientras ella se alejaba.

—Riley. —Jubal la saludó con una leve inclinación de cabeza. Miraba muy inquieto y observaba continuamente el campamento, los árboles y el suelo—. ¿Tu madre está bien?

Riley negó con la cabeza.

—Está agotada, pero quiere subir a la montaña. Tal vez si llegamos allí se sentirá mejor. Eso es lo que espero.

—¿A qué altura de la montaña tenéis que subir? —preguntó Jubal—. Los temblores están aumentando. La montaña no ha explotado desde hace cientos de años, pero eso no quiere decir que no lo vaya a hacer. No estoy seguro de que vayamos a estar completamente a salvo ahí arriba. Gary está intentando conseguirnos algunos datos. Tiene que esperar al satélite, pero podremos saber si hay algún cambio en la forma de la montaña. Se hacen fotografías de todos estos volcanes regularmente desde el espacio.

Riley suspiró. Los temblores no habían pasado desapercibidos.

—Una cosa más de la que preocuparse. ¿De verdad crees que el volcán va a explotar?

Jubal frunció el ceño, pensativo.

—Eso parece. No estoy seguro que sea buena idea subir, aunque las plantas que estamos buscando se supone que tienen que estar cerca de las ruinas. Si esas plantas están realmente ahí, las necesitamos.

—Mira. —Riley decidió que tenía que poner sus cartas encima de la mesa si era necesario. No tenía mucho a su disposición, pero iba a completar su trabajo y a proteger a su madre de cualquiera manera. Estaba cada vez más decidida a ir y a evitar que saliera lo que hubiera dentro de esa montaña—. Sé que tú y Gary estáis armados hasta los dientes. No se lo habéis ocultado a nadie.

—Pensé que podría ayudar a disuadir a quien pensara que podría atacar con un machete a los miembros de nuestro equipo —indicó Jubal.

Riley frunció el ceño sintiendo que se merecía esa pequeña reprimenda. Se encogió de hombros.

—No me gusta que nadie curiosee en nuestros asuntos, por lo que la última cosa que quiero hacer es meterme en los tuyos...

Jubal le sonrió, aunque no se veía humor en sus ojos. Tal vez comprensión.

—¿Pero? —la animó.

—¿Cómo conseguiste todas esas armas y el equipamiento en este país? Algunas de esas armas nunca las he visto. No es posible que te las hayan dejado meter en un avión.

—Tenemos algunos amigos en este país que tienen aviones privados y barcos. Tenían todo lo que les pedimos esperándonos cuando llegamos. Estas plantas son tan importantes para ellos como para nosotros. Las plantas nunca han crecido en ningún otro lugar más que en los montes Cárpatos, y allí se han extinguido. Si las que hay aquí son realmente las mismas, no tengo ni idea de lo que un descubrimiento tan importante significaría para nosotros.

Ella percibió la animación que subyacía a su voz. Le estaba diciendo la verdad… o por lo menos parte de ella. Necesitaba subir a la montaña urgentemente y, que Dios la ayudara, estaba agradecida de ello. No tendría que ir sola.

—Necesito un arma.

Los ojos de Jubal se encontraron con los suyos. Ella se negó a apartar la mirada. *Necesitaba* esa arma y no pensaba dar marcha atrás, ni permitiría que la intimidara. No la iba a ver como una mujer histérica, porque no lo estaba, sino absolutamente seria.

Jubal levantó las cejas bruscamente.

—¿Has disparado con un arma alguna vez?

—Sí. Tengo muy buena puntería. El mejor amigo de mi padre era oficial de policía y me llevaba al campo de tiro cuando tenía diez años. Desde entonces he seguido disparando.

—Disparar a un ser humano no es tan fácil, Riley. Si dudas...

—Podría haber intentado matar a Raúl con mi cuchillo anoche —dijo ella muy en serio—. Y no lo habría dudado si la vida de mi madre hubiera estado juego. No vacilaré si tengo que protegerla —le aseguró.

—¿Qué pasa si necesitas protegerte?

Levantó la barbilla. Se negó a apartar la mirada, y la mantuvo observando la suya.

—No soy una persona tímida, Jubal. Si tengo que defender mi vida, lo voy a hacer enérgicamente. Y nadie va a hacer daño a mi madre si puedo evitarlo. ¿Me prestas un arma?

Jubal frunció el ceño y sacó una pistola de su chaqueta ligera.

—Dime qué es esto.

Sabía que pensaba que le había mentido acerca de que sabía cómo usar un arma. Le sonrió con dulzura.

—Tienes una Glock 30 SF 45 automática, un arma excelente y poderosa. Mi padrino me dio una cuando cumplí dieciséis años. Tiene la empuñadura más pequeña, y como mis manos no son grandes, me viene muy bien.

Jubal suspiró.

—Pero Riley, esto no va a parar a lo que haya allí arriba.

—Pero detendrá a cualquiera de los que viajan con nosotros si intenta matar a mi madre.

Jubal le entregó la Glock. Su mano se cerró en torno a la empuñadura, y la cogió con calma. Comprobó el cargador para asegurarse de que estaba lleno. Él le dio un segundo cargador que se metió en un bolsillo que cerró con cremallera.

—¡Riley!

Riley se dio la vuelta y vio a su madre corriendo hacia ella. La cara de Annabel estaba blanca y tenía los ojos muy abiertos de terror. Detrás de ella, la tierra había cobrado vida. Unas tarántulas gigantes del tamaño de un plato corrían a toda prisa por la vegetación, bajaban de los árboles y parecían muy concentradas mientras se arrastraban implacablemente hacia adelante.

Riley corrió a interceptar a Annabel antes de que pudiera huir a la selva tropical.

—Una picadura de tarántula no es mortal mamá. Cálmate. La irritación que provoca su pelo a veces es peor que su picadura.

—Me están persiguiendo —exclamó Annabel agarrando a Riley con fuerza. Bajó la voz y siseó algo entre dientes. Tenía los ojos salvajes y el cabello despeinado. Parecía casi demoníaca—. Me están persiguiendo, Riley, ¿no te das cuenta? Me quieren matar.

Ella no sabía cuántas picaduras múltiples podían hacer las tarántulas gigantes, pero no quería correr ningún riesgo. Agarró la muñeca de su madre y la arrastró hacia Gary Jansen, que estaba cerca de un pequeño arroyo. Seguramente las arañas no las iban a seguir por el agua.

Annabel estaba conteniendo el llanto.

—No puedo seguir con esto, Riley. Tienes que continuar sin mí. Simplemente no puedo...

—Vale ya —le espetó Riley mientras la guiaba a través de una serie de piedras y helechos para llegar al arroyo—. Podemos hacer cualquier cosa que tengamos que hacer. Tú fuiste la que me lo enseñó.

Echó un vistazo a su espalda. Jubal, Gary y Ben formaron una línea de defensa contra las arañas que se arrastraban por el suelo. Ella detuvo a su madre antes de que entrara en el arroyo.

—Déjame mirar, mamá —le advirtió. No había pirañas en esa pequeña corriente de agua, pero con todos los extraños ataques de insectos y animales que habían tenido, no quería olvidarse de nada—. Nos meteremos solo si pasan a pesar de la barrera que están formando los demás.

Gary se puso una manguera por encima de un hombro y dio un paso hacia adelante. En el momento en el que un chorro de fuego surgió del lanzallamas, el resto del campamento se dio cuenta de que algo iba mal. Uno a uno fueron volviendo las cabezas. Riley se alegró de que Annabel y ella estuvieran a la sombra de los árboles. Parecía como si los que estaban siendo atacados fueran los tres hombres, y no las mujeres. Estaban a bastante distancia de ellos. La ilusión era mayor porque se había sentado en una roca junto al arroyo y había obligado a su madre a sentarse a su lado como si estuvieran descansando bajo la sombra.

Weston y Shelton, como era predecible, montaron un gran alboroto. Weston en realidad huía de las arañas. Aunque no solo no se acercaban a él, sino que más bien se alejaban. Daba igual. Reprendió a los guías.

—Habéis elegido una parada para descansar en medio de un territorio de arañas asesinas. ¿Estáis intentando matarnos a todos? Voy a informar de esto y nunca más conseguiréis otro trabajo de guías —les soltó.

Riley puso los ojos en blanco. Los guías lo ignoraron y se apresuraron a ayudar a los tres hombres. Los porteadores se agruparon en un estrecho círculo cerrado y se quedaron observando. El arqueólogo y sus alumnos se miraron entre ellos con expresión sorprendida, casi cómica, como si no pudieran entender lo que estaba sucediendo. Los tres permanecieron quietos con la boca abierta, mientras la tierra parecía cobrar vida por las grandes arañas peludas que se arrastraban por la vegetación. Ciertamente, su idea del comportamiento de los arqueólogos se había formado con las películas del héroe de acción Indiana Jones, aunque el doctor Patton y sus alumnos rápidamente habían dejado a un lado esa fantasía.

Riley oía a las arañas arrastrándose entre la vegetación mientras avanzaban, pero el olor y el sonido del lanzallamas de Gary rápidamente apagó todos los otros ruidos. Annabel se cubrió la cara con las manos, se balanceó hacia atrás y hacia adelante, y Riley le pasó un brazo por la espalda para consolarla.

Annabel gemía en voz baja.

—Es tan tarde, Riley. En un par de horas el sol se pondrá.

—Vamos a partir en unos minutos —le aseguró—. Los guías nos llevarán hasta la montaña y esto se acabará. Ahora estamos muy cerca.

Annabel continuaba balanceándose hacia adelante y hacia atrás con el brazo consolador de Riley sobre sus hombros, aunque mientras tanto estudiaba a sus compañeros de viaje intentando discernir con quién podría contar si las cosas salían mal. El temblor del suelo le hizo ver que lo más probable era que ocurrieran cosas malas. Los tres guías habían corrido a ayudar a los tres hombres con las arañas. No parecían tener miedo de ellas en absoluto. De hecho, recogieron algunas de ellas muy suavemente y les dieron la vuelta.

Encontraba fascinante la manera en que los tres nativos manejaban las tarántulas. Evidentemente, querían salvarlas, no destruirlas. Las tarántulas parecían confundidas, giraban en círculos y evitaban las llamas calientes. Gary apagó el eficiente lanzallamas y, al igual que Riley, observó a los guías que manejaban suavemente a las arañas para alejarlas de ellos y devolverlas a la selva.

Ninguno de los porteadores había ayudado, advirtió Riley. Se habían agrupado y estaban cuchicheando. Se le cayó el alma a los pies. Les harían falta un par de porteadores para subir a la montaña, y al menos dos acompañarían a Gary y a Jubal con su guía.

—Vamos, mamá —dijo—. Ya salimos de nuevo. El espectáculo ha terminado. Los guías se han encargado de las arañas, y volvemos al camino.

El suelo tembló de nuevo.

—Tenemos que darnos prisa —susurró Annabel—. Date prisa, Riley.

Levantó la vista hacia el cielo. El sol se pondría pronto.

Riley se puso directamente detrás de su madre mientras iban por el estrecho camino que los guías habían decidido tomar los últimos kilómetros hasta la base de la montaña. Discutiría con su guía más tarde para explicarle que había que seguir subiendo la montaña. Pero por ahora lo imperativo era que se moviesen. El nerviosismo de Annabel aumentaba cada minuto que pasaba.

Ben y Jubal iban delante de Annabel, y Gary había preferido ir en la retaguardia detrás del último porteador. Riley estaba agradecida de que estuvieran a una buena distancia de Weston y Shelton, y había varias personas entre medias. Una vez que finalmente se pusieron en marcha, y los guías y porteadores despejaron el denso sendero, Annabel dejó de refunfuñar y simplemente caminaba con la mirada pegada a la parte de atrás de la camisa de Jubal.

Los susurros de su cabeza volvieron a aparecer una hora antes de la puesta de sol. El sol había desaparecido y la selva se había llenado de sombras que cambiaban el aspecto de las plantas dando lugar a formas monstruosas. Riley percibía todos los efectos del incesante zumbido en la cabeza. Sintió que el sonido se desvanecía y se confundía con el ruido de fondo, pero incluso su madre comenzaba a protestar para sí misma.

Tal vez por el peligro que acechaba a alguien que amaba, los sentidos de Riley parecían agudizarse con cada paso que daba, así como su conciencia del entorno. Descubrió que estaba viendo cosas en las que nunca se había fijado antes. Hojas por separado. La forma en que el musgo y el helecho crecían, y las flores que subían por los troncos para llegar al cielo. Por primera vez en su vida estaba completamente fascinada con el crecimiento de las plantas. Oía la fuerza vital de la Tierra, un fuerte latido que casi expulsa esos susurros sin sentido que intentaban invadir su mente. Por unos momentos, cuando comenzó a caer el velo de la oscuridad, la vida vegetal de su alrededor le pareció aterradora; pero ahora era exquisitamente hermosa e incluso reconfortante.

Los colores de la selva tropical parecían mucho más vivos, a pesar de que comenzaba a caer la noche. Las flores trepaban por los troncos y estallaban en el suelo. El goteo de la humedad parecía un sonido musical en absoluto molesto. Riley sentía como si la tierra que pisaba la reconociera por primera vez y le comunicara que aceptaba su presencia. La hostilidad que sentía era de una fuente externa, alguna fuerza sutil que todavía no podía identificar, y la percibía como si se estuviera enredando en la selva como una enfermedad. Detrás de ella, el porteador Capa murmuró algo en su propia lengua mientras cortaba la maraña de enredaderas y flores que brotaban por donde caminaba Annabel. Riley iba atentamente cerca de su madre, y tapaba sus pasos, por lo que el porteador no podía ver que las plantas que aparecían a través de la espesa vegetación antes no estaban allí.

Su madre volvió a mirarla por encima del hombro y le pareció que estaba exhausta. Sonrió brevemente a su hija y murmuró:

—Te quiero.

Riley sintió mucho amor hacia su madre y le lanzó un beso.

Por encima de ellas comenzaron a gritar unos monos y la selva estalló en una cacofonía de ruidos. Los monos seguían todos sus movimientos y corrían por las ramas altas de los árboles lanzando ramas y hojas. Algunos blandían amenazadoramente sus ramas y mostraban los dientes… otro fenómeno nuevo para Riley. Según su experiencia, los monos y los animales salvajes normalmente siempre se mantenían a cierta distancia.

De pronto algo que aterrizó en su espalda la hizo caer al suelo. Unas garras afiladas se aferraron a sus hombros y arañaron su mochila. Habían surgido de los árboles unos monos que la golpearon una y otra vez, y uniendo fuerzas consiguieron hacer que cayera de espaldas. Oyó a Annabel gritar y a Jubal maldecir. El sonido del cántico extraño, que ahora lo reproducía Capa, sonó muy fuerte por encima de los gritos de los monos.

—*Hän kalma, emni hän ku köd alte. Tappatak ŋaman. Tappatak ŋaman.*

Riley luchaba frenéticamente para quitarse de encima a los monos. Gritó a Gary y a Jubal, e intentó sacar la Glock.

Capítulo 5

Riley se revolvió para librarse del montón de monos lanudos, se puso de rodillas y agarró vigorosamente el arma. No veía nada. Había docenas de monos grises, verdes oliva, y otros marrón rojizo y negro entre ella y Annabel. Los que saltaron hacia su madre la arrastraron a la densa maleza, y lo único que podía ver eran sus cuerpos peludos en una especie de frenesí estridente. No se atrevía a disparar contra ellos por miedo a herirla.

Su madre gritó de nuevo y su voz aterrorizada reverberó en la cabeza de su hija. Se puso de pie y enseguida otra horda de primates la hizo caer de espaldas al suelo. Cada mono lanudo pesaba casi ocho kilos, y caían con fuerza de las sobrecargadas ramas que había por encima. Gracias a su peso y a su gran número conseguían derribar a los humanos que había abajo.

El zumbido de su cabeza y el horrible cántico aumentaron en volumen… parecían órdenes.

—*Hän kalma, emni hän ku köd alte. Tappatak ŋamaŋ. Tappatak ŋamaŋ.*

Oía las palabras que resonaban en su mente una y otra vez. Era un cántico profundo y muy gutural, casi como el de los monjes que había oído en el Tíbet que cantaban con la garganta. El sonido la inquietaba a un nivel muy elemental, le ponía el vello de punta, hacía que le doliera la cabeza y destruía su sistema nervioso hasta el punto de querer ponerse a gritar como los monos.

Riley intentó rodar lejos de las criaturas que la atacaban, pero se pegaban como pegamento, y se le enganchaban al pelo, la ropa y la mochila, aferrándose a ella como si sus vidas dependieran de ello. Normalmente, los monos lanudos vivían en zonas más elevadas, muy por encima de la selva nubosa, y no eran amenazadores para nadie. Vivían en grupos sociales de hasta cuarenta individuos, pero los que caían de los árboles y atacaban a todos los miembros del grupo eran bastante más numerosos.

Sollozando, Riley apartó a los monos, sin importarle que estuvieran usando los dientes y las garras para impedir que se levantara, y cada vez que lanzaba a alguno lejos, le destrozaba la piel. Se puso de pie rápidamente y comenzó a dar vueltas en círculos intentando orientarse. Los monos lanudos estaban por todas partes, eran un verdadero ejército, y luchaban contra ellos, igual que ella.

Los estaba apartando a patadas cuando uno de ellos hundió sus dientes en su pierna intentando arrastrarla al suelo. Justo entonces vio la densa vegetación donde su madre luchaba contra los primates enloquecidos. La escena era completamente surrealista e irreal, una pesadilla de violencia, sangre y gritos. Una pistola sonó detrás de ella, y en algún lugar por delante, otra respondió. Corrió hacia allí, dando patadas y soltando insultos, abriéndose camino para llegar hasta su madre. Dos veces disparó a un mono en pleno vuelo cuando intentaba lanzarse a su cara.

Corrió hacia el lugar donde estaba segura de que su madre había sido arrastrada. Los gritos de Annabel eran muy fuertes y completamente aterradores, como los de un animal adolorido del que se ha apoderado un terror absoluto. Riley no podía verla a través de la barrera de cuerpos. No tenía ni idea de dónde estaban el porteador, Capa, o Gary, de manera que era imposible disparar a los primates apaleados con seguridad, a pesar de que cada célula de su cuerpo le ordenaba hacerlo.

Los monos lanudos siguieron llegando en masa, y eran mucho más que una tropa de cuarenta individuos. Caían a través de los árboles antes de que los seres humanos consiguieran ponerse de pie. La batalla parecía salida de una película de terror, cruel e irreal. Los gritos de su madre pararon de golpe. El corazón de Riley se aceleró y su cuerpo se inundó de adrenalina. La ausencia de sonido era mucho peor.

Entonces se abrió paso a través de las sólidas barreras de primates enloquecidos maldiciendo y sollozando, hasta que llegó al lugar donde Annabel había sido sacada del camino. Había sangre por todas partes, que incluso se acumulaba en charcos oscuros. Dio una patada a un mono agresivo y un arco de sangre color carmesí se esparció por el aire y salpicó las hojas de un arbusto cercano, los troncos de los árboles y a otros monos. Por un momento pensó que era sangre de los monos, pero entonces lo vio. El porteador. No era Raúl, sino su hermano Capa, quien acuchillaba algo una y otra vez con un machete ensangrentado.

Su corazón se detuvo. No podía ver si estaba atacando a su madre o a los monos, pero había mucha sangre. Demasiada. Con otra patada brutal lanzó a otro mono al suelo, y al fin pudo divisar su cuerpo. Apretó el gatillo una y otra vez apuntando a Capa hasta que vació el cargador. Corrió hacia su madre mientras le disparaba, pero sabía que ya era demasiado tarde. Metió un segundo cargador en la pistola.

Simultáneamente también disparó Gary; sus balas entraron en el cuerpo del porteador por el costado e hizo que se diera la vuelta. Sin importarle que estuviera metiéndose en un cruce de disparos, Riley corrió hacia adelante dando patadas y puñetazos, e incluso disparando, para llegar hasta su madre. Capa cayó al suelo bruscamente y el machete salió volando de su mano. Gary siguió disparando a los primates que rodeaban a la mujer.

Riley apartó la maleza, se detuvo de golpe con la boca muy abierta y soltó un grito agónico que casi destrozó sus cuerdas vocales. Miraba fijamente la maleza absolutamente aterrorizada y llena de estupor. Ni siquiera estaba segura de lo que estaba viendo, pues le era imposible comprender. Parecía como si se hubiera tropezado con una masacre. Su mente intentaba decirle que toda la sangre que empapaba la tierra y la maleza era de los monos, pero su cuerpo había entrado en una especie de conmoción. Estaba casi paralizada y congelada, y en algún lugar profundo sabía la verdad, pero no podía aceptarla. Había demasiada sangre, pero no podía ver su cuerpo, solo las tiras de ropa y cabellos arrancados. Se tuvo que obligar a moverse llena de bilis.

—No, Riley. —La rodearon unos brazos impidiendo que se moviera y unas manos cubrieron las de ella y cogieron la Glock—. Vámonos de aquí. No hay nada que puedas hacer, y no hay necesidad de ver esto.

La voz de Gary sonó extremadamente baja, como si viniera desde una gran distancia.

El mundo se desvaneció dentro y fuera de ella. Se le apretó el estómago e intentó girar la cabeza para apartar la mirada del cuerpo mutilado, pero le era imposible. La sangre era tan oscura. Había pelo rizado por el suelo, y varios mechones enredados y manchados de barro rojo sobre los helechos. Vio dedos y parte de una mano. Tiras de ropa cubiertas de sangre. No había ni un sitio en un radio de dos metros que no estuviera empapado de rojo. Era imposible saber lo que había bajo esa densa vegetación oscura.

Advirtió que de pronto la selva se quedó en silencio. No había ningún sonido. Ni zumbidos de insectos. Ni disparos. Ni gritos. El zumbido de su cabeza había desaparecido y había sido reemplazado por sus gritos silenciosos de protesta. El mundo a su alrededor se esfumó y después reapareció bruscamente, pero enseguida volvió a apagarse.

—Riley —le susurró Gary al oído con la voz tranquila y firme—. Tienes que venir conmigo ahora. Mirándola no la vas a ayudar.

Sus manos la instaron a que moviera su cuerpo paralizado y a que diera unos pasos, pero no tenía ningún control. Se estremecía llena de ira y dolor que manaban como un volcán desde las profundidades de la Tierra temblorosa, directamente a través de su cuerpo, hasta que su corazón quiso dejar de latir y sus pulmones se negaron a funcionar.

Intentaba decirle a Gary que no podía respirar, que no podía inspirar el aire. El olor a sangre era demasiado fuerte e impregnaba todo el lugar. Pero Gary simplemente la levantó del suelo y la alejó dando grandes zancadas. Alcanzó a ver a Capa, el porteador, yaciendo en su propio charco de sangre, con el machete a unos cuantos centímetros de su mano. Su cuerpo estaba intacto, aunque su vida había salido de él y se había deslizado hacia el suelo.

Se le escapó un sollozo y se agarró del duro brazo de Gary, su única realidad en un mundo que había enloquecido. Annabel asesinada de una manera tan salvaje era algo impensable. Su mente se negaba a procesarlo, pero su cuerpo estaba totalmente consciente y había reaccionado dejando de funcionar. No estaba segura de que pudiera tenerse en pie por su cuenta si su vida hubiera dependido de ello. Gary la ayudó a recostarse en la alfombra de vegetación, a una corta distancia del lugar donde habían asesinado a su madre.

Estaba consciente de sus compañeros de viaje, que a cierto nivel eran como actores en una representación. Sus reacciones eran lentas. Todos volviendo la cabeza. Sus bocas abiertas de miedo. Los cuerpos de los monos muertos esparcidos por el suelo como si fueran desechos añadían horror a la macabra escena. Todo a su alrededor estaba borroso, y tardó un momento antes de darse cuenta de que tenía los ojos bañados en lágrimas.

Los monos que de pronto se habían subido a los árboles parecían tan confundidos como ella, deambulaban en círculos, como si hubieran perdido toda la orientación. Por el rabillo del ojo vio que los tres guías se estaban levantando del suelo, completamente despeinados y manchados de sangre por los ataques de los monos lanudos. Los tres hermanos ignoraron a los primates dispersos y miraron inquietos hacia la selva y a los dos cuerpos que yacían justo fuera de su vista. Murmuraban algo entre ellos en voz muy baja, antes de decidirse a ir a ver lo que había ocurrido.

Jubal se dirigió a un claro para verlos de frente. Tenía la ropa desgarrada por los crueles y concentrados ataques, lo que era una prueba de que había intentado acercarse a Annabel pero había sido retenido igual que ella. Los tres guías vacilaron, pero continuaron lentamente hacia adelante estirando el cuello y agarrando sus armas con fuerza.

El doctor Henry Patton se levantó cautelosamente desde el suelo y corrió a ayudar a uno de sus alumnos, Marty Shepherd, a levantarse. El hombre que parecía estar llorando casi histérico, dio una palmada a Patton y se revolvió cuando Todd Dillon corrió también en su ayuda. Cuando consiguieron poner a Marty de pie, instantáneamente se volvió a caer al suelo y sus dos compañeros se agacharon solícitamente junto a él.

Riley se balanceaba hacia atrás y hacia adelante intentando aceptar que su madre había sido asesinada a pocos metros de ella. Bajó la mirada hacia la fértil tierra que acumulaba cientos, miles de años de vegetación, de muerte y renacimiento. El cielo se oscureció sutilmente. Levantó la vista y dejó caer las manos para enterrarlas profundamente en las diversas capas de tierra negra. Las nubes se arremolinaban siniestras formando torres que se elevaban muy alto. El viento agitaba su cabello, incluso allí, bajo la quietud del follaje, y las ramas de los árboles se mecían hacia adelante y hacia atrás frenéticamente.

Inspiró con fuerza y soltó el aire. Un largo y agudo lamento escapó de su garganta. Al oírlo los monos que quedaban volvieron a los árboles, y el triste sonido los siguió a través de la selva. En lugar de subir de nuevo a la montaña, la manada de monos lanudos se alejó de su hogar natural en lo alto de la selva nubosa.

Don Weston y Mack Shelton reaparecieron tambaleándose. Ambos habían huido cuando bajaron los monos. Tampoco parecían tener rasguños. Habían escapado lo suficientemente lejos de la batalla como para evitar la tremenda arremetida de los primates. Ambos parecían conmovidos.

—¿Qué diablos pasó aquí? —preguntó Don inspeccionando tanto a sus compañeros heridos y ensangrentados como a los cuerpos peludos que había en el suelo—. Pensé que los monos eran la menor de todas nuestras preocupaciones.

Miguel se volvió para mirarlo por encima del hombro.

—Los monos no atacan a los hombres.

—Tengo novedades para ti, genio —respondió Don con un bufido tembloroso—. Lo han hecho los monos. ¿Tendrán la rabia?

Finalmente, dio un paso atrás apartándose de los demás y pasó un brazo delante del cuerpo de Mack para impedir que se acercara a sus compañeros.

Jubal suspiró.

—No tienen la rabia, Don, pero nosotros tenemos que desinfectarnos cada herida para que nadie coja una infección. Marty, necesito que tú y Todd os ocupéis de eso. Comenzad por vosotros mismos. Los equipos médicos están en las mochilas. Una vez que os aseguraréis de que ambos os habéis limpiado todos vuestros rasguños, utilizad los antibióticos y después os separáis y ayudáis a los demás.

Riley escuchaba desde lejos. Por lo menos sabía lo que pretendía hacer Jubal haciéndose cargo de la situación y animando a los dos conmocionados estudiantes, dándoles algo que hacer para ayudarlos a recuperarse. Pero ella no podía mover ni un músculo. No se recuperaba. Se sentía paralizada, más allá de lo que era humanamente comprensible. Su mente luchaba por entender, y a un cierto nivel sabía que estaba en estado de shock, pero no podía tranquilizarse.

Enterró los dedos en el suelo, lo único real a lo que podía agarrarse. Agarró dos puñados de tierra, apretó los dedos y dejó que apareciera su llanto. Las lágrimas corrieron por su cara, oscurecieron su visión y cayeron al suelo, pero no dejaba de oír a los demás, que no salían de su estupefacción, y se movían a su alrededor haciendo lo que Jubal les había indicado.

Jorge, Fernándo y Héctor, tres de los cuatro porteadores restantes, todos primos, se acercaron vacilantes a Jubal desde la izquierda, manteniendo atentamente el mismo paso que los guías que iban derechos a enfrentarse a Jubal.

Ben Charger se movió detrás de ellos e hizo ruido deliberadamente para que fueran conscientes de su presencia. Al otro lado de los porteadores, cerca de Jubal, estaba el cuarto del grupo, Raúl. Gary lo seguía tranquilamente, pero, como Ben, dejando ver que estaba justo detrás del porteador y que llevaba a la vista su arma.

Miguel se detuvo frente a Jubal.

—¿Quién está herido?

—Herido no, muerto —corrigió Jubal—. Tu porteador asesinó a Annabel. Lo que queda de ella está en esos arbustos de ahí.

Señaló con la cabeza hacia la densa vegetación, pero no apartó los ojos de él ni dio un paso atrás.

La mirada de Miguel se dirigió al lugar que le había señalado. Tragó con fuerza y dio un paso hacia la maleza oscurecida.

—¿Qué pasó con Capa? ¿Dónde está?

—También está muerto —respondió Jubal con la voz sombría y con un tono de advertencia—. Llegamos demasiado tarde para detenerlo.

Una vez más se quedaron en silencio; las noticias evidentemente los habían conmovido. Se miraron unos a otros, y Miguel asintió y se dirigió hacia la maleza ensangrentada. Sus hermanos lo siguieron en silencio. Los porteadores pasaron junto a Jubal, que volvió la cara para mirarlos a todos. Ben y Gary lo flanqueaban por ambos lados, claramente sin confiar en la reacción que pudieran tener ante la muerte de su primo.

Don y Mack seguían un poco más atrás, estirando el cuello para intentar ver. Riley contuvo el aliento cuando los hombres se acercaron a la densa vegetación. No quería que ninguno viera a su madre de esa manera. Quería gritarles que se apartaran de su cuerpo, especialmente los dos ingenieros. Se dio cuenta del momento en que todos vieron su cadáver.

Los porteadores dieron un paso atrás con la espalda y los hombros rígidos. Desde donde estaba el cuerpo de Capa veían lo que quedaba de Annabel. No cabían dudas de lo que había ocurrido.

Don se inclinó hacia adelante y vomitó una y otra vez. Mack tuvo arcadas y se dio la vuelta apretándose la boca con las manos. Riley sintió el momento exacto en el que ambos volvieron sus miradas horrorizadas hacia ella. Se negaba a mirarlos. Si se quedaba muy quieta su mente no estallaría y su corazón destrozado se mantendría dentro de su cuerpo. Los chillidos de su cabeza se quedarían allí, encerrados para siempre. Don se levantó lentamente, miró una vez más la maleza y rápidamente apartó la mirada. Se dirigió lentamente hacia Riley y se quedó un momento en silencio antes de aclararse la garganta.

—Siento lo que le ha pasado a tu madre, Riley.

No podía mirarlo. Asintió con la cabeza, y apretó las manos más profundamente en la tierra. Estaba tan paralizada que lo único que podía sentir era la sensación de la tierra en su piel.

Mack se acercó arrastrando los pies igual de torpe, pero con buena intención.

—Lo siento, Riley. No hay palabras. Esto es terrible.

Una vez más ella asintió con la cabeza incapaz de responderles. La tierra estaba sacándola del borde del desastre. No podía perder completamente el control. Tenía que encontrar una manera para que su cerebro funcionase y pensar qué era lo siguiente que iba hacer.

Los cuatro porteadores recogieron el cadáver de su primo y se lo llevaron a lo más profundo de la selva.

—¿Qué estáis haciendo? —preguntó Jubal a Miguel.

—Lo van a enterrar adecuadamente —dijo Miguel—. A nuestra manera. Nos ocupamos de...

Cuando los tres guías se acercaron a Annabel, todo el cuerpo de Riley se rebeló. Incluso la Tierra debajo de ella pareció protestar violentamente con un pequeño temblor. El suelo se estremeció, se levantó unos centímetros y le transmitió sus vibraciones a través de su cuerpo. Ella «sintió» su protesta inmediata y con ella recuperó la necesidad de actuar, de moverse rápidamente, de hacer algo…, pero no estaba demasiado segura de qué tenía que hacer.

—No dejes que la toquen —suplicó—. Jubal, no pueden tocarla.

Miguel se giró hacia ella con los ojos llenos de tristeza.

—Nosotros no queríamos que esto sucediera, Riley. Nunca quisimos que su madre muriera. Capa no era él mismo. Era un hombre amable con una esposa y un hijo. Nunca le hubiera hecho daño a alguien si no hubiera estado fuera de sí. Tenemos que dar a su madre un entierro digno a la manera de su gente.

Ella sabía que el guía era sincero. Lo percibió en su voz y lo vio en su rostro, pero una fuerza más profunda la movilizó. El cuerpo de su madre no podía ser tocado. Riley se obligó a ponerse en pie y sacudió la cabeza. Su cuerpo se sentía débil y sus piernas parecían de goma, pero tenía que levantarse. Bajo sus pies, la Tierra la impulsaba a salir de su estupefacción.

—No dejes que nadie la toque —repitió mirando a Jubal por encima de Miguel. Se obligó a mirar al guía a los ojos—. Tenemos nuestros propios métodos, Miguel, y yo debo atenderla.

Encontraba un poco aterrador acercarse a ese horrible lugar lleno de sangre y muerte delante de todos ellos, pero había que hacerlo, aunque le diera un ataque de nervios. No tenía idea de lo que debía hacer, pero el impulso que sentía ahora era muy potente y la empujaba a moverse.

Weston y Shelton dieron un paso atrás silenciosamente para permitirle acercarse lentamente al cuerpo de su madre. Riley fue consciente del silencio que se produjo una vez más en el grupo. Los dos estudiantes, que estaban ocupados desinfectándose sus propias heridas y las de su profesor, se detuvieron para mirarla aproximarse a la maleza manchada de sangre.

—Dinos lo que necesitas, Riley —dijo Gary acercándose a su lado—. Te ayudaremos.

No estaba del todo segura de lo que necesitaba, pero asintió ligeramente y esperó un momento antes de mirar a su madre. Se acercó con cautela, armándose de valor para ver el cuerpo mutilado de Annabel. Eso no era su madre, se recordó, solo la envoltura que dejaba atrás. Su madre ya se había ido y estaba una vez más con el hombre al que había amado tanto durante tantos años.

El viento le rozó la cara mientras se acercaba a la densa maleza, y le pareció que unos dedos reconfortantes le limpiaron las lágrimas de los ojos. Levantó la cabeza, elevó la barbilla, respiró profundamente y permitió que su mirada se moviera muy lentamente, centímetro a centímetro, entre la maleza oscura. Su estómago se revolvió y se quedó sin aliento. Tenía un nudo en la garganta que amenazaba con estrangularla. El suelo se movió otra vez, animándola suavemente para que siguiera.

Profundamente debajo de la espesa vegetación, Riley sintió el tamborileo del latido de la Tierra. Se le aceleró el pulso... y se acompasó con ese ritmo firme y reconfortante. Sintió un hormigueo en las venas que recorrió su cuerpo conectándola con el planeta en que vivía. La flora y la fauna a su alrededor aportaba vida al aire con el que llenó sus pulmones. Dentro de ella sintió que algo se movía, se despertaba y tomaba conciencia. Con cada paso vacilante que daba hacia el lugar del asesinato lleno de muerte, estaba más segura de lo que tenía que hacer.

Sus venas latían y ardían atravesadas por una corriente de electricidad que recorría rápidamente su cuerpo hasta que comenzó a sentir que su sangre corría igual que la savia de las hojas de los árboles, pues estaba conectaba con toda la naturaleza. Como un dragón dormido que despierta por primera vez, la energía se extendió por su cuerpo y se apoderó de todas sus células a su paso. Su mente se llenó de imágenes de una vida no vivida o que conocía previamente, pero tan familiares que lo reconocía todo como si esa conciencia hubiera estado siempre allí, grabada en su cerebro y simplemente esperaba el momento de ser despertada.

Riley hizo una pausa y se quedó paralizada para absorber mejor los monumentales cambios que se estaban produciendo rápidamente en su cuerpo y su mente. A su alrededor los demás parecían desvanecerse contra el fondo, aunque todos sus sentidos parecían agudizarse. El aire estaba cargado de humedad. Le dejaba gotas esparcidas en la piel, y sus pulmones respiraban pesadamente. Bajo sus pies el suelo se movió otra vez animándola a seguir adelante. Sabía exactamente lo que tenía que hacer…, limpiar el cuerpo de su madre, consagrarla y prepararla para que regresara a la Madre Tierra. Annabel era una hija de la Tierra prestada por un corto tiempo, y tenía que ser devuelta con reverencia y agradecimiento.

Tendría que establecer las cuatro esquinas y llamar a los elementos y puntos cardinales que unían las energías, pero primero había que honrar a su madre purificando y limpiando su cuerpo. La sangre que empapaba el suelo ya no la mareaba. Por todas las partes donde había llegado el líquido oscuro de la vida, la tierra absorbía su riqueza, la vida de su madre, y se recargaban y enriquecían en el ciclo del renacimiento.

Riley levantó sus manos al cielo, llamó a la humedad y atrajo hacia ella unas grandes gotas de agua. La lluvia respondió y una fina llovizna cayó sobre los restos del cuerpo de su madre. La lluvia se mezcló con su sangre, y pareció cobrar vida al caer arrastrada por las gotas de agua a través de las hojas y las ramas para rodar hasta el suelo y filtrarse lentamente a lo más profundo de la tierra. Cuando la última gota de sangre desapareció del suelo, Riley llamó a las corrientes de aire que se arremolinaban entre la vegetación y estaban esperándola para que utilizara ese elemento. La lluvia cesó cuando el viento rodeó su cuerpo y como un ventilador secó los restos de Annabel.

Muy profundamente sintió un ardor provocado por esa corriente eléctrica que buscaba la luz, y entonces extendió las manos hacia su madre y realizó un intrincado dibujo en el aire. Estaba absolutamente segura de todos los movimientos y no dudaba. El dibujo cobró vida y una tenue y etérea llama azul quemó los restos y desapareció al instante.

Entonces se agachó y recogió tierra.

—Madre Tierra, te estoy devolviendo a tu hija. Te doy las gracias por el don de la vida. Los años de felicidad. El servicio a la humanidad.

Mientras murmuraba esas palabras dejó que la fértil tierra se llevara los restos de Annabel.

Riley miró al Norte e invocó al poder del Aire. Cuando las corrientes de aire una vez más comenzaban a girar en torno a ella, se dirigió al Sur, invocando al poder de la Tierra. El suelo respondió, tembló y cobró vida. Se volvió hacia al Este e invocó al Fuego, y la zona que rodeaba el cuerpo de su madre quedó marcada por una pequeña hoguera. Después se puso cara al Oeste e invocó a la fuerza del Agua para purificarla y renovarla.

Las manos de Riley de nuevo comenzaron a realizar un dibujo en el aire, como si fuera una directora de orquesta, mientras murmuraba unas palabras suaves y poderosas.

—Aire, Tierra, Fuego, Agua, escuchad mi oración. Mirad cómo una hija observa a vuestra hija esta noche. Ayudadla a sanar esta difícil situación. Haced que el Fuego lo limpie todo. Haced que el Aire limpie las energías negativas. Que el Agua limpie su pira y la Tierra traiga renovados deseos. Aire, Tierra, Fuego, Agua, dibujad un anillo de energía natural. Círculo redondo y tres veces cerrado, llevad a vuestra hija ante la Madre Tierra. Aceptad que vuestra hija vuelva esta noche y sostenedla siempre con mucha fuerza. Que nadie perturbe este lugar y que en este círculo mi madre encuentre la paz. Tanto arriba como abajo.

La Tierra respiró hondo. Riley lo sintió. Lo oyó. Era la respuesta a su devoto ritual. El suelo tembló. Se onduló. Cobró vida. En todas partes donde había habido coágulos y salpicaduras de la sangre de Annabel que se habían filtrado profundamente, aparecieron de golpe flores y plantas verdes, que atravesaban el fértil suelo y salían hacia el cielo. Una vez más el suelo se estremeció. Debajo del cuerpo destrozado, el suelo de la selva se agrietó y arrastró los restos de Annabel a través de sus hendiduras más profundas. Apareció burbujeando una arcilla negra muy rica en minerales, y, con ella, un estallido de brotes verdes atravesó la Tierra para alcanzar el cielo.

No quedó ni rastro de Annabel, ni de la carnicería que sufrió. Las plantas eran tan gruesas en todo el terreno que formaron una hermosa gruta, y justo en medio de un mar de flores nocturnas con forma de estrella apareció la ofrenda de la Madre Tierra… el collar de su madre. La joya había sido transmitida de generación en generación, y Annabel nunca se la había quitado desde la muerte de su madre.

Riley puso cuidadosamente un pie delante del otro, rodeó el lugar de descanso de su madre y permitió que la paz se filtrase por sus huesos. Se sumergió en ese campo de flores blancas, y puso sus manos a cada lado del regalo que le había dejado su madre. Los tallos y los pétalos se levantaron hacia ella. El suelo se movió, tembló a su alrededor y le dio la bienvenida.

La conexión la golpeó como una bola de fuego que arrolló su cuerpo y se desplegó por su cerebro. Era la Tierra que se acercaba a ella para dar la bienvenida a su hija y compartir sus dones. Rápidamente adquirió un conocimiento que se extendió a través de sus venas, por sus huesos y presionó cada una de sus células. Sintió los latidos del corazón del centro del planeta, y escuchó los susurros de la verdad y la creación. Las plantas cercanas la alcanzaron para rodearla con sus zarcillos y poder tocarla. Los árboles se doblaron sin viento y bajaron hacia ella para honrarla. Después le llegó un viento que le sopló aire fresco en su cara caliente.

La tierra fluía por sus dedos desnudos, y mientras lo hacía, su terrible dolor se aliviaba. El nudo que ardía en su garganta se aflojó y le dio tregua. Cuando sus dedos se estaban hundiendo profundamente buscando la última conexión con su madre, sintió una vibración en el suelo, un eco sutil del mal. El lugar de descanso consagrado de su madre apartó ese susurro, que era el último jadeo del mal, pero a Riley se le revolvió el estómago. Todo lo que su madre le había contado de su pasado y el volcán era cierto. Pero un triunfo impregnaba el suelo, alguien se alegraba de que su madre hubiera sido brutalmente asesinada permitiendo que el mal reapareciera una vez más y vagara libremente alimentándose de inocentes.

El corazón de Riley dio un vuelco. El mal se volvió a desvanecer en el volcán. Una sensación de urgencia se apoderó de ella. Tenía que llegar a la montaña y sellarla antes que cualquier cosa monstruosa que mantuviera prisionera pudiera escapar. Rápidamente sacó las manos de la tierra, y volvió la cabeza para mirar la montaña humeante.

Riley se agachó sobre la cama de flores blancas con forma de estrella y levantó la reliquia familiar de las plantas, un regalo hecho por la Madre Tierra a su antepasada muerta hacía mucho tiempo. Sus dedos temblaron cuando pasó la yema de su pulgar sobre la fina joya de plata que tenía la forma de un enorme dragón con ojos de ágata ardiente. Sus garras sostenían una esfera de obsidiana. Miró fijamente la pieza, recordando todas las veces en que su madre se la había mostrado, escondida como un tesoro alrededor de su cuello, protegida por debajo de su ropa. La fina cadena se había perdido, de modo que se la guardó en un bolsillo que cerró con una cremallera.

Gary le tendió una mano y ella dejó que la ayudara a levantarse. Por primera vez miró a su alrededor a sus compañeros de viaje. Todos tenían caras compasivas y la observaban con atención. Se dio cuenta de que la selva les había tapado la vista de lo que había estado haciendo. Las ramas se habían estirado, así como los arbustos y los árboles, para ocultar el ritual de purificación de las miradas curiosas.

—Tenemos que limpiarte esas heridas —dijo Gary.

—Me tengo que ir —contestó ella—. No hay tiempo.

Gary negó con la cabeza.

—Sabes que no puedes correr riesgos. Desinfecta las picaduras y los arañazos, mientras nosotros lo recogeremos todo para seguir adelante.

Los demás fueron desfilando uno a uno delante del lugar de descanso de Annabel, tocando el hombro a Riley, o asintiendo con la cabeza hacia ella murmurando una oración. Los tres guías realizaron su propio ritual. Riley, que al igual que Gary, tenía las heridas de la batalla convertidas en vetas de fuego, miró a los porteadores.

—No fue culpa de Capa —dijo Riley—. No fue culpa suya.

Miguel se volvió para mirarla.

—Gracias por decir eso.

—¿No sientes la diferencia? El zumbido horrible ha desaparecido —señaló Riley—. Ay. —Apartó la mano de Gary. Él la ignoró y continuó aplicándole el líquido que ardía—. ¿No te sientes más ligero? El terror se ha ido. Toda la tensión. Acaban de morir dos personas y tendríamos que estar muy tensos, pero, en cambio, esa horrible sensación de que era inminente que ocurriera algo malo ha desaparecido.

Ben, que estaba cerca, le respondió:

—Yo también lo advertí. El profesor y sus alumnos quieren regresar. Y el volcán sin duda está despertando. Yo no sé cuánto tiempo vamos a tener antes de que se despierte, y no nos gustaría estar cerca de cuando explote.

Riley negó con la cabeza.

—Podéis volver, podéis hacerlo todos, pero yo tengo que seguir adelante y llegar rápido. No hay tiempo que perder.

Ben frunció el ceño.

—El volcán es un problema real que no podemos pasar por alto, Riley.

—No puedo explicarlo, pero no tengo elección. Si es necesario voy sola. He estado en esta misma montaña varias veces y puedo encontrar el camino si hace falta. —Ya no le sorprendía que fuera verdad. Observó las nubes que se arremolinaban—. La noche está cayendo rápidamente. Tenemos como una hora, y vamos a tener que darnos prisa y cruzar una selva muy densa.

Gary y Jubal intercambiaron una larga mirada cómplice. Riley no les iba a preguntar nada. Ambos sabían, al igual que ella, que cualquiera que fuera el mal que estaba atrapado en la montaña, escaparía si no lo detenía. Aceptaban la verdad, igual que ella. A Riley no le importaba que supieran cosas de antemano y no lo dijeran. Iba a subir la montaña y nada iba a detenerla.

—Weston y Shelton también quieren regresar —dijo Ben.

—Los porteadores tampoco quieren ir. —Se defendió Weston un poco beligerante—. Un par de ellos parece que ya se han largado. Dos no regresaron después de enterrar al otro.

—La tierra tiembla constantemente —dijo Mack señalando lo evidente—. No hay duda de que se va a producir una explosión de manera inminente. Tenemos que alejarnos lo más rápido posible de esta montaña.

Riley asintió.

—Estoy completamente de acuerdo. Todos vosotros debéis salir de aquí lo antes posible. Yo no tengo otra opción. Subo a la montaña. —Empujó a Gary al pasar junto a él llena de fuerza y determinación—. Me voy ahora. No tengo tiempo para discutir con todo el mundo.

Miguel dejó escapar el aliento.

—Yo te llevo. Mis hermanos pueden acompañar a los demás para que regresen.

Sus dos hermanos movieron la cabeza en señal de protesta.

Miguel movió su mano hacia el lugar de descanso de Annabel.

—A ella le fallé. Pero no voy a fallar a su hija.

Jubal levantó su mochila y la hizo girar sobre su espalda.

—Voy contigo.

Gary también se puso su mochila silenciosamente. Ben Charger hizo lo mismo.

Weston maldijo farfullando y no solo levantó su mochila, sino que se agachó y recogió la de Riley también.

—Voy a llevar esto un rato.

Shelton negó con la cabeza.

—¿Estás loco? Maldita sea, Don, vamos a morir si la montaña estalla. Tenemos que salir corriendo lo más rápido que podamos en dirección opuesta.

Don se encogió de hombros.

—Hagámoslo y después bajamos corriendo como alma que lleva el diablo.

—Coge el ritmo, Miguel —ordenó Jubal—. Queremos llegar a la base de la montaña antes de que caiga la noche si es posible.

Miguel levantó una mano hacia sus hermanos y comenzó a andar sin decir nada. El profesor y sus dos alumnos se quedaron con los otros dos guías y dos porteadores que discutían acaloradamente entre ellos. En el último momento, Héctor cogió un paquete de suministros, corrió detrás de Miguel y dejó a su primo sacudiendo la cabeza. Weston y Shelton siguieron al porteador y al guía.

Jubal se unió a ellos por detrás después de despedirse del arqueólogo y sus alumnos con un gesto de la cabeza.

Riley cogió la mochila de su madre y se la colgó tranquilamente en los hombros. No se había dado cuenta de lo golpeado y magullado que estaba su cuerpo después de la paliza que le habían dado los monos. Siguió detrás de Jubal.

—Buena suerte —dijo Gary a los demás y se puso detrás de Riley, claramente preparado para protegerla.

Ella no miró hacia atrás. La sensación de urgencia se hizo mayor a pesar de que se dio cuenta de que todo a su alrededor había cambiado. Su concentración. Su conciencia. Sus pies parecían encontrar el camino correcto por su cuenta evitando todos los peligros. La selva respiraba para ella y le suministraba oxígeno para mejorar su capacidad de moverse rápidamente a través de los estrechos senderos. Antes de hacer cualquier giro, ya sabía lo que le esperaba. Sentía la selva viviendo en ella, que la consolaba con susurros, le entregaba información y la asesoraba.

Iban a un ritmo muy rápido cuando los temblores aumentaron en frecuencia e intensidad justo en el momento en que comenzaba a caer la noche. Sin embargo, el grupo estaba tranquilo y avanzaba a buen ritmo como nunca antes. Riley sentía como si fuera parte de cada uno de los viajeros que se abrían camino a través de la enmarañada selva.

Detrás de ella, en la retaguardia, percibía a Gary, tranquilo, firme y vigilante, siempre alerta y dispuesto a todo, igual que Jubal, que iba delante de ella. Ben Charger se movía bien en la selva, sus zancadas eran seguras y su actitud confiada. Don y Mack estaban muy lejos de ser así. Ambos estaban nerviosos y luchaban contra el accidentado terreno, aunque lo intentaban. Estaban fuera de su elemento.

Sin embargo, Miguel, a pesar de estar familiarizado con el camino y los peligros de toda la zona, irradiaba miedo. Todas las plantas trepadoras, ramas o maleza que le bloqueaban el camino se encontraba con el golpe limpio de su enorme machete negro con el que eliminaba los obstáculos. Riley sentía de una manera tan intensa cada vez que cortaba las largas enredaderas que casi podía percibir los movimientos de aire que producían al caer al suelo de la selva. La vegetación intentaba evitar el machete mediante unas sutiles vibraciones que enviaba a las plantas que estaban más adelante.

Entonces comenzó a susurrar suavemente en voz baja pidiendo perdón por estar haciendo un sendero. Tenían que darse prisa. No había tiempo para evitarlo, o incluso podría perderse la propia selva. Tenía que abrirles un camino, y dejar que lo atravesaran.

Riley respiraba aceleradamente. ¿Cuántas veces había oído a su madre susurrando con su voz suave y cantarina mientras avanzaban con sus mochilas a través de la selva? Cada paso la conectaba con la Tierra, y se sentía más unida y más cerca de ella, más consciente de los recuerdos.

Tocó la punta de una rama cortada de manera casi reverente. Ya le había salido un líquido de color claro que tocó con las yemas de los dedos. El sustento vital de la planta era frío y pegajoso, y al tocarlo una especie de calma se apoderó de su mente, ayudándola a concentrarse en lo que tenía que hacer. Ponía un pie delante del otro dejando que su mano se entretuviese en mantener el contacto con las plantas hasta el último momento posible. Sintió el cambio dentro de ella. Sus pulmones apretados se habían relajado y podía respirar con fuerza el aire fresco. Dejó que las plantas absorbieran gran parte de su carga de dolor y del miedo que tenía por lo que estaba por llegar.

Los temblores continuaron y ella tenía la sensación de que la urgencia era extrema y que tenían que ir más rápido. Además, tomó conciencia de que su guía estaba cada vez más asustado. Miguel sabía lo que significaban los temblores… una erupción inminente. Era el responsable de los viajeros y sentía que había fallado a Annabel. Poco a poco había ido cambiando la dirección de manera tan sutil que casi no se notaba, pero ahora el sentido de

Riley para encontrar su objetivo era muy preciso, igual que el mapa que tenía en la cabeza, que la llevaba a la posición exacta donde tenía que estar.

No culpaba a Miguel. ¿Cómo hacerlo? Él guía sentía el peso de la responsabilidad y la culpa. Riley tuvo un recuerdo de niña cuando en uno de sus viajes una tormenta furiosa azotó con fuerza el refugio que el guía había levantado a toda prisa para ellos. Ella estaba protegida por el fuerte abrazo de su madre que le cantaba suavemente para que no llorara.

Ese recuerdo largo tiempo olvidado le hizo saber lo que tenía que hacer. Comenzó a cantar esa canción suavemente en voz muy baja, apenas un susurro, recordando la letra y la melodía que había escuchado en ese viaje que casi había olvidado. Su madre cantaba esa canción cuando llovía mucho y tenían que correr por senderos embarrados. La letra de la canción se consolidó en su mente.

No pasó mucho tiempo antes de que los otros empezaran a ir más lento para acercarse y escucharla mejor. Riley aceleró el ritmo, pasó por delante de Jubal y le tocó un hombro. Él asintió muy consciente de lo tranquilizadora que era su dulce voz, aprobando lo que estaba haciendo.

Riley siguió avanzando, aceleró el ritmo, y fue pasando junto a cada viajero cantando suavemente. Al tocarlos aliviaba sus cargas y se incrementaba su confianza y su fuerza. Llegó hasta Miguel. Era evidente que había hecho un gran esfuerzo para sacarlos del camino que debían seguir. Su culpa era tangible, pero ella solo sentía pena por él. Entendía su necesidad de protegerlos, y que desafiara su ira intentando alejarlos a una distancia segura del volcán.

Se puso delante de él aunque su canción ya no era más que un leve zumbido. Entonces levantó las manos y dibujó algo en el aire cantando a la selva. El camino se abrió gracias a que las hojas y las ramas se hicieron a un lado para permitir que avanzaran más rápido. Bajo sus pies el suelo la animaba para que se diera prisa. La sensación de que era necesario hacerlo se hizo más intensa hasta que la absorbió por completo. Se dio cuenta de que se había producido un gran silencio, como si los insectos estuvieran conteniendo la respiración a la espera de su llegada. Sentía la presión que se desarrollaba bajo sus pies.

Como si todos los demás estuviesen atrapados en esa sensación de urgencia que ella estaba sintiendo, doblaron la velocidad mientras seguían con los pies el ritmo de su canción. Justo cuando estaban llegando a la base de la montaña la tierra tembló con más fuerza y durante más tiempo, e hizo que todos cayeran al suelo de la selva. Riley clavó las manos en el suelo y sintió su enorme fuerza y su tremendo calor. Instantáneamente tomó conciencia que el mal estaba triunfando y subía como una marea junto a los gases.

Levantó la vista hacia Jubal con los ojos afligidos.

—Llego demasiado tarde. Es demasiado tarde.

Capítulo 6

La Tierra lloraba gotas de sangre como miel que cae de un panel... y una tristeza oscura se expandió por ella. ¡Estaba muerta! Por fin Arabejila estaba muerta. Mitro se hubiera puesto a bailar si hubiese podido hacerlo sin llamar la atención del cazador. Lo había hecho, había destruido a la única mujer que podía vencerlo. Apenas podía contener su alegría. Esperaba un impacto mayor, que el suelo se ondulara y temblara en señal de protesta, e incluso que tratara de tomar represalias contra él, pero no había sucedido nada. Se había hecho más fuerte y ella se había vuelto más débil. A lo largo de los siglos había ido notando el lento declive que había sufrido al no estar con su compañero, y sin él no había sido capaz de aguantar a su nivel.

Lo necesitaba para vivir, pero había elegido estar junto al carpatiano, el arrogante cazador, pensando en que podían derrotarlo. Había elegido mal. Una vez más les había demostrado que era mejor, más fuerte y bastante más inteligente y astuto que ellos. El cazador y su puta habían perdido su juego contra sus habilidades superiores. Siempre había sabido que debía ser más astuto que ellos. Había demostrado en numerosas ocasiones que deseaba ser la mano derecha del príncipe, pero siempre le había dado de lado porque le tenía miedo. Temía que los otros reconocieran en él a un líder natural y se volvieran contra el príncipe.

A pesar de las heridas que le dejó su último encuentro, había logrado levantarse primero, o tal vez el cazador había ardido en el magma. No lo sabía, pero le gustaba la idea. Nadie podía derrotarlo. Ni el famoso Danutdaxton ni Arabejila.

Ahora, con Arabejila finalmente muerta, su victoria hacía que estuviera casi mareado. Tenía que centrarse. Al fin tenía todo lo que necesitaba. Su misión había sido un éxito y ahora era invulnerable. Nada lo detendría. Con Arabejila muerta, y con el nuevo tesoro que había encontrado en su posesión, una vez que estuviese fuera no habría cazador que pudiese destruirlo. El mundo y todas sus riquezas serían suyas.

Mitro se desplazaba deliberadamente con movimientos lentos, a pesar de las ganas que tenía de cargar contra la delgada corteza y empujar con fuerza para salir. Había tenido éxito donde tantos otros habían fracasado porque era paciente y tenaz. Habían cometido un terrible error dejándolo atrapado en el interior del volcán. Lo que pensaron que iba a ser una prisión, una cámara de tortura, él lo había convertido en otra cosa, en algo más. Había descubierto un tesoro de incalculable valor y había tenido todo el tiempo del mundo para planear una venganza que no tendría límites.

Todavía le quedaba huir del cazador y superar la barrera que Arabejila y él habían levantado para mantenerlo cerrado en el interior del volcán. Durante mucho tiempo había examinado esa barrera y en los últimos años la había ido debilitando en un punto determinado sin que el cazador se diera cuenta. Había sido sigiloso, se había mantenido alejado de la zona durante largos periodos de tiempo y había tenido cuidado de no dejar rastros. Como salvaguarda también lo había hecho en otros sitios, pero ya había decidido que esta sería su verdadera vía de escape en caso de que las otras fallasen. Esta era su oportunidad y no quería perderla delatando su posición antes de tiempo.

Mitro no podía arriesgarse a tener otra batalla con el cazador. Aunque se hubiese vuelto más fuerte, tenía que contar con Danutdaxton, un cazador implacable que conocía desde la infancia, al que llamaban «el Juez». Incluso de niño ya era un guerrero serio y todos, incluido el príncipe, sentían un gran respeto hacia él. Mitro había hecho todo lo posible por fingir ser su amigo, pero ver a todo el mundo humillarse a su alrededor le resultaba repugnante.

Pero él era inteligente, mucho más de lo que nunca lo sería Danutdaxton, y el príncipe debió de haberlo visto. Los demás también. Él había sido ofendido en innumerables ocasiones. Todos le tenían celos, sobre todo sus hermanos. Le habían dicho que era un enfermo y que su corazón era negro solo porque no mataba limpia y fríamente como hacía el Juez. Pero él disfrutaba viendo morir a los condenados. Se lo merecían. Habían sido condenados, así que ¿por qué no divertirse un poco después del tiempo y el esfuerzo que les había dedicado para darles caza? Solo era asunto suyo la forma cómo acababa con sus enemigos.

Y los humanos eran forraje. Alimento. Sus mujeres eran juego limpio. Le emocionaba mirarlas a los ojos mientras tomaba sus cuerpos sin su permiso delante de sus hombres, que tenían que observarlos horrorizados y totalmente indefensos, como si fuesen niños. De la misma manera, torturaba durante horas a los animales que se encontraba por ahí. Ver en sus ojos el sufrimiento y cómo la vida los abandonaba era emocionante. El príncipe y sus hermanos no querían reconocer que eran de la misma naturaleza. Ellos no lo hacían porque se suponía que eran civilizados. El príncipe quería «domesticarlos», dominar sus instintos depredadores naturales.

Mitro se había esforzado para que el príncipe entendiera el daño que le estaba haciendo a su pueblo. Los hombres se habían alejado de sus emociones porque su verdadera naturaleza estaba siendo reprimida. Si él podía sentir sin su compañera, la mujer que lo mutilaba y lo obligaba a amoldarse, lo transformaba y le arrebataba la esencia misma de su ser, a los demás cazadores les iba a pasar lo mismo. Las mujeres los limitaban y se convertían en conejos en lugar de estar en la parte superior de la cadena alimentaria, que era lo que les correspondía.

Sus hermanos intentaron que dejara de aconsejar al príncipe. Todos eran unos cobardes. Sabían que tenía razón, pero temían el destierro y la pérdida de su estatus si discrepaban con el príncipe llorón. Él, por el contrario, no tenía miedo. Sabía que tenía razón. Tenía el cerebro y la fuerza para hacer lo correcto. Podía tener lo que quisiera, no vivir sujeto a los dictados de un hombre sin visión.

Pero ahora, al fin, las cosas iban a ser diferentes. Arabejila estaba muerta y él pronto estaría libre para gobernar el mundo, como debería haber sido desde un principio. Emergió ascendiendo poco a poco, esforzándose por controlar su ímpetu, muy consciente de que cualquier ruido atraería la atención del cazador. Se recordaba a sí mismo lo cerca que estaba, solo necesitaba hacerlo bien y moverse lentamente dejándose llevar por los gases que ascendían hacia la barrera hasta llegar al punto donde era más delgada. Tenía que medir el tiempo al milímetro. Sintió que el cazador se estaba moviendo. No había muerto. Mitro sabía desde el principio que no sería tan fácil.

Su corazón se sacudió con fuerza y envió una descarga eléctrica a través de su cuerpo. Se le cortó el aliento, pero también sintió una profunda satisfacción. Podía sentir lo que otros no podían. Había evolucionado y tenía un propósito superior. Su encarcelamiento solo lo había hecho más fuerte y decidido. Podría escapar evitando a Danutdaxton. Sin Arabejila siguiéndole la pista, el cazador ya no tenía ventaja.

A Mitro le latían y le ardían las venas después de todos estos años reprimiendo su necesidad de sangre, y su ansia era más intensa que nunca. Anhelaba ver el rechazo y el horror, el miedo terrible de sus víctimas mientras decidía si vivirían o morirían. Siempre elegía al guerrero más fuerte para matarlo. Lo torturaba deliberadamente para que los demás vieran lo inútil que era resistirse. Podía poner a pueblos enteros unos contra otros. Que sacrificaran a sus hijos cuando se lo exigiera. A sus hijas jóvenes. A sus primogénitos.

Se alimentaba del terror. Para él el miedo era tan importante como la sangre. Lo necesitaba como si se tratase de un alimento exquisito. El delicioso terror. Cuanto más pensaba en la gente temblando frente a él, suplicando por sus vidas, más fuerte era su deseo. Había pasado demasiado tiempo sin comida y ansiaba la adrenalina que generaba el temor en la sangre de sus víctimas cuando se la bebía.

Flexionó sus músculos mientras seguía ascendiendo hacia la barrera que lo separaba de la cima del volcán, el lugar donde debía encontrarse cuando finalmente entrara en erupción. Sin Arabejila para calmarlo, la explosión iba a ser catastrófica e iba a aplastar y acabar con todo en varios kilómetros a la redonda. Su plan ya estaba en marcha y nada lo detendría. Ni una mujer tonta ni el cazador carpatiano. ¡Sería libre e iba a ser el rey supremo!

El viento corría montaña abajo y unas impresionantes nubes negras que subían hasta la parte más alta de la atmósfera se arremolinaban con una rabia oscura que no presagiaba nada bueno, y hacían que ascendiera la temperatura. Un rayo se bifurcó en el cielo y unos latigazos de corriente eléctrica chisporrotearon llenos de ira. Riley sintió los gases volcánicos con sus vapores tóxicos bajo sus manos, y también algo más. Algo terriblemente maligno. Había llevado a esos hombres para que la acompañaran ante el peligro, pero si permanecían donde estaban y no conseguía frenar la explosión o redirigirla, todos morirían.

—Miguel, tienes que reunir al resto del grupo y sacarlo de aquí —le ordenó mientras agarraba las cosas de su madre—. El volcán va a estallar, puedo sentir cómo va aumentando la presión en el suelo.

Más aún, podía sentir cómo se extendía el triunfo del mal por debajo de la superficie. Ya no dudaba de lo que le había contado su madre. El mal era tan grande que se le revolvió el estómago. Era la fuente que había dirigido el asesinato de su madre. Los porteadores habían sido meros peones, igual que los insectos y los monos. Un gran júbilo triunfal manaba del suelo.

Continuaron las sacudidas y la selva no dejaba de temblar. Riley no esperó a ver si Miguel le había obedecido, todos tenían que saber que la erupción era inminente. Comenzó a correr por el estrecho sendero que conducía a la montaña. No iba a internarse en la selva nubosa, pero quería acercarse lo suficiente. Miró por encima de su hombro y vio que los hombres vacilaban.

—Marchaos ahora —les urgió—. ¡Tenéis que bajar corriendo!

—Riley, ya es demasiado tarde —le dijo Gary mientras se agachaba, cogía su mochila y salía corriendo tras ella—. No puedes estar en la montaña cuando entre en erupción.

A Riley no la detuvo conocer su preocupación. Si no podía aliviar la presión del volcán o redirigir la explosión, ni siquiera el arqueólogo y sus alumnos estarían a salvo. Sería parecido a una bomba atómica y arrasaría con todo en muchos kilómetros. Oía el ruido de las botas de Gary detrás de ella. También las de un segundo y un tercer hombre. No importaba. No podía detenerlos. En este punto cada cual tenía que hacer sus propias elecciones y la suya era la de intentar salvarlos a todos. Hacer un último esfuerzo para mantener atrapado en el volcán a cualquier ser maligno que allí habitara.

Con cada paso iba valorando los temblores de la tierra. ¿Cuán cerca estaba? ¿Con qué frecuencia? Para hacerlo tenía que llegar tan lejos como le fuera posible, y que además le diera tiempo a conectar con el volcán para poder llevar a cabo el ritual. Intentaría dejar al mal encerrado en el interior de la montaña hasta que se calmara y redirigiera la erupción lejos de los viajeros. Solo podía rezar para que no hubiera nadie al otro lado de la montaña, ya que si no podía detener la explosión, al menos intentaría, en la medida de lo posible, que fuese menor.

El suelo se sacudió con fuerza y sonó una especie de trueno que le hizo perder el equilibrio. Gary la cogió del brazo para sostenerla y siguieron corriendo juntos. Jubal iba justo detrás de ellos. Por una parte hubiese deseado que no la hubiesen seguido, pero por otra se alegraba de que estuvieran allí. Estaba casi segura de que no conseguiría salir viva de la montaña en llamas y su presencia la ayudaba a tener determinación y coraje; no luchaba solo por ella misma. El siguiente temblor fue mucho más fuerte que el anterior. Duró un largo minuto, lo que le advirtió que ya no quedaba tiempo. Se detuvo de golpe y tiró las cosas de su madre al suelo.

—Tiene que ser aquí. No es el sitio exacto, pero si tenemos suerte lo podré hacer.

—Te podemos ayudar —le dijo Gary—. Ya hemos participado en un par de rituales. Dinos lo que necesitas que hagamos.

Riley no les iba a preguntar cómo sabían lo que había que hacer cuando ella escasamente lo sabía. Simplemente no había tiempo, pero si por alguna casualidad conseguía que se obrase el milagro, después les iban a tener que responder a muchas preguntas. Abrió el paquete con las cosas de su madre y sacó una pequeña escoba de mano hecha con ramas de sauce atadas. A toda prisa se puso a barrer un círculo lo suficientemente grande como para que cupiesen ella y los tres hombres. Se movía al contrario de las agujas del reloj e iba limpiando el suelo mientras susurraba una oración para invocar a los cuatro elementos.

Riley había visto a su madre realizar el ritual para contener al volcán muchas veces, pero ahora le tocaba hacerlo a ella y había muchas cosas que ignoraba. Tenía que deshacer las hebras del poder maligno que lo impregnaban todo y tejer largos hilos lo suficientemente fuertes como para contener al mal, manteniéndolo dentro de sus propios límites e impedir que se liberara.

—Pon sal —le indicó a Gary—. Sigue el círculo. Jubal, hay salvia.

—La tengo —contestó este.

Encendió la salvia y dio tres vueltas alrededor del círculo limpiando la zona y cantando en voz muy baja.

—¿Qué demonios estás haciendo? —preguntó Ben. El suelo no dejaba de moverse y los temblores cada vez duraban más y eran más fuertes—. Tenemos que salir de aquí.

—Intenta alcanzar a Miguel y a los demás —le dijo Gary sin levantar la vista mientras terminaba de hacer el círculo de sal.

—No, sea lo que sea que estéis haciendo quiero ayudar —le respondió—, pero esto es una locura.

—¿Podéis sentir el mal? —susurró Riley.

Ahora podía sentirlo, real y poderoso, y le llegaba a oleadas... su cruel triunfo por haber asesinado a su madre. Con su madre muerta se creía a salvo, y hasta ahora no había sabido que ella también le seguía el rastro.

—Sigue trabajando, Riley —le dijo Jubal—. Vamos a explicarle a Ben todo lo que sabemos.

Riley estaba agradecida. Tenía que desprenderse de todas sus emociones, incluso de la terrible urgencia del momento, estar en completa calma y concentrarse para tener alguna posibilidad en su lucha contra un mal tan grande. Hizo un gesto a los hombres mientras se levantaba invitándolos a entrar en el círculo protector que acababa de hacer. Esperaba que aunque fuera derrotada, ese pequeño espacio fuese lo suficientemente seguro como para protegerlos.

Se acercó al círculo, visualizó la luz más brillante que podía imaginar y levantó una daga ritual de doble filo con el mango negro. A medida que el círculo ganaba en profundidad, Riley dibujó los cuadrantes y colocó las torres. Invocó a los elementos. El Aire al Este, el Fuego al Sur, el Agua al Oeste. Por último, susurró al Norte que llamara a la Tierra. La Madre Tierra. Obligó a su mente a concentrarse en conseguir su protección y se aisló de los hombres que se movían a su alrededor.

Se puso de rodillas en el centro del círculo y hundió sus manos en la tierra, completamente concentrada en contener al mal. Dio unos golpes muy rápidos y fuertes usando cada gramo de fuerza que poseía.

—Te conjuro oscuridad para que no hagas daño.

Ni a mí ni a quienes se rindan a tus encantos

Te conjuro oscuridad para evitar que te liberes

Y quedes encerrada lejos de cualquier mirada.

La reacción fue instantánea. Conmoción, miedo y rabia. Salieron de la tierra unos insectos que corrieron hacia el círculo que los rodeaba emitiendo chasquidos y chirridos muy agresivos. Los murciélagos volaron hacia ellos desde todos los lados, pero no cruzaron el círculo mágico. La maldad, intensa y opresiva, los aplastaba. Un relámpago zigzagueó en el cielo y un largo trueno estalló en la noche e impactó a pocos metros del círculo. El siguiente contrataque del mal fueron una serie de bolas de fuego que cayeron contra el suelo como meteoritos.

Ben quiso escapar, pero Gary y Jubal lo cogieron de un brazo y lo detuvieron.

—No salgas del círculo. Es el único lugar seguro en estos momentos —le advirtió Gary.

—No atraigas la atención hacia ti —agregó Jubal en susurros—. Está luchando por su vida. O ella consigue mantenerlo encerrado en el volcán o quedará suelto en el mundo. Ya has visto algo de lo que es capaz de hacer desde la distancia, y no querrás que la criatura se fije en ti.

Riley no les hacía caso, pues apenas era consciente de su presencia. Sin previo aviso, algo se movió en su garganta, dentro de su cuerpo. Unos colmillos la estaban desgarrando y un ácido ardiente hacía que se atragantara. Unas garras llenas de odio la arañaron. Era la criatura que había asesinado a su madre. Y ahora era plenamente consciente de su existencia y tenía su atención centrada en ella.

Pero se negaba a permitirse que hubiera odio en su mente. Era su deber, su trabajo. No podía haber maldad y abrir una puerta por la que pudiese entrar en su cabeza. Su juego era crear ilusiones, pero ella era más fuerte.

Riley se negó a ceder ante el deseo de tocarse la garganta y saber si la sangre que le salía era real o no. Volvió a cantar suavemente en susurros para encadenar al ser maligno en el interior del volcán.

—Invoco a la luz para que me protejas con tu poder.

Mantén al mal bajo el suelo, mantenme a salvo de cualquier mal.

Encuentra a quien lo envía y persíguelo,

y haz que la oscuridad responda a su ataque.

Haz que su mecha sea corta y brillante,

y que maldad no triunfe esta noche.

El ser maligno se resistía con fuerza a retroceder y atacaba su garganta una y otra vez. Estaba en carne viva. Le quemaba. La desagarraba por completo. Apenas pasaba el aire por sus destrozadas cuerdas vocales y le salía mucha sangre de la yugular, que empapaba su ropa y manchaba el suelo.

—Encuéntralo. Átalo. Mantén al mal encadenado.

Forjado en fuego. Tallado en la roca.

La Tierra le habló en susurros para darle confianza y seguridad. Riley seguía con las manos enterradas en el suelo, apretó los puños con fuerza, sujetó al mal y se negó a soltarlo por más que luchara y se retorciera. No le importaba que la apuñalara para intentar arrancarle las entrañas. Un gran dolor estalló en su cuerpo y sabía que si bajaba la mirada, iba a ver su estómago desgarrado y su sangre derramándose por el suelo.

—Invoco a los espíritus y a la Tierra.

Que se forme un capullo yermo.

Cubre ese espacio con un cristal negro

que rodee este mal, lo contenga

y lo mantenga encerrado para siempre.

Arabejila. Emni hän ku köd alte. Tõdak a ho ćaδasz engemko, kutenken ćaδasz engemko a jälleen. Andak a irgalomet terád it.

La voz inundó su mente y le congeló la sangre. Riley luchó por controlar el miedo. Estaba dentro del círculo de protección y se negaba a dejarse intimidar. Haciendo un gran esfuerzo consiguió dominar su terror y se concentró en las palabras que había escuchado. El mal había pronunciado el nombre de su antepasada. No había entendido el resto, pero reconoció el idioma al instante, pues era el mismo que farfullaba el porteador una y otra vez. El ser maligno la conocía, o más bien a su antepasada, y creía que aún estaba viva. Darse cuenta de esto le proporcionó una valiosa información que no tenía antes. Quien quiera que fuese este ser, no era todopoderoso y cometía errores. Por otro lado... en su voz, además de la amenaza, pudo sentir su miedo. Temía a Arabejila. Era lógico, teniendo en cuenta que había sido ella la que lo había encerrado en el volcán y lo había mantenido allí durante siglos. De hecho, podría ser incluso lo único a lo que le tenía miedo.

Si el ser maligno temía a Arabejila quería decir que tenía razones para hacerlo y eso significaba que de alguna manera era vulnerable. Respiró hondo, y lo encerró apretando sus puños con fuerza para mantenerlo prisionero.

Otro temblor sacudió con fuerza la montaña y lanzó a los hombres al suelo. Con las manos hundidas profundamente en la tierra, Riley sentía que el volcán se revelaba. La explosión haría estallar la cima de la montaña y destruiría todo en un radio de muchos kilómetros. Nadie estaría a salvo, ni siquiera los arqueólogos y los porteadores que se habían marchado antes. Los alcanzaría igual que a todos los animales y tribus que se encontraran en la zona. No le quedaba más remedio que intentar calmar a esa fuerza poderosa, o en su defecto, redirigir la explosión para hacer que se alejara de ellos.

—Llama de fuego, enciende tu luz.

Que tu brillo resplandezca ante tus ojos,

que tu brillo queme mis entrañas.

Para saber por dónde empezar,

dame la luz del fuego encendido

para que pueda retenerla

a pesar de sus vaivenes.

Cantaba en voz baja con mucha elocuencia mientras mantenía las manos enterradas acariciando y tranquilizando la tierra, abriéndose camino para llegar hasta las agitadas masas de gases y las rocas fundidas.

—Tenemos que salir de aquí —les grito Ben—, ahora mismo. Esto va a explotar.

Jubal y Gary lo sujetaron para que no saliera del círculo.

—No hay manera de escapar de un volcán —le advirtió Gary—. Ella es nuestra única esperanza. No tengo ni idea de cómo lo puede hacer, pero es evidente que la montaña le responde.

—¿Qué demonios puede hacer? —inquirió Ben.

Riley no les hizo caso, canalizando todo su poder y energía hacia el interior de la Tierra. El suelo no dejaba de sacudirse y temblar, y ella sentía que aumentaba su fuerza.

—Que el fuego me lleve a la luz.

Que esta noche guíe mi mano

para que pueda luchar.

Enséñame mi fuego

para que pueda guiar

la energía del volcán.

No iba a ser capaz de detener la explosión, pero percibía que reaccionaba a su presencia. Necesitaba de toda su fuerza y energía para controlar al volcán y guiarlo lejos de ellos…, aunque para eso debía soltar al ser maligno que tenía fuertemente sujeto. Cerró los ojos y tomó la decisión. Si todos morían, igual se iba a escapar. No podía hacer ambas cosas. Se apartó bruscamente y recitó en silencio una oración para que el mal siguiera encerrado, incluso después de que explotara el volcán.

Al instante sintió el eco de su júbilo malvado y sus risas burlonas. Pero ese fracaso ya no le parecía importante. Ahora se trataba de redireccionar la explosión, y calmar al volcán para evitar una catástrofe.

—Llama rojiza, luz ámbar, desvía este fuego y contenlo.

Espada y daga, hacha con dos cabezas,

que la sangre del dragón contenga la explosión del volcán.

Salamandra que vive en el fuego,

crea un túnel para este río ardiente.

El volcán arrojó cenizas y salieron columnas de vapor desde varios respiraderos. Disparó rocas ardientes al aire y parecía que bufaba, como si la gran montaña necesitara expresarse. Además, estallaban relámpagos que formaban grandes zigzags en el cielo.

Riley se mantenía firme, negándose a retroceder.

—Relámpago triangular, usa tu luz
para contener sus poderes,
y añade fuerza a su gran potencia.

Volvió a tomar aire, cerró los ojos y envió sus plegarias al cielo y a lo más profundo de la Tierra.

—Madre Tierra, tu humilde hija necesita tu ayuda una vez más. Vives, respiras y siempre cambias tu estado natural. El fuego ruge dentro de ti, pero tu hija te pide que tapones ese fuego y lo alejes de nosotros. Su liberación es necesaria para el desarrollo de este mundo, es cierto, pero te pedimos que nos concedas este beneficio.

Lo hizo lo mejor que pudo. Si no había conseguido calmar lo suficiente al volcán como para minimizar los daños, todo estaría perdido.

Arabejila lo había engañado totalmente. Mitro quería desgarrar y despedazar algo que tuviese sangre caliente. Su ira crecía a medida que luchaba contra el apretado tejido que lo cubría. Ahora ella era mucho más fuerte que nunca. No había vacilado en absoluto. Con los años parecía que había perdido su fortaleza, pero ahora era muy poderosa y tenía una fuerza con la que no contaba.

La notaba diferente, pero habían pasado siglos desde que había probado su sangre caliente. Ese había sido su único error. Debería haberla matado inmediatamente después. Una vez que probó su sangre quedaron unidos para siempre. Incluso entonces pensaba que ella era débil, pero ahora no lo era. Ni siquiera se había estremecido ni suplicado. Lo había atacado con fuerza y sin la menor vacilación, algo que nunca había hecho antes.

Gruñía y rechinaba los colmillos, y la ira y el odio le daban fuerzas. No se había dignado a hablar con él. Le gustara o no, era su compañera y le pertenecía. Podía elegir entre dejarla con vida o dejarla morir. Él era superior y siempre lo sería.

Luchó con más fuerza para liberarse de sus apretadas ligaduras. Arabejila siempre había tenido una conexión con la Tierra, pero ahora parecía más fuerte que nunca. En el momento en el que ella se vio obligada a poner su atención en otro lugar, debería haber sido capaz de liberarse, pero lo seguía sujetando con fuerza. Estaba inmovilizado y no podía llegar hasta el punto de la barrera que le había costado tanto trabajo rebajar.

La maldijo y también al hecho de que solo ella tuviese la capacidad de incidir en él. Debería haberse asegurado de que estuviese muerta. Gracias a ella el cazador lo había encontrado una y otra vez durante siglos. Lo había dejado atrapado en ese lugar y no le había permitido volver a salir. Ahora ella era lo único que se interponía entre él y su triunfo. Era su pesadilla. Si no conseguía librarse de las cadenas que le había puesto rápidamente, se quedaría allí atrapado para siempre.

Luchó con más ahínco. Se concentró en encontrar cada una de las ligaduras que se habían pegado a él para mantenerlo atado a su ardiente prisión. Arabejila había urdido un hermético hechizo y la propia Tierra se había sumado a ella. Siempre le había producido un gran desagrado que las plantas le hicieran caso a ella y no a él. Lo había intentado durante los primeros años. Después de verla pasear por un campo de flores haciendo que las plantas brotaran a su paso quiso hacer lo mismo, pero la Tierra se negó a hablar con él. El rechazo había sido tan grande y espontáneo que había hecho que aborreciera cualquier tipo de vegetación. Despreciaba todo lo que pudiera preferir a una mujer débil antes que a él.

Mitro siempre había considerado que Arabejila era unidimensional: era buena en todos los sentidos. No sabía ser otra cosa. Estudió la forma en que las ligaduras lo tenían encadenado al interior del volcán. Esto le dio una gran información sobre su adversaria. Al igual que él, Arabejila había evolucionado a lo largo de los siglos y estaba muy cambiada. Gracias a ello era más poderosa. De hecho, las ligaduras solo le revelaron que era una adversaria a tener en cuenta, pero nada personal acerca de ella. No había dejado ninguna emoción que lo ayudara a derrotarla.

Eso lo irritó. Se suponía que ella debía estar languideciendo por él. Los tejidos de las ligaduras tendrían que contener tristeza, y aquella ridícula e inútil esperanza que no conseguía reprimir cada vez que habían estado juntos en el pasado. No importaba lo que hubiese hecho, en lo depravado que se hubiese convertido, ella siempre se aferraba a esa pequeña esperanza de que podría «salvarlo». Nunca se había dado cuenta de que ni lo necesitaba, ni lo quería. Era una estúpida. Le resultaba insultante que pensara que tenía el poder de convertirlo en un conejo acobardado como el resto de su especie.

Mientras recordaba aquellos días se fue llenando de odio. Destruiría a Arabejila en su momento, pero primero tenía que escapar. No iba a ser derrotado por una boba estúpida, una mujer que se creía especial porque podía hacer que crecieran las flores.

La montaña se sacudió con fuerza y él sintió una sutil diferencia casi de inmediato. Arabejila había apartado la atención de él y las ligaduras que lo tenían atado. Luchó contra el impulso de forcejear, de entrar en pánico cuando la explosión podía estallar en cualquier momento. Concentró su mente en una de las ligaduras que lo ataban, y así siguió una tras otra. Tendría que romper esas cadenas para conseguir escapar.

Mitro trató de recordar cada detalle de su reciente encuentro con Arabejila. Lo había impresionado, incluso, horrorizado. Estaba tan seguro de que estaba muerta. Ella no le había respondido, ni tampoco había hablado, y él no había podido buscar en su mente en cuanto tuvo la oportunidad. Se quedó muy quieto intentando llegar a ella cuidadosamente. Si hubiera sabido las palabras con las que lo había atado, podría haberse deshecho de esas ligaduras con bastante facilidad. Solo tenía que entrar en su cabeza. Era su compañera. Su sangre podría responder a la llamada, pero tenía que hacerlo con mucha delicadeza.

Reprimió toda su ira, lo que no le resultaba fácil ya que Arabejila tenía la culpa de todo lo que le había salido mal en la vida, pero quería matarla y también a todos los que le importaran. Tocaba las fuertes ligaduras con sumo cuidado, buscando un vínculo con ella. Se le revolvía la sangre, pero se mantuvo frío. Silencio. Vacío. No hubo ningún contacto. Si no la hubiera conocido bien, diría que estaba muerta.

Desconcertado, cambió de táctica. La sensación de urgencia aumentaba a medida que la montaña retumbaba y soltaba gases. Debajo de él la masa ardiente crecía y amenazaba con estallar. De pronto sintió algo diferente, como si las ligaduras se hubiesen aflojado un poco, como si ella no las hubiese fijado lo suficiente antes de volver su atención hacia otra cosa. Hasta el momento lo había mantenido sujeto con fuerza y ahora esas mortíferas sujeciones ya no existían.

Triunfante, golpeó con fuerza y desgarró los tejidos, pero después de su ataque sin cuartel lo seguían reteniendo con más fuerza de lo que esperaba.

Ejerció toda la presión posible sobre sus ligaduras y luchó contra el pánico, pues temía que su lucha pudiera atraer la atención del cazador. Danutdaxton también se había convertido en alguien más fuerte ahí en el volcán, y era esencial evitarlo.

Las ataduras que seguían apretándolo inesperadamente se deshicieron y quedó libre. Mitro, muy entusiasmado, trepó rápidamente hasta el lugar de la barrera que a lo largo de los siglos había conseguido rebajar. Necesitaría unos segundos para abrirse paso y cuando el volcán entrara en erupción saldría por uno de los respiraderos junto a los gases. Se llenó de alegría y júbilo. Era una victoria, y ya nada ni nadie podrían detenerlo.

Dax atravesó el enfurecido volcán por las galerías inferiores como solo podía hacerlo un dragón y se dirigió hacia la parte más alta, donde estaba la barrera. Sintió una sutil diferencia en la Tierra, un remanso de tranquilidad, una mano que acariciaba el volcán y calmaba la incipiente explosión que podía hacer volar la cima de la montaña y destruirlo todo en un radio de varios kilómetros a la redonda.

¿Arabejila? Envió su llamada, aunque estaba seguro que hacía mucho tiempo que había abandonado la Tierra. Había percibido su muerte, el luto de la montaña cuando desapareció. Si estuviese viva su sangre hubiese llamado a la suya. Aun así la sentía, su calidez, su energía… Sentía todo eso. Incluso más.

No hubo contestación a su llamada. Si Arabejila estaba cerca, y él sabía que había alguien intentando calmar al volcán, su intercambio de sangre le habría permitido contactar con ella.

Habían sido amigos desde mucho antes de la traición de Mitro, y los siglos que habían pasado viajando juntos habían hecho que profundizaran aún más en esa amistad. Estar cerca de Arabejila le había permitido experimentar algunas emociones. En ese sentido era única proporcionando consuelo a los guerreros de su pueblo, y él prácticamente había nacido siendo uno de ellos, pues tenía el don de desentrañar al mal. Podía olerlo y percibirlo en el interior de los carpatianos, y en cuanto conoció a Mitro vio su corazón podrido.

El volcán le susurraba mientras avanzaba por sus cavidades ardientes. Le habló de una mujer con poderes curativos, una auténtica hija de la Tierra.

Dax enseguida advirtió que estaba metiendo las manos en el suelo. El volcán se agitó en respuesta. Sintió la reacción instantánea no solo del volcán, sino también la del suelo, la del corazón de la Tierra y la de su propia sangre. Le era familiar en casi todo. Era Arabejila y, sin embargo, era distinta. Esa mujer era una fuerza a considerar. Si Arabejila era dulce de la cabeza a los pies, esta mujer tenía calor y fuego en el corazón.

Continuó avanzando a través del laberinto de lava formado por galerías y cuevas para dirigirse a la barrera. Sin duda Mitro estaría pensando que cuando el volcán explotara podría escapar a través de ese pequeño hueco en el que el vampiro había estado trabajando durante siglos para rebajar su pared. Dax siempre supo lo que Mitro había estado haciendo.

Nunca había descubierto al no muerto trabajando para hacer la barrera más fina. Siempre retiraba los restos, pero Mitro no había contado con algo: el intenso vínculo de sangre que había entre las parejas. Había expandido deliberadamente su mal por toda la montaña para que a él le fuera imposible localizarlo, ya que su olor estaba impregnado en cada piedra afilada y cada masa de lava. Pero había hecho esa vía de escape demasiado tarde. No había tenido en cuenta que Arabejila y él habían intercambiado su sangre tantas veces a lo largo de los siglos mientras lo perseguían, que la primera vez que había comenzado a horadar para hacer la barrera más fina, él habría podido utilizar ese vínculo para darle caza. Sin embargo, recordaba dónde estaba el sitio.

La sangre de Arabejila no dejaba de llamar a Mitro, e igual que la Tierra reivindicaba cada vez más a Dax como su hijo, y su sangre había comenzado a hacer lo mismo. Solo tenía que escuchar. Ahora, con el espíritu del dragón viviendo en su interior, contaba con una ventaja que antes no tenía: sus sentidos de la vista y del olfato se habían agudizado mucho más que nunca. El calor del volcán lo alimentaba en lugar de consumirlo. Antiguo y Dax habían mejorado al compartir el mismo cuerpo y todos los sentidos. En esos momentos sabía exactamente dónde estaba el no muerto. Podía sentir al vampiro luchando contra las ligaduras con las que lo había dejado atado esa mujer.

Mitro se había colocado a la derecha de la estrecha barrera, justo donde estaba seguro de que lo haría. Dax envió un pequeño agradecimiento a la mujer y a Arabejila. Por fin iba a destruirlo, cumpliendo con el deber que tenía con su pueblo, y sería libre para comenzar otra vida. Se movió rápidamente y aumentó poco a poco la velocidad a medida que avanzaba por el sinuoso laberinto formado por miles de habitáculos y amenazadores pozos de magma burbujeante. El calor y el vapor se arremolinaban formando una densa niebla. Usó los ojos del dragón para ver el camino a través de la tormenta y poder llegar corriendo a atrapar a Mitro donde todavía estaba atado.

El volcán se tomó un respiro y se apaciguaron los torbellinos. Esa terrible calma era el anuncio de una violenta tormenta. Dax advirtió el momento exacto en el que la mujer dejó de concentrar toda su atención en mantener sujeto a Mitro, para intentar evitar la catastrófica explosión. No podía culparla, tenía gente a la que salvar, y él hubiera hecho lo mismo. Aceleró aún más mientras corría a través de las dos últimas cámaras para llegar hasta el punto más frágil de la barrera donde sabía que lo encontraría.

Oyó las risas de júbilo de Mitro cuando se liberó de sus ataduras y rompió el punto más fino de la barrera. Dax lo golpeó desde un lado, y se estampó contra el cuerpo del no muerto arrastrándolo hacia abajo lejos de su objetivo.

Mitro gritó cargado de frustración y rabia intentando darse la vuelta y poner distancia entre ellos. Dax era demasiado rápido y fuerte, y se mantuvo cerca, pecho con pecho. Y entonces le clavó el puño profundamente, enterrándolo a través de sus músculos, sus huesos, sus tejidos, hasta llegar al corazón.

Dax miró fijamente los ojos completamente negros de Mitro. Los ojos de la locura, de un monstruo sin alma. Había nacido defectuoso y deliberadamente había destruido todas las cosas buenas de su vida. Entonces sintió la superficie de ese corazón oscuro y marchito. Con las uñas, duras como diamantes, siguió desagarrando el pecho del vampiro para llegar más adentro, intentado alcanzar el único órgano que le garantizaría la desaparición de Mitro.

Este se revolvía y gritaba mientras arañaba con sus garras la cara de Dax. Le hizo unos profundos surcos desde los ojos hasta la mandíbula. Después le dio un gran golpe en el pecho intentando llegar al corazón del cazador antes de que el carpatiano le extrajera el suyo.

En la cámara las rocas fundidas por el calor estaban entrando en erupción, y salían disparadas hacia arriba chocando con la barrera que había construido Arabejila. El calor era tan intenso que la barrera se estaba derritiendo claramente, y sus pieles junto a ella. La de Mitro le colgaba de la cara, como si se hubiese vuelto demasiado fina, y se le desprendía del cráneo y los huesos. Dax sabía que su propia piel, aclimatada al volcán, no aguantaría mucho más tiempo el inmenso calor que nacía desde el mismo centro de la Tierra. No importaba.

Nada importaba más que destruir a Mitro. Le hubiese valido la pena que el vampiro le arrancase el corazón y lo tirase a la piscina burbujeante de lava y rocas incandescentes, a cambio de que desapareciera de este mundo. Dax le clavó los dedos más adentro, buscando el corazón del vampiro, y de la misma manera Mitro hacía más grande el agujero que le había hecho en el pecho. Por un momento sintió como si el vampiro estuviera desgarrando su cuerpo con un cuchillo sin filo, pero se olvidó del dolor y se centró en lo que estaba haciendo con su propia mano.

Entonces cerró los dedos y agarró su negro corazón para extraérselo. El vampiro gritó, enloquecido, furioso y le arañó la cara y los ojos mientras con la otra mano seguía horadando su pecho para matarlo antes de que fuese demasiado tarde.

Dax le sacó el corazón y mirando a Mitro directamente a los ojos dejó caer su órgano inútil en el pozo de fuego que había debajo. No sentía animosidad hacia el vampiro, tampoco que hubiera triunfado, y no estaba triste. El órgano podrido se calcinó nada más entrar en contacto con el pozo de lava burbujeante.

Pero en lugar de derrumbarse sin vida en sus brazos, como debería haber ocurrido después de que su corazón fuese destruido, los labios de Mitro le devolvieron una grotesca sonrisa que dejó a la vista sus retraídas encías negras y sus dientes rotos y manchados, con los que dio un mordisco en el aire provocando un siniestro sonido.

Triunfante, maligno y todavía muy vivo, de pronto se inclinó hacia Dax y le clavó los dientes en la garganta.

Capítulo 7

Poco a poco el cielo se fue oscureciendo lentamente y se levantó una gran sombra por encima de sus cabezas. Un fuerte estruendo anunció los movimientos continuos de la Tierra. Salió a chorros una densa nube de ceniza y se disparó directamente hacia el cielo una voluminosa torre negra que se expandía y arremolinaba a medida que iba ascendiendo. En pocos minutos la oscuridad era casi impenetrable. Comenzó a caer una lluvia cargada de una especie de nieve de ceniza.

Riley estaba exhausta mental y físicamente, y apenas podía levantar la cabeza. Sentía que le pesaba el cuerpo y que estaba desprovista de toda fuerza. Se arrodilló en el suelo intentando pensar qué era lo siguiente que tenía que hacer, pero su cerebro se negaba a funcionar. Atisbó a los tres hombres a través del velo de oscuridad. Parecían completamente deformes. Los tres se acuclillaron en el suelo intentando sobreponerse a los incesantes temblores. Se dio cuenta de que las gotas no eran de agua, sino de una pesada ceniza que cubría sus cuerpos, así como las montañas, los árboles y cada trozo de vegetación que los rodeaba, haciendo imposible mirar hacia arriba.

Un rayo agrietó el cielo. Estalló un trueno. Alrededor de ellos crepitaba electricidad cuyas chispas bailaban alrededor de sus cuerpos, y unos halos rodeaban sus cabezas. Un sonido parecido a un cañonazo les hizo daño en los oídos y retumbó en sus cabezas. El aire estaba saturado de olor a azufre.

Ben se puso en pie intentando mantener el equilibrio mientras el suelo bajo sus pies se movía despiadadamente.

—Tenemos que salir corriendo. No podemos quedarnos aquí. Estamos demasiado cerca.

Tosió cubriéndose la boca y la nariz. Se notaba ansiedad en su voz, pero evidentemente estaba intentando controlarla.

—Ben —dijo Jubal con la voz tranquila y firme—. No se puede escapar de la erupción de un volcán. No va a servir de nada que salgamos disparados. O estamos en un lugar seguro o estamos perdidos.

—Si tenemos suerte, la explosión principal se producirá al otro lado de la montaña y solo sobreviviremos si podemos fabricarnos un refugio lo suficientemente rápido. Con suerte Miguel y los demás ya están fuera de la zona de peligro —dijo Riley intentando darle confianza cuando ni siquiera ella misma estaba segura.

Ben la miró boquiabierto y enseguida explotó lleno de miedo e indignación.

—¿Un refugio? ¿Me estás tomando el pelo? ¡Esto es un volcán! ¡Si nos quedamos aquí vamos a morir!

—No está hablando de una tienda de campaña —lo reprendió Gary.

—Y si corremos, definitivamente acabaremos muertos —agregó Jubal con calma. Se volvió hacia Riley—. ¿Riley? ¿Puedes hacerlo? Realmente necesitamos ese refugio ahora mismo.

Riley se sentó sobre sus rodillas, se limpió la ceniza que le caía por la cara con una mano, cansada, e intentó encontrar fuerzas para llamar a la Madre Tierra una vez más. Cerró los ojos. No estaba segura de poder hacer algo para salvarlos. Había venido para impedir que el mal entrara en el mundo, pero hasta ahora todo lo que había hecho había sido un fracaso. No había podido salvar a su madre, no había conseguido mantener al mal encerrado y no había detenido al volcán. Lo más probable es que también fracasara en su intento de salvarlos.

A pesar de que les había sugerido la idea de que podía construir un refugio que resistiera a un volcán, en realidad parecía tan ridículo como había afirmado Ben. ¿En qué estaba pensando? Respiró hondo y tosió con el pecho apretado y los pulmones asfixiados.

—¿Riley? —insistió Jubal.

El volcán lanzaba al aire rocas al rojo vivo que se precipitaban hacia ellos. Un montón de escoria de color rojo púrpura y unas piedras incandescentes cayeron sobre ellos. Mientras se cubrían las cabezas, los tres hombres intentaron proteger a Riley con sus cuerpos. Gary gritó con fuerza cuando una piedra le golpeó la espalda. Otra roca rebotó cerca de la cabeza de Ben.

Jubal tenía razón. Morirían si intentaban correr y también lo iban a hacer si se quedaban allí sin un maldito refugio a prueba de volcanes. Si construir uno era algo remotamente posible, tenía que pensarlo inmediatamente...

Riley se tapó la boca y la nariz para intentar inspirar un poco de aire limpio y después volvió a meter las manos en el suelo. Entonces se puso a cantar desesperada.

—Cuadrado, cuerno de la abundancia, huso, guadaña, sal y escudo, invoco la fuerza de Auriel.

Las palabras salían de su boca por su cuenta y parecían ser las correctas. Sentía como si estuviera recordando algo olvidado hacía mucho tiempo.

Para su sorpresa, el suelo comenzó a subir siguiendo el círculo de sal y formó unos gruesos muros de piedra y tierra que se expandieron, se curvaron por encima de sus cabezas y crecieron hasta que todos quedaron dentro de una cueva.

—Ágata, jaspe, turmalina, cubrid este lugar para que ninguno de nosotros se abrase.

Tenía cenizas por todas partes, en la boca y la nariz, y su garganta estaba obstruida. La lluvia de piedras incandescentes continuó dejando unos profundos agujeros en el suelo a su alrededor. También les alcanzó una metralla caliente que abrió una pequeña fisura y llegó directamente hasta el círculo de protección, pero se detuvo de golpe.

Riley cerró los ojos y rezó una plegaria para tener fuerzas para conseguir hacer todo lo necesario. Sentía que la tierra respondía a sus manos, un consuelo al que se estaba acostumbrando rápidamente. Alrededor del círculo de protección las paredes continuaron creciendo y se revistieron de piedras sólidas que aumentaron su grosor proporcionándoles una protección adicional contra la ardiente explosión. Las paredes se elevaron y curvaron hasta formar un techo sobre sus cabezas. Solo quedó una estrecha abertura.

—Rubí, granate, duro diamante, protegednos para estar a salvo del fuego.

Mientras cantaba, todos los tonos rojos del fuego cubrieron las paredes y comenzaron a formar una puerta de entrada.

El rugido del exterior disminuyó, aunque los temblores continuaron implacablemente hasta que el último espacio abierto que quedaba fue cerrado y sellado. Riley se desplomó en el suelo. Estaba todo oscuro y el suelo se sacudía y temblaba. Estaba tan agotada que no podía pensar. Había hecho todo lo que había podido. Tal vez podrían sobrevivir o quizá no. Había conseguido protegerlos de los gases y de lo que caía sobre sus cabezas, pero si la montaña explotaba y la lava ardiente llegaba a la cueva, iba a dar lo mismo que estuvieran protegidos: el calor derretiría las rocas y probablemente morirían asfixiados antes de que eso ocurriera.

La caverna que Riley había creado estaba en la más absoluta oscuridad. Jubal encendió una luz y la colocó en el suelo. El techo y las paredes brillaban por las piedras preciosas que emitían un hermoso resplandor que era casi relajante.

Jubal miró sorprendido ese refugio forrado de piedras.

—Increíble, Riley. Por si no conseguimos salir de esta con vida déjame darte las gracias ahora.

Gary le pasó una botella de agua que sacó de su mochila.

—Toma, bebe esto. Debes estar agotada.

Riley descubrió que apenas podía levantar la mano para coger la botella. Sus brazos parecían de plomo y temblaban casi tanto como el suelo.

—Si la montaña realmente explota, esto no va a servir. Lo sabes, ¿verdad?

—Conseguiste construirnos un refugio de las cenizas y los detritos —señaló Jubal—. Creo que minimizaste la explosión y la alejaste de nosotros.

—Esto es una locura —exclamó Ben—. ¿Cómo pudiste hacer esta cueva de la nada? ¿Qué eres? Si alguien me hablara de esto nunca le creería.

—Hay un montón de cosas en este mundo que a la gente le cuesta creer —dijo Gary—. Es más fácil descartar algo así calificándolo de fantasía o fingir que nunca ha sucedido. Riley obviamente tiene un don...

—Eso no es don —dijo Ben—. Nadie puede hacer lo que ha hecho. Esto es una especie de magia negra, aunque tampoco creo en eso, pero he visto algunas cosas raras cuando he viajado, pero esto...

De nuevo dejó de hablar.

Riley observó su cara disimuladamente. Con las sombras que producía la tenue iluminación su rostro parecía arrugado y tenso. No podía culparlo de eso. Ella había crecido viendo las cosas extrañas que su madre podía hacer, pero incluso cuando era niña sabía que los demás nunca aceptarían que las plantas crecieran bajo sus pies cuando caminaba, y que se estiraban hacia ella en cuanto estaba cerca. En realidad no había una explicación que pudiera dar a Ben que tuviera sentido. Las cosas que su familia podía hacer eran normales para ella, pero evidentemente no lo eran para los demás.

—Llámala psíquica —dijo Jubal—. Tiene una afinidad especial con la Tierra y esta le responde. Con suerte esta conexión es lo suficientemente fuerte como para alejar la explosión del volcán de nosotros.

—¿Afinidad con la Tierra? ¿Alejar la explosión del volcán? Eso es una tontería —dijo Ben—. Es imposible. Acabo de ver una puta locura con mis propios ojos, pero maldita sea, es imposible.

Gary subió una ceja.

—¿Lo es? ¿Cómo sabes qué es posible y qué no lo es? En Indonesia la gente cree que su sultán ha domado y calmado volcanes desde hace siglos. Están seguros de que puede protegerlos de la furia de una erupción. Y todos hemos visto sucesos inexplicables en este viaje.

Mientras hablaba, fuera de la cueva, más piedras y detritos chocaron contra el techo con una sorprendente fuerza. Riley resistió el impulso urgente de taparse los oídos. Cada golpe brusco hacía que su corazón se sacudiera con fuerza. El miedo le sabía a cobre.

Una explosión los zarandeó por segunda vez, la montaña se estremeció y se tambalearon de un lado a otro. Riley se aferraba a la tierra enterrando profundamente sus dedos, intentando saber dónde había ocurrido la peor erupción y lo grande que había sido. Al mismo tiempo, intentaba usar el suelo para anclarse. Pero tal como estaban las cosas, salió disparada contra Gary, le golpeó la cabeza con la suya y sus gafas salieron volando. Ben cayó sobre la mochila de Annabel y se golpeó un hombro contra la pared forrada de piedras preciosas de la cueva. Jubal fue el único que consiguió mantenerse en equilibrio cabalgando sobre el movimiento ondulante del suelo como si estuviera surfeando sobre sus rodillas.

—¿Estáis todos bien? —preguntó Jubal.

Todos asintieron, pues la conmoción había pasado factura a sus voces.

—Eso sonó muy lejos —se aventuró a decir después de unos minutos.

El corazón de Riley recuperó un ritmo estable. Tragó saliva varias veces, para poner a prueba su capacidad de hablar.

—Se sintió muy lejos, al otro lado de la montaña. Puedo decir que hay varios respiraderos abiertos liberando la presión, la explosión no fue tan catastrófica, fue casi un eructo. Pero él está *fuera*. —Se encontró con la mirada seria de Gary—. No lo pude contener y calmar al volcán al mismo tiempo. Así que si estoy en lo cierto, y la explosión fue al otro lado de la montaña y no nos vamos a abrasar, tendremos que luchar contra eso... sea lo que sea.

Estaba probando la amargura del fracaso. Un estertor de miedo bajó por su espalda, pero en lo profundo de la tierra curvó los dedos aferrándose firmemente a... la esperanza. Captó la presencia escurridiza de alguien. *Macho. Poder. Fuerza.* Aunque su tacto era sutil, era un hijo de la Tierra igual que ella. Instantáneamente sintió consuelo. No estaba completamente sola en el mundo. Atisbó brevemente una calma. Una determinación. Alguien que nunca se rendiría, ni retrocedería.

Se quedó sin aliento. Por un momento pareció que entraba en su mente. Un roce, nada más, *dentro* de ella. Una caricia. Sabía que era tan consciente de ella, como ella de él. No se parecía en absoluto a nada maligno. Era muy diferente. Amable. Tenía la viva impresión de que era un ser poderoso que no temía de su propia fuerza y era muy seguro de sí mismo. Quiso agarrarse a él un momento para tener un anclaje fuerte en ese mundo explosivo, caótico y enloquecido que tenía a su alrededor.

Pero se fue antes de que ella pudiera descubrir dónde estaba. Un grito suave de protesta escapó de sus labios. Sintió esperanzas por primera vez. No podía explicar por qué durante ese breve momento no se había sentido tan sola. Él también entendía los susurros de la Tierra, la información que captaba cuando hundía sus manos profundamente en el suelo...; tenía esa absoluta afinidad con el medio ambiente y la necesidad, incluso compulsión, de cuidar de las plantas y su entorno. Ella era la guardiana, la centinela y en algún lugar otra persona caminaba por su mismo planeta haciendo el mismo trabajo.

Se le ocurrió que estaba un poco loca después del asesinato de su madre, que había sufrido algún profundo brote psicótico y apenas pudo contener un estallido de risa histérica. No podía permitirse el lujo de perderse. Ahora no.

—Cualquier cosa que sea esa entidad maligna, que percibo que es masculina, habla el mismo idioma que cantaba el porteador que mató a mi madre. Y creo que logró escapar con la explosión. —Tragó saliva y sus ojos se encontraron con los de Jubal—. Lo siento. Hice lo que pude. Si mi madre no hubiera muerto tal vez ella hubiera podido haber hecho más.

Ben se levantó con cuidado, se arrastró por el suelo para ponerse de espaldas a la pared, con cuidado de hacer movimientos cortos.

—Alguien tiene que decirme qué demonios está pasando aquí. —Se echó el pelo hacia atrás con la mano llena de cenizas—. Porque me siento casi como si estuviera volviéndome loco. ¿Realmente detuvo el volcán? Quiero decir, todavía estamos con vida, ¿verdad?

—Por el momento —dijo Gary—. Creo que se las arregló para minimizar la explosión y dirigirla hacia el otro lado de la montaña. Los conductos de ventilación cercanos a nosotros están aliviando la presión.

—¿Desde hace cuánto que tienes esta habilidad tan especial? —preguntó Ben con un tono de voz entre temeroso y sarcástico.

—Desde que murió mi madre —dijo Riley, que se sentía un poco desconcentrada.

Quería volver a sentir esa sensación escurridiza de comodidad y fuerza, y sacar valor una vez más. Pero atrapada en una cueva, a la espera de ser cocinada hasta la muerte, agotada en un grado que nunca había conocido, solo quería acurrucarse en posición fetal y esconderse.

—¿Cómo hiciste esto? —preguntó Ben—. ¿Eres una especie de adoradora del diablo? Nadie puede hacer que crezca una cueva por encima de su cabeza o impedir que un volcán explote.

—Evidentemente, no detuve el volcán —señaló Riley—. Y esta es la segunda vez que me acusas de adorar al diablo y realmente no me gusta. Has estado aquí. Has visto todo lo que he hecho. Llamé al Universo, no al diablo.

No pudo evitar que su voz mostrara cansancio, o disgusto, y no estaba siendo justa con Ben. Teniendo en cuenta todo lo que había ocurrido, su miedo y su necesidad de ir contra algo eran comprensibles. Si no hubieran estado todos esperando que los salvara, ella también podría tener la tentación de arremeter contra alguien. Y, además, ¿cómo podía explicarle lo que estaba sucediendo cuando ella misma no lo entendía?

Una enorme tristeza se apoderó de ella de pronto y tuvo que parpadear para contener un torrente caliente de lágrimas. Quería a su madre… la necesitaba. Todo estaba ocurriendo muy rápido, y Riley no tenía ni idea de lo que estaba haciendo.

Gary intervino muy tranquilo.

—Cálmate, Ben. Sé que lo que está pasando parece una locura, pero solo porque nunca antes te hayas encontrado con algo así, no lo hace menos real o peligroso. Pelearnos entre nosotros solo va a empeorar las cosas. Jubal y yo hemos sido testigos de cosas que a la mayoría de la gente les hubieran llevado directamente al manicomio. Pero la verdad es que el mal existe, hay monstruos que vienen por nosotros durante la noche, y la gente como Riley son a veces lo único que se interpone para evitar nuestra aniquilación total. Me hubiera gustado que no hubieras tenido que formar parte de esto, pero desgraciadamente para ti, eres un hombre valiente y decidiste proteger a Riley en vez de huir como los demás. Esa elección, aunque admirable, te ha puesto en peligro y estás expuesto a poderes que no puedes comprender. Mientras estés pegado a nosotros, vas a estar en medio de esto, y casi te puedo garantizar que las cosas van a empeorar antes de que mejoren. Así que necesitamos que mantengas la calma y no molestes a Riley. Criticándola no nos va a ayudar.

Riley se sintió admirada por su explicación calmada y realista. Había algo muy tranquilizador en Gary. No montaba dramas. No necesitaba de su ego. Bastaba su presencia. Dio otro trago de agua. Su garganta estaba seca y su cuerpo sediento. Necesitaba... lo que no sabía. Aunque de pronto deseó intensamente algo. A pesar de su cansancio, su sangre estaba en llamas, corría a toda prisa por sus venas, y su pulso estaba acelerado y mantenía un ritmo extraño.

Se sentía más viva que nunca y no tenía ni idea de si era porque el volcán había vuelto dramáticamente a la vida respirando fuego, o si era porque había conectado con alguien que le había proporcionado un breve momento de consuelo en medio de la locura total. Tal vez era por la intensidad de sus emociones, el miedo, el dolor y la adrenalina. Fuera lo que fuese, se sentía casi tan viva como cansada.

—Es difícil que mi cabeza entienda todo esto —dijo Ben con la voz tranquila—. Lo gracioso es que yo siempre he estado interesado por el folclore, cualquier cosa desde Bigfoot y el Yeti, a los hombres lobo y los vampiros, y he viajado por todo el mundo intentando demostrar que donde hay humo hay fuego. He estado en un mini submarino buscando al monstruo del Lago Ness. He ido a la búsqueda de cualquier cosa inexplicable, pero después de tantas decepciones, realmente ya no crea en nada. Tal vez en realidad nunca lo hice. Pero esto... —Sacudió la cabeza y se pasó la mano por la boca—. Estoy unido a vosotros, aunque tengo que avisaros que me siento un poco asustado. Jubal le sonrió y se vio un destello de dientes blancos en su cara ennegrecida por la ceniza.

—Bienvenido a nuestro mundo. Estarías loco si no estuvieras un poco asustado.

Riley levantó su cuerpo y se arrastró hacia la pared del fondo frente a los tres hombres. Levantó las rodillas y apoyó la barbilla en ellas.

—Definitivamente estoy muy asustada, Ben. He venido a esta montaña varias veces y nada así había pasado antes.

Ben le contestó con una sonrisa forzada.

—Gracias por la cueva, fuera como fuera que la hicieras. Fundirme en lava caliente no es la forma como quiero morir.

Ella intentó sonreír y deseó lograrlo.

—Las nubes piroclásticas tampoco son exactamente mi idea de lo que es divertirse.

Jubal se aclaró la garganta.

—¿Estás segura de que lo que estaba encerrado en el volcán fue capaz de escapar?

Riley asintió de mala gana.

—Está libre. No pude retenerlo. —Sintió el sabor amargo de su fracaso—. Sabes lo que es, ¿verdad? —Como ni Jubal ni Gary respondieron, suspiró—. Mirad, ahora estamos en esto juntos. Está afuera. Lo sentí. Sé que es real. Me tenéis que decir con qué estamos tratando.

—También me gustaría saberlo. —Ben estaba de acuerdo—. No importa lo que sea, no puede ser nada mucho más perturbador de lo que ya hemos sido testigos.

Jubal se frotó el puente de la nariz, sus ojos se encontraron con Gary y suspiró.

—No importa cómo lo digamos, vais a pensar que estamos locos.

Ben se encogió de hombros.

—Yo ya pienso que tal vez estoy loco, así que suéltalo. Nada de esto parece verdadero.

Aun así los dos hombres vacilaron. A Riley no le gustó la manera en que se miraron el uno al otro. Sintió que el pulso se le aceleraba. No podía estar más asustada, ¿o no? El miedo a lo desconocido era peor que lo conocido. Al menos ahora podría intentar estar preparada.

—Necesito saber lo que es este ser maligno, Jubal. He oído hablar de él. Su voz estuvo en mi cabeza durante un minuto, y me pareció malvada. —Se estremeció—. Creo que va a venir por mí.

—¿Qué te dijo? —le preguntó Gary.

—Habló en el mismo idioma que hablaba el porteador justo antes de matar a mi madre. —Cerró los ojos, y usó la misma memoria fonográfica que le permitía reproducir perfectamente el sonido de las aves y de los animales, y la aficionó a la lingüística—. Me dijo: «*Arabejila. Emni hän ku köd alte. Tõdak a ho ćaδasz engemko, kutenken ćaδasz engemko a jälleen. Andak a irgalomet terád it*».

No sabía lo que significaban las palabras por separado o lo que querían decir, pero reprodujo los sonidos, las inflexiones y el timbre de manera precisa. La malignidad nauseabunda que transmitía el tono de la frase hizo que todos se estremecieran.

—La única palabra que reconocí fue Arabejila. Es un nombre que me es conocido, pero es muy poco común. Una antepasada mía se llamaba Arabejila y era el mismo nombre de una de sus bisabuelas.

Gary y Jubal intercambiaron otra larga mirada.

Riley suspiró.

—Solo decidme lo que significa. En este punto, igual que Ben, no creo que ya nada vaya a sorprenderme.

—Debía pensar que eras alguien que conocía —aventuró Gary—. Si tienes una antepasada que se llamaba Arabejila, cuando percibió tu presencia debiste serle familiar, lo que significa que los genes y dones de esa mujer sobreviven con fuerza en ti. Probablemente cree que eres esa Arabejila.

—No ha habido ninguna pariente mía con ese nombre desde hace...

Dejó de hablar mirando a Ben.

Lo que había estado viviendo en el volcán tenía que ser un mal muy antiguo. ¿Cuánto tiempo llevaban las mujeres de su familia yendo a un lugar remoto de los Andes para llevar a cabo un ritual?

Apretó los labios con fuerza y se restregó las mejillas con sus rodillas. Si ese ser antiguo había quedado sellado en el volcán gracias a una de sus antepasadas, era razonable pensar que podría estar un poco enfadado buscando venganza.

—No importa. ¿Podéis traducir lo que dijo?

—Repíteme la frase —dijo Gary—. Haré lo que pueda.

Riley reprodujo la frase hablando tan despacio como pudo sin afectar el ritmo y la inflexión de las palabras.

Gary se restregó la mandíbula, miró por un momento sus manos ennegrecida, se frotó la ceniza en los vaqueros y luego se encogió de hombros al ver que seguían sucias.

—*Emni hän ku köd alte.* Sé que significa «mujer maldita».

—Pensaba que esa frase me era conocida —dijo Riley—. El porteador la cantaba una y otra vez. Estaba llamando a mi madre mujer maldita.

—Y ahora a ti —dijo Jubal.

Riley instintivamente enterró sus dedos en el suelo buscando consuelo. Ya sabía que esa entidad maligna iba a venir por ella. No necesitaba que Gary se lo dijera; había percibido el odio y la rabia en la voz de ese ser. Pero también había percibido su miedo. Ella no era Arabejila, pero si el mal le tenía miedo, estaba encantada de reclamar su parentesco con la mujer.

—*Tõdak a ho ćaδasz engemko, kutenken ćaδasz engemko a jälleen,* creo que es, no sé cómo... —Frunció el ceño mirando a Jubal—. ¿Escapado? ¿Cómo escapaste de mí?

Jubal asintió.

—Eso es lo que entiendo. Y algo sobre «otra vez no».

Gary asintió.

—«No sé cómo escapaste de mí, pero no lo harás otra vez.» Eso es lo que entiendo que dice. Es evidente que cree que te conoce.

—¿Y la última parte? —insistió Riley—. *Andak a irgalomet terád it.*

—Eso quiere decir: «No tendré misericordia contigo esta vez.»

Gary dijo la frase muy de prisa, como si quisiera quitársela de encima.

—Entonces, ¿quién es? ¿Qué es? —preguntó Riley.

Gary se limpió la ceniza de sus vaqueros, sin mirarla.

—Me temo que estás tratando con un vampiro. Un vampiro muy poderoso. Este es el verdadero asunto. Se va a tirar a tu garganta hasta dejarte seca. Se alimenta del sufrimiento y el terror de la gente. No tengo dudas de que eso es lo que estaba encerrado en esa montaña.

Riley lo miró fijamente con la boca abierta. No esperaba que dijera que era un vampiro. Los vampiros eran demonios míticos de las películas de terror o de las novelas. No sabía lo que pensaba que iba a decir, pero ciertamente le sorprendió que dijera que era un vampiro. Y hablaba muy en serio. Echó un vistazo a Jubal. Estaba también muy serio.

—Todas esas armas que tenéis es porque lo estabais esperando. Es evidente que lo sabíais desde el principio.

Gary negó con la cabeza.

—No, no es cierto. En realidad vinimos a buscar una planta en particular que pensábamos que se había extinguido hace mucho tiempo. Un pequeño grupo de aventureros llegaron aquí el año pasado y uno de ellos colgó una foto de la planta en su blog en Internet. Un amigo nuestro se tropezó con la fotografía y me la envió, pues sabía mi interés por las plantas raras. Jubal y yo estábamos entusiasmados con ella. Me puse en contacto con el minero que la describió y tuve la certeza de que era lo que estábamos buscando. Contactamos con un guía y vinimos.

—Pero nuestro guía enfermó —dijo Jubal—. Al igual que el tuyo y el guía del doctor Patton.

—Y el nuestro —añadió Ben.

Gary asintió.

—Así que nos unimos a los demás y pensamos que ya que todos íbamos hacia la misma zona podríamos viajar juntos y después seguir nuestro propio camino cuando llegáramos a la montaña. En ese momento no tenía ni idea de que algo iba mal.

—Empezamos a sospechar que se trataba de los no muertos cuando comenzaron a ocurrir todas esas cosas extrañas que estaban claramente dirigidas contra tu madre —añadió Jubal—. Teníamos la misma sensación de que había algo maligno que ambos habíamos percibido antes.

Ben negó con la cabeza.

—No. De ninguna manera. He estudiado la tradición de los vampiros en todo el mundo y tengo que admitir que una parte de mí quería creer que algo así existía, como en las películas. En mis viajes di con un grupo que creía totalmente en los vampiros, y decían que los cazaban y mataban. Eran todos unos dementes. Estaban completamente chiflados. No existe nada parecido a los vampiros. La gente que mataron estaba enferma, o vivía de manera diferente, o no podía ponerse al sol. Investigué a cada víctima y ninguna era un vampiro. Las pocas personas que actúan como vampiros y matan por conseguir sangre, se encuentran en instituciones psiquiátricas para criminales.

—Es cierto —añadió Gary—. Sé exactamente de qué gente estás hablando. Yo estuve enredado con ellos una vez hace mucho tiempo, y efectivamente matan indiscriminadamente. Buscan un objetivo y luego tergiversan los hechos para que se adapten a lo que quieren creer, pero eso no niega el hecho de que los vampiros existan.

—Si eso es cierto —argumentó Ben—, ¿por qué nadie sabe de ellos?

Riley tuvo que admitir que era una buena pregunta. Mantenía la cabeza apoyada en las rodillas, pero observó atentamente el rostro de Gary. Verdaderamente creía en lo que estaba diciendo. Jubal también. Tampoco le parecían locos. Había sentido la maldad al meter las manos en el suelo. Aún más, lo había oído… había oído su voz. No podía negarlo por mucho que quisiera.

—¿Cómo fue capaz de hacer que los murciélagos y los monos, incluso las pirañas y aquella serpiente, atacaran a mi madre si estaba atrapado en el volcán? —preguntó sin esperar a que Gary o Jubal respondieran a la pregunta tan lógica de Ben. Creía a Gary y eso era simplemente aterrador.

—Los vampiros pueden ser muy poderosos. Si este ha sobrevivido encerrado en ese volcán, estamos hablando de uno extremadamente poderoso. Ha estado aquí durante más siglos de lo que podamos imaginar, haciéndose cada vez más fuerte.

Riley cerró los ojos un momento. Había dejado suelto en el mundo algo realmente malvado.

—Hay historias, que pensábamos que no eran más que folclore, sobre la desaparición tanto de los hombres de las nubes como de los incas que vivieron aquí, que cuentan que algo había matado a sus mejores guerreros y destruido sus aldeas. Pensaban que era un dios malvado que exigía sacrificios de niños y mujeres. Sin embargo, nunca se apaciguaba. ¿Podría ser tan viejo?

—Sí —contestó Gary simplemente.

Riley quería acurrucarse formando una bola y quedarse cómodamente en el suelo. No había tenido tiempo para apenarse por su madre, y de pronto se sintió tan abrumada por una tristeza que le llegó de golpe, que apenas podía pensar. No quería pensar. No quería hablar ni escuchar nada más. Quería ser una niña y taparse los oídos. En cambio, suspiró y obligó a su cuerpo cansado a sentarse recto.

—Entonces, ¿lleváis estacas junto a las demás armas?

Fue un intento, poco entusiasta, de hacer una gracia lo mejor que pudo dadas las circunstancias.

Ben rió por lo bajo.

—¿Estacas de madera? ¿Te estás riendo de mí?

—Las estacas no funcionan —dijo Jubal—. Hay que quemarles el corazón. Les puedes disparar, apuñalarlos, clavarles una estaca o incluso cortarles la cabeza, pero si no les quemas el corazón son capaces de regenerarse a sí mismos.

A Riley se le escapó un gemido. Por supuesto había que quemarles el corazón. Cualquier otra cosa hubiera sido demasiado fácil.

Ben puso los ojos en blanco.

—Ahora sé que estás loco.

—Me gustaría poder decir que me lo estoy inventando —dijo Gary—. Pero no lo hago. Todo el mundo está en peligro ahora. Todos nosotros. Cada miembro de las tribus. Todos los compañeros de nuestro grupo que intentaron alejarse del volcán. Ahora irá en busca de sangre y matará a cualquiera que se le cruce. No solo va a beberse su sangre, se va a llevar sus recuerdos y aprenderá muy rápido para poder encajar en cualquier lugar adonde vaya. Su falta de conocimiento de los siglos pasados no significará nada en cuestión de días.

Riley se pasó un dedo de un lado a otro sobre una ceja intentando aliviar el inicio de un dolor de cabeza.

—Entonces tenemos que encontrar a los demás y asegurarnos de que están a salvo.

Ben frunció el ceño hacia ella.

—¿De verdad que te lo has creído? Que hay un auténtico vampiro que no puede morir, incluso si le clavas una estaca en su corazón. Tampoco si lo apuñalas o le disparas.

Ella asintió lentamente.

—No me gusta creerlo, Ben, pero lo hago. Esos animales se comportaron absolutamente en contra de su naturaleza, y algo llevó a Capa a asesinar a mi madre. Llámalo como quieras, pero me gustaría saber cómo matar a lo que sea eso. Necesito saber exactamente qué esperar cuando me lo encuentre, porque no quiero más sorpresas.

Ben frunció el ceño pero asintió.

—Supongo que tienes razón.

—Los vampiros pueden ser muy astutos —explicó Jubal—. Son maestros de la ilusión. Parecen ser encantadores y atractivos, pero en realidad ocultan lo que son. Pueden entrar dentro de tu cabeza y hacerte hacer lo que ellos quieran. Irás ante ellos cuando lo ordenen y les permitirás arrancarte la garganta. Les entregarás a tus hijos o a cualquier ser querido si así lo exigen.

—Fantástico —dijo Riley—. El peor monstruo imaginable, ¿verdad? Eso es lo que estás diciendo. Es lo que has dicho. De modo que además de una pistola necesito un lanzallamas. Me fijé que tenías uno, Gary. ¿Me lo puedes prestar? Estoy bastante segura de que es a mí a quien no quiere el vampiro. Lo dejó bastante claro.

—Pienso que tenemos que salir pitando de aquí lo antes que podamos —dijo Ben—. Sea lo que sea puede vivir de las pirañas.

—Pero no lo hará —dijo Gary—. Un vampiro solo se alimenta de humanos.

—Estoy de acuerdo contigo, y Riley tiene que salir de aquí lo más rápido posible —dijo Jubal—. Tenemos que encontrar a los demás para que salgan de la selva y regresen a la civilización cuanto antes.

—¿Alguien ha considerado cómo vamos a salir de aquí? —preguntó Ben.

Riley sintió que la miraban. Si el vampiro no podía entrar, podrían considerar quedarse allí un largo tiempo. Se encogió de hombros.

—No lo sé, pero ni siquiera estoy segura de que sea seguro salir todavía. El suelo sigue temblando y sentí calor cuando puse las manos en él.

Mientras hablaba clavó las manos profundamente en la tierra. Al igual que antes, su cuerpo reaccionaba a la energía que rodeaba sus palmas y dedos. Ese calor calmante se filtraba por sus poros. Se quedó muy quieta oyendo. El suelo crujió y gimió susurrando muy bajo. Captó el sonido de la voz de su madre, apenas un débil eco de su risa, cuyas notas alegres habían viajado a través de las rocas y la tierra hasta encontrarla. Se llenó de lágrimas y se le hizo un nudo en la garganta.

Cerró los ojos e inspiró. Al principio podía oír la respiración de los hombres. Un chirriante golpe resonaba ocasionalmente en el techo encima de su cabeza. Se obligó a bloquear las distracciones y profundizó en su conciencia buscando una conexión, una manera de acceder a esa veta de información que parecía estar fuera de su alcance. Podía oír murmullos y sabía que si pudiera sintonizarse entendería lo que estaba sucediendo en el mundo a su alrededor.

Tenía un centro de mensajes dispuesto a transmitirle información, y aunque no había aprendido a usarlo todavía, cada vez que metía sus manos en el fértil suelo descubría que se abría más a los misterios que rodeaban a su madre. Cualquier don traspasado de madre a hija estaba encerrado en el suelo esperando a que descubriera el legado que le habían dejado. Solo tenía que encontrar las palabras correctas para atraer los secretos hacia ella. Como había otros que dependían de lo que hiciera, necesitaba descubrirlo.

Volvió a inspirar con fuerza y dejó escapar el aire apartando la necesidad de actuar o de apresurarse. Los hombres desaparecieron y se llevaron con ellos los sonidos de su presencia. Las paredes de la caverna se desvanecieron. El miedo y el dolor desaparecieron hasta que solo quedó el sonido de sus pulmones moviéndose hacia arriba y hacia abajo rítmicamente. Durante unos minutos estuvo respirando de esa manera permitiendo que la mecánica de ese sencillo proceso limpiara y abriera su mente por completo.

Se dio cuenta de la existencia de un latido que producía un sonido vibrante que procedía del centro del núcleo de la Tierra. A través de las yemas de sus dedos sintió la expansión de una nube de un gas extremadamente caliente, y percibió la íntima conexión con esa vieja estrella que explotaba violentamente, y daba a luz a nuevas estrellas, al Sol, a la Luna y al planeta Tierra. Finalmente, pudo ver en su mente la creación y la nebulosa colapsando y enfriándose hasta formar un disco aplanado que giraba suavemente. La superficie de la Tierra cubierta por un océano palpitante de roca fundida.

Riley sintió el magma burbujeando bajo la superficie, el movimiento de las placas, la elevación de las montañas, las raíces que se extendían como grandes cadenas de enredaderas, las profundidades del mar, el interior de todos los continentes donde se conectaban todas las partes del planeta…; y todo eso se conectaba con ella. Le llegaron los primeros susurros y su mente se llenó de murmullos. Eran voces de mujeres de un antiguo pasado que le daban la bienvenida a su hermandad.

Su corazón se puso a cantar cuando reconoció la presencia familiar y reconfortante de su madre y de su abuela.

Capítulo 8

Dax miró los ojos triunfantes llenos de odio del vampiro. Al igual que el volcán lo había transformado a él, Mitro también había cambiado bastante. Había pasado cientos de años dentro de ese ambiente sobrecalentado, y para resistir la presión, los gases y el calor, había conseguido transformarse para estar mejor adaptado. A lo largo de los siglos, su cuerpo había tomado la forma del caparazón de un lagarto mutado.

Unas pesadas crestas diseccionaban su cráneo y estiraban su piel sobre los huesos. Su cabello chamuscado se levantaba formando filas de afilados pinchos. Sus párpados se habían vuelto más pesados y sus propios ojos, ventanas del alma, volvían a reflejar un negro puro, pues no tenían nada blanco, como si no tuviera alma. Las cicatrices del magma habían dejado unos agujeros profundos en la mayor parte de su piel expuesta. Esta, cubierta de barro, había amarilleado y despedía un leve olor a huevos podridos. La cámara empezó a girar. El gas venenoso infundido en la piel dura y moteada del vampiro le producía letargo y le nublaba la mente.

Dax obligó a su cerebro a trabajar. El corazón atrofiado del vampiro había sido incinerado, y sin embargo todavía estaba vivo. ¿Cómo? ¿Y cómo podía un cazador matar al no muerto si no había fallecido cuando hubiera debido? En sus interminables años destruyendo no muertos, nunca se había encontrado con algo así, ni había oído hablar de ello.

La montaña tembló. Un estallido reverberó en la cámara. Una risa maníaca chirrió y le hizo daño en la cabeza. Mitro lo miró fijamente a los ojos y lanzó con gran fuerza sus garras a su pecho. Un dolor intenso y ardiente dejó a Dax sin aliento. Mitro le clavó las garras para destrozar y triturar sus tendones y músculos hasta dejarle un gran agujero por el que intentaba llegar al corazón palpitante del carpatiano.

Su sonrisa, una parodia oscura, se amplió y sus dientes rotos y sus encías retraídas corrieron a su cuello mientras sus garras codiciosas se aferraban a su corazón. En ese momento todo cambió. Dax no podía permitirse el lujo de morir dejando a Mitro suelto en el mundo. Tenía que vivir a cualquier precio.

Se echó hacia atrás ignorando el dolor que lo atravesaba, respiró hondo y lanzó un torrente de fuego directamente a la cara malévola de Mitro. El vampiro gritó, se echó hacia atrás y giró brutalmente su brazo mientras retiraba el puño vacío. Entonces se lanzó a un lado para evitar el chorro constante de llamas que salían de la garganta del cazador. Su grito reverberó por toda la cámara.

La sangre roja y brillante que salía del pecho desgarrado de Dax se esparció por el aire y unas grandes gotas ardientes de sangre ennegrecida salieron del pecho abierto de Mitro, que como un ácido venenoso salpicaron la cámara y se convirtieron en cenizas que cayeron sobre él. Los gases explotaron formando bolas de fuego que se lanzaron a toda velocidad por el espacio cerrado dejando profundos cráteres en las paredes. Bajo ellos estallaron unas fumarolas cargadas de más gases nocivos acompañados de brillantes chorros de roca fundida de color rojo anaranjado.

Mitro martilleó la delgada barrera, la golpeó una y otra vez como si fuera un ariete mientras esquivaba los chorros de fuego que surgían de los pozos de magma caliente de más abajo. Dax saltó tras el vampiro, lo alcanzó con la punta de los dedos y enseguida le agarró un tobillo e hizo que el no muerto cayera hacia atrás. Miles de pequeñas agujas que ardían al tocarlas perforaron la palma de su mano. Su primer instinto fue dejar que se marchara, pero se obligó a aguantar y arrastró al vampiro de nuevo hacia abajo hasta el pozo burbujeante de rocas ardientes.

Mitro dio una patada al agujero del pecho de Dax, y un dolor enorme estalló en el cuerpo del cazador. Por un momento todo se volvió negro. Su cuerpo se derrumbó, y su mano le soltó el tobillo, pero dio una voltereta en el aire, y cuando se rehízo, el no muerto ya estaba embistiendo una y otra vez con su cráneo con crestas contra el mismo punto, la barrera. Dax se levantó para intentar interceptarlo de nuevo.

La montaña retumbó amenazadora, contuvo la respiración por un segundo, y luego se calmó. El enorme golpe hizo que ambos combatientes se tambalearan. Dax chocó con fuerza contra la pared pero consiguió volver a agarrarlo. El calor quemó su cuerpo. Le salía sangre por los oídos. Su visión se volvió borrosa. La cámara se llenó de vapores gaseosos, y el repentino aumento de la presión casi lo desgarra.

En ese instante sintió levantarse a Antiguo para protegerlo. Su cuerpo se había acostumbrado a las condiciones del volcán a lo largo de los siglos, pero ni a él ni a Mitro le iba a ir bien cuando el volcán entrara en erupción y el dragón lo sabía.

Antiguo tomó el mando rápidamente y su alma se expandió hasta apoderarse de Dax. Primero unas escamas de color púrpura y naranja envolvieron su cuerpo, cubriéndolo suave y eficientemente desde la cabeza hasta los dedos de los pies. La dura coraza tapó el enorme agujero de su pecho, pero la sangre seguía filtrándose entre las escamas y tiñó su pecho de escarlata.

Dax estaba acostumbrado a cambiar de forma, pero esto parecía diferente. Cuando los carpatianos cambiaban, no tenían la sensación de que su cuerpo se estuviera rehaciendo por completo, pero esta vez sí lo sentía. Percibía que aumentaba su masa y que sus huesos se alargaban y remodelaban. Percibió que unas alas surgieron de su espalda, cuya piel flexible y escamosa se desplegó como si fueran unas enormes velas que atrapaban el viento del océano. Sintió cómo le crecían las uñas hasta convertirse en garras afiladas como navajas con punta de diamante. La fuerza, la agilidad y las emociones crudas y primarias del dragón corrieron por sus venas. No era un cazador que había asumido la forma de un dragón: era un dragón. Potente. Poderoso. Maestro del fuego. Rey del cielo. Y aunque su conciencia permanecía con él, Antiguo también estaba allí, vetusto y poderoso, e igual de mortífero.

Sus alas se extendieron y su cuerpo de dragón giró en el aire. La larga cola crestada chapoteó en la piscina de magma y lanzó rocas al rojo vivo contra las paredes de la caverna. Pero en lugar de dolerle, el calor lo vigorizó y fortaleció. Gritó en señal de triunfo y desafío, y arrojó otro chorro de fuego caliente contra el vampiro.

Pero justo antes de que las nubes hirvientes de fuego lo envolvieran, Mitro se convirtió en un gran dragón negro y escamoso que empujó la barrera con fuerza hasta que terminó cediendo. Bramó su triunfo mientras la montaña eructaba géiseres de vapor y material ardiente a través de unos estrechos túneles de ventilación. La montaña volvió a tomar aliento brevemente y entró en erupción. Expulsó unas enormes y violentas columnas de gases, rocas y cenizas que desgarraron la cima y se elevaron por el cielo. La fuerza de la explosión hizo que los dos dragones salieran disparados hacia la ladera del volcán.

El fiero dragón rojo cayó dando vueltas por el cielo, desorientado, casi ciego y metido en una nube de ceniza ardiente y gases que se extendió sobre la selva. Un relámpago agrietó el cielo. Varios rayos brillantes rojos y naranjas rompieron el aire. Cayó ceniza y lodo blanco caliente. Se dispararon hacia el cielo varios cañonazos ardientes de roca fundida. Por la herida abierta de un lado de la montaña se derramó un río de lava que parecía una larga cinta de caramelo brillante, retorcida y centelleante, que atravesó la selva más abajo. Los árboles explotaban como bombas al incendiarse.

Sus ojos brillantes atravesaron el velo de la oscura nube de ceniza y divisaron al dragón negro que luchaba. Sus alas rojas se movieron con fuerza y lo impulsaron por el aire. La experiencia fue completamente distinta a cualquiera que Dax hubiera compartido nunca. Eran Dax y Antiguo que observaban, sentían y pensaban juntos, pero al mismo tiempo estaban separados. Sentía casi como si su conciencia estuviera visitando el cuerpo del dragón. Su cuerpo no era el suyo, aunque también lo era. Esta dualidad hizo que se sintiera aturdido y un poco desorientado.

A pesar de la extrañeza de su situación actual, Dax permanecía muy consciente de la sangre que se filtraba a través de las escamas que cubrían el pecho del dragón. Mitro lo había herido gravemente, y esa herida seguía abierta a pesar de la transformación. Dax sabía que tenía que detener la pérdida de sangre cuanto antes. Sin embargo, al dragón le preocupaba poco que se derramara un líquido por su pecho. La furia y la necesidad de dominio consumieron la mente de Antiguo y se lanzó a perseguir al vampiro que se movía a trompicones con la apariencia, más que la verdadera forma, de un dragón negro. Ladeado hacia la izquierda y usando la nube de cenizas para ocultarse, Antiguo subió por las sobrecalentadas corrientes ascendentes del volcán hasta elevarse por encima de Mitro. Cuando se situó por encima del dragón negro, Antiguo cerró con fuerza sus alas, se lanzó disparado hacia abajo y cayó en picado a través del humo y las cenizas a una velocidad mortífera.

Mitro levantó la vista justo cuando el dragón rojo extendió sus alas y abrió las garras de su patas delanteras y traseras, preparadas para atacar. Al principio, Dax pensó que Mitro iba a escapar, pero cuando el dragón negro gritó desafiante y se lanzó hacia él, se dio cuenta de que el vampiro no tenía ni idea de que estaba frente a un dragón de verdad y no ante el cuerpo más débil de un dragón falso, una apariencia que un carpatiano podía fácilmente asumir a voluntad.

Por lo tanto, creía que llevaba ventaja.

Antiguo, en cambio, estaba seguro de que tenía de su parte su mayor tamaño, que era más hábil, su posición más fuerte y era mucho más veloz. Su muerte estaba prácticamente asegurada.

Dentro del dragón, Dax luchaba a brazo partido contra una tormenta de emociones violentas. Él siempre había controlado sus emociones eficientemente, y siempre había vencido. El dragón no lo hacía. Para el dragón la lucha era vida, llena de salvajismo, crudeza y emociones frenéticas tan intensas que casi podía saborear, tocar, ver y oler. Una euforia pura y blanca se arremolinaba alrededor de las violentas llamas rojas, y de los estandartes dorados en movimiento que resplandecían de orgullo. Mientras la mente de Dax y sus sentidos daban vueltas vertiginosamente completamente saturados.

El dragón rojo se estrelló contra el negro, que era más pequeño, y cayeron del cielo enzarzados. Sus alas revoloteaban salvajemente y cada dragón intentó equilibrarse para mejorar su posición de ataque. Sus largos cuellos se retorcían. Sus colmillos rompían y desgarraban sus pieles escamosas en busca de un mordisco mortal. Ambos usaban las garras de sus patas traseras agarrándose el uno al otro con una inflexible determinación, y las delanteras se enredaban entre ellas intentando destrozar sus vientres vulnerables.

Antiguo, que era más fuerte y más grande, clavó sus garras profundamente en el vientre de Mitro y desgarró la piel que blindaba los sensibles órganos blandos que había en su interior. Con cada golpe introducían cada vez más profundamente sus garras y eliminaban escamas y trozos de carne sangrante.

Dentro de su cuerpo de dragón negro, Mitro gritó sobrepasado por el dolor con una rabia enloquecida. Había estado seguro de que iba a vencer y de su superioridad física sobre Danutdaxton, pero cada uno de los golpes de Dax llegaban hasta lo más profundo, mientras que los de Mitro eran rechazados por las escamas duras como diamantes y la aparentemente impenetrable piel roja. No lo entendía. *¿Cómo era posible?*

Se retorcía salvajemente, pero no podía liberarse de la embestida feroz del dragón rojo. Bloqueado en una lucha a muerte, Mitro de pronto se dio cuenta de que podía perder e inició un desesperado y brutal asalto a un punto posiblemente débil de Dax: las escamas que tenía por encima de su corazón, donde a pesar de la protección del cuerpo del dragón, manaba sangre de la terrible herida que le había infringido. Con una feroz determinación y una velocidad demoníaca, lanzó una serie de golpes de castigo en el punto que sangraba. El pecho de Dax se hundió, pero antes de romperse, sus colmillos se clavaron profundamente en el hombro de Mitro y le arrancaron un gran trozo de carne y de tendones.

Las dos bestias gigantes cayeron en picado hacia el suelo ardiente retorciéndose, gritando, desgarrándose y mordiéndose. Segundos antes del impacto los dragones se separaron y extendieron las alas para atrapar el viento y salir volando en direcciones opuestas.

Mitro hizo un gran esfuerzo y batió sus alas a una velocidad desesperada para volver a subir en el aire. El dragón rojo lo persiguió muy resuelto y determinado. Era un cazador implacable y decidido que nunca se rendía cuando estaba de caza.

No podía superar a Dax y, aunque todavía no lo entendía, era evidente que no podría con él solo con la fuerza. Mitro necesitaba algo a que agarrarse, una ventaja. Sus ojos se entornaron hasta convertirse en hendiduras de obsidiana y se concentró en la nube de ceniza que salía del volcán en erupción. Se lanzó a toda velocidad y voló directamente hacia el centro de la negra columna de humo caliente.

A través de los ojos de Antiguo, Dax observó cómo se sumergía en la nube de cenizas sobrecalentadas. Cuando desapareció de la vista, el viento cambió y comenzó a girar en espiral en torno a la nube.

¿Qué estaba haciendo? Los vientos circulares reunieron las partículas de ceniza caliente en un vórtice apretado en torno al vampiro herido. *¿Pensaba que se podía esconder en la nube?*

Antiguo soltó otro rugido desafiante y planeó directo hacia el vampiro deseando acabar con la amenaza.

Los detritos del volcán concentrados en el aire reducían la visibilidad por completo, pero la visión del dragón era incluso mejor que la de los ojos de los carpatianos. Podía ver los cambios en la densidad del aire y la forma sólida que estaba en el corazón de la nube de ceniza negra que giraba a gran velocidad. El vampiro negro permanecía inmóvil con las alas extendidas, permitiendo que los antinaturales vientos ciclónicos lo mantuvieran suspendido en el aire. Dax casi alcanzaba a percibir que el vampiro estaba curándose sus heridas desde dentro. Cerraba las de sus órganos vitales y detenía rápidamente la pérdida de sangre de los cortes que le había infligido el dragón.

El dragón rojo estaba prácticamente encima de Mitro cuando todas las rocas y desechos que había en el aire se solidificaron formando un muro compacto que le impedía ver al vampiro. Sin miedo, seguro de su dominio, Antiguo volvió a poner las patas traseras y delanteras en posición de ataque, y se abrió paso a través de la relativamente delgada barrera que se rompió con el impacto.

Pero en lugar de encontrar a un oponente vulnerable y herido al otro lado del muro de cenizas, chocó con toda su fuerza contra el punto más duro de la cola del dragón negro, donde Mitro había convertido su carne, sus escamas y sus huesos en un tridente afiladísimo de puntas plateadas que brillaban maliciosas casi un metro de largo con los extremos dentados.

Gritando de sorpresa y dolor, el dragón rojo se empaló a sí mismo en la cola espinada de Mitro. Dax jadeó de dolor al sentir las puntas como si se le hubieran clavado en su propia carne.

Afortunadamente, la cola de Mitro en lugar de clavarse en el corazón, se le incrustó profundamente en el estómago. Los bordes dentados hicieron un gran daño a las entrañas de Antiguo, pero al no atravesarle el corazón, Dax y el dragón ganaron unos minutos preciosos.

Una vez más, los dos dragones se enzarzaron en una lucha a muerte mientras caían a toda velocidad del cielo. Mitro se había pegado rápidamente al otro dragón clavándole las garras y las puntas de su cola. Antiguo continuó desgarrando y destrozando el vientre y las patas de Mitro, mientras sus dientes le mordían el cuello y la cabeza. El dragón negro embistió con su cola contra las costillas del dragón rojo, buscando su esquivo corazón, pero al igual que antes, el cuerpo falso del dragón de Mitro no era rival para la fuerza de Antiguo y el no muerto tuvo que retroceder de dolor.

Ese acobardamiento dio a Antiguo la oportunidad que estaba esperando. Sus dientes se abalanzaron rápidos como un rayo justo por encima de su hombro, se clavaron en su cuello más pequeño y sus poderosas mandíbulas se cerraron con una fuerza extrema. El dragón negro respondió mordiéndole la cara y sus colmillos se hundieron profundamente al lado de su ojo izquierdo.

Los dragones chocaron contra un lado de la montaña y rodaron por su empinada ladera aplastando los árboles que se cruzaron a su paso. Una fuerte sacudida los separó. Mitro se detuvo primero, pero Antiguo, más grande y pesado, siguió rodando casi hasta la base del volcán. Herido, con un ala rota y ensangrentada, consiguió levantarse y gritó desafiante con los ojos todavía fijos en su contrincante, negándose del todo a perder de vista a su objetivo.

Dentro del cuerpo del dragón, la rabia y el dolor de Antiguo zarandearon a Dax con un torbellino de emociones. Antiguo estaba decidido a ganar a pesar de sus lesiones. Dax no estaba seguro de cuánto más podría aguantar su cuerpo compartido, pero el animal no permitía que lo controlara. A su alrededor seguía cayendo una lluvia de ceniza y de trozos de piedra pómez ardiendo que salían del volcán en erupción.

Así que apretó su brazo debilitado con fuerza contra su espalda y comenzó a subir por la montaña hacia Mitro. Todavía tambaleante por la brutal lucha y el aterrizaje igualmente espantoso, el dragón negro consiguió ponerse de pie temblando y moviéndose dificultosamente. Mitro abrió y agitó sus alas negras intentando reunir fuerzas para elevarse en el aire.

No dispuesto a dejar escapar a su presa, Antiguo corrió a toda prisa, se agarró a la pierna trasera del dragón negro y lo arrojó contra un grupo de árboles cercanos.

Riley parpadeó rápidamente mientras la cueva que los rodeaba se desintegraba. Seguían cayendo cenizas suaves como pétalos flotantes que contaminaban el aire y cubrían los árboles y la vegetación. La selva alrededor de ellos estaba intacta, la explosión no había aplastado los árboles de ese lado de la montaña, pero algunos incendios dispersos, así como el lodo, habían hecho un gran daño. Varios cientos de metros más arriba, alcanzó a ver la devastación de las ruinas de la aldea del pueblo de las nubes. Los fuegos rojos y anaranjados que brillaban en lo alto y a los pies de la montaña atravesaban valientemente la ceniza oscura que se arremolinaba en el aire.

—No podemos quedarnos aquí —dijo Jubal cubriéndose la boca y la nariz—. El viento se está moviendo en nuestra dirección y hay muchas posibilidades de que una nube de gas nos alcance desde el otro lado.

—No veo el camino —dijo Ben—. ¿Cómo vamos a encontrar la ruta de vuelta sin Miguel?

—Tenemos un GPS —dijo Gary—. Y una vez que las cenizas se asienten lo suficiente, amigos a los que podemos llamar para que nos saquen en un helicóptero, pero debemos tratar de encontrar a Miguel y a todos los demás por si acaso.

Riley levantó la cabeza de golpe. Había un tono amenazante en su voz, en la manera en que habló. Soltó el aliento, tosió y se tapó la boca.

—Creo que puedo rastrearlos —admitió Riley mirando rápidamente a Ben.

—Por supuesto que sí —dijo este—. Puedes construir cuevas y detener volcanes. Solo espero que te pongas las botas altas y la capa.

Le lanzó una tímida sonrisa y movió rápidamente las cejas.

A pesar de las circunstancias ella se echó a reír.

—Me gustaría tener una capa. Os llevaría volando lejos de aquí.

Cuando empezaron a bajar la montaña, Gary tomó la delantera. Riley y Ben siguieron sus pasos detrás de él y Jubal cerró la marcha. La ceniza era un polvo grueso que cubría el suelo y la vegetación. También caía de los árboles que tenían por encima y casi los ahogaba. Se taparon la boca y la nariz con sus camisas y continuaron obstinadamente.

Era imposible saber lo que tardaría en amanecer porque la ceniza tan espesa que había en el cielo oscurecía cualquier resto de luz, pero su reloj les decía que tenían un par de horas más hasta que el sol comenzara a levantarse. No debería haber importado, pero si había un vampiro de verdad dando vueltas por los alrededores, lo mejor era que el sol saliera rápido.

Riley se aclaró la garganta.

—Gary, si esta ceniza que cubre la selva y la mantiene oscura, el... un...

Decir la palabra *vampiro* en voz alta simplemente sonaba ridículo. Definitivamente podía entender la incredulidad de Ben incluso ante la evidencia de que alguna forma de mal los había atormentado durante el viaje y había empujado al porteador a asesinar a su madre.

Gary la miró por encima del hombro con la cara seria.

—Sé que es difícil creer que tales cosas existan. Pero está ahí y es una máquina de matar. No pueden salir si hay sol. Eso es cierto. Bajan a tierra y colocan salvaguardias alrededor de sus lugares de descanso. Si este ha estado encerrado en un volcán durante cientos de años sin sangre para alimentarse tiene que ser una criatura poderosa.

—Y hambrienta —murmuró ella—. Háblame de ellos. Todo lo que puedas explicar.

Gary miró hacia arriba rápidamente. Su cara mostraba verdadero pánico mientras hacía un esfuerzo por encontrar las palabras. Antes de que Riley siguiera su mirada, habló.

—Lo haré. Más tarde. En este momento, tenemos que movernos.

Su voz de alguna manera parecía tranquila comparada con la sensación que tuvo ella al ver al gigantesco dragón rojo con las alas extendidas yendo muy de prisa hacia el lado opuesto de la montaña.

Corrieron. Atravesaron árboles y arbustos, saltaron por encima de troncos caídos y restos vegetales sin pensar en los muchos pequeños cortes y contusiones que se hacían cuando las hojas y las ramas les fustigaban la piel. La primera vez que oyeron el poderoso rugido que atravesó el aire por encima de ellos, el ruido casi los paralizó de golpe. Entonces se disparó su instinto de supervivencia y una descarga de adrenalina hizo que corrieran aún más rápido.

La adrenalina y la falta de aliento se batieron en duelo cuando tuvieron que correr por una pequeña elevación. Un gran choque se produjo a su izquierda, y su fuerza fue tan grande que hizo que cayeran de rodillas. No podían apartar los ojos de los árboles, el suelo y las cenizas que permanecían en el aire. Por una fracción de segundo Riley pensó que había percibido la forma y el color de un ala roja, pero luego quedó enterrada en el caos.

La locura llegó a su fin, pero lo que se levantó sobre las copas de los árboles más abajo fue una visión deslumbrante a través del polvo y la ceniza que todavía llenaban el aire; el dragón rojo se levantó entre la escoria junto a unos árboles más pequeños, y se vio completamente clara su cabeza, sus alas y su espalda. Tenía la mandíbula llena de unos dientes terribles, y sus ojos, que en lo más profundo eran de color rojo carmesí, estaban muy abiertos y casi encendidos por el fuego.

Un segundo dragón mucho más pequeño de color negro brillante emergió de las cenizas. Tenía las alas desgarradas, el cuerpo ensangrentado y estiraba su cabeza en forma de cuña enseñando los dientes hacia el dragón rojo.

—¡Hostias! —susurró Ben.

Bajo esas circunstancias Riley consideró que esa blasfemia era completamente apropiada. Los dos dragones enfurecidos volvieron la cabeza a la vez y centraron su atención en Riley y sus compañeros.

El miedo había sido su compañero constante en este viaje, pero ahora, cuando las miradas del gigante rojo y el dragón negro más pequeño se posaron en ellos, este se transformó en pánico. Algo muy malvado, podrido y retorcido la destrozaba por dentro, y sentía un calor tan intenso que pareció como si el sol se hubiera metido en su pecho y hubiera estallado por todo su cuerpo.

Riley cayó de rodillas. Se apoderó de ella un malestar que parecía extenderse desde el suelo, y sintió como si el moho y los hongos corrieran por su piel. Una terrible voz venenosa, que usaba el mismo idioma de los porteadores, se metió en su mente.

Entonces se acabó. La terrible voz quedó en silencio cuando el dragón negro soltó un rugido furioso y el rojo respondió con un chillido que sonó como una fuerza de la naturaleza cuyas ondas de sonido eran suficientemente fuertes como para aplastar los árboles.

Riley se tapó los oídos. Sintió una presión en el pecho cuando vio al dragón negro darse la vuelta y subir por la montaña. El dragón rojo lo siguió muy de cerca.

Una mano la agarró del brazo e hizo que se pusiera de pie. Jubal. El hombre siempre parecía controlar sus nervios pasara lo que pasara.

—Tenemos que salir de aquí *ahora*.

La tierra comenzó a retumbar y a temblar. En el volcán, que estaba a menos de un kilómetro y medio por encima de ellos, se agrietaron nuevos respiraderos que liberaron géiseres de vapor y gas caliente.

—¡Hostias!

Esa palabra susurrada sonó muy clara en los agudos sentidos de dragón de Dax.

Cuatro personas estaban apiñadas en la ladera cubierta de cenizas. Dax atisbó sus caras desencajadas. Tres hombres acurrucados protectoramente alrededor del cuerpo más pequeño y curvilíneo de una mujer. Dentro del dragón rojo, tomó conciencia de algo extraño... como si una melodía cristalina sonara en las venas del dragón. Intensa, vibrante y viva. De pronto, olió el aroma rico y fértil de la tierra. A través de los ojos del dragón podía ver un fresco resplandor verde que parecía irradiar desde el lugar donde los pies de la mujer tocaban el suelo. Dax no pudo verle la cara, pero al instante supo quién era. El poder de la tierra era tan fuerte en ella, que solo podía ser la última descendiente de Arabejila.

¡Protégelos! gritó en la mente de Antiguo.

El dragón rojo gruñó e dio un mordisco en el aire haciendo una clara advertencia, y los cuatro seres humanos se echaron a correr montaña abajo. El dragón negro siseó y cargó hacia ellos, pero Antiguo se interpuso en su camino. Las dos bestias comenzaron un extraño baile entre depredadores mientras Mitro buscaba una manera de sobrepasar al gigantesco dragón rojo dando un paso a un lado y amagando con la cabeza, aunque al final el otro dragón siempre repetía sus pasos y sus movimientos.

Sin más opción que confiar en Antiguo para mantener a Mitro lejos de los humanos, Dax dirigió toda su atención a curar las heridas del dragón desde dentro, y al mismo tiempo intentó encontrar una manera de distanciarse del bombardeo de emociones viscerales mientras mantenía al dragón rojo bajo su control. Antiguo era un luchador feroz, pero no tenía sentido de la autoconservación y ninguna intención de dejar que ningún otro ser dominara sus acciones, aunque fuera por su propio bien.

Su cuerpo compartido estaba gravemente herido, una cantidad peligrosa de sangre manaba de sus heridas profundas, sus órganos internos estaban dañados y era casi imposible repararlos, pero el dragón no dejaba que Dax lo desviara de su presa. Antiguo estaba completamente obnubilado por la necesidad de destruir y matar a su enemigo, independientemente del coste para sí mismo. Dentro del cuerpo del dragón, sabiendo lo cerca que estaban de la muerte, y aún más consciente de los seres humanos vulnerables que habían reanudado su frenética carrera por la montaña, Dax estaba igualmente decidido a detener a Antiguo el tiempo necesario para curarse. No podía permitirse morir antes de que Mitro fuera derrotado..., especialmente si la mujer estaba tan cerca. Sin embargo, cada vez que intentaba tomar el control, su esfuerzo solo parecía alimentar la rabia de Antiguo.

De pronto, el dragón negro se volvió y extendió sus alas. Unos largos ganchos curvados surgieron del vértice de cada ala, para usarlos como un tercer par de garras con las que escarbar para subir al volcán a gran velocidad. Con un feroz rugido final, al final el dragón rojo salió tras su adversario una vez más.

La fiebre de las emociones rodeó a Dax como un océano de fuego que lo quemaba y apremiaba. Pero esta vez, en lugar de luchar contra esa furia, se relajó y dejó que se apoderara de él. No intentó mantenerse firme. En cambio, sí ser tan insustancial como la niebla.

La ira y la necesidad de destruir de Antiguo lo rodeaban. La determinación innata del dragón era dominar a cualquier amenaza que se presentara contra él, y, esta vez, Dax dejó que la furia lo atravesara sin resistencia. Suavemente, con una paciencia serena y una calma infinita, sus sentidos se ramificaron a través del cuerpo del dragón. No era un intruso en su cuerpo. Él *era* el dragón. No era una conciencia separada, ni una voluntad ajena, sino uno y él mismo. No quería encarcelar o controlar al dragón, sino más bien unir sus conciencias y dejar que sus pensamientos y acciones fueran uno. El dragón ofrecía el poder salvaje, primitivo e incansable. Y Dax aportaba calma, control legal y capacidad para planificar, pensar y actuar sin pasión, sin rabia y sin emoción. Si llegara a conseguir unificar el poderío del dragón con su legendario autocontrol, serían imparables. Juntos podrían poner fin a la amenaza que significaba Mitro para el mundo.

Pero solo tendrían éxito si conseguían actuar como uno, más que luchando entre ellos por llevar el control.

Más arriba, en la ladera del volcán, Mitro había vuelto su atención a la furia burbujeante del núcleo ardiente de la Tierra. El suelo comenzó a temblar cuando se dispuso a dirigir los gases y ácidos calientes del volcán hacia la superficie. Comenzó a subir vapor por las grietas y fisuras de las rocas. La explosión principal del volcán había sido al otro lado de la montaña, pero ahora Mitro estaba abriendo otro respiradero en este lado... y eso traería la muerte segura para los cuatro seres humanos que corrían por la ladera de la montaña.

Mitro conocía a Dax demasiado bien. Sabía cómo distraerlo. Llamaba debilidad al hecho de preocuparse por los indefensos antes que de su gran poder de cazador. Pero esa necesidad de servir, de proteger, era lo único que se había interpuesto entre Dax y la oscuridad a la que Mitro y tantos otros cazadores carpatianos habían sucumbido. Los inocentes debían ser protegidos a toda costa. Esa era la razón por la Dax había nacido y por la que aún vivía.

La sed de sangre del dragón era intensa, y Antiguo luchaba para perseguir a Mitro y acabar con él. Arrojó fuego por la garganta, y soltó un rugido en lo alto de la montaña que llegó hasta los oídos del dragón negro.

Mitro saltó hacia el cielo y el volcán se abrió. La ladera de la montaña se rompió de golpe y lanzó rocas y árboles por el aire como si fueran los juguetes de un niño. Unas nubes ardientes de ceniza y gas sobrecalentado rugieron y descendieron por la ladera a una considerable velocidad.

Como distracción era un espectáculo extraordinario. Pero ir por Mitro ahora significaría la muerte segura de los seres humanos. Con solo una fracción de segundo para decidir, Dax tuvo que elegir.

Debemos salvarlos, Antiguo. A la mujer, especialmente.

No intentó imponer su voluntad al dragón, pero sí la fusionó con la del dragón entremezclando sus impulsos más instintivos. Con un grito, Antiguo dio la vuelta, se lanzó al aire y bajó siguiendo una pronunciada pendiente hacia los humanos que huían hacia abajo. Cuando se acercaron al pequeño grupo, las alas de dragón se extendieron y formaron un escudo protector sobre sus cuerpos. Las cenizas y las rocas ardientes cayeron con fuerza sobre la piel del dragón. Clavó sus garras profundamente en la tierra y cerró sus alas en torno al pequeño grupo e ignoró sus gritos de miedo y sorpresa cuando los dejó encerrados bajo una cúpula protectora formada por su cuerpo curvado y sus alas plegadas. El dragón escondió la cabeza debajo de las alas cuando la nube piroclástica chocó contra él.

Apretaba su ojo sano contra su cola. El ojo izquierdo lo tenía temporalmente cegado por la herida que Mitro le había provocado, de modo que no podía ver los rostros de las personas que tenía atrapadas bajo sy cuerpo. Su aterrizaje había levantado tanto polvo y cenizas que dudaba si alguna de ellas podía ver algo. Probablemente pronto tendrían también dificultades para respirar. Pero iban a sobrevivir, y eso era lo importante.

Dax intentó calmar a Antiguo para silenciar los gruñidos instintivos que retumbaban en el pecho del dragón. No quería asustar más aún a los humanos.

Entonces, para su gran sorpresa, una mano tocó la herida que tenía junto a su ojo. El roce fue una acción mínima, pero tan inesperada, tan valiente y sin miedo, que Dax y el dragón se quedaron paralizados y aturdidos.

Mucho tiempo atrás, incluso antes de que Dax hubiera nacido, en el mundo se contaban cuentos de dragones y doncellas. Algunos explicaban que ante la llamada de una doncella era imposible que un dragón se resistiera. Pero ahora, cuando la mujer puso su mano pequeña, suave y amable en él, Dax supo que no había sido su llamada… sino que lo tocara. Su caricia era capaz de ablandar el corazón de la bestia más salvaje. Era una gran paradoja que la fragilidad conquistara a la fortaleza.

Finalmente la explosión se calmó, y durante otro largo rato nadie se movió. Dax no estaba seguro de lo que tenía que hacer. Todo en él, cada pensamiento, cada uno de sus sentidos, cada nervio del cuerpo de dragón, estaba concentrado en esa mano pequeña y delgada que tocaba su ojo herido.

De pronto una carcajada asquerosa resonó en su mente y lo sacó de golpe de su extraño aturdimiento.

Una vez más has fracasado, Danutdaxton. Siempre fallarás. La voz despectiva de Mitro llenó los agudos sentidos de Dax de podredumbre y suciedad. *¡Porque yo soy el ser superior, y tú siempre serás el débil!*

Antiguo desplegó sus alas y se volvió a apoyar en sus patas traseras. A pesar de sus heridas, el dragón rugió desafiante con suficiente fuerza como para que lo oyeran en varios kilómetros, y después lanzó un enorme chorro de fuego hacia el cielo que fue como un faro en la oscuridad de la noche que atravesó las cenizas y las nubes e iluminó la zona con su resplandor. Pero Mitro ya se había ido.

Desprovisto de fuerzas, Antiguo se volvió lentamente a los humanos, que se habían tapado los oídos por el ruido atronador y se habían hecho un ovillo para protegerse del intenso calor de la llama. Estaban acurrucados en el único punto de verdor que había quedado en esta parte de la montaña. Cuando el eco de su rugido se fue apagando, levantaron la cabeza y poco a poco se pusieron de pie.

El corazón de Dax dio un vuelco cuando pudo mirar por primera vez tranquilamente a la mujer..., al rostro extraordinariamente hermoso que le era tan familiar como el suyo propio. Reconocía esas exuberantes curvas femeninas, sus oscuros ojos dulces e insondables, su larga cabellera negra e iridiscente y su piel pálida como la leche cubierta por una capa de ceniza volcánica que la tapaba de la cabeza a los pies.

—¿*Arabejila? ¿Hiszak hän olen te?*

Le susurró la pregunta de la manera privada que se había forjado entre ellos hacía siglos completamente asombrado. ¿Era realmente ella? Había sido su aliada en su lucha por hacer justicia con Mitro, pero hacía siglos que había sentido que se había muerto. ¿O no? Parecía imposible que pudiera haber sobrevivido todos estos años... y, sin embargo, ahí estaba.

Ella se dio la vuelta como si pudiera encontrar protección en los tres hombres que estaban con ella, pero Antiguo lo sorprendió curvando su cola con fuerza para atraparla y obligarla a acercarse a él. Su aroma lo mareó cuando les llegó su aliento.

A Riley el corazón le retumbaba en los oídos. Evidentemente, el dragón rojo le daba miedo. Tal vez percibía, lo que no había hecho Mitro, que Antiguo era un dragón de verdad, no solo una forma asumida por el cazador carpatiano con el que ya había contactado.

Dax irradiaba su voluntad a través de cada célula del cuerpo del dragón y de su conciencia compartida y fusionada. Antiguo estaba demasiado cansado por la batalla como para luchar por el control, y sus grandes escamas rojas y su enorme cuerpo se plegaron sobre sí mismo. Se hizo pequeño y se volvió a transformar adquiriendo la altura y densidad de la forma natural de Dax.

—*Arabejila. Hiszakund olenaszund elävänej.*

Realmente creía que estaba muerta.

Ella volvió a tambalearse y levantó las manos como si quisiera protegerse de él, claramente sorprendida de que el enorme cuerpo del dragón desapareciera y diera lugar al humano que tenía delante de ella. Dos de los hombres que la acompañaban entraron en acción, sacaron armas y corrieron hacia él mostrando sus letales intenciones en el frío brillo de sus ojos.

¿Habría entendido mal la situación? ¿Esos hombres la mantenían prisionera?

Dax reaccionó instintivamente y se movió a una velocidad sobrenatural.

—¡*Arabejila, corre!* —gritó en carpatiano—. ¡Corre, hermana! Si son esclavos de Mitro, el vampiro vendrá enseguida.

Desarmó a Jubal y le rompió un brazo que hizo un chasquido claro y audible. El hombre cayó de rodillas sujetándose el brazo contra su pecho.

—¿*Sisar?* —repitió en voz baja el hombre en carpatiano. Después habló en un dialecto extraño que Dax no conocía—. Gary, espera, piensa que es su hermana. Está intentando protegerla.

Dax tenía atrapado a Jubal por la extraña vestimenta que cubría su pecho. El cazador levantó su otra mano y curvó los dedos como si fueran garras de diamante dispuesto a arrancarle la garganta, pero entonces Arabejila gritó algo en el mismo dialecto extraño que había empleado el primer hombre.

—¡No! ¡Alto! ¡No le hagas daño! ¡Por favor!

Dax se quedó paralizado. No porque entendiera su orden, aunque su tono de súplica era inconfundible, sino porque al escuchar por primera vez el sonido de su voz lo embargó una enorme emoción. No era la emoción ardiente alimentada por la rabia del dragón, sino algo más profundo, más completo y más visceral. Lo estremeció hasta la médula. Y el mundo en blanco y negro de su visión carpatiana también se volvió más intenso, rico y variado.

Antes de que su cerebro pudiera procesar el cambio y de que consiguiera comprender o incluso ponerle un nombre, una fuerte explosión sonó detrás de él. Algo duro y caliente atravesó su espalda y se abrió camino a través de su pecho. Dax se tambaleó, liberó al hombre que tenía sujeto y cayó sobre una rodilla. Muy mareado se puso una mano en el pecho que quedó húmeda y cubierta por un líquido oscuro.

—¡Gary, para! ¡Apártate y baja esa maldita arma! —El hombre con el brazo roto avanzó y empujó a los demás a su paso—. ¿*Olenasz? ¿Nimed olen?* —preguntó para conocer su nombre—. Jubal miró a los demás. —Que alguien me traiga una luz. Necesito una luz aquí.

Una pequeña luz sorprendentemente brillante resplandeció. Cegó a Dax durante un instante, y enfocó la herida sangrante de su pecho.

Su sangre brillaba incomprensiblemente roja gracias a la luz. Su piel, que antiguamente era blanca y pálida, pues nunca había visto el sol, ahora era de color marrón caoba.

Dax miró a los ojos de Arabejila. No eran negros sino de color marrón oscuro intenso, el color de la tierra fértil, tan necesaria para la supervivencia de todos los carpatianos. Pero ella no era Arabejila. No era su amiga con la que había viajado y cazado durante siglos. Era alguien completamente distinto. Alguien que hacía tiempo que había dejado de pensar que podría existir.

Estiró una mano hacia ella y le dejó una raya de sangre por encima de la capa de ceniza de su mejilla.

—*Päläfertiilam.*

Capítulo 9

Riley miró asombraba al hombre ferozmente hermoso que estaba arrodillado delante de ella. Había dicho «*Päläfertüilam*» y le había tocado la mejilla con exquisita delicadeza; estaba literalmente paralizada. Pequeños copos rojos y dorados de cenizas incandescentes caían resplandecientes a su alrededor. El terror que tenía solo segundos antes había desaparecido por completo, y se había transformado en una alucinada sensación de asombro. Entonces el hombre se volvió hacia Gary a una velocidad cegadora, casi tan impactante como su inesperada ternura, lo despojó de la pistola y le agarró la garganta apretando el puño. Toda la serie de movimientos se produjo en menos de un segundo.

—¡No, por favor!

Riley saltó instintivamente hacia adelante y agarró el brazo del vampiro. A su lado, Ben alzó su arma.

—Ben, espera —gritó Jubal—. ¡No es el vampiro! ¡No es el vampiro!

Jubal señaló su muñeca izquierda donde el brazalete que había estado irradiando colores parecía haber cambiado de nuevo a lo que llamaba estado latente.

Tal vez llevado por un sentido innato de protección, una descarga de adrenalina o simplemente autoconservación, Ben no respondió al grito de Jubal. Levantó su rifle y apuntó a la parte posterior de la cabeza del hombre dragón y apretó el gatillo.

El cuerpo de Riley se sobresaltó por el sonido del disparo, y entonces todo pareció moverse a cámara lenta. El rifle disparó una y otra vez muy rápidamente. Riley gritó y se tapó los oídos a la espera de que el hombre dragón cayera. Parecía ser un blanco en el que era imposible errar, ya que estaba a solo a unos metros de Ben. Pero no cayó.

El hombre dragón que estaba frente a ella desapareció en un instante. Solo vio una pequeña explosión de polvo cuando la bala chocó contra el muro de barro que estaba detrás del lugar donde había estado él. Luego otra y otra. Ocurrió tan rápido que todavía estaba intentando encontrar un sentido a lo que había ocurrido cuando el rifle se silenció.

El hombre dragón soltó a Gary, desarmó a Ben y ya lo tenía sujeto por los hombros mirándolo fijamente a los ojos. La otra mano la tenía apretada contra el orificio de bala que había en su estómago. Ben se sentó abruptamente con total falta de gracia. Ignorando a Gary y a Jubal, el vampiro soltó a Ben y volvió a concentrarse por completo en Riley.

Ella casi estaba esperando que la fuera a hacer pedazos como habían hecho con su madre.

En cambio le hizo una pequeña reverencia y le habló con una voz sorprendentemente tranquila y amable:

—No eres Arabejila, *sivamet*. Mis disculpas por la confusión. Es que te pareces mucho a ella.

Una pequeña parte racional de su mente estaba pensando que tenía que ponerse a gritar o algo así, pero se quedó hipnotizada mirando fijamente su cara sobrenaturalmente hermosa. Los... típicos colmillos que se habían alargado en su boca. Dios santo. Era un vampiro. ¡Un genuino vampiro de los que chupan sangre! Pero parecía un hombre. Un hombre impresionantemente guapo. Pelo negro y muy corto, piel color caoba pulida, y ojos oscuros con destellos rubíes en sus profundidades. Y su voz... su voz era pura magia. La acariciaba como si la tocara. Era suave, ronca y tranquilizadora, y su cadencia la calmaba.

Tardó casi un minuto en darse cuenta de que ahora estaba hablando en inglés, pues estaba completamente fascinada con la forma de su boca y el resplandor de sus blancos dientes. Su voz melosa y cálida tenía mucho carisma.

—Por favor, *päläfertiilam*, permítame que me presente. —Se inclinó ligeramente con una gracia sobrenatural—. Soy Danutdaxton.

Estaba estupefacta y no podía describir su estado cuando el hombre se enderezó por completo. Nunca había visto a nadie tan hermoso, tan impresionante y tan herido. Puso los hombros rectos y la observó atentamente con sus ojos... cautivadores mientras su cuerpo sangraba por cientos de heridas, grandes y pequeñas. Sus ojos eran increíbles. Tenían un color luminoso y tantas facetas como un diamante tallado, donde brillaban unas pequeñas llamas rojas y anaranjadas. Su boca estaba perfectamente definida y cuando sonreía... sus dientes parecían muy blancos y afilados.

—Yo...

Riley lanzó una mirada frenética a Gary y a Jubal. Sabía que le habían dicho que los vampiros podían parecer buenos, pero estaba sorprendida por su reacción ante él. Unas pequeñas descargas eléctricas corrían por sus brazos, se había quedado sin aliento e incluso se le había secado la boca. Para su sorpresa, los dos hombres se miraron elocuentemente, bajaron sus armas y se inclinaron en dirección al vampiro.

—Está bien, Riley. —Gary comenzó a hablar con una voz muy suave y tranquilizadora—. No es un vampiro. El otro sí que lo era, el dragón negro. Este es un *cazador*... carpatiano.

Dijo la palabra «cazador» como si tuviera un significado especial.

—Pe... pero... tiene... col... —Se dio un golpecito con el dedo en sus dientes y escupió la palabra— colmillos. Y literalmente esquiva las balas.

—Ya lo sé. Es difícil de explicar, pero no es un vampiro. Los caza. Es uno de los buenos, pero está gravemente herido y necesita sangre.

Esta vez Gary la miró como si supiera que estaba explicando cosas que no debía.

—Los carpatianos necesitan sangre para curarse —añadió Jubal—, y él necesita hacerlo ahora mismo.

—¿Y entonces... qué? —Riley miró a los dos hombres y de pronto no se sintió completamente tranquila—. ¿Estás tratando de decir que tiene que beberse nuestra sangre para sobrevivir?

Ella no lo miraba por miedo de que la hechizara de nuevo con su mirada. Si necesitaba sangre, no quería que fuera la de ella ¿o sí? ¿Eso era lo que temía? ¿Que tuviera ganas de acercarse a él y quitarle el dolor? Su necesidad de ayudarle la confundía y la hacía estar cautelosa. Tuvo que emplear todas sus fuerzas para quedarse quieta y no correr hacia él para ofrecerle todo lo que necesitara... incluyendo su sangre.

—¿Bebe sangre igual que los vampiros? —Se avergonzó de hacer esa pregunta y temió haberlo insultado, pero lo necesitaba saber. Como intentaba evitar la mirada del cazador, se fijó en Ben y rápidamente se agachó para ver cómo estaba. Los ojos de Ben se veían vidriosos; estaba sentado en el suelo meciéndose—. ¿Está bien? ¿Qué le hiciste? —le preguntó.

Dax respondió con una pronunciación segura como si siempre hubiera sabido su idioma.

—Está perfectamente sano. Tiene pequeños cortes y contusiones. Nada de lo que preocuparse. —Como ella no parecía muy convencida, añadió—: Lo he puesto en estado de meditación para calmarlo. Estaba bastante nervioso y fácilmente podría haberos hecho daño a ti o a los demás de manera involuntaria. Pero ahora estáis todos completamente a salvo.

Como si eso acabara con todos los miedos de Riley, el cazador se dio la vuelta y se puso a hablar con Jubal en su lengua ancestral.

Riley observó a Ben. Respiraba, y como le había explicado el cazador, aparte de algunos cortes y magulladuras, parecía perfectamente sano. Era como si estuviera durmiendo con los ojos abiertos.

—Entiendo, gracias, Jubal.

Evidentemente, Dax había terminado cualquier conversación privada que hubiera tenido con Jubal, y había cambiado de nuevo al inglés.

No le importaba si el cazador se enfadaba, pero no podía permitir que Ben estuviera en ese estado, y menos cuando había acudido a rescatarla muchas veces.

—Haz que vuelva —dijo volviéndose hacia el cazador—. Haz que vuelva ahora mismo.

Liberó a Ben tan rápido que el hombre inconsciente se tambaleó hacia adelante y casi se cae sobre ella. Ella puso una mano en su hombro para estabilizarlo, un poco sorprendida de que el cazador hubiera obedecido tan rápido.

Al volver en sí, Ben pareció como si acabara de despertar de una larga siesta, y de hecho, bostezó.

—Guau, he estado soñando.

Ben sonrió totalmente relajado mientras su mirada se fijaba en el hombre medio desnudo y gravemente herido que estaba detrás de ella. Entonces se apagó su sonrisa. Su mirada recorrió el cuerpo malherido de Dax y su rostro golpeado y ensangrentado. Entonces se quedó paralizado con la boca abierta y los ojos desorbitados de terror.

—Ben. Ben, no pasa nada. —Riley le agarró la cara con ambas manos obligándolo a mirarla—. Ya acabó. Todo el mundo está bien.

Ben emitió un sonido ahogado, una especie de grito sin volumen.

—No va a hacernos daño. —Riley se obligó a sonreír—. Mira. ¿Lo ves? —Se levantó lentamente y puso una mano en el antebrazo del cazador. Tenía los músculos duros como rocas y se tensaron y estremecieron levemente al rozarlos, algo que ella hubiera percibido si no le hubiera estado tocando la piel directamente. Por un instante sintió un gran dolor que la dejó sin aliento. Pero enseguida desapareció, aunque la dejó ligeramente mareada—. Todo está bien. Estás bien. Ahora estás a salvo.

—Sería mucho más simple y eficaz tenerlo bajo mi control —murmuró el cazador cerca de su oído.

Ella se estremeció ante el hechizo de su voz, luego frunció el ceño negándose a mirarlo.

—No te atrevas. Si eres de los buenos, como dice Jubal, déjalo en paz.

—Si eso es lo que quieres, lo haré, pero ahora tu seguridad, *päläfertiilam,* es mi primera preocupación. En el momento en que los miedos de este humano te pongan en peligro, lo pondré de nuevo bajo mi control. ¿Así te gusta?

Riley respiró hondo. Incluso mirarlo le costaba. ¿Qué era lo que la atraía hacia él como un imán? Tenía que alejarlo de ella para poder tener un poco de perspectiva.

—Mi madre está muerta. Habíamos venido a contener a un antiguo mal, pero se ha escapado, y estoy ante un hombre que puede convertirse en dragón, esquiva las balas y controla a voluntad las mentes de las personas. ¡Nada de esta situación me gusta!

Los ojos de Dax se llenaron de auténtica tristeza.

—Lo siento, no fui capaz de salvar a tu madre. —Llevó una mano a un lado de su cara y le metió un mechón de pelo por detrás de la oreja—. Lo siento más de lo que puedo expresar. Sé lo que es perder a alguien a quien amas.

Todo su cuerpo ardía en deseos de tocarlo, de dejar que la rodeara con sus brazos impresionantemente musculosos y la protegiera con su fuerza. Riley luchaba contra su instinto, lo que significaba hacer un considerable esfuerzo.

Se permitió el lujo de mirarlo, sin importarle que se sintiera tan atraída por un ser que evidentemente no era humano. Veía su fuerza y energía puras. No podía evitar fijarse en ello. La forma en que se movía era tan esmerada y precisa, tan fluida y espontáneamente elegante que parecía un felino gigante de la selva. Cuando estaba quieto, su piel oscura y bruñida parecía tener destellos iridiscentes de color escarlata, como si el dragón que había sido antes todavía estuviera en él, esperando su oportunidad para ser libre. Entonces observó su pecho. No llevaba camisa, y sus ondulados y tensos músculos cautivaron su atención.

Al mirar hacia abajo vio por primera vez su pecho sin restricciones.

—Oh, Dios mío. —Había un agujero sobre su corazón, como si alguien le hubiera golpeado con una piqueta hasta el esternón. La herida debería haber estado chorreando sangre. Con una herida así, cualquiera estaría muerto. En cambio, parecía como si algo hubiera cerrado los vasos sanguíneos dejando unos hilos de color rojo que se filtraban desde la cavidad agujereada. Miró horrorizada a los demás—. ¡Debería estar muerto con una herida como esa! ¿Cómo es que no está muerto?

—Los carpatianos pueden ser asesinados. Solo que hace falta mucho más de lo que acaba con un humano para conseguirlo. Pueden controlar su ritmo cardíaco, su flujo sanguíneo, las funciones de sus órganos internos, casi todo —explicó Gary.

—Pero Dax no va a durar mucho tiempo en este estado si no se cura —añadió Jubal—. Esta parte va a ser difícil que la comprendas, Riley. Ahora tiene que cubrir esas heridas con tierra y necesita sangre para reemplazar todo lo que ha perdido.

—Quieres decir que tiene que chuparle la sangre a alguien. —Se apartó medio paso del carpatiano—. ¿Tiene que vaciarnos a uno de nosotros para sobrevivir?

—Los carpatianos solo tomamos lo que necesitamos —explicó Dax a toda prisa, claramente haciendo un esfuerzo por detener su creciente desconfianza.

—Los carpatianos han vivido durante siglos en armonía con los seres humanos —añadió Jubal rápidamente—. Por favor, habrá tiempo para explicarlo todo más tarde. Ahora tenemos que ayudar a curar a Dax. Si ese vampiro que se ha escapado del volcán regresa...

—Lo hará —dijo Dax.

—...vamos a necesitar al cazador con toda sus fuerzas para que pueda luchar.

—No tengas miedo, *sivamet* —dijo Dax, y el timbre suave y ronco de su voz la cautivó una vez más—. Si llegamos a ese punto, moriré antes de permitir que Mitro Daratrazanoff te haga daño, pero lo mejor para todos es que me enfrente a él completamente sano.

La mirada de Riley volvió a su torso y se detuvo al llegar a las terribles heridas abiertas en la carne.

—¿Realmente podéis curarlo, Jubal?

Su voz no parecía la suya, y tampoco su reacción.

Por razones que no alcanzaba a comprender, ver las terribles heridas del hombre era casi más de lo que podía soportar. Pensar en su dolor la horrorizaba a un nivel profundamente personal. La afectaba tan visceralmente como la visión de su madre asesinada. No podía soportar la idea de que este hombre estuviera sufriendo, y no sabía por qué. Estaba segura de que cuando tuvo ese breve atisbo de dolor agónico, se trataba de él.

Vampiros y cazadores, volcanes y dragones: toda esta situación era una locura, pero no podía tolerar la idea de que ese cazador, Dax, sufriera un segundo más de dolor. Miró a Gary.

—Curadlo ahora —dijo Riley llenando su voz con el poder de sus ancestros, y algo en ella pareció removerse con sus palabras.

Durante un instante nadie se movió. Incluso el mundo que los rodeaba parecía contener el aliento. Todo se quedó quieto. Gary se movió primero, y de una manera casi formal se acercó a Dax con una ligera inclinación de cabeza.

—*Saasz hän ku andam szabadon* —murmuró en el idioma antiguo del cazador, y sin inmutarse le ofreció su muñeca intacta.

Lo que fuera que significaran esas palabras, evidentemente el cazador las tomó como una invitación, pues enseguida enseñó los colmillos, se inclinó y su boca se cerró alrededor de la muñeca de Gary. Este hizo un breve gesto de dolor antes de relajarse completamente.

El corazón de Riley casi dejó de palpitar y se llevó defensivamente una mano a la garganta. Sintió los latidos de su pulso. Durante un instante le pareció que la imagen de los colmillos era escandalosamente sexi. Quería la boca de Dax en su cuello, que sus dientes se hundieran en ella y no en Gary. Parpadeó, sacudió la cabeza ante esa extraña obsesión y dio un codazo a Jubal.

—¿Qué le ha dicho Gary?

—Es una costumbre de los carpatianos. Y ha dicho: «Toma lo que te ofrezco libremente». Eso significa que Gary cambiaría su vida por la del cazador si fuera necesario. No le está pidiendo ningún favor a cambio de su sangre —explicó Jubal.

Riley no podía dejar de mirar. Le fascinaba el movimiento de la boca de Dax en la muñeca de Gary. Los colmillos del cazador unieron a los dos hombres como si fueran hermanos, uno salvando al otro sin pensar en su propia seguridad. Dax parecía estoico, pero las llamas de sus ojos extraños y multifaceteados saltaban y bailaban. Sintió que los latidos de su corazón se acompasaban con los del cazador como si estuvieran conectados en vez de ser solo amigos. Su sangre se alegraba en sus venas y se agitaba acalorada.

La mirada de Dax se posó en su rostro.

Dax liberó a Gary y se puso recto. No había rastros de sangre en sus labios ni señales de haber una herida en la muñeca de Gary. Riley no sabía qué pensar. Ben temblaba paralizado a su lado.

La herida abierta del pecho de Dax entonces comenzó a sangrar, pero alguna fuerza invisible impedía que la sangre se derramara hacia afuera. Dax recogió tierra fresca del suelo, escupió en ella y aplastó su herida con la mezcla. Cerró los ojos, como si poner barro en la herida le proporcionara algún tipo de alivio.

—No he bebido sangre desde hace siglos. Es tan maravilloso como horrible. —Su mirada se dirigió al rostro de Riley—. Estoy muerto de hambre, y sin embargo no me atrevo a beber demasiado. Solo lo suficiente para curar mis heridas hasta que me acostumbre a alimentarme de nuevo. Entonces voy a tener que nutrirme para cazar a los no muertos.

Riley apretó los labios asintiendo como si hubiera comprendido aunque realmente no era así. Jubal sin embargo parecía que también lo pensaba. Se puso de pie delante del cazador y le ofreció la muñeca que no tenía rota.

Pero Dax alcanzó su otro brazo con sus dedos sorprendentemente suaves.

—Esto te duele. El hueso está roto.

Mientras hablaba le pasó la mano por la herida.

Riley observaba atentamente. Dax transfirió su calor desde la palma de su mano a la piel de Jubal. Ella alcanzó a ver un débil resplandor, y como estaba lo suficientemente cerca también sintió el calor. Las pequeñas arrugas blancas de dolor del rostro de Jubal se relajaron.

—¿Estás mejor?

Jubal asintió.

—Mucho mejor, gracias.

Riley advirtió que Dax no se disculpó primero por haberle roto el brazo, ni tampoco pareció que Jubal lo esperara.

Este murmuró exactamente la misma frase que Gary había dicho en el idioma carpatiano, e, igual que antes, Dax se inclinó, cogió la muñeca que le ofrecían y bebió.

Esta vez cuando terminó, Dax dio las gracias a los dos hombres y luego la miró. Todo su cuerpo tembló. Le subió una oleada de calor por la espalda y fijó su mirada en su boca. *¿Qué hay de malo en mí?* Debería estar gritando horrorizada. Tenía a un auténtico vampiro justo delante de sus ojos, bebiendo la sangre de sus amigos. Y ella estaba tranquila y completamente maravillada.

Riley se humedeció los labios con la lengua que de pronto se le habían resecado. La mirada de Dax se fijó de inmediato en su boca y las llamas de sus ojos saltaron con fuerza. Los muslos de Riley temblaban y le dolían los pechos. Tragó saliva y al instante Dax le miró la garganta. Parecía consciente de cada movimiento que hacía, de cada vez que respiraba.

Ben, que estaba a su lado, comenzó a temblar horriblemente.

—Oh, Dios mío. Oh, Dios mío. Nos va a matar. Va a matarnos a todos.

Avergonzada por haber olvidado que Ben estaba allí, se inclinó para poner una mano tranquilizadora en su hombro.

—Cálmate, Ben. Si Jubal y Gary dicen que es un amigo, creo que deberíamos creerles.

El pobre Ben no les creía. Debía pensar que el vampiro iba a beberse su sangre hasta dejarlo seco, pues su mente estaba completamente destrozada. Soltó un chillido, se dio la vuelta, y comenzó a correr por la jungla chocándose contra los árboles en su loca carrera por escapar.

—¡Ben! —Riley se volvió—. ¡Que alguien lo detenga! ¡Está fuera de sí!

—Puedo traerlo sano y salvo y mantenerlo calmado —dijo Dax—, pero eso me obliga a controlar su mente, y ya me has dicho que no lo debo hacer.

Arqueó una ceja y quedó a la espera de que ella tomara la decisión.

Riley se mordió el labio. Por un lado, odiaba la idea de que controlara la mente de Ben, pero por otro, en su estado actual iba a hacerse daño o algo peor. Y si ese vampiro malvado todavía estaba deambulando por ahí...

Miró de nuevo hacia el bosque donde Ben continuaba chillando y tropezándose en su enloquecida carrera. Primero chocó contra un arbusto y después contra un árbol. Riley hizo un gesto de dolor cuando se cayó y enseguida se volvió a poner de pie para seguir corriendo.

—Hazlo.

El cazador le cogió la mano y se la apretó para tranquilizarla. Su expresión se suavizó y adquirió una ternura inesperada, haciéndole parecer casi... amable. Aunque de la manera tosca y peligrosa de un magnífico vampiro chupa sangre.

—Es lo mejor, *päläfertiilam*. No le haré ningún daño, te lo prometo.

Entonces volvió su atención a la figura de Ben huyendo, y su expresión se endureció como una piedra. Imperturbable, concentrada e inflexible. Hablaba en ese antiguo idioma suyo, y aunque Riley no podía entender lo que decía, sin duda su tono era absolutamente autoritario.

A cierta distancia la carrera de Ben terminó de golpe, se dio la vuelta y regresó tranquilamente con el grupo. Su expresión era serena, como si estuviera dando un paseo por el parque en un día de verano. Volvió al lado de Riley, y se quedó junto a ella en silencio muy tranquilo.

Aunque Riley había dado a Dax su aprobación, y a pesar de que sabía que era por el propio bien de Ben, observarlo obedeciendo como una marioneta sin cerebro hizo que se le revolviera el estómago. Era terrible. Peor que la esclavitud. Al menos los esclavos seguían siendo dueños de sus propias mentes.

—Igual que él, cuando lo libere —dijo Dax.

Los ojos de Riley brillaron alarmados. Se dio la vuelta.

—¿Acabas de leer mi mente? ¿Lo hiciste? ¿Lo hizo?

Se volvió hacia Jubal y Gary en busca de respuestas.

—Riley... —dijo Gary y extendió las manos en un gesto conciliador.

—Así es. Perdóname si te he ofendido, *päläfertiilam*. Tus pensamientos son muy fuertes. Yo... —Su voz se atascó y su expresión vaciló un instante antes de continuar—, tengo que recordarme a mí mismo que no estáis familiarizados con las costumbres carpatianas. No pretendía entrometerme.

Ella frunció el ceño. Mientras dudaba había hecho un gesto de dolor. Sentía dolor. Observó la herida abierta de su pecho que todavía tenía un aspecto terrible, y su preocupación se antepuso a su miedo.

—Siéntate. Siéntate y haz lo que tengas que hacer para curarte.

Le puso una mano en un brazo con la intención de ayudarlo, pero en el momento en que su carne tocó la suya, un dolor agudo se disparó por su mano. Se quedó boquiabierta y retiró la mano. El dolor desapareció al instante.

—Dios mío ¿eso fue por ti? —Lo tocó de nuevo, y casi grita—. Lo es. Dios mío, lo es. ¿Cómo puedes soportarlo? Estás muerto de dolor.

No había pensado en el terrible dolor que debía estar sufriendo la primera vez que se puso de pie y se mostró muy alto y fuerte. Era un vampiro extraño, o un cazador, o lo que fuera. Se suponía que las criaturas míticas no sufrían, que no debían sentir dolor, pero el vampiro sí lo sentía, y era insoportable. Lo sabía. Cuando lo tocó, pudo sentirlo tan claramente como si fuera su propio cuerpo.

Incapaz de contenerse, lo tocó otra vez. Algo en su interior le pedía que lo ayudara, que lo sanara. Era casi una compulsión.

Obviamente Dax no le pedía nada, pues suavemente le apartó la mano.

—No lo hagas, *päläfertiilam*. Nosotros no podemos mantener a raya todo el dolor, y no quiero que te hagas daño por mi culpa.

—¿Nosotros? ¿A quiénes te refieres? —preguntó desviando la atención.

Su atención ya estaba puesta inexorablemente en las lesiones de Dax. Observando la herida casi la podía sentir físicamente. Como si estuviera viajando dentro de su cuerpo, tocando cada terminación nerviosa abierta, cada hueso roto y músculo machacado. Lo percibía gracias a los dones transmitidos de generación en generación. El dolor de Dax la llamaba, rompía algo muy profundo en su interior, una barrera que no se había dado cuenta de que existía.

Riley levantó la mano otra vez y poco a poco la puso sobre el agujero lleno de barro que tapaba el corazón de Dax. Apretó la palma de su mano contra la herida y aplastó el barro más profundamente en la herida totalmente inconsciente de lo que estaba haciendo. Solo sabía que tenía que continuar. Había algo mal dentro de él, algo que parecía decidido a consumirlo. Solo su gran fuerza de voluntad lo mantenía a raya. Su voluntad era más fuerte que las montañas, e incluso más fuerte que la Tierra misma.

Retiró la mano y dejó una huella perfecta en el barro. Llevó la misma mano a su cara y le tocó la mejilla, le limpió la sangre y la suciedad, y la bajó lentamente por la garganta hasta llegar a su corazón. Dentro de su mente florecieron muchas palabras y oraciones. Se levantó una gran energía cuando miró los ojos iridiscentes y hermosos de Dax, y se concentró en el destello de fuego escarlata que titilaba profundamente.

Deslizó un brazo por un costado de Dax y puso una mano por encima del corazón y la otra en el mismo lugar en su espalda. Entonces se desató la energía que palpitaba con fuerza en su interior. Era la energía pura de la Tierra que fluía a través de sus manos y era absorbida por el cuerpo de Dax. La energía consumía el barro pegado a sus heridas y transformaba la densa y rica materia orgánica en piel, huesos y músculos. Ella no tenía control de lo que pasaría después, ni comprendía cómo ocurría. Solo sabía que su energía llamaba a la suya aprovechándose de que la Tierra los ligaba. Los huesos se soldaban, los nervios se rehacían, y los tejidos y vasos sanguíneos volvían a crecer a una velocidad asombrosa.

Cuando terminó, la conciencia de Riley regresó rápidamente a su cuerpo, y se apoyó en Dax agotada. Ahora fueron sus brazos los que la estabilizaron. Lo miró aturdida, todavía sintiendo todo lo que era, como si estuviera conectada a él, como si fuera parte suya. Sabía que de alguna manera lo había curado milagrosamente. Lo había sanado por completo. Sin embargo, tenía la impresión de que se había perdido algo. Él todavía sentía mucho dolor, y no debía hacerlo.

La frente de Riley se arrugó mientras intentaba pensar a pesar de la confusión. Sus párpados se volvieron muy pesados y de pronto lo único que podía hacer era tratar de mantenerlos abiertos. El esfuerzo era demasiado grande para ella. Completamente agotada se la tragó la oscuridad y se desplomó en los brazos del cazador.

Dax sonrió a su compañera. *¡Qué don tan grande posee!* Lo había curado, y no con los métodos conocidos y utilizados por los carpatianos, sino manipulando la tierra misma. Lo había tocado, y el barro de sus heridas se transformó a su voluntad. Entonces comprobó sus heridas y flexionó sus músculos de manera experimental. El agujero que Mitro había hecho en su pecho había desaparecido. Los innumerables tajos que le llegaban hasta los huesos, infligidos por las afiladas garras del dragón, se habían cerrado sin dejar la más mínima cicatriz que demostrara que alguna vez habían existido. ¡Ni siquiera había tenido que pasarlo mal!

Incluso Arabejila, la más dotada de la época de los carpatianos, nunca había tenido un talento tan increíble.

Y para colmo su compañera era humana. Eso hacía que su existencia fuera un gran milagro. Nunca había oído decir que un carpatiano y un ser humano pudieran ser pareja.

No es que importara. Ella estaba allí, en sus brazos, y simplemente sosteniéndola y oliendo su aroma estaba más contento de lo que jamás había soñado. Incluso Antiguo parecía embelesado con ella. Olía a flores silvestres y lluvia de primavera. Era una milagrosa belleza fresca atrapada entre Mitro y el destructivo del volcán.

Mientras lo estaba curando, su alma la reconocía y la llamaba a gritos. Y había sentido que el alma de ella le respondía. Pero no había reconocido su llamada, solo el destello de dolor de saber que estaba tan cerca y sin embargo todavía no estaban juntos. Muy profundamente dentro de él, el alma del dragón también se había interesado por Riley, que ya era una parte de Dax, y sabía que ella era su salvación.

Sus pensamientos inmediatamente se concentraron en su bienestar. Ella debía de ser la mujer que había intentado mantener el volcán contenido, y sin duda el gran esfuerzo y la manera milagrosa como lo había curado, la habían agotado provocándole un colapso. La examinó atentamente, por si acaso, pero sus únicas heridas eran algunos pequeños cortes y magulladuras por haber corrido a través de la selva, y se las podía sanar con su pensamiento. Necesitaba dormir, y después tomar agua y alimentarse, pero esto último podría esperar hasta que despertara.

No podía apartar los ojos de ella. Incluso manchada de barro y ceniza era la visión más hermosa que había contemplado jamás. Riley parecía completamente frágil en sus brazos. La sola idea de que le hiciesen el menor daño le hizo apretar los músculos y que Antiguo se enfadara con él por tomar el control. Pero el dragón y él estaban unidos, y había decidido protegerla. Con un pensamiento Dax limpió la ceniza y la suciedad de su cuerpo, y ella y su ropa quedaron impecables.

Dax finalmente apartó la mirada de su compañera, y volvió su atención a los dos hombres que le habían ofrecido sus muñecas. Jubal y Gary eran amigos de los carpatianos. Había aprendido sus nombres y buscado en sus recuerdos mientras bebía su sangre. Gracias a esa conexión había aprendido su lengua, un dialecto más moderno del idioma que había identificado correctamente como inglés. Ahora también estaban bajo su protección. En cuanto a Ben, Dax estaba en deuda con él por haberse quedado para proteger a Riley a pesar del riesgo que corría.

—Comed, bebed y descansad unos minutos, mis nuevos amigos, pero después tendremos que movernos. Mitro, el vampiro que estaba cazando, ha escapado de su encierro, y no es seguro quedarse aquí. —Miró a Ben, que se había desplomado sobre su mochila—. Estará bien cuando se despierte. Os agradecería que le deis comida y agua.

—Irás a cazar al vampiro —afirmó Gary.

—No se espera que yo haya sanado tan rápidamente. Va a necesitar sangre y un lugar para recuperarse. Si tengo suerte podré acabar con él esta noche.

Gary miró al cielo.

—No queda demasiada noche.

Dax asintió.

—Vuestra tarea será vigilar a mi compañera. —Su voz tenía un tono levemente emotivo por primera vez en esa noche—. Regresaré mañana al anochecer. Procurad que ella esté bien. —Miró a su alrededor—. Tendréis que encontrar un lugar más fácil de proteger. Mitro es capaz de enviar cualquier cosa contra vosotros. Sabrá que quiero manteneros a salvo, y sobre todo, deseará ver a Riley muerta. Cree que es Arabejila. Estoy seguro de eso.

—Más adelante hay un pequeño claro en una hondonada —dijo Jubal—. Me fijé cuando llegamos a la base de la montaña. Tiene tres lados protegidos por grandes rocas, y el cuarto por un pequeño arroyo. Podemos instalar allí una tienda con mosquitera para Riley.

Dax comprobó el lugar atentamente y después añadió salvaguardias para mantener alejada cualquier amenaza.

—Regresaré.

Se elevó en el aire de mala gana y voló lejos de ellos. Tenía poco tiempo. Mitro buscaría sangre antes de bajar a tierra, y estaba furioso. Iba a hacer todo el daño que fuera posible. Dax volvió al lugar donde los dos dragones habían luchado. Unos oscuros charcos de ácido que manchaban el suelo habían quemado cualquier planta o árbol que hubiera permanecido en pie en ese lado de la montaña.

La montaña estaba arrasada por el lodo y los incendios. Sin embargo, todo parecía completamente diferente y nuevo a sus ojos. A pesar de la ceniza que cubría los árboles y arbustos de la base de la montaña, y del aire asfixiante, podía distinguir los colores, un regalo de su compañera. Los negros eran intensos y brillantes. Los blancos y los destellos de verde y marrón le provocaron un escalofrío de alegría a pesar de su desagradable cometido. En cierto sentido agradecía que hubiera cenizas. Los colores eran tan únicos para él, tan intensos y brillantes, que casi le hacían verdadero daño en los ojos.

Captó su olor inmediatamente. Mitro estaba gravemente herido y no tenía energías para esconderse de él. Suponía que el cazador estaba reponiéndose cerca de los seres humanos, y no cazándolo.

Una vez más, Dax se elevó al cielo transformado en un búho. La visión de esa ave le daba la capacidad de ver mucho más y su pequeño cuerpo apenas era visible. Tal como estaban las cosas, con la ceniza en el aire, tuvo que enviar un viento delante de él para despejar el cielo lo suficiente como para ver cualquier cosa inusual. Mitro no podía llegar muy lejos sin sangre. Recorrió de un lado a otro la zona pacientemente, y amplió el círculo hasta que el búho vio algo que yacía cerca de un arroyo.

Inmediatamente descendió, el búho se instaló sobre un árbol a la derecha de una serie de objetos que había dispersos más abajo. Una sensación de pesadez en el pecho y un nudo en el estómago lo previnieron. Había dos cuerpos, ambos habían intentado correr y habían muerto tristemente gritando de miedo. Sus ojos estaban muy abiertos, sus bocas todavía tenían la forma de sus últimos gritos y los dos mostraban las gargantas rasgadas. Unos hilos brillantes de sangre manchaban sus cuerpos. Mitro siempre había sido muy sucio para comer.

Dax suspiró dentro del cuerpo del búho. Sabía que Mitro iba a encontrar sangre; era demasiado astuto como para no hacerlo. La selva era un lugar muy grande, y no había muchos seres humanos en ningún lugar próximo a la montaña. Sin embargo, Mitro, siempre muy certero, se había sentido atraído por ellos.

Dax se movió por la niebla y bajó a estudiar los dos cuerpos. Ambos parecían ser nativos de la selva, aunque vestidos de la misma manera que Gary y Jubal. Había un machete a unos centímetros de uno de los cuerpos, y su hoja tenía una mancha oscura. Se acercó al segundo cuerpo y encontró lo que esperaba. La sangre se había filtrado por debajo del cuerpo después de haber sido apuñalado numerosas veces con el machete. Así lo hacía Mitro. Para divertirse, obligaba a sus víctimas a hacer daño a un amigo o a un ser querido.

Mitro definitivamente estaba volviendo a usar sus viejos trucos. No había pasado ni una hora fuera de su prisión y ya estaba matando y torturando. Dax sintió un gran dolor, una emoción inesperada. Tantos años perdidos intentando destruir a una criatura depravada y vil, fracasando una y otra vez. Tener que ver las consecuencias que el paso de los no muertos dejaban en su camino de destrucción una y otra vez era mucho más de lo que podía soportar. Ahora que tenía la capacidad de sentir, lo conmovían cada una de esas vidas perdidas a lo largo de los siglos.

Enseguida sintió una agitación, un roce de almas. La *suya*. La de Antiguo. *La de ella*. Su corazón se aceleró. La obligación de destruir a Mitro era suya, pero no estaba solo.

Nuestra, corrigió Antiguo.

Un suave susurro proporcionó una caricia a su mente.

Nuestra, repitió la voz de Riley.

Dax no estaba solo. Encontraría a Mitro y lo destruiría, esa era su obligación, pero esta vez tendría algo propio por lo que luchar. El búho desplegó sus alas y elevó el vuelo. El amanecer estaba a punto comenzar. Agradecía que hubiera cenizas, pues lo protegían de la luz. Había estado en lo más profundo de una montaña durante tanto tiempo que, incluso metido en el cuerpo del búho, la primera luz le hizo daño en la piel y se clavó en sus ojos.

Salió a toda prisa para regresar con su mujer. *Päläfertiilam*. Su compañera.

Capítulo 10

Los sueños sirven para que los ángeles nos enseñen lo que hay al otro lado», le había explicado su abuela cuando era una niña. Si eso fuera cierto, y considerando el sueño que Riley acababa de tener, entonces el cielo era un lugar cálido y sensual.

El sueño había sido tan maravilloso que lo cierto es que estaba poco dispuesta a salir de él. Se obligó a seguir durmiendo para revivir los leves restos de ese sueño lleno de caricias suaves y manos fuertes, hasta que el ruido de las voces que hablaban a su alrededor se hizo demasiado fuerte como para ignorarlo.

Sus ojos se abrieron nerviosos, se sentó frunciendo el ceño muy desorientada y se encontró dentro de lo que parecía su propia tienda de campaña. La luz que brillaba a través de la tela verde mostraba un espacio limpio y ordenado, y por primera vez desde que la había comprado estaba perfectamente limpia, sin rastro de la suciedad o del olor a tela mojada que se le había adherido a lo largo de su viaje por la selva. Todavía estaba completamente vestida, aunque sus botas estaban apoyadas junto a su mochila, y encima de ella vio su chaqueta que alguien había doblado cuidadosamente.

Oía a la gente moviéndose y hablando fuera de la tienda y, a juzgar por el número de voces, su pequeña fiesta se debía seguramente a haberse reunido con los otros supervivientes. Se sentó de golpe esperanzada. O tal vez todo lo que le había ocurrido desde que subieron por el río había sido una pesadilla horrible y extraña.

Sin embargo, antes de que sus esperanzas fueran demasiado lejos, la cremallera de la tienda se abrió, cayó la portezuela y vio que el mundo exterior estaba cubierto por una gruesa capa de ceniza volcánica gris que todavía seguía cayendo del cielo. De modo que no había sido un sueño.

Riley recibió un triste consuelo cuando Gary entró por la abertura de la tienda con un tazón de sopa caliente y una cuchara en la mano.

—Qué bien, estás despierta. Tengo tu desayuno, o cena, ya que el sol está a punto de ponerse.

—Hola, Gary. —Asintió agradecida, cogió el cuenco y lo dejó a un lado. Su cuerpo todavía estaba despertando, y no tenía hambre—. ¿Qué está pasando? ¿Dónde estamos? ¿Todos están bien? ¿Cuánto tiempo he estado durmiendo?

Había un montón de espacio en la tienda de campaña de tres plazas, y Gary se sentó en un taburete de cámping que alguien había metido.

—Jubal y Ben están bien. De hecho, ahora están afuera. —Señaló la puerta—. Estamos en un campamento que han levantado algunos de los lugareños para reunir a los supervivientes. Y respecto al tiempo que has estado durmiendo, debes saber que llevas dos días descansando.

—¿Dos días? —repitió incrédula. Nunca había dormido tanto en toda su vida. Frunció el ceño muy desconfiada de pronto—. ¿El cazador de vampiros me hizo dormir?

—No, no lo hizo. Aparentemente agotaste todas tus reservas de energía salvándonos a nosotros y curándolo a él. Por eso tienes que comer ahora, tengas hambre o no.

Gary lanzó una mirada intencionada al plato de sopa.

—Dos días —murmuró ella—. Dios mío.

Levantó la cuchara, se la llevó a los labios y tragó adormecida. Los sabores explotaron a lo largo de su lengua, y miró la sopa con sorpresa. Estaba realmente buena. Al ingerir las primeras cucharadas se dio cuenta de que ciertamente tenía hambre.

—No estoy seguro de que seas consciente de lo que hiciste, o si ni siquiera lo recuerdas —continuó Gary cuando se sintió satisfecho, pues ella ya estaba comiendo. Bajó la voz para que los que estaban fuera no pudieran oírle—. Dax, el cazador carpatiano, estaba gravemente herido y tú utilizaste tus dones para sanarlo directamente. Me dijo que no solo atrajiste energía de la Tierra, como hiciste para contener al vampiro, o cuando redirigiste la erupción del volcán, sino que usaste ese poder para sacar la mayor parte de la energía de tu propio cuerpo para transferírsela a él. Riley, lo curaste por completo. Y con esto me refiero a que de la nada le volvieron a crecer los huesos y los tejidos. He estado cerca de los carpatianos, y ni siquiera los curanderos más fuertes podían hacer lo que tú hiciste en tan poco tiempo. Fue completamente milagroso. Después te desmayaste. El propio Dax te revisó, y como no pudo encontrar nada malo nos dijo que te dejáramos descansar. Y eso hemos hecho. —Gary miró hacia abajo—. ¿Más sopa?

Riley tardó un momento en darse cuenta de que estaba mirando ciegamente al cuenco ahora vacío.

—Sí, gracias.

Gary elevó la voz, llamó a Jubal y segundos más tarde cambió su cuenco vacío por otro lleno. Jubal solo asomó la cabeza en la tienda el tiempo suficiente para ofrecerle una gran sonrisa y un saludo, que ella le devolvió automáticamente. Después volvió al exterior y cerró la puerta de la tienda al salir.

—Riley, sé que sospechas desde hace tiempo que Jubal y yo sabemos mucho más de lo que hemos estado dispuestos a contar. Guardamos secretos por muchas razones, pero principalmente porque hacerlo nos ayuda a proteger a ciertas personas. Pero como Dax nos ve como tus «protectores», nos ha dado permiso para compartir algunos de nuestros conocimientos contigo.

Tenía el aspecto de algunos de sus colegas profesores justo antes de comenzar su primera conferencia de dos horas de duración sobre un tema que tardarían años en explicar por completo.

—Espera. —Levantó una mano—. Antes de empezar, dime algo sobre los demás. Dijiste que Ben y Jubal estaban bien. ¿Qué pasó con el resto de las personas que venían en los barcos? ¿Sobrevivieron?

—Dax encontró a Miguel, Héctor, Don y a Mack Shelton cuando bajaban de la montaña. Y siguiendo la pista del profesor y sus alumnos llegamos hasta aquí.

Algo en el tono de su voz le provocó un nudo en el estómago.

—¿Qué pasó?

—El profesor se cayó. Oh, no te preocupes, no es nada demasiado terrible, pero está en la selva y tiene que conseguir caminar, pero va a quedar bien. Se rompió la pierna.

—¿Y? —dijo ella cuando él se quedó en silencio de nuevo—. No entiendo la mirada de preocupación que tienes solo porque el profesor se haya roto algo. ¿Qué más?

—Dax encontró a dos de los porteadores muertos aquella primera noche. Volvieron para ver si todos habían conseguido alejarse del volcán. Fernando y Jorge.

Ella negó con la cabeza.

—Eso es terrible.

Sabía que las malas noticias no habían terminado y esperó en silencio a que le contara el resto.

—Uno de los guías y uno de los alumnos del profesor han desaparecido. Pedro había ido a buscar agua limpia para el desayuno. Marty estaba con él. Nunca regresaron. —La expresión de Gary se volvió sombría—. Dax cree que el vampiro al que está cazando podría haberlos encontrado. —La expresión de su cara mostraba que él también lo creía—. Pero en caso de que se equivoque, tenemos a la mayoría de los hombres buscándolos —agregó.

Dándole un momento para procesar la noticia, Gary volvió a entregar a Jubal el cuenco de sopa vacío y lo cambió por dos tazas de cámping de color azul metálico.

Vampiro. Riley sacudió la cabeza incrédula. Los vampiros eran unos monstruos de los cuentos. Eran el disfraz que se usaba en Halloween, o las criaturas malévolas de las películas de terror. No se suponía que fueran reales. Pero tampoco se suponía que existieran los dragones, ni que su madre estuviera muerta, y... su corazón pareció acelerarse al pensar en ese hombre. Tampoco se suponía que iba a estar allí, fuera lo que fuera.

Ella tomó la taza de cámping que Gary le ofreció y dio un sorbo de agua tibia agradecida. Estaba tibia y sabía a cenizas y a sustancias químicas, pero saciaba su sed y calmaba su garganta reseca.

—¿Qué más no me estás contando? —La imagen de los dos dragones luchando delante de ellos le llegó a la cabeza—. ¿Qué pasa con el cazador, Dax? ¿Supiste todo el tiempo que estaba aquí?

—No, por supuesto que no. No teníamos ni idea de que Dax o el vampiro estuvieran aquí. No creo que nadie lo supiera. Por lo que me dijo Dax, él y Mitro, el vampiro, estuvieron encerrados bajo tierra en la montaña durante un largo tiempo. Una mujer carpatiana llamada Arabejila, que vino aquí con Dax para cazar a Mitro, los dejó a ambos sellados dentro del volcán. Dax sospecha que Arabejila fue tu antepasada, y que ella fue quien os transmitió el ritual que hacíais tú y tu madre para evitar que el volcán entrara en erupción y los liberara. Según Dax, Mitro es peor que la mayoría de los vampiros, y tiene un don para escapar de situaciones complicadas. Tal vez ese don le ayudó a desgastar la barrera, pero, en cualquier caso, ahora está libre.

Gary tragó saliva notoriamente después de hablar.

—Entonces, ¿qué es exactamente un carpatiano? Sigues usando esa palabra como si significara algo para mí.

Riley necesitaba una explicación acerca de cómo los vampiros y los dragones se habían convertido en una realidad.

—Los carpatianos son una raza antigua, en realidad son diferentes especies, que existieron junto a los humanos durante un largo tiempo. De hecho, los carpatianos dicen que proceden de la Tierra misma. Tienen ciclos de vida muy largos, y poseen dones y habilidades asombrosos, que sin duda dieron lugar a todas las leyendas y los mitos sobre los vampiros y los cambia formas. Llevaría mucho tiempo explicar todos los detalles, así que solo voy a explicarte los aspectos más relevantes. Estoy seguro de que Dax estará encantado de responder a cualquier pregunta que puedas tener. —Mostró una pequeña sonrisa—. Jubal y yo llevamos siendo amigos de los carpatianos desde hace algún tiempo. Trabajamos con ellos y para ellos, y nos consideramos afortunados por tener ese privilegio. Realmente son seres increíbles.

Riley no podía dejar de observar la muñeca de Gary, donde Dax le había sacado sangre. ¿Si había vivido con los carpatianos durante tanto tiempo, era un amigo, o más bien una mascota a la que ordeñaban en cuanto necesitaban alimentarse?

Al advertir la dirección de su mirada, Gary sonrió.

—Estoy bien. A veces te puedes sentir un poco mareado por la pérdida de sangre, pero Dax tuvo cuidado de no beber demasiada. Necesitan sangre para sobrevivir, y tal como lo veo, darles sangre no es demasiado diferente a donarla para la Cruz Roja o en una campaña local de donaciones.

—Salvo que en la Cruz Roja no se beben la sangre que sacan.

—No, pero la utilizan para salvar vidas. Los humanos necesitan sangre para sobrevivir, y los carpatianos también. La única diferencia real es la manera en que la consiguen. Además, la mayoría de la gente nunca sabe que les han sacado sangre. En realidad apenas lo notas y no duele. Los carpatianos usan sus habilidades para inducir en la persona una especie de sueño.

—Entonces hechizan a la gente. Igual que los vampiros de las novelas y las películas.

—Sí, no hay nada malo en ello. A menudo inundan a la persona de pensamientos felices, toman lo que necesitan y dejan recuerdos agradables cuando se van.

Gary se restregó la muñeca como si todavía pudiera sentir los dientes atravesándole la piel. Tal vez podía. No le había parecido que estuviera en trance cuando Dax bebió su sangre.

—¿Por qué no te ha dejado ni una marca? —preguntó Riley—. Vi cómo bebía tu sangre, pero no veo que en tu muñeca haya ninguna señal de algún corte, o siquiera un rasguño.

—Eso es porque los carpatianos tienen agentes de curación rápida en la saliva, que parecen funcionar en casi cualquier materia orgánica. Las heridas se cierran casi al instante. Es realmente extraordinario. También tienen otros dones. Habilidades que parecen pertenecer más al reino de la magia que al de la ciencia. Pero todos esos dones tienen un precio.

—¿Qué precio?

—Uno muy elevado. Lo que me explicaron es que cada varón carpatiano nace con una semilla de oscuridad. Al principio no es nada, o menos que nada. Como un grano de arena en el océano. Pero cuando los varones envejecen, la oscuridad crece.

—¿Qué quieres decir exactamente con «oscuridad»?

—Supongo que lo puedes llamar el mal, o más bien, la capacidad para hacer el mal. Algo parecido a las emociones agresivas: el odio, la violencia y el egoísmo. Una vez que un hombre carpatiano se hace adulto, la oscuridad comienza a hacerse fuerte e intenta dominarlo. Como ya te he contado, los carpatianos pueden vivir durante mucho tiempo. Cuanto más larga sea su vida, más fuerte se hace la oscuridad que llevan dentro de ellos. —Gary hizo una pausa para tomar un trago de agua, pero Riley no supo si lo hizo porque tenía sed o es que estaba nervioso. Parecía un poco incómodo—. Los varones carpatianos primero pierden la capacidad de ver los colores, y después la de sentir emociones. No entiendo bien cómo funciona exactamente. Creo que es un poco diferente en cada persona. He sabido que para algunos es un corte limpio, como apagar las luces y que simplemente desaparecen todas las emociones que habían tenido. El amor, la tristeza, la alegría, los remordimientos, todo desaparece y solo les queda un vacío. Para otros aparentemente no es un cambio tan drástico, y sus emociones se van desvaneciendo poco a poco. Algunos usan su memoria para recordar cómo sentían las emociones, pero me han dicho que es como oír bajo el agua. No es lo mismo, pero se aferran a ellas porque es todo lo que tienen. Pero incluso eso no dura. La oscuridad finalmente lo corrompe todo, y los carpatianos lo saben. Eso les deja solo dos opciones: o se ponen al sol y mueren, y sí, en eso son iguales a todos los vampiros; o entregarse al mal y convertirse en un vampiro, como hizo Mitro.

Riley se miró las manos inexplicablemente triste.

—Qué terrible para ellos. Entonces son vampiros, al fin y al cabo.

—No, no lo son. Sin embargo, pueden convertirse en vampiros si se entregan a la oscuridad que tienen dentro de ellos. Eso es lo que intentamos decirte antes. Los vampiros no son esencialmente malvados, sino que han elegido ser malvados. Eligen renunciar a sus almas porque sienten una gran euforia cuando matan mientras se alimentan. Disfrutan con el odio, la destrucción y la corrupción. No hay peor monstruo en la Tierra que los vampiros. Y los carpatianos como Dax les dan caza. Y Riley, hay algo que debes entender, y es que algunos de los vampiros que cazan antes fueron sus amigos. Tal vez incluso miembros de su familia. Hay que ser una persona muy fuerte para soportar algo así.

Riley estaba haciendo un gran esfuerzo para asimilar la información que Gary estaba compartiendo. Racionalmente le costaba creer en los vampiros y los cambia formas, pero los había visto en persona. No podía negar su existencia. Además, sabía que la magia existía, la que desafiaba el pensamiento racional. Ella misma la poseía, y su madre antes que ella. La parte más difícil de abordar era la idea de que Dax aún no era un vampiro, pero podía convertirse en uno. Veía su imagen de pie ante ella mientras caían copos rojos y dorados a su alrededor, con los ojos muy concentrados y sin embargo muy perdidos.

Riley pasó la mano por el borde de la colchoneta en la que estaba sentada. Las yemas de sus dedos tocaron el suelo de la tienda. El plástico estaba frío. Sus dedos se pusieron a temblar en cuanto su conexión con la tierra se hizo más fuerte. Empujó el plástico, y se sintió más cómoda al estar más cerca de la tierra apisonada que había debajo de la tienda. Para su sorpresa, la delgada fibra de plástico pareció disolverse bajo su mano dándole acceso a la tierra. Esta se abrió fácilmente, como si diera la bienvenida a su exploración.

—Así que Dax caza vampiros como ese tal Mitro que escapó del volcán —resumió Riley—. Pero Dax es carpatiano, lo que significa que tiene el mismo mal que Mitro desarrollándose dentro de él. Y si no se suicida poniéndose al sol, con el tiempo también se convertirá en un vampiro.

La imagen del cuerpo roto de Dax con sus heridas abiertas al cielo nocturno se apoderó de ella por completo. Y aunque seguramente estaba muerto de dolor, la había mirado con calidez y asombro y con los ojos llenos de emoción. ¿O no? Casi se le detuvo el corazón ante la idea de que se fuera a convertir en un vampiro. Era noble. Estaba lleno de coraje. La había tocado con tanta ternura. No podía creer que hubiera un mal en él. Era capaz de ser violento, pero ¿de ser malvado? La idea fue tan devastadora que casi se le corta la respiración.

Para buscar consuelo usó sus dedos y los movió por la tierra. Era extraño que se movieran por el suelo casi sin resistencia, como si estuviera pasando la mano por aguas tranquilas. La tierra parecía cantar bajo sus manos.

Con los dedos en el suelo, si no pensaba en el por qué y el cómo, y se concentraba en la canción que la rodeaba, podía sentir a todas las personas que había en el campamento. Sabía dónde estaban y qué hacían. Entonces de pronto se quedó inmóvil, su cuerpo se congeló de miedo ante la idea de que Dax se hubiera marchado.

—Gary, ¿dónde está Dax ahora mismo?

—Está descansando por el momento. Como te he dicho, los carpatianos y el sol no se llevan demasiado bien, aunque parece que eso no afecta a Dax demasiado.

—Gary —dijo ella muy fría—. Responde a la pregunta.

—Dax quería estar cerca por si se presentaba Mitro, o alguna otra amenaza, y lo necesitáramos.

Los ojos de Riley se abrieron como platos y se levantó. Gary se sorprendió y cayó hacia atrás al intentar apartarse de su camino.

—Está justo debajo de nosotros, ¿verdad?

Riley miraba hacia abajo examinando el suelo de la tienda. Lo había percibido, y había sentido un alivio enorme. Estaba cerca. Quería volver a verlo.

Gary se puso de pie y enderezó su taburete.

—Sinceramente no lo sé. Por razones obvias la ubicación de su lugar de descanso no es algo que los carpatianos compartan, pero hay otras causas. Quiere mantenerte a salvo.

Riley *sabía* que Dax estaba allí. Tal vez se suponía que no sabían su lugar exacto de descanso, pero la tierra se lo había susurrado. Y ella lo sabía. Había un hombre, un carpatiano, enterrado debajo de ella. Miró sus pies. Estaba justo encima de él. Bueno, no es que estuviera realmente sobre él, se corrigió en silencio. Técnicamente, la tienda estaba situada sobre el terreno que contenía el cuerpo dormido de Dax.

—Confío en que no espere que le ayude a desenterrarse —dijo en voz alta, y Gary se llevó un dedo a la boca haciéndole un gesto para que guardara silencio.

Una risa retumbó en su interior y supo que era Dax. El hombre le habló directamente a su mente.

Te doy las gracias por el ofrecimiento, pero estoy seguro de que puedo encontrar una manera de salir.

Su voz era amable y suave, pero hablaba con cierta ironía. Ella se estremeció. Bueno, más que amable y suave, su voz sonaba como si una melaza caliente se vertiera en su mente llenando cada espacio vacío y solitario. El sonido de su voz bastó para que una pequeña excitación danzara por su cuerpo y una corriente eléctrica atravesara sus venas. Sintió mucho calor, como si esa melaza se hubiera abierto camino por todo su cuerpo.

No debía meterse en su mente. Se iba a enterar de lo que estaba pensando, como que le parecía tremendamente sexi. Un rubor subió por su cuello y su cara se puso roja.

—No estoy cómoda si te metes en mi cabeza.

Miró a Gary como si fuera culpable de la conducta de Dax.

Sin inmutarse por su irritación, Dax continuó hablando directamente a su mente.

Te dejé un regalo, Riley, para agradecerte que me ayudaras. ¿Te gusta?

Una fuerza externa dirigió su atención al saco de dormir. Lo abrió y se encontró con una colcha con un intrincado tejido que representaba un hermoso paisaje de montañas y praderas en tonos rojos y negros. La colcha estaba bordada con hilos brillantes de plata y oro. Una luna de plata en la parte de arriba de la colcha enviaba haces de luz plateada que brillaban sobre el paisaje. Los detalles eran exquisitos, llenos de profundidad y movimiento. Le dio la vuelta para ver la parte de atrás, y la colcha se movió como una seda suave y caliente en su mano.

La parte trasera mostraba una escena diferente llena de vida salvaje. En el cielo unas aves de rapiña volaban junto a un gigantesco dragón rojo, y en el paisaje de abajo varios lobos, leones, tigres y leopardos de las nieves corrían por una llanura, y algunos saltaban por encima de un río y un arroyo. Igual que en la parte delantera de la colcha, los detalles eran tan exquisitos que la escena prácticamente tenía vida. Más que eso, la colcha irradiaba calidez y comodidad.

—No debiste hacerlo —murmuró Riley.

¿No te ha gustado?

La voz de Dax no revelaba ninguna emoción, pero Riley sabía que en cierto modo lo había herido. Lo suyo no eran las sutilezas sociales.

El corazón le palpitó con fuerza. Nunca había visto nada más hermoso, excepto a él. Se humedeció los labios y miró a Gary. De nuevo un rubor subió por su cuello y tiñó de rojo sus mejillas. Sentía a Dax en su mente esperando a que le respondiera. Volvió a hablarle deseando poder compartir solo con él lo que tenía que decir.

Me gusta mucho. ¿Podría no gustarle a alguien?

Sus dedos trazaron las líneas que formaban el dragón rojo. Simplemente tocando la tela y acariciando las líneas de su diseño, sintió que se liberaba de sus preocupaciones y temores.

—¿Me has escuchado?

El corazón se le aceleró. Se sentía tímida. Y eso que nunca había pensado que lo fuera.

Sí.

La palabra rozó su piel como una caricia.

Es una verdadera obra de arte. Pero es demasiado hermosa como para ser usada… sobre todo en una tienda de campaña.

La idea era excesiva.

Ah. Pero fue hecha para que la uses. Me curaste. Quería darte las gracias, y como estabas durmiendo, me pareció el regalo apropiado.

Su tono parecía más relajado.

¿Has dormido bien, Riley?

Pronunció su nombre lentamente, con mucho cuidado, como si su lengua saboreara cada sílaba.

Ella dobló suavemente la colcha y la dejó sobre la cama mientras sus dedos se distraían acariciando al dragón rojo.

Dormí bien, y gracias por la colcha, Dax.

Descubrió que había intentado decir su nombre con una inflexión similar.

Pero no puedo estar teniendo una conversación con un hombre que está enterrado en el suelo que hay debajo de mis pies. No quiero ser maleducada, pero todo esto me parece bastante espeluznante.

Se llevó la mano a la boca. ¿Sabían los carpatianos lo que era hablar en broma?

Debía haberse mordido la lengua. Tenía un pésimo sentido del humor, y realmente no quería herir sus sentimientos, pero hablar con un hombre que yacía en el suelo bajo sus pies era algo bastante... cómico. Se sentó y se dispuso a ponerse las botas. Mientras estaba encorvada apretando los cordones de la bota izquierda, sintió el roce de sus labios contra su nuca.

Ya veo. Bueno, si ese es el caso, puedes meterte aquí conmigo, no sería demasiado difícil. Estoy seguro de que lo encontrarías muy interesante.

Riley se quedó paralizada por instante con las manos congeladas en los cordones de la bota. La idea de unirse a él...

Una risa masculina vibró en el suelo. Una ola de calor irradió desde abajo y ella también comenzó a reírse. El carpatiano sin duda entendía perfectamente las bromas. Darse cuenta de eso calmó sus temores de que su Dax posiblemente se fuera a convertir en un vampiro. Las criaturas malvadas podían hacer burlas, pero no hacían bromas. Bromear era hacer algo simpático y amistoso. Era diferente. De alguna manera tuvo la sensación de que él quería tocarla a pesar de que físicamente no podía estar allí en ese momento. Aunque en cierto sentido lo hacía. Un hormigueo recorrió su cuerpo y se le relajaron los hombros.

Me llamaste tu Dax.

Riley se puso rígida. Lo había llamado su Dax. Pensaba en él así, y no sabía la razón.

Sí que sabes la razón.

Esa voz podría derretir un glaciar. Si no lo dejaba podría equivocarse de nuevo.

—Me voy. Tú —señaló el suelo—, sigue ahí.

¿Lo ves? También podía ser divertida. Riéndose de su propia broma salió de la tienda.

Gary la siguió, y al salir el sonido de la risa de Dax desapareció. La había dejado con una leve sensación de vacío que quería olvidar rápidamente. Riley detuvo a Gary poniéndole una mano en el brazo.

—¿Cómo podemos impedir que se convierta en un vampiro?

Gary la miró durante un largo tiempo mientras evidentemente elegía cuidadosamente sus palabras.

—Los carpatianos nacen con un alma que debe encontrar su otra mitad.

La luz de su oscuridad. Solo esa alma puede devolverles los colores y las emociones, e impide que un carpatiano que lleva demasiado tiempo en el mundo se convierta en vampiro. Sin esa mujer que es la otra mitad de su alma, tendrá que elegir entre renunciar a su alma y convertirse en lo mismo que persigue, o esperar el amanecer y suicidarse. Tiene que encontrar a su compañera.

Al escuchar eso su corazón se encogió. Se apretó la mano sobre el pecho, pues de pronto casi no podía respirar y tenía la mente acelerada.

—Gary, ¿cuál es la palabra carpatiana para decir compañera?

Gary la miró directamente a los ojos.

—*Päläfertiilam.*

Riley asintió lentamente con la cabeza, intentando no prestar atención a su sangre, que se agitó apasionada al escuchar esa palabra, o al hecho de que su mente buscaba continuamente a Dax. Apretó los labios para no sonreír.

—Entiendo.

—¿De verdad? —preguntó Gary.

Ella se encogió de hombros.

—En realidad no, pero estoy segura de que lo voy a comprender.

Fuera de la tienda todo estaba cubierto por las cenizas. Seguían cayendo a través de las copas de los árboles y lo dejaban todo cubierto por una especie de nieve gris. Riley miró a su alrededor y encontró fácilmente a Jubal y a Ben junto a algunos indígenas en torno a la hoguera central. El campamento era sorprendentemente grande. Mientras se acercaba a ellos, otro grupo de hombres llegó por un sendero a su derecha.

Divisó a Alejandro, uno de sus guías, junto a Miguel, Héctor, Don, y Mack Shelton. Evidentemente, eran uno de los equipos de búsqueda que regresaban, pero como no había ninguna señal de Marty o de Pedro entre ellos, parecía claro que su rastreo no había tenido éxito.

Jubal se acercó.

—Hola, Riley. Me alegro de verte levantada y activa. ¿Te sientes bien?

—Estoy bien, gracias. —Ella se volvió para mirar nuevamente al equipo de búsqueda—. Gary me dijo que Marty y Pedro desaparecieron.

—Sí. Parece que todavía no los encuentran. No puedo decir si es una noticia buena o mala.

—A los vampiros les gusta jugar con sus víctimas —explicó Gary en voz baja—. No es raro que conviertan a la gente en marionetas vivas. Si Mitro fue quien hizo que desaparecieran, quien los encuentre probablemente tendrá una sorpresa muy desagradable.

Riley se dio la vuelta en estado de shock.

—Se lo habéis dicho a ellos

Movió la cabeza en dirección al equipo de búsqueda bajando la voz para que no la oyeran.

El silencio de Gary y Jubal fue la respuesta a lo que quería saber.

—¿Por qué no se lo habéis dicho? ¿Si estáis enviando equipos de búsqueda y los exponéis al peligro, no deberían saber a qué se están enfrentando? —Se frotó la cara con la mano—. Gary, Jubal, ¿es eso justo?

Por segunda vez desde que se había despertado, tuvo la sensación de que una cálida mano le tocaba la espalda. La tranquilizó y apartó el foco de su ira de los dos hombres. Se volvió para mirar atrás, pero no había nadie.

—Consideramos que es muy poco probable que encuentren a Marty o a Pedro —dijo Gary—. Antes de que Dax se fuera a dormir realizó una búsqueda preliminar en un radio de ocho kilómetros alrededor del campamento, y no encontró nada.

—Riley, tienes que entenderlo —añadió Jubal, pues ella seguía negando con la cabeza—. Gary y yo hicimos el juramento de guardar los secretos de los carpatianos a toda costa y con ello mantener segura a su raza. Hicimos esa promesa muy en serio, y no la mantenemos a la ligera. Hay hombres, mujeres y niños... —Se detuvo al instante—. Y bebés que cuentan con nosotros. —Observó a los compañeros del grupo de búsqueda que se separaban para meterse en sus propias tiendas, y en su cara se podía ver que estaba completamente decidida—. No les vamos a fallar. No podemos compartir ni siquiera una insinuación de lo que sabemos con los demás. Demasiadas vidas dependen de nuestro silencio. Y, además, ¿realmente crees que un hombre como Don Weston nos va a creer?

—Gary, ¿cuánto tiempo hace que sabes lo de los carpatianos? —preguntó Riley.

—Desde hace algún tiempo —admitió—. Muchos años.

—¿Y en todo este tiempo nunca has hablado de ellos con nadie más? ¿Nunca?

Su pregunta hizo que los dos hombres se pusieran rectos, como si les hubieran tocado algo sagrado.

Después de un largo silencio, Jubal finalmente habló:

—Riley, eres la primera persona a la que se lo hemos contado.

La forma en que lo dijo le hizo preguntarse cómo estos dos hombres podían vivir con ese gran secreto. Y qué les parecía el mundo cuando conocían nuevos informes sobre sucesos inexplicables en aeropuertos y cafeterías, sabiendo lo que sabían.

El suelo pareció temblar un poco debajo de ella. Riley miró hacia abajo y envió un pensamiento.

Vete a dormir. No voy a hablar contigo en estos momentos.

Riley trató de ponerse en la piel de Gary y de Jubal, imaginar lo que haría en su lugar. Si toda una especie dependiera de ella para sobrevivir, ¿traicionaría su confianza y revelaría sus secretos a los demás? ¿O les guardaría sus secretos aunque ello significara que pudiera poner a otras personas en peligro?

A decir verdad, ya había tomado esa decisión. Ella y su madre, las dos. Habían venido a esta montaña para llevar a cabo el ritual que había sido transmitido de generación en generación. Su madre sabía que había un mal encerrado en la montaña, pero no se lo había advertido a los que iban en su grupo. Y tampoco ella, cuando tuvo que guardar el secreto. Había hecho lo que tenía que hacer. ¿Era realmente diferente a Gary y a Jubal?

—Riley, yo sé que es difícil de entender para ti. Es difícil para nosotros ocultar información cuando sabemos que puede costar vidas. Pero ¿has sido alguna vez parte de algo tan importante que tus propias necesidades se vuelven insignificantes? Esto es así para nosotros.

Jubal hizo una pausa para dejar que asimilara sus palabras.

—A pesar de que no podemos hablar de lo que sabemos, hacemos lo que podemos para proteger a los inocentes —añadió Gary—. Como cuando te acompañamos hasta el volcán. Sospechábamos lo que estaba ocurriendo allí. No podíamos contarte nuestras sospechas, pero de todos modos fuimos contigo para protegerte.

Riley vio la misma honestidad en la cara de Gary y en la de Jubal. Eso la ayudó a olvidarse de sus propios sentimientos de culpa.

Esta vez sintió a Dax antes de que hablara con ella.

Los dos son grandes hombres, sivamet. Ambos tienen una gran capacidad para cuidar de los demás. Es una cualidad muy rara. No es de extrañar que mi pueblo haya decidido aceptarlos.

Dax conseguía tranquilizarla cuando hablaba con ella.

Nos ayudaron todo lo que pudieron en el viaje hasta aquí, y en la montaña. Estoy en deuda con ellos.

Era raro hablar mentalmente con alguien, pero tenía que admitir que le gustaba la intimidad que se producía. Extrañamente, cuando su voz llenaba su mente, a veces captaba retazos de su vida, de sus recuerdos, como si algo más que su voz entrara en ella.

Parece que ambos lo estamos.

Riley percibió en su voz que estaba convencido de lo que decía.

Si vas a seguir hablando conmigo, no veo por qué finges que estás durmiendo.

Riley casi podía ver cómo se reía.

Me levantaré pronto. Me parece que ahora aguanto mejor el sol, incluso más que antes. Sin embargo, como dudo que Mitro se haya ido muy lejos, tengo que conservar mis fuerzas.

Con mayor razón debes dejar de hablar. Estoy segura de que gastas energía hablándome de esta manera.

No estaba completamente segura de que tuviera razón, pero recordaba lo exhausta que había quedado después de curarlo.

Riley, me parece que para mí siempre es bueno hablar contigo. En cuanto a mis fuerzas, me encuentro más fuerte de lo que he estado nunca antes, pero gracias por tu preocupación.

Riley respiró hondo.

Me has llamado päläfertiilam.

Sí.

No vaciló en absoluto. Rebosaba confianza.

Ella sintió otra ráfaga de calor que atravesó su cuerpo como una ola.

Pregunté a Gary la traducción. Me dijo que significaba compañera, *y que los carpatianos solo tienen una.*

Gary tiene razón. Posees la otra mitad de mi alma. Eres la guardiana de mi corazón.

Una vez más sintió que una oleada de calor atravesaba su cuerpo.

¿Cómo lo sabes?

Lo sé.

Hablaba con la misma confianza.

¿Y cómo lo sabré yo?

Esta vez Riley sintió su sonrisa y su alegría.

Compartiré mi mente contigo. Te cortejaré. Te persuadiré. Puedo ser bastante encantador cuando es necesario.

Riley sintió de pronto que se le había erizado el vello de los brazos. La sonrisa desapareció de su rostro. Se volvió instintivamente hacia el sendero por el que había regresado el equipo de búsqueda. El olor de la vegetación podrida, uno de los inevitables aromas de la selva, parecía más fuerte que de costumbre. Se dio cuenta de que la melodía de las plantas y la tierra que había oído después de despertarse había cambiado y se había vuelto menos armónica.

Mitro está atacando, dijo Dax. *No tengas miedo. Estás a salvo.*

Parecía muy seguro, pero ella no lo estaba.

—¿A salvo? He visto lo que puede hacer. Lo he sentido. ¿Y qué quieres decir con que está atacando? ¿Desde dónde? ¿Cómo? —Hizo un gesto a Jubal y a Gary, y les habló moviendo la boca sin emitir ni un sonido—: Mitro está atacando.

No es nada que no pueda parar. Simplemente está intentando debilitarme al obligarme a proteger este campamento mientras el sol todavía está alto. Un grupo de hombres y mujeres que ha corrompido se están moviendo hacia nosotros. Tú tienes la capacidad de rastrearlo a través de la tierra, si así lo deseas.

—Están viniendo —dijo a Gary y a Jubal—. Hombres y mujeres controlados por Mitro.

Gary corrió hacia la gran tienda sin decir palabra. Jubal le dio una palmada en el hombro y se volvió para gritar órdenes en el dialecto local. Todo el campamento estalló en actividad, los hombres recogieron sus armas preparados para luchar y las mujeres escondieron a toda prisa a los niños en un lugar seguro.

—¿Qué tengo que hacer?

Sentía la presión en su cuerpo, pero no sabía qué hacer con ella.

Mantente cerca del centro del campo. Y respira hondo, sivamet.

Se sentía como una idiota, pero esperó un momento e intentó calmarse.

Bien, recuerda que siempre estaré contigo. No voy a dejar que sufras ningún daño.

Sintió su abrazo invisible. La mancha del mal se diluyó y fue sustituida por una cálida fuerza.

Percibo que las marionetas de Mitro vienen de la aldea vecina, pero quiero que intentes «sentirlas». Después vamos a establecer un perímetro defensivo.

Dax le mostró una imagen suya metiendo las manos en el suelo.

Riley se arrodilló. Cuando antes había puesto las manos en la tierra, se había sentido obligada, como si la Tierra le estuviera pidiendo que se comunicara. Esta vez, era ella la que lo estaba pidiendo. No estaba segura de que realmente supiera qué hacer, o siquiera si podría hacerlo. Respiró hondo, juntó las manos como si fuera a lanzarse a una piscina y lentamente metió los dedos en la tierra.

El suelo apisonado se movió y se ablandó para que sus manos se hundieran fácilmente. La sorpresa dio paso a la euforia cuando su mundo volvió a cambiar. La canción de la Tierra era fuerte y llena de vida. Zumbaba por sus brazos, a través de sus venas y por sus terminaciones nerviosas, llenándola de una vibración armoniosa que le provocaba la sensación de recibir un poder inmenso y antiguo, y una fuerza ilimitada. Cerró los ojos, se sentó sobre los talones y disfrutó de la sensación.

Usa lo que la Tierra ofrece, le aconsejó Dax. *Amplía tus sentidos.*

No había nada en la Tierra que no estuviera conectado. Tuvo la idea salvaje de que si hacía un gran esfuerzo, podría incluso sentir lo que estaba ocurriendo al otro lado del mundo. Sin embargo, tal como estaban las cosas, se limitó a hacer un esfuerzo un poco menos grandioso. En vez de conectarse con el mundo, se quiso acercar a la zona próxima. Su conciencia se propagó por todos los rincones del campamento y luego más allá, moviéndose a través del suelo arenoso de la selva tropical hasta que localizó al grupo que avanzaba hacia el campamento dispuesto a matarlos.

—Dios mío.

Podía sentir la desgracia, la rabia y la horrible corrupción que se aferraba a ellos como un lodo nauseabundo.

Riley, recuerda que estás controlada. Tu trabajo consiste en recopilar información. Tenemos que ver cuántas personas vienen, y qué clase de sorpresas nos tiene reservadas Mitro. Lo estás haciendo genial.

Riley se armó de valor e intentó mirar a la muchedumbre. En el ojo de su mente vio la parte superior de una cabeza recién afeitada avanzando por delante. Después otra cabeza cubierta de arañazos sangrientos que ya se veía que estaban infectados. Riley miraba a través de los ojos de una rana de árbol a la muchedumbre que pasaba por debajo de la rama donde estaba posado el animal.

Frustrada por no poder hacer más, intentó incrementar su poder. Hundió sus manos profundamente en la tierra. También se hundieron las puntas de sus botas. Tuvo una segunda visión de la muchedumbre, y era como si tuviera dos pares de ojos que miraban desde dos ángulos distintos. Después un tercer par de ojos amplió su visión, y un cuarto. Era difícil adaptarse a tener visión múltiple.

Respira, Riley, lo estás haciendo muy bien. Deja que tu miedo desaparezca. Puedes hacerlo. Estoy justo a tu lado.

Y lo estaba. Podía sentirlo debajo de ella, alrededor de ella y dentro de ella compartiendo la mente. Hasta el momento no le parecía repulsivo o molesto. Lo quería allí, quería que estuviera con ella.

Bien, ahora concéntrate en lo que quieres. Confía en que tus dones harán el resto.

Hay tantos ojos. ¿Dónde enfoco?

Le dolía la cabeza. Ahora estaba cargada de imágenes; docenas de animales diferentes alimentaban lo que veía su mente, y cada uno le mostraba desde una perspectiva diferente la amenaza que avanzaba.

Su voz era firme y tranquilizadora, como si tuvieran todo el tiempo del mundo y eso no fuera más que un ejercicio, no una cuestión de vida o muerte.

Elije una única imagen y después céntrate en un pequeño detalle.

—Está bien, lo intentaré.

Eligió la primera «pantalla», la que le llegaba de la rana del árbol.

Una vez más estaba mirando por encima de la gente que avanzaba. Una cabeza llamó su atención. Una mujer. Su cabello liso, negro y espeso estaba cubierto de hojas y ceniza, como la mayoría de los demás, pero tenía algo pegado en el pelo. Un adorno hecho de hueso tallado y pintado. Riley podía distinguir las espirales de pintura roja y blanca bajo las rayas de ceniza. Enfocó aquel ornamento del pelo, y mientras la mujer avanzaba, la rana la siguió con la mirada hasta que el adorno desapareció de su vista.

Inmediatamente vio la imagen de la mujer desde una perspectiva diferente. Ahora la estaba mirando de frente, pero todavía tenía una visión clara del adorno de su cabello. Riley podía ver parte de la cara de la mujer, pero no quería perderse, por lo que siguió enfocando ese detalle. A medida que la mujer avanzaba, la visión iba cambiando. Los cambios de punto de vista se hicieron cada vez más rápidos, hasta que pensó que iba a perderse en medio de todo aquello.

Dax le envió una oleada de tranquilidad, y como si hubiera abierto las persianas para que entrara la luz del sol, su mente se expandió, y usando los ojos de todos los insectos, aves y animales cercanos se pudo formar unas imágenes tridimensionales muy nítidas del grupo.

El grupo de unos cien aldeanos que avanzaba hacia el campamento de Riley estaba decidido a matarla a ella y a todos los que estuvieran a su lado.

Capítulo 11

Riley estaba sorprendida por la claridad de su nueva visión estereoscópica, que era tan superior a su propia vista no reforzada. Era algo increíble ver todos los detalles y colores, así como la posibilidad de ampliar las imágenes y tener múltiples localizaciones al mismo tiempo. Podía ser apabullante, pero milagrosamente ella estaba bien. Podía hacerlo.

Los esbirros de Mitro se dirigían en línea recta hacia el campamento, destruyendo todo lo que les hiciera disminuir la velocidad. Estaba claro que procedían de una aldea local. Y a pesar de que todo en ellos se sentía maligno e incorrecto, le resultaba difícil pensar que todos hubieran sucumbido voluntariamente al repugnante control de Mitro. ¡Algunas de las mujeres llevaban cunas atadas a la espalda!

Dax, espera. ¿Qué vamos a hacer con esta gente? ¿Matarlos? ¡Hay madres en ese grupo!

Eran madres, Riley. Eran. Los hombres y mujeres que vienen hacia nosotros ya se han ido de este mundo. Solo quedan sus envolturas físicas. A los vampiros les gusta sacar el interior de lo que ellos desprecian y ya no tiene vida, y lo sustituyen por el mal que se apodera de sus cuerpos.

¿No se puede salvar a nadie?

Ojalá pudiera, sivamet, pero no es posible. Esa gente está muerta. Lo único humano es hacer que sus cuerpos descansen. Lo siento.

Irradiaba una gran empatía en su conexión.

No había niños entre la muchedumbre, y el corazón de Riley se rompió al pensar en lo que podría haberles pasado. Sus padres claramente no se habían entregado sin luchar. Casi todos los aldeanos que estaban acercándose mostraban signos de haber luchado brutalmente, y tenían heridas profundas en sus cuerpos y rostros.

Riley percibía que las plantas intentaban alejarse de la contaminación maligna que llevaba el grupo. De pronto su visión se volvió borrosa, como si los ojos con los que ella estaba viendo hubieran dejado de enfocar. Retrocedió y solo se quedó con algunos de los puntos de vista para observar desde arriba al grupo que se aproximaba. Entonces se dio cuenta de que había varias personas de la fila que llevaban adornos similares en el pelo. Contó a ocho personas diferentes adornadas con el mismo huesito. Había algo en ellos que hizo que le picara la piel. Amplió sus sentidos y casi tuvo arcadas al sentir el abrumador hedor maligno que irradiaban. La tierra se avergonzaba cuando la pisaban, los insectos escapaban y las raíces de las plantas se marchitaban bajo cada uno de sus pasos.

Por alguna razón, esos ocho llevaban los niveles más concentrados de corrupción de todo el grupo. Cuando se centró en ellos utilizando los ojos de las reticentes criaturas que hubieran preferido huir antes que mirarlos, hizo un descubrimiento inquietante. El pelo largo y apelmazado que se derramaba por sus espaldas no era suyo, sino que eran múltiples cabelleras sangrantes grotescamente cosidas. Riley tuvo de nuevo una gran arcada que casi le hace vomitar los cuencos de sopa que se había comido antes.

Esos ocho son la mayor amenaza, dijo Dax. *Riley, no hace falta que veas más. Tenemos toda la información que necesitamos.*

Ella continuó mirando un rato más.

¿Estás seguro? Tal vez pueda ver algo más que nos ayude.

Más detalles inundaron su cerebro. La carne de esos ocho parecía moverse y ondularse, como si tuvieran bichos avanzado en todas direcciones por debajo de su piel. Sus dedos estaban desprovistos de carne, y sus falanges afiladas.

No salgas. Vuelve al campamento. Vuelve ahora.

El tono de Dax cambió. No le estaba haciendo una sugerencia.

Riley se alejó del grupo y liberó los ojos del bosque, pero no su conexión con la Tierra. Poco a poco trajo de vuelta su conciencia a su propio campamento, y buscó a Dax entre la gente que se preparaba para la batalla, necesitada de su fuerza tranquilizadora. Su conciencia se dirigió al suelo y lo encontró cubierto tierra, sólido y tranquilo, en contraste con el caos que había arriba. Irradiaba fuerza incluso mientras descansaba. Podía sentir sus manos acariciando sus brazos.

¿Estás lista para un poco más?

Con la energía de la Tierra corriendo por sus venas y la mente de Dax conectada con la de ella, nunca antes se había sentido tan fuerte.

¿Qué tienes en mente?

Estaba pensando en la defensa.

¿Defensa? ¿Estabas pensando en hacer un foso o algo así?

Eso es lo que pensaba.

Su mente se llenó con una imagen de los árboles de la parte de atrás del campo entrelazados para formar un ancho muro. Dos de los árboles del muro se mantenían rectos y crecían más altos de lo normal. Riley frunció el ceño. Entretejer los árboles para formar una valla que contuviera el inminente ataque tenía sentido, pero la imagen que Dax le había transmitido mostraba un muro levantado en la parte trasera del campo, no en la parte delantera.

No entiendo. ¿Quieres atraparnos en medio? ¿Por qué no poner la valla entre las marionetas de Mitro y nuestro campamento?

No voy a dejar que hagan ningún daño a la gente del campamento, si es que se puede evitar. Ten confianza.

Incluso mientras Dax hablaba, el grupo de treinta o más personas que había en el campamento, algunos solo armados con lanzas, comenzó a correr hacia la fila de árboles que él le había mostrado. Cuatro de los hombres se separaron del grupo y se lanzaron a la tienda grande. Momentos después, volvieron a salir y sacaron al profesor en una camilla improvisada. Su alumno los seguía de cerca y llevaba en las manos la mochila del profesor. El pequeño grupo regresó a la fila de árboles.

Riley se comunicó con los árboles y la vida vegetal haciendo un barrido mental con su mano. El follaje vibró con ella, y enseguida sus hojas se desplegaron y las raíces se extendieron como si hubiera animado a las plantas a crecer. El suelo era rico en nutrientes y agua. Los arbustos se espesaron. Los árboles crecieron y sus ramas se hicieron más largas. Las enredaderas, se entretejieron rápidamente con los troncos de las ramas, y el muro comenzó a tomar forma.

Excelente, Riley. Deja una abertura aquí.

Le mostró una pequeña abertura en el centro del muro, solo lo suficientemente grande como para que pasara una sola persona. Cuando creó la abertura y crecieron los dos árboles a cada lado según sus especificaciones, el cazador le dijo:

He tenido una vida muy larga, incluso para los estándares de mi propia gente, pero tengo que decir que nunca he estado tan impresionado con nadie como lo estoy contigo. Eres sorprendente.

Riley no respondió, pero un gran calor se apoderó de su vientre. Era agradable sentirse útil. Todavía no se podía creer que estuviera haciendo la mayoría de las cosas que él le había enseñado. Ver a través de los ojos de las criaturas del bosque. Hacer crecer las plantas a su voluntad. Incluso su madre no había logrado tales proezas y, aun así, con la ayuda de Dax, esas habilidades parecían llegarle casi instintivamente.

Siguió haciendo crecer el muro de vegetación hasta que se levantó un semicírculo en la mitad trasera del campamento formando un embudo natural con esa abertura en el centro. El resto del campamento se metió a través de ella en muy poco tiempo.

Muy bien, Riley. Eso es suficiente. Ya es hora de que te vayas.

¿Estás seguro de que el muro los detendrá?

Sentía que los atacantes estaban cada vez más cerca. Eran demasiados.

Estoy seguro. Sal de la tierra y vuelve a ti misma.

Con las manos todavía en el suelo, Riley recuperó su propia conciencia. Era tan desconcertante dejar atrás tantas mentes como haberse metido en ellas. Cuando estuvo completamente de vuelta en su propio cuerpo, apoyó sus manos libres y se puso de pie tambaleándose. Sentía que sus brazos y piernas estaban como si acabara de subir corriendo una montaña, y la cabeza le palpitaba.

Se detuvo un momento para recuperar el equilibrio y estirar la espalda. El campamento estaba desierto. Solo su tienda y la tienda grande en el centro se mantenían en pie. Todo lo demás había sido recogido y guardado.

Se volvió hacia el muro viviente que tenía detrás de ella. Era digno de verse: denso e impenetrable, y ya estaba cubierto de musgo, hojas y pequeñas flores de todos los colores. El muro había crecido tan rápidamente que la ceniza todavía no había tenido tiempo de cubrirlo. Gary y Jubal se habían subido a los dos grandes árboles que había a cada lado de la abertura central, y ambos se quedaron encaramados en lo alto de las ramas.

Ben salió de su tienda con su mochila. Se movía con tranquila eficacia.

—Es hora de irse, Riley.

Hizo un gesto para que ella fuera por delante mientras se dirigían a la abertura en la pared. El mal estaba cada vez más cerca, y ellos eran los últimos que quedaban en el campamento.

A medida que se acercaba a la puerta, Riley vio las puntas de los fusiles y pistolas que se asomaba a través de la pared vegetal. Todo el mundo que la había precedido en cruzar el muro había tomado posiciones defensivas al otro lado.

Ahora al fin entendió el plan. La zona de acampada había sido evacuada para convertirse en un campo de batalla, así de simple. Se puso de lado para entrar a través de la pequeña abertura y Ben la siguió lo suficientemente cerca como para chocarse con ella a cada paso.

Bajó un hombro y se agachó para atravesar los últimos centímetros del túnel antes de aparecer al otro lado del muro. Se apartó de la abertura para dejar pasar a Ben, y enseguida puso su mano en el muro e indujo a las ramas a crecer y entrelazarse para cerrar la entrada. A través de la barrera se podía oír el sonido cada vez más fuerte de los pies de los atacantes que se acercaban al perímetro del campamento. Esto hizo que se detuviera. Dax claramente la quería en ese lado del muro, segura y parapetada. Era evidente que ella no servía para luchar, pero tenía habilidades que podían ayudar, aunque no estaba segura de dónde debía estar.

—Tienes que estar exactamente donde estás.

Su voz sonó esta vez en sus oídos en lugar de en su mente. Se dio la vuelta y lo vio a menos de tres metros de distancia. El sol no se había puesto todavía, y él ya estaba bajo la tenue luz del cielo lleno de ceniza. Alto, fuerte y sobrenatural. Mientras el polvo de sus escamas caía, unos destellos de luz de color rojo oro brillaban a su alrededor como luciérnagas. Riley no podía apartar los ojos de él.

Con unas pocas zancadas cruzó la distancia que había entre ellos.

—Ahora que estás aquí conmigo ya no te quiero en ningún otro lugar.

Su sola presencia era suficiente para hacerle olvidar dónde estaba. Inclinó su cabeza hacia Riley, y sus labios flotaron por encima de los suyos. Una corriente de energía subió desde la punta de los dedos de los pies y atravesó su cuerpo. Por un momento pensó que la iba a besar allí mismo, lo que le impedía pensar o moverse. Solo podía mirarlo expectante.

Dax inclinó la cabeza hacia un lado y le dio un beso en la mejilla. El roce fue íntimo y suave. Estando tan cerca le era imposible no sentir la fuerza de su gran cuerpo. La combinación de fuerza y ternura se transformó en algo muy profundo, y Riley casi lanzó sus brazos alrededor de su cuello. Lo necesitaba. El corazón le latía como un tambor. Quería llorar por los aldeanos que habían perdido todo por no haber sido lo suficientemente fuerte o rápida como para mantener encerrado a Mitro.

—Si hubieras mantenido sellado el volcán, nunca te habría conocido —le recordó suavemente mientras le levantaba la barbilla con un pulgar y le cogía el otro lado de la cara con su otra mano—. Creo en el destino, *päläfertiilam*. Mitro estaba destinado a escapar. No tengo ni idea de por qué. Tal vez el Universo decidió que yo me merecía tener a alguien como tú. Si es así, le estaré eternamente agradecido. Lamento profundamente que tengas que ver el rastro horrible que deja un vampiro a su paso.

Riley asintió con la cabeza, medio hipnotizada por él. Se podría pensar que con un escuadrón dirigido por zombis avanzando...

—Monstruos malignos —la corrigió con el mismo tono de voz suave e hipnótico.

Estaban hablando de guerra, y su mente escuchaba otra cosa. Era por su manera de hablar lenta y dulce como la melaza, cálida y reconfortante. Rebosaba tanta confianza que le impedía no sentirse segura a pesar de estar muerta de miedo. La miraba y la tocaba como si fuera la mujer más hermosa del mundo.

Dax solo había conocido violencia durante casi toda su vida. Había visto cosas que la mayoría de la gente no podía comprender, y sin embargo con ella siempre era cariñoso, e incluso tierno.

Riley asintió con la cabeza.

—Puedo hacerlo.

—Sé que puedes —aceptó.

El grito de un pájaro y de uno de los aldeanos hizo que ambos volvieran a la realidad de golpe. Volvieron a mirar a través del muro vegetal y descubrieron que los primeros atacantes se habían desplegado como insectos por el claro del campamento. Algunos de ellos llevaban lanzas y machetes ensangrentados; otros no tenían más que ramas y rocas. Rápidamente se dividieron en dos grupos y cada uno se dirigió a toda velocidad a una de las tiendas de campaña.

Riley observó cómo hacían pedazos la primera tienda. Uno de los ocho líderes que los acompañaba se puso furioso al darse cuenta de que la tienda estaba vacía. En un ataque de furia clavó su lanza en la persona que tenía más cerca. Se formó un charco de sangre negra en el suelo cuando el hombre herido gritó y cayó de rodillas.

Dax la acercó a él.

—Riley, vete. No tienes que ver esto. Te pedí que construyeras el muro porque la mayoría de los aldeanos de nuestro campamento procedía de la aldea que Mitro destruyó. No hace falta que vean lo que voy a hacer, y tú tampoco.

Riley sentía pesado el corazón, casi demasiado como para soportar lo que iba a ocurrir. Estudió la cara de Dax. Ninguna expresión. Sus ojos miraban los de ella que estaban casi en blanco. Sintió su corazón a pesar de que él se negaba a sentir. Le acercó una mano al rostro y le agarró la mandíbula.

—Haz lo que tengas que hacer. Yo no voy a ninguna parte.

La mano de Dax se entretuvo un momento, y enseguida oyeron un coro de huesos rotos que procedía de los atacantes. Dax le dio un beso rápido y duro en sus labios, luego se volvió y desapareció en una nube de niebla que se alejó a través del follaje. Riley se acercó a la pared y con un toque de su mano las enredadas ramas se separaron para que pudiera ver el campamento desde el muro. Su corazón casi se detiene de golpe cuando se dio cuenta de que todos los enfurecidos rostros se volvieron hacia ella, y la miraron directamente como si el denso muro de hojas y ramas fuera invisible. El grupo atacó.

Riley se tambaleó hacia atrás de miedo, pero entonces los hombres que lideraban la carga tropezaron con algo y cayeron de golpe. Los que los siguieron también se tropezaron o intentaron saltar por encima de sus compañeros caídos. Impactada, volvió al pequeño agujero que había hecho en el muro. Mientras miraba, un hombre saltó por encima de uno de los caídos, y en mitad del salto fue atrapado por Dax, que se movía tan rápido que era poco más que un borrón. Su pie aterrizó en el cuello del hombre caído que al romperse hizo un crujido, y al mismo tiempo dio un manotazo a otro en el aire. Unos huesos crujieron de nuevo cuando la cabeza del hombre que saltaba se giró casi ciento ochenta grados. Su cuerpo blando cayó al suelo; lo único que ella alcanzaba a ver era un borrón que se lanzaba de un extremo a otro del campamento. Y en todas partes donde aparecía el borrón se oían huesos rotos y caían cuerpos como si fueran pesados sacos que no se volvían a mover. El rastro de cadáveres hacía más fácil ver dónde había estado Dax que lo que realmente estaba haciendo.

Se movía cada vez más rápido y eliminaba a los aldeanos poseídos uno tras otro hasta que no quedaron más que ocho, los líderes adornados con varios cueros cabelludos que había identificado antes. El campo de muerte se quedó en silencio. Riley tenía lágrimas en los ojos. El campamento que había sido tan pacífico, ahora estaba cubierto de cadáveres de hombres y mujeres que nunca regresarían con quienes los amaban. El horror y la tristeza por la pérdida de vidas se despertaron en su interior. Entonces Dax volvió al centro del campamento y esperó, solo y sin miedo, a que los ocho líderes de la horda lo rodearan.

Al verlos con sus propios ojos le parecieron aún más terribles que cuando los miraba a través de los ojos de la selva. Las cabelleras ensangrentadas de sus víctimas se golpeaban contra sus espaldas. Sus rostros habían sido pintados con sangre y sus dientes afilados hacían juego con los puntiagudos huesos descarnados de sus dedos.

El miedo superó a su tristeza cuando Dax se quedó quieto, muy tranquilo y preparado para atacar. Unas nubes oscuras que bloquearon la luz mortecina del sol tiñeron el cielo de un horrible color rojo oscuro. La escena se parecía cada vez más a una pesadilla. El mal y la muerte impregnaban el aire bajo ese cielo ensangrentado. Una oleada tras otra de esa repugnante corrupción se apoderaba del lugar. Riley se dio cuenta que se mecía hacia adelante y hacia atrás a medida que le llegaba cada oleada. Su balanceo comenzó a igualarse al movimiento de los ocho líderes.

Uno de los ocho se acercó a Dax. Iba dejando a su paso un rastro de insectos y coágulos negros que brillaban amenazantes bajo la luz mortecina. A pesar de estar detrás de la relativa seguridad del muro de árboles, a Riley le temblaba todo el cuerpo. No tenía miedo a los insectos, pero la aterrorizaban los que caían de los monstruos malignos. Se le congelaba la sangre sólo de pensar que pudieran llegar hasta ella.

Riley no estaba segura de lo que Dax estaba esperando. El grado y la magnitud de la maldad que se diseminaba aumentaban a cada instante. Ya se habían marchitado las flores que habían florecido en su muro de plantas. Los ocho se fueron acercando, y Dax, que estaba de espaldas a ella, parecía que simplemente los esperaba. ¿Y si su ataque contra todos los demás lo había dejado exhausto? El sol todavía estaba alto a pesar de hallarse oculto por las nubes. Sin duda eso también le quitaba energía.

De pronto los ocho saltaron hacia él a la vez, moviéndose a una velocidad que ella no pensaba que fueran capaces de tener. Dos saltaron por los aires por encima de Dax. Los demás lo atacaron desde distintos ángulos.

Un grito sin voz desgarró el cuerpo de Riley. No había manera de que las criaturas fallaran. Los ocho se movían tan rápido como él, y tenían sus garras ensangrentadas preparadas para el ataque. Sin embargo, Dax simplemente permanecía de pie. Una de las criaturas que corrió entre Riley y Dax, le tapó la vista. A ella se le salía el corazón por la garganta.

—¡Dax! —Una luz cegadora atravesó el cielo y se estrelló contra el suelo justo donde estaba el carpatiano—. ¡No! ¡Dax! ¡Dax!

Cegada por el relámpago, se agarró a las ramas entrelazadas y gritó su nombre.

Riley parpadeó furiosamente intentando aclarar su visión, y enseguida metió las manos en el suelo para tomar el control de todas las criaturas que pudo encontrar y poder usar sus ojos en sustitución de los suyos. Un sollozo quebrado escapó de sus labios rotos cuando se dio cuenta de que él todavía estaba allí, seguro, junto a una pila de cuerpos carbonizados y sosteniendo una bola de fuego azul y blanco. Rápidamente levantó la bola en el aire y la soltó. La esfera brillante se elevó como un globo y se dirigió hacia el centro del claro. Los insectos que había en la estela que dejaban los ocho líderes se movieron rápidamente hacia adelante y cubrieron el suelo con sus cuerpos mientras se escabullían.

Un movimiento de arriba llamó su atención. Posado en lo alto de las ramas que tenía justo encima, Jubal se estaba atando al tronco del árbol que ocupaba. En el otro árbol grande que flanqueaba lo que había sido la entrada del muro vegetal, Gary estaba haciendo lo mismo. Miró de nuevo al claro. La pila de cuerpos que había junto a Dax comenzó a palpitar y apareció una horda de insectos que se desparramó en todas las direcciones. Uno de los ocho líderes también salió de la pila de cuerpos empujando y arrastrándose.

Dax levantó una mano hacia la bola en el cielo y dijo:

—Gary, en cuanto estés preparado.

Riley tuvo tiempo suficiente para mirar hacia arriba y ver a Gary apretar un gatillo detonador justo antes de que el campamento explotara. Cuando una enorme bola de fuego rugió en el centro del campamento, un montón de tierra, piedras y cuerpos se estrelló contra el muro vegetal. Riley gritó, se agachó e instintivamente se tapó la cabeza con los brazos. Entonces Dax apareció a su lado y protegió su cuerpo con el suyo, ambos de espaldas a la explosión. Por un momento lo único que pudo hacer fue agarrarse a él para recobrar el aliento.

Un intenso calor seguía irradiando desde el lugar de la explosión, pero cuando se calmó el ruido horroroso y ya no cayeron más deshechos, Dax dejó de sujetarla con tanta fuerza. Ambos se volvieron para mirar hacia atrás. Para su sorpresa, un muro de fuego rojo y azul crepitaba en el centro del campamento, pero estaba contenido y parecía como si estuviera atrapado detrás de una pared de cristal justo en el borde de la fila de árboles. Ella veía perfectamente las pequeñas llamas azules y blancas que subían y bajaban por la pared invisible.

Dax apuntó con su mano derecha hacia la tormenta de fuego e hizo que la pared se replegara en sí misma. Rápidamente se fue apagando, se redujeron las llamas y el calor se canalizó hacia el cielo. El fuego se fue reduciendo hasta que desapareció por completo dejando detrás una extensión estéril de tierra carbonizada, pero desprovista de todas las huellas de la batalla. Riley se levantó y miró sorprendida el suelo ennegrecido y se dio cuenta de que la zona había sido completamente limpiada. Había desaparecido hasta el último rastro del mal que había impregnado el lugar. Dax lo había destruido por completo.

Los brazos de él la rodearon y la estrecharon hacia sí mientras observaban la lluvia de ceniza que caía suavemente en el claro chamuscado. Ella apoyó la cabeza contra su pecho y olió su aroma limpio y masculino. Sus brazos eran cálidos, duros y sólidos. Hacía que se sintiera segura y protegida. Se dio la vuelta para observarlo maravillada. También hacía que se sintiera diminuta, incluso delicada, y considerando su estatura no era algo fácil.

Los ojos de Riley buscaron su rostro. Su piel bruñida y sus extraños ojos multifaceteados y ardientes. La belleza fuerte y masculina que hacía que su corazón palpitara con fuerza cada vez que lo miraba. Puso una mano a un lado de su cara, con un pulgar le acarició el pómulo y se maravilló por la sensación que le provocaba su piel. Y de lo limpia que estaba. No tenía ni una mancha de suciedad, y en cambio ella simplemente viendo sus manos sabía que estaba cubierta de hollín y de la suciedad del suelo.

—Estás completamente limpio. Acabaste con un ejército entero manteniéndote en el centro de un infierno ardiente, y no tienes ni una mota de polvo. ¿Cómo es posible? Yo no puedo dar dos pasos sin ensuciarme.

Riley levantó sus manos manchadas de suciedad y hollín.

Él sonrió. En realidad su sonrisa era completamente radiante.

—Hay ciertos dones carpatianos que pueden ser muy útiles.

Sin previo aviso, los restos de la suciedad, el sudor y el rastro salado de sus lágrimas secas se evaporaron de su piel. De estar absolutamente desastrada, en un segundo pasó a verse como si hubiera salido de la portada de una revista. Tenía cada cabello en su lugar, su piel estaba suave y perfumada, y su ropa planchada y con buen olor.

—¿Dónde has estado todos estos años? —dijo en broma con una sonrisa—. ¿Y también limpias las ventanas?

Sabía que dependía de su humor para bajar la adrenalina. El terror de verlo rodeado por la locura de los macabros robots humanos de Mitro era casi más de lo que ella podía soportar. Él también debía haberlo sabido, como mostraba la ternura con que su pulgar le acarició un pómulo y se movió hasta sus labios.

Él se rió, y el sonido agradable y profundo de su risa penetró en sus sentidos como si fuera un oscuro chocolate que se fundía en la boca. Una oleada de placer recorrió su espalda, y lo único en que pudo pensar fue en atraer su boca perfecta a la suya y besarlo como si no hubiera mañana.

El sonido de una ramita al romperse cerca del muro hizo que recuperara la cordura. Se apartó y tosió nerviosa, mirando a cualquier lugar menos a él.

—Entonces... ah... ¿qué pasó ahí afuera? ¿Empleaste algún tipo de bomba? —preguntó mientras lo miraba batiendo las pestañas.

—Utilizamos algo llamado «explosivos» que habían traído Gary y Jubal. No sabía lo que Mitro podría enviarnos y quería estar listo para cualquier cosa. —Dax señaló a los dos hombres—. Son buenos luchadores y están muy preparados.

—¿Y el muro de fuego, y el rayo azul y blanco que corría por encima?

—Nosotros cuatro estábamos demasiado cerca de los explosivos, así que usé una barrera que contuviera gran parte de la explosión. Eso también me permitió concentrar el calor de la detonación en los monstruos malignos de Mitro, y así poder limpiar su contaminación y eliminar cualquier posibilidad de futuras amenazas.

Riley negó con la cabeza.

—¿Por qué tengo la sensación de que cuanto más tiempo pase a tu lado, más preguntas tendré?

Se llenó de tristeza por los aldeanos que habían huido para hacerse un campamento temporal y habían tenido que proteger. La Tierra gritaba abominando del mal y la destrucción de la vida vegetal. Necesitaba silenciar los sonidos y sensaciones solo unos minutos para darle tiempo a recuperarse.

Dax respondió con una sonrisa cálida y acogedora, lo bastante seductora como para que ella deseara más. Quería besarlo de nuevo. Quería rodear su cuerpo alrededor del suyo y perderse entre sus fuertes músculos.

Los dedos de Dax se aferraron a su nuca.

—Tú puedes, ya lo sabes. Puedes coger lo que quieras de mí, *sivamet*. Encantado me entrego a ti.

Sus ojos se la comían, y su ardiente mirada estaba posada en sus labios.

Riley sabía que de algún modo el miedo la movilizaba algo más que la pasión. Necesitaba consuelo. Necesitaba sentir que estaba vivo, oír que su corazón latía fuerte y firme después de haber visto que se enfrentaba con tanta calma al enemigo. La idea de que pudiera morir la destrozaba por completo. Podía decirse a sí misma que era porque acababa de perder a su madre, pero... era mentira. Era él. Dax. Dio un paso más hacia él, cautivada por las pequeñas llamas que ardían en sus ojos.

—Pensé que estabas muerto. Durante un momento terrible e inconcebible, pensé que habías muerto —murmuró deslizando las manos por su pecho, por encima de su corazón.

Dax parecía saber exactamente lo que ella necesitaba. Sus brazos se movieron por su cuerpo. Poderosos. Fuertes. Reconfortantes. La estrechó con fuerza contra su pecho. Ella solo apoyó la cabeza un momento para escuchar los latidos de su corazón. La mano que Dax tenía en su barbilla hizo que levantara la cabeza. Sus ojos se encontraron con los de ella. La pequeña llama de color rojo dorado saltaba y ardía, y la dejó sin aliento. Observó cómo avanzaba lentamente centímetro a centímetro hacia ella.

Todo lo femenino que había en ella se volcó hacia él y su estómago hizo un lento salto mortal. Miles de mariposas alzaron el vuelo. Sus labios eran cálidos y firmes, pero suaves. Sentía que se iba a fusionar con él. Su lengua jugueteó con la comisura de su boca exigiéndole que la abriera. Así lo hizo, y la deslizó dentro de ella. No podía respirar pero él lo hacía por los dos. Era un refugio, un santuario, un mundo de sensaciones en el que el suelo se movía bajo sus pies y la alejaba de la muerte y la locura. Ella casi reptó por su cuerpo y rodeó su cintura con sus piernas.

El sonido de Gary y Jubal bajando de los árboles cercanos fue suficiente para romper el momento.

—¿Y ahora qué, Dax? —preguntó Gary cuando saltó al suelo—. ¿Hay algo que todavía falte por hacer?

Dax negó con la cabeza y acarició la espalda de Riley con un brazo protector, dándole tiempo para recomponerse.

—Creo que Mitro ya ha dejado esta zona, de lo contrario no habría enviado a sus monstruos malignos a llevar a cabo un ataque tan inútil. Es demasiado astuto como para haberlos enviado solos si todavía estuviera aquí. No fue más que una táctica dilatoria, algo para que mantuviera ocupada mi atención mientras él se escapaba a otro lugar.

Sin pensarlo, Riley le puso una mano en su brazo, todavía necesitando su cercanía. Él le dirigió una cálida mirada y le cubrió la mano con la suya. Podía sentir que una parte de su propia fuerza nacida de la Tierra se vertía hacia el cuerpo de Dax y renovaba sus mermadas energías.

A través de esa conexión, Riley se dio cuenta de que aunque Dax estaba aquí, hablando con ellos, su mente estaba explorando los territorios contiguos en busca de alguna señal de su antiguo enemigo. Casi sentía la muerte y la destrucción que él tenía que buscar para encontrar a Mitro. Se dio cuenta de que le dolía presenciar el mal que generaba Mitro. Puede que hubiera perdido sus emociones siglos atrás, si lo que Gary le contó de los carpatianos era cierto, pero eso no le impedía sentirse responsable de la pérdida de vidas y de la destrucción que Mitro había provocado. Consideraba que si Mitro escapaba era un fracaso suyo, no de ella.

—Entonces, ¿cuál es el plan? —preguntó intentando que volviera a poner su atención en ella, lejos del rastro de la matanza de Mitro.

Su plan para distraerlo había funcionado.

—¿Piensas que tengo un plan?

Se rió de ella y sus ojos se iluminaron de una manera muy masculina.

—Se supone que los hombres como tú siempre tienen un plan.

Riley puso una mano en el muro de vegetación. Las ramas y enredaderas se abrieron y volvieron a rehacer el túnel que daba al claro. Se agachó para atravesarlo y Dax casi le pisó los talones. Jubal y Gary los siguieron de cerca.

—¿Los hombres como yo? —murmuró Dax mientras salían del túnel—. ¿Cuántos hombres como yo has conocido?

Dax le enseñó los dientes de una forma que le hizo desear taparse el cuello.

—Ese no es el asunto. Entonces, ¿cuál es el plan?

Volvió a mirar a Jubal y Gary para incluirlos en su conversación.

—Tenemos que averiguar qué pasó con Marty y Pedro —dijo Jubal—. A menos que estuvieran en el grupo...

Dejó de hablar y todo el mundo miró a Dax.

—No estaban. Aunque dudo que los encontréis con vida. El hedor de Mitro es muy intenso en esta parte de la selva.

—Entonces, ¿qué vamos a hacer para buscarlos? —preguntó Riley—. Incluso aunque pienses que están muertos, no estamos seguros. Y no podemos dejarlos aquí solos. Quién sabe qué clase de trampas habrá dejado Mitro.

—Tengo que ir a la aldea de donde procede esta gente.

Señaló el campo de batalla ennegrecido.

—Los demás aldeanos han huido —dijo Jubal—. Se camuflaron en la selva, y Miguel nos ha dicho que ya no regresarán a su aldea.

Gary asintió.

—Les hemos dicho que se lleven a los demás lejos de aquí para que se oculten en la selva y nos esperen allí. Piensan que otra tribu más agresiva nos ha atacado.

Riley apretó sus dedos alrededor de los de Dax.

—¿Por qué ir allí? ¿No os habéis sacrificado lo suficiente? No hace falta que veáis lo que ha hecho.

Dax se llevó la mano de Riley a su cálida boca.

—Mitro debió haber pasado por lo menos una noche en esa aldea para haber podido corromper a tanta gente. Debe haber dejado trampas tras su paso, así como su maligno sello personal. Tengo que limpiar eso. Y después debería ser capaz de descubrir en qué dirección se ha marchado. Es posible que puedas ayudarme en ese sentido, Riley, aunque no estoy seguro de querer que veas más muertes, pero con la conexión entre Arabejila y él, y tus dones, podrías encontrar su rastro. En eso radica nuestra mejor oportunidad para descubrir qué pasó con los dos hombres que han desaparecido. Y encontrarlos podría ayudarme a anticipar el siguiente movimiento de Mitro.

A ella la idea de ver más gente inocente muerta hizo que se le revolviera el estómago, pero tomó aliento y aceptó. Si Dax tenía que soportar ver los resultados del avance destructivo del vampiro, quería compartirlo con él. Ella era igual de responsable.

—Haré lo que pueda para ser útil. Pero ¿cómo te va a ayudar a encontrar a Mitro que busquemos a Marty y a Pedro?

—Es solo una conjetura. Lo único que puede cambiar su trayectoria, aparte de saber que un cazador está muy cerca, es la información que puede utilizar a su favor. Si capturó a tus amigos y no los mató inmediatamente, entonces es probable que los use para conseguir información.

—¿Qué información podría obtener de un estudiante de arqueología y de un guía local? —Riley enseguida respondió a su propia pregunta—. La región. Pedro conoce todos los caminos, todas las aldeas y pueblos. Puede ser un mapa ambulante de toda esta parte de Perú.

Jubal continuó la línea de pensamiento:

—El joven tiene toneladas de información que el vampiro podría utilizar. Internet, el inglés, cómo funciona la electricidad, la biología, los explosivos. Diablos, y las cámaras, la policía y el comercio mundial. La educación universitaria de Marty sin duda le podría resultar muy interesante.

—Tenemos que movernos. Cuanto más tiempo pase, el rastro de Mitro será más débil, y hay un mundo muy grande ahí afuera para esconderse —dijo Dax.

—Déjame un minuto para ver si puedo... —Riley dejó de hablar mirando hacia las ruinas ennegrecidas de la batalla—. Solo necesito un momento.

Se sintió culpable por tener que retrasarlos, sobre todo desde que supo que tenían poco tiempo, pero sentía un gran impulso. No soportaba dejar ese trozo de tierra herida cuando sabía que podía ayudar en el proceso de curación.

No esperó a que le dieran permiso; sus pies ya la estaban llevando hacia el suelo ennegrecido. Era vagamente consciente de que Dax se paseaba protectoramente junto a ella, pero su mente ya se estaba conectando con la Tierra. Todo lo demás se desvaneció como si fuera insignificante. Se arrodilló junto al suelo horriblemente negro y hundió sus manos profundamente en él. Cerró los ojos, envió energía y las semillas de plantas, árboles y flores aparecieron en su mente. Vio cómo brotaban, se abrían paso a través de la tierra y se elevaban hacia el cielo. Los abundantes minerales de esa tierra proporcionaban el alimento que las plantas necesitaban para recuperarse.

No sabía exactamente cuánto tiempo había pasado hasta que se dio cuenta de que estaba haciendo un leve movimiento de vaivén. Parpadeó al ver el círculo de vegetación que crecía frente ella. Dax le puso una mano en el hombro para estabilizarla. Detrás de él, Gary y Jubal observaban el sorprendente crecimiento de las plantas. Gracias a Dax no quedaba ningún rastro del mal, y ahora que la tierra era más fértil y densa se había llenado de árboles jóvenes, helechos y plantas.

—Probablemente debería encontrar mi mochila... necesitaremos suministros —dijo con una pequeña sonrisa temblorosa. Se sentía como si estuviera regresando de muy lejos. Permitió a Dax que la ayudarla a levantarse—. ¿Qué pasa con ellos? —Señaló hacia el muro—. ¿Les vamos a dejar las armas o algo para defenderse? El profesor no parece que quiera moverse mucho.

—Estaba pensando en que fuéramos tú y yo. Gary y Jubal pueden quedarse y cuidar de los demás y de sus cosas. No vamos a dejarlos durante demasiado tiempo. —Hizo un gesto hacia el gran círculo de las plantas—. Es increíble. Eres increíble.

Y mía.

Lo miró de golpe. Lo había escuchado claro, firme, suave y cálido, y además era muy sexi que hablara a su mente de esa manera tan íntima. Apoyó una mano temblorosa en su garganta.

—No te vas a convertir en un gigantesco dragón rojo ahora, ¿verdad?

—Quieres que me convierta en dragón.

Su voz sonaba diferente, lo que le hizo pensar más detenidamente en la conversación. Algo de lo que había dicho lo staba haciendo cavilar a Dax, pero Riley no estaba segura qué era.

—Estaba pensando que podríamos ir a pie si no está demasiado lejos.

—Me gustaría hacer algo un poco diferente.

Dax le envió una imagen de él levantándola del suelo y elevándose hacia el cielo con ella en sus brazos.

—No. De ninguna manera. Ni siquiera pienses en ello...

Chilló cuando el hombre la levantó y se puso a correr.

—No puedo creer que me estés llevando de nuevo en brazos.

Él la miró verdaderamente sorprendido.

—Puedo convertirme en un dragón, detener una explosión con «magia», y hacer toda clase de increíbles proezas, pero ¿no te puedes creer que te esté llevando en brazos?

—Es una frase hecha. Ahora bájame. No me llevaras por la selva como Tarzán.

—No conozco a ese Tarzán, pero si él tiene la costumbre de llevar a su mujer en brazos, creo que me gusta. —Su risa retumbó en sus oídos—. Pon los tuyos alrededor de mi cuello y agárrate fuerte.

Dax se lanzó hacia el cielo a través de un agujero que había entre el follaje. En el momento en que estuvieron por encima de la selva, la cogió por la cintura e hizo que se diera la vuelta para que pudiera ver el suelo debajo de ellos y la dirección en que volaban.

—Dios mío...

Desde esa altura podía ver claramente al volcán soltando cenizas por un lado y los ríos de magma que se derramaban por sus laderas y que parecían cintas de luz naranja resaltando contra el cielo del atardecer. La vista era modesta y hermosa a un nivel tan elemental que Riley consideró que lo único que podía hacer era observar en un silencio reverente.

—Esperaba que te gustara esto.

—Dax, no sé cómo a alguien podría no gustarle. Te deja sin palabras.

—¿La altura no te molesta? —preguntó con un tono un poco burlón.

—Si me sueltas, la altura me molestaría mucho.

Se dio cuenta que le estaba clavando las uñas en los brazos que la tenían sujeta por la cintura. Poco a poco relajó los músculos, confiando en que no la dejaría caer.

—No voy a dejar que te caigas.

Una oleada de calor atravesó su espalda y se instaló dentro de ella.

El cielo se volvió rojo y dorado, y unos pequeños copos de color rojo y oro se arremolinaron a su alrededor. Al principio, pensó que los copos relucientes eran brasas del volcán, que se mantenían siempre cerca a pesar de que ellos cruzaban a toda prisa el cielo.

—¿Que son estas chispas rojas y doradas que nos rodean?

—Los efectos secundarios de una elección que hice. Mitro ha salido y no he sido lo suficientemente fuerte para detenerlo. Tuve que hacer algo más de lo que hice...

—¿Te encerraste en una montaña durante muchísimos años, y te culpas de que haya escapado? Dax, la culpa de que esté libre es mía. Mi madre y yo no llegamos a tiempo. No fui lo suficientemente fuerte como para mantenerlo encerrado.

—No, Riley. Detener a Mitro es mi responsabilidad. Siempre lo ha sido.

Un largo silencio se interpuso entre ellos. Riley no estaba segura de qué hacer. Quería consolarlo, pero no sabía cómo hacerlo.

—¿Cuál es la elección que hiciste? —Preguntó en cambio—. Cuando te quedaste atrapado en el volcán con Mitro dices que tuviste que hacer una elección... la que produce estas chispas rojas que revolotean a tu alrededor de vez en cuando, sobre todo cuando te mueves rápido. ¿Qué pasó?

—Mitro y yo no éramos los únicos que estábamos atrapados en la montaña. Un dragón de fuego había elegido ese volcán para su último descanso mucho antes de que llegáramos. Cuando Mitro estaba intentando escapar, el dragón se ofreció a unir su alma con la mía para darme su fuerza y sus habilidades.

—¿Quieres decir que los dragones son reales?

Dax se rió.

—¿Te digo que decidí fusionar mi alma con un dragón y tú estás más interesada en si los dragones son reales?

—No... Bueno, sí. ¿En serio? ¿Existen de verdad?

—Lo hacían. No sé si queda alguno vivo. El que me encontré llevaba allí miles de años. Su cuerpo se había cristalizado y formaba parte de la montaña.

—Así que me estás diciendo que ahora mismo tu alma está mezclada con la de un dragón, y como efecto secundario de vez en cuando aparecen estas chispas de color rojo y esos copos dorados. —Sacudió la cabeza y se rió incrédula. No pudo evitarlo. ¿Qué más cosas había en su vida?—. De modo que si te pregunto por qué eres tan sexi, ¿vas a decirme que tu madre era una diosa del Olimpo? ¿Que atrapó a tu padre después de que una estrella fugaz cayera a la Tierra en una noche sin estrellas?

Dax se volvió a reír.

—Mi madre era una mujer cariñosa a la que mi padre quería mucho. Aunque, es cierto que mi madre decía que atrapó a mi padre, y él contaba que vio las estrellas la primera vez que puso los ojos en ella. —Enseguida su tono cambió y dejó de ser seductor—. Hemos llegado.

Volvió a bajar a tierra y aterrizó suavemente en un pequeño claro a un kilómetro de los restos humeantes de una aldea. Dax la apoyó en el suelo, pero siguió cogiéndole una mano.

—Riley, antes de continuar hay algo que me gustaría darte. —Metió la mano en su bolsillo, y sacó un pañuelo de seda doblado, de color negro y rojo, con la forma de un dragón—. Para abrirlo tienes que tirar de las alas a los lados.

—No quiero deshacerlo.

—Puedo hacer otro.

Con mucho cuidado, Riley tiró de las alas hacia atrás, y el dragón de tela se abrió de una forma que solo la magia de Dax podría hacer. En el centro de la tela había una pulsera de oro y plata.

—¿Es para mí?, pero ¿por qué?

—Digamos por ahora que es la tradición. Quería decirte que siento mucho la pérdida de tu madre, y espero que me hagas el honor de poner su último regalo aquí.

Hizo un gesto hacia el espacio vacío que había en el intrincado diseño y enseguida deslizó la pulsera en su muñeca.

Riley no se sorprendió de que le quedara perfectamente. Era una obra de arte. Observó los diferentes surcos de plata, cada uno llevaba varios diamantes pequeños que se unían en el espacio central.

Con gran reverencia, Riley sacó el dragón de plata con ojos de ágata que sujetaba una piedra de obsidiana. La muerte de su madre era un enigma. La magia y el poder que tenía ahora estaban marcados por todos sus recuerdos y experiencias. Algo la había tocado, algo que había calmado el dolor y le había permitido seguir adelante. Pero sostener la joya que en su familia se heredaba de madre a hija le hizo recordarla, y fuera lo que fuera eso, nada podría llenar el vacío que le había dejado.

Pensó en todo lo que su madre había defendido, la manera en que la crió, su sentido del humor, cómo siempre estaba con ella para levantarla cuando se caía. Annabel era elegante y fuerte; y si este dragón era su último regalo, se merecía un lugar mejor que estar metido en su sucio bolsillo.

A Riley la confundía lo que podría significar llevar la piedra de su madre dónde los demás pudieran verla.

—¿Cómo supiste lo del dragón y mi madre?

—Lo tocas de vez en cuando al caminar, aunque no pareces darte cuenta. En cuanto a lo de tu madre, ¿cómo no iba a saberlo?

Abrió la mano y le enseñó el dragón.

—¿Te importa?

Dax cubrió el brazalete y su muñeca con ambas manos, después de haber tocado al dragón. Ella sintió calor, pero no podía decir si era su tacto o lo que estaba haciendo, pero un hormigueo recorrió su brazo y llegó hasta las yemas de los dedos. Él apartó las manos, y fue perfecto. Las sombras de su tristeza todavía la afectaban, pero al mirar la cara de Dax y después el regalo de su madre en su muñeca, se sintió un poco más tranquila. Sin pensarlo lo abrazó, en esta ocasión sintiéndose completamente relajada; tiró con fuerza de su cabeza para acercarla a la suya, y fue ella la que inició el contacto esta vez.

Su beso la llevó lejos e inundó su cuerpo de sensaciones. Dax estaba tan caliente, casi le ardía la piel, y su cuerpo se pegaba con fuerza contra el suyo mientras su boca se movía sobre la de ella llenándola de besos largos y embriagadores.

Riley se apartó un poco, y él la dejó, pero pudo percibir su lucha interna. Le provocó una perversa sensación de peligro y de control que ella encontró bastante embriagadora. El hecho de que a él le costara controlarse la reconfortaba. Entonces relajó el cuello, y lentamente llevó una mano al pecho de Dax. Sintió los latidos de su corazón. Miró hacia arriba y vio que sus ojos bailaban a pesar de que estaba muy quieto. Esto hizo que se sintiera aún más poderosa. Jugaba con fuego y le clavó las uñas.

El gruñido que soltó Dax la sorprendió e hizo que diera un salto hacia atrás. Pensó que su actitud era de victorio y totalmente masculina.

—Bestia —dijo riéndose de la impresión que le produjo que ese hombre le hubiera gruñido.

—Si quieres que lo sea, *sivamet*. Sería un placer.

Riley tenía la impresión de que él quería abalanzarse sobre ella en ese momento, y por Dios que había una parte de ella que se lo estaba pidiendo. Dax habló en su mente.

Vamos a tener un montón de tiempo para lanzarnos el uno sobre el otro, te lo prometo.

—Lo voy a dejar por el momento. Gracias por la pulsera. —Riley estaba intentando encontrar una manera de romper un poco la tensión sexual, pero no creía que hubiera un cuchillo lo suficientemente grande—. ¿Qué quiere decir *sivamet*?

Dax le sonrió y le pasó un mechón suelto de cabello por detrás de la oreja.

—De nada. Me gusta darte cosas que te gustan. En cuanto a *sivamet*, significa «*de mi corazón*», tal vez «*mi amor*» podría ser una mejor traducción en tu idioma.

Su corazón dio un vuelco lento y mareante. Se quedó sin palabras, pero se guardó su respuesta para ella. Simplemente asintió con la cabeza.

—Tenemos que empezar a movernos —dijo Dax suavemente.

—Probablemente será lo mejor. ¿Dónde está la aldea a la que íbamos?

—No muy lejos, pero primero exploraremos el perímetro para ver qué encontramos. Y, Riley, tienes que ser consciente de que atraerás el mal de Mitro como nadie. Mantén tu mente abierta para mí todo el tiempo.

—Dax, ya lo decidí. —Se frotó el brazalete en su brazo—. Mitro mató a mi madre, a los aldeanos y a muchos otros, y ahora mismo está por ahí y lo más posible es que lo haga de nuevo. Yo no creo que pueda luchar contra él, pero puedo hacer esto.

—Coge mi mano. He estado bloqueando tus sentidos en el área que tenemos alrededor, pero ahora voy a bajar la barrera.

La diferencia fue inmediata. Riley se llenó de información. No podía apagar y encender su poder, solo aumentarlo o disminuirlo. Era fácil decir dónde estaba la aldea. Lo revelaba la sensación pegajosa que se aferraba a su piel.

—Estuvo aquí —dijo Dax—. Pero se ha ido hace mucho. Siento su maldad impregnada en el suelo. Ha dejado unas cuantas trampas que voy a deshacer. Es muy bueno ocultando sus huellas, pero habrá dejado algún rastro. Por más poderoso que sea, incluso él tiene que dejar algo a su paso.

Ella cerró los ojos y filtró la información.

Recorrieron el perímetro, un círculo muy amplio, buscando las señales que habría dejado Mitro. Cuando estaban a mitad de camino de la aldea, Dax de pronto se detuvo de golpe. El mal contaminaba tanto el suelo que sentía como si estuviera nadando en él. Miró hacia abajo y vio que la tierra se movía.

—¿Qué es eso? —preguntó horrorizada.

En el momento en que habló apareció una explosión de hormigas que salían de la tierra, los arbustos circundantes e incluso bajaban desde las sobrecargadas ramas. Dax la agarró y saltó a un claro de hierba y tierra. La zona estaba libre de hormigas, y cuando Riley miró hacia atrás vio que el lugar desde el que habían saltado ya había vuelto a la normalidad.

—Una de las trampas de Mitro. Sigamos.

Dax era muy práctico.

Después encontró otras dos trampas, saltó por encima y las deshizo sin emoción. Pero entonces, justo antes de que completaran su círculo alrededor de la aldea, Riley se detuvo abruptamente, sin siquiera saber por qué.

—Dax. —Lo miró confundida—. No estoy segura de lo que estoy haciendo. —Frunció el ceño—. Hay algo aquí. ¿Lo sientes?

—Sí —dijo Dax.

Riley levantó la mirada hacia él.

—Hubieras encontrado esto sin mí. ¿Qué es esto? ¿Una especie de prueba?

—No quería dejarte allí. Era demasiado peligroso. Si una persona de esta aldea hubiese escapado o se hubiera rezagado en la batalla, tú serías el objetivo. Aquí puedo protegerte y además averiguar lo que puedes y no puedes hacer.

No había remordimiento en su voz, y ella se dio cuenta de que no iba a pedir disculpas por haber elegido la mejor manera de mantenerla a salvo.

Riley enderezó los hombros.

—Déjame intentarlo, entonces.

Como había hecho la primera vez que llegaron a la aldea, Dax bloqueó toda la información para dejar que sus sentidos se concentraran en ese extraño punto vacío. Cuando Riley lo consiguió, el rastro de Mitro se hizo claro. Comenzó a temblar. El pequeño punto no estaba vacío. El mal estaba tan concentrado que congeló sus sentidos, igual que el hielo insensibiliza los nervios.

Riley se apartó del sendero y comenzó a seguir el rastro helado, segura de que era el camino que había tomado Mitro. Sus instintos dirigían sus pensamientos. Sus capacidades estaban aumentadas. A pesar de que no eran tan fuertes por no haber realizado el ritual para enfocar y amplificar, como Dax le bloqueaba el «ruido» del bosque, era fácil seguir el rastro que Mitro había dejado. Su mente corrió por los restos helados que había dejado a su paso, que daban vueltas y giraban igual que había hecho el vampiro, hasta que llegó muy lejos del lugar donde había comenzado a rastrearlo.

—Ya es suficiente, Riley. Tenemos bastante para continuar.

Su voz rompió la concentración.

Eso no era lo que ella quería escuchar. Se estaban acercando a él. El rastro iba cambiando, como si se hiciera más fuerte. Quería conocer sus habilidades tanto como Dax.

—*Sivamet*, nos has dado una buena pista para empezar, pero esto se está volviendo demasiado peligroso.

Su voz indicaba que era una orden firme.

Con un suspiro, Riley dejó el rastro y regresó. Le dolía el cuerpo, sus músculos estaban agarrotados y sus piernas parecían de goma. Dax era lo único que la sostenía.

—¿Por qué me has hecho volver? Estaba tan cerca.

—Te estabas cansando. Y Mitro podría haberte estado esperando. Tiene un don para estas cosas. Podría haberte atacado.

—Realmente no me gusta.

Su respiración se había normalizado y ya no sentía los brazos como pesas de plomo.

—Lo conocí antes de convertirse en vampiro, y ya no me gustaba.

Dax se levantó y la ayudó a ponerse en pie.

Ella se estremeció por las nocivas sensaciones que irradiaban desde la aldea, pero se mantuvo firme. Mientras procesaba la información, se dio cuenta de que había más, que el ritmo de la zona vibraba sin armonía. Sentía que la Tierra luchaba para expulsar la mancha del mal.

Riley y Dax se cogieron de la mano y caminaron hacia la aldea. Tropezaron con tres trampas, y Dax se deshizo rápidamente de cada una de ellas. Después cruzaron la selva hasta el área despejada de la zona habitada, y Riley se encontró en medio de la escena más horrible que había visto jamás. Se quedó sin palabras. El gran número de cuerpos esparcidos por el suelo era inverosímil.

—Mitro debe haber visitado los alrededores durante su primera noche y trajo aquí a más aldeanos —dijo Dax—. Nunca antes lo había visto trabajar tan rápido.

En el centro de la aldea había una especie de altar horrible. Una tarima de tablas con un atroz trono hecho con lo que parecía ser madera y huesos humanos. Dos grandes alas se levantaban a ambos lados, cada una cubierta con varias capas de plumas negras. Las alas estaban llenas de sangre que no se secaba por la humedad de la jungla. Como una cascada macabra, seguían goteando sangre desde el estrado hasta la tierra llena de coágulos que había debajo. Riley y Dax rodearon cuidadosamente la tarima. Clavado como un Jesús crucificado en la parte posterior de las alas ensangrentadas estaba el cuerpo torturado de Marty. Estaba completamente desnudo y cubierto de insectos que se alimentaban de él o eclosionaban en sus heridas abiertas. A Riley se le llenó la garganta de bilis. La mayor parte de los órganos de Marty colgaban fuera de su cuerpo; su espalda había sido de alguna manera fusionada con la tarima, y era su sangre la que goteaba por delante. Cuando se acercaron, su cara ensangrentada y desfigurada se movió a un lado, y un gemido balbuceante salió de sus labios.

—¡Oh, Dios mío! ¡Dax! ¡Dax, haz algo! ¡Está vivo! ¡Todavía está vivo!

Con un gesto de la mano, Dax hizo que los insectos abandonaran su festín. Se acercó a la tarima y puso una mano sobre la clavícula del muchacho. Sus párpados ensangrentados se movieron. Abrió sus ojos atormentados y se centraron en él. Riley no tenía ni idea de cómo se las había arreglado Marty para seguir vivo, y mucho menos para estar consciente. Se le rompió el corazón cuando lo vio y su rostro se llenó de lágrimas.

Dax mantuvo el contacto durante varios minutos, claramente buscando en la mente de Marty alguna información que pudiera utilizar. Cuando terminó, volvió la cabeza ligeramente hacia ella sin mirarla a los ojos.

—Riley, mira hacia otro lado.

Dax casi se lo estaba suplicando, y ella estuvo a punto de hacer lo que le pedía. En cambio, le apretó la mano que aún la sujetaba. Sabía lo que iba a hacer, y no iba a dejar que lo hiciera solo.

En ese instante a Marty ya no le dolía nada y los recuerdos del horror habían desaparecido de su mente, de modo que solo recordaba momentos felices de su vida. Dax hizo un gesto con la mano, y Marty dio un último suspiro antes de sucumbir a las consecuencias de sus horribles heridas. Riley no necesitaba que le dijeran que no había nada que pudieran hacer. El muchacho había llegado demasiado lejos. Sus lágrimas siguieron cayendo mientras Dax hacía que se apartaran de la parte de atrás del estrado.

Se formaron unas nubes anormalmente oscuras y malignas. Un relámpago atravesó el cielo de un lado a otro. La electricidad se palpaba en el aire, pero que Dax estuviera tan bloqueado la ponía nerviosa. Por primera vez sintió que se cerraba mentalmente, y ella dejó que se apartara. Entendía la necesidad de distanciarse frente a tales horrores.

—Marty había venido para estudiar las ruinas con su profesor y Todd, su amigo —dijo Dax mirando a la tormenta que se avecinaba—. Le encantaba la historia y estudiar la creación de mitos y dioses. Mitro pasó mucho tiempo en esa parte de su cerebro. Creo que el vampiro puede estar considerando hacer su propio culto, usando el volcán, los dragones y las leyendas locales.

Su voz era neutral, pero a pesar de no estar conectados, ella creyó detectar vergüenza.

—No es culpa tuya, Dax.

Él continuó como si no la hubiese escuchado.

—Mitro utilizó a Marty para aprender muchas cosas sobre el mundo moderno, o por lo menos todo lo que pudo. Se tomó su tiempo mientras hacía que los aldeanos se sacrificaran los unos a otros en su nombre. Pedro fue uno de los primeros en morir.

—Dax...

Este la interrumpió.

—Sí, Riley, esto es culpa mía. Cada niño, cada hombre, cada mujer... ha muerto por mi culpa.

Dax levantó la mano, un rayo saltó a la punta de sus dedos y se formó otra bola de luz y fuego.

—¿Sabes dónde está?

—Antes de venir aquí, Marty y Todd pasaron un tiempo en una ciudad, llena de gente. Mitro estuvo un tiempo revisando esos recuerdos. Creo que la ciudad le es atractiva para sus últimas aspiraciones.

Dax lanzó la bola de fuego a sus pies. Las ondas de los rayos y el fuego de todos los colores se expandieron en un instante y lo quemaron todo menos a ellos. Entonces la tomó del brazo y la guió de vuelta al campamento. El fuego se iba retirando cada vez que daban un paso.

—Creo que quiere ir a un lugar donde haya gente joven que lo adore como piensa que se merece.

Cuando la aldea se perdió de vista, Riley miró a Dax. Sobrenatural, guapo y con una expresión que parecía tallada en piedra.

Riley había tenido bastante de su estoicismo. Sentía lo mucho que él sufría. Se puso de puntillas, lo agarró del pelo de la nuca y lo besó con fuerza. Al principio Dax se mantuvo firme, y después su mundo se transformó en un fuego tan caliente y salvaje como el que acababan de dejar atrás. Entonces dejó que ella lo llevara a un lugar muy, muy diferente.

Capítulo 12

Riley sabía que no estaba sola cuando se despertó. La rodeaba el olor de Dax. Cálido. Masculino. Salvaje. Peligroso..., lo que era extraño porque al instante se sintió segura.

—Abre los ojos.

Su cuerpo se ablandó en respuesta a esa voz suave e hipnótica. Levantó los párpados y lo miró a la cara. Por su cuerpo chisporroteó un deseo erótico salvaje y eléctrico que hizo que su entrepierna se humedeciera con un cálido líquido. Observó la belleza pecaminosa del hombre más guapo que había visto nunca. Había una gran nobleza en su rostro cuidadosamente tallado. Cada uno de sus rasgos era especial y parecía diseñado por la mano de un artista. Su pelo corto y en punta, de color negro obsidiana casi brillante, le provocaba un hormigueo en las manos que la obligaba a cerrar el puño para no lanzarse a acariciarlo. Dios, era magnífico.

Estaba sin aliento. Él estaba tumbado a su lado y curvaba su cuerpo protectoramente en torno al suyo. Se había apoyado en un codo, una mano sujetaba su cabeza y sus ojos se paseaban posesivamente por él. Mirarlo a los ojos casi le hacía perder el juicio. Sentía un deseo puro y salvaje, su sangre circulaba acelerada y cada terminación nerviosa de su cuerpo parecía cobrar vida.

Riley no tenía ganas de incorporarse, pues estaba disfrutando del roce de sus músculos duros y de la impresionante longitud, y grosor, de su erección, que se apretaba con fuerza contra su trasero mientras el calor de su cuerpo calentaba el suyo. Dax le sonrió y el destello de sus blancos dientes y sus extraños ojos la cautivaron. Sus ojos multifaceteados brillaban hacia ella con sus pequeñas llamas de color rojo anaranjado que iluminaban los colores de los diamantes. La mano libre de él estaba en su cabello, y parecía como si no pudiera dejar de tocarlo. Sus largos dedos que masajeaban su cabellera le provocaban unas sensaciones deliciosas.

Lo miró parpadeando.

—Hola.

Dax inclinó la cabeza.

—Buenas noches. Te he traído algo.

Retiró la mano de su pelo de mala gana. Ella intentó que siguiera con sus cálidas caricias estirando la cabeza para frotarse más contra él. ¿Había timidez en su voz? No del todo, pero sin duda sus vacilaciones tenían un encanto que encontraba fascinante. Se dio la vuelta mientras él se incorporaba, y enseguida también lo hizo mientras sofocaba un bostezo. Entonces Dax pasó la yema de un dedo por su mejilla y su labio inferior.

—Tienes unos labios tan tentadores que me dan ganas de comérmelos —dijo muy suavemente.

Riley se sonrojó. No era una mujer que se ruborizara, pero tampoco los hombres normalmente le hacían insinuaciones descaradamente sexuales. Su madre siempre le dijo que intimidaba, que era muy inaccesible y demasiado llamativa. La combinación, según Annabel, era letal cuando conocía a un hombre. Solo los más valientes se atrevían a dejarse seducir. Evidentemente, las madres solían decir cosas como esas, y tal vez incluso las pensaban de verdad, pero Riley nunca se había creído las explicaciones de su madre.

El dedo de Dax acarició sus labios, y su suave roce la volvió loca. Tuvo el increíble impulso, completamente fuera de lugar, de meterse el dedo en la boca. Era la tentación personificada, la serpiente del jardín, y estaba cayendo en ella más rápido de lo que tardó Eva en pensar si se comía la manzana.

Ella hizo un sonido, sabía que controlaba algo, pero su mirada era tan intensa que se distraía con sus pequeñas llamas rojo anaranjadas que se movían con tanta calidez, rodeadas de las pestañas más largas que había visto nunca.

—¿Quieres tu regalo? —le preguntó suavemente.

Riley miró su boca perfectamente moldeada. Si se inclinaba hacia adelante unos pocos centímetros...

—*Sivamet*, ¿estás despierta? —preguntó riéndose

Riley se estaba obsesionando. La risa de Dax resonó en su cuerpo e incendió todos sus nervios. Consiguió asentir con la cabeza, completamente hipnotizada por él. Había querido dejar un tiempo las aulas buscando un poco de aventura, pero nunca había considerado que podría encontrarlo... a él.

—Es una antigua tradición —explicó mientras le daba una flor.

La flor era grande, como un lirio, pero en forma de estrella. Los pétalos estaban abiertos y dejaban ver su interior, un ovario de un profundo color rojo rubí con dos filamentos a rayas. La forma y tamaño del estigma hizo que se sonrojara, especialmente esa parte en particular que se asemejaba a una enorme erección. Sabía de flores, su madre las cultivaba de todas las clases, pero esta era sorprendentemente hermosa, y sin duda podría ser usada para explicar el sexo.

—Pruébala.

Ella parpadeó. Tragó saliva. No sabía por qué su voz sonaba tan sexi. Todo lo que decía y hacía le parecía muy erótico.

—Usa tu lengua para acariciar la...

—Mmm... Lo entiendo —dijo ella aunque posiblemente no era así.

Sus ojos, cautivados por los suyos, se negaban a apartar la mirada. Estaba atrapada en esos ojos hipnóticos, cautivada, incapaz de defenderse. Sacó la lengua vacilantemente y tocó esa cabeza bulbosa. De inmediato estalló su sabor en su boca. Era intenso y picante. Adictivo. Lamió la parte de abajo y alrededor de la cabeza buscando su impreciso sabor.

Dax se acercó hasta que ella pudo sentir su aliento caliente contra su cuello.

—¿Te gusta?

—Es increíble —admitió—. No he probado nunca nada parecido.

—La flor adquiere el sabor del que la regala.

La observó fijamente obligándola a sacarle hasta la última gota con una mirada de deseo tan intensa que un escalofrío recorrió su cuerpo. ¿Por qué diablos encontraba tan erótico todo lo que decía? ¿Y por qué no podía dejar de devorar esa frágil flor y de ansiar su sabor picante? Sus pétalos suaves y aterciopelados olían igual que Dax. Sentía que su sabor se impregnaba en ella con cada movimiento de su lengua con el que iba absorbiendo ese néctar.

—Dámela —le pidió sin apartar sus ojos de los suyos.

Se entretuvo todo lo que pudo en lamer el estigma por última vez, y le devolvió la flor de mala gana. Dax bajó la cabeza y le sostuvo la mirada, con la flor en la boca. Su lengua encontró los filamentos y el ovario, y devoró el néctar que se recolectaba allí. Nunca había visto nada tan erótico en su vida. Todo su cuerpo se puso caliente.

—Tu sabor es adictivo —dijo Dax.

Su mirada ardía mientras la observaba de una manera descaradamente sexual.

Un líquido cálido bajó por su cuerpo haciendo que se sintiera incómoda. La tensión que se apretaba en su vientre y se deslizó a través de su punto más íntimo hizo que sintiera un enorme deseo de estar con él. Apretó los labios con fuerza mientras él se tomaba su tiempo, evidentemente para saborear al máximo la flor. La mirada le brillaba mientras se comía la flor nocturna y las pequeñas llamas de sus ojos se volvieron más salvajes.

Cuando levantó la cabeza sus ojos estaban resplandecientes.

—Arrodíllate un momento.

A ella no se le ocurrió cuestionarlo, pues estaba demasiado atrapada en su telaraña sexual. Fuera como fuese la fuerza que unía a las parejas, la atracción física que había entre ellos echaba chispas y no quería perderse ese momento embriagador.

Se arrodilló.

Él asintió aprobatoriamente.

—Siéntate sobre los talones y abre los muslos.

Después de darle la orden, tomó la flor solemnemente entre ambas manos, como si se tratara de algo muy importante.

Ella obedeció con el corazón desbocado. Dax colocó la flor exactamente en la unión de sus piernas y los pétalos rozaron sus muslos abiertos tapados por sus pantalones vaqueros.

—*Tied vagyok.* —Su mirada por primera vez se apartó de la suya y recorrió posesivamente su cuerpo—. *Sivamet andam.* —Las llamas en sus ojos saltaban y sus multifaceteadas pupilas brillaban ardientes—. *Te avio päläfertiilam.*

Sus suaves palabras sonaban hermosas, pero lo más importante era que se daba cuenta de que su declaración era una especie de ritual y sabía que le estaba diciendo algo muy importante para él. Todo su cuerpo reaccionó a esas palabras casi susurradas. Llegó a la conclusión de que su voz era como un arma, especialmente cuando hablaba en su propio idioma. Su tono era tan hipnótico como lo que decía y Riley quería entenderlo.

—En mi idioma, por favor —dijo ella.

—*Tied vagyok* significa... —Frunció el ceño intentando decirlo en el idioma que acababa de aprender—. «Soy tuyo» —dijo simplemente, y el corazón de Riley dio un vuelco. ¿Este guerrero increíble, tan guapo, tan protector y sexi era suyo?—. *Sivamet andam* sería: «Te doy mi corazón».

Dax le tocó la cara suavemente, trazó sus pómulos, su mandíbula y la barbilla, y enseguida volvió a la curva de su boca, como si estuviera memorizando cada detalle.

Su sangre se disparó acalorada por sus venas. Sentía que Dax era parte de ella. Apretó los labios con fuerza. Algo importante estaba ocurriendo, pero no sabía qué. No quería decir o hacer algo mal. Una parte de ella quería escaparse. No tenía ninguna duda de que Dax pensaba exactamente lo que estaba diciendo... le estaba entregado el corazón. Era un ser épico. Un héroe de película de los que salvaban al mundo. Y, sin embargo, se veía a sí misma... normal. Aquí en la selva, donde no había nadie más, probablemente ella le parecía un gran descubrimiento, pero había todo un mundo esperándolo.

—Solo hay una compañera para los de nuestra especie, Riley —dijo Dax.

Todo su cuerpo se apretó. Lloró. Una corriente de electricidad atravesó sus venas. Quería creer que podía ser suyo, pero realmente era absurdo. Apenas se conocían. Él era de una época antigua. Y ella estaba atrapada en una especie de sueño intenso del que no quería despertar.

—¿Qué significa «*te avio päläfertiilam*»?

¿Esa era su voz? ¿Tan ronca y sensual?

Dax frunció el ceño concentrado intentando encontrar una traducción adecuada.

—Tú eres mi esposa legítima. —Negó con la cabeza—. «Esposa» equivale a compañera. Es la palabra que más se le aproxima. Vuestra ceremonia de matrimonio es lo más cercano al ritual de unión que pude encontrar en la memoria de Gary. Estoy diciendo que eres mi compañera.

Ella lo miró parpadeando.

—¿Es esto un ritual de matrimonio?

Él negó con la cabeza y el destello de sus dientes blancos hizo que otra oleada de deseo atravesara su cuerpo. Sus dientes eran fuertes, rectos y lo suficientemente en punta como para que la asustaran un poco, lo que hacía más estimulante la experiencia.

—Cuando se dicen las palabras del ritual de unión, es equivalente a vuestros votos matrimoniales… pero es más. No se puede deshacer. Esto es más parecido a... —Se interrumpió, evidentemente buscando entre los recuerdos de Gary para encontrar una analogía—. Esta ceremonia es importante para los dos.

Dax se frotó el puente de la nariz, un gesto que ella encontró adorable.

—Te he cortejado a la manera de mi pueblo y este ritual asegura la fertilidad y la aceptación.

Su corazón se volvió a desbocar. Le ardía el cuerpo.

—¿Fertilidad?

Su voz sonó chillona incluso a sus propios oídos.

—Nuestras mujeres no tienen muchos hijos, a pesar de la longevidad. Esta flor es importante para preservar nuestro futuro.

—¿Ah sí? —dijo y miró a su alrededor manteniendo la voz baja.

La conversación parecía tan íntima… tan sexi. Como siempre Dax y ella estaban aislados de los demás. Desde que él apareció, siempre parecía encontrar una manera de aislarla antes de que se despertara.

—Tienes que repetir esas palabras para mí —dijo Dax bajando la voz una octava.

Dax se puso de rodillas y abrió los muslos, y Riley se quedó sin aliento.

—Toma la flor entre ambas palmas y ponla...

—Lo entiendo —dijo ella rápidamente y se ruborizó por completo.

Intentó apartar su mirada fascinada del impresionante bulto que se veía en sus vaqueros. La tela estaba tensa, como si en cualquier momento se fuera a romper. Nunca había estado tan enamorada, tan contenida sexualmente o interesada por un hombre. Incluso había soñado con él. Sus sueños eróticos hacían que cuando estaba con él fuera aún más tímida.

Con mucho cuidado para no estropear los pétalos, recogió la flor y cogiéndola muy delicadamente entre ambas manos, la llevó hasta la uve que formaban sus piernas abiertas. Los dorsos de sus manos le rozaron los muslos. Sintió sus músculos poderosos y el tremendo calor que emanaba de su cuerpo. Le temblaban las manos, por lo que depositó la flor rápidamente y enseguida puso sus palmas húmedas sobre sus propios muslos.

—Repite las palabras para mí —la animó Dax.

Había escuchado atentamente el acento y las palabras, pero decírselas en voz alta a Dax en lugar de a Gary era intimidante. No solo eso, ¿estaba de acuerdo con lo que decían? ¿Ella era suya? Le gustaba estar con él, la intrigaba y hacía que se sintiera segura. Tenía sentido del humor, era inteligente y un dios andante de la sensualidad. Ya no se sentía sola. Todo en él le parecía atractivo... pero ¿podía confiar en él? ¿Tenía la capacidad de retener a un hombre como Dax? Cuando esta aventura terminara, ¿qué iban a hacer?

Dax se inclinó hacia ella, soltó su aliento cálido en su rostro y le habló en susurros muy cerca de sus labios.

—*Ainaak sívamet jutta*, que significa *«conectado a mi corazón para siempre»*, es exactamente lo que te pasa. Tienes que acabar con todas tus dudas. No hay otra mujer para mí. Puedes dejarme, pero me condenarías a vivir una vida a medias. Tú posees la otra mitad de mi alma. Solo tienes que acceder a mi mente, Riley, y me conocerás mucho mejor de lo que conoce cualquier persona a su pareja de toda su vida.

—¿No crees que esto está pasando demasiado rápido?

—No estoy familiarizado con tu sociedad o tu cultura —admitió Dax—, pero según la mía estoy completamente seguro. Eres mi otra mitad. No puede haber ningún error. Hiciste que recuperara mis emociones y que pudiera ver los colores. Tu alma completa la mía. Mi corazón llama al tuyo. Anhelo tu sabor y ardo por tu cuerpo. No hay ninguna duda en mi mente.

¿Cómo podía no responder a eso? Hacía que se sintiera hermosa. Inteligente. La única mujer que existía en el mundo. No estaba dispuesta a renunciar a eso. Y en cualquier caso, ¿tenía a dónde regresar? Sus padres habían fallecido. No tenía a nadie. Pero...

Se acercó más hacia él por encima de la flor, que quedó a escasos centímetros de su boca.

—Quiero hacer esto. Realmente deseo hacerlo, pero no estoy segura de lo que querrás de mí en el futuro. No tengo ni idea de cómo es tu mundo, además de los vampiros, los dragones y los seres con dientes grandes que viven en ellos.

La mirada de Dax se posó a su rostro como si estuviese marcándola, reclamándola y estableciendo que la poseía.

—Iremos poco a poco hasta que te sientas cómoda. Voy a explicarte todo con el tiempo. No me importa esperar si hay algo para lo que no te sientas preparada. Es importante para mí que me quieras de la misma manera como yo te quiero a ti.

Riley estudió su rostro. Se sentía bien con él. Por una vez en su vida iba a dejar que su corazón dominara a su mente. Se mordió el labio inferior y asintió. Instantáneamente Dax le miró la boca. Notó el estómago apretado y una pequeña excitación recorrió sus muslos. Si podía hacerle eso con solo una mirada, ¿qué podría hacerle cuando realmente la tocara?

—¿Recuerdas las palabras que te dije?

Ella asintió, respiró hondo y se tiró por el proverbial acantilado, rogando que él la agarrara.

—*Tied vagyok.* —Sus pestañas ocultaban sus ojos—. Soy tuya.

Las llamas de los ojos de Dax saltaron mostrando un deseo que rozaba la lujuria. Su pecho se movía exhibiendo todos esos deliciosos músculos que tenía debajo de su fina camisa de algodón. Ella se sentía como si estuviera en caída libre en una tormenta de diamantes resplandecientes.

—*Sivamet andam.* Te entrego mi corazón.

Los ojos de Dax brillaban. Ella sintió que su mirada ardiente atravesaba su piel hasta llegar a sus huesos como si la estuviese marcando. Su corazón se acompasó con el suyo así como su respiración. Hubiera jurado que su pulso iba en paralelo al de él. Sentía su respiración inspirando y espirando. La sangre que corría por sus venas. Y en su cabeza resonaban los latidos de Dax.

—*Te avio päläfertiilam.* Eres mi compañero.

En el momento en que pronunció esas palabras, Dax entró en su mente. Caliente. Lleno de fuerza. Era a la vez cariñoso y duro. Valiente. Un montón de imágenes pasaron por su mente, sus recuerdos, su juventud, sus siglos de caza, su soledad absoluta, incluso cuando viajaba con Arabejila creyendo que nunca tendría una mujer propia, cuando pensó que había fallado a su mejor amigo y a su hija. Su corazón sufría por él. Quería ser la mujer que lo reconfortara y lo amara.

—Ahora coge la flor otra vez y siéntate entre mis piernas mientras trenzo unos zarcillos y unas florecillas en tu pelo. Y mientras trenzo tu cabello, me das un pétalo y te comes otro. Una vez hecho esto, nuestro ritual de cortejo estará completado y me habrás dado tu consentimiento para continuar con nuestra relación.

Riley lo miró frunciendo el ceño, pero como no sabía qué decir apartó la cara de él. Su corazón latía con fuerza por la enormidad de lo que estaba haciendo. No era una chica joven que comienza una relación abrumada por una atracción física, y sin embargo parecía demasiado indefensa como para evitarlo. Lo quería. Lo deseaba. Y cada minuto en su compañía hacía que aumentara su deseo de poseerlo.

Él extendió una mano, la colocó sobre la unión de sus piernas abiertas haciendo que apoyara su espalda contra él y la estrechó tanto que parecía que iba a dejar grabados en su piel cada uno de sus músculos. El calor que irradiaba la envolvía como una manta. Riley apretó los labios cuando recogió su larga cabellera y la dividió en tres partes.

Estaba muy excitada. Ardía. Lo deseaba. ¿Era la flor? ¿La ceremonia? ¿Su sabor? ¿O el hombre? Todo se mezclaba para formar un potente afrodisíaco. Dax tenía las manos en su pelo y cada delicado tirón hacía que sintiera que una ráfaga de electricidad recorría su cuerpo. El deseo que sentía hacia él rayaba en la obsesión. Sacó un pétalo y se volvió.

Sus ojos se encontraron. Un líquido caliente mojó sus braguitas y tuvo la repentina urgencia de darse la vuelta y atraer su cabeza hacia ella. Las llamas de los ojos de Dax saltaban ardientes. Separó los labios perfectamente esculpidos y tentadores, y ella le puso el pétalo en la boca. Sus blancos dientes se cerraron, y a ella se le hizo un nudo en el estómago. Lo miró a los ojos y se metió un pétalo en la boca. El sabor de Dax estalló en su lengua, caliente y masculino, y rompió todas sus ideas sobre la atracción entre un hombre y una mujer. Estaba casi desesperada por él.

Aún atrapada en su mirada, veía que en sus ojos resplandecía la misma combinación embriagadora de lujuria y deseo que enseguida se transformó en otra cosa… en algo peligroso y salvaje. La miraba como si fuera un depredador. Percibió que bajo su piel se asomaban levemente sus escamas, casi como si tuviera una bestia al acecho. Dax volvió la cabeza lentamente, aunque ella sabía que estaba al tanto de todo y de todos los que estaban su alrededor. Solo entonces se dio cuenta de que Gary y Jubal se estaban acercando, y se sintió sumamente decepcionada y frustrada.

—Otro pétalo para cada uno.

Dax tenía la voz ronca, y que estuviera tan afectado como ella hizo que se sintiera mejor. Tenía tan pocas ganas como ella de que se terminara su tiempo juntos y a solas. Le puso un pétalo más en la boca y se llevó otro a la suya. El segundo pétalo no hizo más que aumentar su deseo de hacer el amor con él. Saber que Jubal y Gary se acercaban rápidamente debería haber enfriado el calor de su piel y la fiebre de sus venas, pero nada parecía apagar las ganas que tenía de poseerlo, ni siquiera que tuvieran compañía.

Estaba agradecida de que fuera de noche, aunque la luna llena hacía que todo brillara casi como si fuera de día. Alcanzó a poner los últimos pétalos en la boca de Dax y la suya antes de que llegaran Gary y Jubal.

—Buenas noches —dijo Dax amablemente.

Si Riley no hubiera visto su reacción no se hubiera imaginado que estaba ardiendo de deseo por ella y que no estaba en absoluto contento de que los hubieran interrumpido.

—De dónde has sacado esa flor —preguntó Gary con una gran emoción en la voz.

Dax frunció el ceño y las llamas de sus ojos crecieron. Estaba claro que no le gustó el tono exigente de la voz de Gary.

—Gary y Jubal vinieron aquí en busca de una flor en particular —explicó Riley apresuradamente.

—Es importante —agregó Gary—. Esa flor está extinguida en los montes Cárpatos. Desde hace un tiempo llevamos especulando que debe de ser importante para la fertilidad de las mujeres.

Dax negó con la cabeza.

—He estado perdido demasiado tiempo. Pensé, a partir de tus recuerdos, que Xavier era el culpable de la pérdida de nuestras mujeres y niños, que se contagiaron con los microbios venenosos que dejó en el suelo.

—Definitivamente atacó a tu gente —admitió Gary—, y casi destruyó a toda una especie a lo largo del tiempo, pero tuvo alguna ayuda en su camino.

—¿La flor?

Gary suspiró.

—Creo que las toxinas y los microbios que Xavier introdujo en el suelo acabaron con las flores. Gabrielle... —Se detuvo, miró a Jubal y luego se encogió de hombros—. La hermana de Jubal y yo estamos realizando una investigación. Algunos de los antiguos carpatianos han regresado a su tierra natal y cuando ella los entrevistó hablaron una y otra vez de un ritual de fertilidad con esta flor. Empezamos a creer que esa flor debía tener algo, de modo que nos centramos en averiguar qué pasó con ella.

—Utilizamos satélites y ordenadores —añadió Jubal—. Lo bueno de estar aquí durante mucho tiempo es que puedes acumular riquezas y conocimientos, y gracias a eso los carpatianos han podido pagar los aparatos más modernos. Tenemos un par de niños de la comunidad que son increíbles con los ordenadores. Han programado los suyos para que busquen ciertas palabras clave. El hombre que filmó las ruinas en la montaña y envió unas fotos al profesor donde aparecía la flor, también hizo un vídeo de ella que publicó en su página web preguntado si alguien sabía lo que era. Pensaba que había encontrado una nueva especie. Josef, que es nuestro genio particular, la descubrió y vinimos a buscarla.

—No pueden ser originarias de este lugar —especuló Gary en voz alta.

—Las plantó Arabejila. Ella las amaba y sabía que iba a terminar su vida aquí. Quería tener algo de su hogar. Solo florecen por la noche, y las plantó cerca de la aldea donde planeaba vivir sus últimos días —dijo Dax.

—¿Hay muchas? —preguntó Gary—. ¿Las suficientes como para que podamos cosechar las raíces y trasplantarlas en el lugar al que pertenecen? ¿Sobrevivieron a la explosión?

Dax asintió lentamente.

—Puedo recolectarlas esta noche con las raíces intactas. La flor más grande lleva las semillas. Como dragón lo haré rápidamente. Subiré a la cima de la montaña y regresaré con vosotros en poco tiempo.

—Me necesitarás para recoger las raíces con suficiente tierra —dijo Riley—. Podría ir contigo para ayudarte.

Se ofreció sintiéndose tímida de pronto.

Había una parte de ella que tenía miedo a que la rechazara, pero la idea de volar por el cielo nocturno a lomos de un dragón y pasar más tiempo con Dax era irresistible.

Este se levantó, le ofreció una mano y la atrajo a sus brazos.

—Disfrutaría mucho de tu compañía, Riley.

La estrechó contra su cuerpo con un movimiento tan natural que ella se sintió como si le perteneciera. El cuerpo de Dax era fuerte y firme, como un ancla en medio de una tormenta. Una gran emoción revoloteó en su estómago. Entonces la rodeó con sus brazos y la dejó atrapada contra su pecho con las manos en su cintura.

—Tendrás que tener cuidado —continuó Dax, como si no acabara de hacer pública su relación con ella.

Era extraordinariamente amable, y tan tolerante y despreocupado que Riley entendió que su movimiento no era un gesto posesivo, sino que simplemente necesitaba estar cerca de ella.

—Mitro está muy por delante de nosotros —continuó instruyendo a los demás—. Y preparándose para salir de la selva, pero necesita información, igual que yo. Ha estado mucho tiempo lejos de este mundo y tendrá que ponerse al día. Necesitará aprender idiomas y cualquier información que pueda conseguir que le sirva para adaptarse con facilidad.

—Sabe que le estás dando caza —dijo Jubal—. ¿No estará simplemente huyendo? Parece que es lo más prudente.

Dax negó con la cabeza.

Su pulgar se deslizó hacia atrás y hacia delante haciéndole una pequeña caricia sobre la piel desnuda de su estómago, justo debajo de su camisa. Riley no estaba del todo segura de que fuera consciente de aquel movimiento.

—Primero le hará falta sangre, y conocer este siglo es muy importante para su supervivencia. Me va a evitar, y especialmente a Riley. Creo que piensa que es Arabejila, y sabe que puede seguirle la pista. Va a dirigirse a una zona poblada, pero nos quiere retrasar. Pondrá trampas para matarnos y pistas falsas que nos ralenticen.

—Tendremos cuidado, Dax. Seguiremos avanzando hacia el río. —Echó un vistazo por encima del hombro en dirección a los demás—. Weston y Shelton están preguntado por qué no vamos en línea recta hacia el río. Miguel no les ha dicho nada, pero tienen un GPS.

Dax frunció el ceño sin entender del todo. Entró en la mente de Jubal, «leyó» la información, y giró los hombros de manera casual.

—Los instrumentos pueden ser engañosos, especialmente con toda esta ceniza en el aire.

—Por eso nuestro contacto de emergencia no ha enviado todavía el helicóptero para rescatarnos —dijo Gary.

—Evitad cualquier tribu —les aconsejó Dax—. No podéis confiar en nadie que os encontréis. Riley nos ha mostrado hacia dónde se dirige Mitro, pero no puede saber si ha matado a más gente para convertirla en marionetas, en monstruos malignos o los ha programado para que os maten. Estaremos de vuelta bastante antes del amanecer.

Dax dio un paso atrás cogido de la mano de Riley.

—Tened cuidado. Si me llamáis os oiré, pero tal vez esté demasiado lejos como para ser de gran ayuda —advirtió.

Jubal hizo un pequeño saludo.

—Solo tienes que conseguir esas flores. Nos encargaremos de todo.

—No seas arrogante, Jubal —dijo Dax—. Mitro es diferente a cualquier vampiro que haya conocido. Soy un cazador experto. De hecho, mientras he estado siguiéndolo también he tenido que ejecutar a muchos vampiros, y ninguno tenía en absoluto su poderío.

—Créeme, Dax —aseguró Jubal—. Cuando se trata de vampiros, yo siempre me aparto de ellos. De cualquiera aparte de este. He visto lo que hace y no tengo ningún deseo de encontrármelo, especialmente si no estás tú para respaldarme.

Dax asintió con la cabeza y se volvió bruscamente como era su costumbre. Todavía estaba un poco incómodo en presencia de tanta gente, pero le agradaban Jubal y Gary. Ambos eran hombres íntegros que lucharían con él si fuera necesario. Entendía su determinación de proteger a Riley. También habían comprendido el vínculo que tenía con su pareja. Riley no acababa de entenderlo todavía, pero estaba dispuesta a intentarlo y no podía pedirle más.

Le cogió la mano y la llevó a su hombro.

—¿Así que estás lista para viajar en un dragón?

Riley levantó sus pestañas imposiblemente largas y sus ojos se encontraron. Dax se quedó sin aliento. Brillaban entusiasmados. La piel perfecta de sus mejillas se ruborizó. Se veía más bella que nunca.

—Tengo muchas ganas de ir aunque debo admitir que estoy un poco asustada. ¿Vas a hablar conmigo todo el tiempo?

Esa era su compañera, lista para cumplir con cada aventura sin rodeos. Dax llevó sus nudillos a la boca y los mordisqueó suavemente.

—Voy a estar contigo. Antiguo considera que eres su familia. No permitirá que nada te suceda. Estarás segura.

—Lo sé —declaró Riley.

Dax caminó junto a ella, que iba protegida bajo su hombro y tenía una mano apretaaa contra el corazón de cazador que la estaba alejando del campamento y de las miradas indiscretas de los demás, especialmente de las de Weston, quien no tenía ni idea de que se estaba poniendo en peligro cada vez que miraba a Riley de manera lasciva.

Su cuerpo se movía con mucha gracia pegado al suyo. Fluía. Sensual. Todavía tenía su sabor en la boca. Su pulso estaba acelerado. Siempre había sabido que la atracción entre compañeros era fuerte, había sido testigo de la fuerza poderosa que unía a las parejas, pero no esperaba que la sensación de deseo fuera tan intensa. De todos modos, estaba decidido a que Riley hiciera su propia elección. Quería que lo salvara porque para ella era bueno hacerlo.

Una vez que estuvieron fuera de la vista de los demás, la levantó en sus brazos y despegaron hacia el cielo. Tenía que encontrar un gran claro para que el dragón pudiera despegar y aterrizar. Sentía la emoción de Riley, el débil temblor de su cuerpo y cómo brillaba por la expectativa. Eso hizo que se riera. No podía recordar cuándo había experimentado un cambio de forma por primera vez, o volar, o simplemente ser feliz. Ahora que estaba con ella, tenía que aprender a reírse y a sentir de nuevo. Realmente estaba tan sinceramente emocionado como ella.

Riley volvió la cara hacia el viento, soltó una carcajada y el sonido que produjo resonó a través del cuerpo de Dax. También sentía la agitación de Antiguo. Su risa era tan contagiosa, que no solo le afectaba él, sino también al dragón. La dejó tranquilamente en la fila de árboles que rodeaba la pradera y se dirigió hacia el centro del claro.

Enseguida sintió que Antiguo se estiraba dentro de él. Extrañamente, esta vez, en lugar de sentirse separado del dragón, lo sentía parte suya y percibía sus emociones de una manera mucho más intensa que antes. Dax no estaba seguro de si era porque Riley le había devuelto sus emociones, o si se estaba fusionando con el dragón hasta el punto en que se estaban convirtiendo en solo ser. Sabía que una vez que se declaró a Riley y llevó a cabo el ritual que establecía su vínculo, sus dos almas se fundieron. ¿Podría estar ocurriendo lo mismo con Antiguo?

Nada de eso importaba. Riley estaba esperando, y él deseando compartir la experiencia de volar con ella convertido en dragón. Ella apenas podía contener su entusiasmo, saltaba en uno y otro pie como una niña pequeña, sus ojos brillaban y se había sonrojado. Tenía los labios ligeramente separados, lo que para él era una invitación que tuvo que evitar. Una vez que estuvieran solos en la montaña, entre el campo de flores estrelladas de la noche, se iba a aprovechar, pero no ahora, cuando ella estaba tan expectante por volar. Quería darle este regalo.

Es un regalo, dijo Riley suavemente mientras su voz llenaba la mente de Dax… de ella.

Vertía sus pensamientos en su mente como si fueran miel caliente. Le proporcionaba una sensación de alegría que nunca había conocido esto antes. Lo admiraba, lo respetaba y pensaba que era hermoso y extraordinario. Ahora que había encontrado a su compañera, ella podía conocer los deseos de su corazón y siempre sería consciente de sus estados de ánimo.

Yo siento lo mismo. La voz de Riley era tímida. *Es bueno saber que siempre voy a tener a alguien que me defienda.*

Nos tienes a los dos, le aseguró Dax. *A Antiguo y a mí. Él es parte de nosotros, y ahora tú eres su familia. Igual que yo, también entregaría su vida para defenderte.*

Era importante para él que pasara lo que pasara o por muy mal que se pusieran las cosas, que ella nunca tuviera que enfrentarse a ningún peligro sola.

Llamó a Antiguo y hundió profundamente su espíritu para permitir liberar el suyo. El dragón se hubiera mostrado reacio a salir si no hubiera sido por el placer de permitir que Riley diera su primera vuelta montada en él. Su época ya había pasado hacía mucho tiempo, y había estado muchos siglos contento de tener que hibernar en el interior del volcán.

Riley contuvo la respiración cuando Dax brilló y se volvió tan transparente que podía ver a través de él. Después desapareció por completo. Unos copos rojos y dorados brillaron bajo la luz de la luna, y cayeron flotando hasta el suelo donde había estado un instante antes. Pensó en Dax de esa manera, como la luz de la luna y llamas, fuego y hielo, oro brillante y rojo encendido. Era hermoso. Su corazón y su alma eran hermosos.

Alguien más se agitó en su mente y durante un instante se puso tensa mirando a su alrededor, pero la sensación le era demasiado familiar. Demasiado parecida a lo que Dax le hacía sentir.

Nuestra alma.

La voz era práctica. Antigua. Moderna. Intemporal. Una chispa de humor apareció en su mente.

Veo que todavía puedes hablar, Antiguo, dijo Dax. *Y prefieres hacerlo con Riley.*

Entonces ella sintió la risa del dragón vibrando a través de su mente. Se estaba divirtiendo a costa de Dax.

Le encantaba que igual que ella, Dax encontrara que todo era tan divertido. Nada parecía alterarlo, y la verdad es que los tres estaban muy conectados.

Es un tipo duro y silencioso hasta que se mete en una pelea y entonces todos los pensamientos racionales saltan por la ventana, le informó Dax.

Riley se rió, y el sonido se elevó en el cielo nocturno. Le encantaba escuchar a Dax tan despreocupado. Lo único que había conocido era el deber, y, aunque estaba decidido a encontrar y destruir a Mitro, se tomaba tiempo para estar con ella y disfrutar de los momentos que compartían.

El dragón brilló al materializarse. Era enorme. Cuando apareció su gran cuerpo desplegó sus alas gigantes, las agitó, y al hacerlo generó un viento a su alrededor. Riley juntó las manos y las apretó con fuerza contra su estómago revuelto. Antiguo estiró su largo cuello hacia ella, y aunque Riley todavía estaba prácticamente en la fila de árboles que bordeaban la pradera, su cabeza en forma de cuña, casi llegó a tocarla. El dragón la observó con sus ojos opalescentes, tan multifaceteados como los de Dax, aunque en vez llamas de volcán parpadeando sobre piedras preciosas, los suyos parecían realmente dorados.

Su hocico era largo, tenía la mandíbula superior curvada sobre la mandíbula inferior y mostraba sus dientes resplandecientes. Tenía un cuerno en el centro de la nariz, un arma de aspecto malvado, y dos más, igual de letales, por debajo de la barbilla. Otros cuernos sobresalían por la parte posterior de la cabeza y la nuca, y unas largas y afiladas puntas doradas y rojas protegían su cabeza. Era evidente lo peligroso que podría ser en una pelea.

Sus escamas eran absoluta e increíblemente hermosas. Todos los tonos de rojo, desde el carmesí profundo al rojo pálido, cubrían su cuerpo formado por placas que se solapaban para protegerlo en sus combates. Riley tocó bastante asombrada las de color más claro cerca de su vientre.

Con mucha amabilidad el dragón extendió una pierna hacia ella. El pulso de Riley se aceleró, su corazón latió a toda velocidad y sus venas se llenaron de adrenalina, pero no vaciló. Dio un paso hacia la pierna de Antiguo y subió un pie para instalarse en la pequeña silla de montar de cuero que tenía justo al comienzo del cuello. Estaba claro que Dax le había proporcionado la silla para ella. No había riendas, pues no se parecía en nada a montar a caballo. Los estribos servían para apoyarse más que para cualquier otra cosa.

Riley agarró una de las largas protuberancias y se aferró con fuerza. A Antiguo no le hizo falta que le dijera que estaba lista; su conexión se hacía cada vez más fuerte, igual que se fortalecía la que tenía con Dax. Sintió la tremenda fuerza del dragón cuando se preparó para elevarse. Este batió sus enormes alas con fuerza y emprendieron el vuelo.

Riley levantó la cara hacia el cielo lleno de estrellas riendo de alegría. Había soñado con aventuras y anhelaba mucho más. Deseaba estar con su compañero, ese hombre perfecto que encajaba con ella y le daba el valor para aceptar su vida con alegría. En ese momento perfecto lo tenía todo. Sentía a Dax profundamente entrelazado dentro de ella, abrazándola y dándole seguridad.

El dragón era un regalo tan inesperado. Y Dax le había hecho tantos en tan poco tiempo. Era todo lo que siempre había soñado. Era imposible no estar completamente enamorada de él. Se había apoderado de su corazón sin que ni siquiera se diera cuenta de que lo estaba haciendo. Había algo increíble en la combinación de la dulzura que inevitablemente le mostraba, y el guerrero feroz y explosivo en el que de pronto podía convertirse cuando las circunstancias lo exigieran.

Antiguo voló por encima de la selva, y al mirar hacia abajo Riley vio el daño que la explosión había hecho a la montaña. Los aludes de barro habían barrido varias zonas llenas árboles y abierto caminos en lo más espeso de la selva. También se habían abierto respiraderos de vapor y la ceniza lo cubría todo, pero ese lado de la montaña había sido salvado de los peores daños. A pesar del desastre de las cenizas, resultaba increíble mirar desde arriba el dosel de la selva. Como si leyera su mente, y probablemente lo hacía, el dragón descendió para que incluso pudiera ver a los animales y aves que se refugiaban en las ramas de los árboles.

El viento hizo que sus ojos soltaran lágrimas y que su cabello volara por detrás de su cara. El sonido de su risa resonaba en el cielo. Entendía la razón por la que Dax había confiado en el dragón para hacer el viaje. Batía sus poderosas alas hacia abajo y hacia arriba, creando sus propias corrientes de aire, mientras atravesaban el cielo por encima de la enorme extensión de selva tropical. El río parecía una cinta y los distintos afluentes que lo alimentaban finos hilos que atravesaban las selvas oscuras.

Debería haber tenido miedo, pero Dax estaba susurrando en su mente para señalarle cascadas y fríos charcos ocultos, así como las hojas plateadas iluminadas por la luna que habían quedado a la vista después de que las corrientes de aire que generaba Antiguo limpiaran sus cenizas.

Enseguida estuvieron de nuevo en la montaña. El dragón voló en círculos y descendió sobre las ruinas de un pueblo. A un lado de las ruinas vio un mar de flores estrelladas con pétalos abiertos para aprovechar la luz de la luna.

Dax. Susurró su nombre de una manera casi reverente. *Es tan hermoso.*

Sí, lo es. Gracias por mostrármelo a través de tus ojos.

El dragón descendió con fuerza y ella se aferró a la base de la punta que tenía en la unión de su cuello para no deslizarse cuando se aproximaron al campo de flores. Contuvo el aliento, temiendo que aterrizara aplastando el campo de las nocturnas flores estrelladas que se movían por el viento. Una vez más tuvo la impresión de que el dragón se estaba divirtiendo. Aterrizó justo a la derecha del campo sin darse ni un golpe, y muy amablemente extendió una pierna.

—Gracias, Antiguo —dijo ella muy suave—. Ha sido... extraordinario.

Riley lo rascó alrededor de la base del cuerno que tenía sobre la nariz.

El dragón rojo inclinó la cabeza con los ojos brillando de afecto. Ella se estiró y se alejó de él para echar un buen vistazo a las flores. El campo estaba rodeado de unas antiguas estructuras circulares de piedra que se levantaban sobre unas plataformas elevadas que salpicaban las laderas, tan características del pueblo de las nubes. La niebla se movió alrededor de ella hasta rodearla y casi ocultaron las ruinas de su vista. En ese lugar tan alto donde ella había nacido, donde apenas crecía la exuberante jungla, se tomó un momento para mirar a su alrededor, deseando que la explosión del otro lado de la montaña hubiera respetado la selva.

Afortunadamente, parecía haber muy pocos daños. Las ruinas estaban intactas, y eran un tesoro histórico para las futuras generaciones. La selva misma, y la flora y la fauna, era abastecida por la espesa niebla que formaba un velo de nubes que envolvían la parte superior de la montaña. Y ese campo de flores exóticas... olía... a él. Cada vez que respiraba era como si entrara profundamente en sus pulmones. Lo saboreó con la lengua y sintió un enorme deseo de estar a su lado.

Riley se giró y lo vio. Su corazón casi deja de latir. Apretó la mano sobre su corazón haciendo una especie de protesta. Dax estaba muy recto en el centro del campo de flores blancas, mientras sus escamas brillantes de distintos tonos rojos caían a su alrededor como una lluvia de polvo de oro. La luna lo acariciaba con sus haces de luz, rozaba ligeramente su pelo negro azulado y hacía que resaltara el color de su piel. Su camisa estaba tirante sobre su pecho musculoso. Sus brazos y muslos llenos de músculos mostraban sus curvas debajo de su ropa deportiva. Solo él podía parecer tan elegante con unos vaqueros y una camiseta blanca.

La expresión de su rostro mientras la miraba le impedía tener cualquier pensamiento sensato. La miraba con tal mezcla de ternura y deseo que su cuerpo se llenó de calor. En ese momento, ella quería que le perteneciera como nunca había deseado nada en su vida. Solo existían Dax y la increíble noche. Estaba tremendamente contenta tras su sorprendente e imposible vuelo en la espalda del magnífico dragón, después de la ceremonia tan sensual y erótica en la que había participado completamente entregada.

Su mundo era tan aterrador como impresionante. Nunca se había sentido más viva, más sensual, más conectada con ella misma y con el mundo a su alrededor que cuando estaba con él. Se sentía hermosa e inteligente, e incluso valiente. No importaba que no acabara de entender lo que era un carpatiano o lo que conllevaba estar con uno. Solo sabía que quería que fuera suyo. Por una vez en su vida no iba a pensar hasta el agotamiento en todo lo que implicaban sus decisiones, ni tampoco iba a ser demasiado cauta como para no mover ficha.

Los ojos brillantes de Dax estaban atrapados en los suyos. Entonces supo que estaba total y completamente perdida, lo que no le importaba en absoluto.

Capítulo *13*

Dax extendió una mano hacia ella. Riley no podía apartar la mirada de las llamas ardientes que saltaban en sus ojos, de ese fogoso resplandor que amenazaba con consumirla. Conseguía que el mismo centro de su ser se encendiera. El potente aroma masculino que la envolvía y el brillo de su mirada la tenían hipnotizada. Sin pensarlo dio un paso hacia adelante necesitándolo tanto como el aire que respiraba.

No recordaba haberse movido tras ese primer paso, pero estaba frente a él, muy cerca, tanto que alcanzaba a percibir el increíble calor de su cuerpo. Dax ardía de ganas de hacerle el amor. Se veía en las llamas saltarinas de sus ojos y en la forma en que la miraba como si le perteneciera para siempre.

Parecía conocerla y que lo sabía todo sobre su vida, lo que quería y necesitaba. Era como si hubiese estado en su alma y en su corazón. Todo en él la atraía. Su sonrisa le iluminaba el mundo. Dax le daba fuerzas y la transformaba en una persona mejor. Se había enamorado de él como jamás hubiese imaginado que se podía llegar a amar.

La cogió por la barbilla, giró su cara hacia la suya y la atravesó con su mirada ardiente como si la estuviera marcando con un hierro al rojo vivo, haciéndola suya hasta los huesos. Riley contuvo el aire y se sintió un poco perdida mirando su rostro perfectamente cincelado.

No podía ocultarle nada. Dax conocía cada uno de sus pensamientos más íntimos. Se sentía vulnerable y expuesta, atrapada bajo un foco de luz brillante del que no quería escapar. Él lo sabía todo sobre ella, lo que deseaba, quién era, lo que creía, sus miedos más profundos, y nada de eso le alteraba la alta consideración que le tenía. ¿Por qué habría de tratar de ocultar que lo deseaba más que a nada en el mundo si de todos modos lo sabría? No se avergonzaba en absoluto de hacerlo. Dax era un buen hombre y era el único al que había considerado entregarle su cuerpo, por no hablar de su corazón.

Entonces le cogió la cara e inclinó la cabeza hacia ella.

—¿Estás segura de que esto es lo que quieres, Riley? ¿Soy yo lo que quieres?

Incluso su voz, esa melaza cálida y oscura que se derramaba como lava fundida por sus venas, le provocaba una espiral de deseo que recorría su cuerpo poco a poco.

Bésame. Lo pensó. Lo susurró. Fusionó su mente con la suya y envió esa imagen. Necesitaba que la besara. Había estado esperando toda su vida que la besara.

La boca absolutamente perfecta de Dax se curvó para formar una sonrisa. Al hacerlo resplandecieron sus dientes blancos y rectos, y sin duda lo suficientemente afilados como para que le pudiera dar un buen mordisco.

Su corazón latía llamando al suyo, y su pulso tronó con fuerza en los oídos. Al ver que su cara se acercaba, el suelo tembló bajo sus pies. Le ardían los pulmones por falta de aire. Era un hombre guapo, fuerte y feroz, y al mismo tiempo sumamente protector y dulce con ella.

Dax rozó su boca con sus labios ligeros como plumas, cálidos y con un toque que ahora le era familiar. Sintió un torbellino de sensaciones eróticas. Podría estar besándolo siempre y nunca sería suficiente.

Le acarició el rostro y detuvo sus dedos en su piel suave. Le parecía que era muy joven para él. Se daba cuenta de que en su mundo tenía la edad suficiente como para saber lo que estaba haciendo, pero aún así se sentía tremendamente protector con ella.

—Riley... —Su corazón protestó, pero no podría vivir consigo mismo si no la protegía—. No tienes que hacer esto.

—Es lo que quiero —le aseguró mirándolo con estrellas en los ojos.

El estómago de Dax se contrajo al ver tal mezcla de inocencia y tentación. Acarició una y otra vez su obstinada barbilla con su pulgar.

—Una vez que haga que nos unamos no habrá vuelta atrás. No es igual que en tu mundo, Riley. No puedes decidir estar conmigo para salvarme de mi condena. Tienes que querer estar conmigo. Y debes saber en lo que te estás metiendo. Soy carpatiano, no soy un ser humano. Mis reglas no siempre van a ser las mismas que las tuyas. Mi mundo es peligroso. —Cuando ella quiso protestar, Dax puso el pulgar sobre sus labios para que se callara—. Riley, no voy a poder dar vuelta atrás una vez que crucemos este puente. Para ti no será fácil estar lejos de mí. No se puede vivir en dos mundos. Con el tiempo, tendré que llevarte plenamente al mío con todo lo que eso conlleva.

Ella frunció el ceño.

—Gary me dijo que si no encuentras a tu compañera, corres el peligro de convertirte en vampiro.

Dax negó con la cabeza.

—Eso no va a suceder. Además, esto no debe influir en tu decisión. No quiero que te entregues a mí solo por la atracción física, o por sentido del deber.

Riley extendió la mano para tocarle la cara y recorrió su contorno con la suavidad de una pluma. Esto hizo que Dax se estremeciera hasta los huesos.

—Eres muy bobo. ¿Cómo no voy a querer estar contigo? Somos el uno para el otro. ¿Acaso no lo sientes?

Dax le tomó la mano y le dio un beso en el centro de la palma.

—No hay otra mujer que sea para mí. Sé que eres la única. Pero estamos hablando de un mundo diferente. Tú solo ves una parte de mí, *sivamet*. No te has detenido a mirar más allá. No lo quieres ver.

—Eso no significa que no sepa que está ahí. He decidido acceder a tu mundo poco a poco, pero sé qué es lo que quiero hacer. ¿Qué es lo que me podría retener? ¿Una carrera que ya no deseo? No tengo familia. Me siento viva cuando estoy contigo. Quiero esto, Dax, y lo quiero por mí misma. Escucho lo que dicen cuando se sientan alrededor de la hoguera y sé que te tienen miedo. Todos menos Gary y Jubal, que aun así tienen sus reservas. Pero yo estoy dentro de tu cabeza y me siento a salvo contigo.

El corazón de Dax había comenzado a cantar, su sangre bullía y ahora podía permitirse creer en la vida, pero aun así intentó disuadirla una vez más.

—No siempre será fácil, ni yo tampoco.

—Voy a ir paso a paso. Siempre y cuando seas paciente conmigo, lo conseguiremos —le aseguró.

Dax cerró los dedos alrededor de su nuca y la acercó a él.

—No te falta valor ¿verdad?

—La verdad es que sí —lo corrigió—. Eres tú quien me hace más valiente.

—Te va a hacer falta mucho valor para venir plenamente a mi mundo, Riley —le advirtió.

Dax inclinó la cabeza hacia su cara pues ya le era imposible resistirse por más tiempo. Cada célula de su cuerpo la llamaba. Su boca encontró la suya. Se lo tomó con calma resistiendo la urgencia que arrasaba su cuerpo como un maremoto. La besó suavemente, del todo entregado, ofreciéndole su amor y la seguridad de que ella era su mundo y que él siempre estaría a su lado.

La boca de Riley le parecía pecaminosamente exquisita y era como un terciopelo suave y caliente. Podría besarla durante una eternidad, una y otra vez, y nunca llegaría a saciarse. El viento parecía cantar mientras rozaba su cuerpo y se avivaba un fuego implacable que ardía en la boca de su estómago. Unas llamas doradas y rojas se levantaron por debajo su piel, y se extendieron por su cuerpo como una tormenta de fuego.

Dax chupó su labio inferior, lo metió en la caverna caliente de su boca y gimió suavemente deseando poseerla. Sus dientes tiraron de su labio exuberante y lo mordisquearon reprimiendo la necesidad de devorarla. Riley estaba temblando y respiraba entrecortadamente. Él se apartó para mirarla a la cara y vio cómo sus enormes ojos observaban todos sus movimientos. Oyó lo fuerte que latía su corazón y que bombeaba la sangre por sus venas a tal velocidad que era un milagro que no hubiera explotado.

Riley observó las llamas que danzaban y ardían en sus ojos. Su piel tenía un brillo dorado y rojizo que irradiaba luz, como si dentro de las profundidades de esa dura apariencia ardiese un fuego. Parecía tan absolutamente seguro de sí mismo, y era tan guapo, que no podía creer que no lo hubiese evocado mágicamente en un sueño. Era el hombre más caliente y sexi que se había cruzado en su camino jamás. Solo mirarlo la desarmaba y le hacía sentir ardientes remolinos de deseo dentro del vientre.

Dax le pasó los dedos por la mejilla hasta llegar suavemente a la comisura de su boca.

—Te deseo más que a nada en el mundo, Riley. Incluso en mi descanso profundo no pude dejar de pensar en las cosas que quería hacer contigo.

Los músculos de su interior se apretaron con fuerza y sus muslos y sus pechos se excitaron enormemente. Seguía hipnotizada por el brillo de sus ojos. El fuego saltaba salvajemente en las profundidades de sus ojos, creando no una, sino múltiples llamas que ardían con una mezcla de lujuria y deseo tan intensa que sintió que un escalofrío de miedo recorría su espalda.

—No hay nadie en este mundo más a salvo de mí que tú, Riley —le aseguró con una pizca de ternura en su voz—. Yo jamás te haría daño.

Le cubrió la barbilla con la mano y comenzó a acariciar hipnóticamente su pequeño hoyuelo con el pulgar. Riley no podía apartar la mirada de esa boca perfecta con dientes afilados. Dax no hizo ningún intento de ocultar que se alargaban o su deseo de poseerla. El corazón le latió con fuerza.

Entonces puso la mano sobre su pecho de manera exquisitamente suave.

—Deja que tu corazón escuche al mío, *sivamet*. Mi corazón llama al tuyo, deja que el tuyo responda.

Ella sentía que su corazón estaba completamente apretado. La voz de Dax tan suave y aterciopelada, jugueteaba con sus terminaciones nerviosas. Y cuando su mano apenas rozó su seno izquierdo, sus pulmones se quedaron sin aliento.

—Respira —le aconsejó con su voz absolutamente seductora.

Riley lo intentó e inhaló a la vez que él, y luego exhaló para no desmayarse a sus pies. Nunca en su vida había estado tan afectada por un hombre. Él tenía la situación totalmente bajo control, pero ella estaba completamente aterrorizada y al mismo tiempo lo deseaba desesperadamente.

No estoy completamente seguro de tenerlo todo bajo control, le confesó. Sus palabras entraron en su mente como una melaza que se derramó lentamente por cada uno de sus pliegues tímidos y solitarios, llenándola de expectación. *Y la desesperación ni siquiera se acerca a lo mucho que te deseo.*

Sus miradas se cruzaron. Las llamas de sus ojos ardían intensamente por ella. Su corazón se acompasó con el suyo, y su respiración siguió el ritmo de la suya. Dax era como su ancla a la que aferrarse mientras la conducía a un mundo desconocido.

—Quiero hacerlo, Dax —dijo con toda la firmeza que su cuerpo tembloroso le permitía.

Lo decía en serio y su temblor era provocado por una mezcla de miedo y expectación.

Dax hizo un gesto con la mano, y en el centro del campo de flores nocturnas, en medio de la niebla que había en la montaña donde nació, apareció una gran cama con dosel y sábanas blancas. La cama le recordó a una que aparecía en una revista que había mostrado a su madre cuando era adolescente. Era tan hermosa como la de la fotografía; la madera tenía un tono dorado oscuro y estaba tallada con ondas y espirales.

Le tomó una mano y la llevó a través de las flores. Su potente aroma inundaba el aire y la hacía sentir un poco mareada. Mientras serpenteaban por el estrecho sendero que llevaba a su cama de fantasía, en lo más profundo de su femineidad sintió un fuerte dolor dulce.

Inclinó la cabeza, buscó su boca ansioso y deslizó sus manos hasta el borde de su camisa. Su beso la dejó aturdida de deseo. Cuando levantó la cabeza, le quitó la camisa lentamente y la dejó con su sujetador de encaje color lavanda. Riley sintió un escalofrío cuando la niebla rozó su piel. Dax retrocedió un paso, la miró con sus ojos ardientes y de inmediato hizo que entrara en calor. La temperatura de su cuerpo subió de golpe a pesar de la fría niebla que los rodeaba.

La acarició por encima de la curva de sus pechos.

—Eres tan hermosa. Tu piel es increíble, suave y perfecta —le dijo susurrando—. Me mantuve despierto incapaz de moverme y con mi cuerpo rígido como una piedra, imaginando una y otra vez lo que ansiaba hacer contigo. Conozco cada centímetro de tu cuerpo. Quiero saborearte entera, besar cada centímetro de tu piel y hacer que sea mía.

Riley suspiró. Cada movimiento suyo, todo lo que decía, la forma en que lo hacía con esa voz caliente y sexi, incluso la manera como la miraba, la desarmaba por completo y dejaba su cuerpo húmedo y palpitante. Estaba más que dispuesta a entregarse a él de la manera que quisiera.

—*Te avio päläfertiilam* —susurró en voz baja en su propio idioma. Su mano encontró la goma que sujetaba su pelo y tiró de ella para soltar su larga trenza—. Tú eres mi compañera.

Sus dedos fueron deshaciéndole la trenza hasta que su cabello cayó como una cascada de seda negra azulada que le llegaba hasta la cintura.

El timbre de su voz cambiaba al hablar en su idioma antiguo. Lo que le dijo con su voz masculina y profunda, que surgía profundamente de su interior, parecía una orden. Mientras hablaba, ella sintió el instinto de huir o de luchar, aunque al mismo tiempo, sus músculos internos se apretaron con fuerza provocándole espasmos de placer sensual que le era imposible contener.

Dax se aferró con fuerza a su cabellera, tiró de su cabeza hacia atrás y su boca se posó en la suya exigiéndole que la abriera. Aspiró el aliento que producían sus suaves jadeos y ella rozó su lengua un poco vacilante. La acercó más a él y con la otra mano recorrió su cuerpo desde la espalda hasta la curva de sus nalgas. Enseguida agarró su trasero y estrechó su cuerpo apretándolo contra su gran erección. Un pequeño gemido escapó de la garganta de Riley.

Parte de ella todavía estaba aterrorizada por lo que estaba haciendo, especialmente cuando sentía con la lengua cómo se alargaban sus dientes, o cuando le raspaban suavemente la piel. Sabía que Dax se estaba controlando y yendo muy despacio por ella, a pesar de que su cuerpo le gritaba desesperado que le hiciera el amor cuanto antes.

Dax la fue besando delicadamente desde la comisura de su boca, pasando por su mandíbula, hasta su barbilla, mordisqueando su pequeña hendidura.

—*Éntölam kuulua, avio päläfertiilam* —le dijo pegado a su barbilla con la voz profunda y dominante—. Te nombro mi compañera.

Tradujo mientras sus manos la rodeaban para desabrocharle el sujetador.

Liberó la prenda de encaje de su cuerpo y la lanzó a un lado. Su mirada ardiente se dirigió a sus pechos desnudos y se quedó sin aliento.

Riley se sintió lujuriosa y sexi por la forma cómo miraba su cuerpo semidesnudo. Entonces ella llevó una mano a su rostro y trazó su contorno, la forma de su mandíbula y sus labios tan bien torneados.

—Realmente eres el hombre más guapo que he visto nunca —admitió.

Dax entonces agarró sus pechos y rozó sus pezones con los pulgares. Bajó la cabeza y dejó una estela de fuego en su barbilla y su cuello hasta llegar a sus pezones.

Su boca era ardientemente erótica cuando chupaba su piel, su lengua la acariciaba y sus dientes la raspaban suavemente. Justo cuando creyó que sus piernas iban a dejar de sostenerla, él continuó descendiendo con suaves besos por sus costillas hasta llegar a su vientre plano.

—*Ted kuuluak, kacad, kojed.* —Su lengua dio unas vueltas alrededor de su ombligo, se sumergió en él y la miró con sus ardorosos ojos color carmesí mientras traducía—. Te pertenezco.

El corazón le dio un vuelco ante su declaración. La idea de que Dax le perteneciera le provocó una excitación increíble. Deslizó sus dedos a través de su cabello en punta. Le encantaba que a pesar de ser grueso fuera suave como una pluma.

Dax cayó de rodillas, llevó sus manos a la cinturilla de sus pantalones llenos de bolsillos y desabrochó el botón mientras la mantenía cautiva con su mirada ardiente. Riley se quedó sin aliento al verlo arrodillado frente a ella, mirándola como si la fuera a devorar en cualquier momento. Sintió que su cuerpo se humedecía por su enorme excitación. Con un movimiento muy tranquilo le desabrochó los pantalones, metió las manos por un lado y agarró la cinturilla con los pulgares para deslizarlos lentamente por su cuerpo. Al hacerlo arrastró sus bragas de encaje color lavanda junto con los pantalones, y dejó su cuerpo totalmente desnudo y vulnerable ante él. ¿Adónde habían ido a parar sus botas? Lo pensó durante un instante. Sabía que las llevaba puestas, pero de pronto sus pies estaban descalzos y su cuerpo desnudo. Sus dientes continuaron recorriendo la zona que había entre su ombligo y sus caderas. Le fue dando pequeños mordiscos hasta que llegó a su intrigante hendidura donde su lengua se detuvo unos instantes. Entonces Dax dio rienda suelta a sus caprichos y ella expulsó de su mente cualquier duda que pudiera tener. ¿Cómo podría pensar si estaba besando y lamiendo su vientre y sus caderas mientras masajeaba sus nalgas?

—*Élidamet andam*. Te ofrezco mi vida.

Dax llevó entonces sus manos a sus piernas, se las separó y enseguida deslizó su lengua por la parte interior de su muslo izquierdo. Mientras lo hacía, su cabello suave y en punta le rozaba el muslo derecho.

Riley pensaba que no iba a sobrevivir. Lo agarró por los hombros y gimió en voz baja en medio de la noche. Echó la cabeza hacia atrás y su cuerpo tembló y se estremeció. La boca de Dax iba dejando pequeñas llamas a lo largo de ambos muslos mientras sus dientes la mordisqueaban, y enseguida aliviaban el dolor que le producía con la lengua. Ella se aferraba como podía a su buen juicio.

Dax levantó la cabeza con las manos agarradas a sus caderas desnudas y su aliento cálido jugueteó sobre la uve de rizos de su entrepierna.

—*Pesämet andam*. —Se puso de pie todavía aferrado a sus caderas. Como estaba completamente vestido hacía que ella se sintiera aún más vulnerable y sexi—. Te doy mi protección.

Deslizó las manos hacia su cintura y la hizo caminar hacia atrás hasta que la parte posterior de sus muslos chocaron contra la cama y se le doblaron las piernas.

Dax la guió y la ayudó a acostarse en la cama. Riley se sentía atrapada en un sueño erótico. Sus manos la depositaron sobre las suaves sábanas de seda con delicadeza, pero con una firmeza que le impedía moverse. Parecía que su cuerpo era de plomo fundido; estaba tan recalentado que no podía hacer otra cosa más que esperar desesperada.

Por encima de ella la niebla se cernía como un manto blanco que giraba bajo las estrellas, las enormes y brillantes constelaciones donde no había llegado la gruesa capa de ceniza que aún flotaba en el aire impulsada por las nubes de vapor. Sabía que Dax había creado esa hermosa bóveda celeste para ella. El viento rozó su piel caliente, y sentir esa frescura incrementó aún más la urgente necesidad que tenía de que la poseyera.

Entonces la agarró por los tobillos, tiró de sus piernas y dejó expuesto su punto más vulnerable ante él. Una vez más, sus manos fueron delicadas, pero la sujetó con mucha fuerza impidiendo que ella pudiera alejarse. Riley lo miró a la cara.

—*Uskolfertiilamet andam* —dijo quitándose la camisa por la cabeza y lanzándola a un lado—. *Te entrego mi lealtad.*

Riley sintió que su corazón daba un vuelco en respuesta a su declaración. Algo dentro de ella había cambiado. Notaba la diferencia, oía un rugido y su sangre corría al ritmo de la suya.

Dax le sujetó un tobillo con una mano y la mantuvo quieta mientras se quitaba el resto de la ropa con un simple pensamiento, como era la costumbre entre los carpatianos. La mirada de ella se desvió de su cara a su amplio pecho y a su abdomen plano, y descendió hasta su gruesa y larga erección.

Abrió los ojos como platos y su piel pasó de estar ardiente a fría y enseguida volvió a estar caliente otra vez. Agarró las sábanas con ambas manos y se quedó inmóvil mientras él bajaba la cabeza para besar su pantorrilla. Sintió sus labios frescos contra su piel y una enorme excitación subió por su muslo. Intentó retirar la pierna, pero Dax se la tenía tan fuertemente sujeta que impidió que lo hiciera. Su boca siguió subiendo entremezclando sus besos con pequeños mordisquitos con sus dientes afilados y lánguidos lametones con su lengua de terciopelo.

Hizo una pausa un momento con los labios pegados a la cara interna de su muslo mientras su pelo le rozaba su húmeda apertura. Ella sintió que un relámpago de placer atravesaba su cuerpo.

—*Sívamet andam.* —Sus ojos se encontraron—. *Te entrego mi corazón.*

Ella soltó el aire de golpe. Además de parecerle el hombre más sexi sobre la faz de la Tierra, la sinceridad en su voz y sus ojos la tenían hipnotizada. Tenía algo mucho más profundo, una especie de ternura que la desarmaba por completo. Le estaba dejando su corazón a su disposición. Solo pensarlo era una lección de humildad. Dax era un antiguo guerrero, de una especie por completo diferente, más salvaje y poderosa que los animales, y no obstante estaba entregándose totalmente a ella.

Entonces volvió la cabeza con un lento y lánguido movimiento, como si tuviera todo el tiempo del mundo, mientras ella se agarraba a la sábana y sacudía la cabeza como si su cuerpo ya no fuera suyo.

—Tu olor es embriagador —susurró Dax apoyado en su monte de Venus y su cálido aliento incrementó su tensión cada vez mayor.

La estaba matando lentamente. Despacio. Cada palabra que decía. Cada uno de sus movimientos. Sus caricias. Su boca. Sus besos. La sensación que le producía su cuerpo, tan duro e inflexible restregándose contra su piel suave. Dax inhaló profundamente una vez más y ella comprendió que al igual que las flores del campo le habían llevado su esencia, los extraños pétalos guardaban su propia esencia para él.

Levantó la cabeza para mirarla y ella vio que las llamas rojas y anaranjadas de sus ojos ahora tenían un tono dorado. Además percibía el enorme deseo que tenía de poseerla reflejado en las duras facciones de su rostro. Era tan sensual. Todo su cuerpo se apretó esperando expectante. Contuvo el aliento y su corazón pareció detenerse.

—*Sielamet andam.* —Las llamas de sus ojos saltaban y ardían resplandecientes—. Te entrego mi alma.

Ella estaba ardiendo y no podía dejar de agitar la cabeza hacia atrás y hacia delante sobre la sábana. Ahora poseía su corazón y su alma. Su fidelidad. Pero también quería su cuerpo. Y lo quería ya.

—Por favor, Dax —susurró ella como si fuera un ruego, una súplica.

—Tienes que estar preparada para mí, *sivamet*. Sólo quiero que sientas un gran placer en tu primera vez.

—Estoy lista.

Estaba a punto de sollozar. Llevó las manos a su pelo sedoso y tiró de él para intentar que se pusiera encima de ella. Todo su ser lo necesitaba y latía con fuerza exigiendo que la poseyera. La tensión se hacía más y más fuerte hasta el punto que creyó que iba a implosionar.

Sintió que su lengua se deslizaba por su piel y su reflejo fue intentar rebelarse, pero Dax le rodeó firmemente las caderas con un brazo para mantenerla quieta.

—Eres tan impaciente. No te muevas.

—Me estás pidiendo lo imposible —dijo jadeando.

Dax levantó la cabeza lo suficiente como para lanzarle una mirada de reproche. Sus ojos ardían ahora con un fuego casi completamente rojizo que amenazaba con provocar un incendio fuera de control.

Riley apretó los dedos y se aferró con todas sus fuerzas a su cabello. No creía que pudiera sobrevivir con tanta tensión acumulada y con el calor intenso que sentía. Debajo de su piel percibió la presencia de sus escamas que, al igual que sus ojos, habían adquirido un color rojo fuego. La temperatura de su cuerpo, igual que la del de ella, era altísima y parecía que ambos estaban en medio de un incendio. El polvo dorado y rojizo que soltaban sus escamas caía sobre ellos.

Su boca la tocó otra vez, su lengua la lamió pícaramente y al fin la penetró profundamente. Ella reaccionó con estertores y sacudiendo las caderas a pesar de la restricción de su brazo. Sus músculos se tensaron fuertemente y dejó escapar un pequeño gemido. Dax entonces comenzó un concienzudo y pausado asalto a su entrepierna con la lengua y los dientes, haciendo que enloqueciera de placer. No podía evitar jadear desesperada al tiempo que la lamía, y era como si no pudiera dejar de saborearla. La agarró más fuerte entre sus brazos para mantenerla quieta mientras le daba lametones y mordisquitos a su antojo. Ella se retorcía debajo de él sacudiendo la cabeza mientras su cuerpo no dejaba de soltar una crema caliente en su boca. Un enorme placer se apoderó de su vientre y aumentó de golpe al sentir que comenzaba a penetrarla con un dedo.

No voy a sobrevivir.

Por un instante, mientras su cuerpo se retorcía y se tensaba al máximo, sintió miedo. Era más sexi y erótico de lo que podía imaginar y no había manera posible de que pudiera seguir su ritmo.

Agárrate a mí. Su voz sonó ronca y lujuriosa.

Dax levantó la cabeza y sus ojos brillaron posesivos antes de ponerse entre sus muslos y levantarle las caderas para colocarse en su entrada.

Riley sintió que apretaba con fuerza su grueso miembro contra ella, como si fuera terciopelo sobre acero. Ella sollozó suplicante, pues no podía esperar un instante más.

Dax la agarró por las caderas y lentamente, centímetro a centímetro, comenzó a entrar en ella estirando la cabeza hacia atrás. Su cara era como una máscara de placer salvaje.

—*Ainamet andam.* Te entrego mi cuerpo.

Intentó controlarse. Ella lo abrasaba y lo envolvía con su fuego, pero estaba tan apretada que no estaba seguro de que pudiera penetrarla. Muy poco a poco sus músculos fueron cediendo y permitieron que entrara en ella en un lento y exquisito acto de sumisión.

—*Sívamet kuuluak kaik että a ted* —consiguió decir entre dientes, sumergido en un océano de sensaciones. A pesar de su urgente necesidad de penetrarla profundamente, se quedó quieto porque ella necesitaba un poco de tiempo para adaptarse—. Y acepto cuidar lo que es tuyo.

Cada palabra que decía del ritual vinculante la sentía de verdad. Para él las palabras significaban más que cualquier emoción que los uniera. Ella iba a ser su tesoro y la querría, protegería y amaría por encima de todo lo demás. Su corazón era suyo. Su alma también. Y su cuerpo, este bello instrumento de placer que él nunca había pensado que existiera. Apretó los dientes mientras empujaba más profundo y sintió que sus reacios músculos se desplegaban como los pétalos de las flores que los rodeaban, hasta que chocó contra su delgada barrera.

Quería darle tanto placer que nunca se arrepintiera de su decisión. La cubrió con su cuerpo y el movimiento hizo que jadeara y se retorciera mientras sus músculos se aferraban a él con ardiente pasión. Acarició la curva de un pecho y una vez más su vagina se apretó y casi lo estranguló de placer.

Al tomar su decisión ella le estaba salvando el alma, independientemente de lo que le había dicho. Tal vez nunca se hubiese convertido en vampiro, pero su ofrenda era aún más importante por el hecho de que ella lo había elegido. Lo estaba siguiendo a un mundo desconocido y peligroso a pesar de que era aprensiva y miedosa. Había depositado su fe en él cuando había estado a punto de perder la confianza en sí mismo y en el mundo por el que había luchado tan duramente. Riley no tenía ni idea de lo mucho que ella significaba para él. Nunca le fallaría, y su placer era tan importante como su seguridad.

Las manos de Riley se apoyaron en sus bíceps y toda la fuerza ahí acumulada. Su duro miembro la llenaba y abría. El más mínimo movimiento de Dax hacía que unas llamaradas recorrieran su piel y que su cuerpo se arqueara como si lo hubiera atravesado un relámpago. Sus labios se desplazaron sobre uno de sus pálidos pechos, y se lo llevó al calor de su boca para chuparlo con fuerza, juguetear con la lengua y mordisquearle el pezón. Hizo que se volviera loca y se incrementara su deseo de que la poseyera con fuerza más allá de la desesperación.

—Dax, más. Necesito más.

Él tuvo que refrenar la presión que lo arrollaba sin encontrar alivio.

Levantó la cabeza un momento y ella vio que sus ojos multifaceteados brillaban intensamente con miles de llamas. Abrió la boca y le mostró sus dientes largos y afilados. Riley se quedó sin aliento. Los dientes se hundieron profundamente en su pecho y ella levantó las caderas en respuesta haciendo que se rompiera su fina barrera. Sintió que un estertor de dolor le atravesaba el cuerpo que enseguida dio paso al éxtasis que estaba a punto de llegar.

El cuerpo de Riley se arqueó, apoyó las plantas de los pies en el colchón para hacer palanca y levantó la pelvis para recibir las arremetidas de sus caderas. Se agarró con fuerza a su pelo mientras Dax bebía su sangre y los dejaba vinculados siguiendo la tradición de su especie. Estaba en todas partes, en su cuerpo, en su mente, rodeando su corazón, su olor invadía cada uno de sus sentidos.

Tal como estaban ahora fusionados, ella alcanzó a saborear su sangre y sintió la explosión de placer que tuvo Dax cuando su esencia llenó sus células y sus órganos. Su erección que ya era enorme se hizo más gruesa y la abrió todavía más. Un fuego intenso se había apoderado de su cuerpo mientras su aterciopelada vagina apretaba y estrangulaba su miembro. Continuó penetrándola dura y profundamente haciendo que estuvieran cada vez más cerca de entrar en caída libre.

Riley estaba superada por sus propias sensaciones que se intensificaban al compartir el placer que sentía él. El calor la abrasaba. La tensión no hacía más que aumentar sin que hubiese un final a la vista. Se aferró a sus hombros y le clavó las uñas agitándose salvajemente debajo de él.

Dax levantó la cabeza de mala gana y miró cómo brotaba la sangre de los dos pinchazos sobre su pecho y se deslizaba por su cremosa pendiente hasta su tenso pezón. El pecho de Riley subía y bajaba mientras él seguía ese rastro tan tentador y su cuerpo continuaba galopando duramente sobre ella entregado al enorme placer que sentía. Finalmente, cerró las pequeñas heridas con la lengua.

—*Ainaak olenszal sívambin* —dijo esas palabras con la voz ronca y se detuvo impidiendo que ambos aliviaran su tensión. Estaba a punto de gruñir, pues nunca había imaginado que su cuerpo pudiera sentir tanto placer—. Amaré tu vida mientras viva.

Ella se encontraba casi sin sentido y se limitaba a apretar los músculos para aferrarse a él. A través de la conexión de sus mentes, sabía que él estaba al límite de lo que podía controlar.

Dax deslizó el brazo bajo su cabeza, sus ojos ahora eran todo fuego y la quemaban como si la estuviera marcando con un hierro candente.

—Quédate quieta.

Respiraba entrecortadamente y sus caderas eran incapaces de obedecer, todos sus músculos se aferraban a él y no podía dejar de agitar la cabeza de un lado a otro, desesperada por llegar al orgasmo. No podía quedarse quieta por más que se lo dijera. Intentó levantar su cuerpo, pero él la detuvo y puso una mano sobre su pecho. Con un uña dura como el diamante se abrió una fina herida a lo largo del fuerte músculo que tenía encima del corazón.

—Toma lo que ofrezco, *sivamet*. Acércate a mi mundo.

Ella abrió los ojos de par en par y lo miró asombrada. Y aunque no debería habérselo parecido, encontró que era sumamente erótico y sexi estar en ese campo de flores mientras unas gotas de sangre color rubí brotaban del fuerte cuerpo de Dax para ella. Apenas podía creerse lo que estaba viendo, pero aun así se sentía totalmente hipnotizada.

—Por favor —susurró ella.

El cuerpo de Riley estaba en llamas. Necesitaba encontrar alivio, pero no sabía seguro si Dax había entendido que le estaba suplicando que la llevara al límite. La tentación de degustarlo era un susurro oscuro que consideraba muy difícil ignorar. La idea de beber su sangre debería parecerle repugnante, en absoluto erótica, pero su boca enseguida la saboreó. Su olor lo impregnaba todo, y su cuerpo ardía desesperado.

—Tienes que tomar la decisión por ti misma, Riley —dijo Dax implacablemente—. Esta es la manera de acercarte a mi mundo, y tienes que decidir si esto es lo que realmente quieres.

Dax le sostuvo la cabeza con un brazo, y con el otro le agarró las caderas mientras la penetraba profundamente.

Riley sentía que su pene grueso y caliente como una barra de acero llenaba de fuego todo su cuerpo. Sabía que él también estaba en llamas, pues veía el brillo de su piel y de sus ojos, y sentía el calor abrasador de su cuerpo. Y además su miembro, que se enterraba centímetro a centímetro en su vagina, propagaba esas mismas llamas en el interior de su cuerpo. Estaba ardiendo y no había manera de apagar su fuego. Se movió, y él se detuvo.

Se le escapó un sollozo. Lo necesitaba y lo deseaba.

Tienes hambre de mí.

Una gota de sangre se deslizó desde su músculo pectoral hasta el borde de su pezón plano y duro. Ella la siguió con la mirada mientras se lamía el labio superior. Dax no iba a dejar que no asumiera la verdad. En sus venas sentía un latido casi tan fuerte como el terrible dolor en su cuerpo. Recordó la flor que sabía igual que él y su aroma embriagador que ahora estaba amplificado mil veces por el campo de flores que los rodeaban. No podía negar que lo que le había susurrado era cierto, pero sus inhibiciones humanas la retenían.

Siento tu hambre latiendo en mí.

Su voz era pura seducción, por no hablar de la fuerte embestida, dura como un golpe de martillo, que le propició, aunque enseguida se detuvo una vez más. Desesperada, antes de que pudiera pensar lo que estaba haciendo, lamió ese fino rastro de sangre con la lengua. Su sabor explotó en su lengua como si fuera champán. Sin levantar la boca siguió el rastro de la sangre hasta llegar a su fuente, lamiendo y chupando.

El gemido de Dax era ronco y sexi. Echó la cabeza hacia atrás, y le susurró y la ayudó ahora que había tomado la decisión. La esencia de su vida entraba en ella para saciarla, reestructurarla y nutrirla.

—*Te élidet ainaak pide minan.* Siempre consideraré que tu vida es más importante que la mía —dijo con los dientes apretados.

Su cuerpo se estremeció por el esfuerzo que estaba haciendo para contenerse. Su piel tenía un brillo rojizo y dorado, y se le veían las escamas.

Riley lo miró a la cara. La expresión de lujuria que tenía grabada en ella le provocó una gran excitación. Su sabor era un afrodisíaco que avivaba la tormenta de fuego que tenía en su cuerpo. Nunca se iba a cansar de él, ni de su sabor ni de su cuerpo.

—Suficiente, *sivamet.* No puedes tomar demasiada sangre de una vez. Sólo lo suficiente para hacer el intercambio.

Escuchó lo que le decía como si estuviera a una gran distancia. Su sangre rugía en sus oídos. No estaba segura de lo que le quería decir, pero no podía parar. Dax se vio obligado a interponer suavemente su mano entre su boca y su pecho.

—*Te avio päläfertiilam.* —La agarró de las caderas con ambas manos para acercarla aún más y le colocó las piernas sobre sus hombros—. Eres mi compañera.

Riley soltó un pequeño gemido y cayó hacia atrás mirándolo a los ojos. Su cuerpo estaba a punto de explotar y parecía tan tenso que tuvo miedo de que se pudiera romper en mil pedazos. En esa posición su miembro la acariciaba aún más profundamente. Sus movimientos parecían pinceladas de fuego al rojo vivo. Estaba tan cerca del orgasmo, y aun así no podía llegar a él.

—Dax —gritó su nombre con la mente confusa y la absoluta necesidad de que la llevara al borde del abismo—. Por favor. No puedo...

No sabía lo que necesitaba de él. Solo entendía que se estaba quemando viva y que no podía más.

Dax arremetió con su miembro de acero y se enterró profundamente en su cuerpo una y otra vez. Hubiera jurado que sentía que prácticamente le estaba perforando el estómago. Una y otra vez. Tan duro. Entraba en ella como un émbolo tan profundamente que estaba segura de que había encontrado el camino hacia su alma. No paraba y no le dejaba ni un momento para recuperar el aliento. Solo sentía sus incesantes embestidas dentro de ella.

Le clavó las uñas en los brazos y movió la cabeza sin sentido mientras sus pulmones ardían por falta de aire. En lo profundo de su mente se oyó gritar. Tenía la boca abierta, pero no emitía ningún sonido. Su cuerpo se aferró al de él como un cepo hasta que al fin tuvo un orgasmo y durante su sorprendente explosión de placer se hizo añicos, se fundieron sus huesos con sus músculos y ardieron sus células y tejidos. Dax también estalló como un volcán ardiente, tembló y sufrió una serie de estertores. El cuerpo de Riley mientras tanto parecía romperse en mil pedazos.

Dax se desplomó sobre ella respirando entrecortadamente. Su corazón latía tan fuerte que lo oía perfectamente. Ella no podía moverse, su cuerpo todavía sentía un gran placer, pero estaba tan pesado que ni sus brazos encontraban fuerzas para llevar sus manos hacia la piel y el grueso cabello que le encantaba tocar.

Dax giró la cabeza hacia su cuello.

Ainaak sívamet jutta oleny. Susurró en su mente.

—Estarás unida a mí durante toda la eternidad.

Otra oleada de placer la recorrió estremeció y de nuevo alcanzó el clímax una y otra vez. Sentía algo diferente en su interior. Estaba... más... evolucionada. Unida a él. Nunca querría dejarlo. Parecía como si millones de diminutos hilos se entretejieran entre ellos para unirlos.

Dax le dio varios besos en los ojos.

—*Ainaak terád vigyázak*. Siempre estarás a mi cuidado.

Con el cuerpo tembloroso, Riley se obligó a encontrar la energía que le permitiera llevar una mano hasta su rostro. Las pestañas imposiblemente largas de él estaban húmedas y tocó sus puntas dulcemente.

Dax volvió la cabeza y atrapó sus dedos en su boca, los chupó suavemente y la liberó.

—El ritual de unión es nuestra versión del matrimonio, aunque más permanente. Une tu alma con la mía. Tal vez debería haber esperado hasta que realmente supieras mejor en lo que te estás metiendo. No es una excusa, pero no quiero estar solo otra vez, Riley.

—Ni yo —le aseguró y parpadeó para contener las lágrimas—. Quiero esto. No importa lo que pase, Dax, he decidido estar contigo. Me advertiste que no habría vuelta atrás. Estoy preparada para esto.

Él se dio la vuelta y arrastró su cuerpo para que se tumbara sobre su pecho. Riley hundió exhausta la cara en la unión entre su cuello y su hombro. Estaba segura de que cuando estuviera sola se iba a espantar por haber tomado una decisión tan trascendental, pero se aferró a él y llevó una mano a su pelo, y con la otra le acarició el pecho.

Dax la abrazó y la sujetó con fuerza.

—¿Vas a dormir?

—Sí. Puedes recoger las flores para Gary y Jubal —dijo ella—. Yo no me voy a mover el resto de la noche.

Dax se rió suavemente y le dio un beso en la coronilla.

—Como quiera, señora mía.

Capítulo 14

Riley despertó instantes antes de la puesta de sol. No supo cómo lo había calculado, pero no dudó cuándo iba a ser el momento exacto en que el sol se hundiría en el cielo. Tal vez pudo haberla despertado el zumbido constante de los insectos que sonaba tan alto que se había tenido que tapar los oídos con las manos. Los pájaros que revoloteaban sobre los árboles trinaban mucho más fuerte de lo normal, pues se preparaban para la larga noche de caza de sus depredadores. Todo sonaba mucho más intenso, incluso los ronquidos de varios de los hombres.

Le dolía la mano y cuando la levantó para inspeccionarla advirtió que la tenía bastante hinchada. Evidentemente, le había picado una araña o un insecto que le había provocado una reacción alérgica. No recordaba haber tenido alergias a las picaduras, pero sabía que en la selva los insectos podían llevar cualquier tipo de veneno. Tendría que hacer algo al respecto. Su equipo de primeros auxilios estaba en la mochila.

Se sentó en la hamaca bastante molesta y observó el campamento. Su cuerpo estaba deliciosamente adolorido en lugares que hasta ese momento desconocía. El corazón le latía con mucha fuerza por la enormidad de lo que había hecho… entregarse a Dax. Estaba enfadada consigo misma.

Tenía que ser honesta y reconocer que prácticamente se le había lanzado encima y que él incluso había intentado disuadirla. De hecho, aunque en realidad se habían conocido hacía muy pocos días, sentía como si lo conociera mejor de lo que había conocido a nadie en su vida. Habían compartido sus pensamientos y había aprendido mucho de él.

Riley se mordió con fuerza el pulgar y se raspó la uña con los dientes mientras pensaba cómo conciliar su pequeña vida formal con su comportamiento en la selva. ¿Iba acaso a ponerse tonta y lamentarse por esa increíble, asombrosa y caliente primera vez? Ya no era una estudiante de secundaria. Era profesora universitaria, por el amor de Dios. Si quería mantener relaciones sexuales con el cazador de vampiros más sexi de la selva, evidentemente no tenía por qué avergonzarse de ello.

¿Estaba entonces avergonzada? En absoluto. Nunca se arrepentiría de haberse entregado a él, pero sabía que no había sido solo su cuerpo lo que le había ofrecido. Con un pequeño suspiro apartó los largos mechones de pelo que se le habían escapado de su trenza y le caían sobre el rostro. Se ruborizó al recordar las manos de Dax soltándole el cabello. Y cuando se lo había vuelto a trenzar, justo después de que cogiera las flores para Gary. En ese momento ella se había quedado desnuda en la cama, demasiado cansada como para moverse. Volvió a sentir que le subían los colores.

Si hubiera sido solo sexo lo que había tenido con Dax, no estaría tan nerviosa. El problema era que le había entregado su corazón y su alma. Había saltado desde un acantilado sin saber si había una red de seguridad esperándola. Se quedaría completamente hundida si él no sentía lo mismo que ella por él. Ese era el asunto. Dax le había dicho que se sentía igual que ella, y aunque la noche anterior había estado en su mente y se había sentido muy segura, ahora apenas podía soportar estar alejada de él.

Estar separados la destrozaba. Se dio cuenta de que no podía dejar de pensar en él. Era como si estuviera conteniendo el aliento esperando su llegada. Detestaba el hecho de que las mujeres de su familia fueran tan apegadas a sus parejas que en todo momento querían estar con sus maridos. Pero ella se había convertido en una mujer independiente, había recibido una buena formación y era capaz de cuidar de sí misma. Pasaba tiempo con sus amigos y realmente disfrutaba de su compañía. No dependía de un hombre para divertirse ni para subsistir. Todas sus antepasadas habían fallecido pocas semanas después que sus esposos, incluso su propia madre.

Pero ella había decidido que nunca sería así y sin embargo... estaba obsesionada con Dax. Necesitaba verlo. Se frotó la cara otra vez intentando pensar con claridad para evaluar la situación. No había vuelta atrás y si la hubiera, sabía que no recularía. Estaba enamorada de él, y más que eso. Su perdición había sido compartir su mente con la suya. Ya nunca más iba a estar sola. Simplemente tenía que llamarlo, y él aparecería en su mente. La devoción que sentía por ella era absolutamente evidente. Dax no intentaba ocultar el deseo o la admiración que le provocaba. Para él solo existía ella.

Sacó el botiquín de primeros auxilios de su mochila y rebuscó hasta encontrar la crema para la alergia. Entonces, ¿por qué estaba molesta? No tenía ni idea de en qué se estaba metiendo realmente y ella siempre, *siempre*, tenía un plan. Su mente solo funcionaba de esa manera. Necesitaba estabilidad. Un objetivo. No era de las que se lanzaban de cabeza a un precipicio sin saber dónde aterrizar. Tampoco era de las que se entregaban por completo a un hombre. Y no, tampoco se trataba de un hombre…, sino de un carpatiano que consideraba que los humanos eran una fuente de alimento. Desde que había llegado a la selva, todo había escapado a su control.

Se untó la pomada sobre la mano hinchada y suspiró al sentir que el viento le acarició ligeramente la cara mostrándole que no estaba sola.

—Weston. —Lo saludó sin volver la cabeza y con mucho cuidado puso todo de vuelta en el neceser y lo guardó en su mochila—. Pensé que teníamos un acuerdo. Ibas a mantenerte alejado del lugar donde duerma. Me gusta la privacidad.

—Quería hablar contigo antes de que los demás se levanten.

Riley suspiró y zarandeó sus botas para asegurarse de que no se había metido nada en ellas durante la noche. Tenía que admitir que Don Weston parecía conciliador, pero aun así se sintió segura al palpar el arma que tenía escondida en la hamaca dentro de su saco de dormir, y agradeció que Jubal se la hubiese proporcionado.

—Claro, ¿qué sucede?

—Mira, sé que no te caigo bien. Y debo admitir que tienes una buena razón. A veces bebo demasiado cuando tengo que estar en estos lugares. Odio la selva y todo lo que tenga que ver con ella, especialmente los insectos. Sé que fui un idiota, pero era solo para divertirme y fanfarronear un poco. —Weston frunció el ceño y tocó con la punta del pie la raíz del árbol más cercano. Miró por encima del hombro hacia los otros hombres y bajó la voz aún más—. No te lo vas a creer, pero quiero que sepas que tengo dos hermanas…

Riley se acercó y lo miró fijamente muy sorprendida. No podía imaginar que ese hombre tuviera una madre, y menos aún hermanas.

—Nunca lo sospeché.

Weston miró hacia Mack Shelton y dio un puntapié con su bota a la vegetación en descomposición.

—Sí, tengo hermanas, y las mantengo alejadas de mis amigos.

—Así que por eso subiste con nosotros a la montaña en lugar de dar marcha atrás con el profesor. Parecía tan raro en ti —dijo Riley.

Weston frunció el ceño, se encogió de hombros y soltó un pequeño suspiro.

—Déjame decirte algo. Aunque sé que todos dijisteis que conocíais de antes a este hombre, Dax, no creo que realmente sepáis quién es. Tal vez hablo demasiado y no te inspiro demasiada confianza, pero los hombres así... —Dejó de hablar y negó con la cabeza. Riley deslizó el arma desde su saco de dormir a la mochila y comenzó a desmontar la hamaca, pues necesitaba ocupar sus manos mientras escuchaba las revelaciones de Weston. Además, en cuanto llegara Dax, emprenderían camino nuevamente—. Tiene encanto, es guapo y todo lo demás, pero es peligroso. He visto hombres como él, y cuando se enfadan se transforman en luchadores despiadados. No es la clase de hombre que me gustaría que saliera con mis hermanas, eso es todo.

Riley metió la hamaca en su mochila, inspiró y se volvió para mirar a Weston. Estaba intentando hacerle una advertencia, lo que en cierto modo era un detalle por su parte, pero era demasiado tarde, ya estaba perdida. Sabía que Dax era peligroso para ella, pero evidentemente no por lo que Weston pensaba.

Sintió que una corriente eléctrica recorría su piel y chisporroteaba en sus venas. Estaba cerca. Dax. Muy cerca. Su cuerpo instantáneamente se puso en sintonía con el suyo. La brisa de la tarde le trajo un olor a especias y masculinidad, a aire libre y naturaleza salvaje, que ella reconocía como el suyo. Inspiró y llenó sus pulmones con ese olor.

Al instante se sintió totalmente viva e increíblemente sensual. Enseguida percibió un hormigueo en los pechos, sus pezones se pusieron tensos y en su vientre ardió un fuego que resplandecía lleno de vida. ¿Cómo conseguía hacer que se pusiera así si todavía ni siquiera lo había visto?

Se obligó a prestar atención a Weston y le dirigió una sonrisa.

—Te agradezco la advertencia, Don. Tendré cuidado.

¿Cuánto cuidado? ¿Crees que ahora te vas a resistir a mí?

El mensaje de Dax brilló en su mente. Había un matiz en su voz que hizo que sintiera miedo, y sin embargo también la emocionó. Le pasó los dedos por su mano lesionada y el dolor se esfumó al instante. Su firme cuerpo la rozó por detrás y empujó con sus caderas para que sintiera la gran erección que se apretaba contra su cuerpo. Sus fuertes dedos le acariciaron el seno derecho y ella sintió que se le apretaba el estómago y que le dolían los muslos. ¿Cómo podía hacerlo si ni siquiera estaba visible?

¿Cómo es que siempre estás rodeada de hombres, sivamet? Me parece que no me gusta esa costumbre tuya de siempre estar con otros hombres.

Entonces exhaló su aliento cálido contra su cuello y su lengua fue lamiendo el recorrido de los latidos de su pulso. Y enseguida sus fuertes dientes le mordieron el cuello, justo donde su vena palpitaba más intensamente. La mordedura le produjo un picor, pero al pasarle la lengua la molestia se alivió.

Bueno, es que estoy viajando con hombres, se sintió obligada a señalar y deliberadamente empujó su trasero contra él. *¿O no te has dado cuenta?*

Se sentía muy feliz. Había venido. Su estómago se relajó, su corazón dio un vuelco y de pronto estaba siguiendo el ritmo de su respiración.

¿Cuántos otros te han hecho advertencias sobre mí?

Sus dientes afilados le rozaron el cuello por segunda vez y su vientre se contrajo. Sus rodillas se debilitaron. Sin lugar a dudas no estaba feliz de encontrarla a solas con Weston en su santuario privado haciéndole advertencias sobre Dax. Le abrió la mente para que viera cuánto lo deseaba. Le hacía gracia que entre todos sus compañeros, fuera precisamente Weston quien intentara aconsejarla.

Te parece cariñoso.

Pronunció la última palabra con sarcasmo y desdén.

Sus dientes la mordieron por tercera vez lo bastante fuerte como para dejarla sin aliento. Pero ahí estaba su experta lengua que lamió la pequeña herida con su saliva curativa. Enseguida volvió a rasparle con ellos la vena y su cuerpo expectante se ablandó muerto de deseo por él. Esperó con los ojos cerrados anhelando su erótico mordisco.

—Riley, ¿estás bien? —preguntó Weston con un atisbo de preocupación en su voz—. Realmente no quería molestarte. Es solo que pensé que era importante que alguien te dijera algo.

Ella se sobresaltó, pues por un momento se había olvidado de que Don Weston seguía ahí cerca.

Respóndele para que se vaya. Me resulta incómodo verlo en ese papel de protector. *Además te desea. Si por él fuera no te quitaría las manos de encima. Es mejor para su salud que se distancie de ti inmediatamente.*

No puedes sentir celos de Don Weston.

No le parecía digno de Dax un sentimiento tan ínfimo.

No hay ninguna razón para tener celos de un hombre al que no respetas, contestó Dax con un tono bastante arrogante.

Le costaba pensar con claridad teniendo su cuerpo tan cerca. La rodeaba su aroma embriagador, lo que hacía que fuera muy consciente de su presencia.

Solo ha venido a advertirme. Ni una sola vez ha intentado algo que no debiera.

Sus dientes, que raspaban la vena de su cuello rítmicamente, la distraían y le hacían imposible pensar. Las manos de Dax se deslizaron dentro de su camisa y le cogieron los pechos por abajo. Seguía detrás de ella completamente invisible rodeándola con su calor y apretando su dura erección contra su trasero. Lo único que Riley podía pensar era en hacerle el amor una y otra vez. ¿Era posible enamorarse del cuerpo de un hombre?

No es un hombre bueno. Cree serlo, y piensa que las mujeres lo buscan porque es superior a ellas. Tarde o temprano va a hacer daño a alguna mujer y esa no serás tú. Su voz sin duda era amenazante. *Soy un cazador del mal, ya sea del que se apodera de los humanos o de los carpatianos, eso no me importa. Mi deber es destruir al mal donde lo encuentre.*

Un escalofrío de miedo recorrió su columna. Desde el principio había sabido que Dax era peligroso, no hacía falta que Weston se lo recordara. En segundos podía pasar de ser un caballero a la antigua a desarrollar una violencia explosiva.

Tiene hermanas.

Dax le mordió el sensual punto donde se unía el cuello y el hombro. La rodeó con sus fuertes brazos y ella sintió su cuerpo firme como una roca. El calor que salía del cuerpo de Dax elevó la temperatura del de ella. Sentía que aumentaba la presión en torno al centro de su feminidad, lo que incrementaba el deseo casi doloroso que sentía por él. Y ese dolor solo Dax lo podía calmar.

Si te dijera lo que pasa por su mente cuando está con sus hermanas, no lo estarías defendiendo.

—Estoy bien, Don —consiguió decir con la voz demasiado ronca—.

Gracias por la advertencia, voy tener mucho cuidado. Ahora tengo que recoger rápidamente. Hoy tenemos que llegar al río.

El olor de la comida le provocó un poco de náuseas. Los otros estaban terminando de desayunar y de levantar el campamento. Ella lo que quería era gritar a Weston que la dejara en paz para poder estar a solas con Dax antes de que los demás estuvieran listos para partir. Necesitaba estar a solas con él. Se mordió el labio con fuerza. Era una mujer adulta que no tenía la costumbre de actuar de manera tan inconsciente.

Eso te lo acabas de inventar, ¿verdad? Era imposible que Dax supiera eso acerca de Weston.

Cayó la noche con sus suaves tonos grises y la cubrió como una manta, pero ella siguió a la intemperie donde solo la protegían unos pocos árboles y ese fino velo que la escudaba. Nadie podía ver lo que Dax le estaba haciendo, y hasta el momento había logrado conservar alguna apariencia de decencia a pesar de que lo que realmente quería hacer era quitarse la ropa y dejar que la penetrara.

La gran erección de Dax ardía como un hierro de marcar en la curva de sus nalgas. Sus dedos comenzaron a hacerle un masaje lento y delicado en sus pechos. Apretaban y hacían girar sus pezones mientras su boca lanzaba su aliento de fuego a lo largo de su cuello. Entonces Riley tuvo que contener un gemido de placer. Las sensaciones de placer la arrastraron como si fuera un maremoto.

Ojalá me lo estuviese inventando, créeme, sivamet. Es un hombre muy depravado, solo que no ha desarrollado todo su potencial.

En el momento en que Weston se alejó, se permitió apoyar la cabeza hacia atrás sobre el hombro de Dax muerta de deseo. Su boca regresó a su cuello y sus dientes rasparon el lugar donde más latía su pulso. Le ardía la sangre y cada una de sus terminaciones nerviosas chillaba para que la mordiera. Su respiración se transformó en jadeos de deseo.

No tenía ningún control con Dax. Bastaba que le dirigiera la palabra o que se acercara a ella para que su cuerpo estallase en llamas y todo su decoro saltara por la ventana.

Nadie te puede ver. Estoy evitando que te vean. Incluso si se acercan, no podrán verte.

Las manos de Dax se deslizaron por su vientre plano hasta la cinturilla de sus pantalones con bolsillos a los lados. Ella miró a su alrededor con los ojos abiertos de par en par y quiso protestar, pero él llevó su mano a su monte de Venus y su pulgar encontró su pequeño y caliente botón deseoso de que le prestara atención.

Tienes que parar. No voy a poder quedarme en silencio. Dijo suspirando. Sentía que la tensión de su vientre aumentaba más y más. Apenas la había tocado y ella ya estaba a punto de...

Los pequeños sonidos que emites son música para mis oídos. Tengo que escucharlos. Susurró maliciosamente tirando del lóbulo de su oreja. *Solo los podré oír yo.*

Introdujo un dedo dentro de su húmeda y caliente vagina mientras con el pulgar continuaba acariciando y frotando ligeramente su punto más sensible con el que jugueteaba incansablemente, excitándola más y más. Tanto que ni siquiera conseguía recuperar el aliento.

Se le escapó un fuerte gemido y percibió que a él le encantaba oírla. Un segundo dedo se unió al primero y Dax hundió los dientes profundamente en su cuello. El pequeño dolor hizo que se le contrajeran los músculos en torno a los dedos de Dax y los atraparon con fuerza. El dolor dio paso a una oleada de placer sensual tan abrumadora que se habría caído si no la hubiera estado sujetando.

Dame lo que es mío.

Le llenó la mente con su orden. Se sitió completamente abrumada cuando su boca absorbió la esencia de su vida mientras la penetraba con los dedos de una mano y con los de la otra jugueteaba con sus pezones. Su cuerpo entró en erupción y unas fuertes oleadas de placer se apoderaron de sus pechos y descendieron hasta sus muslos. Estuvo a punto de decir su nombre entre gemidos completamente inundada de placer. La lengua de Dax se deslizó sobre los pinchazos que le había abierto en el cuello y selló los dos pequeños agujeros que le había dejado.

En cuanto Riley pudo mantenerse en pie por su cuenta, Dax se quitó la camisa, se materializó frente a ella y le levantó los pechos con las manos para llevárselos a la boca. Su boca caliente y ardorosa succionaba con fuerza mientras su lengua bailaba sobre su pezón. Su torso desnudo era duro como la caoba y su piel resplandecía. Ella gritó suavemente un poco atragantada cuando él tiró de su pezón con la boca, lo rozó con los dientes y le provocó un pequeño pinchazo de dolor que alivió al instante con su lengua de terciopelo.

Dax levantó la cabeza para mirarla fijamente haciendo que el corazón de Riley latiera con fuerza. Vio cómo ardía su mirada y el deseo salvaje que sentía. Entonces se llevó una mano a su propio pecho. El vientre de Riley se contrajo y se le hizo la boca agua. Trazó una línea sobre su pecho con una uña de diamante y le sostuvo la mirada. Luego le cogió la nuca con una mano mientras las llamas en sus ojos ardían y danzaban. La obligó a inclinar la cabeza para que pasara la lengua por las gotas de rubí que manaban de la fina herida que se había hecho por encima del corazón.

En el instante en que probó su sangre, supo que estaba perdida. Nunca consideraría suficiente el tiempo que pasara con él. La hacía sentirse viva y su cuerpo se sentía feliz cuando estaba a su lado. Su sentido del olfato, su vista, todo era diferente y más intenso. Lo deseaba y era adicta a su sabor. El mundo a su alrededor se desvaneció y solo quedó Dax con su cuerpo firme y su sabor exquisito.

Riley deslizó la palma de la mano desde el pecho de Dax hasta su fuerte abdomen y acarició cada uno de sus definidos músculos con los dedos. Las mujeres soñaban con un hombre de su contextura y él era suyo. Estaba entregado a ella. Su mano fue más abajo hasta encontrarse con su impresionante paquete. Lo frotó suavemente aunque sin miedo, disfrutando de la posibilidad de tocarlo.

La mente de Dax entró en la de ella y compartió el placer que le provocaban sus manos y su boca. También compartió con ella las imágenes eróticas que aparecían en su cabeza. Ella se quedó con la boca abierta ante lo que vio, y porque consiguió excitarla aún más.

Basta, sivamet. *No quiero que te pongas mal. Tienes que venir a mi mundo poco a poco. No quiero que haya complicaciones.*

Para asegurar su obediencia puso la mano entre su pecho y la boca de ella.

¿Cómo podía reducir la velocidad cuando ella ya estaba en esa montaña rusa? Ella no quería ralentizar la situación en absoluto, pues deseaba entregarse cuanto antes por completo a él. Seguirlo dondequiera que fuera. Horrorizada por sus pensamientos obsesivos, Riley dio un paso atrás, o lo intentó. Dax simplemente hizo un movimiento fluido, la cogió por la barbilla y la obligó a levantar la cabeza.

Me desperté porque me atormentaban tus dudas. No estás obsesionada conmigo más de lo que yo estoy contigo. Nunca podré traicionarte, Riley. Eres mía en esta vida y en todas las vidas que nos han dado. El tiempo nunca será lo suficientemente largo para mí.

La seguridad que tenía en sí mismo la excitaba. Jamás había conocido a un hombre que pudiera ser tan responsable sin ser arrogante.

Sé que esto es lo correcto, aseguró Riley. *Sé que eres lo que quiero.* Tuvo que apartar la mirada de sus ojos ardientes para admitir sus inseguridades. Se miró las botas. *Es difícil creer que de todas las mujeres que hay en el mundo, yo soy la que de verdad quieres. Y en realidad no has visto a ninguna otra mujer aparte de a mí. Espera hasta que vayas a la ciudad. Tu mundo era diferente de lo que es ahora. Hay muchas mujeres bellas en él que podrías elegir.*

Dax le sonrió una vez más y la obligó a levantar la barbilla para mirarla a los ojos. El corazón de Riley latió con fuerza por la enorme ternura que sintió en ese momento.

Solo hay una Riley y es mía.

Inclinó la cabeza lentamente hacia ella.

Riley vio que se acercaba con sus ojos resplandecientes, sus labios perfectamente cincelados entreabiertos, sintió su aliento caliente y al final la besó. Ella se entregó por completo y dejó que el mundo desapareciera. La besó una y otra vez, y su cuerpo se fue ablandando hasta fundirse con el suyo. Las manos de Dax bajaron por su espalda, y al llegar a la curva de sus nalgas la levantó y la apretó con fuerza contra su erección. Se quedó sin aliento, sorprendida de que él la deseara tanto como para querer hacer el amor con ella allí mismo, al aire libre.

¿Acaso creíste que podía pasar mucho tiempo sin hacer el amor contigo otra vez?

Una vez más había cierto reproche en su tono, como si las dudas que ella tenía cuando él se despertó hubieran afectado de alguna manera a su integridad.

Esperaba que no pudieras. Aunque...

Volvió a mirar el campamento. Los demás estaban terminando de comer y de recpgerlo todo para continuar el viaje.

Dax se inclinó hacia adelante y se metió su pecho derecho en su cálida boca y pellizcó suavemente su pezón izquierdo. Riley se arqueó y se hundió más profundamente en su calor abrasador. La tentación era superior a ella. Tenía los muslos completamente húmedos. Evidentemente, su cuerpo pertenecía a Dax y no podía resistirse a esa boca caliente ni a esas manos juguetonas.

Él levantó la cabeza, y el oscuro deseo que ardía en sus ojos se volvió muy excitante.

Quítate los vaqueros.

Sus dedos continuaban pellizcando sus pezones.

Tengo las botas puestas.

Llevó las manos a la cintura de sus pantalones para bajárselos lo suficiente como para calmar el deseo ardiente que sentía en su entrepierna. De todos modos no estaba segura de querer estar completamente desnuda a la intemperie, a pesar de que Dax le hubiera asegurado que no la podían ver. Le parecía tan indecente.

Y sexi. Eres tan sexi.

Tenía que admitir que la situación era muy erótica. Dax hacía que se sintiera así, como si no pudiera esperar un minuto más y tuviera que poseerla inmediatamente o sería demasiado tarde. Sin embargo, al aire libre, con la gente tan cerca, tan solo protegidos por unos pocos árboles y una niebla en movimiento... no le parecía correcto. De pronto el aire frío golpeó su cuerpo y le puso la piel de gallina. Miró hacia abajo y las botas y los pantalones vaqueros ya no estaban. Una lenta sonrisa apareció en su boca.

Eres tú el que es sexi. En mi mundo, las mujeres dirían que eres una bomba sexual.

Y lo era. Nunca había conocido a ningún otro hombre que la dejara sin poder pensar racionalmente para quedar convertida en puro sentimiento.

Estaba desnuda en medio de una pequeña arboleda. Debería haberse cubierto, pero en cambio sus pezones se pusieron más duros que nunca, su intenso deseo latía en su entrepierna y tenías los muslos y los pechos completamente excitados. Si Dax podía quitarle la ropa tan fácilmente, ya no tenía dudas de que podía hacer que los demás no los pudieran ver. Lo deseaba de cualquier manera posible.

Él lanzó un gruñido ronco y embriagador que hizo que se despertara un torbellino de lujuria en su vientre. Inclinó la cabeza hacia sus pechos una vez más, los agarró suavemente y se los llevó a la boca.

Ella lo cogió por la nuca con los ojos muy abiertos porque tenía que verlo..., le encantaba verlo. Todo en Dax era sensual, sus ojos con grandes parpados, el calor que irradiaba su piel y su boca caliente aferrada a sus pechos. Estaba desnuda, el viento que soplaba sobre su cuerpo jugaba con su piel, su sangre fluía acaloradamente y un enorme deseo ardía entre sus piernas. Debería haberse sentido expuesta y vulnerable. No llevaba nada encima y tenía su cuerpo dispuesto para él, pues hacía que se sintiera hermosa y que le perteneciera. Le encantaba sentir que era suya.

Por supuesto que me perteneces. Tu alma es la otra mitad de la mía. Naciste para mí, y yo nací para ti.

Sus manos estaban por todas partes, se deslizaban sobre cada centímetro de su piel y su boca la devoraba hasta que ella dejó de pensar. Sus largos besos la drogaban y hacían que su cuerpo se muriera de ganas de estar con él. Ella lo abrazó por el cuello y completamente embelesada se aferró a él con fuerza de manera muy posesiva.

Dax la levantó hasta que su cuerpo se acopló sensualmente contra él.

—Rodea mi cintura con tus piernas —le susurró pegado a su boca.

Peso demasiado.

Riley era alta y curvilínea, no se parecía nada a las modelos de las revistas, y no quería hacerle daño en la espalda.

Su risa atravesó su cuerpo como el chorro de un manantial de agua mineral caliente, cuyas burbujas explotaron al entrar en su torrente sanguíneo. Hizo lo que le había ordenado.

No seas boba.

Había humor y ternura en su tono de voz.

De nuevo la estaba besando intensamente. Sus besos eran cada vez más salvajes y posesivos y hacía que sintiera fuego por todo el cuerpo. La besaba como si estuviera hambriento y ella le asegurara su supervivencia, y tal vez era así. Su lengua acarició el contorno de sus labios, entró en su boca y se enredó con la suya. Una corriente eléctrica recorrió sus venas hasta que quedó sin aliento y llena de deseo.

Dax la levantó con gran facilidad para estrecharla contra su pecho demostrándole lo fuerte que era.

Rodea mi cintura con tus piernas y junta los tobillos.

Los dedos de Dax encontraron la cálida y húmeda entrada de su vagina.

Estas totalmente lista para mí.

¿Cómo no iba a estar lista para ti? Yo siempre estaré lista para ti, le susurró en la mente y dejó que viera cómo lo veía ella, tan perfecto y tan sexi que le era imposible resistirse a él.

Me encanta lo húmeda que te pones por mí, pero enseguida quiero probarte. Devorarte. Lamer cada centímetro de tu piel hasta que te entregues a mí por completo.

Su voz era ronca y oscura, una mezcla dura y peligrosa que hizo que se apoderara de su cuerpo una nueva oleada de calor. Entrelazó los dedos en su nuca, se inclinó hacia él y le mordió un hombro porque todo lo que acababa de decir hacía que se impacientara cuando lo único que quería era que la poseyera. Él gruñó y ella se volvió hacia su cuello para morderlo suavemente. Consiguió que el cuerpo de Dax se estremeciera.

Espera.

Su voz estaba ronca de deseo. Riley se agarró con fuerza mientras él iba bajando con toda la suavidad del mundo. Entonces sintió la cabeza caliente y aterciopelada de su grueso miembro que presionaba con fuerza la entrada de su vagina. Intentó que la penetrara con fuerza, pero las manos de Dax no se lo permitieron. En cambio deliberadamente entró en ella poco a poco, centímetro a centímetro, manteniéndola completamente inmóvil mientras vencía la resistencia de sus músculos.

Dax gimió al sentir un estallido de placer. Conocía el calor y el fuego desde hacía siglos, pero el calor de su vagina ardiente y apretada era su perdición. La dejó caer lentamente disfrutando de la resistencia de sus músculos y la forma en que su cuerpo cedía a su invasión. Sus suaves jadeos lo volvían loco.

Quiero que sea largo y lento, sivamet.

Dax sintió cómo los músculos de Riley se agarraban a su miembro mientras él se iba abriendo paso. Estaba tan sensible que el éxtasis le parecía más cercano que nunca. La penetró profundamente y se entregó a la explosión que estaba a punto de producirse.

Ella lo miró a los ojos intensamente con un brillo salvaje llena de emoción, completamente entregada a él. Dax estaba sobrecogido. No había manera de ocultarle quién era. Sus errores. Su culpa. Su fracaso. Era el cazador de uno de los monstruos más letales del planeta y aún así ella le tenía tanta confianza que se había unido a él. Era muy gratificante y estimulante.

Riley podría hacerle perder el control con un simple movimiento de su cuerpo o con cualquiera de sus gemidos. Curvó su boca como una sensual sirena, ladeó la cabeza y levantó las caderas impulsadas por sus manos mientras su vagina succionaba su miembro y lo envolvía en llamas incandescentes.

Entonces se incorporó lentamente y se agarró a los hombros de Dax para sujetarse. La fricción hizo que temblara y que estuviera a punto de perder el control. Ella echó la cabeza hacia atrás, bajó su cuerpo igual de lento para ensartarse en él y los músculos de su vagina se aferraron a su miembro con toda su fuerza. Volvió a echar la cabeza hacia atrás y a levantarse sobre él trazando pequeños círculos y haciendo que se volviera loco.

—¿Es esto lo que querías en realidad? —le preguntó ella bromeando inocentemente.

Riley encontró un ritmo perfecto intensamente lento que le hizo contraer los músculos anticipándose a lo que estaba a punto de ocurrir. El gruñido de Dax sonó más animal que humano. Ella se tomó su tiempo y advirtió que si contraía los músculos y hacía lentos movimientos circulares al subir y bajar, el placer era aún más intenso. Unas sensaciones eléctricas recorrieron su vientre, sus pechos y muslos. La tensión hacía que su cuerpo vibrara y su útero se estremeciera ante la inminente llegada de su orgasmo. Justo cuando pensaba que no podía más y que esa fricción la iba a enloquecer, Dax lanzó un ronco gemido que surgió desde lo más profundo de su garganta y apretó los dedos en sus caderas para agarrarla con fuerza.

Entonces él tomó el control, y empujó con fuerza el cuerpo de Riley hacia arriba y hacia abajo, levantándola y dejándola caer una y otra vez. Su miembro aterciopelado era como un pistón cuyo objetivo era penetrarla ardorosamente. Ella tembló y arqueó la espalda clavada a él mientras era invadida por una serie de sensaciones que le nublaban la mente. Su cuerpo estaba firmemente aferrado al suyo y los ardientes músculos de su vagina apretaban su miembro con fuerza y se restregaban brutalmente contra él de manera muy erótica.

Todo el cuerpo de Dax se estremeció, y su miembro estalló e inundó de fuego su vagina provocándole una serie de intensas explosiones. Riley se agarró a Dax como a un ancla para controlar los estertores de su cuerpo e intentar calmar con mucha dificultad su corazón y su respiración todavía entrecortada. No tenía ni idea que el sexo pudiera ser tan intenso.

Estoy loca por ti, admitió en su mente a pesar de sentirse tímida y expuesta.

Estoy tan enamorado de ti que no encuentro la manera de expresarlo adecuadamente, le contestó con absoluta confianza.

Personalmente creo que lo has hecho bastante bien.

Riley hundió la cara en el cuello de Dax y le acarició la espalda posesivamente. Tenía el cuerpo empapado de sudor y sabía que olía a pecado y a sexo, pero no le importaba. Se aferró a él muy reacia a permitirle que se apartara y sintió que los latidos de su corazón estaban acompasados con los suyos. Sabía que tenía que bajar las piernas, pero quería estar abrazada y en contacto físico con él todo el tiempo posible.

—No me puedo creer que fueras capaz de hacer esto y tener fuerza para levantarme —dijo en susurros, ya que no tenía fuerzas para hablar en un tono normal.

—Ser carpatiano tiene sus ventajas —dijo Dax bastante engreído y volvió la cabeza para darle unos besos delicados en su cabello—. Tu amigo se acerca.

—¿Puedes hacer que no nos vean nunca más? Tal vez deberíamos seguir así, abrazados hasta la eternidad —murmuró ella.

Dax se rió muy suave y tan imperceptiblemente que parecía que le hablaba a su mente.

—Mujer insaciable.

—Así es —dijo Riley y le besó el cuello por encima de su pulso palpitante de manera muy descarada y lo mordisqueó muy juguetona—. Estoy intentando distraerte.

—¿Acaso no te parece estimulante la caza de vampiros?

Ella levantó la cabeza para mirar sus ojos risueños. Parecía mucho más joven y despreocupado cuando se reía, algo que pocas veces sucedía. Dejó caer sus piernas lentamente hasta que quedó de pie. Al hacerlo hizo que se moviera dentro de ella, lo que le provocó una nueva oleada de placer.

—Está bien, iremos de caza. Pero esto es mucho más divertido. No creo que las dos cosas se puedan comparar.

Riley le dedicó un pequeño puchero cuando él retiró su miembro de su cuerpo.

La mente de Dax llenó la suya de caricias y con un gesto de su mano ambos volvieron inmediatamente a estar del todo vestidos, limpios y frescos. Cuando Gary se acercó, Dax estaba a punto de levantar la mochila de Riley como si acabaran de recoger sus cosas. Acto seguido se movió lentamente y se puso delante de ella para darle tiempo a recuperarse.

—Buenas noches —saludó Dax—. Confío en que no se produjeran incidentes mientras dormía.

Gary negó con la cabeza.

—Todo tranquilo. ¿Encontraste las flores? ¿Pudiste coger las suficientes como para que las plantemos en las montañas de los Cárpatos?

Riley se rió por la ansiedad que transmitía su voz.

—Te hemos traído un saco entero de semillas y raíces, así como flores intactas. Las empaqueté con tierra, por lo que deberían hacer el viaje sin problemas, aunque no sé cómo vas a pasar la aduana con ellas.

—Tengo amigos que lo harán —dijo Gary—. Solo necesito hacerles llegar las flores. Ellos saben la importancia que tienen. Y siempre se las arreglan para conseguir lo que quieren.

Dax levantó la vista y fijó la mirada en Gary.

—¿Carpatianos? ¿Tus amigos son de los Cárpatos?

Gary asintió.

—Sí, nos dieron las armas y el equipo para hacer este viaje. Son nuestro contacto de emergencia. Están esperando noticias nuestras —dijo Gary—. Tenemos que llegar a un claro del bosque...

—¿Los has llamado? ¿Cuándo los llamaste? —preguntó Dax en voz baja bastante enfadado pronunciando la última palabra con un largo y lento siseo.

Riley se puso rígida y su corazón sufrió un vuelco. Sonaba... terrorífico. Gary parecía acostumbrado a los repentinos cambios de humor de los hombres carpatianos y ni se inmutó.

—Sabíamos que ya nos estarían buscando. Tan pronto como pudimos llamarlos para hacerles saber que estábamos vivos, lo hicimos. Fue al atardecer. —Gary se encogió de hombros con indiferencia—. Enviarán un helicóptero para que nos recoja. Están al tanto de la lesión del profesor, y también se ocuparán de los demás.

—¿Qué les dijiste de mí? ¿Y sobre Mitro?

Su voz baja y cálida como melaza descendió otra octava.

—Que estabas con nosotros, por supuesto, y que además andaba suelto un vampiro peligroso. —Gary se quitó las gafas y miró a Dax a los ojos—. He intercambiado sangre contigo de manera voluntaria. ¿No sería más cómodo para ti leer mi mente? Puedes obtener toda la información de manera mucho más eficiente.

Dax negó con la cabeza.

—Te agradezco que me permitas invadir tu privacidad, pero hasta que no necesite «ver» de quien estamos hablando, no creo que haga falta. ¿Es solo un cazador carpatiano o son varios?

—Son los hermanos De La Cruz —explicó Gary—. Fueron enviados a América del Sur hace siglos. ¿Los conoces?

—Nosotros tenemos linajes, no apellidos. No reconozco ese nombre. Muéstramelos.

Gary visualizó en su cabeza las imágenes de los hermanos De La Cruz con todo el detalle que pudo. Habían pasado siglos desde la última vez que él estuvo en los montes Cárpatos, así que era razonable que no conociera a los cazadores enviados por Vlad.

Dax atravesó la barrera en la mente de Gary para estudiar las imágenes. Riley frunció el ceño sintiendo una incómoda sensación en la boca del estómago. No entendía cómo a Gary no le afectaba la tensión del cazador carpatiano.

Inesperadamente los ojos multifaceteados de Dax se posaron en su cara. Ella sintió el impacto al instante, así como el calor que se apoderó de su mente. Tenía la sensación de que los brazos de Dax la estaban abrazando.

Estás conectada a mí, Riley. Él no. Él ve lo que yo quiero que vea.

Ella estudió el rostro de Dax. No fruncía el ceño y su cara no mostraba expresión alguna. Gary no tenía motivos para estar preocupado de que algo anduviera mal porque Dax parecía totalmente calmado.

¿Qué sucede?

Soy un cazador. Tengo que perseguir a gente de mi propio pueblo. Veo sombras en la oscuridad donde otros no lo hacen. Mitro tenía una compañera y eso no le impidió elegir el mal. No quiero exponerte a una situación aún más peligrosa.

Dax dirigió su atención a Gary, pero movió su cuerpo sutilmente de manera que Riley pudiera sentir su calor. La energía que parecía tan intensa como la presión que ejercía un volcán contra el suelo, se había disipado.

—Solo reconozco a uno de ellos. Ese que al que llamas Zacarías.

Gary frunció el ceño. El tono de Dax seguía siendo tan bajo y suave como siempre. La energía oscura se había disipado, pero Gary había alcanzado a captar los recelos de Dax. A Riley le pareció extraño, pero Dax había estado en la mente de Gary y tal vez había dejado en ella un eco de su molestia inicial.

—Sé que se consideraba que era muy peligroso, pero si estás preocupado de que pueda serlo —dijo Gary, lo suficientemente astuto como para saber cuál era la preocupación principal de Dax—, Zacarías tiene una compañera. Estará a salvo mientras ella viva.

Riley miró a Dax. Su expresión no había cambiado, pero ella supo que la garantía de Gary no le había influido en lo más mínimo.

Jubal se acercó a ellos con la mochila de Gary en la mano.

—Será mejor que empecemos a movernos —dijo saludando con un gesto a Riley y a Dax.

—Entonces salgamos —dijo Dax, dando por concluida la conversación sobre los otros cazadores—, si queremos llegar a tiempo al claro y llevar a los demás a un sitio seguro. ¿Cómo es de grande el helicóptero que han enviado?

—No lo sé, pero dudo que pueda llevarnos a todos en un solo viaje —añadió Gary.

Riley se agachó y hundió las manos en la tierra buscando al vampiro. Había avanzado hacia el río dejando a su paso un rastro de muerte y destrucción. La naturaleza se estremecía ante las abominaciones del no muerto. El mundo desapareció a su alrededor, y quedó en un entorno donde podía oír los susurros de la selva. Los árboles le hablaron, agradecieron su presencia y se mostraron completamente dispuestos a compartir información.

La inquietud que la había atormentado desde la muerte de su madre, esa especie de temor oscuro que parecía haberse convertido en parte de ella, había desaparecido. Ahora, con las manos enterradas en la suavidad de la tierra, donde volvía a estar cerca del espíritu de Annabel, se dio cuenta de que ese temor terrible era la sangre del vampiro llamando a la suya.

Horrorizada ante esa repentina revelación, retiró las manos del suelo y se dejó caer sobre sus talones estremecida por el asco. Un escalofrío helado de rechazo recorrió su espina dorsal. Sabía que estaba conectada de alguna manera con Mitro, pero pensaba que la conexión estaba en la tierra, en el suelo, no en su propio cuerpo.

¿Qué pasa, sivamet?

La calidez en la voz de Dax ocupando su mente la ayudó a estabilizarse.

Necesito un minuto.

No podía mirar a Jubal y a Gary. La habían ayudado y respaldado tanto, y todo el tiempo su sangre había estado atrayendo al vampiro.

—Tenéis que llamar a los demás para que os pongáis en camino —ordenó Dax—. Ya os alcanzaremos.

Jubal la miró, pero Dax se deslizó frente a ella sin que pareciera que se hubiera movido. Y cuando miró al carpatiano detectó un brillo en las profundidades de sus ojos que insinuaban que estaba preparado para atacar como si fuera una serpiente.

—¿Te parece bien, Riley, que nos alcances después? —preguntó Jubal a pesar de la tensión.

—Sí Jubal, gracias por preguntar —respondió ella.

Gary y Jubal han cuidado de mí todo este tiempo, Dax. No debes molestarte porque se preocupe por mí.

Nunca antes he sido cuestionado, dijo Dax. *Me resulta difícil estar en compañía de alguien que no sea mi compañera durante periodos prolongados de tiempo. Nunca he pasado tanto tiempo rodeado de gente y me cansa.*

Riley no había reparado en eso. Por supuesto que era difícil para él, que había estado tantos siglos en paz. Incluso antes de que lo encerraran en el volcán, como era cazador de vampiros, pasaba meses, incluso años, completamente solo sin nadie a su alrededor. El mundo ahora era un lugar diferente para él. Había luchado durante cientos de años para proteger a su gente y después, mientras estuvo encerrado en el volcán, su especie había desaparecido y estaba casi al borde de la extinción.

Jubal levantó la mano, se alejó en dirección al río y guió a los demás para que siguieran a Miguel. Los porteadores que quedaban fueron llevando al profesor por turnos y se pudieron adentrar a buen paso en la selva tropical. En cuestión de segundos los árboles y el follaje se los habían tragado.

Dax esperó a que se marcharan para ponerse de cuclillas al lado de Riley.

La sangre de Arabejila corre con fuerza en tu cuerpo. Mitro cree que está viva, lo cual es una ventaja para nosotros.

Ella asintió con la cabeza.

—Lo entiendo, pero no me había dado cuenta que no era solo la tierra la que me decía dónde estaba Mitro. Siento que mi sangre se conecta con él. —Respiró hondo y se obligó a mirarlo a los ojos—. Es muy desagradable. Quiero que mi sangre te llame a ti, no a él. Me hace sentir sucia.

Dax la tomó en sus brazos.

—*Hän sívamak* —susurró tiernamente—. Amada mía, mi sangre y tu sangre estarán siempre conectadas. Nuestro corazón, nuestra mente y nuestra alma son inseparables. En cuanto a la sangre de Arabejila, te tengo que decir que en el tiempo en que viajábamos juntos a menudo nos veíamos obligados a intercambiar nuestra sangre. Su sangre es la razón por la que la Madre Tierra me aceptó y me otorga sus favores. Mi conexión con Mitro no es tan fuerte, pero existe.

Riley deslizó sus brazos alrededor de su cuello.

—Siempre sabes decirme lo que me hace falta para hacer que me sienta mejor. Vamos a buscarlo, Dax. Cuanto antes lo encontremos, antes podremos seguir adelante con nuestra vida juntos.

Capítulo 15

Se levantó un gran viento que revolvió las copas de los árboles y unas nubes de tormenta se arremolinaron hasta convertirse en unas enormes columnas oscuras. Un relámpago zigzagueó en el cielo cargado de electricidad e iluminó el follaje durante un breve instante. Después un trueno hizo retumbar el suelo y enseguida el lamento del viento se transformó en un gemido que rápidamente desapareció.

Riley se secó el sudor de la cara. Era difícil respirar por culpa de la ceniza que todavía se aferraba a las hojas y las flores. Sentía las botas terriblemente pesadas y pensó que tenía que comprarse otras más ligeras la próxima vez que viniera. Su mente estaba un poco confundida y la excursión le parecía casi surrealista.

El destino había cometido un terrible error. Para ella, caminar pesadamente a través de la selva por la noche era un ejercicio de valentía. Trató de no conectar con Dax, temerosa de que pudiera ver el miedo que le producía cada sombra. El corazón le latía tan fuerte que temía que Jubal y Gary pudieran oírlo. No entendía bien cómo había llegado a ser la compañera de un guerrero de los Cárpatos que parecía poseer todo el valor del mundo, cuando ella tenía miedo hasta de las sombras.

Riley lanzó una rápida mirada hacia sus compañeros que se iban abriendo camino a través de la densa vegetación. Nadie más parecía sentirse como si en cualquier momento fueran a ser devorados por una manada de jaguares enloquecidos que saldrían inesperadamente de las sombras. Y no era que estuviera completamente loca…, los ruidos y gruñidos que se oían a corta distancia evidenciaban que al menos uno o dos jaguares estaban cerca de ellos.

Intentó controlar su respiración lo mejor que pudo, pero con cada paso que daba aumentaba su miedo y se le apretaba más el pecho. La selva ahora parecía mucho más densa. Miguel y Alejandro luchaban para abrir un camino y que pudieran seguir un sendero apenas discernible. Cuantos más kilómetros cubrían, más miedo sentía y más difícil le resultaba mantener el ritmo que estaba marcando el guía.

Su visión nocturna era increíble y su mirada inquieta iba siguiendo los miles de insectos que formaban una alfombra en movimiento bajo sus pies. En su hiperactiva imaginación todo le parecía demasiado ruidoso, especialmente el persistente zumbido de los insectos, e incluso habían adquirido un carácter siniestro los escarabajos.

Los pájaros chillaban alertándose entre ellos. Esa comunicación constante era muy inusual a esas horas de la noche. Por encima de sus cabezas se veía un movimiento continuo, volaban aves y la vegetación crujía cuando los monos saltaban de rama en rama, como si además de los jaguares también estuvieran siguiendo a los viajeros.

Los troncos de los árboles estaban cubiertos de pinchos negros que parecían surgir de las sombras. Unas enormes hojas afiladas como cuchillas que se dividían en dos se golpearon contra ellos impulsadas por el viento. El miedo le revolvía el estómago. El sonido de los machetes cuando cortaban ramas y la vegetación se hacía eco con un chillido, y eso no hacía más que aumentar su nerviosismo.

Riley y Dax habían alcanzado a los demás rápidamente. Él se había transformado en un pájaro gigante y se había elevado en el aire transportándola a ella hasta que estuvieron lo suficientemente cerca como para unirse a sus compañeros de viaje. Para ganar tiempo, Dax se había hecho cargo de llevar al profesor. Podía recorrer kilómetros sin siquiera transpirar. Ella se resistía a mirarlo por encima del hombro. Estaba cerca, pero con el peso de un hombre adulto en sus brazos, no podría actuar rápidamente si alguien se volviera loco con un machete o si los monos les tendían una emboscada.

Gary caminaba justo delante de ella. Riley lo sorprendió dos veces mirando hacia atrás a Jubal. Intercambiaban miradas de complicidad que la hacían temblar de miedo. Bien, no estaba perdiendo la cabeza por completo, ellos también sentían el peligro, pero reaccionaban mejor. Metió la mano en el bolsillo de su chaqueta para asegurarse de que la Glock estaba allí en caso de que la necesitase.

Siento cómo te late el corazón de miedo, sin embargo me impides compartir tu mente. ¿Qué pasa?

La voz de Dax era siempre calmada y tranquila.

No tenemos lógica.

Ella lo habría fulminado con la mirada si no hubiese estado tan ocupada observando los árboles a la espera de un ataque inminente. A veces ser tan absolutamente tranquilo podía resultar molesto.

Acompasa los latidos de tu corazón con los míos. Tu corazón está latiendo demasiado rápido, le ordenó Dax. *¿En qué sentido no tenemos lógica?*

Ese tono presuntuoso y masculino era peor aún que su calma. Riley se arriesgó a mirarlo enfadada por encima de su hombro un instante. Ni siquiera tenía la respiración alterada, y en cambio a ella le ardían los pulmones. Él era musculoso y cálido, y su cuerpo era firme como el plomo. No parecía importarle que en cualquier momento pudiera tener que lanzar al profesor contra un árbol espinoso para salvarlos a todos como un héroe de cómic.

¿Héroe de cómic? ¿Es así como me ves? Debo buscarme una capa.

La risa ruda, masculina e inesperada de Dax le llenó la mente. Ella se rió simplemente porque lo hacía él. Se las había arreglado para encontrar el camino hacia su mente justo cuando se sentía segura por estar completamente cerrada para él. Podía hacer que se riera en las peores situaciones. Haciendo caso omiso de la creciente ansiedad que la apremiaba, comenzó a evocar una imagen de Dax con medias de color rosa, una larga túnica y una capa rosada.

¿Eso es lo que quieres que me ponga? Parecía absolutamente serio. *Es muy parecido al atuendo inca. Puede que el color no le vaya a mi tono de piel.*

Riley se echó a reír y repitió:

¿Que no le vaya a tu tono de piel?

Unas pequeñas gotas de sudor descendieron por el valle de sus pechos. Se tuvo que volver a restregar los ojos.

¿Qué diantres le está pasando a Gary por la cabeza? Conseguiste toda la información sobre él.

De Jubal también. Tiene hermanas.

Otra vez sonaba muy pagado de sí mismo.

Sabes que nos van a atacar.

Riley respiró profundamente deseando que lo negara, pero sabiendo que no lo haría.

Sí, por supuesto.

Entonces tropezó, pero se agarró antes de caer. Se sentía muy mareada y le parecía que podía desmayarse y caerse al suelo. Se mordió el labio con fuerza y el dolor punzante la estabilizó.

Has estado hablando con Jubal y Gary, afirmó ella.

Para coordinar lo que tienen que hacer.

Riley se avergonzó un poco por su ridícula reacción ante su tono práctico. La comunicación mental le parecía algo tan íntimo como los secretos compartidos con un amante. ¿Podría estar celosa? Era un sentimiento demasiado bajo para ella, y más aún en medio de una situación tan peligrosa. Estaba actuando como una idiota, y ni siquiera era celosa.

Frunció el ceño y contó los pasos mientras avanzaba para despejar su mente. No tenía un zumbido en su cabeza que le indicara que el vampiro estaba influyendo en ella como había hecho con el porteador que había matado a su madre. Siguió contando cada paso, buscando un ritmo, deseando poder detenerse y meter las manos en la tierra. Se sentía exhausta, pero sabía que la tierra la rejuvenecería.

¿Riley? ¿Por qué sigues aislándote de mí? Tu corazón sigue latiendo demasiado rápido.

Ella sacudió la cabeza, pues no deseaba que Dax estuviera en ella. Tenía que resolver esto por su cuenta. Arrugó mucho el ceño. Dax, Jubal y Gary le habían explicado que los vampiros se aprovechaban de las debilidades. Se sentía completamente insegura, como si de alguna manera no fuera digna de Dax. Lo veía como un ser noble y valiente. Había sacrificado su vida por su pueblo, y en sus batallas había soportado toda clase de sufrimientos y heridas. Había vivido en soledad y en cambio ella había tenido una infancia maravillosa y feliz llena de privilegios.

De pronto su mente se inundó de calor.

Eres muy valiente, Riley. No existe otra mujer para mí, ni tampoco existirá.

Ya lo había asimilado y lo tenía clarísimo. Se había comprometido con él. No se había ido a dormir insegura, pero se había despertado intranquila. Su mente daba vueltas y más vueltas.

¿Qué había cambiado desde el momento en que Dax la había llevado de nuevo con los demás y la había ayudado a montar su hamaca para pasar la noche, hasta el momento en que se había despertado? Algo había ocurrido como para que ella dudara de sí misma, o peor aún... que dudara de Dax. ¿Qué había pasado? Debía haber caído en una trampa de Mitro.

Miró a su alrededor a sus compañeros de viaje. Ninguno de ellos parecía afectado.

Gary se volvió bruscamente hacia ella, y se detuvo tan rápido que se tropezó con él. La agarró por los hombros y la estabilizó.

—Estás ardiendo.

Se le formó un nudo en la garganta y cuando intentó tragar casi no lo consiguió.

Estás hablando con Gary otra vez.

Me estás dejando fuera.

No se arrepentía. Pero tenía que recordarlo en el futuro.

Aparentemente no, porque estás de vuelta en mi cabeza.

Todos se habían detenido ante una orden de Jubal. Dax acomodó al profesor suavemente sobre la improvisada parihuela que habían hecho los guías. Riley vio que se acercaba a grandes zancadas hacia ella. Su corazón dio un vuelco. Era impresionante, sin lugar a dudas. A veces, cuando lo veía como ahora, tan confiado y decidido, la intimidaba un poco aunque también hacía que se sintiera segura.

Cuando llegó junto a ella le pareció que era más alto. La manera en la que la agarró por los brazos fue tan delicada como siempre, pero sabía que era tan fuerte que le sería imposible liberarse.

—Mírame, *sivamet*. A los ojos.

Se daba cuenta de que las escamas bajo su piel estaban muy cerca de la superficie, lo que significaba que se sentía más molesto de lo que dejaba ver su comportamiento.

Un rayo zigzagueó en el cielo. El viento aullaba y atravesaba los árboles con mortales intenciones. Las ramas se balanceaban y se frotaban entre ellas haciendo unos chasquidos que parecían reverberar a través de la jungla. Las largas enredaderas que caían desde las hojas de los árboles parecían sogas de verdugo que colgaban en la oscuridad de la noche.

Dax le cogió la barbilla, movió su cabeza de un lado a otro, y observó sus ojos.

—Estás enferma —dijo.

—La picadura de una araña. Eso es lo único que se me ocurre. Mitro debe haber dejado insectos esperando para atacarme. ¿Los puede programar para hacer algo así? —Incluso a sus propios oídos su voz sonaba muy lejos—. Debería haber sabido que algo iba mal cuando empecé a comportarme de manera extraña.

—¿De manera extraña? —repitió Dax y la sujetó para que no se desplomara.

—Ya sabes, cuando dudaba de que valiera lo bastante como para ser tu compañera. De hecho, sé que tengo una muy buena opinión de mí misma —dijo acariciándole la mandíbula—. Eres realmente guapo, Dax.

Él susurró algo entre sus dientes blancos y fuertes que ella no pudo entender. Riley parecía estar flotando en el aire, y varios de sus compañeros de viaje la observaban bastante inquietos.

Así que les hizo un gesto con la mano.

—No os preocupéis. Dax lleva una capa rosa —les aseguró.

Por encima de ellos, un revoloteo de alas distrajo a Dax un momento, y enseguida encontró el punto que buscaba. Se agachó, miró hacia arriba y vio un búho real, conocido como el tigre de la noche, que estaba posado en una rama por encima ellos. En algún lugar en la distancia, un grito espeluznante les provocó un escalofrío en la espalda y se les puso a todos la piel de gallina. Enseguida se agruparon.

—Esto es por mi culpa, Riley —dijo Dax—. Esta noche estaba tan ansioso por estar contigo que desestimé la picadura por ser algo tan normal en la selva tropical. Te curé la hinchazón y el picor, pero no ahondé más profundamente.

Riley lo miró y le acarició la cara.

—Tengo razón ¿verdad? Mitro me atacó ¿no es así? Debí haberme dado cuenta de inmediato. No soporto cuando reacciono demasiado tarde.

Dax le acarició la cara y secó el sudor brillante de su piel.

—Me parece que, en este caso, no has reaccionado tarde. No estás acostumbrada a tratar con los no muertos. —Le puso una mano sobre el corazón y la otra sobre la pequeña herida de su mano—. Mitro es astuto, y sus trampas pueden ser muy sutiles.

Jubal. Gary. Echad un vistazo al búho. Tenéis que estar preparados para matarlo si es necesario.

Dax envió la orden a los dos hombres, pues pensó que ellos podrían mantener la siguiente arma de Mitro a raya. Todavía le parecía un poco desconcertante confiar en seres humanos, pero ninguno de los dos se acobardaba cuando se trataba de batirse contra las marionetas del vampiro.

Dax inspiró hondo y salió de su cuerpo transformado en un espíritu, en una luz blanca de energía, y se filtró en el cuerpo de Riley para seguir la huella del veneno que le había inoculado la araña. Mitro lo había hecho de manera muy sutil para que su trampa tuviera tiempo de arraigarse y extenderse antes de que nadie lo notara. Era fiel a su estilo. La mayoría de los vampiros no eran en absoluto sutiles, pero Mitro era muy especial.

Dax no había sentido que estaba solo hasta que Riley entró en su vida. Le encantaban las conversaciones que tenía con ella misma, su sonrisa y la forma en que inesperadamente le soltaba que era guapo. También le gustaba que fuera inteligente y rápida en asimilar lo desconocido. No perdía el tiempo negando lo que ocurría, lo tomaba todo con calma y la admiraba por eso. Ahora, mientras se deslizaba por su cuerpo, se mantenía inmóvil observando lo que estaba haciendo, pero no protestaba.

Ella ya estaba luchando contra los perjuicios que le había provocado en la mente. Dax veía el daño que le había causado, pero Riley era fuerte, mucho más fuerte de lo que Mitro hubiese imaginado. Esa era una de las debilidades del vampiro. Consideraba que las mujeres eran inferiores a los hombres. Siempre lo había hecho. Había subestimado a Arabejila, y siempre lo haría con Riley, lo que le proporcionaba una pequeña ventaja.

Dax se movió a través de su cuerpo como una luz blanca que iluminaba las acumulaciones de células de color azul oscuro que se propagaban lentamente, se multiplicaban e invadían las células sanas. Atacó las células malignas con bombas de energía. Las células más oscuras intentaban esconderse, pero las seguía implacablemente penetrando en todos los órganos para asegurarse que destruía hasta la última que encontrara. Nunca más volvería a dar por sentado la salud o la seguridad de Riley. Si no hubiese sido porque ella misma había comenzado a preguntarse por qué estaba actuando de manera extraña, el virus habría tenido muchas posibilidades de aferrarse a su cuerpo.

Sabía que en el momento en que regresara a su propio cuerpo, el búho iba a atacar, pues Mitro estaba convencido de que estaría más débil y por eso habría orquestado su ataque de esa manera. El pájaro era un depredador que se lanzaría por Riley, y le atacaría los ojos con sus letales garras.

Jubal. Ten cuidado con el que no puedes ver.

No pudo evitarlo, tenía que advertir a Jubal. Por mucho que hubiera aprendido de los dos humanos que viajaban con él, seguía prefiriendo confiar en sí mismo, sobre todo cuando se trataba de proteger a su propia compañera.

Muy astuto Mitro. Ya te conozco muy bien.

Dax irrumpió dentro de su propio cuerpo y sintió la desorientación que acompañaba abandonar la envoltura física de uno mismo para luego regresar a ella. Simultáneamente, hizo que la armadura que acechaba debajo de su piel emergiera. Unas escamas duras como diamantes afloraron desde sus pies hasta el cuello y se deslizaron sobre su piel hasta envolverlo como un escudo. Dio una rápida vuelta en círculo sintiendo el inminente ataque. El felino le propinó un fuerte golpe en el pecho, y sintió el cálido aliento del monstruoso jaguar en su cara mientras sus viles dientes se lanzaban a su garganta. Sus garras le arañaron el vientre como si fueran un rastrillo.

Entonces oyó, como si viniera de muy lejos, el batir de alas de los búhos que descendían desde los árboles con las garras extendidas intentando llegar a Riley. Apretó las manos alrededor del cuello del jaguar y lo apartó del suyo. Alguien disparó un arma cerca de su oreja derecha y enseguida oyó otros dos tiros a corta distancia. Hizo una llave rápida con sus manos, partió el cuello del felino, arrojó su cuerpo al suelo y se volvió para enfrentar el ataque de los búhos. Tres pájaros yacían muertos en el suelo rodeando a Riley. Ella tenía una pistola en la mano. Jubal y Gary también habían sacado las suyas. Una cosa muy práctica, las armas. A Dax le gustaba el concepto. Un arma no podía matar a un vampiro, pero sin duda podía acabar con las marionetas de un vampiro. Mitro era inteligente, pero no había contado con Gary y Jubal o las pistolas. Esta trampa no los había ralentizado ni les había causado ningún verdadero daño.

Dax dio las gracias a los dos hombres con un gesto y se agachó para ayudar a Riley a ponerse en pie. Ella se incorporó bastante temblorosa, y Gary se inclinó para quitarle el arma de las manos.

—Tal vez deberíamos ser un poco más cuidadosos con esto —dijo.

Riley le tendió la mano.

—Le di a esa cosa en lugar de a ti ¿no?

Gary le sonrió.

—Creo que así fue, señorita Parker.

A Dax le parecían interesantes las conversaciones que mantenían los hombres y Riley. Percibía el afecto que había entre ellos. Las bromas parecían ser una forma de arte.

Riley miró su arma antes de meterla de nuevo en el bolsillo y torció levemente el gesto.

—Ahí viene Weston. ¿Cómo vamos a explicarle esto?

Dax hizo un gesto con la mano hacia Weston y el hombre se detuvo bruscamente. Miró a su alrededor y se rascó la cabeza, como si hubiera olvidado lo que estaba haciendo. La risa de Riley se apoderó de la mente de Dax.

Me gustaría tener ese talento en particular.

Lo tendrás, le aseguró y se dirigió a Jubal en voz alta:

—Hay que ponerse en movimiento. Tenemos que estar en el río antes de que salga el sol. Si queremos que nos saquen por el aire de aquí, tendremos que encontrar un lugar seguro para que aterrice el helicóptero

Supongo que también voy a aprender todo lo que quiero saber sin tener que ir a la escuela, dijo Riley. *Vas a hacer que mi profesión se quede obsoleta.*

Dax se llevó su mano a la boca y le dio un beso en el centro de la palma.

—Solo para ti —murmuró.

Ella se echó a reír, tal como él sabía que haría. Descubrió que se estaba haciendo completamente adicto al sonido de su risa y al suave brillo de su cuerpo y a la curva de su boca.

Antes de que nos juntemos con los demás es mejor que hagas desaparecer tus escamas. Creo que te ves guapísimo con ellas, pero es probable que Weston te diga algo muy grosero. Y ya sabes cómo te pones cuando la gente es desagradable; lo mejor es que te cambies de ropa.

Su risa esta vez le provocó una reacción en el cuerpo y sintió que lo acariciaban unas ondas de sonido cuya vibración penetraba en él como si fuera un afrodisíaco. De pronto se estaba riendo con ella. Mitro acababa de volver a intentar atacarla y Riley se lo había quitado de encima, y además le estaba tomando el pelo.

Eres un caso, compañera, dijo Dax y le tendió la mano.

Ella le dedicó una rápida sonrisa, puso la mano en la suya y regresaron juntos con los demás viajeros. Dax se aseguró de que nadie, excepto Jubal y Gary, recordara nada de lo ocurrido. Una vez más levantó al profesor y partieron hacia el claro donde el helicóptero debía encontrarlos.

El alboroto de alas que se escuchó por encima de sus cabezas hizo ver a

Riley que no estaban completamente fuera de peligro. Se estremeció ante la idea de que aunque Mitro se hubiera marchado de la selva, consiguió dejar esas eficientes trampas antes de irse. Era mucho más poderoso de lo que había imaginado. Debería haberse dado cuenta que a pesar de lo increíble que era Dax, en sus innumerables batallas con el vampiro siempre quedaban empatados. Mitro tenía que ser por lo menos un rival equivalente a él.

—Manteneos alerta —aconsejó Dax a Jubal y a Gary—. Mantened a todos en formación cerrada y acelerad el paso.

Los viajeros se pusieron en fila. Weston y Shelton continuaron refunfuñando como de costumbre.

—Es mejor permanecer en silencio —dijo Dax—. Uno nunca sabe qué es lo que desencadena el ataque de un jaguar.

Weston maldijo por lo bajo, pero enseguida ambos se callaron. Riley no dejó que vieran que se había reído.

Te manejas bien con la gente.

Estoy aprendiendo a estar en tu mundo.

Presumido. Arrogante. Macho. Caliente a más no poder. ¿Por qué demonios le parecía tan atractivo? Hacía que sintiera que podía hacer cualquier cosa cuando estaba con él.

Creo que me he enamorado de ti. Aquí mismo, en esta selva, en esta situación fea, terrible y espantosa.

Ella le confesó sus sentimientos tranquilamente mientras caminaba por el sendero con la cabeza baja, como si estuviera observando el estrecho camino.

Eres tan hermoso, Dax. Tu corazón. Tu alma. No creo que pueda encontrar a un hombre mejor.

Dax entró en su mente necesitando sentirla cerca tanto como ella. Los carpatianos sabían sin más y no tenían dudas. Pero los humanos dudaban y estaban llenos de preocupaciones. Y Riley se estaba trasladando a su mundo..., una decisión enormemente generosa. Un regalo que no tenía precio. ¿Cómo no iba a sentir que era un tesoro?

Dax percibió que su alma rozaba la de ella.

Tú eres «hän ku kuulua sívamet», que significa: la guardiana de mi corazón. Y serás «ainaak enyém», mía para siempre. Soy plenamente consciente del valor que tuviste al unirte a mí sin pleno conocimiento de lo que estabas haciendo, y yo siempre seré el guardián de tu corazón, Riley. Seré tuyo para siempre.

Riley recibió su declaración encantada mientras caminaba a través de la densa vegetación. Oyó el sonido del agua que corría por las laderas y sobre las rocas, y avanzaba por arroyos estrechos o riachuelos más anchos. Había agua por todas partes, las hojas soltaban gotas que llegaban hasta los arroyos más caudalosos. También surgía agua de la ladera de la colina y caía sobre unos peñascos formando una larga catarata que dejaba una brillante corriente de espuma plateada. Por debajo de la cascada unas grandes rocas cubiertas de musgo formaban una piscina.

Todo lo que los rodeaba estaba cubierto por un brillante musgo verde. Las rocas, los troncos caídos, e incluso los árboles vivos. Riley observó que en las laderas verdes y rocosas brotaban muchas flores y que algunos de los arbustos eran casi tan altos como los árboles más pequeños. Era precioso ver las pinceladas de color que aparecían en la oscuridad junto con el brillo plateado del agua. Le hubiera gustado que Dax y ella hubieran estado solos para poder sentarse tranquilamente a su lado, y escuchar, cogidos de la mano, el sonido que hacía la cascada al caer en la fría laguna que había más abajo.

Dax le respondió con una caricia en su mejilla.

Siempre puedo traer a Antiguo para que haga acto de presencia. No le gusta la gente. Se desharía de ellos rápidamente.

Riley se rió con ganas, incapaz de contener la felicidad de estar con Dax. Hacía que se sintiera segura en un mundo al revés. Gracias a él podía olvidar lo fea que era su situación durante unos pocos minutos, y ver la belleza que había a su alrededor.

—Hace un calor terrible —dijo Weston—. Vamos, Riley ¿no te apetece desnudarte y nadar esta noche con nosotros? Apuesto a que te gustaría. Serías el centro de atención.

Riley se volvió hacia Dax. Sus ojos se encontraron y se miraron muy entretenidos.

La serpiente del paraíso.

Siempre hay una.

A Antiguo le parece especialmente repugnante.

Riley fue más allá. El dragón abrió un párpado somnoliento, le guiñó un ojo y se volvió a dormir. No le gustaba relacionarse con los hombres.

¿A Antiguo, o a ti?, dijo en broma.

Quizás a ambos, concedió Dax.

Dax levantó delicadamente al profesor cuando continuaron la caminata hacia el río a muy buen paso.

Si Weston verdaderamente quiere estar desnudo, yo le puedo echar una mano con eso.

El camino los condujo hacia un barranco por el que se remontaba hasta el otro lado. La ruta era más fácil y el machete de Miguel se quedó en silencio. Los helechos crecían por todas partes, en medio de las rocas y en las orillas del estanque y la corriente. La vista era paradisíaca.

¡Ni se te ocurra!, dijo Riley riendo.

Tal vez no lo haga, aceptó Dax, pero aceleró sus pasos hasta quedar al lado de Weston.

El ingeniero soltó una risita.

—¿Tienes algo que decirme? Solo estoy diciendo lo que todos los hombres que hay aquí están pensando, incluyéndote a ti —dijo sonriendo a Riley—. ¿No es así, cariño? Seguro que tienes la fantasía de estar desnuda con todos estos hombres lamiendo tu hermosa piel. Te encantaría.

El corazón de Riley se detuvo. Sacudió la cabeza y sintió que el aire ardía en sus pulmones. Weston no tenía ni idea de con quién estaba tratando. Dax podría pasar fácilmente de la calma total a la violencia extrema y cambiar en segundos.

No lo hagas. No le hagas daño.

No sentirá nada.

Su voz había pasado de suave y sensual a sombría y amenazante.

Un escalofrío recorrió la espalda de Riley. Era un hombre, un ser que no se podía controlar. Lo haría a su manera y tomaría sus decisiones en base a las reglas de su mundo... no las del de ella.

Weston abrió la boca para burlarse de Dax de nuevo y en vez de hablar croó como una rana toro. Se sobresaltó y se llevó boquiabierto la mano a la garganta, con los ojos muy abiertos. Shelton se echó a reír.

—¿Qué te pasa amigo?

Riley apretó los labios intentando no reírse.

Creo que exageras un poco con tu sentido del humor.

A mi Weston no me parece nada gracioso. Tú deseas que siga vivo, así que es mejor que croe de esta manera a que ofenda a las mujeres.

No había humor en su voz o en su mente, pero su respuesta hizo que se riera a pesar de su determinación de no animarlo a que hiciera más bromas.

Weston se aclaró la garganta y volvió a intentarlo. Una serie de sonidos muy similares al ruido que hacen las ranas brotaron de su garganta.

Incluso Jubal frunció la boca como si estuviera reprimiendo la risa. Gary y Miguel sonrieron, pero no hicieron comentarios. Miguel continuó liderando la fila de viajeros a través del estrecho cañón que tenía un acceso directo al río. La pequeña garganta les iba a ahorrar que tuvieran que caminar muchos kilómetros.

No puedes dejarlo así.

Creo que está mejor así, respondió Dax.

Una vez más su mente se inundó de calor, como esa cálida melaza que llenaba su cerebro de fantasías eróticas.

No puedo decir tu nombre y la palabra desnuda en la misma frase sin recordarme lo suave que es tu piel. El único hombre que va a lamer el agua de tu piel voy a ser yo.

Un escalofrío de pura excitación recorrió la columna de Riley. Una espiral de calor se apoderó de su vientre. Incluso cuando estaba siendo malo..., sobre todo cuando estaba siendo malo, le resultaba francamente sexi.

Estás abusando un poco.

Hizo una pausa, dejó que volara su imaginación y lo entretuvo perversamente con algunas de sus propias fantasías.

Sintió cómo a Dax se le cortaba el aliento y que se encendía un fuego en su interior.

Podrías meterte en problemas. Puedo protegernos de las miradas indiscretas, y créeme, sivamet, estoy más que dispuesto a hacerlo.

Su vagina se apretó húmeda y caliente, y sus pechos se acaloraron al instante. Tenía muchas ganas poder estar en sus brazos, rodear su cintura con sus piernas y sentirlo enterrado profundamente dentro de ella. Le hubiera encantado estar con él dentro del agua fría, bajo la cascada, o mejor aún, en una cama blanda...

Cama dura, la corrigió. *Podría hacerte muchas cosas en una cama dura. O en un suelo duro.*

Ella tragó saliva y casi se tropieza por las implicaciones eróticas de sus palabras. Lo que podía hacer simplemente con su voz la dejó sin aliento; no podía imaginar lo que pensaba hacer en una cama dura. Se le secó la boca y sus venas palpitaron intensamente. El suelo tembló bajo sus pies.

Riley miró hacia abajo y vio que burbujeaba agua alrededor de las suelas de sus botas. El suelo parecía tan saturado que el agua no tenía dónde ir.

Tardó un rato en asimilar lo que estaba ocurriendo. Miró a su alrededor. El agua goteaba desde los peñascos cubiertos de musgo y fluía poco a poco entre las rocas más pequeñas. Parpadeó y varios pequeños deslizamientos de tierra dieron paso a una corriente de agua cada vez mayor.

Tenemos que salir de aquí. Se trata de una cuenca natural y se inundará rápidamente.

El otro lado del cañón parecía estar a una buena distancia. Enseguida surgieron nuevas filtraciones, pues la montaña estaba demasiado saturada como para contener tanta agua.

Debería haberme dado cuenta. Debería haberlo sabido.

Se sentía como si la Tierra la hubiera traicionado. Evidentemente, había estado distraída charlando con Dax, pero aun así, debería haberlo sentido. Su conexión con la Tierra era tan fuerte que debería haber advertido que el agua estaba subiendo a su alrededor.

Otra trampa. Dax la calmó suavemente. *Mitro sabe que puedo contrarrestar esto, así que ¿por qué molestarse? No tiene sentido. ¿Puedes sentir algo por debajo del agua? ¿O tal vez en las laderas del cañón?*

Riley intentó no entrar en pánico. Miguel aceleró el ritmo, claramente consciente del peligro. Jubal y Gary miraron a Dax brevemente, y después el uno al otro. Debían de saber que Dax podría detener la salida del agua, o por lo menos retrasarla lo suficiente como para que pudieran salir de ahí, pero no dijeron nada.

Ella obligó a su mente a expandirse para ver más allá del evidente peligro inmediato. Era difícil controlar el impulso de huir. Su cerebro le decía que era mejor echar el vuelo, pero se aferró a la calma de Dax, respiró hondo y soltó el aire. Sintió que su mente se desplegaba para conectarse con la Tierra. Por un momento se sintió un poco mareada, desorientada, como si estuviera en dos lugares al mismo tiempo... encima del suelo y bajo tierra.

Los sonidos se apagaron, las fuertes pisadas, el chapoteo de las botas que golpeaban el agua al avanzar poco a poco, el rugido de las cataratas, todo se silenció hasta que solo oyó los susurros de la Tierra. Se tranquilizó y siguió adelante como si tuviera un piloto automático con los ojos fijos en el hombre que tenía adelante.

Un río se precipitaba bajo el cañón, alimentado ahora por una lluvia persistente. El vapor se elevó, se curvó entre las rocas y se extendió hacia ellos. Algo se movía y se transformaba continuamente escondido en el vapor. Riley era consciente del movimiento al que no llegaba su visión. La sensación era onírica, parecía como si estuviera observando desde la distancia, viendo el vapor a la deriva y la capa freática levantándose.

Había algo más... Algo que se le escapaba. Estaba allí, al acecho bajo el agua, esperando su momento. La cosa esperaba, observando e irradiando un ansia malévola. Ella tenía la impresión de que unos ojos rojos miraban desde debajo del agua y que unos colmillos goteaban saliva. No, no era una cosa... eran varias cosas.

Riley abrió la boca y sacudió la cabeza.

No, Dax. No lo hagas.

Tú controla el agua. No trates de detenerla, ya que activarás su ataque. Simplemente ralentízala.

Riley sabía que no tenía elección. Dax se iba a enfrentar a los monstruos que había debajo de ellos. Confiaba en ella para detener el torrente de agua que se vertía desde ambos lados del cañón, así como la crecida de agua que se producía bajo sus pies. Estaba completamente tranquilo y en calma.

Ella respiró hondo, asintió con la cabeza y advirtió que su agitado estómago se calmaba. Era capaz. Si él podía hacer frente a esos colmillos con el único propósito de acabar con todos, ella podría contener la inundación, pero tenía que ponerse a ello...; el agua ya les llegaba a los tobillos y comenzaba a retrasarlos.

Dax le entregó el profesor a Alejandro y a Jubal, teniendo cuidado de que Patton no sintiera la preocupación de los dos hombres que se abrían paso por el agua. Agitó las manos, dibujó en el aire un intrincado patrón y por un instante el aire brilló e impidió que los seres humanos lo vieran. Enseguida se deslizó bajo el suelo para dirigirse al agua.

El cerebro de Jubal contenía una gran cantidad de información, y Gary era un banco de datos andante. Su mente acumulaba miles de millones de hechos, algunos tan extraños y poco normales que en principio eran difíciles de creer, pero al darse cuenta de que entre los recuerdos de Riley había aviones y viajes a la luna, había confirmado que todo era cierto. Se había perdido mucho mientras había estado prisionero en el volcán. Ahora conocía muchas cosas, pero todavía no las había experimentado.

Evidentemente, el estudiante universitario que Mitro había encontrado también era un banco de datos andante. Jubal reconoció la forma de las criaturas que los esperaban en ese río. Se trataba de peces tigre goliat, aunque como siempre, el no muerto había manipulado la especie y aumentado su agresividad y salvajismo natural. El pez tigre no era nativo de esas aguas, por lo que el estudiante tenía que haber viajado a otro lugar como para tenerlo en su memoria. Sorprendentemente, los recuerdos de Jubal fueron los que le dieron la mayor cantidad de datos sobre las especies peligrosas. Evidentemente, también había viajado mucho.

Los recuerdos de Riley no contenían ninguna información sobre el pez. Riley. Su Riley. Ella era un milagro para él. Podía sentir que estaba muy asustada, pero sabía que se armaría de valor, se pondría firme y haría su trabajo. Había tanto en ella que podía amar. Cuando comprendió lo que Dax pensaba hacer dejó de temer por ella, y lo hizo por él. No podía recordar que nadie jamás se hubiese preocupado de su persona, y esto era una extraña espada de dos filos. Su corazón se llenaba de gozo al pensar que le importara tanto a una mujer, pero por otra parte, no deseaba provocarle ansiedad.

Dax se sumergió más hondo en el agua hasta sentir los primeros indicios del mal. La sensación no lo invadió, sino que se filtró lentamente en su cuerpo. Amplió su visión, así como sus demás sentidos, y se transformó en una hoja diminuta e insignificante que se acercaba a la gigantesca masa de peces. Nadaban formando un lento cardumen al ritmo de los seres humanos que pasaban por encima de ellos. A medida que el agua subía, lo hacían ellos también, ganando terreno. Pero si el nivel freático caía ¿cómo podrían escapar y atacar a los que estaban en tierra firme? ¿Qué tenía Mitro en mente?

Mitro era astuto. Dax se había imaginado algo horrible y brutalmente salvaje, pero si detenía la crecida de las aguas, ¿cómo se desencadenaría el ataque de los peces monstruo? Se le escapaba algo importante. El agua se elevaría, y si él o Riley no la detenían, atacarían. Pero si lo conseguían, los peces de Mitro serían inútiles.

Oleadas de maldad lo asaltaron mientras se cernía sobre el grupo de peces. Pero la sensación no emanaba del cardumen hambriento de peces tigre, aunque ciertamente percibía el olor del vampiro en ellos, sino que había algo más. Por debajo de los peces había algo al acecho retenido como un tigre sujeto con una correa.

Sin previo aviso, un pez tigre se abalanzó sobre él con la boca muy abierta y se lo tragó. Él reaccionó de inmediato, y unas espinas venenosas cubrieron la hoja y se transformó en un pez león muy grande. Sus terribles espinas se alojaron en la garganta y la boca del pez tigre y lo paralizaron. Dax salió disparado a través de la mandíbula del pez monstruo y quedó rodeado por el cardumen. Buceó hacia abajo, dejando tras de sí el rastro de sangre del pez tigre. El grupo se dirigió hacia el animal.

Debajo de él la verdadera amenaza surgió hacia la superficie. Era un monstruoso conglomerado de escamas, con la cabeza en forma de cuña y alas aerodinámicas. La bestia tenía las patas delanteras recogidas, las alas apreta-das contra su costado y se elevó como una locomotora hacia la superficie. Dax reconoció el brillo azul verdoso de sus escamas al verlo pasar. La fuerza del latigazo lo propulsó hacia atrás.

Antiguo rugió desafiante y su sonido estalló en el cráneo del carpatiano. Aunque el dragón había perdido a su compañera hacía mucho tiempo, tenía grabado en su alma un profundo dolor y mucha tristeza. No iba a perder a Riley. Ella ahora era parte de él, igual que Dax. Ningún dragón de agua se la iba a llevar.

No, no en tu forma. Dax se hizo cargo de la situación, pues sabía que un dragón de agua tendría ventaja sobre un dragón de fuego en sus circunstan-cias. *Con mi cuerpo, pero trabajamos juntos.*

Dax se lanzó contra el dragón a gran velocidad y cortó el agua ensan-grentada con las manos extendidas para dirigirse hacia esa cola con pinchos. La larga cola del dragón de agua se movía hacia atrás y hacia delante como un timón permitiéndole avanzar fácilmente.

Hizo que sus escamas rojas y doradas cubrieran su cuerpo. Lo agarró por la punta en forma de cuña de su cola y al instante le dio la vuelta. Antiguo apareció lo suficiente como para aportar su fuerza.

El dragón de agua siseó al sentir que detenían su marcha abruptamente y lo tiraban hacia atrás. El agua se revolvió, se levantaron unas grandes burbu-jas turbulentas y se agitó tanto que parecía un géiser. El dragón de agua movía con furia su cola de un lado al otro. Se giró y como un relámpago se precipitó hacia el cazador.

Dax vio que su enorme cabeza embestía directamente contra él. Tenía los ojos malévolos y feroces abiertos bajo el agua. Abrió su hocico sobre el que tenía un cuerno y enseñó su mandíbula llena de dientes en forma de sierra. En el instante en el que el dragón intentó morderle la cabeza, Dax se lanzó a un lado y le agarró la cola que seguía dando latigazos de un lado a otro. Oyó el tamborileo constante del latido de un corazón. El agua amplificaba el sonido. El ritmo del corazón del dragón de agua sonaba de manera extraña, primero fuerte, luego se suavizaba y enseguida aumentaba el volumen de nuevo.

Dax era carpatiano y reconoció el sonido infaliblemente. Su sangre cantaba en sus venas. Se acercó al dragón, acompasó los latidos de su corazón, ralentizó las palpitaciones del gigante poco a poco y siguió esquivando los ataques veloces como rayos de esos dientes malvados mientras su cabeza continuaba arremetiendo contra él. Se mantuvo fuera de su alcance sintonizando con el corazón del gigante para poco a poco tomar el control de su ritmo salvaje. Parecía latir en un lugar poco común, más abajo y a la derecha, como si su corazón se hubiera deslizado y alojado en un lugar poco habitual.

El dragón de agua ralentizó su gran cuerpo y se estremeció. Sin embargo, estaba enfurecido de que algo tan insignificante como Dax se hubiese atrevido a entrar en su territorio privándolo de la comida que le había prometido su creador… Dax por poco le suelta la cola. Mitro había creado a ese dragón. Sabía que si Dax se enfrentaba al dragón de agua, iría por su corazón y por ese motivo se lo había colocado en una posición incorrecta.

Es real, pero no del todo, confirmó Antiguo.

Dax asestó un duro golpe a su corazón debilitado y atravesó la delgada capa de escamas hasta llegar a su blando vientre. Lo rasgó con sus uñas de diamante y llegó hasta su corazón que latía ahora muy lento. Era mucho más grande de lo que esperaba, pero consiguió agarrar el órgano con la mano. La cabeza del dragón le hizo un corte en un hombro con uno de sus latigazos.

Seguía agarrado a su cola con una mano, y con la otra cerraba los dedos alrededor del objeto que buscaba. Cuando rodeó el corazón con su puño, supo que había cometido un terrible error. Una serie de espinas se incrustaron en su mano. Y un veneno entró en su cuerpo rápidamente. Consiguió arrancar el corazón del golpeado dragón justo antes de que la criatura estuviera a punto de arrancarle la cabeza. Había estado muy cerca; había sentido la explosión de agua fría vertiéndose sobre él y el chasquido de sus mandíbulas cuando sus dientes casi logran destrozarle la cara.

Entonces se dirigió a la superficie a toda velocidad sintiendo que el veneno se apoderaba de él y lo paralizaba poco a poco. Debajo de él, los gigantescos peces tigre detectaron que era una presa fácil, y se dispararon en su dirección en formación de grupo de caza. Pero alcanzó a atravesar con el puño la fina superficie de tierra justo en el momento en el que sus piernas empezaban a paralizarse. Se estiró lo más que pudo con la mano abierta buscando con los dedos algo sólido para agarrarse y salir del agua. El veneno se estaba esparciendo lentamente por su cuerpo, y ya no tenía opción alguna.

Pero una mano le golpeó la muñeca, la cogió con fuerza y tiró de su brazo. Vio la cara de Jubal. Gary, de cuclillas a su lado, se agachó, lo agarró por la axila y tiró de él para sacarlo del agua. Detrás de Dax salió del agua, por el mismo camino, un pez tigre goliat abriendo sus enormes mandíbulas. Una boca llena de treinta y dos malvados dientes se abalanzó sobre él como una locomotora.

El disparo sonó fuerte, casi en su oído. Jubal y Gary lo arrastraron hacia arriba para ponerlo a salvo, y Riley vació tranquilamente su Glock en el pez, que cayó en el agujero que había hecho Dax. Segundos después el agua burbujeó un líquido rojo.

Te tenemos. La voz de Riley llenó su mente.

Dame un minuto para sacar el veneno de mi cuerpo. No te quiero cerca de esto. Es de acción lenta pero paralizante.

Le tomó más tiempo de lo esperado liberar su cuerpo de la poción venenosa que Mitro le había preparado y sanar las heridas que el dragón le había infligido.

Miguel había continuado con los otros para salir a toda prisa del cañón. Dax esperó hasta recuperar fuerzas para destruir los mutantes de Mitro. No quería que se reprodujeran, crecieran en el río y que finalmente mataran a alguien. Cuando los cuatro alcanzaron al resto del grupo, el helicóptero ya estaba esperando en el pequeño claro del bosque.

Capítulo 16

Dax se alegró de ver que el helicóptero despegaba y se llevaba a los ingenieros, al profesor y su equipo, pero no sus recuerdos, menos el de haberse visto atrapados por la violenta explosión de un volcán. El único que podría recordar a Jubal, a Gary y a Riley sería Ben, pero solo durante los instantes en que tuvieron que escapar del volcán para salvar sus vidas. Había tenido dudas sobre ese hombre, pero algo le impidió eliminar todos sus recuerdos. Confiaba en sus instintos desde hacía siglos, y no iba a dejar de hacerlo ahora.

Estaba agradecido de que solo Jubal y Gary se hubiesen quedado con ellos. No había suficiente espacio en el helicóptero para todo el mundo, y la piloto, Lea Eldridge, le informó que había visto las ruinas humeantes de una casa a varias millas hacia el este, donde vivía una amiga de Juliette de la Cruz. Les había pedido que fueran a ver a la mujer. Como había un buen claro para aterrizar, se encontraría con ellos allí la noche siguiente cuando Dax se levantara.

Miguel y su hermano se marcharon para regresar a casa junto a los últimos porteadores que quedaban. Todo lo que recordarían era que sus hombres desaparecidos habían muerto en el volcán; al igual que el profesor y Todd Dillon creerían que Marty Shepherd había muerto por culpa de los deslizamientos de tierra. Capa y Annabel también se habrían perdido durante la explosión del volcán.

Weston partió con un regalo especial de Dax. Era imposible que pudiera ver lo que ese hombre iba a hacer el resto de su vida, pero podía hacer que cada vez que fuera a decir algo inapropiado a una mujer o sobre una mujer, solo pudiera croar. A Dax la solución le pareció bastante oportuna.

—Gracias por quedarte —le dijo a Jubal.

—La verdad es que no había espacio para nosotros —contestó este y encogió un poco los hombros.

—Había espacio, si realmente te querías marchar —dijo Dax—. Aprecio que cuides de Riley cuando yo no puedo hacerlo.

Quería transformarla, así él no tendría que preocuparse de que ella durmiera en la superficie y él bajo tierra. Por su propia tranquilidad quería que estuviera a su lado.

El sonido de la risa de Riley llamó su atención. Dax giró la cabeza y vio que estaba al lado de Gary, riéndose de algo que él había dicho. Su corazón se apretó con fuerza. Nunca había pensado que la llegara a encontrar. En todos los siglos que habían pasado, realmente nunca creyó que existiera una mujer para él. Su vida se basaba en el deber y el honor, no en el placer y la alegría.

Riley giró la cabeza lentamente. Su cabello brillante recibía los primeros rayos del sol de la mañana. Sus ojos se encontraron y él tuvo la sensación de que se hundía en esos pozos profundos y misteriosos de tierra fría y oscura. Extrañamente sintió que se le apretaba el estómago. Su sonrisa era solo para él, al igual que la curva de sus labios y el brillo de sus blancos dientes. Conocía cada ondulación de su mejilla, la línea de su mandíbula o la pequeña hendidura de su barbilla.

Se sentía como si estuviera volando muy alto, igual que cuando estuvo en el cuerpo del dragón de fuego, fuerte y auténtico, planeando libremente sobre su mundo.

Había algo en ella, algo que no podía definir, pero cuando estaba a su lado se sentía totalmente vivo y ardía de pasión, como si pudiera hacer cualquier cosa. Dax le ofreció la mano. Ella no dudó y fue hacia él sin apartar ni una vez la vista de su mirada. Puso la mano en la suya, y él la atrajo hacia el refugio de su cuerpo.

—¿Os parece bien quedaros a instalar el campamento? —preguntó a Jubal—. La traeré de vuelta enseguida.

Miró el cielo mientras hacía que ella pusiera su mano sobre su corazón, y la apretó con fuerza bajo la suya.

La lluvia había lavado algo de la ceniza de las hojas de los árboles, y las primeras luces del alba parecían ser los rayos de luz de las estrellas que brillaban encima del espeso follaje que rodeaba el claro. Le encantaba la noche, pero los pocos amaneceres que conseguía vislumbrar tenían una belleza especial.

Riley no hizo preguntas y lo siguió instalándose debajo de su hombro, encajando en su cuerpo perfectamente como si hubiera nacido para él..., y Dax creía que así era. Ella era etérea y noble, su cuerpo se movía fluidamente sin hacer apenas un ruido. Su piel ya había adquirido el aspecto del de las mujeres de los Cárpatos. Había avanzado a más de la mitad del camino para pertenecer al mundo de Dax, y tenía que hacerle saber lo que estaba por venir. Se había dado cuenta de que ella apenas comía, en particular carne, un alimento que ningún carpatiano digno de serlo jamás tocaría.

La cogió en sus brazos y la elevó hacia al cielo. A ella le encantaba volar tanto como a él, y la llevó muy arriba para sentir cómo disfrutaba estando tan alto.

Esta es la forma en que me haces sentir cada vez que te miro, le confesó.

Ella se acurrucó contra él, con el rostro hacia el viento y las gotas de lluvia que aún caían suavemente.

Me alegro entonces, porque me encanta volar. Estoy impaciente de poder hacerlo por mí misma, aunque... dijo frotando la cabeza contra su pecho, *hay ciertas ventajas de volar contigo.*

Él se rió sin poder contener la alegría que sentía cuando estaba a solas con ella.

Ya puedo sentir los efectos de tu sangre, agregó Riley. *Mi oído y mi vista son mucho más agudos. Se me está haciendo más difícil estar lejos de ti. ¿Eso es normal?*

Apretó sus brazos alrededor de ella sintiéndose un poco culpable. Había leído cosas en la mente de Gary que deseó no haber hecho. Como que el actual príncipe de su pueblo había descubierto involuntariamente que las mujeres humanas psíquicas se podían convertir en carpatianas sin peligro de enloquecer; prefería no saber por lo que pasaban antes de que se iniciara el proceso. Las realidades y las imágenes que había en la mente de Gary eran muy inquietantes.

Pedí entrar a tu mundo, le aseguró ella. *Lo elegí desde la primera vez que puse mis ojos en ti. Sentí tu alma y el alma de Antiguo. Sentí como si hubiera vuelto a casa. Eres mi hogar, Dax. Quiero estar contigo en tu mundo. Nunca dijiste que sería fácil.*

Él apoyó la barbilla en su coronilla y su sedoso cabello se entretejió con la barba de su mandíbula como si intentara atarlas. Dax ya conocía su mente lo suficiente como para saber que ella asumía la responsabilidad de sus decisiones. Había elegido un camino y para Riley era importante que él lo viera como una decisión personal de ella.

Eres una mujer valiente, Riley. Estoy orgulloso de que seas mía. Pasaré mi vida asegurándome de que nunca te arrepientas de entregarte a mí, o de haber tomado la decisión de acompañarme a mi mundo.

Riley le envió la imagen de una cálida sonrisa. Apretó las manos sobre sus antebrazos y levantó un poco la cabeza para atrapar una gota de lluvia con su lengua. Al conseguirlo se rió e inclinó el rostro para rozar su antebrazo y darle un beso.

Ahora sé que puedo ser de alguna utilidad para ti. Me preocupaba que pudiera ser una carga. A veces me da miedo, pero sé que puedo ayudarte. Aunque no luchando. Bueno, puedo disparar un arma, pero no quiero ni acercarme a nada que se parezca a esa gente que vimos en la aldea. Pero puedo servirte de apoyo de otras maneras.

Dax vio la pequeña entrada que había estado buscando. Había visto la cueva antes y le pareció que tenía posibilidades.

Tengo que llevarte de regreso con Jubal y Gary en aproximadamente una hora, pero tenemos este rato. Quiero explicarte en qué consiste la conversión y permitirte decidir el momento y el lugar.

Ella respiró hondo.

¿Y ahora? ¿Por qué no lo hacemos de una vez?

Dax le acarició la cabeza nuevamente y descendió hacia la entrada de la cueva intentando detectar trampas automáticamente o cualquier ser viviente que pudiera estar ocupándola.

—Aquí no, ahora no. En algún lugar mucho más seguro —dijo con un suspiro—. El momento y el lugar no dependen totalmente de ti, pero será lo antes posible, te lo prometo.

Con mucho cuidado la depositó en la espesa vegetación frente a la cueva, y agitó la mano hacia el interior para prepararse para entrar.

—Sé que voy a estar a salvo a tu lado, eso no me preocupa —dijo Riley.

El tono de su voz era tan honesto que se sintió humillado.

—Tendrás que descansar y sanar durante varios días, *päläfertiilam*. Tenemos que atrapar a un vampiro.

Riley le sonrió.

—Me gusta cuando te refieres a mí en tu idioma como tu compañera. Y también me siento muy querida. Y amada, a pesar de que nunca pensé que el amor llegaría a mi vida.

Dax le cogió la mano, se agachó para entrar a través de la estrecha abertura y encabezó la marcha. El suelo del pasillo por el que avanzaban se curvó y descendió un par de metros antes de comenzar a ampliarse.

—Mi idioma todavía es muy natural para mí. Tengo que pensar en una traducción correcta en el tuyo, pero todavía tengo que mejorar —dijo.

—Hablas con un acento perfecto.

—No siempre elijo la estructura correcta de la frase —indicó—. Corrígeme si digo algo mal.

—Es que a mí me parece tierno.

Se dio la vuelta para mirarla, muy consciente de que estaba esbozando esa sonrisa burlona que tanto amaba. Se detuvo bruscamente para que ella se tropezara con él, deslizó los brazos alrededor de ella y la sujetó con fuerza. La sensación de su suave cuerpo fusionándose con el suyo lo maravilló.

—Estoy locamente enamorado de ti —dijo.

Ella levantó la cara hacia la suya.

—En eso estamos igual. Puedo hacerlo, Dax. Puedo entrar en tu mundo y ser feliz. Le he dado muchas vueltas. He visto todos los peligros, pero sé que esto es lo que quiero.

Ella le cogió la cara con una mano y trazó su firme contorno con el pulgar.

La besó con fuerza. Exigente y un tanto brusco. Ella respondió como siempre lo hacía, devolviéndole el beso intensamente, en absoluto intimidada. Exigente y un tanto brusca. Sus esbeltos brazos le rodearon el cuello para acercar su cabeza a la suya. Riley se entregó al beso y aceptó su tormenta de emociones turbulentas.

El volcán estaba dentro de él, enterrado en lo más profundo de su ser, pero aún latente. La deseaba con cada célula de su cuerpo, cuando ni siquiera había imaginado algo así. La fuerza de su deseo lo había cogido por sorpresa. El deseo le arañaba el vientre, se trataba de un nuevo tipo de hambre pero igual de urgente y salvaje. Le agarró el pelo y tiró de su cabeza hacia atrás para aprovechar mejor su boca suave y caliente. Se perdió en ese beso durante largos minutos antes de que finalmente, todavía besándola, la levantara en sus brazos a la altura de su pecho para seguir avanzando por el pasillo hacia la galería abierta.

Riley abrió los ojos al sentir el aire frío contra su cuerpo. Estaba completamente desnuda. Nada le cubría la piel. Las llamas de cientos de velas encendidas en tres paredes saltaban y bailaban a su alrededor. Por encima de su cabeza, en el techo, unas estrellas azules brillaban con un suave resplandor creando un cielo de medianoche. Las paredes de la cueva parecían tener gemas brillantes engastadas.

Dax había creado un dormitorio. Era una cámara cálida y acogedora. El sonido del agua que cayó en una profunda piscina azul humeante añadía perfección al ambiente.

—Este es el lugar donde vivo —susurró.

Quería que ella amara la noche igual que él. Se había metido dentro de él y poseía su corazón. Su sonrisa le iluminaba el mundo, endurecía su cuerpo y lo llenaba de tanto amor y de tanta emoción que se sentía como nunca, conmovido e incluso vulnerable.

Una mujer. Le asombraba que pudiera tener una emoción tan intensa después de no sentir apenas nada durante siglos. Había algo en Riley que se apoderaba de todo pensamiento cuerdo de su cabeza y lo reemplazaba con... ella. Descubrió que se encontraba incómodo cuando los demás estaban cerca, pues el manantial de emociones que sentía hacia ella era casi imposible de ocultar. Hacía que se sintiera... expuesto.

Bajó la mirada hacia sus ojos color tierra. Sus pestañas largas como plumas ocultaban en parte el intenso deseo con el que ella lo estaba mirando.

—Eres tan tentadora —dijo.

Sus labios eran carnosos y curvilíneos, hechos para besar.

Ella se movió en sus brazos. Al frotar su piel sedosa contra la suya, entre ambos generaron descargas eléctricas.

—Eres una gran tentación —admitió ella.

Puso sus pies en el suelo liso que había creado para Riley, y fue retrocediendo con ella en brazos hasta que sus pantorrillas toparon con la plataforma ubicada en el centro de la cámara. Ella se dejó caer y se sentó en el borde de la dura superficie. Esa acción la colocó exactamente a la altura que él pretendía. Su cabeza estaba justo un poco por debajo de él.

Dax se acercó a ella estirándose, la cogió por la nuca y la empujó hacia adelante. Riley nunca dudaba. Agarró sus testículos y los masajeó en círculos antes de chuparlos suavemente. Luego avanzó con la lengua por su escroto y recorrió su grueso e hinchado miembro hasta llegar al borde de su cabeza.

Dax se agachó y tiró de la cinta que le recogía su larga y sedosa cabellera, que cayó en cascada por sus hombros. El contraste entre su piel suave y luminosa y su cabello negro azulado le parecía precioso. Ella levantó la vista, sus ojos se encontraron un momento y mientras se miraban, Riley abrió la boca y al atrapar su miembro sintió el fuego que lo abrasaba. Cerró la boca y chupó con fuerza mientras su lengua jugueteaba con él.

Riley había fantaseado con hacer el amor a Dax con su boca. Quería saber a qué sabía. Su propia piel estaba muy caliente y sensible. Sus pechos estaban adoloridos e hinchados, y sus pezones duros y tensos… para él. Con cada jadeo y cada lametazo se volvía más loca por él. La ceremonia de la flor le había enseñado cuán adictivo podía ser, y probarlo solo hacía que lo deseara aún más.

Podía sentir que apenas mantenía a raya el deseo que sentía por ella. Su miembro palpitante le llenaba la boca y se estiraba igual que cuando entraba en su vagina. Dax estaba más caliente que un volcán. Su lengua jugueteaba con su miembro sin descanso y después lo chupaba salvajemente para extraerle su especiado néctar.

Sus guturales gemidos hacían que aumentara el deseo salvaje que se desataba en ella como una tormenta oscura. Estaba desesperada por él, desesperada por sentirlo dentro de su boca, su mente y su cuerpo. Quería sentir su boca mordisqueándola, alimentándose de sus venas, tomando la esencia de su vida. Quería ser todo para él, su sustancia y su aire.

Dax dio un tirón con sus caderas y sus manos agarradas a su nuca hicieron lo mismo. Un gemido ronco y oscuro escapó de su garganta y un gruñido retumbó profundamente en su pecho. Respiraba con dificultad y jadeaba. Riley miró hacia arriba de nuevo para verle la cara mientras se apartaba lentamente de él, lamía su cabeza hinchada y enseguida poco a poco se lo volvía a tragar con fuerza. Las llamas de sus ojos estaban al rojo vivo y casi se habían apoderado de ellos por completo formando una neblina de lujuria.

O köd belső, dijo Dax con los dientes apretados. Su tono era duro. Exigente. *Que la oscuridad se lo lleve.*

Ella se rió suavemente con el miembro ardiente todavía en la boca. Pero más que una risa emitió un zumbido cuya vibración atravesó el cuerpo de

Dax mientras ella deslizaba su boca con fuerza hacia arriba y hacia abajo, y él le agarraba la cabellera con fuerza.

¿Es eso una maldición carpatiana? ¿Me estás insultando?

Se sentía muy poderosa por estar llevándolo hasta el límite de su control. Estaba muy contenta. Le encantaba tenerlo a su merced. Él la estaba volviendo igual de loca, y su cuerpo estaba tan excitado que había soltado la húmeda prueba de su deseo entre sus muslos.

Lléname, susurró su urgente necesidad en su mente. *Te necesito dentro de mí. Fuerte. Rápido. Duro. Quiero ser tuya.*

Eres mía Declaró mientras empujaba su pene profundamente una vez más hacia el calor de su boca sedosa que lo llevaba a la gloria. Después agarró su cabellera, le echó la cabeza hacia atrás y la obligó a interrumpir su exquisita y firme succión.

Dax no esperó. No podía esperar, pues ya estaba tan desesperado por ella, como Riley por él. La empujó sobre la plataforma, y ella se tumbó de espaldas jadeando. Sus senos subían y bajaban por su agitada respiración. Levantó las rodillas, apoyó sus pies bastante separados y elevó las caderas incitándolo.

—Date prisa, Dax. Date prisa.

Dax se dejó caer sobre ella e introdujo su miembro profundamente en ella, que gritó arqueando la espalda para apretarse con fuerza contra su cuerpo. Él empujó muy fuerte y enterró su miembro en su vagina caliente que lo succionaba y atrapaba. La fricción los acercó rápidamente al clímax. Demasiado rápido. Él quería que durara para siempre, pero cuando sintió que ella se apretaba como un cepo alrededor de su miembro, un líquido caliente inundó su entrepierna y un fuerte estertor atravesó su cuerpo que también se apoderó del de él. La penetró profundamente una y otra vez, y ella lo atrapaba, se aferraba a él y lo ordeñaba para hacerle llegar al orgasmo. Su grito ronco se unió a los suyos y se derrumbó sobre ella haciendo un gran esfuerzo para respirar.

La rodeó con sus brazos y rodó para que ella quedara perfectamednte colocada encima de él, encantado de que se acomodara sobre su cuerpo como lava derretida.

—Creo que he dejado un poco de polvo de oro en tu cabello.

Riley evitó reírse y no levantó la cabeza.

—Van a pensar que tengo el cuerpo brillante. Tus escamas son hermosas, pero dejan rastro. —Bostezó perezosamente—. Podrían serme útiles si alguna vez decides desaparecer.

—Los carpatianos no desaparecemos —dijo mordiéndole el lóbulo de la oreja y acariciando su apetitoso trasero—. Siéntate, tenemos que hablar. Pronto va a salir el sol.

Ella volvió a bostezar.

—Ya veo cómo eres. Consigues lo que quieres de una mujer y luego insistes en hablar.

Ella rodó de mala gana para bajarse de su cuerpo y vio que él se levantaba a su manera fluida y ágil.

—Quiero hablar contigo acerca de lo que va a pasar cuando te conviertas —le dijo—. Es importante que lo sepas. Miré en la mente de Gary para encontrar respuestas a la razón por la que tú, un ser humano, podrías ser mi compañera. En mi época era algo imposible y nunca nadie concibió algo parecido. Las pocas veces en que se intentó salvar la vida de un ser humano mediante la conversión, fue un desastre.

Riley se incorporó lentamente y pasó las manos por sus cabellos que caían en cascada. Al hacerlo levantó sus senos y él sintió ganas de poseerla una vez más.

—Me parece pertinente. ¿Qué tipo de desastre?

Él se inclinó hacia delante y besó la suave curva de uno de sus pechos cremosos.

—Creo que vas a tener que vestirte si vamos a hablar de esto. Tengo que enterrarme y eso significa que debo dejarte a salvo bajo el cuidado de Gary y Jubal, por lo que no queda mucho tiempo.

Antes de que Riley pudiera protestar, y puesto que él era un hombre débil cuando se trataba de sus deseos, vistió su tentador cuerpo con un gesto de su mano.

—Si me convirtieras, tendríamos todo el tiempo del mundo —dijo moviéndose como una sirena, a pesar de su ropa, mirándolo con mucho deseo.

—Eres una mujer muy mala —decretó cogiéndole la mano que se aferraba a su cuerpo. Tenía que vestirse también y estar a una buena distancia de ella si quería resistir sus encantos—. Necesitas esa información.

Ella hizo un pequeño mohín con sus labios. A Dax siempre le parecían irresistibles. Sin duda, injustamente tenía ventaja sobre él. Si hacía pucheros o lloraba, él estaba perdido.

—Está bien. Me comportaré —aceptó con una pequeña sonrisa burlona—. Cuéntame lo peor. Pero no voy a cambiar de opinión.

Esperaba que fuera así. Le había dicho que una vez iniciado el proceso, no había vuelta atrás, y ella ya había avanzado bastante en su camino para pertenecer a su mundo. Él no podía invertir el proceso.

La sonrisa desapareció del rostro de Riley.

—Te escucho, Dax. Imagino que esto es difícil para ti. —Se sentó recta y cruzó las manos sobre el regazo—. Continúa. Te estoy escuchando. ¿Qué tipo de desastre?

Dax sintió una gran tensión en la boca del estómago.

—Los hombres y mujeres que intentaron salvar a lo largo de los últimos siglos aparentemente se volvieron locos y tuvieron que ser eliminados. Hasta que el príncipe no descubrió que su mujer podía convertirse porque tenía dones psíquicos, nuestra especie no supo que algunas mujeres humanas podían salvarnos.

Ya está. Se lo había dicho. Le había dicho la horrible verdad que había encontrado en los recuerdos de Gary. Había más, pero necesitaba ver su rostro y sentir su reacción. También tenía que asegurarse de que ella no notara que por primera vez, si recordaba bien, el miedo lo tenía atrapado en sus garras mortíferas.

Riley asintió con la cabeza.

—Ya veo. Pero ¿te refieres a locos como esa gente de la aldea? ¿Desquiciados? ¿Asesinos en potencia?

Él asintió.

—O que beban sangre como vampiros. Y a veces se conviertan en caníbales.

Ella llevó una mano a su cabello, lo soltó sobre sus hombros y se hizo una trenza larga y gruesa. Él se dio cuenta de que necesitaba hacer algo con las manos. No había mostrado miedo, pero vio que le temblaban.

—Está bien, entonces. ¿Eso es todo? No te has recuperado.

—Es doloroso. —Estuvo a punto de explicárselo todo de golpe, algo que nunca había hecho, pero ella lo estaba desarmando con su mirada estoica—. Muy doloroso. —Solo quería aclararlo y ceñirse estrictamente a la verdad—. Es como si te murieras sufriendo convulsiones. Te puedo mostrar los recuerdos si lo deseas —le ofreció muy a su pesar.

Ella estudió su rostro en silencio. Dax intentaba mantenerse totalmente inexpresivo, no quería persuadirla de un modo u otro al mostrarle su aversión a enseñarle las imágenes reales.

Riley puso la trenza sobre su hombro y se levantó.

—No quiero verlas. No soy estúpida. Sabía que para cruzar a tu mundo, tendría que dejar el mío. Tu cuerpo es muy diferente al mío. Yo sabía desde el principio que el cambio no sería fácil. Nada que valga la pena lo es. —Sus ojos se encontraron con los suyos—. Créeme, Dax, tú vales la pena.

Se puso de pie, se acercó a él y apoyó las manos sobre sus hombros.

—Las mujeres tienen bebés sabiendo que les puede doler, pero esos pequeños momentos son insignificantes comparado con la alegría que reciben cuando tienen a su hijo en los brazos. Sea lo que sea lo que tenga que hacer, lo haré.

Había absoluta determinación en su voz y su mirada.

El rostro de Riley se volvió borroso un momento, lo que hizo que Dax tuviera que parpadear rápidamente.

—Cuando lo consideres seguro estaré preparada. Quiero que acabes con esto, y si lo haces recuerda el tipo de mujer al que te has atado. Asumo la responsabilidad de mis propias decisiones. No hago lo que otras personas quieren que haga. Me gusta que se comparta la información conmigo, quiero respeto y compañerismo. —Levantó la barbilla—. Nunca sería tan tonta como para contradecirte sobre mi seguridad, o en temas de salud, que he observado son tus dos grandes preocupaciones, pero me gusta tomar mis propias decisiones.

Él la agarró por los antebrazos.

—¿Es eso una advertencia?

Dax sentía como si su corazón se hubiera hinchado tanto que no le cabía en el pecho.

—Tómalo como quieras. Sé que tienes miedo de que no haya conocido a quien verdaderamente eres. Pero no es así. Tiendes a ser un hombre muy dominante, y la verdad es que eso no me afecta. Pero a mí también me preocupa que no hayas entendido quien soy yo realmente. Tomo mis propias decisiones y nunca me ha ido bien con alguien que me diga lo que debo hacer.

Dax captó fácilmente que tenía miedo y su corazón se aceleró. Sintió que un intenso calor se instalaba en su vientre. La estrechó contra él.

—Te amaré siempre, Riley.

Ella había tomado una decisión, pero aún tenía miedo. Era algo trascendental y su vida cambiaría para siempre. Y si la abandonaba...

—Es imposible que te abandone —le aseguró en voz baja—. Te llevaré con Jubal y Gary, pero estaré durmiendo justo debajo de ti. Llámame si lo necesitas y me despertaré.

Dax la besó por todas partes deseando apartar cualquier duda de su mente. Sabía que era imposible, pero seguiría intentándolo hasta que ella estuviera tan segura de él como lo estaría cualquier compañera carpatiana.

La levantó en los brazos y ella lo abrazó por el cuello.

—Lamento dejar este lugar. Has hecho que el tiempo que hemos estado juntos fuera muy hermoso. Gracias.

—Quiero que recuerdes que te amo, Riley. A ti. A la persona que eres. Esto se va a poner feo, y tendrás que aferrarte a cualquier momento bueno que podamos encontrar —advirtió.

La llevó por el pasillo de vuelta hacia la luz del amanecer. El sol, oculto por la bruma que formaba la ceniza en suspensión, ya comenzaba a hacerle daño en los ojos. La luz le quemaba la piel, pero las escamas que tenía por debajo protegían su cuerpo y le daban la libertad de despegar hacia el cielo. Asumió que llegaba el amanecer, inspiró bajo la lluvia y percibió el aroma de la selva.

Bajo el follaje de los árboles el movimiento era constante. Los sonidos eran muy diferentes cuando los pájaros cantaban llamándose unos a otros. Los monos que se peleaban a gritos añadían caos a lo que estuviera ocurriendo. La selva se despertaba justo cuando él se iba a acostar. Se dio cuenta de que para Jubal y Gary era difícil dormir durante el día, lo que hizo que aumentara aún más su respeto por ellos. Estaban haciendo un gran esfuerzo para proteger lo que le pertenecía.

Los dos hombres ya habían instalado una red y una tienda con una hamaca para que Riley durmiera. Habían elegido un área fácilmente defendible donde la capa freática no era demasiado alta para que pudieran descansar. Le pareció que ambos eran extremadamente eficientes. Sin duda habían aprendido bien la manera de ser de los carpatianos.

Los saludó formalmente, con el respeto que ellos se merecían, dándoles una palmada en los antebrazos al estilo guerrero, y dejó a Riley a su cuidado. Dejarla le resultaba mucho más difícil de lo que había previsto, aunque fuera por unas horas. Parecía muy sola aunque tuviera la espalda erguida, la barbilla levantada e incluso mostró una pequeña sonrisa cuando él abrió el suelo y dejó que la tierra fresca lo acogiera.

Se acercaron cautelosamente al claro del que les había hablado Lea Eldridge. Mucho antes de que llegaran, un fuerte olor a muerte inundó sus fosas nasales.

Riley miró inquieta a los tres hombres.

—No, otra vez no. Al acercarnos al río he sentido a Mitro. Estoy segura de que ha venido por aquí. Parece que mis lazos con él son cada vez más fuertes y no me gusta nada.

—Eso es por la sangre carpatiana —explicó Dax—. No tienes ningún vínculo con él. Tus habilidades se están desarrollando, y eso no tiene nada que ver con Mitro. Es una máquina de matar. No posee ni un ápice de bondad, ni siente piedad por nadie. No tiene redención posible. Si su compañera no pudo salvarlo, nadie lo conseguirá. Arabejila es cosa del pasado, y el mal se ha apoderado de él por completo, aunque honestamente creo que era malvado desde el principio.

—Algunas personas nacen con algo que no es bueno —dijo Riley—. Nos gusta pensar que siempre se debe al entorno en el que crecen, pero a veces, simplemente, son así desde el nacimiento. Tal vez ocurra en todas las especies.

Gary asintió con la cabeza.

—Incluso hay animales que nacen con problemas, tanto físicos como mentales. —Se encogió de hombros—. Es algo que ocurre.

Mitro había sido retorcido desde niño, cuando Dax lo conoció. Siempre tuvo una astucia malévola. Su necesidad de hacer daño a los animales y a los otros muchachos hacía que huyeran de él.

Dax apartó los recuerdos de su mente. En el claro que se veía más adelante aparecieron a la vista los restos humeantes de una casa. Se detuvo de golpe, agarró a Riley de los brazos e impidió que la siguiera.

—Tendrás que quedarte aquí, *sivamet*. El hedor del mal es muy intenso.

Su cuerpo se estremeció pegado él y lo miró frunciendo el ceño.

—Se ha marchado. Sabes que se ha ido.

—Ha dejado una carnicería y trampas a su paso. Nada de eso es para ti.

Ella arqueó una ceja.

—Me parece que te equivocas en ese sentido. Creo que las dejó trás de sí para que yo las encuentre. Sabe que lo estoy siguiendo.

—Así es, *sivamet*. Y lo vamos a atrapar.

—Nunca debió haber escapado. —Riley miró sobre el hombro de Dax hacia las ruinas humeantes de la casita al lado del río—. Debería haber conseguido detenerlo.

—Riley. —Dax dijo su nombre en voz baja, negó con la cabeza y acarició su cabello—. Tienes que saber que no eres responsable de nada de esto.

—Por supuesto que lo soy. Se escapó. Está matando a gente, destruyendo vidas. ¿Cuántos más matará antes de que lo atrapemos? —Parpadeó para contener las lágrimas e hizo un gesto hacia la cabaña—. Quien fuera que vivía allí tenía una vida y ya no la tiene porque yo no fui lo suficientemente fuerte, o rápida, como para mantenerlo apresado en ese volcán.

—Si eso es lo que crees, en última instancia piensa que el fracaso es mío. He tenido siglos para frenarlo y, sin embargo, no lo he logrado.

Dax mantenía la voz muy baja y desapasionada. Su culpa no estaba en su incapacidad para derrotar al vampiro, ya que eso era parte del trabajo. Algunas veces ganaba el cazador y otras lo hacía el no muerto. Todos los cazadores sabían y aceptaban esa premisa.

Inmediatamente la expresión de Riley cambió y negó con la cabeza.

—No, no, Dax, por favor, no creas que alguna vez pensé eso. Por supuesto que no es por tu culpa...

—Tampoco la tuya. Mitro es un ser maligno. No tengo ni idea de si nació así, o qué fue lo que le afectó, pero quería ser malvado. Abrazó la oscuridad que tenía en su interior. Tuvo todas las posibilidades para pasarse al lado de la luz, pero evidentemente tomó la decisión de ser lo que es.

Dejó caer un brazo alrededor de sus hombros y se dispusieron a alejarse del olor a humo y muerte.

—Parece que necesita hacer matanzas y provocar un gran sufrimiento. Eso alimenta sus necesidades más profundas. Lleva siglos existiendo, y tal vez no es nuestro destino detenerlo. Pero vamos a seguir intentándolo, Riley. No ganamos nada sintiéndonos culpables. Y la culpa no sirve para nada cuando uno está en una cacería a vida o muerte. Necesito que seas más fuerte y decidida que nunca. No debe ver ninguna debilidad en ti. En el momento en que lo haga, lo va a utilizar para atacarte. Recuerda que los vampiros se pueden meter en tu cabeza.

Riley asintió.

—No me gusta que Gary, Jubal y tú tengáis que ver lo que ha hecho, y yo esté protegida de lo peor.

Dax se inclinó y le dio un beso en la boca.

—No quiero que tengas que ver lo que hace más de lo necesario. Puedo ayudar a alejar el horror de Gary y de Jubal si me lo piden, y ellos conocen nuestras habilidades lo bastante como para pedírmelo si les hace falta. He tratado con esto la mayor parte de mi vida y puedo mirar a la muerte y la tortura sin sufrir repercusiones. Tengo la capacidad de apartar de mí toda emoción.

Riley se giró y se puso delante de él impidiendo que avanzara. Entrelazó los dedos detrás de su cuello y buscó su mirada.

—No sé cómo has hecho esto durante tanto tiempo, Dax, pero te admiro por ello. Me gustaría tener la valentía de poder decir que te voy a acompañar sea como sea, pero se me revuelve el estómago de solo pensarlo.

Apretó su cara contra su pecho, justo encima de los latidos de su corazón. Dax era una roca. Estaba absolutamente tranquilo y completamente seguro. Su mente no dudaba de lo que iba a encontrarse cuando llegara a la pequeña cabaña. Vidas perdidas, y otras trastocadas para siempre. Suspiró deseando poder evitar de alguna manera que tuviera que presenciar la depravación y la crueldad de Mitro.

Dax la cogió de la barbilla, levantó su cabeza y la miró con sus ojos hermosos y extraños. La cautivaron los colores que giraban al fondo de sus pupilas y la llama luminosa que brillaba intensamente cada vez que la miraba.

—Agradezco que desees ahorrarme esto, Riley. Me basta con saber que tú no vas a verlo.

—Me gustaría que ninguno de nosotros tuviera que hacerlo. Gary y Jubal, los pobres, no tenían ni idea de lo que les esperaba cuando decidieron viajar conmigo.

Dax inclinó la cabeza y le dio un cariñoso beso sobre cada párpado y después dejó un rastro de fuego en la comisura de su boca.

—No te preocupes por ellos, corazón. Los cuidaré. Son hombres buenos y son amigos de nuestro pueblo. No voy a dejarles ver más de lo que puedan tolerar. Ambos son hombres duros, y ya han hecho esto muchas, muchas veces.

—Tú también eres un hombre bueno, Dax. Estás tan preocupado por todos los demás que no piensas en ti —protestó ella—. Me encanta que quieras protegernos a todos nosotros, pero me gustaría poder hacer lo mismo por ti.

—Pero si ya lo haces —le aseguró bajando la cabeza para apenas rozarle dulcemente los labios con los suyos—. Eso es lo que no entiendes. Borras cada una de mis malas experiencias. Solo te veo a ti cuando estás conmigo. Amarte es la parte fácil, Riley, y cuando estoy a tu lado todo lo demás desaparece. Simplemente espérame aquí. No pongas tus manos en el suelo, ya sabes que Mitro se ha marchado. Siéntate tranquilamente a esperarme.

—Me quedaré aquí y esperaré —prometió—. Estaré a la vista en todo momento. No siento ese miedo horrible que me indica que nos tiene preparada alguna trampa terrible. Creo que en la cabaña está la peor parte.

—Al primer indicio de problemas o si sientes que algo no va del todo bien —dijo—, me llamas enseguida. Estaré cerca.

Riley esbozó una pequeña sonrisa para tranquilizarlo.

—Realmente no soy tan valiente, Dax. Gritaré tu nombre a todo pulmón, y también lo haré en mi cabeza.

—¿Tienes el arma que Jubal te dio?

Ella asintió.

—La tengo preparada en todo momento. Tal vez no sirva para matar a Mitro, pero podría detenerlo, y también a las criaturas que fabrica.

—No intentará nada contigo a menos que esté acorralado, o encuentre alguna oportunidad. Es demasiado astuto para eso. Haría que otro se encargara de asesinarte, y eso es lo que más me preocupa. Cuando estaba atrapado en el volcán se las arregló para retrasar a tu madre y al final consiguió que otros la mataran por él. Puede hacer lo mismo contigo. No puedes confiar en nada, ni en animales, ni en insectos, ni en aves, ni en seres humanos.

—Dax. —Riley llevó la mano a su rostro y recorrió su mandíbula—. No es necesario que intentes asustarme. Estoy aterrorizada. No soy en absoluto una heroína.

Él sacudió la cabeza sin poder evitar sonreír.

—No te conoces para nada, ¿verdad? El miedo no tiene nada que ver con la valentía, y a ti te sobra valor.

Riley agitó la cabeza y luego la levantó para darle un breve beso en la boca. No había absolutamente nada sexual en su beso, solo el calor del compañerismo, una confianza que le apretó intensamente el corazón.

—Cuídate —le murmuró.

Dax se dio la vuelta bruscamente. Se le estaba haciendo muy difícil darle el espacio que ella necesitaba. Había pasado tanto tiempo sin nadie, que ahora que los lazos que los vinculaban se estaban estrechando, necesitarla y quererla se había convertido en lo mismo. El deseo de poseerla aumentaba cada momento que pasaba en su compañía. Había intentado enamorarla pasando tiempo en su mente para crear una intimidad difícil de resistir, pero al final era él quien estaba a punto de precipitarse por ese acantilado.

Regresó dando largas zancadas al lugar donde Jubal y Gary lo estaban esperando.

—Esto va a estar muy mal —advirtió—. Yo iré primero e intentaré encontrar las trampas que Mitro ha dejado. Vosotros quedaos justo al borde de la línea de árboles. No os pongáis en el claro. No hay manera de saber qué es lo que hará que se desencadene cualquier emboscada que haya preparado.

—Tenemos que encontrarlas antes de que dejemos este lugar —dijo Jubal—. De lo contrario, algún inocente puede pasar por aquí y resultar herido o muerto.

Dax asintió muy serio y se desplazó por la niebla hacia el claro que había junto al río. La cabaña era muy pequeña, no más que una habitación individual con un pequeño porche cubierto levantado sobre pilotes. Ahora estaba inclinada hacia un lado, ennegrecida y quemada. Nada quedaba de la construcción. Solo tres paredes y media y una simple estructura que rodeaba la ruina humeante. El techo había sido construido con ramas y hojas de árboles como muchas de las chozas de los nativos nómadas. Esta se había hecho a toda prisa y por las pocas cosas que había en su interior, se podría decir que nadie había vivido allí mucho tiempo. Dax rodeó la cabaña con cuidado intentando detectar en el aire cualquier señal de las inevitables trampas de Mitro.

Encontró el cuerpo a cien metros de las ruinas quemadas. Se trataba de una mujer joven. Se arrodilló a su lado un momento, espantó a los insectos y tocó su cabello a modo de saludo. Una mujer valiente. Distinguió claramente que estaba embarazada y que había intentado proteger a su hijo. Dax sacudió la cabeza e hizo una seña a los dos hombres que lo estaban esperando.

Jubal llegó unos pasos por delante de su compañero. Dax observó la cara de Gary. Sabía exactamente lo que iba a ver. Había visto demasiadas veces a seres humanos destrozados por un vampiro.

—Mitro es un canalla —dijo Jubal.

—Era una mujer jaguar —añadió Dax—. Y estaba embarazada de un bebé jaguar. El bebé está allí. —Lo señaló con la barbilla—. Un niño.

—Lo mató delante de ella, ¿verdad? —preguntó Jubal lúgubremente.

Gary se quitó la camisa y envolvió cuidadosamente el cuerpo del bebé con ella.

—Se llevó al pequeño estando ella aún viva, lo dejó sin sangre y luego atacó a la madre. Le gusta jugar con sus víctimas. Los jaguares cuando mueren han de ser quemados. Nunca dejan sus cuerpos donde otros puedan examinarlos.

—Acabemos con esto antes de que el helicóptero venga por nosotros —dijo Dax sombrío. Echó un vistazo a Riley—. No hay necesidad de que lo vea. Simplemente contárselo la va a horrorizar.

Capítulo 17

Antiguo estaba nervioso, y no era de gran ayuda tener a un enorme dragón furioso en una gran urbe, o donde fuera. Dax se paseaba de un lado a otro por una terraza con vistas a las luces de la cuidad. La familia De La Cruz poseía una inmensa propiedad a las afueras de Río de Janeiro. Aparentemente tenían casas en casi todas las ciudades más importantes de América del Sur. Parecían haberse adaptado bien a la vida entre la especie humana.

Igual que Dax había evolucionado en el volcán, la familia De La Cruz también lo había hecho. Pero él no se sentía cómodo con su transformación hacia la modernidad. No se lo creía. Todos ellos eran cazadores, lobos vestidos de ovejas. A pesar de su aspecto moderno y del encanto que rebosaban los hermanos De La Cruz, sabía que en su fuero interno, por debajo de toda esa sofisticación, todos ellos eran depredadores.

—¿Qué sucede?

La dulce voz de Riley lo devolvió al presente. Se volvió para mirarla. Estaba sentada en uno de los anchos sillones apoyando la barbilla sobre las rodillas y lo observaba con sus ojos fríos y oscuros. Tanto su voz como su mirada líquida evidenciaban que estaba muy preocupada. Nunca nadie había cuidado de él, excepto Arabejila, y evidentemente no de esta manera. No podía recordar o sentir nada parecido. Era un sentimiento extraño y maravilloso.

—Me inquieta estar en esta morada.

—Casa —le corrigió, como le había prometido—. ¿Por qué?

Dio unas zancadas muy preocupado por la gran terraza. Riley era su compañera y le había hecho una pregunta que exigía una respuesta. Suspiró y se detuvo frente a ella.

—Debería haber ejecutado a Mitro hace siglos, mucho antes de que iniciara su matanza. Sabía que la oscuridad estaba creciendo dentro de él. Yo nací con esa maldición, a pesar de que el padre de Arabejila me dijera que era un regalo tremendamente valioso. Yo sabía que no era así. Siendo niño ya podía ver la señal en muchos de mis amigos. Cuando crecimos comencé a sentirme inquieto en su compañía, y ellos lo estaban mucho más conmigo. Nadie quiere que lo señalen como un condenado de por vida.

—¿Y los señalabas?

Dax se encogió de hombros.

—Intenté no hacerlo, pero veía esa sombra en ellos muy pronto, y no pude evitar observarlos. Mi presencia molestaba a todo el mundo. Al principio los mayores no me creían, pero cuando mis predicciones se hicieron realidad, comenzaron a prestarme atención. En el momento en que sucedió…

A Dax se le apagó la voz y le dio la espalda para aferrarse con ambas manos a la barandilla mientras miraba hacia la noche.

Riley se mordió el labio. Cuando era un niño debió haber sido algo así como un paria. Los otros niños y los hombres de su pueblo lo habrían evitado, y mantendrían cierta distancia con él por si descubría la sombra en ellos y los calificara de vampiros en potencia. Se dio cuenta de la espantosa soledad que debió pasar. Ahora como hombre adulto, como el cazador que era, no parecía ser consciente de ello. No reconocía sus propias emociones, y le costaba mucho admitirlas porque había carecido de ellas durante demasiado tiempo.

—Pero el hecho de que viera la sombra no quería decir que ellos fueran a decidir renunciar a sus almas. A veces algunos encontraban a sus compañeras y vivían vidas honorables.

Riley se quedó quieta conteniendo el impulso de consolarlo. Dax no tendría ni idea de que necesitaba consuelo, y se cerraría ante ella. Intentó conectarse mentalmente con él vacilantemente, deseando que no se alejara. Sintió el dolor de su niñez con gran empatía, pero quería «ver» los recuerdos a través de sus ojos. En el momento en que llegó a él, no solo sintió su presencia, sino también la de Antiguo. El dragón estaba tan preocupado por el cazador carpatiano como ella.

Se concentró en la barandilla a la que Dax se aferraba mientras miraba la ciudad. No podía imaginarse cómo sería para él ver el mundo moderno, pero manejaba todo con calma y estoicismo, lo cual le decía mucho sobre su personalidad, igual que la presión de sus dedos sobre la madera.

—Vi la oscuridad en Mitro desde el principio. Venía de una familia poderosa, y se aprovechaba bastante de eso. Siempre fue un matón —continuó Dax.

Hablaba en voz baja, pero en el interior de su mente Riley sentía cada palabra con pinceladas de vergüenza y dolor. Ella percibió las salvajes emociones que le desgarraban el alma, pero él no las escuchaba ni era consciente de ellas. Sin embargo, Antiguo las percibía tan intensamente como ella, pues a diferencia de Dax, ambos estaban en sintonía con sus emociones.

Le había hablado sobre Mitro en varias ocasiones, solo pequeñas anécdotas, pero ella vio la perversión del vampiro y su necesidad de crueldad incluso cuando era joven. Algunas veces los monstruos nacían siendo así, no se convertían en ellos, y temía que ese fuera el caso de Mitro.

—Intenté contárselo a los ancianos. Incluso acudí al príncipe, pero como yo era joven pasaron por alto lo que les dije. A medida que se demostraba que estaba en lo cierto, cada vez me evitaban más. Aprendí la difícil lección de tener que acusar a alguien antes de saber con seguridad si realmente decidiría convertirse en vampiro. Por eso en lugar de contárselo a los demás cuando veía esa oscuridad en algunos de nuestros hombres, estudiaba los hábitos y costumbres de quienes tenían la sombra, los seguía, y muchas veces cuando tomaban la elección prohibida, acababa con ellos.

Riley cerró los ojos un instante. Le entristeció ver que los nudillos de sus manos se le habían puesto blancos de lo fuerte que se aferraba a la barandilla.

—Tuve que dejar que mataran a alguien en su proceso de transformación. Era el único modo de asegurarme de que no iba a cometer un asesinato. —Se volvió para mirarla muy apesadumbrado—. ¿Sabes a cuánta gente podría haber salvado si simplemente los hubiera destruido antes de que asesinaran a nadie?

Riley luchaba contra la necesidad de levantarse e ir hacia él para darle un abrazo y consolarlo. Necesitaba contárselo a alguien. El peso que llevaba siglos cargando sobre sus hombros debía ser compartido.

—Pero tienes razón, Dax, en ese caso habría sido un asesinato —apuntó con dulzura.

Se quedó en silencio durante tanto tiempo que ella estuvo a punto de decir algo para que continuara, pero el dragón la contuvo y se movió lo justo para hacerle saber que él también estaba esperando, y que tenía la paciencia que ella necesitaba. Dax no estaba acostumbrado a compartir, y menos aún sus miedos, que eran tan profundos que ni siquiera podía reconocerlos.

Entonces exhaló lentamente y asintió, pero no parecía muy seguro.

Ella cerró la boca apretando los labios. Se abrazó las rodillas con fuerza por no poder hacerlo con él. Necesitaba abrazarlo y consolarlo igual que él hacía con ella.

—Mitro parecía… mucho más retorcido que cualquier otro. En la mayoría de los carpatianos hay nobleza, y por eso los respetaba, pero Mitro no la tenía. Lo observé de cerca y vi cómo disfrutaba presenciando el sufrimiento de los animales, de los humanos y de los carpatianos. Era astuto, vanidoso y, por desgracia, bastante inteligente. Encontró a Arabejila. Era la otra parte su alma, la luz para su oscuridad. Comenzó el cortejo y yo…

Dax agitó la cabeza, se puso de espaldas a la barandilla y se apoyó en ella para mirar a Riley a los ojos.

—No me preocupé más. Pensé que estaba a salvo. Un hombre carpatiano que tiene una compañera nunca se convertiría en vampiro, y por eso dejé de observarlo a pesar de que me inquietaba.

Riley bajó las pestañas y ocultó sus ojos un momento para que él no tuviera que ver la compasión que había en su mirada. Dax no era un hombre que reconociera la culpa o la tristeza, y aun así sentía tanto como ella.

—El padre de Arabejila era mi mejor amigo. Cazábamos juntos. Cuando los otros comenzaron a darme la espalda por el extraño talento que tenía, él no lo hizo. Me dijo que mi don era útil, que sería el mejor manteniendo a nuestra gente a salvo. Compartíamos sangre cuando estábamos heridos. Él conoció a su compañera mucho antes de que hubiera perdido las emociones y el color, por lo que no tenía razón para tenerme miedo, eso lo sé. Además, sentía por mí un genuino afecto, igual que su pareja y Arabejila. Ellos se convirtieron en los vínculos reales que tenía con mi gente.

Riley vio destellos de imágenes, sus recuerdos de una mujer sonriente que se parecía mucho a ella misma. Un hombre y una mujer cogidos de la mano, uno frente al otro, con una mirada de amor absoluto en los ojos. Sus expresiones la dejaron sin aliento por todo el amor que había en ellas. A veces Dax la miraba con esa misma intensidad, concentrando en ella todo su amor, lo que hacía que se sintiera la mujer más afortunada del mundo.

Se obligó a ver las imágenes siguientes, la otra cara de la moneda. El hombre, el mejor amigo de Dax, muerto en el suelo sobre un charco de sangre, con la mano a centímetros de distancia de la de su compañera, y con una herida en la garganta y otra en el corazón. Ella también estaba muerta, y Arabejila, con la garganta destrozada y sangrando, intentaba desesperadamente liberar a su hermana pequeña del cuerpo de su madre.

Una escena que parecía sacada de una película de terror que Dax se había encontrado, y lo peor era que se sentía responsable de lo ocurrido.

Riley apenas pudo soportar el recuerdo de esas muertes y cómo se sentía Dax por más que reprimiese sus emociones. No podía imaginarse lo que debió sentir después de haber conocido a esa familia feliz, haber sido parte de ella y encontrártelos muertos y agonizando…

—Cuando pude haberlo impedido.

Ella lo miró de pronto. Él sabía que estaba en su mente.

—¿Cómo? —preguntó con calma—. ¿Cómo lo habrías impedido?

—Podría haberlo ejecutado.

Ella negó con la cabeza.

—Eso hubiese sido un asesinato. No había hecho nada todavía ¿o sí? Estabas realmente horrorizado. Pude sentir tu horror. Apenas dabas crédito a lo que estabas viendo. Hasta que alguien comete un crimen, no hay mucho que se pueda hacer, ni siquiera tú.

Riley se aferró a los apoyabrazos del sillón para evitar levantarse de un salto para abrazarlo.

—Dax, sabes que no podías tocarlo sin tener una prueba. No lo sabías con seguridad. No eres Dios. No eres un juez.

—Eso es exactamente lo que soy. El Juez. Y fallé a mi amigo y a su familia. —Se pasó la mano por su cabello corto y negro como la noche—. Arabejila era la compañera de Mitro. Él mató a su padre y a su madre delante de ella y se jactó de que sería el vampiro más poderoso de la historia por haber asesinado a su compañera después de tomar la decisión de renunciar a su alma. Como no pudo matarla porque el vínculo de pareja era demasiado fuerte incluso para él, se puso tan furioso con ella que la reclamó como vampiro, vinculando su alma con la que él había perdido, y así tendría que sufrir el resto de su vida.

Riley tuvo que parpadear para evitar ponerse a llorar. Era la compañera de Dax, y para ella el ritual de vinculación había sido hermoso y sagrado.

—Lo que hizo Mitro es simplemente un sacrilegio.

—Todavía los veo ese día —le confesó en voz baja—. Destrozados. El estómago de Katalina abierto en dos. Arabejila intentando liberar a su hermana. —Cerró los ojos por un momento—. Tomé el machete de sus manos y terminé el trabajo. Maté a la bella y maravillosa compañera de mi amigo.

—Para salvar a una niña, Dax. Salvaste a una niña. Ella habría querido que salvaras a su pequeña. Te lo habría suplicado si hubiese estado viva.

Él se apretó los ojos con los dedos.

—Cuando vi a ese pequeño arrancado de su madre la otra noche en la selva, me sentí... — y sacudió la cabeza.

Enfermo. La palabra apareció en la mente de ella.

Riley lo rodeó de calidez, pues fue lo único que se le ocurrió hacer. No había palabras reales para consolarlo. No podría haberlas.

—Los carpatianos no se sienten enfermos. Y menos cuando están de cacería. Mitro sabe lo único que... —Se le quebró la voz de nuevo y enderezó los hombros—. Lo que le hizo a Arabejila fue la traición máxima y absoluta a su compañera. En nuestro mundo no existe un pecado más grande que intentar asesinar a una compañera, condenarla a una vida a medias cargada de sufrimiento, o matar deliberadamente a nuestros niños.

Dax de nuevo comenzó a pasearse, como si la furia que ardía en su interior estuviera acercándose demasiado a la superficie como para contenerla.

—El vínculo entre compañeros no permite que uno sobreviva mucho tiempo sin el otro —continuó Dax—. Mitro escogió renunciar a su alma, por lo que eso no le afectó, a pesar de que no tuvo el valor de matar a Arabejila. Ella viajó conmigo, se dedicó a rastrearlo y me ayudó a enviarlo hacia la siguiente vida, pero sufrió muchísimo durante esos largos años.

—Y tú sentías su tristeza.

—Los hombres pierden la capacidad de ver colores o sentir emociones después de cientos de años, o antes, si se dedican a matar continuamente. Solía ir a la casa de Arabejila con frecuencia cuando regresaba de las cacerías porque el solo hecho de estar cerca de Katalina, su madre, y después de ella, me ayudaba a recordar los sentimientos con mayor facilidad. No veía los colores, pero sabía lo que era el afecto. Hicieron mi vida mucho más soportable hasta que Arabejila perdió a su compañero. Quería estar inmune a cualquier sentimiento y así no sentir su gran pesar, o tener que ver cómo luchaba para seguir con vida. En cierto modo sentía que debía ser castigado por las emociones que ella sentía, a pesar de que intentaba esconderlas de mí.

Riley le acarició la mente con la más ligera de las caricias, con una gran necesidad de consolarlo con su amor. Sabía que a él le costaba mucho estar en el balcón, con el cielo nocturno intentando tranquilizarlo. Era la noche de los reproches. Desde el momento en que vio al niño y el cuerpo destrozado de la madre, Dax había estado muy inquieto y enormemente preocupado. Ella no sabía cómo ayudarlo.

—Aquí estamos a salvo, ¿verdad? ¿Dentro de esta casa? Mitro no tiene manera de saber que estamos aquí, ¿no? —preguntó ella—. Siento que estás infeliz en esta casa. Necesitamos un lugar para quedarnos, y Riordan de la Cruz nos ha ofrecido su hermoso hogar. Tendrás un lugar donde descansar...

—El cual no usaré nunca, y él lo sabe muy bien —dijo Dax, con el rostro oscurecido.

—¿Por qué? Es un carpatiano. Tiene una compañera. Tanto Gary como Jubal lo conocen. Su cuñada, Jasmine, está aquí.

—Antiguo está inquieto —contestó Dax—. No consigo calmarlo. Está receloso de Riordan. Y los cazadores carpatianos jamás permiten que otros conozcan sus lugares de descanso.

El alma del dragón rozó el alma de ella. Estaba somnoliento, bostezaba, y permanecía a la espera de que Dax descubriera que era el cazador quien estaba preocupado, y no el dragón. Haría arder al enemigo en un momento y se haría cargo de cualquier problema. No le hacían falta conversaciones interminables.

Como si el dragón le hubiese dado un pequeño empujón, Dax continuó:

—Cuando me recluya bajo tierra, no tendré el lujo de estar cerca de ti, a menos que use lo que ha sido puesto a mi disposición. No puedo mantenerte a salvo.

Riley frunció el ceño intentando comprenderlo.

—Riordan parece ser muy hospitalario. Se nota que siente devoción por su compañera y su cuñada. Lo que te preocupa es... ¿Antiguo?

—Conocí al hermano mayor mucho antes de que vinieran a este lugar. En esa época no se llamaban a sí mismos con estos nombres. El mayor no solo tenía una sombra, sino que poseía una gran oscuridad en su interior, incluso desde niño. Si Mitro pudo tomar la decisión de renunciar a su alma, parece lógico pensar que cualquier carpatiano pueda cometer tal atrocidad.

Exactamente. Nadie estaba a salvo. Riley frunció el ceño, intentando encajar la información que encontró en su mente con los datos obtenidos de algunas conversaciones.

—Dax, por favor ¿puedes volver a explicarme cómo es lo del vínculo de compañerismo de por vida para que comprenda mejor el concepto? Gary intentó hacerlo, pero no acabo de entenderlo del todo.

A ella le faltaba saber algo al respecto, o tal vez a Dax. Y dado el estado mental de él, y su explosiva respuesta al peligro, ahora necesitaba estar muy informada sobre su mundo. Se había estado guiando por sus instintos, pero la información era extremadamente importante.

Dax fue hacia ella y se sentó en una silla a su lado. Instantáneamente la rodeó su fresco aroma. Olía a naturaleza. A peligro. A fuego y a calor. Todo su cuerpo reaccionó ante su cercanía, y una corriente eléctrica atravesó su torrente sanguíneo. Le ardían los pulmones y sentía un dolor profundo. Entonces extendió el brazo, le tomó la mano con un movimiento suave rozándola casi imperceptiblemente, y todos los sentidos se agudizaron hasta que percibió cada una de sus respiraciones.

Sintió su piel tibia, casi caliente, cuando entrelazó sus dedos con los de ella. Dax le acarició la mano con el pulgar. Permaneció en silencio un momento entretenido jugando con sus dedos, que deslizaba lentamente entre los suyos, como si fueran pinceles. Ella apenas podía respirar ni pensar.

Le pareció extraño que, incluso aquí, de regreso en una ciudad llena de vida y de gente, siguiera sintiendo el gran deseo que le provocaba Dax. El amor de él hacia ella era tan fuerte en ese momento que casi se podía tocar, y la rodeaba con sus brazos fuertes y cálidos a pesar de que apenas la estaba tocando. Cuando estaba sola, su amor por él le llenaba los ojos de lágrimas. Escuchaba cada uno de los latidos de su corazón directamente con el suyo. Cada vez que él inspiraba, ella también lo hacía. En ese momento, sobre todo, quería, o mejor dicho, necesitaba, encontrar un modo de consolarlo.

—Un hombre carpatiano pierde todas las emociones y la capacidad de ver los colores después de los primeros doscientos años. A veces antes. Cuanto más cace y mate, más rápido es el proceso. En mi caso fue muy rápido. Nos enseñaron que un hombre y su compañera solo tienen un alma. Él posee la oscuridad, y ella es su luz. Solo hay una, y por eso tiene que encontrar a su compañera. Dax llevó la mano de Riley a su boca y le besó los nudillos.

—Yo te encontré.

—Y como me has vinculado a ti, nuestra unión impedirá que te conviertas en vampiro —repitió ella.

—Eso es lo que pensaba antes. Ahora —dijo negando con la cabeza—, no lo sé. Mitro sabía que Arabejila era su compañera, y aun así se convirtió en vampiro.

Ese era un hecho que no podía discutirse.

—Pero... —Riley se sintió obligada a señalar— Mitro vinculó a Arabejila con su alma perdida después de convertirse en vampiro. Eran compañeros, pero nunca la reclamó por completo hasta que deliberadamente eligió renunciar a su alma. Ya estaba transformado en un no muerto. No podía matarla, por lo que el vínculo al menos transcendía su necesidad de matar, pero quería hacer que sufriera. Quizás ella podría haberlo salvado si él la hubiese reclamado antes de convertirse.

Dax se inclinó hacia adelante por un instante, y todavía sujetando su mano, se cubrió el rostro un instante.

—No creo que hubiera habido esperanzas al respecto. Él era tan oscuro, Riley. Tan oscuro...

—¿Has visto oscuridad en Riordan? —le preguntó. Con mucha suavidad, Riley le pasó la mano por su pelo suave y abundante que a ella le encantaba acariciar—. Parece sentir mucha devoción hacia su *päläfertiilam*.

La palabra que significaba compañera de vida rodó por su lengua. Estaba comenzando a agradarle el sonido y el significado del mensaje que implicaba la descripción carpatiana, incluso más que la traducción de «esposa». De algún modo, parecía significar mucho más.

Dax negó con la cabeza.

—De todos modos estamos en su casa. Comparte estos lugares con todos sus hermanos. Estoy cazando a Mitro, un vampiro extremadamente poderoso. Se ha transformado en algo que no comprendo, y eso lo hace mucho más peligroso. Si tengo que dividir la atención entre Mitro y uno de estos cazadores, podríamos tener problemas.

El modo en que la estaba tocando le dificultaba pensar con claridad. Su voz era hipnótica, una combinación de humo y terciopelo. Apoyó la cabeza sobre su hombro.

—Siempre consigues hacerme olvidar el peligro, Dax. ¿Realmente crees que Riordan es nuestro enemigo?

—Eso es bueno. No quiero que te preocupes.

Te preocupas demasiado por nosotros, aportó Antiguo. *Si quieres, puedo quemar la casa y matarlos a todos.*

—No te atrevas —dijo Riley.

—No lo haría —le aseguró Dax—. Está bromeando contigo. Riordan parece un buen hombre, y muy entregado a su compañera, pero está cubierto por esa sutil sombra. No tanto como su hermano mayor, pero la tiene. Es capaz de generar gran...

—¿Violencia? —Riley le sonrió—. ¿Como tú? ¿Acaso tú también tienes una sombra?

—Una vez, antes de que todo esto comenzara, Mitro dijo que yo la tenía. Dijo a los ancianos que la razón por la que podía «ver» el interior de otros cazadores era porque yo mismo acarreaba la maldición de la oscuridad.

Antiguo resopló, y el sonido resonó en los cráneos de ambos.

—No creo que se esté tomando con mucha seriedad nada de lo que Mitro haya dicho —le confió Riley en un susurro, como si no quisiera que el dragón escuchara.

—Tenemos compañía —dijo Dax con el rostro completamente inexpresivo, como tallado en piedra.

Podía compartir las emociones con ella, pero con nadie más.

Un movimiento captó su atención. Dax cambió de postura, se colocó ligeramente delante de ella como para dejarla en la penumbra y extendió el brazo para protegerla. Jubal sostuvo la puerta de la terraza abierta y una mujer muy avanzada en su embarazo lo precedió.

Jasmine Sangria les dirigió una sonrisa indecisa.

—¿Molestamos?

—No, claro que no —contestó Riley, rápidamente—. Esta es tu casa, y eres muy amable por compartirla con nosotros.

Cuando llegaron, Riley se había enterado de que Jasmine era la cuñada de Riordan De La Cruz. Su hermana, Juliette, era completamente carpatiana gracias a que su compañero la convirtió. Jasmine, en cambio, no. Ella era una mujer jaguar, igual que Juliette antes de su conversión, y había sido secuestrada y violada antes de que su primo, ella y Riordan pudieran rescatarla. Juliette admitía ser sobreprotectora con ella.

Jubal tomó una de las sillas del comedor del patio y le hizo señas para que se sentara. Jasmine torció el gesto, pero se sentó en ella. Jubal la cubrió con un fino edredón. Era hermoso y estaba tejido con un material especial. Jasmine sujetó el tejido evidentemente reconfortada.

Inspiró profundamente y les dirigió otra sonrisa tímida.

—Nunca había pasado tanto tiempo en una ciudad, y a veces siento como si aquí no se pudiera respirar.

Juliette les había informado que Jasmine había pasado toda su vida en la selva.

Jubal colocó una silla a su lado, se sentó y se inclinó un poco hacia ella, de una manera casi protectora.

—Eso es comprensible.

Dax entrelazó los dedos con los de Riley y los apretó con fuerza contra su pecho.

—Vas a tener a ese bebé muy pronto.

Jasmine asintió.

—Ciertamente eso espero. Me siento como si llevase embarazada una eternidad. —Soltó una pequeña carcajada, y por primera vez pareció joven y dejó de estar tensa—. Me da pataditas todo el tiempo.

Juliette, la hermana de Jasmine, apareció en la terraza con dos vasos. Le entregó uno a Jubal y otro a su hermana.

—Necesitas mantenerte hidratada, Jasmine.

Jasmine le hizo un gesto con la cara al ver que la miraba con el ceño fruncido.

—Estoy bien, Juliette. A estas alturas si me pongo de parto no pasaría nada ¿verdad? No soportaba estar dentro de la casa ni un minuto más. Jubal me acompaña y Dax está aquí afuera, así que estoy perfectamente a salvo.

Algo en la actitud de Juliette alertó a Dax de que no creía que Jasmine estuviese a salvo en absoluto, pero ella simplemente se encogió de hombros, cogió otra silla y se sentó. La terraza se estaba llenando rápidamente. Algo estaba sucediendo, y eso incrementaba su ansiedad. Riordan los había recibido y luego había partido a toda prisa. Obviamente conocía a Gary y a Jubal, pero ¿qué hombre carpatiano habría dejado a su compañera y cuñada desprotegidas con un cazador desconocido tan cerca de su familia?

Los tiempos sin duda habían cambiado. ¿Y qué emergencia era tan importante para hacerlo salir de su residencia?

Juliette sonrió a Dax y a Riley, pero su sonrisa no iluminó sus ojos.

—Riordan llegará en cualquier momento. Siento mucho que haya tenido que marcharse de pronto.

—Jubal, ¿hace cuánto tiempo que conoces a Jasmine y a Juliette? —preguntó Riley.

Parecía muy cómodo con la familia, y lo habían acogido a él y a Gary como como viejos amigos.

—Hemos venido de viaje en varias ocasiones —contestó este—, y ellos siempre nos han hospedado en alguna de sus casas.

—Nos encanta que esté con nosotros —añadió Jasmine—. A propósito, ¿dónde está Gary?

—Hablando por teléfono —contestó Jubal con una pequeña sonrisa—. Mi hermana Gabrielle y él hablan constantemente. Están muy entusiasmados con una flor que Dax encontró en la montaña.

—¿Una flor? —Juliette se inclinó hacia adelante—. Gary y Gabrielle han hecho todo lo posible para descubrir la razón por la que no pueden tener niños. Pensé que era por los microbios…

—En parte —coincidió Jubal—, pero Gary dice que no lo explican todo. Tanto él como Gaby piensan que es una combinación de cosas lo que ha provocado que los bebés no puedan dejarse en el suelo, que las madres no puedan llevarlos en brazos o amamantarlos y que solo nazcan varones.

A Riley le dio un vuelco el corazón. Sabía que la especie de los carpatianos estaba al borde de la extinción, Gary le había proporcionado una breve explicación, pero no había considerado lo que significaría para Dax y para ella cuando decidieran tener un bebé. Ella quería tener hijos. Muchos. Había sido hija única, igual que su madre. En algunos momentos se había sentido sola y envidiaba a sus amigos que tenían hermanos.

Tendremos muchos niños si eso es lo que deseas, le aseguró Dax.

Llevó la mano de ella a su boca, le mordisqueó los dedos y le lanzó pequeños dardos de fuego por su torrente sanguíneo.

Eres muy fértil. Y yo puedo tener niños. Si como dicen hay algún problema con la tierra, por mi experiencia en el volcán sé que siempre te advierte cuando hay algún peligro en el lugar en el que quieres descansar.

Hablaba siempre completamente convencido y con una calma tan absoluta que era imposible no creer lo que decía. Su tensión desapareció al instante.

—Lo peor es traer un bebé al mundo, tenerlo solo durante unos meses y después perderlo —dijo Juliette—. Muchas de nuestras mujeres han sufrido abortos espontáneos, han tenido niños que nacen sin vida o han perdido a sus hijos el primer año. No sé si podría soportarlo —añadió negando con la cabeza.

Jasmine colocó las manos protectoramente sobre su bebé.

—Eso sería tan terrible...

—No va a sucederte a ti —le aseguró Jubal mientras le ponía una mano en su brazo de manera cariñosa y tranquilizadora.

Jasmine no reaccionó mal ante el dulce gesto de Jubal.

He visto sus recuerdos, dijo Dax a Riley. *Ni siquiera le gusta estar cerca de hombres después de lo que le sucedió, pero tanto Jubal como Gary han intentado forjar una amistad con Jasmine. Jubal tiene dos hermanas, y detestaba que ella estuviera tan sola todo el tiempo. Ha hecho un gran esfuerzo para pasar más tiempo con ella.*

Es un buen hombre, dijo Riley. *No sé qué habría hecho sin Gary y Jubal.*

—No tuve la oportunidad de decirte cuánto siento lo de tu madre —dijo Juliette—. Una pérdida terrible. Gary y Jubal nos contaron lo que sucedió.

Lo cual significaba que sabían la verdad. Riley apretó los dedos alrededor de la mano de Dax. Se alegraba de que él estuviera a su lado para consolarla. Al no estar próxima a la tierra y a las plantas, Riley sentía intensamente la pérdida de su madre. Dax la rodeó con el brazo y la estrechó contra su hombro.

—A veces me siento como si nuestro mundo se hubiese transformado en un campo de matanzas —dijo Jasmine—. Me aterroriza regresar allí con mi bebé, pero no me gusta la ciudad.

—¿Por qué no pasas una temporada recuperándote en los Cárpatos? —sugirió Jubal—. Solange está allí con Dominic. Podríamos cuidarte muy bien. Y tu primo estaría encantado de conocer al nuevo bebé.

Juliette cambió de postura y frunció el ceño ante Jubal, obviamente en desacuerdo con esa posibilidad.

A Jasmine se le iluminó el rostro.

—Es una buena idea. Nunca había pensado en ir a algún lugar tan diferente, pero me encantaría visitarlo. Parece muy hermoso, y está tan lejos que creo que allí podría respirar.

—Riordan no podrá salir de aquí durante un tiempo —advirtió Juliette—. Durante unos meses, tal vez. Aunque te llevaremos tan pronto como podamos, si eso es lo que quieres.

Jasmine tendió la mano a su hermana.

—Soy capaz de ir por mi cuenta, Juliette. No puedes pasarte toda la vida preocupada por mí. Has estado haciéndolo demasiados años. He crecido.

—Eres mi familia, Jasmine —dijo esta—. Me gusta estar cerca de ti, es importante para mí. Si has pensado siquiera un segundo que eres una carga, no lo eres, ni jamás lo has sido. Esperaba que Luiz y tú...

Se le desvaneció la voz.

Jubal frunció el ceño sombríamente, se sentó recto en su silla y toda su lánguida calma se disipó de pronto.

—¿Luiz? ¿Quién demonios es Luiz?

Oh. Creo que Jubal siente algo por la pequeña señorita Jasmine, le confió Riley a Dax y vio cómo su mente se divertía con esa idea.

El señor calmado, tranquilo y sereno ha estado escondiendo un secreto. Espera el momento oportuno para hacer su aparición y coger a la chica desprevenida.

—Luiz es solo un amigo —dijo Jasmine—. Manolito y él son amigos —agregó explicándoselo a Jubal—. Era un jaguar, como Juliette y yo. Hizo lo que pudo para ayudarnos, pero los otros hombres se volvieron en su contra. Ahora es un carpatiano.

—Tú podrías serlo también —insistió Juliette—. Cuando quisieras...

Jasmine enseguida negó con la cabeza.

—Solo quiero ser yo misma durante un poco más de tiempo. Han pasado tantas cosas que solo quisiera un poco de paz y disfrutar de mi bebé.

—Luiz sería perfecto —dijo Juliette—. ¿Estás segura? Él comprende a la mujer jaguar que hay en ti, y conoce nuestro pasado. Sería bueno contigo.

—No lo amo —respondió Jasmine con dulzura y firmeza—. Lo siento, Juliette. Sé que tal vez te frustre, pero cuando me establezca con un hombre, quiero lo mismo que tú tienes. Amor verdadero. Compromiso real.

—Entonces necesitas a un carpatiano.

—¿Quieres decir que los hombres humanos no son capaces de sentir verdadero amor por sus mujeres? Eso no es así en absoluto —reivindicó Jubal con la voz tensa—. Mi padre está totalmente entregado a mi madre, y siempre lo ha estado.

—Debo decir —intercedió Riley— que mi padre también estaba entregado a mi madre. Además, conozco a varias parejas que han estado juntas durante más de cincuenta años. Eso debería contar.

—Lo siento —se disculpó Juliette inmediatamente—. Sé que ha sonado muy mal. No quise decir eso. Es solo que la idea de vivir más tiempo que Jasmine me entristece. —Agachó la cabeza mirándose las manos—. Ambas hemos perdido tanto. De mi lado de la familia solo me quedan Solange y Jasmine.

Jasmine ofreció una mano a su hermana.

—Siempre hemos estado las tres juntas. Ahora seremos cuatro. Todavía no he descartado convertirme, pero antes de siquiera considerarlo, quiero saber si mi bebé también podría hacerlo.

Jubal se hundió en la silla haciendo como si no le importara. Jasmine lo miró, y luego bajó la vista hacia sus manos.

Hay problemas, predijo Dax. *A él no le gusta la idea de que ella se convierta.*

Sus dos hermanas lo han hecho, señaló Riley. *¿Él no podría? Debe tener la misma capacidad. ¿Un hombre no puede ser convertido?*

Imagino que sí. Obviamente este Luiz fue capaz de hacerlo. He captado impresiones de él siendo jaguar.

Dax giró la cabeza y Juliette también. Riley percibió que fruncía el ceño.

Riordan ha regresado y está muy inquieto. Está pidiendo a Gary que haga entrar a Jasmine.

Riley miró a Juliette que parpadeaba para contener las lágrimas y mantenía la cara cuidadosamente apartada de su hermana. Sin duda algo iba mal.

Gary apareció saliendo de la casa.

—Jasmine —la llamó y saludó a los otros con la mano—. He estado sin un digno oponente para jugar al ajedrez durante mucho tiempo. Ven y haz que sea feliz.

—¡Oye! —objetó Jubal.

Jasmine le sonrió con suficiencia.

—Así que esas tenemos, ¿eh? Perdiendo en las partidas de ajedrez...

—Ten cuidado, mujer —le advirtió Jubal—. No lances desafíos que no puedas ganar.

—Cuando quieras y donde quieras —le ofreció Jasmine. Ella se rió y le tendió una mano—. Venga, no seas vago y ayúdame a levantarme. Estoy hecha una ballena varada.

—Eres hermosa, y lo sabes. Deja de buscar cumplidos —dijo Jubal, poniéndose de pie perezosamente. La ayudó a levantarse sin retroceder, de manera que cuando ella se puso en pie se encontró justo delante de él y Jubal puso la palma de su mano sobre su vientre hinchado—. Ni siquiera estás tan barrigona.

—Estoy enorme.

Jasmine no se movió ni le quitó la mano, solo levantó la mirada hacia él.

Jubal sonrió y retrocedió para que pasara por un lado.

—Mejor ve a practicar. Lo necesitarás.

—Vas a tragarte esas palabras —le advirtió Jasmine.

—Cuando quieras y donde quieras —le respondió Jubal con sus mismas palabras.

La risa de ella flotó en el aire. La presión y la tensión se habían disipado, y Jasmine parecía joven y feliz de nuevo.

—Gracias —dijo Juliette a Jubal—. No la he visto así desde... la última vez que estuviste aquí.

Riordan apareció en la terraza y Juliette se dirigió hacia él al instante. La rodeó con sus brazos y la estrechó con fuerza.

—Veo que no traes buenas noticias —dijo Jubal.

Riordan negó con la cabeza.

—No. Creo que Jasmine tenía razón. Alguien la ha estado siguiendo, y están tras el bebé.

Jubal lanzó una maldición.

—Maldita sea. ¿Jaguares?

—Probablemente. Serían los sospechosos más probables.

—Tal vez no —dijo Dax—. No hemos tenido tiempo de contaros algo. Vuestra piloto nos pidió que comprobáramos cómo estaba la amiga de Juliette.

Juliette giró la cabeza para mirar a Dax, pero Riley supo por su mirada que ya sabía lo que les iba a contar.

—Lo siento, Juliette —dijo Dax formalmente—. Estaba muerta. Fue asesinada.

—¿Y su bebé?

Riley apretó los dedos en torno a los de Dax.

Dax negó con la cabeza más estoico que nunca y con el rostro tallado en piedra. Solo ella sintió la ráfaga de emoción, el volcán que explotaba muy dentro de él.

—Mitro mató tanto a la madre como al niño. Necesito saber todo lo que está ocurriendo aquí. Todo.

Capítulo *18*

Jasmine dará a luz en cualquier momento —explicó Riordan—. Juliette temía que hubiera complicaciones, así que la hemos estado llevando a una doctora aquí en la ciudad. Ella es una mujer jaguar, y cuida de muchas de esas mujeres. Hace un par de días comenzó a sentir como si hubiera alguien que la estuviera siguiendo. Yo no estaba con ella, pero algunos de los nuestros estaban allí y no vieron nada que los hiciera sospechar. Juliette y yo salimos cuando nos levantamos y no pudimos encontrar ningún indicio de que alguien la estuviera observando. De todos modos, ella parecía tan inquieta que no lo descarté.

—Gracias a Dios —dijo Juliette.

—Esta tarde, recibí una llamada, primero de un amigo de la policía y después de la doctora de Jasmine. Los policías encontraron algo espeluznante en un allanamiento a un almacén lleno de drogas. Un grupo de chavales góticos que pertenecen a una secta clandestina estaban construyendo su casa debajo del almacén y tenían los cuerpos de seis bebés cubiertos de oro. Alegaron que los bebés habían nacido muertos, y que iban a venderlos en el mercado negro.

Horrorizada, Riley retrocedió y se tropezó con Dax que le puso las manos sobre los hombros para estabilizarla. Al instante se sintió reconfortada. Las manos de él eran grandes y fuertes, pero su manera de tocar era muy suave. No dijo nada, no hacía falta que lo hiciera.

—Eso es repugnante —dijo Jubal—. Espero que los dejen encerrados para siempre.

—En algunas culturas se cree que cubrir el cuerpo de un niño con oro trae suerte —dijo Riordan.

—¿Quién en su sano juicio pensaría que el cuerpo de un niño cubierto de oro puede traer suerte? —preguntó Jubal—. Es horrible.

—Sin embargo —dijo Riordan—, ocurre. Lo que pasa es que Silva, la doctora de Jasmine, cree que los seis bebés son de mujeres que van a su clínica. Todas mujeres jaguares. Dijo que seis de sus pacientes, en diversos estados del embarazo, de pronto dejaron de ir a su consulta; simplemente desaparecieron. Intentó contactar con ellas, pero nadie le respondió. Las mujeres jaguares pueden ser muy difíciles de localizar.

—Tienen que serlo —dijo Juliette en su defensa—. Pero no dejarían de acudir a su médico antes de dar a luz.

Se apartó de él y comenzó a pasearse muy nerviosa de un lado a otro a unos metros de distancia.

Riordan le ofreció su brazo. Juliette le tomó la mano inmediatamente.

—Sé que estás preocupada por ella, pero a Jasmine no le sucederá nada. Nos tiene a todos nosotros para cuidarla.

—Ha pasado por tantas situaciones difíciles —dijo Juliette—, que sería injusto añadirle esto ahora. La destrozaría saber que están detrás de ella de nuevo.

—La doctora le advirtió que tuviera cuidado. Tenía un mal presentimiento sobre lo ocurrido con las otras mujeres e incluso fue a la policía, pero nadie se alarmó. La doctora Silva dijo que dos de las mujeres parecían inquietas, y una le explicó que creía que alguien había estado rondando su casa la noche anterior —continuó Riordan—. La mayoría de los hombres jaguares están muy dispersos, pero muchos se han ido a las ciudades. Temíamos que estuvieran acechando a las mujeres.

—Eso es lo que pensó la doctora Silva —dijo Juliette—. Que esos hombres las habían encontrado. Todos aquellos que investigaron llevaban bebés jaguares, por lo que supusimos que eran los hombres que querían recuperarlos.

—Juliette y yo fuimos a sus casas para intentar conseguir alguna pista y recuperar a las mujeres —agregó Riordan, y enseguida negó con la cabeza y miró a su compañera.

—No eran hombres jaguares —aseguró Juliette—. No había ninguna prueba de que alguno de ellos hubiera estado cerca de los hogares o de las propiedades de las mujeres. Yo habría podido captar su rastro.

—¿Crees que las desapariciones tienen que ver con algún vampiro? —preguntó Riordan a Dax yendo directamente al grano.

—Tú estás preocupado. Juliette está inquieta y Jasmine también. —Riordan frunció el ceño y asintió lentamente—. Sentí la presencia del mal, pero no conseguí seguirle la pista. Fue muy extraño. Estamos acostumbrados a cazar en la selva y en las ciudades de toda Sudamérica, pero esto me parecía diferente. Sabía que existía toda esa maldad, pero su olor era tan débil que no pude seguirle el rastro. Soy cazador de vampiros, y sin embargo esta vez era distinto. Es la única palabra que se me ocurre. No pude identificarlo como a los no muertos.

—Hemos seguido el rastro de Mitro hasta esta ciudad —dijo Dax—. No me sorprendería que estuviera detrás de esto. No se parece a ningún otro vampiro al que te hayas enfrentado jamás, y no es fácil rastrearlo, ni siquiera para mí, y eso que lo llevo siguiendo desde hace cientos de años. Mitro es... diferente.

Juliette se estremeció y se acercó a Riordan.

—Jasmine no debe saber esto, y tiene que estar bajo protección las veinticuatro horas del día.

—Gary y yo podemos quedarnos con ella durante el día —se ofreció Jubal.

—Y gracias a la prima de Juliette, Solange, nosotros podemos estar despiertos más tiempo durante la mañana, así que si hace falta os echamos un mano —dijo Riordan.

Dax reconoció el conocido chispazo mental que sentía cuando ataba cabos.

—¿Solange?

Necesitaba más información. No tenía idea de qué se trataba, pero había seguido a Mitro durante tanto tiempo que conocía el modo de pensar y actuar del vampiro. Su mente sintió un chispazo durante esa parte de la conversación, y su instinto se disparó de golpe.

—Solange es mi prima —dijo Juliette—. La compañera de Dominic.

—¿El rastreador de dragones? ¿Todavía vive? —preguntó Dax.

Riordan asintió.

Dax se dirigió a la barandilla. Estaba desacostumbrado a estar cerca de tanta gente, y mirar hacia las luces de la ciudad hacía que se sintiera menos acorralado.

—¿Qué hay de diferente en la sangre de Solange que os permite permanecer bajo la luz del sol?

—Ella es de la aristocracia jaguar —explicó Riordan—. Intercambió sangre con nosotros, y eso nos ha permitido aguantar el sol durante periodos de tiempo más largos, pero hay que pagar un precio. Provoca una debilidad severa que llega de forma inesperada y actúa muy rápido. Intentamos no usar demasiado esa habilidad, porque de pronto te puedes encontrar en peligro, pero nos da algunas ventajas que antes no teníamos.

—¿Toda sangre jaguar permite a los carpatianos permanecer durante más horas al sol? —preguntó Dax mirando hacia la deslumbrante exposición de luces.

—Si fuera ese el caso habría sido el primero en descubrirlo —dijo Riordan—. Juliette era una mujer jaguar. Hubiese podido pasar más horas despierto.

—¿Cómo sabes que no podías? ¿Lo intentaste? —le preguntó Dax.

Riordan y Juliette se miraron el uno al otro evidentemente sorprendidos. Finalmente, Riordan negó con la cabeza.

—Ni siquiera pensé en intentarlo, ¿por qué habría de hacerlo? De todos modos, no creo que la sangre de Juliette hubiese hecho lo que hace la de Solange, y, además, ahora ella es completamente carpatiana, así que es irrelevante.

Dax se volvió para encararse a él. En primer lugar era un cazador, y conocía a su presa tan bien como se conocía a sí mismo. Si Mitro estaba detrás de los asesinatos de mujeres embarazadas y de los robos de sus bebés, no era solo por diversión. Había elegido a cada una de sus víctimas deliberadamente. Si había encontrado un modo de poder estar más tiempo en las tempranas horas de la mañana o por la tarde, podría hacer mucho más daño del que estaba haciendo en esos momentos. Ya era un enemigo formidable. Si añadía horas diurnas a sus actividades, tendría más tiempo para reclutar su ejército y para matar o crear sus marionetas.

Riordan negó con la cabeza.

—Ningún vampiro puede salir jamás a la luz del sol. No es posible.

—Mitro no es un vampiro común —advirtió Dax—. Le arranqué el corazón, lo arrojé al pozo de magma y todavía está vivo.

Riordan se quedó de piedra. El suspiro de Juliette fue audible.

Dax no tenía forma de saberlo, pero esa manera de arrebatar a las madres de forma morbosa y depravada sus bebés no natos le hacía pensar en Mitro. Miró a Riley. Evidentemente, ella estaba siguiendo el mismo hilo de pensamientos. Parecía horrorizada. Verdaderamente horrorizada. Él quería abrazarla, refugiarla cerca de su corazón y mantenerla alejada de monstruos retorcidos y depravados.

Sus miradas se encontraron. Ella le dirigió una ligera y dudosa sonrisa, y a él se le apretó el corazón.

Estoy bien. Hemos visto lo pérfido que es. Y vinimos aquí por eso.

La sangre de Arabejila, al igual que sus virtudes, y las de sus demás ancestros, corría profundamente por las venas de Riley. Si había una persona que podría rastrear a Mitro, esa era ella, y lo sabía bien.

—Llévanos allí, a una de esas casas donde sentiste la presencia —ordenó Dax—. Esta noche. No tenemos tiempo que perder.

Se dio media vuelta, ofreció su mano a Riley y se dirigió a la puerta sin dar tiempo a los demás para negarse a hacerlo.

Se sintió aliviado al salir de la casa. Se daba cuenta de que los carpatianos la habían diseñado a su gusto, pero ellos estaban acostumbrados al mundo y a la civilización moderna. Pero él, no. El aire no parecía igual. Nada se percibía igual dentro de cuatro paredes. La presencia de Riley lo ayudaba, pero prefería el exterior y las montañas.

Riordan vaciló.

—¿Juliette?

—Me quedaré con Gary y Jubal para cuidar de Jasmine. Seremos su escolta, y si es cierto que el vampiro la está buscando, evitaremos que entren sus títeres en caso de que no regreséis antes de que salga el sol. Estaremos todos a salvo mientras permanezcamos dentro de la casa.

Riordan asintió y luego siguió a Dax al exterior. Ambos cazadores respiraron profundamente para oler el aire en busca de información. Riley se puso de cuclillas mientras ellos protegían la casa, y hundió las manos en el suelo. Dax se conectó a ella para obtener la información que la Tierra pudiera proporcionarles.

Cuando intentaba entrar en su mente siempre se encontraba con una pequeña resistencia. Ella todavía no había descubierto cómo tener la mente abierta a él en todo momento, y no podía resistirse al modo en que le transmitía calor cada vez que entraba en contacto con ella. La mitad del alma de él la llamaba a gritos, y la de ella rápidamente respondía. Ya nunca más estarían solos, se habían disipado todas las sombras, y cada vez que compartían la mente, a ambos se les hacía más difícil separarse.

En el instante en que establecieron esa íntima conexión, a Dax se le calentó la sangre. Esperó hasta que pasaran las primeras ráfagas y se aseguró de que su corazón no cambiara el ritmo del de ella. Dentro de sus venas los latidos de su pulso se acompasaron con los del corazón de Riley. Ella parecía estar concentrada en lo que debía ser su propio pulso.

Dax se acercó, le puso la mano en la nuca y entró más profundamente en sus pensamientos. Ella estaba siguiendo algo que comprendía, pero él no lo había captado todavía. Permaneció quieto, esperando. Era un cazador y había aprendido a tener paciencia. Fuera lo que fuese lo que se le estaba escapando, llegaría a él, no le cabía ninguna duda.

Allí estaba. Un latido pequeño e irregular en el pulso de ella. Escuchó atentamente.

Aquí pasa algo, dijo Riley. *Esto es extraño. Hay algo muy malo aquí. Observa el modo en que la sangre se mueve por mis venas. La señal es muy débil, pero hay algo que me empuja hacia el borde del acantilado, hacia la izquierda. Creo que él está allí...*

Ella se detuvo, sacudió la cabeza y se volvió para mirar a su alrededor. Había un pequeño bosquecillo a la izquierda cuyas ramas se mecían ligeramente.

Si estuviese aquí yo lo sabría.

Tienes razón. No era él, pero su sangre ha estado aquí. Se mantuvo a buena distancia para no llamar la atención de los residentes, pero alguien o algo está observando.

Dax provocó un roce de aire que Riordan sentiría como un toque de advertencia en el hombro. Cambió a la conexión mental común de los carpatianos.

No estamos solos.

Mientras Riordan ponía la alarma y cerraba su casa, sin duda un espía estaba siguiendo sus pasos, lo cual volvía vulnerables a los que estaban dentro.

¿Estás seguro de eso?

Riordan no detuvo el movimiento de sus manos, pero envió ondas con patrones extraños.

Riley está segura, y para mí eso es suficiente. Capté un leve rastro, pero no es Mitro. Riley dice que su sangre está aquí, informó Dax al otro carpatiano.

Había extraído los recuerdos de Jubal y de Gary, pero no lo había hecho con Riordan. Los recuerdos eran sagrados para los carpatianos. A veces el honor solo se mantenía a través de los recuerdos. Se sintió en inferioridad por no saber más de lo que había ocurrido en la historia de su gente. Gary era el que mejor la conocía, pero era humano y no tenía la información necesaria sobre los siglos de lucha contra los vampiros o lo que los cazadores sabían de ellos y de los trucos que utilizaban.

Riley tembló al sentir que los dedos de Dax habían comenzado a masajearla.

Continúa con lo que estás haciendo, sivamet. Encontraremos a este espía. ¿Puedes rastrear la sangre sin él?

La mente de Riley acarició la de Dax, quien una vez más experimentó esa extraña debilidad junto a su corazón. Ella no protestó ni se derrumbó, sino que mantuvo las manos metidas profundamente en la tierra, con la cabeza agachada como si estuviera escuchando con mucha atención.

Sí, creo que ha habido otros, en la misma arboleda. Más de uno, pero hace unos días. El rastro es muy débil, pero si escucho mi sangre siento su llamada.

Dax siguió masajeando su cuello con una mano, dejó caer la otra a un lado y la movió sutilmente para provocar una ráfaga de aire que subió por el barranco, se arremolinó en la arboleda y llegó hasta el espía.

El segundo árbol a la izquierda. En lo alto de las ramas. Un roedor. Mitro lo está usando igual que los magos usaban a sus familiares, informó a Riordan.

Ahora lo veo, respondió este, dejando caer las manos como si hubiera terminado y considerara que su hogar estaba a salvo.

Tendrás que venir con nosotros, susurró Dax con suavidad en la mente de Riley. *Si no lo haces, sabrá que lo estamos siguiendo.*

Aunque Dax debía recordar constantemente que Riley no era carpatiana, lo cierto es que ella ni parpadeó, aunque su silencio no ocultaba que lo hacía de mala gana.

Cogió la mano que Dax le ofrecía, se puso de pie y se entretuvo un instante para sacudirse el polvo de los vaqueros. Él sabía que ella se estaba dando tiempo para recomponerse y hacer frente a lo que fuera que estuviera por venir.

—Estoy lista —dijo en voz alta dirigiéndole una sonrisa y después otra a Riordan—. Vamos. Yo hago las compras. Esos chicos están muy hambrientos, y estoy segura de que os perderíais en una tienda de comestibles —añadió riéndose de su propio chiste.

Dax entrelazó sus dedos con los de ella, asombrado por su tono juguetón y discreto a la vez. En realidad no estaba seguro de que el espía la hubiese escuchado, pero no importaba, había actuado de manera perfectamente natural. Apretó el paso sin que se notara. Riley iba justo detrás, pero Dax fingió no advertirlo y se inclinó hacia Riordan para decirle algo en voz baja mientras avanzaban por el sinuoso camino por el que se llegaba al vehículo que estaba aparcado en la parte izquierda del aparcamiento más próximo a la arboleda. Ella se refugió detrás de su espalda, algo que estaba empezando a gustarle, y se metió la mano en su bolsillo trasero mientras seguía sus pasos usando su cuerpo como escudo.

Está rastreando a tu compañera, advirtió Riordan. *No nos busca a ninguno de nosotros, solo a ella.*

Dax tuvo cuidado de no mirar a la criatura directamente, pero ya había atisbado sus malvados ojos redondos brillando entre el follaje, y que su mirada se centraba exclusivamente en Riley.

Mitro cree que es otra persona y la teme. Rechazó a su compañera Arabejila e intentó matarla, pero no fue capaz de terminar el trabajo. Ella es la única persona que no puede matar, por lo que mandará a todos sus subordinados para que hagan el trabajo por él, explicó Dax.

Esa cosa me está mirando, susurró Riley mentalmente.

Parecía asustada. Movió la mano desde el bolsillo trasero a la parte baja de su espalda y se agarró a su camisa con fuerza.

Todo irá bien.

Para ti es fácil decirlo. No es a ti a quien mira.

Dax contuvo una sonrisa.

Deja de mirarlo.

Tiene unos dientes enormes.

Por supuesto que los tiene. Está diseñado para matarte. Estoy seguro de que sus garras tienen el mismo tamaño.

Cuando ya estaban a su alcance, ella le dio un fuerte golpe en la espalda. *¿Crees que algún día comprenderás el concepto de rebajar el nivel de peligro?*

No comprendo lo que significa eso.

Estaba genuinamente desconcertado. Ella estaba hablando medio en serio, medio en broma, pero no le gustaba la idea de que le pudiera estar fallando en algún nivel. ¿Cómo se «rebajaba», o lo que fuera eso, el peligro? Cualquier criatura que usara un vampiro para salirse con la suya era extremadamente peligrosa, especialmente una que quería matar a su compañera.

Evidentemente no lo entiendes.

Había cierto humor en su voz. Arabejila tenía el don de lograr que un carpatiano que había perdido la capacidad de ver colores y sentir las emociones, llegara a sentir una débil sensación, pero las veces que él consiguió sentir algo, su reacción había sido muy tenue y lejana. Nunca había estado completamente seguro de si sus sentimientos no habían sido más que antiguos recuerdos, o si realmente había experimentado una sensación. Sin duda el humor no era una de esas sensaciones. Arabejila siempre había tenido sentido del humor, pero él no siempre había comprendido qué hacía que se riera.

Ahora, con Riley, el humor se había transformado en algo divertido. Le gustaba bromear con ella. Y a ella le gustaba hacerlo con él. Estaba comenzando a comprender el sentido del humor, y el de ella siempre aparecía en momentos inesperados.

Se está preparando para atacar.

Dax se dio cuenta de que Riley se sobresaltó al escuchar la voz de Riordan en su cabeza por el modo en que tiró de su camisa con fuerza y apretó su frente contra su espalda intentando hacerse más pequeña. Seguía acompasando sus pasos con los de él.

Cuando te lo diga, suéltame y agáchate.

Dax percibió su silenciosa protesta en su mente, pero Riley asintió varias veces indicando que lo había oído. Estaba asustada. Realmente asustada. Él estaba acostumbrado a Arabejila, que siempre seguía sus órdenes sin cuestionarlas. E igual que él, tampoco le temía a la muerte. Ambos habían perdido toda esperanza de encontrar una pareja, y sabían que la muerte en ese momento era una cuestión de honor. Ahora que tenía mucho por lo que vivir, todavía no estaba familiarizado con el miedo.

No permitiré que nada te haga daño, Riley.

Era la simple verdad. No podría permitir tal cosa. Ella era su compañera, su mundo, la luz para su oscuridad y de ninguna manera iba a permitir que nada le hiciera daño. Arabejila comprendía que…

Si me comparas una vez más con esa mujer, te voy a dar un buen golpe en la cabeza. No soy Arabejila, y no me gustan las comparaciones.

Riley apretó los dientes con fuerza casi rozándole la piel. Fácilmente podría haberle roto la camisa.

Creo que el dragón nos vendría bien ahora mismo. Tal vez deberías llamarlo para que salga. Es grande y también tiene dientes.

Riley estaba verdaderamente enfadada con Dax, pero él realmente no comprendía la razón. Las compañeras eran mucho más complicadas de lo que jamás había imaginado. ¿Y el dragón? ¿Quería que Antiguo la protegiera? Sintió una leve emoción que no pudo captar del todo ni identificar.

Mientras intentaba encontrar un significado a su razonamiento ilógico, mantuvo su atención centrada en el roedor. Unas pequeñas llamas habían comenzado a arder en sus ojos brillantes y encendidos. Tensó los músculos preparado para que su presa se aproximara lo suficiente.

Ahora.

Dio la orden justo cuando el espía saltó de las ramas, irrumpió en el aire y se precipitó directamente hacia Riley.

Ella se agachó y le soltó la camisa cuando sintió que las escamas se le levantaban. Ya con su fuerte armadura protectora, Dax asestó un duro golpe en el largo hocico de la criatura con su puño de acero, lo que le destrozó sus afilados dientes y lo obligó a tragarse sus propios colmillos.

El animal voló hacia atrás, directo a las manos de Riordan, que lo atrapó por el cuello y lo sujetó con fuerza mientras observaba sus ojos encendidos. En lo más profundo de esas llamas rojas ardía un odio oscuro. En medio del torbellino Riordan apenas captó un breve destello de las columnas de fuego que danzaban dentro de los ojos de la bestia.

Está ensombrecido, Dax, tenías razón.

La criatura gruñó y atacó a Riordan.

Hasta ahora, pero mantente alerta porque la sombra intentará salvarse.

Antes de que el oscuro roedor pudiera hundir las garras en la piel de Riordan, el cazador lo lanzó al aire. Dax solicitó al dragón su fuego, abrió la boca y lanzó un torrente de llamas que se apoderó del animal y lo chamuscó rápidamente. El olor era espantoso, nocivo, hasta tóxico, y su gruñido se convirtió en un chillido atroz. Riley se tapó los oídos y contuvo el aliento.

Ninguno de los dos cazadores dejó de mirar al roedor cuando cayó al suelo en llamas. Sorprendentemente, se puso de pie y se tambaleó hacia Riley. Todavía abrasándose y chillando, abrió la boca y tosió una pequeña sustancia oscura. Era una simple sombra que cayó al suelo y comenzó a enterrarse profundamente en la tierra. Sin la sombra de Mitro para que la mantuviera viva, la desafortunada criatura se consumió en un fuego brillante y quedó reducida a cenizas.

—Detenla, Riley —le ordenó Dax en el momento que la sombra aterrizó en el suelo—. No la dejes escapar. Haz que salga a la superficie.

Ella enterró las manos en la tierra sin vacilar, pese a su enorme miedo. Dax no necesitaba su vínculo mental para sentirlo, a pesar de que el cántico que Riley estaba susurrando, aunque era bajo, sonaba fuerte, firme y seguro. La Madre Tierra finalmente respondió a su hija.

Al instante se generó una onda que avanzó por el suelo, a la que siguió una sacudida. La tierra saltaba por los aires, como propulsada por un géiser, rechazando la sombra de maldad. El viento cambió de rumbo, se alejó de los carpatianos y Dax y Riordan saltaron por encima del chorro de tierra, con los ojos concentrados en la sombra oscura que se dirigía a los árboles.

Una vez más, Dax solicitó fuego, inhaló profundo desde su vientre y lanzó el torrente de llamas hacia esa sombra de maldad que emitió unos enormes gritos de furia y de dolor. Los perros aullaron en todo el vecindario y comenzaron a sonar alarmas por toda la ciudad. También se activaron las alarmas de los coches y sonaron muchas sirenas. Las ventanas de algunas casas y tiendas se hicieron añicos. Antes de que se desvaneciera el diabólico aullido de la sombra se la oyó proferir promesas de represalias y venganza.

Riley se arrodilló con las manos en los oídos y la cabeza baja. Riordan revisó todo para asegurarse de que tanto la sombra como la malvada criatura estaban muertas.

—Hemos terminado —dijo Dax apresurándose a ir junto a Riley.

Le ofreció el brazo, la ayudó a ponerse de pie y la protegió con su cuerpo.

Ella se apoyó en él durante un instante aceptando el consuelo que le ofrecía. Dax la abrazó con mucha fuerza e inhaló profundamente su aroma. Su olor eliminó el hedor repulsivo y desagradable que impregnaba el aire a su alrededor.

—¿Qué ha sido eso?

Riley apoyó la cabeza contra su pecho mientras los nervios la traicionaban y la mano que tenía apoyada sobre su corazón temblaba ligeramente.

—Mitro puso una pequeña sombra de sí mismo dentro de la criatura para crear a un espía y ver lo que hacía. De ese modo podía enviarlo donde quisiera, teniendo un control total, para obtener información con muy poco riesgo para él mismo —explicó Dax y llevó una mano a su nuca para aliviarle suavemente la tensión.

Ella lo miró.

—Vives es un mundo escalofriante. ¿Y qué era lo que esperaba obtener?

—Evidentemente tenía a alguien espiando a los cazadores carpatianos o a Jasmine.

Por encima de su cabeza vio a Riordan poniendo nuevas protecciones alrededor de la casa. Esta vez, no habría un espía que pudiera informar a Mitro los movimientos exactos de las guardias, y que prácticamente sirviera para que sus subordinados tuvieran entrada libre a la casa de Riordan. Ahora iba a ser casi imposible que pudiera entrar nadie que les quisiera hacer daño.

—Crees que está detrás de Jasmine —dijo Riley casi como una afirmación.

—¿Tú no?

Riley retrocedió un paso y lo miró a los ojos.

—Por supuesto. Por alguna razón quiere a su bebé, y tendremos que averiguar la razón, Dax, y detenerlo. Es un asesino en serie. Puedes llamarlo como quieras, pero por lo visto le provoca un gran placer torturar y asesinar a gente inocente. Tiene rituales para matar.

—Eso es lo que quiere que los otros piensen, Riley. Escenifica rituales para impresionar a sus seguidores. Quiere que lo adoren, y para que lo puedan hacer demanda sacrificios.

Riley suspiró.

—Si tiene a un grupo de jóvenes góticos y perdidos a quienes ha impresionado, en ese caso estará creando un ejército, una secta de gente joven que busca respuestas y sentirse fuerte, que necesita pertenecer a algo, pues siente que no encaja en la sociedad. Créeme, Dax, hay tantos fugitivos y desposeídos buscando un hogar que harían cualquier cosa para encontrar un líder carismático al que seguir. Son almas perdidas, y él las está reclutando.

—Pero el asesinato de esas mujeres jaguar no tiene nada que ver con sus seguidores, aparte de que se las traen —dijo Dax—. Al menos esa es mi sospecha. Necesito que me confirmes eso y que veas si puedes seguirle el rastro.

Riley asintió.

—Dije que lo haría, y lo dije en serio. —Hizo un gesto hacia las cenizas quemadas—. Esto no cambia nada, pero iba por mí, ¿verdad?

Dax asintió.

—Mitro haría lo que fuese por destruirte. Tienes que comprender que su ego y su vanidad son enormes. Se cree superior a todos los demás seres vivos y a todas las especies. ¿Recuerdas la aldea del Amazonas?

Ella se estremeció, y le dirigió una mirada enfadada.

—Es imposible olvidarlo.

Él le acarició su larga cabellera.

—Necesita que lo adoren. Esa es la necesidad que lo guía todo el tiempo. No teme a nada en esta Tierra excepto a Arabejila, su compañera, y su sangre está en ti.

Riley torció el gesto.

—El día que esté muerta y enterrada le diré un par de cosas a esa mujer. Cuando trabajaba como profesora en la universidad anhelaba correr aventuras, pero debo decirte que ahora y gracias a Arabejila, no me vendría nada mal un poco de normalidad.

La boca de Dax comenzó a curvarse para formar una sonrisa por su tono mordaz. Pero enseguida se contuvo, pues sabía que no era lo más apropiado sonreír cuando ella estaba un poco enfadada. Le cogió la mano y la condujo tranquilamente hacia Riordan.

—Llévanos a las casas de las mujeres que han desaparecido más recientemente.

Riley negó con la cabeza.

—No, allí no. A la consulta de la doctora. A la clínica. Vamos ahí primero.

Riordan frunció el ceño.

—Hay demasiadas personas que entran y salen de la clínica. Nunca encontrarás un rastro claro.

—Si ves a una mujer embarazada caminando por la calle, ¿puedes saber si es una mujer jaguar? A mí me presentaron a Jasmine, y no supe por su aspecto ni su aroma que era diferente en lo más mínimo a cualquier otra mujer humana. ¿Tú puedes reconocerlas? ¿Por su aroma, quizá? —preguntó Riley.

Dax se dio cuenta de que ese era un punto importante.

—No, el alma jaguar generalmente está bien escondida, especialmente en las mujeres embarazadas.

—Entonces el denominador común tiene que ser la doctora que visitan. A través de ella encuentran a las mujeres que buscan. No pueden escoger al azar mujeres por la calle si es cierta tu teoría de que Mitro quiere bebés jaguares por alguna perversa razón. Si esta doctora Silva es la única doctora en que confían las mujeres jaguar y Mitro se enteró de ello, pudo descubrir que la mayoría de las mujeres que van allí probablemente son de ese origen. Eso elimina el factor incógnita.

Riordan asintió.

—¿Crees que puedes captar su rastro a pesar de la cantidad de gente que entra y sale de ese lugar?

—Mitro no puede estar obteniendo la información él mismo sin crear un espía —dijo Dax—. No se va a arriesgar a debilitarse. Tiene que tener a un humano que lo ayuda. Y quienquiera que sea, no va a pasarse el día espiando la clínica desde la calle. Alguien se daría cuenta.

—¿Crees que su marioneta trabaja en la clínica? —preguntó Riordan.

—Eso tendría sentido —dijo Riley sintiendo un pequeño escalofrío—. Quien sea que esté ayudando a Mitro ve a esas mujeres, les habla y probablemente tenga acceso a sus historiales médicos. Trabaja allí e incluso puede que busque deliberadamente su amistad, así no sospecharían si se lo encontraran por casualidad en otro lugar. No todas las pacientes de la doctora Silva son jaguares. No puede ser. Tendría que rechazar a todas las demás.

—No, por supuesto que no. También ve a muchas mujeres humanas —dijo Riordan—. No habrá nadie allí a estas horas de la noche.

Riley se encogió de hombros.

—Me parece estupendo. Pensé que solo íbamos a seguirle el rastro. No quiero encontrarme con nada que haya creado un vampiro.

Riordan sonrió.

—Entonces, ¿qué hay de divertido en eso, señora?

Riley lo miró bajando las pestañas con una leve sonrisa en los labios, pero no le respondió y se limitó a seguirlo al coche.

A Dax le pareció tonta la idea de viajar en un vehículo cuando tranquilamente podrían volar y llegar allí mucho más rápido.

—¿Por qué?

—Necesitamos pasar desapercibidos —le explicó Riordan—. Tenemos que ser más cuidadosos que nunca con las nuevas tecnologías para parecer humanos.

—No hay nadie por aquí. Tu casa está muy aislada. Hagámoslo de una vez —dijo Dax.

Riley levantó la mano.

—Yo no vuelo. Pensé que te gustaría saberlo antes de tomar una decisión. Tengo pies, no alas.

Dax sintió el pequeño revoloteo de entusiasmo que provocó en la mente de ella la imagen del dragón. Estaba agradecido de que no mencionara el dragón a Riordan, a pesar de que el cazador carpatiano asumiría sin más que se habría transformado en la criatura mítica usando la ilusión de volar. Antiguo no era amistoso. Aceptaba a Dax y a su compañera, pero al resto perfectamente podría asarlos a la parrilla.

No sería muy buena idea que pasara un dragón gigante lanzando fuego sobre una gran ciudad. Terminaría colgado en YouTube, le dijo Riley con mucho humor.

No estoy familiarizado con YouTube.

Riley le envió unas imágenes, pero él aún no podía comprender del todo el concepto. Conceptos como los ordenadores y la televisión tenía que verlos en persona para comprenderlos. Sin embargo, Riley tenía razón, no sería conveniente tener a Antiguo volando por el cielo que pertenecía a los aviones cuando lo único que pensaba el dragón rojo es que el cielo era suyo.

Dax abrazó a Riley y se elevó por los aires ocultando su presencia de cualquiera que pudiera estar en la calle. No quería discutir acerca de pasar desapercibido ni usar un vehículo. Simplemente no le gustaba ese medio de transporte.

La risa de Riordan retumbó en su mente.

Supongo que será difícil acostumbrarse a las costumbres modernas después de tanto tiempo. Nosotros hemos tenido suerte de haber seguido el desarrollo de la historia. Los coches y los aviones ahora nos son necesarios.

Dax aprovechó para disfrutar de que Riley estaba en sus brazos. Ella lo agarró con fuerza y en lugar de apoyar la cara contra su hombro, la expuso al viento como de costumbre, y su largo cabello flotó alrededor de ellos rozando la cara y los hombros de Dax como si fueran hilos de seda.

Te encanta esto ¿verdad?

La risa de Riley le llenó la mente.

Sabes que sí. No puedo evitarlo. ¿No es esta una experiencia increíble? Las estrellas sobre nosotros, las luces ahí abajo, el viento en nuestros rostros ¿No te hace sentir vivo?

Él lo daba por sentado. Había estado volando durante siglos, pero ahora que ya no estaba en el volcán podía apreciar la libertad que le proporcionaba.

Riley le aportaba mucho más aún. Estaba viendo a través de unos ojos nuevos, experimentando lo que era volar por primera vez y gracias a ella se sentía igual de lleno de alegría. Cada vez que despegaban lo invadía una inmensa felicidad. La de ella o la suya propia, no importaba quién la sintiera primero. Era una realidad.

Sus emociones habían regresado, pero como no estaba acostumbrado a sentir, acudía a la lógica, y no confiaba en los sentimientos de nadie que los rodeaba salvo en los de Riley. Ella estaba cómoda en el mundo moderno, aunque se las arreglaba para funcionar en su mundo con gracia e inteligencia, incluso cuando estaba asustada.

Tenía una gran facilidad para introducirse en él, en su alma. Sabía que Antiguo también lo sentía. Por más que el dragón no quisiera sentir afecto, era demasiado emocional como para no establecer relaciones. Era ferozmente leal, y Riley y Dax ahora eran su única familia. Antiguo no era una criatura solitaria como muchos creían, y Riley también había entrado en el alma del dragón.

Dax se dio cuenta de que todavía estaba sorprendido de que ella existiera y que en el momento más oscuro hubiera encontrado a su compañera. Hacía mucho tiempo que había dejado de tener esperanzas de encontrarla. Nunca imaginó la intensidad de la emoción que podía sentir un hombre por una mujer. A veces su amor cada vez mayor por Riley le parecía que provocaba tormentas en su interior, verdaderos tornados que giraban muy veloces amenazando su estabilidad. Siempre había sido estoico y tranquilo, y sin embargo ella removía por completo los cimientos del mundo que él controlaba cuidadosamente.

Cuando la miraba se sentía vulnerable y expuesto. Sabía que era evidente que se sentía bien gracias a ella. No había imaginado que pudiera provocar tanto sentimiento en él, que el hombre solitario en que se había convertido fuera capaz de cualquier cosa por mantenerla a su lado.

Le fascinaba su sonrisa, la buscaba y la necesitaba igual que a su gente le hacía falta la tierra. Adoraba la manera en que se iluminaban sus ojos y la transformación que sufría su rostro cuando sus labios sonreían. Quería ser él quien le provocara esas sonrisas. Era muy seria, y, sin embargo, tenía un sentido del humor que le hacía considerar distintas posibilidades de divertirse.

El duelo inevitable por la pérdida de su madre era tan profundo que incluso Antiguo intentaba consolarla. Para Dax era obvio que ella amaba sin reservas, con todo el corazón y el alma. Nunca había considerado que Riley pudiera sentir algo tan intenso por él. Le parecía que le habían concedido un milagro.

Dax frotó su mentón sobre su cabeza y sintió la cascada sedosa de su fino cabello negro contra su piel. Le asombraba lo rápido que un hombre podía adaptarse a estar con una mujer. Ella ya parecía ser parte de él. Era consciente de cada una de sus respiraciones y de cada latido de su corazón. Ahora entendía por qué los hombres que tenían compañeras salían de caza en raras ocasiones. Tenían demasiado que perder y podían distraerse con facilidad en un momento crucial.

Era necesario que Riley rastreara a Mitro; ella era la única que podría hacerlo rápidamente. Había que detener al vampiro, pero a él no le gustaba la idea.

Riley levantó la cabeza para mirarlo como si hubiese leído sus pensamientos.

A veces tengo miedo, Dax, pero nunca me he sentido tan viva, y no me gustaría estar en ningún otro lugar que no fuera aquí contigo.

Sus mentes no estaban conectadas en ese momento, y, sin embargo, ella sintonizaba tan bien con él que había captado parte de sus preocupaciones. Su vínculo de compañerismo siempre estaba activado. Era casi imposible esconder algo a una compañera, y tampoco le hubiera gustado hacerlo.

Escogí una profesión que creí que me encantaría porque me apasionan los idiomas, pero descubrí que los estudiantes no se volcaban por las lenguas del mismo modo. Siempre he anhelado tener aventuras. Pensé que mis habilidades me llevarían a situaciones interesantes, pero en vez de eso me quedé atascada en una rutina aburrida y repetitiva.

Mientras volaban por encima de la ciudad, Riley extendió las manos como si estuviera abrazando el cielo nocturno con la cara hacia las estrellas. Su dulce risa alteraba los sentidos de Dax.

Por si me olvido de darte las gracias por estas experiencias más adelante, te las doy ahora.

Él no sabía cómo decirle que a veces lo volvía loco, por lo que simplemente la abrazó más fuerte y la estrechó contra la calidez de su cuerpo protector. La estaba poniendo en peligro, o peor aún, exponiéndola a la crueldad depravada de un monstruo, y sin embargo ella le daba las gracias.

Te mantendré a salvo.

Era lo mejor que podía hacer.

Ella apoyó la cara en su pecho y se frotó contra él como una gata.

Sé que lo harás. Aun así no puedo evitar tener miedo cuando una criatura espantosa con aspecto de rata grande como un perro me mira con los ojos rojos mientras le cuelga saliva de la boca.

No me gusta sentir tu miedo. Esto de las emociones es una experiencia nueva para mí y las tuyas son muy intensas. Especialmente el miedo.

Riley se volvió a frotar contra él como una gata y sintió una gran excitación que se apoderó de su columna y sus muslos. Una llama de fuego comenzó a arder en su estómago y enseguida bajó hasta su ingle.

Compórtate, päläfertiilam, *tenemos trabajo que hacer.*

Capítulo 19

La clínica era pequeña pero muy limpia. Estaba muy oscuro, pero gracias a su aguda visión, Riley no tuvo problemas para ver el suelo de grandes tablones y las frías paredes de color verde menta. Las estancias, incluido el vestíbulo olían a desinfectante. Los tres se desplegaron para revisar las salas por separado con la esperanza de detectar la mancha oscura que dejaba Mitro.

Si Riordan no conseguía encontrarla, Riley temía que solo la llamada de la sangre los podría conducir hasta él…, y aunque Dax hubiera tomado la sangre de Arabejila muchas veces a lo largo de los siglos, esta estaba diluida en la de ella. El vínculo existía aunque era muy débil. No, Riley sabía que si nadie encontrara su rastro casi imperceptible, ella lo haría.

Después de estudiar los recuerdos de Dax, las terribles imágenes de Katalina y su hijo no nato, y la de la amiga de Juliette y su hijo también sin nacer, se sintió incapaz de reconfortarlo. Pero estaba decidida a hacer esto por él. Lo llevaría hasta Mitro para que acabara con el vampiro de una vez por todas.

Cuento contigo, Antiguo, susurró en su mente como un mantra. *Para que quede a salvo para mí.*

Dejó que los dos cazadores siguieran examinando las habitaciones y que incluso volvieran al despacho de la doctora Silva. Ella se dirigió al mostrador de recepción y a los archivos. Quien fuera que eligiera a las víctimas para Mitro tenía que tener acceso a los informes médicos… y quería saber quién los rellenaba. Mitro querría saber qué mujeres eran jaguar, dónde vivían y cualquier información que hubiera sobre ellas. En los informes debían aparecer los domicilios de cada paciente. Y quienquiera que los redactara tendría que haber tocado cada hoja y habría dejado un pequeño rastro invisible.

Su madre y su abuela, así como todas las mujeres que tuvieron sus dones antes que ella, se los habían regalado con un propósito. Y ese era su momento. Ella era la única capaz de señalar a los cazadores dónde estaba su presa.

Cuando abrió casualmente los cajones y fue tocando cada archivo no sintió nada... y debía haber sentido algo ¿verdad? Respiró hondo y soltó el aire lentamente tranquilizando su mente. Tenía que usar no solo los dones que le había otorgado la Tierra, sino también los sentidos reforzados que tenía ahora, después de intercambiar sangre con Dax. Aun así, no percibía nada.

Permaneció un momento observando de arriba abajo los montones de archivos, las infinitas estanterías y el armario que estaba junto a la consulta de la doctora. Tenía que ser el lugar que buscaba. Sabía que estaba en lo correcto. Pero ¿qué era lo que realmente buscaba? No era a la secretaria sino a la sombra. Pero esta apuntaba a la secretaria. Un trozo de sombra debía estar en la marioneta humana, y ella poseía el don más preciado que le había transmitido Arabejila... su linaje. Su sangre podía llamar a Mitro. Si hubiera el menor resquicio de una pequeña sombra que el no muerto hubiera dejado en la secretaria, su sangre lo percibiría.

La idea de que tuviera cualquier tipo de conexión con él le parecía tan repugnante que tuvo que detenerse un momento porque se le había hecho un nudo en el estómago. Enderezó los hombros, cerró los ojos y estiró la mano para tocar el informe que había encima de la pila, a la espera de ser guardado. Sus venas palpitaron con fuerza. Ahí estaba: había encontrado una huella muy pequeña, pero que le ayudaba a rastrear su pista. Era absolutamente mínimo, casi imperceptible, pero su sangre la reconocía. No se podía esconder de ella.

Se llenó de entusiasmo.

—Lo tengo, Dax. Lo puedo encontrar. O por lo menos a quien nos lleve a él.

Dax y Riordan llegaron junto a ella de inmediato. Dax pasó un brazo a su alrededor, la estrechó contra él y agachó la cabeza para darle un beso tranquilizador en la frente.

—Sabía que lo encontrarías.

—Para mí tiene un toque femenino —lo corrigió—. No tengo ni idea de lo que es, pero creo que puedo seguirle el rastro.

Aunque Dax estaba muy cerca, ella seguía sintiendo que sus venas palpitaban y que su latido estaba relacionado con el rastro que había dejado la secretaria. Riley se volvió y pasó de largo por delante de la consulta para dirigirse a la puerta de atrás.

—Sale por aquí cuando se va.

—Vamos a buscarla —dijo Riordan—. Quiero saber dónde vive.

—Si Riley ha identificado correctamente a la secretaria como la marioneta, tienes que saber que Mitro dirige todas sus acciones —señaló Dax—. Es tan peligrosa como cualquiera de los monstruos malignos.

Hizo su advertencia en voz alta para que Riley comprendiera que ya no estaban tratando con un ser humano. Quienquiera que hubiera sido, hacía mucho tiempo que ya no existía. Ahora solo pertenecía a Mitro.

—Ten siempre en cuenta —añadió Riordan—, que esta persona es responsable de la muerte de al menos seis bebés y de sus madres.

Riley se humedeció los labios. Sabía lo que estaban haciendo…, preparándola para cuando encontraran a la mujer y tuvieran que acabar con ella. No querían que se sintiera culpable. Había presenciado cómo había transformado Mitro a los aldeanos y realmente no le hacía falta su advertencia, pero la apreciaba. Sabía que los dos hombres estaban preocupados por ella y eso era reconfortante.

Dax y Riordan se pusieron detrás de ella para dejar que tomara la iniciativa. Dax inspeccionó la clínica por fuera y, cuando consideró que era seguro, les hizo una señal para que abrieran la puerta de atrás. Riley encontró el lugar donde la mujer guardaba su pequeña moto. Todavía era lo bastante temprano como para que hubiera gente por las calles. Dax le cogió un hombro para detenerla y volvió a observar detenidamente todo a su alrededor.

—Encuentras algo —preguntó a Riordan.

Riordan negó con la cabeza.

—No siento ningún peligro. Creo que está segura y entre los dos la protegeremos. Evitaré que nadie nos vea. Dejemos que siga el rastro de la marioneta del no muerto.

—¿Estás preparada para esto? —preguntó Dax—. No es obligatorio que lo estés.

—Sí lo estoy —lo corrigió—. Vamos a detenerlo y este es el primer paso.

Dax tomó aire sujetando a Riley delante de él mientras Riordan los flanqueaba asegurándose de que estaban resguardados de la gente que salía por la tarde.

—A la derecha. Vamos a la derecha.

Riley no podía distraerse con la belleza de la noche o en el placer de volar. Mantener ese pequeño vínculo entre su sangre y ese rastro casi imperceptible de Mitro era muy difícil. Requería toda su concentración y la disciplina que había desarrollado a lo largo de los años.

La moto había salido de la calle y se había metido por un estrecho pasadizo hasta un aparcamiento, y después había avanzado por una serie de callejuelas, dos de ellas tan estrechas que parecían ser simples pasadizos entre edificios. Estos estaban viejos y en mal estado, y tenían la pintura desconchada y las ventanas rotas. El suelo estaba lleno de basura y por los pasadizos solo deambulaban viejos, enfermos mentales y drogadictos, algunos de los cuales dormían en cajas de cartón. Había prostitutas paseándose por las esquinas de cada manzana. Algunas tenían los ojos amoratados y parecían completamente desesperanzadas. Esa parte de la ciudad era como una fea cicatriz, una zona escondida y vulnerable detrás de las luces deslumbrantes.

Se detuvieron un momento delante de una pequeña tienda. Después volvieron a seguir el débil rastro. La secretaria atravesó un laberinto de callejones hasta que llegó a lo que parecía ser una fábrica abandonada. La alta valla metálica estaba rota en varios puntos y la moto había cruzado a través de uno de los agujeros. La valla estaba sujeta con unos enormes barriles y en sus aberturas solo había espacio para que pasara una persona o una moto.

Dax analizó el edificio.

—Hay muchos hombres y mujeres dentro.

—En el sótano —añadió Riordan—. Parece que aquí está su residencia.

—Desde aquí se dirigen al aparcamiento —dijo Dax—. Riley, impediremos que te vean. ¿Podrás distinguirla entre la muchedumbre?

—Ya veremos. Creo que sí. En cualquier caso tenemos que seguirla por si nos conduce a alguien más. Debe de ser un eslabón de una larga cadena —dijo Riley.

—Tal vez —contestó Dax—, pero dada la personalidad de Mitro, si esta mujer puede funcionar en el mundo como secretaria, probablemente sea muy próxima a él. Necesita adoradores y le hace falta tener algunos sacerdotes y sacerdotisas. Le sirven para que salgan a las calles y recluten a más personas. Si considera que son valiosos los mantendrá como seguidores, si no es así, los sacrificará, y cada vez que lo haga se asegurará de que su rebaño lo contemple.

—Si crees que esa mujer ha recopilado los nombres de las mujeres jaguar debe de ocupar un rango importante en su círculo más íntimo —dijo Riordan—, por eso estoy con Riley. Sigamos su rastro todo lo posible esta noche.

Observaron que salía del almacén un grupo formado por tres hombres y dos mujeres. Los cinco iban vestidos de negro. Uno de los hombres al que los demás llaman Davi vestía pantalones y chaqueta de cuero. Su pelo estaba sucio y desaliñado. Sus brazos y su pecho se veían cubiertos de tatuajes que mostraban muy gráficamente escenas violentas, sobre todo relacionadas con mujeres desnudas. Se subió sus gafas oscuras por la nariz y pasó un brazo por la cintura de una de las mujeres. Parecía que era el jefe, pues los demás aceptaban todo lo que decía. Atravesaron la valla metálica y entraron en una calle llena de baches.

Riley estudió a las dos mujeres. Ambas tenían la misma altura, estaban cubiertas de *piercings* y llevaban las mismas faldas cortas negras, medias de red, corsés y tacones. La mujer que llevaba el pelo teñido de rojo brillante, casi iba exhibiendo sus pechos al hombre desaliñado que la toqueteaba mientras caminaban por la sucia calle. Davi la llamó Ana. Riley la descartó casi de inmediato. Era demasiado sumisa, el hombre la controlaba y ella estaba fascinada por su pareja. Riley no veía a Mitro muy dispuesto a compartir lealtades. Enseguida dirigió su atención a la otra mujer.

Se le aceleró el pulso cuando se concentró en ella; la llamaban Pietra. Iba un poco apartada de los demás y sus ojos estaban muy brillantes, como si estuviera drogada. Sus dedos continuamente se movían nerviosos por sus muslos y sus largas uñas negras iban marcando un ritmo que solo ella podía oír. Se notaba ligeramente distanciada de sus compañeros. Iba un poco más rápido que los demás, como si estuviera ansiosa por llegar a su destino.

Riley se aisló de todo confiando en que Dax la mantendría a salvo. Oyó ese pequeño latido en sus venas. Eran unos golpecitos profundos y desagradables que apenas oía, pues se solapaban con su propio pulso.

Pietra. La que llaman Pietra.

La había identificado.

Pietra de pronto comenzó a mascullar algo, giró el cuerpo y sus ojos brillantes se volvieron más oscuros y demoníacos. Su cara era una máscara de rabia. Iba mirando atentamente todo a su alrededor, a las azoteas, al cielo y a los edificios que los rodeaban.

Riley contuvo el aliento. Dax la agarró con fuerza y la acercó a él.

Mitro está fuertemente aferrado a ella. Mira a través de sus ojos. No hables, ni siquiera a mí.

No iba a emitir ningún sonido. Podía ver la diferencia en Pietra. Su hermoso rostro era una máscara que ocultaba al mal. La mujer observaba a su alrededor y estiraba los labios emitiendo gruñidos de odio. Esa era la verdadera personalidad que se escondía tras una cara dulce y casi aniñada. Riley se dio cuenta de que Mitro había elegido a esa mujer para estar en su círculo íntimo porque era muy fácil de corromper. Ya poseía las semillas de la crueldad y la depravación.

Mitro la atrae. Lo encuentra sexi y peligroso. Cuando mata gente delante de ella, se excita. Se baña en la sangre de sus víctimas igual que hacía la condesa Elizabeth Bathory. Dax le dejó esa información en la mente. *Ya había matado antes. A su madre, a una hermana y a una mujer que pensaba que estaba seduciendo al hombre que le gustaba. Estaba muy preparada para Mitro.*

¿Por qué diablos estaba trabajando en la clínica de la doctora Silva con todas esas mujeres embarazadas?, preguntó Riordan.

Me temo que tu doctora no puede leer las mentes de la gente como nosotros. No tiene esa ventaja. Imagino que esa mujer es muy astuta y puede aparentar ser dulce e inocente. Eso debió gustar a Mitro. Le encantan los engaños. Le debió ser muy gratificante poder enviar a una asesina a un lugar donde llega la vida al mundo.

Riley quiso llorar por todas esas mujeres víctimas de tantas atrocidades, futuras madres que esperaban ilusionadas el nacimiento de sus hijos para al final encontrarse con una mujer como Pietra. Hermosa por fuera, pero fría y podrida por dentro. Las mujeres debieron confiar en ella, igual que la doctora.

Esperó hasta que el grupito se alejó de ellos y Pietra siguió avanzando firme hacia su destino sin sospechar nada.

Tienen que ser detenidos, Dax. Cueste lo que cueste tenemos que detenerlos.

Ahora comprendía la necesidad que tenía Dax de destruir al mal de una vez.

Dax había dedicado su vida a librar al mundo de criaturas como Mitro.

Su vida parecía absolutamente honorable, pero terriblemente sombría y deprimente, pues siempre estuvo rodeado de un mundo de criminales crueles y malvados. Riley sentía la necesidad de permanecer a su lado por más terrorífico que fuera. Gente como Pietra tenía que ser detenida. Y había que destruir a criaturas malvadas y mezquinas como Mitro.

Saberlo le hacía comprender y amar aún más a Dax. ¿Cómo podía no hacerlo? Veía su vida como un servicio, pero ella sabía lo que le afectaba tener que ver a toda esa gente muerta a la que se le había arrebatado la vida de una manera absolutamente brutal. Lo recordaba todos los días.

Riley sintió que su boca le rozaba la cabeza.

Te tengo a ti para ayudarme a borrar esos recuerdos, Riley. No te sientas mal por mí. Yo no me siento mal. Mi vida simplemente es así. La elegí yo.

Riley era muy consciente de sus elecciones, igual que ella había hecho las suyas. Fuera como fuera, le valía la pena estar con Dax. En cierto modo, desde el momento en que puso los ojos en el guerrero malherido, supo que estaba destinado a estar con ella.

Llenó la mente de Dax de dulzura y amor. Tal vez estaban rodeados de maldad, pero aun así se podían apoyar el uno al otro.

Empezó a oír un sonido lejano de música y voces cuando se estaban aproximando a un grupo de almacenes abandonados. Siguieron a Pietra y los demás a través de una puerta astillada que colgaba de unas bisagras rotas. Dentro de la habitación había colchones viejos, basura, jeringuillas y colillas de cigarrillos. Cruzaron una gran estancia sin dudarlo hasta una estrecha abertura que daba a una escalera.

Cuando bajaron la música aumentó de volumen igual que las voces. Davi abrió una pesada puerta y estalló un torrente de música. Riley se llevó las manos a los oídos.

Baja el volumen, le indicó Dax.

Le llevó unos segundos imaginar cómo podría controlar conscientemente su capacidad de oír. Escuchaba cientos de conversaciones, y las podía percibir individualmente al mismo tiempo. Entre eso y la música melancólica se estaba poniendo enferma. Todo el mundo iba vestido con la misma ropa negra y llevaba muchos *piercings* en la cara y gafas oscuras, a pesar de la oscuridad del almacén.

Riordan dio a Dax un codazo y levantó la barbilla señalando a un hombre que se movía entre la gente que bailaba. Evidentemente, vendía drogas.

Riley observó el lugar y se fijó que entre la muchedumbre había varios vendedores de drogas.

Pietra y sus amigos no se dignaban a hablar con nadie en ese nivel, y cruzaron la habitación hasta el otro extremo. La multitud inmediatamente se apartó para no obstaculizarles el paso en absoluto, lo que a Riley le hizo ver muchas cosas sobre el estatus de Pietra en el club del sótano. Una puerta al otro lado de la habitación daba a otra escalera que descendía aún más. Hasta donde ella podía ver, el lugar era una trampa mortal en caso de incendio. Había muy pocas salidas para demasiada gente, la mayoría aburrida, borracha y drogada. Una muy mala combinación.

Riley sentía como si estuviera descendiendo al infierno cuando bajaron las escaleras para seguir a Pietra al siguiente nivel. Llegaron a una puerta muy bien custodiada por dos hombres. Pietra no dijo nada, levantó la barbilla y uno de ellos corrió a abrírsela. Dax entró rápidamente con Riley, y Riordan se tuvo que deslizar por debajo después de que el guarda la cerrara muy de prisa.

Riley casi tuvo arcadas. El aire olía de manera nauseabunda y repugnante. Cada vez que respiraba le hacía sentir como si estuviera metiendo algo horrible y aceitoso en sus pulmones. Su corazón palpitaba alarmado con fuerza. El olor a maldad impregnaba todo el lugar. La música le rompía los nervios. Ya no sonaba música melancólica, sino notas caóticas y repetitivas que la gente bailaba enloquecida y flipada en un espacio mucho más pequeño que el de arriba.

El olor a sudor y a drogas se mezclaba con el de la suciedad y la sangre. Las paredes del «club» estaban tan sucias como el suelo. No estaban en una sala de baile. Estaban en la madriguera de Mitro, rodeados de sus marionetas humanas. Unas enredaderas muy retorcidas se extendían obscenamente por las paredes. Riley se fijó en que todos se apartaban de ellas.

Una vez más, la muchedumbre dejó espacio para dejar que pasara Pietra. Davi, Ana y los demás la siguieron abriéndose paso hasta el fondo de la habitación.

Todavía no está aquí, pero ¿podéis sentir la expectación que tiene todo el mundo? Lo están esperando, dijo Dax.

Están tomando muchísimas drogas, advirtió Riordan mirando los cuerpos que se movían frenéticamente.

Hay manchas de sangre en el suelo, las paredes y encima del estrado.

Dax señaló la plataforma del fondo de la habitación donde Pietra se había acoplado cómodamente en un asiento cruzando sus elegantes piernas mientras seguía el ritmo de la música con los pies.

Riley estudió su cara. Sus ojos eran vidriosos y su boca se torcía formando la parodia grotesca de una sonrisa. Ya casi había desaparecido la parte blanca de sus ojos. Un repugnante tono negro se había apoderado de ellos como una enfermedad y los tapaba casi por completo. Riley se estremeció. Un pequeño trozo del ser más malvado de la Tierra habitaba dentro de ella, atándola a su propia naturaleza malévola y repulsiva.

Necesito sentir la Tierra, Dax.

Riley alcanzaba a percibir su dolor por debajo del ritmo de la música.

Eso no va a ocurrir. Si pones las manos en el suelo y te encuentras con que está en su lugar de descanso debajo de nosotros, sabrá exactamente dónde te encuentras.

Riley negó con la cabeza. No podía explicarlo, pero sabía que Mitro no estaba enterrado debajo de ellos. Había salido de caza. La Tierra la llamaba. Le rogaba que actuara. Los mutantes de Mitro le hacían daño. Su necesidad de sangre no era natural. Los sacrificios humanos con que los alimentaba quemaban como ácido, pero estos seres no tenían elección.

Las enredaderas se agitaban incesantemente, sus lianas se chocaban entre sí y las hojas se levantaban como si quisieran llegar a ella. Cada vez que la planta se movía, soltaba en la habitación una especie de gas con el olor repugnante del mal que prácticamente hacía que se atragantara.

Dax, puedo volver a la Tierra contra él. He oído que se queja a gritos contra tanta abominación. La naturaleza tiene un orden, y va contra cualquier cosa que se le oponga. Esa debe ser nuestra ventaja.

Pero te puede matar, Riley. No quiero asumir ese riesgo.

No tendría vida si me alejo de ti. Tienes que luchar contra él. Y yo tengo que hacerlo a mi manera. Veo a esa mujer horrible que está allí sentada con una actitud engreída, sabiendo que ha señalado a seis mujeres para que las asesinen y sacrifiquen a sus bebés incluso antes de nacer. Eso me pone enferma. Y, además, también ha señalado a Jasmine.

Riley defendía sus ideas apasionadamente. Estaba enfadada y decidida a llegar hasta el final. Aunque no fuera una guerrera, era una hija de la Tierra. Podía curar el suelo y a las plantas antes de que Mitro llegara si Dax le daba la oportunidad. Si Mitro intentaba escapar de Dax y Riordan a través de la tierra, se iba a llevar una gran sorpresa. Ella simplemente necesitaba que le dieran la opción de detenerlo, pues, sin darse cuenta, le estaba proporcionando una situación perfecta.

Dax se inclinó y puso su boca junto a su oído, pero le habló directamente en la mente.

¿Estás segura de que quieres hacer eso?

Más segura que nada en mi vida, aparte de que te quiero con todo mi corazón, le aseguró. *Déjame hacerlo, Dax.*

Antes que nada quería acabar con esa pesadilla. La verdad era que había que impedir que Mitro continuara con su repugnante depravación. Arabejila y todas sus antepasadas maternas le habían proporcionado su fuerza y sus dones convirtiéndola en su vehículo.

Miró alrededor de la habitación. Era como un sótano profundamente enterrado bajo la tierra. Mitro podría derribar sus altos muros sobre sus seguidores en segundos si lo deseara. Podría abrir la tierra y lanzarlos al mismo infierno si quería…, y ella estaba segura de que precisamente había construido el lugar con esa idea en la mente. Sus adoradores morirían allí, en esa tumba viviente, y él saldría volando una vez más en cuanto se sintiera aburrido, o los cazadores estuvieran demasiado cerca.

Cree que de momento está seguro, le concedió Dax. *Ni siquiera sospecha que estemos en la ciudad.*

Y evidentemente no tiene ni idea de quién soy, añadió Riordan.

Hagámoslo entonces. Riley tendrá que estar en el otro lado de la habitación protegida de Pietra. Si Mitro usa sus ojos para revisar la habitación antes de llegar, no podemos dejar que la vea, advirtió Dax.

Tenemos que camuflarnos para no atraer la atención, sugirió Riordan. *Todos van vestidos iguales. Parece que el color del día es el negro. Cambia el aspecto de Riley y también el nuestro. Tenemos que parecer jóvenes. Difumina nuestros rasgos. Si a ella se le ocurre mirarnos, y puede que lo haga, no tiene que fijarse en nosotros.*

La tierra y las plantas que los rodeaban se quejaban continuamente. Las enredaderas emitían un gas venenoso. Sus troncos se agitaban todo el tiempo, pues estaban famélicos y tenían un hambre insaciable. Cada planta esperaba su presa igual que una araña. De pronto se produjo una pelea en el lado opuesto de la habitación, muy cerca de Pietra. Ella seguía en el estrado observando con sus ojos brillantes cómo un hombre muy grande empujaba a un muchacho delgado que estaba borracho contra el muro.

La muchedumbre jaleaba muy ansiosa. Al instante cambió la atmósfera de la habitación. Se acabaron todas las conversaciones y el grupo comenzó a repetir un sonido muy bajo al principio, pero enseguida aumentó frenéticamente de volumen cuando una liana serpenteó y agarró la muñeca del muchacho para arrastrarlo hacia la enredadera. Instantáneamente, la planta cobró vida y se aferró en torno a su cuerpo que se revolvía contra el ataque.

—¡Cómetelo! ¡Cómetelo! ¡Cómetelo! —gritaba una y otra vez la muchedumbre.

La desafortunada víctima chillaba y cada vez más enredaderas lo rodeaban como serpientes gigantes que se enroscaban en torno a él.

—¡Cómetelo! ¡Cómetelo! ¡Cómetelo! —gritaban cada vez más fuerte.

Parecía como si estuvieran invocando a una criatura salida de las profundidades del infierno. De pronto surgieron unas raíces parecidas a grandes lianas nudosas que se retorcieron por el suelo como serpientes que avanzaban hacia el aterrorizado muchacho.

La expectación aumentaba. La muchedumbre observaba con los ojos vidriosos y sonrisas de sorpresa animando a las raíces a tragarse la sangre de la víctima. Las raíces llegaron hasta él en segundos, le dieron la vuelta y se clavaron en varios lugares de su cuerpo. El muchacho chilló y la muchedumbre rugió. Su sangre corrió por las raíces que se hincharon y adquirieron un tono rojo oscuro.

Riley horrorizada apoyó su cara en el pecho de Dax.

Te voy a sacar de aquí. Riordan y yo volveremos y…

¡No! Veo cuál es su plan. ¿Tú no? Realmente cree que soy Arabejila. Riley al fin comprendía a Mitro. *Arabejila era absolutamente bondadosa. No podía concebir lo retorcido que era el mal. Él lo sabía y cuenta con eso.*

La determinación de Riley hizo que se le pusiera la espalda rígida. Mitro había cometido un gran error.

No veo cómo ser consciente de eso nos puede ayudar. Mitro no tiene manera de saber que estamos aquí.

No, no todavía, pero ha creado esto para Arabejila. Para impresionarla. Para hacerle daño. Cree que ella no podría enfrentarse a una perversión tan grande de la naturaleza. Mitro pretende usar algo que es parte de ella para atacarla. Para Arabejila esto sería como una bofetada en la cara, y por eso Mitro piensa que ella no podría actuar ante tales atrocidades.

Probablemente no podría. No directamente. Pero se recuperaría.

Riley levantó la cabeza y la volvió hacia las retorcidas enredaderas.

Su error, Dax, es que yo no soy Arabejila. No soy tan buena. Arabejila y las demás me otorgaron unos dones que él desconoce. Puedo recuperar este lugar. Consagrarlo. No será capaz de penetrar por debajo de esta habitación o usar sus muros. Solo le quedará el tejado, y Riordan y tú podréis evitar que escape.

Dax estudió su cara que miraba hacia arriba y las llamas rojas y anaranjadas de sus ojos resplandecieron. Su piel, que estaba rozando la de ella, estaba muy caliente, como si el volcán que llevaba dentro estuviera muy cerca de la superficie. Asintió lentamente con la cabeza.

Riley nunca se había sentido más aliviada… o más aterrada. Sabía qué tenía que hacer y que era su momento. Las mujeres de su familia la habían preparado para eso y se sentía dispuesta, a pesar de que tenía que admitir que enfrentarse a un mal tan inmenso era algo sobrecogedor, o más bien, directamente aterrador.

Dax la puso en el suelo del club. La gente ya había vuelto a sus bailes sin sentido, a beber y a drogarse. Nadie prestaba atención a esas tres personas que iban vestidas igual que ellos. Riordan y Dax no usaron un escudo, pues podría atraer la atención de la sombra de Mitro que vivía en Pietra. En cambio, simplemente difuminaron un poco sus imágenes para parecer más jóvenes e integrados.

Si Mitro regresa, Riley, sabrá que estás aquí. Date prisa y haz lo que tengas que hacer ahora si estás decidida.

Riley se agachó negándose a dejar que sus nervios la pusieran en un aprieto, y hundió las manos en la tierra. Ahora Dax tenía ventaja. Había pasado de amante a guerrero y ella no dudaba de que a la primera señal de que Mitro estuviera regresando, si no había conseguido hacer lo que se proponía, la iba a sacar de allí sin siquiera preguntárselo. Era un hombre letal, capaz de estallar violentamente en cualquier momento.

La Tierra chillaba pidiéndole que la ayudara a librarse del lodo aceitoso que dejaba la abominación del no muerto. Riley invocó todos los poderes curativos que le otorgaron las mujeres de su familia ya fallecidas. Estaban con ella, la aconsejaban y la iban a guiar mientras llevaba a cabo la ceremonia de limpieza. El terreno había sido despojado de todos sus minerales y nutrientes. La única manera que tenían las plantas para sobrevivir era el repugnante alimento que proporcionaban las raíces mutadas de Mitro. Incluso los insectos habían huido.

Riley cerró los ojos y bloqueó la música caótica y el extraño zumbido mientras la muchedumbre bailaba como si fueran marionetas que actuaban para el titiritero que tiraba de sus cuerdas y decidía caprichosamente quién tenía que vivir y quién tenía que morir. Ella se hundió en la tierra buscando, invocando, atrayendo... Pasó junto al lugar de descanso del no muerto que despedía un olor terrible. El suelo estaba inundado de sangre y de cadáveres descompuestos. A lo largo de las distintas capas de tierra, se encontró muchos huesos humanos diseminados.

Durante un instante se le revolvió el estómago y casi tuvo que sacar las manos del suelo. El trabajo era imposible. El suelo se había convertido en un lecho de maldad. El latido de la Tierra había sido silenciado, como si Mitro hubiera conseguido llegar a su corazón y también lo hubiera destruido.

Estoy a tu lado, susurró Dax en su mente. *Puedes hacerlo. Piensa que es un cementerio y que esta gente necesita poder tener un lugar de descanso apropiado.*

Estoy contigo, añadió Antiguo. *Sus almas piden a gritos que se las ayude.*

Mi amada hija, murmuró Annabel suavemente. *Han quedado atrapados en este lugar. Solo tú les puedes devolver la paz.*

Las voces de sus antepasadas también le dieron confianza.

Recibió una gran fuerza. No era imposible curar esa tierra. Había nacido con ese propósito. No podía permitir que las personas que Mitro asesinó de una manera tan bárbara nunca pudieran descansar por culpa de ese cieno viscoso, grasiento y desagradable que creó en el suelo.

Riley tenía que destruir las maléficas raíces mutantes emponzoñadas de maldad. Se agachó aún más buscando el corazón de la Tierra.

Invoco al poder de la luz incandescente, préstame tu fuerza para hacer lo necesario, usaré tu energía para atacar y destruir al mal y sus estratagemas.

Riley extendió la mano hacia la raíz más antigua y canalizó la luz incandescente que había sacado del corazón de la Tierra para cortarla como si fuera un rayo láser.

Te invoco Madre Tierra. Busco un don en tu útero. Dame una piedra que pueda usar para destruir al mal y poder liberar a estas almas para llevarlas a un lugar donde puedan descansar en paz.

Riley hundió su mano libre profundamente en el suelo podrido y sacó una piedra color jade que la Tierra le había entregado para usar en su lucha. Era una crisoprasa verde, fría y suave, que se usaba para hacer consciente lo inconsciente. Con sus vibraciones podía apaciguar el mal contra el que luchaba. Riley cargó la crisoprasa con la energía de la luz y la canalizó hacia todas las raíces.

Mezclo la luz y la piedra de jade para destruir estas raíces que se aferran a los huesos y poder liberar los espíritus para puedan descansar y conseguir la paz. Después tendré que limpiar lo que quede en este lugar.

Las manos de Riley comenzaron a tejer las raíces sanas nudo a nudo siguiendo un patrón y enseguida comenzó a emerger un tejido. Este tenía que ser muy apretado para que no se pudiera atravesar o romper.

Manos que emiten luz divina entreteje estas enredaderas hasta que queden muy apretadas.

Riley tejió las enredaderas hasta formar una serie de nudos y después las enterró profundamente en el suelo.

Madre Tierra, agárralas con toda tu fuerza. He entretejido estas enredaderas para prolongar tu poder. Te devuelvo lo que has traído al mundo para que conserve y mantenga tu forma. Madre que nos sustentas, madre poderosa, he tejido este regalo para conservar tu vida.

Las raíces respondieron a sus órdenes y dispararon cientos, más bien miles, de largos y delgados filamentos muy fuertes. Desde esas raíces secundarias surgieron redes terciarias y cuaternarias. Los filamentos individuales comenzaron a trenzarse una y otra vez y se fueron extendiendo por el suelo hasta formar un lecho de medio metro de espesor al principio, que enseguida se desarrolló rápidamente hacia el interior de la Tierra. Las raíces siguieron las órdenes de Riley y continuaron desplegándose alimentadas por la rica arcilla, entretejiéndose hasta formar una jungla impenetrable de fibras justo por debajo de la superficie, hasta descender varios cientos de metros.

Riley, agotada, se tambaleó. Estaba mareada y desorientada, y todavía tenía que hacer lo mismo con las paredes del lugar. Sentía las fuertes manos de Dax que le ofrecían protección. Su piel estaba muy caliente y le ardían las mejillas. Volvió la cabeza y acarició con su cara el calor y el fuego de los definidos músculos tan propios de Dax. Él le masajeó la nuca y el cuello aliviándole un poco la tensión.

Toma lo que te ofrezco, sivamet.

Su voz era tremendamente seductora.

Riley había sido incapaz de comer nada. Lo único que había bebido era agua. Conservaba esa pequeña parte humana que la hacía dudar, pero ya estaba tan inmersa en el mundo de Dax, que le bastaba con que le acariciara su cabellera o ponerle la boca en el pecho sobre las gotas brillantes que aparecían cuando se pasaba una uña por sus músculos.

Todas las células de su cuerpo necesitaban de su sustento. Ansiaban a Dax. Lo necesitaban. Ardían por él. Este se derramó en ella lleno de calor y fuego. Energía y fuerza. La llenaba y le proporcionaba sustento.

Riley usó su propia lengua para intentar sellar la fina línea e impedir que Mitro oliera la poderosa sangre carpatiana.

Gracias. Me ayuda mucho.

Le era de gran ayuda la manera en que la apoyaba. Que creyera lo suficiente en ella como para dejarla intentar curar esa tierra cuando todo lo masculino que había en él insistía en protegerla a cualquier coste. Ella estaba en su mente y sabía lo difícil que era para él permitir que corriera un riesgo tan grande.

Riley hundió las manos en el suelo una vez más. Sentía que el corazón de la Tierra volvía a latir en ese terreno donde antes solo había un silencio sepulcral y se asemejaba a un órgano atrofiado de un vampiro. Ahora el suelo bullía de vida y los insectos ya excavaban profundamente. Las raíces de nuevo estaban tranquilas, bien acomodadas y bajaban cientos de metros entretejidas de una manera tan tupida que nada podía deslizarse a través de sus intersticios, ni siquiera una niebla.

Volvió su atención a las enredaderas que rodeaban las paredes. Eso iba a ser mucho más delicado. La primera capa debía ser lo bastante sutil como para no atraer la atención de Pietra, pero tendrían que desarrollar un muro impenetrable alrededor de la habitación en cuanto Mitro entrara en ella.

Dax apoyó su cabeza sobre su hombro. Riley se sobresaltó. Dentro de sus venas el latido extraño que sentía se hizo más fuerte. Entonces cayó la temperatura de la habitación hasta el punto de que cada vez que exhalaban salía al aire un vapor blanco. Las hojas de las enredaderas retrocedieron. Unas ratas subieron por las pocas vigas que sujetaban el techo.

En medio de tantos corazones palpitantes surgió el sonido de unos latidos más fuertes que llevaban un ritmo diferente. Los latidos explotaban con fuerza, después se calmaban y enseguida aumentaba su volumen. El tamborileo de ese corazón los golpeó a ambos. Sus corazones dieron un vuelco al reconocerlo. El latido extraño de las venas de Riley aceleró su ritmo.

Un silencio expectante se apoderó de la habitación y se incrementó la tensión. La multitud se balanceaba hacia delante y hacia atrás absolutamente histérica para rendirle culto con sus ojos opacos. Pietra se subió al estrado con la cara resplandeciente. Observaba a la muchedumbre con los brazos abiertos, presentando su ofrenda a su maestro.

Dax y Riordan cerraron filas delante de Riley asegurándose de que hubiera un grupo de fanáticos delante de ellos. La música cambió y sus notas anunciaron la llegada del vampiro. Las luces estroboscópicas se encendían y apagaban incrementando el efecto hipnótico que les producía Mitro. Una niebla formada por una densa corriente de aire fétido se movió entre la multitud entremezclándose con el grupo que se movía hacia adelante y hacia atrás.

Jadeos. Pequeños gritos. El aire se impregnó de olor a sangre. Unas gotas rojas salpicaron a la muchedumbre. Mientras cruzaba la niebla, una mano con unas largas garras afiladas emergió entre el vapor y se fue clavando en la carne de los acólitos. Senos. Pechos. Cuellos. Gargantas. La mayoría fueron heridas superficiales, pero algunos desafortunados sufrieron cortes profundos. Uno de ellos chorreaba sangre desde una arteria, pero no parecía darse cuenta y seguía saltando y dando vueltas junto a los demás en un frenesí idólatra.

Cada vez que la mano se materializaba y salía de esa niebla gris y fría, la congregación de Mitro enloquecía. La niebla continuó con su lenta procesión a través de la multitud hasta que llegó al estrado. El vapor se detuvo y adquirió teatralmente la silueta de un hombre, pero cuando se movió y se hizo transparente, la forma humana estaba constituida por un montón de ratas apiladas unas sobre otras. Entonces, al fin se cayeron, incapaces de mantener sus posiciones, y emergió Mitro.

Tenía las manos extendidas, vestía una túnica negra con rayas rojas con capucha y abría los brazos a sus adoradores. Sus gritos hacían que el edificio temblara. Las manos de Mitro atraparon al hombre con la garganta abierta y mientras lo empujaba hacia adelante muchos metieron los dedos en su sangre para pintarse con ella. El muchacho llegó tambaleándose a la plataforma mientras observaba a Mitro absolutamente aterrado. Ni siquiera intentó tapar sus heridas y desgarros.

Mitro señaló el suelo del estrado. El muchacho se arrastró servilmente y se movió rápidamente a cuatro patas hasta llegar al no muerto para abrazarse a sus piernas. Un horrible gorjeo de súplica salió de su garganta desgarrada mientras le exponía su herida.

La muchedumbre se volvió loca.

—¡Cómetelo! ¡Cómetelo! ¡Cómetelo! —repetía la gente cada vez más fuerte.

Mitro se agachó y levantó a su víctima en el aire obligándola a ponerse de pie. La sangre que corría por el cuello del muchacho y por su camiseta, al final caía al suelo. Entonces tiró de su cabeza con fuerza para mostrar su profunda herida.

Se produjeron chillidos de júbilo y la gente gritó con fuerza.

—¡Cómetelo! ¡Cómetelo! ¡Cómetelo!

Mitro abrió la boca al máximo, enseñó sus colmillos ennegrecidos con las puntas afiladas e hizo una pausa dramática esperando que sus seguidores rugieran una vez más antes de hundir profundamente sus dientes en la herida.

Mitro estaba disfrutando de su orgía de sangre mientras engullía y desgarraba la carne del muchacho, exhibiéndose y alimentando el terror de su víctima. El joven ya se había dado cuenta de que no iba a convertirse en un vampiro, sino en una simple presa para su depredador.

Ahora, ordenó Dax.

Los tres actuaron simultáneamente. Dax se elevó hasta el techo y se situó sobre Mitro protegiendo su cuerpo al desplegar sus escamas, que dejaban caer un polvillo rojo y dorado que se precipitaba sobre el vampiro. El polvo lo rodeó formando una pegajosa red de seda que funcionaba como un pegamento que lo retenía y le impedía transformarse.

Riley hundió las manos en el suelo y dio la orden a las enredaderas. Estas obedecieron inmediatamente entretejiendo apretadas trenzas por detrás y por delante del muro, por arriba y por abajo desde el suelo al techo hasta cerrar todas las entradas y cualquier centímetro de tierra por el que pudiera deslizarse.

Riordan lanzó un rayo por encima de las cabezas de la muchedumbre y la obligó a tirarse al suelo, donde permaneció aturdida incapaz de moverse. Tenía que confiar en que Dax matara al no muerto mientras él controlaba a sus marionetas.

Pietra quedó colgando del estrado cabeza abajo con las manos extendidas hacia Mitro. El vampiro arrojó lejos de él al muchacho que agonizaba. El cuerpo chocó contra el muro de enredaderas y cayó al suelo. Entonces estiró sus finos labios y gruñó desafiante. Tenía la barbilla embadurnada con la sangre fresca que goteaba de sus colmillos. Riley se estremeció al ver que rotaba lentamente su cabeza de un lado a otro moviéndose como un frío reptil.

Mitro abrió los brazos.

—Bienvenido Danutdaxton. Te presento a mis elegidos. Siempre tienen hambre. ¡Levantaos! Levantaos ejército mío, ha llegado vuestro momento. Daos un festín con estos intrusos. Su sangre os traerá a mi mundo. Seréis poderosos e inmortales. ¡Coméoslos! ¡Daos un festín con ellos! ¡Levantaos ahora!

Surgió un gruñido colectivo cuando los seguidores del no muerto intentaron levantarse para obedecer sus órdenes. La sangre ardiente de Mitro animó a unos cuantos y Riordan se agachó para proteger a Riley. Los más fuertes consiguieron ponerse de pie y avanzaron tambaleantes hacia él con los ojos encendidos por la necesidad de matar.

Riley luchó contra la sensación de pánico y hundió las manos en el suelo para comunicarse con las enredaderas. Ella no era una guerrera capaz de ayudar a Riordan con los rabiosos seguidores de un cruel vampiro, pero por lo menos podía reclutar a las plantas para que se ocuparan de lo que pudieran. Las enredaderas inmediatamente serpentearon por el suelo hasta atrapar los tobillos y las piernas de los que intentaban llegar hasta el carpatiano.

En medio del caos subsiguiente, Mitro intentó transformarse, exactamente como sabía Dax que haría, pero el polvo pegajoso de las escamas se aferraba a sus células y le impedían que cambiara de forma. En un ataque de rabia dio una patada que lanzó a Pietra fuera del estrado, se precipitó contra una pared y se golpeó contra las impenetrables enredaderas firmemente entretejidas.

Mitro se dio la vuelta justo cuando Dax se precipitó sobre él y su pesado cuerpo hizo que cayera al suelo. El vampiro clavó sus ojos en el cazador y cuando cayeron rodando intentó meterse en el suelo para escapar. Pero el suelo también estaba cerrado para él, pues las raíces eran demasiado fuertes y le impedían el paso. Rodaron una y otra vez junto a la muchedumbre y Mitro fustigó a Dax intentando desgarrarlo desesperadamente para poder atravesar su carne y su sangre.

Abrió la boca y exhaló directamente sobre la cara de Dax una nube de gas venenoso cargado de cucarachas muertas. Este contraatacó con una explosión de fuego que incineró los insectos e incendió la nube de gas. La explosión hizo que el suelo y el edificio temblaran. Los muros se expandieron y contrajeron intentando contenerla. Mitro chilló de rabia y dolor cuando un muro de fuego se apoderó de él y rodeó tanto a Dax como a las marionetas humanas que estaban cerca.

A Pietra se le incendió la ropa y se arrastró por el suelo como un cangrejo. Levantó un cuchillo ceremonial chillando y lo clavó repetidamente en la espalda de Dax que estaba a horcajadas sobre Mitro. Las llamas se levantaron sobre los tres. Pietra levantó el brazo una vez más y al dejarlo caer se desplomó en el suelo y rodó extendiendo las llamas por todos lados. La mancha oscura de Mitro salió precipitadamente de su cuerpo buscando otro anfitrión. Corrió hasta el vampiro se metió en él y le proporcionó más fuerza.

Dax se aisló de los sonidos de la pelea de Riordan, su miedo por Riley y el olor a carne quemada. Apenas sentía el fuego. Era un dragón de fuego y no sentía los golpes de Mitro. Era un cazador carpatiano que tenía que cumplir con su objetivo. Destruir el mal. Oyó el extraño ritmo del corazón desacompasado del vampiro. Mitro había creado el corazón para el dragón de agua. Los restos del dragón de fuego habían sido hecho añicos.

Llama a tu corazón. Dax estaba seguro de que estaba en lo correcto.

El corazón de Antiguo había quedado en el volcán. Se dio cuenta de que a pesar de que había dado instrucciones al dragón, ambos se habían fusionado lentamente. Había usado su propio corazón, igual que con el dragón de agua, y había fortalecido sus latidos para atraerlo hacia él.

Mitro chillaba de rabia, arremetía y escupía ácido intentando impedir que las uñas duras como diamantes de Dax le abrieran el pecho. Esta vez Dax siguió el sonido que surgía muy bajo a la izquierda. Mitro se puso frenético. Desgarró la garganta de Dax e intentó tragarse su sangre antigua. Este estaba concentrado en atravesar profundamente su cuerpo podrido. A su alrededor Riordan luchaba contra el ejército del no muerto para mantenerlo alejado del cazador. Las llamas que los rodeaban eran cada vez más altas, pero Dax tenía solo un objetivo.

Cerró la mano en torno a la dura gema. La arrancó de su cuerpo, abrió la mano y la puso en las llamas para bañarla en fuego. Mitro dio un brinco hacia el corazón con las manos extendidas, pero Dax se abrió su propio pecho e insertó en su interior la gema brillante. En el instante en que se colocó el corazón del dragón, cerró la herida y observó a Mitro.

La boca del vampiro protestó estirándose. No emitió ningún sonido. Salieron de su cuerpo un montón de insectos y cayeron muchas larvas que las llamas incineraron inmediatamente. Mitro negaba con la cabeza incapaz de asumir que lo había derrotado. Giró la cabeza hacia Riley y la miró con odio. Levantó la mano decidido a vengarse, pero enseguida el fuego lo devoró por completo. Sin el corazón del dragón de fuego y sin ninguno propio, su cuerpo se descompuso y ardió en llamas.

Dax se apartó del nocivo olor de sus restos. Riordan cogió a Riley, la levantó en el aire y se elevó hacia el techo mientras las llamas se extendían por la habitación. Riley tosió atragantada y llegó junto a Dax. Estaba cubierto de sangre, pero a ella no le importó y lo abrazó con fuerza agradecida de que estuviera vivo. Parecía cansado y tenía muy marcadas las arrugas de la cara. Bajo ellos los adoradores de Mitro sucumbieron al humo y las llamas sin la sangre de su maestro que los sustentaba.

Dax y Riordan salieron por el techo y no dejaron atrás más que cenizas.

—Mitro llevaba siglos buscando en los volcanes —dijo Dax a Riordan y a Riley—. De algún modo se debió enterar de que cuando los dragones se morían sus corazones se petrificaban y se convertían en piedras preciosas. El corazón lo mantuvo vivo hasta que se lo devolvió a su verdadero dueño.

—Quiero irme a casa —dijo Riley—. Llévame a casa Dax.

Capítulo 20

Dax depositó a Riley en la montaña que había sido su hogar los últimos siglos. Antiguo había nacido y había tenido a sus hijos allí. Todos habían fallecido en ese lugar. Riley también había nacido allí, así como su madre, que también había fallecido en esa selva. El calor lo alimentaba y la tierra lo llamaba. Ese volcán era lo más próximo a un hogar que él podía proporcionarle.

Las ruinas de Pueblo de las Nubes se levantaban valientemente sin inmutarse por el volcán o el paso del tiempo. Las piedras de su muro se asomaban sobre el borde del acantilado desafiando a cualquiera que se acercara. Dax estaba sorprendido de que solo él estuviera tenso, e incluso temblaba un poco por dentro. Riley estaba firme como una roca y completamente decidida, pero él tenía dudas y temía que si algo fuera mal, la podría perder.

Pasó un brazo alrededor de su cintura mientras observaban lo que quedaba de la selva nubosa.

—Esto es verdaderamente hermoso.

—¿Verdad? —respondió Riley sonriendo—. Cuando era pequeña y mi madre me traía aquí, jugaba a que escalaba por una escalera de estrellas y cuando llegábamos a las nubes, ya estaba en el cielo.

Dax cogió su larga y gruesa trenza y se la llevó a su propia cara. Nunca se cansaba de tocar su sedosa cabellera negra azulada.

—No te va a pasar nada.

Riley lo miró a través de sus suaves pestañas y su amplia boca se curvó formando una sonrisa de amor puro. A Dax le dolía el corazón. A veces, como en ese momento, cuando ella estaba tan segura de su amor hacia él, no encontraba palabras para expresar cómo se sentía. No existían palabras lo bastante precisas para decir la verdad.

Sabía que ella lo había cambiado todo por él. Tenía algo que no podía resistir. Se movía dentro de él y se cobijaba profundamente en su interior, y no había manera de que la dejara que se fuera, incluso aunque quisiera que se marchara. No podía esconderse ni escapar de ella. Lo desarmaba con una simple mirada a través de sus largas pestañas femeninas. Iluminaba su mundo con una sonrisa y con su risa dulce y contagiosa que siempre alejaba cualquier momento malo de su vida y lo reemplazaba con... ella.

Él era un guerrero de hacía muchos siglos y pertenecía a una especie que estaba al borde de la extinción. Un depredador que sobrevivía con la sangre de los demás. Había algo salvaje en él y ella lo veía perfectamente. Lo había observado y había visto todo lo que era, cada aspecto de su ser, y aun así se había quedado con él. Tranquila. Serena. Se había mantenido codo con codo junto a él cuando se enfrentaron al mal absoluto, sin importarle el miedo que sintiera. Su valor era terrorífico. Completamente terrorífico.

Hizo que se volviera hacia él y ella no dudo, rodeó su cuello con su delgado brazo y apoyó su suave cuerpo contra el suyo. Sus ojos y su piel conservaban la frialdad de la Tierra. Él estaba hecho de llamas y calor surgido del mismo centro de la Tierra. En el instante en que la tocó, ella absorbió su fuego.

Dax no quería esperar. La levantó apoyándola contra su pecho. La llevó al laberinto de cámaras que había en el interior de la montaña. La cámara de magma había colapsado, pero se dirigió a otra que era muy especial y estaba situada a más de un kilómetro del lugar donde se había formado el pozo incandescente. Le reguló la temperatura, pues sabía que algunos de los pasadizos estaban demasiado calientes como para que su delicada piel los tolerara y sus pulmones podrían no tener suficiente aire.

La entrada de la cámara de piedras preciosas era pequeña. Tenía que dejar a Riley en el suelo para que se deslizara a través de ella. Incluso él tuvo que agacharse bastante para cruzarla, pero valía la pena ver su interior. Movió las manos para iluminar el lugar y vio que Riley se quedaba con la boca abierta, sobrecogida y sorprendida. Su corazón tartamudeó en respuesta a su reacción. Ella estaba encantada.

Los muros brillaban cargados de diamantes en bruto de todos los tamaños y el techo, que estaba lleno rubíes oscuros, parecía arder como un fuego.

Había un pequeño manantial natural que burbujeaba y emitía un vapor que se elevaba por el aire más frío que él había proporcionado al lugar. El suelo era casi negro y estaba formado por una tierra fértil y curativa que les iba a servir una vez que realizaran la conversión.

—Es tan hermoso —susurró ella girando en círculo para verlo todo.

Dax se acercó a ella. Hubiera sido muy fácil dejarla desnuda solo con el pensamiento, pero quería disfrutar del placer de quitarle la ropa y poner al descubierto su piel gloriosa como el verdadero regalo que era. Llevó las manos a su blusa. Muy lentamente y mirándola a los ojos comenzó a desabrochar sus pequeños botones. Sus nudillos rozaban la curva de sus pechos cremosos mientras sus dedos acariciaban su piel suave.

Abrió la blusa, la retiró y enseguida bajó la mirada. Su sujetador de encaje levantaba sus pechos y las puntas de sus aureolas y sus pezones. Dax casi no podía respirar. Le sacó la blusa de los brazos, dejó que cayera a un lado de la cámara y enseguida se arrodilló para desatar sus botas de montaña.

—Pon las manos en mis hombros —le indicó.

Cuando Riley lo hizo, tiró de sus botas y le sacó los calcetines masajeándole los pies mientras lo hacía. Se quedó de rodillas y llevó sus manos a la cinturilla de sus pantalones de muchos bolsillos. Cuando sus dedos rozaron su piel desnuda, el cuerpo de Dax se puso duro y sintió un dolor que solo ella podía aliviar. Tiró de sus pantalones, se los pasó por la curva de sus caderas y la animó a que se los terminara de sacar.

Riley se quedó tan solo con su sujetador y sus braguitas. Los rubíes brillantes hacían que su cuerpo resplandeciera en el centro de la cámara.

—Deja que tu pelo quede libre de ataduras.

Ella se rió por las palabras que había elegido, pero no dijo nada. Se quitó la goma del pelo y lo dejó caer libremente por sus hombros como le había pedido. Movió la cabeza haciendo que su cabellera se acomodara alrededor de sus hombros como si fuera una capa viva. Dax agarró sus caderas, la atrajo hacia él y le dio un beso en su fascinante ombligo.

La conversión podría ser dolorosa, pero aun así quería hacerlo especialmente pensando en ella. Había confiado en él desde el principio, se había puesto en sus manos y él pretendía quererla y protegerla, amarla y hacer que fuera feliz el resto de sus días. Quería empezar de inmediato.

Dax se puso de pie todavía sujetándole las caderas y manteniéndola anclada a él.

—No había ropa interior como esa cuando era joven. Estoy bastante seguro de eso.

Con un movimiento de su mano el sujetador y las braguitas se unieron a la blusa y los pantalones que estaban en el suelo. La volvió a levantar y enseguida se desprendió de sus propias ropas.

Riley se rió dulcemente y enterró su cara en su cuello.

—Es una habilidad muy práctica.

—¿Sacarte la ropa? —dijo bromeando y la llevó al manantial burbujeante—. Pienso lo mismo.

Se metió en la terma caliente. El agua le llegaba hasta los muslos.

—Las rocas son muy suaves, parecen un asiento —le dijo—. Por debajo del agua el manantial tiene forma de cuenco. Hay un asiento natural, como una cama...

Frunció el ceño buscando la palabra adecuada, pero se le escapaba de modo que tuvo que enviarle una imagen mental.

—¿Como un diván? —preguntó ella.

Dax asintió.

—Puedes estirarte y el agua apenas te cubrirá, lo que te permitirá mantenerte un poco fría.

Lentamente, dejó que apoyara sus pies en el agua caliente vigilando que no le molestara. Pasó un brazo por su cintura y la condujo al centro del manantial.

Riley jadeó cuando se vio rodeada de millones de pequeñas burbujas calientes que estallaban contra su piel sensible. Dax le cogió el pelo con fuerza y tiró de su cabeza hacia atrás para tener acceso directo a su boca, que besó, acarició, jugueteó con ella y sedujo. En el momento en que ella la abrió, Dax tomó el control y la besó una y otra vez reclamándola ferozmente para él. Se perdió en su boca durante unos minutos... o tal vez mucho más; el tiempo parecía haber desaparecido.

Tenía el miembro adolorido e hinchado por la expectación. La fue besando desde la boca a la garganta dándole esos pequeños mordisquitos que lo excitaban tremendamente. Su sabor estallaba en su lengua y se expandía por su cuerpo como un rayo. Paseó su boca por sus hombros, su clavícula y la bajó a sus pechos.

Riley arqueó la espalda y sujetó su cabeza mientras él pellizcaba y tiraba de sus pezones. Soltó un pequeño chillido cuando sus afilados dientes la mordieron más fuerte. Pero la lengua de Dax inmediatamente alivió su dolor. Ella gimió y se apretó contra su boca. Dax chupó con fuerza y enseguida volvió a juguetear con sus sensibles pezones haciendo que se pusieran tensos y duros. Las caderas de Riley se movían incansablemente.

Entonces deslizó una mano por las suaves curvas de su cuerpo, por su cintura estrecha, su vientre plano, y más abajo aún, por sus encendidas caderas. Puso su mano encima de su monte de Venus y movió el pulgar haciendo círculos. Ella estaba mojada, caliente y deseando hacerle el amor tanto como él. La boca de Dax se paseaba por sus pechos, por sus cremosas pendientes y deslizó sus dedos por el interior caliente de su entrepierna. Disfrutaba de su suave tentación con la lengua y sus dientes que raspaban su piel una y otra vez. Cada vez que sus dientes la mordisqueaban, su vagina se apretaba en torno a sus dedos y los bañaba con el líquido de su interior.

Los dientes de Dax se alargaban y su boca se hacía agua. Hundió sus colmillos en su vena palpitante y el sabor de la sangre de Riley estalló en su lengua como un volcán en erupción. Su cuerpo reaccionó reprimiendo el breve dolor mientras era atravesado por una oleada de placer. Dax sintió que sus músculos se apretaban expectantes. Su sabor era exquisito, perfecto, adictivo. Bebió su sangre hasta hartarse, más de lo que bastaba para hacer un intercambio. El tercer intercambio de sangre. Tuvo que ser muy disciplinado para pasar la lengua por los agujeritos para sellarlos.

Después la giró en sus brazos y se llevó una afilada uña al lugar donde una vena palpitaba en su pecho. Necesitaba que ella pusiera su boca en el punto donde sangraba y bebiera su esencia. Su sangre antigua haría que se trasladara por completo a su mundo. Los labios de Riley se movieron por su pecho y su lengua se deslizó sobre las pequeñas gotas de sangre que salían de su fina herida. Él contuvo el aliento, sujetó su cabeza y se quedó completamente quieto. Expectante. Cargado de deseo. Su boca moviéndose por su pecho era lo más erótico que había sentido nunca. El cuerpo de Riley, que era naturalmente sensual, se movía contra el suyo con una sed insaciable a pesar de que ya había aceptado que la invitara a entrar en su mundo.

Casi no podía detenerla, pero su cuerpo tenía sus propias necesidades urgentes. Le murmuró suavemente:

—Ya has bebido suficiente de esta rica sangre antigua, *päläfertiilam*.

La lengua de Riley se deleitó con lo que le ofrecía una vez más y levantó la cabeza con los ojos adormilados, sexis y cargados de deseo.

—Te quiero ahora. Tengo que poseerte ahora mismo.

Dax no estaba preparado para discutir lo que le pedía. La animó a que se pusiera en el amplio diván que había a un lado. Le puso una mano en la espalda para hacer que se doblara y pusiera las manos en la roca para equilibrarse. Su cabello cayó por su cuerpo y sus pechos se balancearon libremente. Sus nalgas eran muy redondas. Acarició y masajeó su carne firme y volvió a deslizar sus manos entre sus piernas.

Apretó su miembro erecto y dolorido contra su entrada cálida y pegajosa. Ella movió sus caderas hacia atrás intentando hacer que entrara rápidamente. Los dedos de Dax se agarraron a sus caderas, atrajo con fuerza su cuerpo hacia el suyo y al mismo tiempo empujó hacia adelante. Riley gimió y soltó un ronco e intenso chillido de placer que llenó la cámara mientras él se enterraba en ella una y otra vez. Su vagina parecía tener unos dedos de seda que apretaban su miembro y se aferraban a él con un calor abrasador. Ella estaba tan dura y apretada que casi lo estrangulaba con su exquisita fricción. Él hizo que fueran más rápido mientras se movía entrando y saliendo de ella como un pistón. Riley jadeaba y respiraba entrecortadamente mientras su cuerpo se movía siguiendo perfectamente su ritmo. Dax se dio cuenta de que su respiración cambiaba y sintió una ráfaga de líquido caliente. Su apretada vagina se aferraba a él, le exigía y lo ordeñaba. Todo ese sedoso calor estalló en un orgasmo tras otro y también tuvo el suyo.

Riley cantó su nombre, y su chillido cantarín llenó de emociones el corazón de Dax. La abrazó y dejó caer su cabeza sobre la suya mientras sus corazones se calmaban y sus ardientes pulmones se volvían a llenar de aire. Entonces Dax hizo que se hundieran en el manantial y se sentó donde el agua le llegaba hasta los hombros. Riley se levantó la cabellera y se hizo un nudo por encima de la cabeza. Se volvió a sentar a su lado, estiró las piernas y observó la caverna.

—Qué bonito es esto, Dax. Es realmente excepcional. Nunca lo voy a olvidar. —Su voz temblaba. Puso una mano sobre las suyas—. No tengo miedo. Es algo… desconocido. ¿Qué va a ocurrir ahora?

Dax cerró sus dedos entre los suyos.

—Esperemos. Tu cuerpo luchará contra la conversión y pensarás que te estás muriendo. Intenta no resistirte, simplemente déjate llevar. Estaré contigo en cada momento. Gary me señaló que habría cosas con las que no podría ayudarte.

Detestaba eso. Le hubiera quitado cualquier dolor si hubiera podido, pero Gary le había dejado claro que era imposible.

—¿Dónde quieres vivir, Dax? Nunca hemos hablado de eso.

La observaba atentamente estudiando su cuerpo por si advertía cualquier muestra de incomodidad.

—Me gustaría que fuéramos a los montes Cárpatos para ver al nuevo príncipe. —Se rió para sí mismo—. Imagino que realmente no es nuevo. Lleva mucho tiempo siendo príncipe, pero es nuevo para mí.

—Parece divertido. Siempre he querido viajar a otros lugares.

—Quiero ver dónde te criaste —añadió. Se llevó una mano de Riley a la boca y le mordisqueó los nudillos. Esperaba que el agua caliente calmara un poco su dolor cuando llegara el momento—. Después de viajar por el mundo puedes elegir el lugar donde quieres que instalemos nuestro hogar.

Una expresión de alarma se apoderó del rostro de Riley. Intentó soltarle la mano, pero Dax la agarró con fuerza. Antiguo se movió nervioso. Él entró suavemente en su mente y ella lo expulsó violentamente mientras movía la cabeza con fuerza.

—No quiero que sientas esto conmigo, Dax. —Nuevamente tiró de su mano y su cuerpo se encorvó—. No puedo estar preocupada por lo angustiado que estás. —Respiró hondo, se apretó el estómago con las manos y apartó su cara—. Puedo superar esto sola, en privado.

Y lo hizo. Era una de las cosas de ella que le ponían el mundo del revés. Dax hizo un gesto con su mano en dirección a la tierra fértil y oscura. El suelo se abrió y le proporcionó una cama en su interior.

—Voy a vomitar.

Riley se volvió, se inclinó a un lado del manantial y vomitó una y otra vez.

Cuando Dax le puso una mano sobre su espalda, su piel estaba fría a pesar de que su interior estaba encendido de calor. Sus órganos estaban completamente revueltos mientras adquirían una nueva forma. Su cuerpo comenzó a sufrir convulsiones y se hubiera hundido en el agua si no la hubiera agarrado y la hubiera puesto en el diván natural para que el agua cubriera su piel. Sus músculos estaban agarrotados y tenía grandes nódulos por todo su cuerpo que estaba completamente rígido por la tensión. El agua termal que emanaba del volcán era caliente y ayudaba a la aliviar las rigideces de su cuerpo.

El dolor le provocaba grandes estertores que algunas veces la levantaban y enseguida caía de golpe. Dax amortiguaba los golpes mientras su cuerpo se doblaba y retorcía. Riley miraba con los ojos vidriosos el techo cuajado de rubíes que brillaban por encima de sus cabezas. Respiraba con fuerza para aliviar su dolor. Dax acompasó su respiración con la de ella intentando controlar sus calambres en vez de sucumbir a ellos.

Durante un breve momento en que se calmó le tocó la cara y frunció el ceño al encontrarse gotas de sangre.

—Estoy bien, Dax. Puedo hacerlo —le aseguró.

—Lo sé —respondió Dax, que también tenía el estómago agarrotado.

La conversión era brutal y él podía hacer muy poco para ayudarla. Ignoró que ella le había pedido que se mantuviera fuera de su cabeza. Intentó aliviarle el dolor, pero era imposible. Intentó no mostrarle que estaba cada vez más alarmado y le besó los ojos esperando que llegara el siguiente estertor.

Antiguo comenzó a luchar para imponerse, pues necesitaba detener el terrible dolor que estaba sufriendo Riley. Dax nunca había sentido pánico, pero estaba a punto de hacerlo. El agua caliente ya no le estaba haciendo ningún bien. Nada podía detener sus violentas convulsiones, y era peligroso que hubiera tantas rocas a su alrededor. Estaba muy enferma y su cuerpo luchaba por librarse de las toxinas.

Dax la levantó en sus brazos.

La tengo en mis brazos, Antiguo. No se va a morir.

Se está muriendo, maldito idiota. La vamos a perder.

Las manos de Riley se movieron y le acarició el pelo. Entró en su mente y le dejó sensaciones de alegría a pesar del dolor y la fiebre que arrasaba su cuerpo.

Definitivamente los hombres son el sexo débil. Lo estoy asimilando. Dejad de pelearos.

Su pequeña alegría desapareció cuando la siguiente convulsión se apoderó de su cuerpo dejándola sin aliento. Casi se cae de sus brazos, pues su cuerpo se quedó tan rígido que estuvo a punto de que se le quebraran los huesos.

Era una hija de la Tierra y él contaba con eso. La llevó al agujero que se había abierto en el suelo, entró en él y dejó su cuerpo en la fría tierra. Instantáneamente comenzaron los susurros de voces femeninas que intentaban reconfortarla.

Antiguo se tranquilizó, pero Dax sintió que estaba haciendo lo único que podía hacer... entrar en el alma de Riley. Los hilos que unían a Riley y a Dax se apretaron, y ahora incluía al alma de Antiguo.

Tienes que estar seguro, le advirtió Dax conmovido por la generosidad del viejo dragón.

Su tiempo ya había pasado a pesar de que había entregado su alma a Dax para ayudarlo a destruir el mal. Ahora estaba incluyendo a Riley en su decisión y le ofrecía su alma para acompañarla en su viaje por el mundo carpatiano.

Estoy seguro. Es digna de ti. Me puede llamar cuando me necesite.

El dragón de fuego estaba completamente convencido. Dax y Riley eran suyos y los iba a defender con todo su ser.

Al unir el alma de Riley a la suya, Antiguo entró en ella intentando hacer lo que Dax no conseguía... ayudarla a curarse rápidamente. Los suaves murmullos que salían de la tierra sonaron con más volumen. Dax advirtió que Riley estaba más tranquila y la expresión de su rostro parecía más relajada. Las voces la calmaban y Antiguo ayudaba a que sus órganos se adaptaran a mayor velocidad.

Tras un jadeo horrible y sibilante, un estertor en la garganta y un último ataque de dolor, las convulsiones se calmaron. Riley se mantuvo muy quieta durante un momento y después se volvió hacia él con los ojos muy abiertos, como si estuviera hechizada. Estaba completamente agotada y su cuerpo estaba mojado por una fina capa de sudor. Se formaban en su frente unas pequeñas gotas de sangre que se deslizaban por su cuerpo.

—Espero que dar a luz no sea tan duro —susurró ella—. O si no mejor lo haces tú.

Dax se obligó a sonreír aunque tenía la boca tensa. Le dolía hasta la mandíbula. Le besó la mano con miedo de tocarle nada.

—Trato hecho. Voy a hacer que duermas. Es seguro. Estaré contigo todo el tiempo.

Y yo también, le aseguró Antiguo.

Te tengo en mis brazos, susurró Annabel.

Estás a salvo, añadieron las voces de las demás mujeres.

—Te amo Dax —susurró ella—. Gracias, Antiguo. Me has hecho un gran regalo. —Consiguió sonreír. Sorprendentemente sus ojos estaban encendidos cuando lo miró—. Estoy cansada.

Durante un momento a Dax se le hizo un nudo en la garganta y apenas podía hablar. Tragó con fuerza para relajarse.

—Cuando te despiertes habrás entrado del todo en mi mundo.

Dax se acurrucó contra su cuerpo y le indujo un sueño profundo. La rodeó con sus brazos y la tierra sanadora los cubrió. Las salvaguardas estaban en su lugar y Antiguo los vigilaba. Mitro estaba muerto y Arabejila podía descansar en paz. Enterró su cabeza en su sedosa cabellera de color negro azulado y olió su aroma una última vez antes de sucumbir al sueño característico de su especie. La vida era buena.

Apéndice *1*

Cánticos carpatianos de sanación

Para comprender correctamente los cánticos carpatianos de sanación, se requiere conocer varias áreas.

- Las ideas carpatianas sobre sanación
- El «Cántico curativo menor» de los carpatianos
- El «Gran cántico de sanación» de los carpatianos
- Estética musical carpatiana
- Canción de cuna
- Canción para sanar la Tierra
- Técnica carpatiana de canto
- Técnicas de los cantos carpatianos

Las ideas carpatianas sobre sanación

Los carpatianos son un pueblo nómada cuyos orígenes geográficos se encuentran al menos en lugares tan distantes como los Urales meridionales (cerca de las estepas de la moderna Kazajstán), en la frontera entre Europa y Asia. (Por este motivo, los lingüistas de hoy en día llaman a su lengua «protourálica», sin saber que ésta es la lengua de los carpatianos.) A diferencia de la mayoría de pueblos nómadas, las andanzas de los carpatianos no respondían a la necesidad de encontrar nuevas tierras de pastoreo para adaptarse a los cambios de las estaciones y del clima o para mejorar el comercio. En vez de ello, tras los movimientos de los carpatianos había un gran objetivo: encontrar un lugar con tierra adecuada, un terreno cuya riqueza sirviera para potenciar los poderes rejuvenecedores de la especie.

A lo largo de los siglos, emigraron hacia el oeste (hace unos seis mil años) hasta que por fin encontraron la patria perfecta —su «susu»— en los Cárpatos, cuyo largo arco protegía las exuberantes praderas del reino de Hungría. (El reino de Hungría prosperó durante un milenio —convirtiendo el húngaro en lengua dominante en la cuenca cárpata—, hasta que las tierras del reino se escindieron en varios países tras la Primera Guerra Mundial: Austria, Checoslovaquia, Rumania, Yugoslavia y la moderna Hungría.)

Otros pueblos de los Urales meridionales (que compartían la lengua carpatiana, pero no eran carpatianos) emigraron en distintas direcciones. Algunos acabaron en Finlandia, hecho que explica que las lenguas húngara y finesa modernas sean descendientes contemporáneas del antiguo idioma carpatiano. Pese a que los carpatianos están vinculados a la patria carpatiana elegida, sus desplazamientos continúan, ya que recorren el mundo en busca de respuestas que les permitan alumbrar y criar a sus vástagos sin dificultades.

Dados sus orígenes geográficos, las ideas sobre sanación del pueblo carpatiano tienen mucho que ver con la tradición chamánica eruoasiática más amplia. Probablemente la representación moderna más próxima a esa tradición tenga su base en Tuva: lo que se conoce como «chamanismo tuvano».

La tradición chamánica euroasiática —de los Cárpatos a los chamanes siberianos— consideraba que el origen de la enfermedad se encuentra en el alma humana, y solo más tarde comienza a manifestar diversas patologías físicas. Por consiguiente, la sanación chamánica, sin descuidar el cuerpo, se centraba en el alma y en su curación. Se entendía que las enfermedades más profundas estaban ocasionadas por «la marcha del alma», cuando alguna o todas las partes del alma de la persona enferma se ha alejado del cuerpo (a los infiernos) o ha sido capturada o poseída por un espíritu maligno, o ambas cosas.

Los carpatianos pertenecían a esta tradición chamánica euroasiática más amplia y compartían sus puntos de vista. Como los propios carpatianos no sucumbían a la enfermedad, los sanadores carpatianos comprendían que las lesiones más profundas iban acompañadas, además, de una «partida del alma» similar.

Una vez diagnosticada la «partida del alma», el sanador chamánico ha de realizar un viaje espiritual que se adentra en los infiernos, para recuperar el alma. Es posible que el chamán tenga que superar retos tremendos a lo largo del camino, como enfrentarse al demonio o al vampiro que ha poseído el alma de su amigo.

La «partida del alma» no significaba que una persona estuviera necesariamente inconsciente (aunque sin duda también podía darse el caso). Se entendía que, aunque una persona pareciera consciente, incluso hablara e interactuara con los demás, una parte de su alma podía encontrarse ausente. De cualquier modo, el sanador o chamán experimentado veía el problema al instante, con símbolos sutiles que a los demás podrían pasárseles por alto: pérdidas de atención esporádicas de la persona, un descenso de entusiasmo por la vida, depresión crónica, una disminución de luminosidad del «aura», y ese tipo de cosas.

El cántico curativo menor de los carpatianos

El *Kepä Sarna Pus* (El «Cántico curativo menor») se emplea para las heridas de naturaleza meramente física. El sanador carpatiano sale de su cuerpo y entra en el cuerpo del carpatiano herido para curar grandes heridas mortales desde el interior hacia fuera, empleando energía pura. El curandero proclama: «Ofrezco voluntariamente mi vida a cambio de tu vida», mientras dona sangre al carpatiano herido. Dado que los carpatianos provienen de la tierra y están vinculados a ella, la tierra de su patria es la más curativa. También emplean a menudo su saliva por sus virtudes rejuvenecedoras.

Asimismo, es común que los cánticos carpatianos (tanto el menor como el gran cántico) vayan acompañados del empleo de hierbas curativas, aromas de velas carpatianas, y cristales. Los cristales (en combinación con la conexión empática y vidente de los carpatianos con el universo) se utilizan para captar energía positiva del entorno, que luego se aprovecha para acelerar la sanación. A veces se hace uso como de escenario para la curación.

El cántico curativo menor fue empleado por Vikirnoff von Shrieder y Colby Jansen para curar a Rafael De La Cruz, a quien un vampiro había arrancado el corazón en el libro titulado *Secreto Oscuro*.

Kepä Sarna Pus (El cántico curativo menor)

El mismo cántico se emplea para todas las heridas físicas. Habría que cambiar «sívadaba» [«dentro de tu corazón»] para referirse a la parte del cuerpo herida, fuera la que fuese.

Kuńasz, nélkül sivdobbanás, nélkül fesztelen löyly.
Yaces como si durmieras, sin latidos de tu corazón, sin aliento etéreo.
[Yacer-como-si-dormido-tú, sin corazón-latido, sin aliento etéreo.]

Ot élidamet andam szabadon élidadért.
Ofrezo voluntariamente mi vida a cambio de tu vida.
[Vida-mía dar-yo libremente vida-tuya-a cambio.]

O jelä sielam jörem ot ainamet és soŋe ot élidadet.
Mi espíritu de luz olvida mi cuerpo y entra en tu cuerpo.
[El sol-alma-mía olvidar el cuerpo-mío y entrar el cuerpo-tuyo.]

O jelä sielam pukta kinn minden szelemeket belső.
Mi espíritu de luz hace huir todos los espíritus oscuros de dentro hacia fuera.
[El sol-alma-mía hacer-huir afuera todos los fantasma-s dentro.]

Pajńak o susu hanyet és o nyelv nyálamet sívadaba.
Comprimo la tierra de nuestra patria y la saliva de mi lengua en tu corazón.
[Comprimir-yo la patria tierra y la lengua saliva-mía corazón-tuyo-dentro.]

Vii, o verim soŋe o verid andam.
Finalmente, te dono mi sangre como sangre tuya.
[Finalmente, la sangre-mía reemplazar la sangre-tuya dar-yo.]

Para oír este cántico, visitar el sitio:
http://www.christinefeehan.com/members/.

El gran cántico de sanación de los carpatianos

El más conocido —y más dramático— de los cánticos carpatianos de sanación era el *En Sarna Pus* (El «Gran cántico de sanación»). Esta salmodia
se reservaba para la recuperación del alma del carpatiano herido o inconsciente.

La costumbre era que un grupo de hombres formara un círculo alrededor del carpatiano enfermo (para «rodearle de nuestras atenciones y compasión») e iniciara el cántico. El chamán, curandero o líder es el principal pro-
tagonista de esta ceremonia de sanación. Es él quien realiza el viaje espiritual

al interior del averno, con la ayuda de su clan. El propósito es bailar, cantar, tocar percusión y salmodiar extasiados, visualizando en todo momento (mediante las palabras del cántico) el viaje en sí —cada paso, una y otra vez—, hasta el punto en que el chamán, en trance, deja su cuerpo y realiza el viaje. (De hecho, la palabra «éxtasis» procede del latín *ex statis*, que significa literalmente «fuera del cuerpo».)

Una ventaja del sanador carpatiano sobre otros chamanes es su vínculo telepático con el hermano perdido. La mayoría de chamanes deben vagar en la oscuridad de los infiernos, a la búsqueda del hermano perdido, pero el curandero carpatiano «oye» directamente en su mente la voz de su hermano perdido llamándole, y de este modo puede concentrarse de pleno en su alma como si fuera la señal de un faro. Por este motivo, la sanación carpatiana tiende a dar un porcentaje de resultados más positivo que la mayoría de tradiciones de este tipo.

Resulta útil analizar un poco la geografía del «averno» para poder comprender mejor las palabras del Gran cántico. Hay una referencia al «Gran Árbol» (en carpatiano: *En Puwe*). Muchas tradiciones antiguas, incluida la tradición carpatiana, entienden que los mundos —los mundos del Cielo, nuestro mundo y los avernos— cuelgan de un gran mástil o eje, un árbol. Aquí en la Tierra, nos situamos a media altura de este árbol, sobre una de sus ramas, de ahí que muchos textos antiguos se refieran a menudo al mundo material como la «tierra media»: a medio camino entre el cielo y el infierno. Trepar por el árbol llevaría a los cielos. Descender por el árbol, a sus raíces, llevaría a los infiernos. Era necesario que el chamán fuera un maestro en el movimiento ascendente y descendente por el Gran Árbol; debía moverse a veces sin ayuda, y en ocasiones asistido por la guía del espíritu de un animal (incluso montado a lomos de él). En varias tradiciones, este Gran Árbol se conocía como el *axis mundi* (el «eje de los mundos»), Ygddrasil (en la mitología escandinava), monte Meru (la montaña sagrada de la tradición tibetana), etc. También merece la pena compararlo con el cosmos cristiano: su cielo, purgatorio/tierra e infierno. Incluso se le da una topografía similar en la *La divina comedia* de Dante: a Dante le llevan de viaje primero al infierno, situado en el centro de la Tierra; luego, más arriba, al monte del Purgatorio, que se halla en la superficie de la Tierra justo al otro lado de Jerusalén; luego continúa subiendo, primero al Edén, el paraíso terrenal, en la cima del monte del Purgatorio, y luego, por fin, al cielo.

La tradición chamanística entendía que lo pequeño refleja siempre lo grande; lo personal siempre refleja lo cósmico. Un movimiento en las dimensiones superiores del cosmos coincide con un movimiento interno. Por ejemplo, el *axis mundi* del cosmos se corresponde con la columna vertebral del individuo. Los viajes arriba y abajo del *axis mundi* coinciden a menudo con el movimiento de energías naturales y espirituales (a menudo denominadas *kundalini* o *shakti*) en la columna vertebral del chamán o místico.

En Sarna Pus (El gran cántico de sanación)
En este cántico, ekä («hermano») se reemplazará por «hermana», «padre», «madre», dependiendo de la persona que se vaya a curar.

Ot ekäm ainajanak hany, jama.
El cuerpo de mi hermano es un pedazo de tierra próximo a la muerte.
[El hermano-mío cuerpo-suyo-de pedazo-de-tierra, estar-cerca-muerte.]

Me, ot ekäm kuntajanak, pirädak ekäm, gond és irgalom türe.
Nosotros, el clan de mi hermano, le rodeamos de nuestras atenciones y
    compasión.
[Nosotros, el hermano-mío clan-suyo-de, rodear hermano-mío, atención y
    compasión llenos.]

*O pus wäkenkek, ot oma šarnank, és ot pus fünk, álnak ekäm ainajanak,
    pitänak ekäm ainajanak elävä.*
Nuestras energías sanadoras, palabras mágicas ancestrales y hierbas
    curativas bendicen el cuerpo de mi hermano, lo mantienen con vida.
[Los curativos poder-nuestro-s, las ancestrales palabras-de-magia-nuestra,
    y las curativas hierbas-nuestras, bendecir hermano-mío cuerpo-suyo-
    de, mantener hermano-mío cuerpo-suyo-de vivo.]

*Ot ekäm sielanak pälä. Ot omboće päläja juta alatt o jüti, kinta, és szele-
    mek lamtijaknak.*
Pero el cuerpo de mi hermano es solo una mitad. Su otra mitad vaga por el
    averno.
[El hermano-mío alma-suya-de (es) media. La otra mitad-suya vagar por la
    noche, bruma, y fantasmas infiernos-suyos-de.]

Ot en mekem ŋamaŋ: kulkedak otti ot ekäm omboće päläjanak.
Este es mi gran acto. Viajo para encontrar la otra mitad de mi hermano.
[El gran acto-mío (es) esto: viajar-yo para-encontrar el hermano-mío otra
mitad-suya-de.]

*Rekatüre, saradak, tappadak, odam, kaŋa o numa waram, és avaa owe o
lewl mahoz.*
Danzamos, entonamos cánticos, soñamos extasiados, para llamar a mi
pájaro del espíritu y para abrir la puerta al otro mundo.
[Éxtasis-lleno, bailar-nosotros, soñar-nosotros, para llamar al dios pájaro-
mío, y abrir la puerta espíritu tierra-a.]

Ntak o numa waram, és mozdulak, jomadak.
Me subo a mi pájaro del espíritu, empezamos a movernos, estamos en
camino.
[Subir-yo el dios pájaro-mío, y empezar-a-mover nosotros, estar-en
camino-nosotros.]

*Piwtädak ot En Puwe tyvinak, ećidak alatt o jüti, kinta, és szelemek
lamtijaknak.*
Siguiendo el tronco del Gran Árbol, caemos en el averno.
[Seguir-nosotros el Gran Árbol tronco-de, caer-nosotros a través la noche,
bruma y fantasmas infiernos-suyos-de.]

Fázak, fázak nó o śaro.
Hace frío, mucho frío.
[Sentir-frío-yo, sentir-frío-yo como la nieva helada.]

Juttadak ot ekäm o akarataban, o śivaban, és o sielaban.
Mi hermana y yo estamos unidos en mente, corazón y alma.
[Ser-unido-a-Yo el hermano-mío la mente-en, el corazón-en, y el alma-en.]

Ot ekäm sielanak kaŋa engem.
El alma de mi hermano me llama.
[El hermano-mío alma-suya-de llamar-a mí.]

Kuledak és piwtädak ot ekäm.
Oigo y sigo su estela.
[Oír-yo y seguir-el-rastro-de-yo el hermano-mío.]

Sayedak és tuledak ot ekäm kulyanak.
Encuentro el demonio que está devorando el alma de mi hermano.
[Llegar-yo y encontrar-yo el hermano-mío demonio-quien-devora-alma-
suya-de.]

Nenäm ćoro; o kuly torodak.
Con ira, lucho con el demonio.
[Ira-mí fluir; el demonio-quien-devorar-almas combatir-yo.]

O kuly pél engem.
Le inspiro temor.
[El demonio-quien-devorar-almas temor-de mí.]

Lejkkadak o kaŋka salamaval.
Golpeo su garganta con un rayo.
[Golpear-yo la garganta-suya rayo-de-luz-con.]

Molodak ot ainaja komakamal.
Destrozo su cuerpo con mis manos desnudas.
[Destrozar-yo el cuerpo-suyo vacías-mano-s-mía-con.]

Toja és molanâ.
Se retuerce y se viene abajo.
[(Él) torcer y (él) desmoronar.]

Hän ćaδa.
Sale corriendo.
[Él huir.]

Manedak ot ekäm sielanak.
Rescato el alma de mi hermano.
[Rescatar-yo el hermano-mío alma-suya-de.]

Alədak ot ekäm sielanak o komamban.
Levanto el alma de mi hermana en el hueco de mis manos.
[Levantar-yo el hermano-mío alma-suya-de el hueco-de-mano-mía-en.]

Alədam ot ekäm numa waramra.
Le pongo sobre mi pájaro del espíritu.
[Levantar-yo el Hermano-mío dios pájaro-mío-encima.]

Piwtädak ot En Puwe tyvijanak és sayedak jälleen ot elävä ainak majaknak.
Subiendo por el Gran Árbol, regresamos a la tierra de los vivos.
[Seguir-nosotros el Gran Árbol tronco-suyo-de, y llegar-nosotros otra vez
el vivo cuerpo-s tierra-suya-de.]

Ot ekäm elä jälleen.
Mi hermano vuelve a vivir.
[El hermano-mío vive otra vez.]

Ot ekäm weńća jälleen.
Vuelve a estar completo otra vez.
[El hermano-mío (es) completo otra vez.]

Para escuchar este cántico visitar el sitio
http://www.christinefeehan.com/members/.

Estética musical carpatiana

En los cantos carpatianos (como en «Canción de cuna» y «Canción para
sanar la Tierra»), encontraremos elementos compartidos por numerosas tradiciones musicales de la región de los Urales, algunas todavía existentes, desde el este de Europa (Bulgaria, Rumania, Hungría, Croacia, etc.) hasta los
gitanos rumanos. Algunos de estos elementos son:

- La rápida alternancia entre las modalidades mayor y menor, lo cual
  incluye un repentino cambio (denominado «tercera de Picardía») de
  menor a mayor para acabar una pieza o sección (como al final de
  «Canción de cuna»)
- El uso de armonías cerradas

- El uso del *ritardo* (ralentización de una pieza) y *crescendo* (aumento del volumen) durante breves periodos
- El uso de *glissando* (deslizamiento) en la tradición de la canción
- El uso del gorjeo en la tradición de la canción
- El uso de quintas paralelas (como en la invocación final de la «Canción para sanar la Tierra»)
- El uso controlado de la disonancia
- Canto de «Llamada y respuesta» (típico de numerosas tradiciones de la canción en todo el mundo)
- Prolongación de la duración de un verso (agregando un par de compases) para realzar el efecto dramático
- Y muchos otros.

«Canción de cuna» y «Canción para sanar la Tierra» ilustran dos formas bastante diferentes de la música carpatiana (una pieza tranquila e íntima y una animada pieza para un conjunto de voces). Sin embargo, cualquiera que sea la forma, la música carpatiana está cargada de sentimientos.

Canción de cuna

Es una canción entonada por las mujeres cuando el bebé todavía está en la matriz o cuando se advierte el peligro de un aborto natural. El bebé escucha la canción en el interior de la madre y ésta se puede comunicar telepáticamente con él. La canción de cuna pretende darle seguridad al bebé y ánimos para permanecer donde está, y darle a entender que será protegido con amor hasta el momento del nacimiento. Este último verso significa literalmente que el amor de la madre protegerá a su bebé hasta que nazca (o «surja»).

En términos musicales, la «Canción de cuna» carpatiana es un compás de 3/4 («compás del vals»), al igual que una proporción importante de las canciones de cuna tradicionales en todo el mundo (de las cuales quizá la «Canción de cuna», de Brahms, es la más conocida). Los arreglos para una sola voz recuerdan el contexto original, a saber, la madre que canta a su bebé cuando está a solas con él. Los arreglos para coro y conjunto de violín ilustran la musicalidad de hasta las piezas carpatianas más sencillas, y la facilidad con que se prestan a arreglos instrumentales u orquestales. (Numerosos compositores contemporáneos, entre ellos, Dvorak y Smetana, han explotado un hallazgo similar y han trabajado con otras músicas tradicionales del este de Europa en sus poemas sinfónicos.)

Odam-Sarna Kondak (Canción de cuna)

Tumtesz o wäke ku pitasz belső.
Siente tu fuerza interior

Hiszasz sívadet. Én olenam gæidnod
Confía en tu corazón. Yo seré tu guía

Sas csecsemõm, kuńasz
Calla, mi niño, cierra los ojos.

Rauho joɲe ted.
La paz será contigo

Tumtesz o sívdobbanás ku olen lamt3ad belső
Siente el ritmo en lo profundo de tu ser

Gond-kumpadek ku kim te.
Olas de amor te bañan.

Pesänak te, asti o jüti, kidüsz
Protegido, hasta la noche de tu alumbramiento

Para escuchar esta canción, ir a:
http://www.christinefeehan.com/members/.

Canción para sanar la tierra

Se trata de la canción curativa de la tierra cantada por las mujeres carpatianas para sanar la tierra contaminada por diversas toxinas. Las mujeres se sitúan en los cuatro puntos cardinales e invocan el universo para utilizar su energía con amor y respeto. La tierra es su lugar de descanso, donde rejuvenecen, y deben hacer de ella un lugar seguro no sólo para sí mismas, sino también para sus hijos aún no nacidos, para sus compañeros y para sus hijos vivos. Es un bello ritual que llevan a cabo las mujeres, que juntas elevan sus voces en un canto armónico. Piden a las sustancias minerales y a las propiedades curativas de la Tierra que se manifiesten para ayudarlas a salvar a sus hijos, y bailan y cantan para sanar la tierra en una ceremonia tan antigua como su propia especie. La danza y las notas de la canción varían dependiendo de las toxinas que captan las mujeres a través de los pies descalzos. Se colocan los pies siguiendo un determinado patrón y a lo largo del baile las manos urden un hechizo con elegantes movimientos. Deben tener especial cuidado cuando preparan la tierra para un bebé. Es una ceremonia de amor y sanación.

Musicalmente, se divide en diversas secciones:

- **Primer verso:** Una sección de «llamada y respuesta», donde la cantante principal canta el solo de la «llamada» y algunas o todas las mujeres cantan la «respuesta» con el estilo de armonía cerrada típico de la tradición musical carpatiana. La respuesta, que se repite —*Ai Emä Maye*— es una invocación de la fuente de energía para el ritual de sanación: «Oh, Madre Naturaleza».
- **Primer coro:** Es una sección donde intervienen las palmas, el baile y antiguos cuernos y otros instrumentos para invocar y potenciar las energías que invoca el ritual.
- **Segundo verso**
- **Segundo coro**
- **Invocación final:** En esta última parte, dos cantantes principales, en estrecha armonía, recogen toda la energía reunida durante las anteriores partes de la canción/ritual y la concentran exclusivamente en el objetivo de la sanación.

Lo que escucharéis son breves momentos de lo que normalmente sería un ritual bastante más largo, en el que los versos y los coros intervienen una y otra vez, y luego acaban con el ritual de la invocación final.

Sarna Pusm O Mayet (**Canción de sanación de la tierra**)

Primer verso
Ai Emä Maye,
Oh, Madre Naturaleza,

Me sívadbin lañaak.
Somos tus hijas bienamadas.
Me tappadak, me pusmak o mayet.
Bailamos para sanar la tierra.

Me sarnadak, me pusmak o hanyet.
Cantamos para sanar la tierra.

Sielanket jutta tedet it,
Ahora nos unimos a ti,

Sívank és akaratank és sielank juttanak.
Nuestros corazones, mentes y espíritus son uno.

Segundo verso
Ai Emä Maye,
«Oh, Madre Naturaleza»,

Me sívadbin lañaak.
somos tus hijas bienamadas.

Me andak arwadet emänked és me kaŋank o
Rendimos homenaje a nuestra Madre, invocamos

Põhi és Lõuna, Ida és Lääs.
el norte y el sur, al este y el oeste.

Pide és aldyn és myös belső.
Y también arriba, abajo y desde dentro.

Gondank o mayenak pusm hän ku olen jama.
Nuestro amor de la Tierra curará lo malsano.

Juttanak teval it,
Ahora nos unimos a ti,

Maye mayeval
de la tierra a la tierra
O pirä elidak weńća
El ciclo de la vida se ha cerrado.

Para escuchar esta canción, ir a http://www.christinefeehan.com/members/.

Técnica carpatiana de canto

Al igual que sucede con las técnicas de sanación, la «técnica de canto» de los carpatianos comparte muchos aspectos con las otras tradiciones chamánicas de las estepas de Asia Central. El modo primario de canto era un cántico gutural con empleo de armónicos. Aún pueden encontrarse ejemplos modernos de esta forma de cantar en las tradiciones mongola, tuvana y tibetana. Encontraréis un ejemplo grabado de los monjes budistas tibetanos de Gyuto realizando sus cánticos guturales en el sitio: http://www.christinefeehan. com/carpathian_chanting/.

En cuanto a Tuva, hay que observar sobre el mapa la proximidad geográfica del Tíbet con Kazajstán y el sur de los Urales.

La parte inicial del cántico tibetano pone el énfasis en la sincronía de todas las voces alrededor a un tono único, dirigido a un «chakra» concreto del cuerpo. Esto es típico de la tradición de cánticos guturales de Gyuto, pero no es una parte significativa de la tradición carpatiana. No obstante, el contraste es interesante.

La parte del ejemplo de cántico Gyuto más similar al estilo carpatiano es la sección media donde los hombres están cantando juntos pronunciando con gran fuerza las palabras del ritual. El propósito en este caso no es generar un «tono curativo» que afecte a un «chakra» en concreto, sino generar el máximo de poder posible para iniciar el viaje «fuera del cuerpo» y para combatir las fuerzas demoníacas que el sanador/viajero debe superar y combatir.

Técnicas de los cantos carpatianos

Las canciones de las mujeres carpatianas (ilustradas por su «Canción de cuna» y su «Canción de sanación de la tierra») pertenecen a la misma tradición musical y de sanación que los Cánticos Mayor y Menor de los guerreros. Oiremos los mismos instrumentos en los cantos de sanación de los guerreros y en la «Canción de sanación de la tierra» de las mujeres. Por otro lado, ambos cantos comparten el objetivo común de generar y dirigir la energía. Sin embargo, las canciones de las mujeres tienen un carácter claramente femenino. Una de las diferencias que se advierte enseguida es que mientras los hombres pronuncian las palabras a la manera de un cántico, las mujeres entonan sus canciones con melodías y armonías, y el resultado es una composición más delicada. En la «Canción de cuna» destaca especialmente su carácter femenino y de amor maternal.

<h1 style="text-align:center">Apéndice 2</h1>

La lengua carpatiana

Como todas las lenguas humanas, la de los carpatianos posee la riqueza y los matices que solo pueden ser dados por una larga historia de uso. En este apéndice podemos abordar a lo sumo algunos de los principales aspectos de este idioma:

- Historia de la lengua carpatiana
- Gramática carpatiana y otras características de esa lengua
- Ejemplos de la lengua carpatiana
- Un diccionario carpatiano muy abreviado

Historia de la lengua carpatiana

La lengua carpatiana actual es en esencia idéntica a la de hace miles de años. Una lengua «muerta» como el latín, con dos mil años de antigüedad, ha evolucionado hacia una lengua moderna significativamente diferente (italiano) a causa de incontables generaciones de hablantes y grandes fluctuaciones históricas. Por el contrario, algunos hablantes del carpatiano de hace miles de años todavía siguen vivos. Su presencia —unida al deliberado aislamiento de los carpatianos con respecto a las otras fuerzas del cambio en el mundo— ha actuado y lo continúa haciendo como una fuerza estabilizadora que ha preservado la integridad de la lengua durante siglos. La cultura carpatiana también ha actuado como fuerza estabilizadora. Por ejemplo, las Palabras Rituales, los variados cánticos curativos (véase Apéndice 1) y otros artefactos culturales han sido transmitidos durantes siglos con gran fidelidad.

Cabe señalar una pequeña excepción: la división de los carpatianos en zonas geográficas separadas ha conllevado una discreta dialectalización. No obstante, los vínculos telepáticos entre todos ellos (así como el regreso frecuente de cada carpatiano a su tierra natal) ha propiciado que las diferencias dialectales sean relativamente superficiales (una discreta cantidad de palabras nuevas, leves diferencias en la pronunciación, etc.), ya que el lenguaje más profundo e interno, de transmisión mental, se ha mantenido igual a causa del uso continuado a través del espacio y el tiempo.

La lengua carpatiana fue (y todavía lo es) el protolenguaje de la familia de lenguas urálicas (o fino-ugrianas). Hoy en día las lenguas urálicas se hablan en la Europa meridional, central y oriental, así como en Siberia. Más de veintitrés millones de seres en el mundo hablan lenguas cuyos orígenes se remontan al idioma carpatiano. Magiar o húngaro (con unos catorce millones de hablantes), finés (con unos cinco millones) y estonio (un millón aproximado de hablantes) son las tres lenguas contemporáneas descendientes de ese protolenguaje. El único factor que unifica las más de veinte lenguas de la familia urálica es que se sabe que provienen de un protolenguaje común, el carpatiano, el cual se escindió (hace unos seis mil años) en varias lenguas de la familia urálica. Del mismo modo, lenguas europeas como el inglés o el francés pertenecen a la familia indoeuropea, más conocida, y también provienen de un protolenguaje que es su antecesor común (diferente del carpatiano).

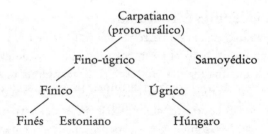

La siguiente tabla ayuda a entender ciertas de las similitudes en la familia de lenguas.

Nota: La «k» fínico-carpatiana aparece a menudo como la «h» húngara. Del mismo modo, la «p» fínico-carpatiana corresponde a la «f» húngara.

Carpatiano (proto-urálico)	Finés (suomi)	Húngaro (magiar)
elä -vivir	*elä* -vivir	*él* -vivir
elid -vida	*elinikä* -vida	*élet* -vida
pesä -nido	*pesä* -nido	*fészek* -nido
kola -morir	*kuole* -morir	*hal* -morir
pälä -mitad, lado	*pieltä* -inclinar, ladear	*fél, fele* -ser humano semejante, amigo (mitad; uno de dos lados) *feleség* -esposa
and -dar	*anta, antaa* -dar	*ad* -dar
koje -marido, hombre	*koira* -perro, macho (*de un animal*)	*here* -zángano, testículo
wäke -poder	*väki* -pueblo, personas, hombres; fuerza *väkevä - poderoso, fuerte*	*vall-vel* -con (sufijo instrumental) *vele* -con él/ella
wete -agua	*vesi* -agua	*víz* -agua

Gramática carpatiana y otras características de la lengua

Modismos. Siendo a la vez una lengua antigua y el idioma de un pueblo terrestre, el carpatiano se inclina a utilizar modismos construidos con términos concretos y directos, más que abstracciones. Por ejemplo, nuestra abstracción moderna «apreciar, mimar» se expresa de forma más concreta en carpatiano como «conservar en el corazón de uno»; el averno es, en carpatiano, «la tierra de la noche, la bruma y los fantasmas», etc.

Orden de las palabras. El orden de las palabras en una frase no viene dado por aspectos sintácticos (como sujeto, verbo y predicado), sino más bien por factores pragmáticos, motivados por el discurso. Ejemplos: *«Tied vagyok.»* («Tuyo soy.»); *«Sívamet andam.»* («Mi corazón te doy.»)

Aglutinación. La lengua carpatiana es aglutinadora, es decir, las palabras largas se construyen con pequeños componentes. Un lenguaje aglutinador usa sufijos o prefijjos, el sentido de los cuales es por lo general único, y se concatenan unos tras otros sin solaparse. En carpatiano las palabras consisten por lo general en una raíz seguida por uno o más sufijos. Por ejemplo, *«sívambam»* procede de la raíz *«sív»* («corazón»), seguida de *«am»* («mi»), seguido de *«bam»* («en»), resultando «en mi corazón». Como es de imaginar, a veces tal aglutinación en el carpatiano puede producir palabras extensas o de pronunciación dificultosa. Las vocales en algunos casos se insertan entre sufijos, para evitar que aparezcan demasiadas consonantes seguidas (que pueden hacer una palabra impronunciable).

Declinaciones. Como todas las lenguas, el carpatiano tiene muchos casos: el mismo sustantivo se formará de modo diverso dependiendo de su papel en la frase. Algunos de los casos incluyen: nominativo (cuando el sustantivo es el sujeto de la frase), acusativo (cuando es complemento directo del verbo), dativo (complemento indirecto), genitivo (o posesivo), instrumental, final, supresivo, inesivo, elativo, terminativo y delativo.

Tomemos el caso posesivo (o genitivo) como ejemplo para ilustrar cómo, en carpatiano, todos los casos implican la adición de sufijos habituales a la raíz del sustantivo. Así, para expresar posesión en carpatiano —«mi pareja eterna», «tu pareja eterna», «su pareja eterna», etc.— se necesita añadir un sufijo particular (*«=am»*) a la raíz del sustantivo (*«päläfertiil»*), produciendo el posesivo (*«päläfertiilam»*: mi pareja eterna). El sufijo que emplear depende de la persona («mi», «tú», «su», etc.) y también de si el sustantivo termina en consonante o en vocal. La siguiente tabla enumera los sufijos para el caso singular (no para el plural), mostrando también las similitudes con los sufijos empleados por el húngaro contemporáneo. (El húngaro es en realidad un poco más complejo, ya que requiere también «rima vocálica»: el sufijo que usar depende de la última vocal en el sustantivo, de ahí las múltiples opciones en el cuadro siguiente, mientras el carpatiano dispone de una única opción.)

	Carpatiano (proto-urálico)		Húngaro Contemporáneo	
Persona	Nombre acabado en vocal	Nombre acabado en consonante	Nombre acabado en vocal	Nombre acabado en consonante
1ª singular (mi)	-m	-am	-m	-om, -em, -öm
2ª singular (tú)	-d	-ad	-d	-od, -ed, -öd
3ª singular (suya, de ella/ de él/de ello)	-ja	-a	-ja/-je	-a, -e
1ª plural (nuestro)	-nk	-ank	-nk	-unk, -ünk
2ª plural (vuestro)	-tak	-atak	-tok, -tek, -tök	-otok, -etek, -ötök
3ª plural (su)	-jak	-ak	-juk, -jük	-uk, -ük

Nota: Como hemos mencionado, las vocales a menudo se insertan entre la palabra y su sufijo para así evitar que demasiadas consonantes aparezcan seguidas (lo cual crearía palabras impronunciables). Por ejemplo, en la tabla anterior, todos los sustantivos que acaban en una consonante van seguidos de sufijos empezados por «a».

Conjugación verbal. Tal como sus descendientes modernos (finés y húngaro), el carpatiano tiene muchos tiempos verbales, demasiados para describirlos aquí. Nos fijaremos en la conjugación del tiempo presente. De nuevo habrá que comparar el húngaro contemporáneo con el carpatiano, dadas las marcadas similitudes entre ambos.

Igual que sucede con el caso posesivo, la conjugación de verbos se construye añadiendo un sufijo a la raíz del verbo:

Persona	Carpatiano (proto-urálico)	Húngaro contemporáneo
1ª sing. (Yo doy)	-am (andam), -ak	-ok, -ek, -ök
2ª sing. (Tú das)	-sz (andsz)	-sz
3ª sing. (Él/ella dan)	-(and)	—
1ª plural (Nosotros damos)	-ak (andak)	-unk, -ünk
2ª plural (Vosotros dais)	-tak (andtak)	-tok, -tek, -tök
3ª plural (Ellos dan)	-nak (andnak)	-nak, -nek

Como en todas las lenguas, encontramos en el carpatiano muchos «verbos irregulares» que no se ajustan exactamente a esta pauta. Pero aun así la tabla anterior es una guía útil para muchos verbos.

Ejemplos de la lengua carpatiana

Aquí tenemos algunos ejemplos breves del carpatiano coloquial, empleado en la serie de libros Oscuros. Incluimos la traducción literal entre corchetes. Curiosamente, las diferencias con la traducción correcta son sustanciales.

Susu.
Estoy en casa.
[«hogar/lugar de nacimiento». «Estoy» se sobreentiende, como sucede a
menudo en carpatiano.]

Möért?
¿Para qué?

Csitri.
Pequeño/a.
[«cosita»; «chiquita»]

Ainaak enyém.
Por siempre mío/mía

Ainaak sívamet jutta.
por siempre mío/mía (otra forma).
[«por siempre a mi corazón conectado/pegado»]

Sívamet.
Amor mío.
[«de-mi-corazón», «para-mi-corazón»]

Tet vigyázam.
Te quiero.
[Tú amar-yo]

Sarna Rituaali (**Las palabras rituales**) es un ejemplo más largo, y un ejemplo de carpatiano coloquial. Hay que destacar el uso recurrente de **«andam»** («yo doy») para otorgar al canto musicalidad y fuerza a través de la repetición.

Sarna Rituaali (**Las palabras rituales**)

Te avio päläfertiilam.
Eres mi pareja eterna.
[Tú desposada-mía. «Eres» se sobreentiende, como sucede generalmente en
   carpatiano cuando una cosa se corresponde a otra. «Tú, mi pareja
   eterna»]

Éntölam kuulua, avio päläfertiilam.
Te declaro pareja eterna.
[A-mí perteneces-tú, desposada mía]

Ted kuuluak, kacad, kojed.
Te pertenezco.
[A-ti pertenezco-yo, amante-tuyo, hombre/marido/esclavo-tuyo]

Élidamet andam.
Te ofrezco mi vida.
[Vida-mía doy-yo. «Te» se sobreentiende.]

Pesämet andam.
Te doy mi protección.
[Nido-mío doy-yo.]

Uskolfertiilamet andam.
Te doy mi fidelidad.
[Fidelidad-mía doy-yo.]

Sívamet andam.
Te doy mi corazón.
[Corazón-mía doy-yo.]

Sielamet andam.
Te doy mi alma.
[Alma-mía doy-yo.]

Ainamet andam.
Te doy mi cuerpo.
[Cuerpo-mío doy-yo.]

Sívamet kuuluak kaik että a ted.
Velaré de lo tuyo como de lo mío.
[En-mi-corazón guardo-yo todo lo-tuyo.]

Ainaak olenszal sívambin.
Tu vida apreciaré toda mi vida.
[Por siempre estarás-tú en-mi-corazón.]

Te élidet ainaak pide minan.
Tu vida antepondré a la mía siempre.
[Tu vida por siempre sobre la mía.]

Te avio päläfertiilam.
Eres mi pareja eterna.
[Tú desposada-mía.]

Ainaak sívamet jutta oleny.
Quedas unida a mí para toda la eternidad.
[Por siempre a-mi-corazón conectada estás-tú.]

Ainaak terád vigyázak.
Siempre estarás a mi cuidado.
[Por siempre tú yo-cuidaré.]

Véase Apéndice 1 para los cánticos carpatianos de sanación, incluidos *Kepä Sarna Pus* («El canto curativo menor») y el *En Sarna Pus* («El gran canto de sanación»).

Para oír estas palabras pronunciadas (y para más información sobre la pronunciación carpatiana, visitad, por favor: http://www.christinefeeham. com/members/.

Sarna Kontakawk (Cántico de los guerreros) es otro ejemplo más largo de la lengua carpatiana. El consejo de guerreros se celebra en las profundidades de la tierra en una cámara de cristal, por encima del magma, de manera que el vapor es natural y la sabiduría de sus ancestros es nítida y está bien concentrada. Se lleva a cabo en un lugar sagrado donde los guerreros pronuncian un juramento de sangre a su príncipe y a su pueblo y reafirman su código de honor como guerreros y hermanos. También es el momento en que se diseñan las estrategias de la batalla y se discuten las posiciones disidentes. También se abordan las inquietudes de los guerreros y que estos plantean ante el Consejo para que sean discutidas entre todos.

Sarna Kontakawk (Cántico de los guerreros)

Veri isäakank — veri ekäakank.
Sangre de nuestros padres, sangre de nuestros hermanos.

Veri olen elid.
La sangre es vida.

Andak veri-elidet Karpatiiakank, és wäke-sarna ku meke arwa-arvo, irgalom, hän ku agba, és wäke kutni, ku manaak verival.

403

Ofrecemos la vida a nuestro pueblo con un juramento de sangre en aras del
honor, la clemencia, la integridad y la fortaleza.

Verink sokta; verink kaŋa terád.
Nuestra sangre es una sola y te invoca.

Akasz énak ku kaŋa és juttasz kuntatak it.
Escucha nuestras plegarias y únete a nosotros.

Ver Apéndice 1 para escuchar la pronunciación de estas palabras (y para más
información sobre la pronunciación del carpatiano en general), ir a http://
www.christinefeehan.com/members/.

Ver Apéndice 1 para los cánticos de sanación carpatianos, entre los cuales el *Kepä Sarna Pus* (Cántico curativo menor), el *En Sarna Pus* (Cántico
curativo mayor), el *Odam-Sarna Kondak* (Canción de cuna) y el *Sarna
Pusm O Mayet* (Canción de sanación de la tierra).

Un diccionario carpatiano muy abreviado

Este diccionario carpatiano en versión abreviada incluye la mayor parte de
las palabras carpatianas empleadas en la serie de libros Oscuros. Por descon-
tado, un diccionario carpatiano completo sería tan extenso como cualquier
diccionario habitual de toda una lengua.

Nota: los siguientes sustantivos y verbos son palabras raíz. Por lo general no
aparecen aislados, en forma de raíz, como a continuación. En lugar de eso,
habitualmente van acompañados de sufijos (por ejemplo, «*andam*» - «Yo
doy», en vez de solo la raíz «*and*»).

a: negación para verbos (prefijo)
agba: conveniente, correcto
ai: oh
aina: cuerpo
ainaak: para siempre
O ainaak jelä peje emnimet ŋamaŋ: que el sol abrase a esta mujer para siempre (juramento carpatiano)
ainaakfél: viejo amigo

ak: sufijo pluralizador añadido a un sustantivo terminado en consonante

aka: escuchar

akarat: mente, voluntad

ál: bendición, vincular

alatt: a través

aldyn: debajo de

alə: elevar, levantar

alte: bendecir, maldecir

and: dar

and sielet, arwa-arvomet, és jelämet, kuulua huvémet ku feaj és ködet ainaak: vender el alma, el honor y la salvación, por un placer momentáneo y una perdición infinita

andasz éntölem irgalomet!: ¡Tened piedad!

arvo: valor (sustantivo)

arwa: alabanza (sustantivo)

arwa-arvo: honor (sustantivo)

arwa-arvo mäne me ködak: que el honor contenga a la oscuridad (saludo)

arwa-arvo olen gæidnod, ekäm: que el honor te guíe, mi hermano (saludo)

arwa-arvo olen isäntä, ekäm: que el honor te ampare, mi hermano (saludo)

arwa-arvo pile sívadet: que el honor ilumine tu corazón (saludo)

aśśa: no (antes de sustantivo); no (con verbo que no esté en imperativo); no (con adjetivo)

aśśatotello: desobediente

asti: hasta

avaa: abrir

avio: desposada

avio päläfertiil: pareja eterna

avoi: descubrir, mostrar, revelar

belső: dentro, en el interior

bur: bueno, bien

bur tule ekämet kuntamak: bien hallado hermano-familiar (saludo)

ćaða: huir, correr, escapar

ćoro: fluir, correr como la lluvia

csecsemõ: bebé (sustantivo)

csitri: pequeña (femenino)

diutal: triunfo, victoria

eći: caer

ek: sufijo pluralizador añadido a un sustantivo terminado en consonante

ekä: hermano

ekäm: hermano mío

elä: vivir

eläsz arwa-arvoval: que puedas vivir con honor (saludo)

eläsz jeläbam ainaak: que vivas largo tiempo en la luz (saludo)

elävä: vivo

elävä ainak majaknak: tierra de los vivos

elid: vida

emä: madre (sustantivo)

Emä Maye: Madre Naturaleza

emäen: abuela

embɛ: si, cuando

embɛ karmasz: por favor

emni: esposa, mujer

emnim: mi esposa; mi mujer

emni kuŋenak ku ašštotello: chiflada desobediente

én: yo

en: grande, muchos, gran cantidad

én jutta félet és ekämet: saludo a un amigo y hermano

En Puwe: El Gran Árbol. Relacionado con las leyendas de Ygddrasil, el eje del mundo, Monte Meru, el cielo y el infierno, etc.

engem: mí

és: y

ete: antes; delante

että: que

fáz: sentir frío o fresco

fél: amigo

fél ku kuuluaak sívam belső: amado

fél ku vigyázak: querido

feldolgaz: preparar

fertiil: fértil

fesztelen: etéreo

fü: hierbas, césped

gæidno: camino

gond: custodia, preocupación

hän: él, ella, ello

hän agba: así es

hän ku: prefijo: uno que, eso que

hän ku agba: verdad

hän ku kašwa o numamet: dueño del cielo

hän ku kuulua sívamet: guardián de mi corazón

hän ku lejkka wäke-sarnat: traidor

hän ku meke pirämet: defensor

hän ku pesä: protector

hän ku piwtä: depredador; cazador; rastreador

hän ku saa kuć3aket: el que llega a las estrellas

hän ku tappa: mortal

hän ku tuulmahl elidet: vampiro (literalmente: robavidas)

hän ku vie elidet: vampiro (literalmente: ladrón de vidas)

hän ku vigyáz sielamet: guardián de mi alma

hän ku vigyáz sívamet és sielamet: guardián de mi corazón y alma

Hän sívamak: querido

hany: trozo de tierra

hisz: creer, confiar

ida: este

igazág: justicia

irgalom: compasión, piedad, misericordia

isä: padre (sustantivo)

isäntä: señor de la casa

it: ahora

jälleen: otra vez

jama: estar enfermo, herido o moribundo, estar próximo a la muerte (verbo)

jelä: luz del sol, día, sol, luz

jelä keje terád: que la luz te chamusque (maldición carpatiana)

o jelä peje terád: que el sol te chamusque (maldición carpatiana)

o jelä peje emnimet: que el sol abrase a la mujer (juramento carpatiano)

o jelä peje kaik hänkanak: que el sol los abrase a todos (juramento carpatiano)

o jelä peje terád, emni: que el sol te abrase, mujer (juramento carpatiano)

o jelä sielamak: luz de mi alma

joma: ponerse en camino, marcharse

joŋ: volver

joŋesz arwa-arvoval: regresa con honor (saludo)

jörem: olvidar, perderse, cometer un error

juo: beber

juosz és eläsz: beber y vivir (saludo)

juosz és olen ainaak sielamet jutta: beber y volverse uno conmigo (saludo)

juta: irse, vagar

jüti: noche, atardecer

jutta: conectado, sujeto (adjetivo). Conectar, sujetar, atar (verbo)

k: sufijo añadido tras un nombre acabado en vocal para hacer su plural

kaca: amante masculino

kadi: juez

kaik: todo (sustantivo)

kaŋa: llamar, invitar, solicitar, suplicar

kaŋk: tráquea, nuez de Adán, garganta

kać3: regalo

kaδa: abandonar, dejar

kaδa wäkeva óv o köd: oponerse a la oscuridad

kalma: cadáver, tumba

karma: deseo

Karpatii: carpatiano

Karpatii ku köd: mentiroso

käsi: mano

kaśwa: poseer

keje: cocinar

kepä: menor, pequeño, sencillo, poco

kessa: gato

kessa ku toro: gato montés

kessake: gatito

kidü: despertar (verbo intransitivo)

kim: cubrir un objeto

kinn: fuera, al aire libre, exterior, sin

kinta: niebla, bruma, humo

kislány: niña

kislány kuŋenak: pequeña locuela

kislány kuŋenak minan: mi pequeña locuela

köd: niebla, oscuridad

köd elävä és köd nime kutni nimet: el mal vive y tiene nombre

köd alte hän: que la oscuridad lo maldiga (maldición carpatiana)

o köd belső: que la oscuridad se lo trague (maldición carpatiana)

köd jutasz belső: que la sombra te lleve (maldición carpatiana)

koje: hombre, esposo, esclavo

kola: morir

kolasz arwa-arvoval: que mueras con honor (saludo)

koma: mano vacía, mano desnuda, palma de la mano, hueco de la mano

kond: hijos de una familia o de un clan

kont: guerrero

kont o sívanak: corazón fuerte (literalmente: corazón de guerrero)

ku: quién, cuál

kuć3: estrella

kuć3ak!: ¡Estrellas! (exclamación)

kuja: día, sol

kuŋe: luna

kule: oír

kulke: ir o viajar (por tierra o agua)

kulkesz arwa-arvoval, ekäm: camina con honor, mi hermano (saludo)

kulkesz arwaval, joŋesz arwa arvoval: ve con gloria, regresa con honor (saludo)

kuly: lombriz intestinal, tenia, demonio que posee y devora almas

kumpa: ola (sustantivo)

kuńa: tumbarse como si durmiera, cerrar o cubrirse los ojos en el juego del escondite, morir

kunta: banda, clan, tribu, familia

kuras: espada, cuchillo largo

kure: lazo

kutni: capacidad de aguante

kutnisz ainaak: que te dure tu capacidad de aguante (saludo)

kuulua: pertenecer, asir

lääs: oeste

lamti (o lamt3): tierra baja, prado

lamti ból jüti, kinta, ja szelem: el mundo inferior (literalmente: «el prado de la noche, las brumas y los fantasmas»)

lańa: hija

lejkka: grieta, fisura, rotura (sustantivo). Cortar, pegar, golpear enérgicamente (verbo)

lewl: espíritu

lewl ma: el otro mundo (literalmente: «tierra del espíritu»). *Lewl ma* incluye *lamti ból jüti, kinta, ja szelem:* el mundo inferior, pero también incluye los mundos superiores En Puwe, el Gran Árbol

liha: carne

lõuna: sur

löyly: aliento, vapor (relacionado con *lewl:* «espíritu»)

ma: tierra, bosque

magköszun: gracias

mana: abusar

mäne: rescatar, salvar

maye: tierra, naturaleza

me: nosotros

meke: hecho, trabajo (sustantivo). Hacer, elaborar, trabajar

mića: preciosa

mića emni kuŋenak minan: mi preciosa locuela

minan: mío

minden: todos (adjetivo)

möért: ¿para qué? (exclamación)

molanâ: desmoronarse, caerse

molo: machacar, romper en pedazos

mozdul: empezar a moverse, entrar en movimiento

muonì: encargo, orden

muonìak te avoisz te: te conmino a mostrarte

musta: memoria

myös: también

nä: para

nautish: gozar

ŋamaŋ: esto, esto de aquí

nélkül: sin

nenä: ira

nó: igual que, del mismo modo que, como

numa: dios, cielo, cumbre, parte superior, lo más alto (relacionado con el término «sobrenatural»)

numatorkuld: trueno (literalmente: lucha en el cielo)

nyál: saliva, esputo (relacionado con nyelv: «lengua»)

nyelv: lengua

ŋíŋ3: gusano; lombriz

o: el (empleado antes de un sustantivo que empiece en consonante)

odam: soñar, dormir (verbo)

odam-sarna kondak: canción de cuna

olen: ser

oma: antiguo, viejo

omas: posición

omboće: otro, segundo (adjetivo)

ot: el (empleado antes de un sustantivo que empiece por vocal)

otti: mirar, ver, descubrir

óv: proteger contra

owe: puerta

päämoro: blanco

pajna: presionar

pälä: mitad, lado

päläfertiil: pareja o esposa

palj3: más

peje: arder

peje terád: quemarse

pél: tener miedo, estar asustado de

pesä: nido (literal), protección (figurado)

pesä (v.): anidar (literal); proteger (figurado)

pesäd te engemal: estás a salvo conmigo

pesäsz jeläbam ainaak: que pases largo tiempo en la luz (saludo)

pide: encima

pile: encender

pirä: círculo, anillo (sustantivo); rodear, cercar

piros: rojo

pitä: mantener, asir

pitäam mustaakad sielpesäambam: guardo tu recuerdo en un lugar seguro de mi alma

pitäsz baszú, piwtäsz igazáget: no venganza, solo justicia

piwtä: seguir, seguir la pista de la caza

poår: pieza
põhi: norte
pukta: ahuyentar, perseguir, hacer huir
pus: sano, curación
pusm: devolver la salud
puwe: árbol, madera
rauho: paz
reka: éxtasis, trance
rituaali: ritual
sa: tendón
sa4: nombrar
saa: llegar, obtener, recibir
saasz hän ku andam szabadon: toma lo que libremente te ofrezco
salama: relámpago, rayo
sarna: palabras, habla, conjuro mágico (sustantivo). Cantar, salmodiar, cele-
     brar
sarna kontakawk: canto guerrero
śaro: nieve helada
sas: silencio (a un niño o bebé)
saye: llegar, venir, alcanzar
siel: alma
sieljelä isäntä: la pureza del alma triunfa
sisar: hermana
sív: corazón
sív pide köd: el amor trasciende el mal
sívad olen wäkeva, hän ku piwtä: que tu corazón permanezca fuerte
sivam és sielam: mi corazón y alma
sívamet: mi amor de mi corazón para mi corazón
sívdobbanás: latido
sokta: merzclar
soŋe: entrar, penetrar, compensar, reemplazar
susu: hogar, lugar de nacimiento; en casa (adverbio)
szabadon: libremente
szelem: fantasma
taka: detrás; más allá
tappa: bailar, dar una patada en el suelo (verbo)

te: tú

te kalma, te jama ñiŋ3kval, te apitäsz arwa-arvo: no eres más que un cadáver andante lleno de gusanos, sin honor

te magköszunam nä ŋamaŋ kać3 taka arvo: gracias por este regalo sin precio

ted: tuyo

terád keje: que te achicharres (insulto carpatiano)

tõd: saber

Tõdak pitäsz wäke bekimet mekesz kaiket: sé que tienes el coraje de afrontar cualquier asunto

tõdhän: conocimiento

tõdhän lõ kuraset agbapäämoroam: el conocimiento impulsa la espada de la verdad hacia su objetivo

toja: doblar, inclinar, quebrar

toro: luchar, reñir

torosz wäkeval: combate con fiereza (saludo)

totello: obedecer

tsak: solamente

tuhanos: millar

tuhanos löylyak türelamak saye diutalet: mil respiraciones pacientes traen la victoria

tule: reunirse, venir

tumte: sentir

türe: lleno, saciado, consumado

türelam: paciencia

türelam agba kontsalamaval: la paciencia es la auténtica arma del guerrero

tyvi: tallo, base, tronco

uskol: fiel

uskolfertiil: fidelidad

varolind: peligroso

veri: sangre

veri ekäakank: sangre de nuestros hermanos

veri-elidet: sangre vital

veri isäakank: sangre de nuestros padres

veri olen piros, ekäm: que la sangre sea roja, mi hermano (literal)

veriak ot en Karpatiiak: por la sangre del príncipe

veridet peje: que tu sangre arda
vigyáz: cuidar de, ocuparse de
vii: último, al fin, finalmente
wäke: poder
wäke beki: valor; coraje
wäke kaδa: constancia
wäke kutni: resistencia
wäke-sarna: maldición; bendición
wäkeva: poderoso
wara: ave, cuervo
weńća: completo, entero
wete: agua

www.titania.org

Visite nuestro sitio web y descubra cómo ganar
premios leyendo fabulosas historias.

Además, sin salir de su casa, podrá conocer
las últimas novedades de
Susan King, Jo Beverley o Mary Jo Putney,
entre otras excelentes escritoras.

Escoja, sin compromiso y con tranquilidad,
la historia que más le seduzca
leyendo el primer capítulo de cualquier libro
de Titania.

Vote por su libro preferido y envíe su opinión
para informar a otros lectores.

Y mucho más...

3-4